Vespéral
Les Terres éternelles – Livre 1

Ed Crocker

Vespéral

Les Terres éternelles – Livre 1

Texte intégral

Traduit de l'anglais
par Claude Mamier

PAL

Ouvrage publié sous la direction de Milena Gallot

Ceci est une œuvre de fiction.
Toute ressemblance avec des personnages, lieux, organisations ou évènements existant ou ayant existé ne serait que purement fortuite.

AVERTISSEMENT DE CONTENU
ABUS DE POSITION DOMINANTE, AGRESSION SEXUELLE, ALCOOL, ARME À FEU, DESCRIPTION EXPLICITE DE BLESSURE, DEUIL, GUERRE, LANGAGE GROSSIER, MEURTRE, MORT, MORT D'UN PROCHE, MUTILATION, SANG, SUICIDE, TORTURE, VIOLENCE EXPLICITE, VOMISSEMENTS

Vespéral
par Ed Crocker

Illustration de couverture : © Ervin Serrano ; texture © Amguy13/Shutterstock.com
Conception graphique / couverture française : Eilean Books
sous la direction de Volodymyr Feshchuk

Carte : © L. N. Bayen

100, avenue de Suffren
75015 Paris – France
reglement_ue_rsgp@eileanbooks.com

Composition et mise en pages : PCA

ISBN : 978-2-38565-116-9
Dépôt légal : août 2025

1re édition — 1er tirage

Achevé d'imprimer en Slovaquie par Novoprint SLK en juillet 2025,
sur du papier issu de forêts gérées durablement.

À Grand-père
Tu aurais adoré cette histoire
Merci pour tout
Tu me manques

« L'important, ce n'est pas la durée effective de votre vie, mais sa durée ressentie. »

Terry Pratchett,
Le Grand Livre des Gnomes, tome 1 : Les Camionneurs

Les Terres éternelles
G : territoires abandonnés au Gris
N
O
E
S
Noct
Secte d'Humanis
Luce
les Terres de cendres

Aurore
la Frontière
les Terres des loups
Mal Aube
Crépuscule

Prologue
Les causes viendront plus tard

Neuro Sinassion

Imaginez d'abord un continent. Appelons-le les Terres éternelles. Un continent peuplé d'immortels. Vampires. Loups-garous. Sorciers. Aucun être humain. Ces immortels vivent à jamais s'ils sont prudents (ou, dans le cas des vampires, s'ils boivent le sang adéquat), mais il est possible de les tuer. Ils sont immortels, pas invincibles, comme les guerres à venir et le sang versé le prouveront.

Imaginez-les à présent sous forme de bêtes stupides, errantes. Se produit un jour ce que de nombreux savants des temps futurs nommeront avec emphase le *Souffle d'intelligence*. Ces bêtes prennent conscience d'elles-mêmes. Elles deviennent civilisées. Les premières tribus apparaissent, puis les villages, puis les villes. Quelques siècles plus tard, de grandes cités se dressent vers le ciel. Celles des vampires. Des loups-garous. Des sorciers. La civilisation prospère.

Elle connaît son apothéose avec Vespéral, la grande cité des Terres centrales, la première où se mêlent les trois familles d'immortels. Elle porte un nom vampire, mais il ne faut pas s'en étonner. Les vampires aiment gérer la nomenclature.

La vie est belle pendant un certain temps. Jusqu'à ce que la Double Guerre éclate. Le conflit existentiel que finit par subir toute civilisation. Par miracle, les immortels échouent à s'exterminer. Leur arsenal n'est pas assez perfectionné. La vie reprend ses droits, plus belle encore grâce aux leçons tirées des affres de la guerre. Un autre siècle s'écoule.

C'est alors que surgissent les Gris, un peu moins de cent ans avant le commencement de notre récit. Nommés ainsi, avec une originalité flagrante, d'après les manteaux gris qui dissimulent leurs traits, ils massacrent les immortels avec des armes d'une puissance effroyable. Les cités des Terres centrales sont détruites. Y compris la puissante Vespéral.

Les immortels survivants se replient sur leurs territoires ancestraux, dans les recoins du continent, abandonnant les Terres centrales aux Gris. Les sorciers s'enfoncent dans les Déserts, les loups dans les forêts orientales, tandis que les vampires se réfugient au nord, dans la première – et désormais seule – cité vampire.

Un siècle s'écoule encore. Notre histoire… ou plutôt *mon* histoire, comme vous le découvrirez bientôt, peut commencer.

Je vous ai décrit les *conséquences*. Les *causes* demanderont plus de temps.

PREMIÈRE PARTIE

Les gris

1
Tu retourneras à la cendre

Perdre un proche dans des circonstances normales est déjà un événement tragique pour la famille d'un immortel défunt, au vu des siècles d'existence à venir ainsi gaspillés. C'est une très grande douleur pour les loups ou les sorciers. Mais les vampires endeuillés n'ont même pas de corps sur lequel se recueillir. C'est une preuve saisissante du caractère définitif de la mort : un instant, vous êtes là, celui d'après… Autrement dit, vous pleurez sur un mort puis, soudain, vous pleurez sur des cendres.

Cardinale Ciani, *Réflexions sur l'éternité*

Grand Prince Azzuri

Mon fils se meurt, et ni moi ni personne n'y pouvons rien. Cinq blessures par balle percent son corps élancé, des balles qui se sont depuis longtemps dissoutes dans son sang, scellant son destin. Des veines d'un pourpre éclatant saillent sur son visage et sur ses bras. Sa peau luit doucement ; je pose une main sur son front brûlant. Bientôt le poison achèvera son œuvre, comme si mon fils s'était exposé au soleil.

On l'a retrouvé non loin de la cité juste après la tombée de la nuit, lors de la relève de la garde. Une sentinelle l'a aperçu à la lueur des torches disposées à cent mètres des murs, après quoi les Éclaireurs sont sortis : une entreprise dangereuse, mais ils espéraient découvrir le corps d'un Gris, cette menace contre laquelle nous avons élevé ces maudits murs. Cela aurait été une grande première. Au lieu de quoi ils ont trouvé un Azzuri agonisant sous un arbre. À présent je me tiens là, impuissant, à me demander ce que je vais dire à sa mère, à sa sœur, à son frère aîné. À me demander lesquels partageront ma tristesse.

L'éclat de sa peau augmente soudain, accompagné d'une atroce pulsation. Puis il explose sans bruit, ne laissant qu'un tas de cendres grises.

Je reste un instant immobile avant de me tourner vers Varouge, mon bras droit.

« Je vais annoncer la nouvelle à ma famille. Après quoi j'exige de savoir pourquoi mon fils est mort.

— Oui, Grand Prince, dit-il en évitant mon regard.

— Ne sonnez pas l'alarme tout de suite. Pas sans preuve qu'il s'agit des prémisses d'une attaque sur nos murs. »

Je me dirige vers la porte.

« Grand Prince ? »

Je me retourne vers mon conseiller, mon ami.

« Oui, Varouge ?

— Vous… Vous avez des… »

Sa voix se brise tandis qu'il désigne mon épaule. Je regarde. Un peu de mon fils s'est déposé sur moi. J'ôte les cendres du plat de la main et sors de la pièce.

La nuit sera longue.

Sam

Je l'ai, enfin. Postée devant l'étagère de livres, j'inspecte la fiole de sang que je tiens entre le pouce et l'index. Le liquide est rouge. Comme n'importe quel sang. Un peu plus sombre, peut-être. Un picotement me chatouille les narines ; j'ai les sens émoussés par toute une vie de sang de qualité inférieure. Mais celui-ci ne me semble toujours pas si différent. Pas si éloigné du sang de vache sur lequel nous devons nous sustenter, les autres servantes et moi.

Sans lâcher la fiole, je jette un rapide coup d'œil par-dessus mon épaule. Je suis presque certaine d'être seule dans la bibliothèque du palais – il reste une heure avant la nuit et les vampires aiment dormir ou, du moins, ils apprécient peu le jour – mais je préfère vérifier, sachant que je m'apprête à commettre un crime qui me vaudrait d'être attachée à un poteau et réduite en cendres par le lever du soleil si j'étais prise sur le fait. La lumière qui baigne la salle me permet de la surveiller en totalité depuis la coursive circulaire où je me tiens, et ce malgré ma vue de pauvresse s'abreuvant du pire des sangs depuis des décennies. Les champignons du désert enfermés dans des appliques murales en verre – celui qui place des torches ou des lampes à huile dans une bibliothèque est un crétin fini – éclairent aussi les niveaux inférieurs. Les étagères entourent les hautes portes en chêne ainsi que les nombreuses tables de lecture disposées au centre de l'espace. Des échelles fixes relient les différents niveaux. Elles sont destinées aux servantes, Princes et Médians, bien nourris, pouvant bondir d'un étage à l'autre.

L'ensemble est surplombé par un grand dôme dont les fresques décrivent la construction d'Aurore, ma cité vampire. À Vespéral, l'ancienne capitale disparue depuis un siècle, la bibliothèque du palais arborait un plafond de verre offrant une vue sublime sur le ciel étoilé. Un mécanisme le recouvrait de volets de bois durant la journée. Je n'ai pas vu cette merveille de mes yeux, étant née il y a trente ans, donc soixante-dix ans après que les mystérieux Gris ont exprimé tout le bien qu'ils pensaient des cités des Terres centrales. Je ne connais qu'Aurore. Mais, d'après ce que j'ai lu sur le sujet, Vespéral était un endroit fascinant.

Désormais sûre de ne pas être repérée, je me concentre de nouveau sur ma tâche. La prochaine étape vers la liberté. L'étagère qui se dresse devant moi ne paraît guère différente des autres à cet étage. Elle offre un mélange d'ouvrages assez récents ou pas trop anciens ; des volumes en bon état, aux grosses reliures parfois incrustées de gemmes (signe d'une grande richesse), jouxtent des livres plus vieux, reliés avec des cuirs plus rêches.

Ce qui diffère, en revanche, c'est cette colonne de bronze à ma gauche, qui m'arrive à la taille, et sur laquelle se trouve un creux circulaire, avec en son centre un trou qui invite à y verser quelque chose. J'ouvre la fiole. L'odeur du sang me monte aux narines et, durant un court instant, mon corps se sent plus vivant, comme si un éclair était remonté par mon nez pour me vriller le cerveau.

Du sang de loup. De loup-garou. Le sang parfait.

J'ai mis tant de temps à le trouver. Je cherchais une fiole en nettoyant les appartements des Princes depuis mon arrivée au palais il y a presque dix ans. Car même les Princes ne sont plus autorisés à boire du sang de loup. Celui qui vous donne de grandes ailes et la force de cinquante hommes. Seuls les membres de la Garde d'honneur y ont droit désormais. Ils disent en avoir besoin pour le jour où il faudra combattre les Gris. Ils l'accumulent. Un monopole qui n'est pas sans faille puisque j'ai découvert cette fiole dans la chambre du Prince Béryl. Peut-être l'a-t-il volée. Peut-être les Princes s'accordent-ils une dose de temps en temps. Ça ne m'étonnerait pas de leur part.

Je m'enivre de cette odeur et, l'espace d'une seconde, j'envisage de boire le sang. Pour m'envoler aussitôt loin du palais. Mais pour aller où ? Me cacher où ? On ne laisse pas des servantes s'offrir une nouvelle vie. D'où cette étagère.

Avec la détermination de celle qui récure des pots de chambre princiers depuis une décennie, je penche la fiole au-dessus du petit trou et y verse quelques gouttes de sang.

Puis j'attends.

Aucun bruit. J'ignore comment c'est censé marcher, mais je parierais sur un mécanisme conçu par les Kinets. Des cinq types de sorciers, ces derniers sont de loin les préférés des vampires. Autrefois, ils déplaçaient des montagnes. Aujourd'hui, leurs héritiers sont ingénieurs ou ne manipulent plus que de petites choses. On a souvent tendance à penser qu'ils insèrent de la magie dans les objets. Ce qui est une erreur. Les sorciers exercent leur magie *sur* quelque chose, ils n'en mettent pas *dedans* ; les Kinets se contentent de modifier les structures internes. Peu après la Marée grise, certains d'entre eux ont compris qu'en appliquant ce pouvoir à l'infiniment petit, ils parvenaient à rendre le sang plus fort. Du sang ensorcelé. Ce qui a marqué une vraie révolution. Les sangs les plus puissants devenaient encore plus puissants. À tel point que, lorsque les vampires ont abandonné les Terres centrales pour se réfugier ici, le Grand Prince a emmené des Kinets dans ses bagages, laissant crever des nobles à leur place. De nos jours, ce sont les seuls sorciers d'Aurore, à l'exception d'une poignée de Neuros grâce auxquels le Grand Prince communique avec les royaumes éloignés.

Là. Un léger bruit de mouvement derrière le mur. L'étagère coulisse, devenant une porte qui s'ouvre avec lenteur sur un rectangle d'obscurité.

Je perçois d'abord l'humidité, l'odeur du parchemin séculaire. Mon nez m'indique la présence de vieux livres bien avant mes yeux. J'entre sans hésiter.

L'ombre m'enveloppe. J'attends que ma vision s'adapte, en vain. L'obscurité totale. Aucune lampe. Sans doute les vampires qui visitent cet endroit grâce au précieux sang de loup boivent-ils aussi du sang noble leur offrant une parfaite vision nocturne. Ceux qui ont bâti cet endroit ne pensaient pas aux servantes. Impossible d'aller plus loin avec de la simple vache. J'envisage de prendre un filet de sang de loup, mais ce serait de la folie : je dois le garder pour revenir ici. D'autant que j'ai besoin d'une bonne vision, pas d'ailes ni d'une force terrible.

Je fouille dans mes jupons et en extrais ma fiole d'urgence, dénichée quelques mois plus tôt en nettoyant les appartements du Prince Sapphiri. Elle traînait sous d'autres fioles, brisées, restes des ébats de la nuit précédente, aussi en avais-je conclu que sa disparition passerait inaperçue. Il ne s'agit que de renard, un sang de Médian, mais légèrement ensorcelé donc suffisant pour bien voir dans l'obscurité pendant la durée d'au moins un sablier. J'avale le contenu de la fiole d'un coup, certaine que Sapphiri m'en fournira une autre à sa prochaine beuverie. L'obscurité se change en pénombre luisante.

Les effets des divers sangs ne cessent de me surprendre, même après trois décennies d'existence. D'autant que j'y goûte rarement. Les vampires sont divisés en trois classes, en fonction du sang auquel ils ont droit. Nous, les Fanés, les pauvres de la cité, ne nous nourrissons que de sang de vache. Cette pitance ne nous empêche pas de vieillir, d'où notre nom. Après un ou deux siècles de ce régime, notre peau devient flasque, ridée, et nos forces déclinent ; peu d'entre nous survivent plus longtemps. À trente ans, à peine adulte, il me reste quelques décennies avant de voir surgir la première ride. Ce qui marquera ma condition encore plus que mon indigence.

Les Médians obtiennent du meilleur sang : renard, corbeau, sanglier. Ce qui les rend plus forts, plus agiles, et bloque leur vieillissement, surtout depuis que les sorciers ont amélioré ces breuvages. Ils ne deviennent pas aussi puissants que les Princes, évidemment. Juste assez pour fournir de bons administrateurs à la cité. Et les nobles, donc ? Ils ont ce qui se fait de mieux. Les sangs de baleine, de vipère, d'ours, de faucon, de cerf, de puma… Ceux qui permettent de démolir un mur à mains nues. Mais seul le sang de loup-garou – rare, si rare – dote les vampires de longues ailes.

Les classes n'étaient pas si marquées à Vespéral. La vie y était préférable sur bien des points, me suis-je laissé dire. Enfin non. Personne ne me dit jamais rien.

Ce que je sais, je l'ai lu.

Mes yeux enfin habitués, j'inspecte la grande pièce circulaire. Pas aussi vaste qu'un étage de la bibliothèque, mais capable d'accueillir environ deux mille livres. Au centre se trouve une unique table de lecture. Il semblerait que peu de gens viennent ici. Je m'approche de l'étagère la plus proche, la touche : du chêne rouge. Si je ne distingue pas la couleur, j'en éprouve la robustesse, la qualité. Du bois qui coûte un bras. Bien meilleur que le crestier des étagères de la salle principale. J'attrape un volume, disperse d'un souffle la mince couche de poussière ; il dégage une odeur qui évoque les déserts du sud, avec un cuir doux, velouté. Je prends une bonne inspiration sans me soucier de la poussière.

Je suis fascinée par les livres. Ce qui n'était au départ qu'un plan d'évasion s'est changé en obsession.

Le titre de l'ouvrage est brodé à même le cuir et incrusté de pierreries. Les mots scintillent dans la pénombre. *Des effets du sang de loup sur les Fanés*. Je sursaute. Pas le genre de littérature qu'un Prince aimerait voir circuler. Je remets le livre en place et parcours le reste de l'étagère, sentant le vieux cuir caresser ma peau. Je tombe sur un volume en parchemin, ses pages mal reliées par une sorte de roseau. La couverture ne comporte qu'un dessin délavé représentant une silhouette qui tend la main vers une montagne. Un Kinet. Il n'en existe plus d'aussi puissant. Encore un livre dangereux. Le suivant est relié avec la peau écailleuse, vert sombre, d'une vipère. Un choix osé. L'encre à demi effacée sur la tranche me donne son titre : *Théories du Souffle d'intelligence*. Un volume sur cette période dont personne ne parle, avant la civilisation, quand les premiers immortels n'étaient que des bêtes.

Donc j'avais raison. Tous ces ouvrages contiennent des savoirs interdits ou des idées controversées. Des livres dans lesquels apprendre, par exemple, comment tromper le flair d'un loup lancé à mes trousses si je venais à m'évader. Des livres qui parlent des pouvoirs réels de tous les sangs ou de l'histoire cachée des plus vieilles familles princières. Ils feraient de moi une Médiane érudite payée en sang de qualité.

Je n'étais pas faite pour être servante. Je ne compte pas le rester.

Clic.

Le son se répand dans l'espace. Le sang de renard l'amplifie au fond de mes oreilles. Puis m'arrive un bruit différent, le claquement de chaussures sur du marbre. La panique me saisit, mais je ne suis pas arrivée jusqu'ici en cédant à mes peurs, donc je les secoue comme des feuilles mortes et sors à toutes jambes de la salle secrète, espérant que la porte se refermera automatiquement. Et j'avais raison : l'étagère se rabat dans mon sillage. Est-elle actionnée par un mécanisme sur lequel on marche en sortant ? *Non, Sam, c'est pas le moment*. Mon soulagement est néanmoins de courte durée, car l'échelle menant à cet étage tremblote et j'entends des pas sur les barreaux. Donc ce n'est pas un Prince. Ni un garde. Parfait. Mais ça pourrait être un valet. Pas parfait du tout.

Je m'immobilise. Inutile de courir : on me verrait et ça enverrait un mauvais message. Surtout que je n'ai aucune raison de me trouver dans la bibliothèque. Si quelqu'un vient m'y chercher, ça signifie que je suis déjà repérée.

Je vais donc me battre.

J'observe l'échelle, écoutant les pas qui se rapprochent. Le temps paraît ralentir. Peut-être à cause du sang de renard en moi, si puissant comparé à la vache. Ou à cause de la colère qui ne me quitte jamais. Je pense à mon père, condamné à mourir face au soleil pour avoir protégé ma mère. Je pense à ma mère, désespérée, mettant fin à ses jours et laissant derrière elle deux orphelines de même pas une décennie. Je pense aussi à ma sœur d'à peine dix-huit ans, avide de travailler au palais pour fuir la rue. À l'accident qui s'est produit lors de sa cérémonie d'admission : tuée par le soleil à son tour. Les Princes m'ont choisie ensuite pour la remplacer. La solution de facilité. Servante au palais du Grand Prince, un *privilège*, non ? Qui voudrait renoncer à une telle place ? Puisant de la force dans ces épreuves, je serre les poings et sors les canines. Je n'ai plus peur, c'est déjà ça. La colère prévaut.

Allons-y.

« Bonsoir, Sammy. Je pensais bien te trouver là. »

Mes poings se relâchent, mes canines se rétractent. J'en reste bouche bée. Beth. Ce n'est que Beth. Ma camarade de chambrée, ma seule amie, tout sourire comme si elle me croisait à une fête. Elle renoue le cordon de sa chemise de jour, ajustant le tissu rêche.

« Non pas que j'adore grimper aux échelles », ajoute-t-elle un peu essoufflée.

Je souris à mon tour, ma rage envolée, réduite à une vague sensation dans mes veines.

« C'est plus facile quand on ne boit pas que de la vache.

— Je m'en doute, petite sournoise. » Elle regarde soudain l'étagère derrière moi. « Donc t'as trouvé le sang de loup. T'es déjà entrée ? »

Je suis à nouveau bouche bée.

« Comment tu… ?

— C'est pas de la magie, Sammy. Je me suis réveillée et t'étais pas là. J'ai supposé que tu rôdais dans la bibliothèque, comme d'habitude. Ce qui m'a rappelé ton excitation de la nuit dernière. T'as rien voulu me dire, mais je te connais. Pourquoi une telle agitation dans nos pauvres vies si t'avais pas enfin déniché ce que tu cherchais ? De quoi accéder à toutes ces fables interdites. Ça me gêne pas que tu m'aies rien dit. Tu savais que je t'aurais dit d'arrêter tes bêtises. »

Beth n'a jamais lu un livre de sa vie. Mais ça ne l'empêche pas d'être intelligente, par les deux enfers !

« Pourquoi t'es venue, alors ? »

Elle hausse les épaules, ce qui fait tressauter son chignon. Lequel retient un flot de longs cheveux couleur d'or. Tellement plus beaux que mes piètres bouclettes brunes. Elle ne les laisse libres que dans notre chambre ou en fin de semaine, le jour des Prières. C'est triste. Comme tant de choses ici.

« Parce qu'il reste moins d'un demi-sablier avant que les gens se lèvent et je me doutais que t'allais perdre toute notion de l'heure. C'est vrai que j'aime profiter de la chambre seule, mais j'ai fini par t'apprécier depuis dix ans qu'on vit ensemble et je ne veux pas partager avec une nouvelle, d'autant que tu passes la moitié de ton temps libre à fouiner dans ce trou à rats.

— Dieux du sang ! Il est déjà si tard ?

— Tout à fait. Tu sais, j'ai parfois l'impression que t'as envie qu'on t'envoie face au soleil… » Elle hoche la tête vers l'étagère de livres. « Ça en valait la peine, au moins ? Autre chose que de la poussière et des araignées ?

— J'ai juste jeté un coup d'œil. Mais il y a de vraies informations là-dedans. Je pense avoir assez de sang de loup pour une vingtaine de séances. La prochaine fois, j'y passerai toute la journée.

— Ou tu seras prise et on t'attachera à un poteau face au soleil.

— Ou ça », dis-je en riant malgré moi.

Le sourire de Beth disparaît tandis qu'elle me regarde d'un air suppliant. Avec ses joues aussi roses que possible chez un vampire, son nez retroussé et ses grandes lèvres, elle briserait des cœurs dans une autre vie.

« Ça vaut le coup ? De prendre un tel risque ?

— Beth, les livres cachés dans cette salle vont me montrer comment fuir. Et comment rester hors d'atteinte. Des loups qu'on lancera à ma poursuite, de la Garde d'honneur, de tout le monde. Après quoi, avec ce que j'aurai appris, je pourrais devenir une Médiane. Gagner de l'argent avec mes connaissances. Démarrer une nouvelle vie dans une meilleure classe sociale. Boire enfin du bon sang. Tu le sais bien. Tu sais ce que je veux.

— Oui, Sam, je le sais. Mais c'est vraiment si affreux d'être une Fanée ? D'être des nôtres ? »

Je détourne le regard, levant les yeux vers le dôme. C'est une conversation éculée. Normal après dix ans passés dans la même pièce.

« Pourquoi voudrais-je vieillir et mourir quand d'autres vivent à jamais ?

— Ce serait trop dur de vieillir avec moi ? »

Mon amie baisse les yeux. Je m'approche et lui caresse le bras.

« Ce n'est pas ce que je veux dire.

— Je sais. En fait, je n'ai aucune envie de te voir changer. Tu ressembles à ces orages chargés de foudre qui chatouillent la peau. À Vespéral, tu aurais eu la place que tu mérites. Tu n'as rien à faire ici. C'est comme mettre un éclair en cage. »

Je lui souris de nouveau.

« J'ai tendance à penser qu'un éclair passerait entre les barreaux de la cage.

— Moi, j'ai tendance à penser que je suis venue te sauver la vie, pas subir tes blagues.

— Pourtant on est toujours là, à bavarder.

— Tu te crois drôle, hein ? dit Beth en se tournant vers l'échelle. Allez, on y va. »

Nous sortons de la bibliothèque à toute allure, puis descendons les quatre étages jusqu'aux quartiers des servantes. Au sommet de chaque rampe d'escalier se dresse le buste d'un Grand Prince des cinq cents dernières années. Je me demande soudain s'il y a plus de Grands Princes que de rampes au palais et, dans ce cas, comment on choisit ceux qui sont mis au rebut. C'est le genre de pensées qui surgit quand vous courez pour sauver votre peau. À mi-chemin, je fais signe à Beth et nous nous glissons derrière un buffet rempli de carafes et de flûtes à sang. Quelques instants plus tard, les bruits de pas captés grâce au sang de renard deviennent assez forts pour que Beth les entende. Un garde en service de jour passe près de nous, et j'observe son tabard rouge et bleu mal coupé. Les sentinelles de jour n'ont pas droit aux meilleurs uniformes. Des conditions de merde pour un poste de merde. Il s'apprête visiblement à quitter son poste et à subir l'ignominie de dormir durant la nuit, au vu de sa tête qui dodeline sans regarder autour de lui. Beth et moi avions à peine besoin de nous cacher.

Le garde disparu, nous descendons quatre à quatre les dernières volées de marches. La porte de nos quartiers apparaît devant nous lorsque nous entendons, cette fois, le pas lent d'un valet en approche. Nous voilà coincées.

Je me fige et me tourne vers Beth, elle aussi pétrifiée de terreur. Le sang de renard ensorcelé me permet de sentir le parfum dont le valet s'est aspergé. Un valet de haut rang, donc. Je capte si bien sa respiration hachée que j'ai l'impression qu'il me souffle dans le cou.

Puis, juste avant de franchir l'angle du couloir, il s'arrête et soupire. Nous l'écoutons revenir sur ses pas. Que les Dieux bénissent ce qu'il a oublié.

Notre chambre étant proche de l'entrée des quartiers des servantes, les derniers mètres sont vite avalés. Je m'autorise enfin à respirer normalement dans cette chambre où j'ai passé dix ans. Soit un tiers de ma vie. Et sur ce tiers, une moitié réellement dans cette pièce. Deux lits, des matelas trop fins, de vieux sommiers en bois de maulne. Deux commodes en gorme marron foncé, à peine plus neuves. Deux placards contenant notre maigre assortiment de robes : une pour la journée, une pour le ménage, une « jolie » pour le jour des Prières, le seul moment de la semaine où nous pouvons sortir dans le monde extérieur.

Aucune fenêtre. On ne va quand même pas installer d'épais volets aux servantes. Donc pas de ciel étoilé, et d'ailleurs pas de lampes à huile ni de champignons lumineux ; nous n'avons droit qu'aux bougies. Ce qui ne pose guère problème à qui boit autre chose que du sang de vache. Mais nous, nous sommes condamnées à une vie de pénombre.

Nous ne pouvons même pas garder de livres ou d'écrits dans la chambre à cause des fouilles régulières du maître valet, qui nous croit toutes en cheville avec les Fanés rebelles. Il en reste pourtant bien peu à la suite de la Marée grise, puis d'un siècle de contrôle rigide entre les murs d'Aurore. Mais seuls de vilains Fanés pourraient vouloir des livres, apparemment.

L'unique touche de couleur, donc de personnalisation, de *nous*, passe par les pendentifs accrochés aux poignées de nos commodes. Celui de Beth est un kaléidoscope de couleurs : des fils arc-en-ciel noués serrés avec une petite perle au bout, héritage de sa mère. Son seul objet de valeur. Elle le garde dans ses jupons lorsqu'elle n'est pas dans la chambre.

Le mien n'a pas besoin d'être caché. Il ne s'agit que de fils blancs auxquels pend un simple bout de bois vaguement gravé de la lettre « S » qui aurait très mal vécu. Un cadeau de ma sœur. C'est tout ce qui me reste de ma famille. Je ne le porte pas. Pourquoi porter ma douleur au cou ? Ce n'est pas nécessaire. Elle ne me quitte jamais, aussi forte que mon ambition.

Notre répit est de courte durée, car des pas lourds se font entendre dans le couloir. Aucun doute sur qui les produit. Beth et moi échangeons un regard, puis sautons dans nos lits. Mon espoir que les pas s'éloignent est lui aussi de courte durée ; ils s'arrêtent devant la chambre et un poing s'abat sur la porte.

Je ressors du lit en faisant assez de bruit pour bien indiquer que je m'y trouvais. J'ouvre la porte et tombe nez à nez avec Phylis, la servante en chef, l'air si renfrogné que son visage est déformé. Phylis est de loin la servante la plus âgée du palais, près de quinze décennies d'après les rumeurs. Elle servait déjà le Grand Prince à Vespéral. Des rides profondes entourent ses yeux et sa bouche tandis que le gris s'est invité dans ses cheveux ; encore quelques décennies à vieillir ainsi et son avenir deviendra plus qu'incertain. Les Princes n'aiment pas qu'on leur rappelle, dans leur propre demeure, qu'ils n'échappent aux ravages du temps que par la grâce de meilleurs sangs. Pour ma part, j'estime que ces rides lui donnent un visage plus intéressant que ceux des autres servantes, souvent interchangeables. Mais si je le lui disais, elle le prendrait mal.

Elle porte encore sa chemise de jour sous sa blouse bleu ciel. Donc elle vient juste d'être réveillée elle aussi.

« J'ai un message pour vous, jeune femme, lance-t-elle. De la part du maître valet en personne. Le fils du Grand Prince est mort.

— Quoi ? »

La stupeur efface toute la tension du sablier écoulé.

« Le cadet. Pas Alezan. Ils ont retrouvé son corps à l'extérieur des murs. Tué par les Gris, semble-t-il. »

J'essaie d'analyser cette information. Mais y renonce faute de données.

« Pourquoi n'a-t-on pas sonné l'alarme ?

— Par tous les sangs, Samantha, me prenez-vous pour le Grand Prince ? C'est leur affaire. Il faut juste espérer que c'était un accident et pas le début d'une attaque.

— Qu'est-ce que je viens faire là-dedans ? »

Je tente d'accélérer la conversation au maximum. Non que la nouvelle ne m'affecte pas ; j'appréciais le jeune Azzuri même si je le voyais peu. Le rebelle de la famille, très différent des siens et d'ailleurs rarement au palais. Il paraît qu'il passait son temps parmi les Médians, voire, parfois, parmi les Fanés. À mon avis, c'était le dernier des Princes à mériter un aller simple vers le Paradis rouge. Mais la servante en chef n'a que faire de mes sentiments. Elle a été choisie pour sa dureté, sa capacité à garder ses sous-fifres dans le rang. Si elle détecte l'ombre d'une émotion, elle s'en servira contre moi. Comme si je lui avais placé une arme dans la main.

« Vous devez vous rendre dans ses appartements, annonce Phylis en levant un long doigt ridé. Faites-y le ménage. Une tâche assez simple puisqu'il n'y vit plus depuis des décennies. Mais il faut que l'endroit soit impeccable. Au cas où s'y trouverait encore quelque chose de… fâcheux. Évoquant sa vie en dehors du palais. Ceci avant que sa pauvre mère ne s'y rende à son tour. Allez ! Ça ne peut pas attendre.

— Pourquoi moi ?

— Pourquoi pas ? »

Elle sourit, le temps d'un échange muet. Elle sait que je suis fiable. Mais elle ignore pourquoi. Parce que, depuis dix ans, je dois échapper à toute suspicion afin de poursuivre ma double vie dans la bibliothèque. Lire. Apprendre. Sans oublier l'accès aux bonnes chambres à nettoyer, celles des Princes, avec le sang que j'y déniche. Donc Phylis a confiance en moi. Ce qui s'apparente à une menace : si je fais mal le boulot, si la mère du défunt trouve quelque chose… alors je verrai le soleil se lever demain matin. Le fait que cette perspective arrache un sourire à la servante en chef en dit long sur son caractère.

« Très bien, dis-je en refermant lentement la porte. Je vais me préparer. Je ne dois pas être en retard. »

L'affreux sourire de Phylis ne disparaît pas.

« Il ne vaudrait mieux pas, en effet. »

2
Chambre avec indice

Je t'envie d'être née après la Marée grise, petite sœur. Tu n'as pas connu Vespéral. Mais moi ? Bon sang, les souvenirs me rongent ! Ils hantent mes rêves le jour et mes pensées la nuit.

Katrina MacLachlan,
dans une lettre à sa sœur Mary

Grand Prince Azzuri

Un sablier s'est écoulé depuis que mon fils est parti en cendres sous mes yeux. J'ai l'impression que cela a duré une année.

Mon épouse a réagi par un long gémissement ; elle n'avait jamais perdu espoir de voir notre enfant rentrer dans le giron de la famille et, dans son cri, j'ai saisi où peut mener un tel désir. Elle est plus calme à présent, ou plutôt dénuée d'expression ; elle a absorbé une grande quantité de ce nouveau sang de baleine ensorcelé aux effets tranquillisants, avant de se retirer dans ses appartements. Les sorciers semblent avoir bien fait leur travail.

Alezan, lui, a réagi au décès de son frère de la manière attendue : avec une colère bruyante et avec la promesse de mettre la cité sens dessus dessous en quête de la vérité. Avec le plan de lever une armée contre les Gris bien plus tôt que prévu. Il m'a fallu doucher ses ardeurs. Je sais d'où lui vient cette fureur spectaculaire. Pas du deuil de son frère, auquel il n'a cessé d'adresser des reproches pires que les miens. Plutôt d'une sale envie de profiter de cet incident pour semer la pagaille et s'en prendre aux Fanés.

Désormais assis à mon bureau, dans une ambiance plus sereine, je jette un coup d'œil aux affaires de la cité. La mort de mon fils ne m'ôte pas mes devoirs. Ce bureau a connu quatre générations d'Azzuri : du bois de quacier très sombre venu des forêts poussant sur les territoires des loups, avec un mécanisme sur le côté qui, une fois actionné, ouvre un petit tiroir contenant fioles et flûtes à sang. J'ai devant moi une pile de rapports remplis des gribouillis souvent illisibles des Médians en charge des stocks de sang, et de l'écriture tout aussi affreuse de mes officiers. J'ai encore du mal à accepter que ces textes soient écrits avec du sang. De vache, certes, donc peu susceptible de me distraire. Mais quand même. Lorsque les sorciers d'Aurore sont parvenus à limiter la vitesse de coagulation, l'un des comptables en chef de la banque de la Couronne a fait remarquer avec finesse qu'utiliser le sang de vache surnuméraire à la place de l'encre permettrait d'économiser une belle somme chaque année.

Des coups frappés à la porte m'arrachent à mes pensées. Varouge entre, légèrement voûté, comme si les efforts des deux dernières heures pesaient sur ses épaules.

« Grand Prince, les Neuros ont envoyé un message à l'Archimage et à Cendre Ansbach. Il m'a semblé, étant donné les circonstances, qu'il valait mieux prévenir les loups et les sorciers aussi vite que possible. J'espère ne pas m'être montré trop... impulsif.

— Aucunement. À quoi bon disposer de ces Neuros si nous n'utilisons pas, de temps à autre, leurs capacités mentales ridiculement coûteuses ? De toute façon, j'avais promis à Cendre et Vespassion de les tenir au courant si les Gris tuaient un vampire, au cas où cela marquerait le début d'une attaque généralisée. Certes, les récents rapports de mes officiers ne vont pas en ce sens. Mais rien n'est encore certain. » Je me racle la gorge. « Bon, Varouge, que savons-nous exactement ? »

Mon conseiller ne répond pas tout de suite, préférant tirer sur sa moustache d'un geste anxieux. Seuls les Médians portent la moustache. Mais personne ne la porte comme lui : cirée, les extrémités dressées, l'une plus longue que l'autre, dans un style depuis longtemps démodé. Varouge est l'un des plus vieux vampires d'Aurore ; âgé d'au moins six siècles, il était là avant la fondation d'Aurore, avant l'ère des cités. Je n'ai jamais eu l'outrecuidance de lui demander son âge exact.

« Personne n'a vu votre fils franchir nos murs, dit-il.

— Malgré nos cinq cents sentinelles ? Oh ! ne prenez pas cet air étonné… » Je l'ai vu hausser les sourcils d'un bon millimètre. « Je lis tous ces fichus rapports, figurez-vous. Je trouve juste difficile à croire que personne n'ait rien vu.

— Nous pouvons poser à nouveau la question avec plus de… fermeté. »

Mon haussement de sourcils est beaucoup moins subtil que le sien.

« Pas question. Torturer nos propres gardes ne nous mènerait nulle part, même si mon fils aîné s'en chargerait avec plaisir. »

Au fond de mon esprit, une voix fatiguée me fait remarquer qu'Alezan n'est plus mon fils aîné. C'est mon seul fils. Je me lève et me dirige vers la fenêtre. Les jardins situés à l'ouest du palais sont d'un calme incomparable. L'eau de la fontaine clapote sur une mosaïque représentant le temple des Premiers Dieux, le plus grand lieu de culte d'Aurore. Peut-être devrais-je m'y trouver, offrant mes prières et mon sang au Paradis rouge pour le salut de mon fils. Je doute qu'il apprécie ce séjour céleste. Si tant est qu'on le laisse entrer.

« Pour sortir par l'une des portes principales, il aurait fallu qu'on lui ouvre, reprend Varouge dans mon dos. Or, personne n'aurait pris un tel risque sans ordre officiel, même pour un membre de votre famille.

— Les issues secrètes ?

— Bien gardées elles aussi.

— Dans ce cas, mon vieil ami, comment mon fils a-t-il bien pu franchir nos murs ?

— J'ai... une théorie.

— Je m'en doutais. »

Le cerveau de Varouge fonctionne aussi vite que s'il avait du sang de loup dans le crâne, comme aime à dire mon valet.

« Il manque une fiole de sang de loup dans la réserve d'urgence. Une dose suffisante pour se munir d'ailes sur une très courte période. Juste assez longtemps pour atteindre les premières pentes des Dents du Nord et se perdre dans les ombres avant d'être repéré. Après tout, les sentinelles ne surveillent pas le ciel.

— Exact. Les Gris ne volent pas. Enfin pas encore. » Je pivote vers mon conseiller, résistant à l'envie de récupérer une fiole de sang dans le tiroir de mon bureau et de la boire d'un trait. « Donc, Varouge, vous supposez que mon fils, l'une des rares personnes à savoir où et comment dérober du sang de loup, s'en est servi pour voler vers sa mort ?

— Oui, c'est l'hypothèse la plus probable à l'heure actuelle.

— Ce serait donc le comment. Qu'en est-il du pourquoi ? »

Une infime grimace sur le visage de mon conseiller dévoile sa gêne de ne pas pouvoir me répondre.

« Je crains que cette information ne soit pas encore disponible. Nous n'avons localisé aucune trace de pas autour du corps de votre fils, ce qui tend à imputer sa mort aux Gris, même si nous n'avions guère besoin d'une preuve supplémentaire.

— Non, en effet. Les cinq balles logées dans sa chair me suffisent.

— Quant à savoir ce qui l'a mené à cet endroit, et si l'attaque des Gris était préméditée ou pas, il nous faudra plus de temps pour résoudre ces énigmes. Nous interrogeons en ce moment même ses… camarades. » J'entends Varouge penser *dégénérés* à la place. « J'espère qu'ils nous fourniront des éléments de réponse. »

Je hoche la tête puis me masse le front, où bat une grosse veine. Je m'imprègne de sa pulsation, de son rythme.

« Les seuls vampires tués par les Gris depuis la Marée grise sont ceux qui ont choisi de quitter Aurore, ceux qui n'ont pas réussi à y entrer, ceux condamnés à l'exil, ainsi que des Éclaireurs partis trop loin. Mais aucun de ces derniers n'a été attaqué à si courte distance de la cité. Aucun n'en était aussi proche que mon fils. »

Varouge ne dit rien. Il sait quand parler et quand se taire. Un Prince peut passer des siècles à trouver un conseiller de cet acabit.

« J'ai vécu longtemps, reprends-je. Pas autant que vous, mon ami, mais longtemps quand même. Quatre siècles permettent d'acquérir un minimum de patience. Néanmoins, je n'ai jamais connu une si violente impatience qu'aujourd'hui. »

J'espère être resté de marbre en prononçant ces mots. Il y a des sentiments que je me refuse à montrer à Varouge, vieil ami ou pas.

« J'entends, Grand Prince. » Il se racle la gorge à son tour. « Il y a autre chose…

— Ah oui ? »

Varouge paraît soudain inquiet. Une expression que peu remarqueraient, qui n'implique qu'un frémissement de moustache. Mais elle est bien là.

« Votre fils avait pour… camarade un commis de la banque du Sang.

— Je suppose que ce *camarade* ne sous-entend pas une amitié platonique.

— Pas vraiment, Grand Prince.

— Ni d'innocentes conversations amicales.

— Non plus.

— En quoi cela concerne-t-il notre affaire ? Lorsque je vous ai demandé de garder à l'œil les *activités* de mon fils, j'ai bien précisé que les détails ne m'intéressaient pas tant qu'ils ne mettaient en danger ni sa vie ni la réputation de ma famille.

— C'est pourquoi je ne vous en ai pas parlé jusqu'à présent. Mais ça recoupe l'autre enquête que vous m'avez confiée.

— Expliquez-vous. »

Je sens l'angoisse ronger peu à peu ma contenance.

« La chambre forte de la banque. Celle dont Saxe a la charge. Celle dont vous souhaitez connaître le contenu. Le commis dont nous parlons se trouve être missionné pour sa gestion.

— Vous suggérez donc que ce qui est arrivé à mon… Bon sang, assez d'euphémismes ! D'après vous, le *meurtre* de mon fils est lié aux plans de Saxe ?

— Il peut toujours s'agir d'une coïncidence.

— Vous êtes à mon service depuis deux siècles. Avez-vous souvenir d'une quelconque coïncidence ?

— Non, Grand Prince.

— Nous sommes bien d'accord. Par malheur, nous ne vivons pas dans ce genre de monde. »

Je cède à la soif de sang ; je m'en verse une flûte et l'avale en savourant à peine son contenu.

« Très bien, mon ami, voilà ce que nous allons faire. D'un côté, je vais presser mes subordonnés de découvrir au plus vite la vérité sur cette triste affaire. Que Saxe fasse son travail. Mais nous allons mener notre propre enquête en parallèle. Suivre l'hypothèse que Saxe est en lien avec la mort de mon fils. À ce stade, je ne peux faire confiance à aucun membre du Grand Conseil. Ce sera donc vous et moi.

— Comme au bon vieux temps, Grand Prince.

— Oui, exactement. » J'ai de moins bons souvenirs que mon conseiller du *bon vieux temps*, mais n'en laisse rien paraître. « Nos déplacements dans la cité auront pour prétexte d'honorer la mémoire de mon fils dans les lieux qu'il fréquentait. Ce n'est peut-être pas une très bonne couverture, mais, de fait, je ne m'en soucie guère.

— Ne vous inquiétez pas, Grand Prince. Je suis capable de me faire du souci pour deux. »

Je soutiens un instant le regard de Varouge. « Je vois que vous êtes prêt à partir en mission secrète… » Il laisse sagement passer la pique. « Je compte sur vous pour tout organiser. Nous commençons sur-le-champ.

— À vos ordres, Grand Prince. Autre chose ?

— Oui. Faites savoir au commandant des Éclaireurs que je vais avoir besoin de lui. Je souhaite me rendre sur le lieu de l'attaque. »

Varouge est pris au dépourvu, pour la première fois lors de cette conversation et peut-être même la première fois depuis un mois.

« Pardon ?

— N'ai-je pas été assez clair ? dis-je, sourcils dressés. Je veux voir l'endroit où mon fils est mort. »

Varouge tapote un bout de sa moustache, dans ce qui est pour lui l'équivalent d'une crise de panique.

« Mais… Grand Prince…

— Je sais, je sais. Je n'ai pas mis les pieds hors de la cité depuis la Marée grise. Une attaque est possible. Mais je serai entouré par les meilleurs soldats d'Aurore, exception faite, bien sûr, de la Garde d'honneur. De plus, les rapports disent que l'on a retrouvé mon fils sur la colline surplombant la vallée, donc juste avant la frontière du territoire gris. À moins d'un kilomètre des murs. Une zone que les Éclaireurs explorent régulièrement. J'y serai en sécurité.

— Votre fils ne l'était pas, lâche mon conseiller, le regard sagement baissé.

— Je viens de vous donner un ordre, Varouge. Mon titre m'en donne encore le droit, me semble-t-il. Sauf s'il a disparu en même temps que mon fils. Je compte bien enquêter en personne sur une frappe directe contre un Azzuri. On doit me voir aux commandes.

— Vous risquez surtout de paraître irresponsable.

— Excellent. Que les gens parlent de ça plutôt que de nos petites affaires. Bon, sommes-nous au clair ou dois-je descendre une autre flûte pour m'aider à supporter cet échange ? »

Varouge hoche la tête puis quitte la pièce, emportant avec lui nos secrets passés et ceux à venir.

Sam

Ma première pensée en pénétrant dans les appartements du jeune Azzuri est qu'ils sont absolument immenses. J'ai l'habitude de nettoyer ceux de l'aile est du palais, où logent la famille étendue de notre dirigeant et les Princes qui lui sont proches ; je connais par cœur les restes et traces de leurs sales manies. Mais, en dix ans, je n'avais jamais eu l'occasion de pénétrer dans l'aile ouest, réservée au Grand Prince.

La salle à manger est presque aussi grande que la cantine des servantes et il y a assez de draps sur l'énorme lit à baldaquin pour couvrir la moitié de nos matelas. Quant aux lourds rideaux obstruant les fenêtres, on pourrait y tailler des robes pour tout le monde.

Une fois la stupeur passée, je me rends compte qu'il n'y a pas de vie. Enfin, pas de signes d'un être *vivant*. Il n'y a pas de portraits aux murs, pas de fioles de sang en attente d'être bues. Devant la cheminée, aucun tapis ridicule portant le blason de la famille. À croire que le défunt rejeton du Grand Prince ne se sentait pas ici chez lui. D'ailleurs, d'après les rumeurs, il y a passé très peu de temps. C'est un lieu froid, propre, sans âme. Un lieu qui m'attriste.

Qui devait l'attrister aussi.

Je nettoie, puisque je suis venue pour ça. Ce qui revient, dans ces pièces abandonnées, à essuyer une fine couche de poussière. Bien plus facile que mon travail dans une chambre classique de Prince : les fioles brisées, les taches de sang des carafes renversées, et quelques autres fluides dont j'évite d'imaginer l'origine.

J'ai presque fini lorsque je repère un coffret posé sur une banale table en crestier près de la commode. Le coffret, lui, n'est pas banal. Pas du tout. Il est fait en bois de castier, un arbre qui ne pousse que sur les Terres de cendres, le continent situé par-delà la mer Australe, où aucun immortel n'a mis les pieds depuis un siècle et demi. Je m'approche pour caresser l'objet. Le bois est sombre, presque noir, et doux au toucher. Le castier est une matière énigmatique : elle ne vieillit pas, et ne peut pas être abîmée.

Un frisson me parcourt. J'ai passé de longues et joyeuses heures devant les livres parlant de la ville dont provient ce coffret. Plus encore que pour Vespéral. Crépuscule : l'extraordinaire cité vampire sur la côte nord des Terres de cendres, qui a résisté pendant des centaines d'années aux dangers de ce continent inexploré avant de tomber au siècle dernier. Tout ce qui en vient est étrange, d'une façon ou d'une autre. Et dissimule souvent des secrets.

J'ouvre le coffret. Vide. Mais ça ne m'arrête pas. Le contenu d'un livre à la couverture incrustée d'émeraudes me revient en mémoire. La plupart des ouvrages sur la cité disparue se noient dans les rumeurs et les conjectures, les rares survivants arrivés à nos portes ne se pressant pas d'en dévoiler les mystères. Mais ces gens ont apporté chez nous quelques-unes de leurs possessions. Dont ces coffrets. Je suis sûre d'en avoir vu un dessin. Accompagné d'explications bienvenues sur ce « vide » qui n'en est pas vraiment un.

Guidée par mes souvenirs de lecture, je tripote le fond du coffre sans vraiment savoir ce que je cherche. Un loquet, un mécanisme caché ?

Des pas résonnent soudain dans le couloir. Le sang de renard ne fait déjà plus effet, je ne peux donc pas détecter qui s'approche. Sans doute quelqu'un venu contrôler mon travail. Le temps presse. Mes doigts farfouillent au hasard et j'envisage un instant de jeter le coffret par terre dans l'espoir de déclencher le mécanisme. Mais être exécutée pour excès de curiosité serait une façon stupide de mourir, même à Aurore.

Je suis sur le point d'abandonner lorsque le bout de mon doigt accroche une pièce métallique qui m'arrache une goutte de sang. Je sursaute une première fois, puis une seconde lorsque le sang disparaît dans le bois, déclenchant le fameux mécanisme. De la magie. Comme à l'entrée de la bibliothèque interdite.

Les pas sont presque à la porte. Je vais être prise la main dans le sac. Enfin, dans le coffret. Mais j'ai besoin de savoir ce qui s'y cache.

J'entends quelqu'un pousser les battants de la porte d'un grand geste. Au même instant, une pièce de bois se décale au fond du coffret, révélant un compartiment où se trouve un bout de parchemin. Avec la vitesse de qui voit le sablier de sa vie arriver à terme, j'attrape ce parchemin, referme le compartiment secret et enfouis ma trouvaille dans mes jupons.

Une seconde plus tard, le visiteur se tient devant moi. Mon cerveau passe du mode survie au pur réflexe ; je me fends d'une révérence, prenant soin de ne pas relever les yeux avant la fin de mon geste.

« Prince Azzuri… »

Alezan, désormais seul fils du Grand Prince, m'évalue du regard. De longs cheveux dorés lui dévalent les épaules. Les traits juvéniles, la peau lisse et saine dénotent une vie passée à boire le – presque – meilleur sang. Ses yeux ronds et son visage ovale lui donnent une allure vaguement enfantine. Mais je sais ce que dissimule cet aspect angélique. Alezan ne ressemble pas à son frère, qui se conduisait bien avec les Fanés. L'ancien aîné des fils Azzuri est même à l'opposé de ce *bien*, demeurant dans les ombres les plus sinistres.

« Tiens, une servante », fait-il en m'observant. Sa voix flûtée trahit à elle seule son ascendance. Chaque syllabe pue la noblesse. « Je ne pensais pas que l'on prendrait la peine de nettoyer cet endroit. Mon frère n'y venait jamais. C'est agaçant. »

Alezan me dévisage avec mépris tandis que je me concentre sur ses habits. Il porte une chemise de soie rouge sous un fin gilet bleu lui aussi en soie, avec des broderies dorées et une poignée de petits rubis. Pas de veste. Une tenue négligée pour un Prince. Je panique à l'idée que le voir ainsi pourrait me valoir de gros ennuis. Par chance, il se détourne de moi afin d'inspecter la pièce, sourire aux lèvres.

« Puisque je suis là, autant vérifier ton travail. »

Il se déplace rapidement de meuble en meuble, frottant du doigt chaque surface. Je remercie les Dieux du sang et leurs acolytes d'avoir pu tout nettoyer avant son arrivée. Alezan contemple à présent son doigt d'un air déçu. J'ignore ce qui se serait passé s'il avait trouvé un grain de poussière, mais les oubliettes du palais regorgent de Fanés envoyés là par ses soins, pour de bien piètres « crimes ».

« Parfait, parfait... Je suppose que le ménage est ta spécialité. Bon, dégage maintenant. Que je puisse humer l'odeur de mon frère une dernière fois. »

Il s'empresse de me tourner le dos, ayant ainsi dénigré ma maigre victoire.

« À vos ordres, Prince Azzuri. »

Je m'éloigne aussi vite que si je fuyais les deux enfers. J'arrive à la porte, prête à respirer de nouveau, lorsque sa fichue voix haut perchée me coupe dans mon élan.

« Un instant. »

Je me retourne, me demandant quelle idée subite m'a privée de ma liberté. Alezan m'examine ; il caresse son menton imberbe du bout des doigts.

« Je te connais, non ? » Je ne réponds pas, attendant la suite. « Depuis combien de temps vis-tu au palais ?

— Dix ans, mon Prince. »

Il ne s'enquiert pas de mon nom. Lequel ne lui dirait rien, évidemment. Imaginer un Prince connaissant une servante par son nom serait pure folie.

« Dix ans... »

Alezan réfléchit, sourcils froncés. Son expression serait presque comique si le produit de ses pensées ne risquait pas de compromettre mon avenir immédiat.

« Ah ! j'y suis. Celle qui a bravé le soleil. La cinglée qui a voulu sauver sa sœur pendant la cérémonie d'admission. Je ne risquais pas de l'oublier. Un rituel ennuyeux à mourir, sauf ce jour-là.

— Oui, mon Prince. »

Je garde les mains dans le dos pour qu'il ne me voie pas serrer et desserrer les poings.

« Mais tu es entrée au palais à sa place. Une sacrée chance. Je suis sûr que tu remercies tous les jours le bout de toit pourri qui lui a réglé son compte. »

Je baisse les yeux. Ce salopard veut me mettre en colère. Je me représente ses mots comme des vagues qui passent sur moi, apaisant mon feu intérieur.

« Qu'as-tu éprouvé en voyant ta sœur partir en cendres ? »

Un vilain petit sourire s'accroche à son visage ; je lis pourtant dans son regard qu'il ne cherche pas seulement à me tourmenter, mais aussi à savoir.

« Ça a été le deuxième pire moment de ma vie, mon Prince. »

Le sourire s'élargit.

« Ah oui ? Très bien. Quel a été le premier, alors ?

— Quand ma mère a mis fin à ses jours après que mon père a été conduit face au soleil.

— Pourquoi ton père a-t-il été exécuté ? Quel était son crime ? »

J'essaie tant bien que mal de me frayer un chemin dans cette conversation surréaliste.

« Il a refusé de laisser un Prince qui s'était entiché de ma mère entrer chez nous et l'enlever. Ma mère n'a pas supporté le deuil et la culpabilité. Elle est sortie au soleil juste devant notre maison. »

Alezan éclate d'un rire strident.

« Une bien triste histoire, en effet. Quelle déveine de voir ainsi tous tes proches disparaître les uns après les autres. Mais toi, tu es bien vivante et sous notre protection. N'en es-tu pas reconnaissante ?

— Bien sûr, mon Prince. Tous les jours. Surtout quand je vide les pots de chambre. »

Cette fois, je suis allée trop loin. Le temps ralentit ; mes bras se couvrent de chair de poule.

Alezan rigole encore plus fort et se tape la cuisse du plat de la main.

« Aha ! quel dommage que tous les Fanés ne soient pas aussi amusants. Tu as de l'esprit, ma fille. Peut-être devrais-je te prendre à mon service. »

La terreur me serre la poitrine tandis qu'Alezan guette ma réaction. Puis je le vois perdre soudain tout intérêt à mon égard, replongeant dans son vague à l'âme de privilégié.

« Allez, va-t'en. Je t'ai assez vue. Retourne faire... ce que tu fais d'habitude. »

Il me tourne le dos ; j'en profite pour filer comme si j'avais le soleil aux trousses.

3
L'art du mensonge

Prince Skye : Pouvez-vous nous expliquer, maître espion, pourquoi nous en savons si peu sur les Gris alors qu'ils sont apparus il y a un siècle ? Pourquoi ne s'établissent-ils pas dans les Terres centrales alors qu'ils nous en interdisent l'accès ? Pourquoi ne tentent-ils pas d'envahir Aurore, ou les Déserts, ou le territoire des loups ? Je pourrais continuer ainsi…
Prince Saxe : Je n'en doute pas.
Prince Skye : Je vous demande pardon ?
Prince Saxe : Nous savons déjà le plus important. Que nous ne devons montrer aucune complaisance envers les Gris.

Compte-rendu de la 485e réunion du Grand Conseil,
sur le thème de la connaissance

Grand Prince Azzuri

Les grandes portes de pierre d'Aurore s'ouvrent devant moi, et le monde extérieur m'apparaît. Me revient en mémoire l'histoire de Sangre Cabalti, le fondateur de la cité, premier de la lignée rouge-bleu, dont les troupes ont fondu sur cette vallée pour en chasser les loups qui se l'étaient appropriée. Moi, je n'ai jamais mené de soldats au combat, jamais participé à une guerre, sauf à considérer ainsi l'exode de Vespéral, la fuite éperdue devant les Gris et leur terrible arsenal.

L'air est plus frais dehors que dans la cité, grâce au vent qui souffle sans relâche entre les pics alentour. La crête sur laquelle se dresse Aurore, surplombant la vallée tel un aigle perché dans son nid, semble attirer les courants à elle. Mais le sang de cerf ensorcelé que je viens de boire – deux flûtes pleines – m'empêche d'avoir froid. Il en va de même des Éclaireurs qui m'accompagnent, les seuls soldats d'Aurore à toujours recevoir du sang de qualité lors des patrouilles. Certains disent même qu'ils devraient disposer de sang de loup, vu les dangers encourus. Cela ne me semble pas nécessaire, car les deux vampires ailés qui planent loin au-dessus de nos têtes dans le ciel nocturne, puisant déjà lourdement dans nos réserves de loup, suffisent à nous avertir d'une éventuelle présence des Gris.

Devant moi, malgré le cerf dans mes veines, je ne distingue guère que la longue rangée de torches rallumées au début de chaque tour de garde, éclairant le terrain pour les sentinelles usant de sang inférieur. Grâce à un mélange de soufre, de chaux et de palissandre, les flammes parviennent à durer toute la nuit. Je jette un coup d'œil derrière moi et vois les portes de la cité se refermer, me séparant des deux membres de ma garde personnelle. Je leur ai interdit de me suivre par respect pour les Éclaireurs ; si ces derniers font leur travail, je n'ai nul besoin de protection supplémentaire.

« À vos ordres, Grand Prince », me dit le commandant LeFort, le Médian en charge des Éclaireurs. Pour la première fois depuis très longtemps, il ne représente pas l'autorité suprême en dehors des murs. Il est bien plus grand que moi, et sa masse de cheveux roux – saisissante chez un vampire – paraît luire dans la nuit. Les quatre gouttes de sang stylisées sur son tabard noir indiquent son grade. En tant que Médian, il ne vieillit pas, mais la dureté de ses traits, comme taillés dans le roc, donne à qui l'observe une rassurante impression d'expérience. À moins qu'il s'agisse de condescendance de ma part. La différence est parfois mince.

« Merci, commandant. Mettons-nous en route. À partir de cet instant, je m'en remets à vos instructions. »

LeFort hoche la tête et bat le rappel de ses hommes, quinze soldats vêtus de tabards vert et noir. Aucune trace du rouge de la Garde de sang. Ils portent également des armures, un accessoire inconnu des vampires avant la Marée grise, mais indispensable, à présent, à qui s'aventure hors de la cité. Le métal ne repoussera pas une balle tirée droit dessus ; pour le permettre, l'armure serait trop lourde et empêcherait tout mouvement, même avec le meilleur des sangs. C'est en tout cas ce que prétend mon chef des armées et je suis prêt à croire qu'il a effectué les tests nécessaires. Mais une armure même rudimentaire offre au moins une petite chance de survie en cas d'attaque.

Ces quinze hommes ont le visage sombre, comme s'ils avaient déjà tout vu, tout affronté. Il faut un étrange état d'esprit pour sortir sans cesse dans un monde qui n'est plus ce qu'il était et risque fort de rester ainsi encore longtemps.

« En avant ! aboie LeFort. En cercle autour du Grand Prince. Sans arrêt jusqu'au Point Un. »

Je me mets en marche au sein d'un cercle de vaillants Éclaireurs réduits à l'état de banals gardes du corps. Néanmoins, si j'en ressentais une quelconque culpabilité, mes jours comme Grand Prince seraient comptés.

La première moitié du parcours se déroule sans encombre. Grâce au sang de cerf, je vois notre destination approcher dans la nuit noire : le flanc de colline arboré qui surplombe la vallée. L'endroit où mon fils a été abattu.

Une zone où les Gris, d'ordinaire, ne s'aventurent pas. Plus loin, hors de vue pour l'instant, se trouve une grande étendue de bois, de prairies et de petites éminences. La vallée fait techniquement partie des Terres centrales, donc du territoire gris, mais elle marque également le début de la chaîne des Dents du Nord.

J'inspire à pleins poumons. Dans quelques instants, je contemplerai cette vallée pour la première fois depuis un siècle. Un poids énorme disparaît peu à peu de mes épaules, remplacé par une étrange sensation de légèreté. Comme si le vaste monde pouvait de nouveau m'appartenir. J'ai soudain envie de courir. De crier.

« Halte ! » lance LeFort.

Un début de panique m'envahit aussitôt. Puis je comprends qu'il attend le feu vert des deux soldats ailés. Ils volent si haut que je les distingue à peine, les nuages calés devant la lune n'aidant en rien. Mais les voilà qui redescendent pour signaler, d'un battement d'ailes, que tout va bien. Le contour des membranes de cuir noir se détache sur le ciel nocturne.

Le groupe reprend sa progression. Nous arrivons en vue du bosquet d'arbres qui nous intéresse. Je me prépare à découvrir le lieu où mon fils a perdu la vie, en surplomb de la vallée.

Clong.

La balle frappe un Éclaireur posté à ma gauche. Je sais que c'est une balle, car je la vois rebondir sur l'armure par une maigre faille au sein de ma phalange protectrice. Un instant plus tard, le même son métallique se répète sur ma droite.

« *Les Gris !* hurle un garde.

— On se replie ! Protégez le Grand Prince ! *Ne rompez pas la formation !* »

Les ordres de LeFort déchirent le silence de la nuit. S'il a peur, il ne le montre pas.

Entouré de soldats, je ne vois pas grand-chose alentour. Les arbres, droit devant, puis seulement la nuit. Aucune silhouette dessinée dans l'obscurité. Je tends l'oreille, mon ouïe décuplée par la dose de cerf ensorcelé. Les balles sifflent.

« Attention ! » crie un garde devant moi.

Une volée de balles nous atteint. Les Gris doivent être encore loin, car aucune ne perce les armures. Par miracle, aucune ne touche jambes ou bras, non protégés. Les Éclaireurs battent en retraite vers la cité à marche rapide ; je les accompagne au même rythme forcé. Un goût amer me monte à la bouche, mais nous ne sommes pas venus nous battre.

« Gris ! » beugle un soldat sur ma gauche en tendant le bras.

La phalange se resserre autour de moi ; il n'y a plus aucun espace, je ne peux plus rien voir.

La balle suivante frappe tout près. Je discerne le bruit mou de l'impact sur la chair. Un autre garde, sur ma droite cette fois, s'effondre en hurlant de douleur.

« Resserrez la phalange ! » ordonne LeFort.

Le temps que la manœuvre s'exécute, j'aperçois le garde touché, la balle logée dans l'avant-bras. Les veines se teintent déjà de pourpre autour de la blessure fatale ; sa bouche déformée par une atroce souffrance s'ouvre sur un cri silencieux. Puis la brèche se referme et je le perds de vue.

Il ne reste même plus cinq cents mètres jusqu'aux murs de la cité. Plisser les yeux me permet de distinguer les archers prêts à tirer sur tout Gris qui s'approcherait. Je me demande où sont les gardes ailés et, l'instant d'après, je les vois piquer à toute allure vers une zone située à une quinzaine de mètres de mon bouclier de chair et de métal. Je les entends atterrir avec la puissance de vampires gavés de sang de loup ; ils devraient vite redécoller après avoir réglé leur compte à un Gris ou deux. Un espoir ruiné par une nouvelle volée de balles et un cri de surprise brutalement interrompu. Au temps pour les ailes.

« Plus vite ! » aboie LeFort.

Notre course s'accélère. La masse de soldats demeure compacte autour de moi tandis que la mort nous pourchasse. De nouveau, le bruit affreux d'une balle perçant la chair. Un homme tombe à ma droite. La balle lui a éclaté l'œil. Dans la brève seconde avant que la troupe l'abandonne à son sort cruel, je vois l'orbite fumer alors que l'œil liquéfié s'en déverse. Puis un garde sur ma gauche s'écroule à son tour, fauché aux jambes par deux balles, une dans chaque mollet. Il disparaît presque aussitôt de ma vue, mais j'ai le temps d'apercevoir les veines pourpres grimper le long de ses cuisses comme des serpents mortels.

De nouvelles balles percutent les armures. D'autres percent des membres. La phalange se réduit, créant des vides dans mon cercle protecteur. Je ressens une étrange indignation. Comment les Gris osent-ils attaquer si près d'Aurore ? Comment osent-ils m'obliger à courir ? Une balle me frôle et s'enfonce dans la nuque du soldat qui me précède, juste au-dessus de l'armure. La chair qui n'a pas été détruite par l'impact se couvre d'un affreux violet foncé tandis que le pauvre homme s'effondre sous mes yeux. Il sera réduit en cendres dans moins d'un quart de sablier.

Le cercle de la phalange compte désormais plus de trous que de soldats. J'entends siffler les balles qui me cherchent. Je me prépare à la violence du choc, à la douleur.

À la place, une porte grande ouverte m'accueille, ainsi que les cris des deux cents archers massés en haut des murs.

« Refermez les portes ! » lance quelqu'un au-dessus de moi.

J'arrête enfin ma course, protégé par la muraille de pierre. J'ai le souffle court même si, grâce au sang de cerf, je ne suis pas éreinté par l'effort. Je pivote vers ce qui reste de la troupe chargée de ma défense. Vingt hommes sont partis, douze sont revenus. Une débâcle. Les visages des survivants sont figés, les lèvres entrouvertes. Seule la force du sang de cerf qui coule dans leurs veines les empêche de céder sous le poids du drame qu'ils viennent de vivre.

Varouge s'approche, l'air effrayé.

« Grand Prince, je...

— Ça va, ça va. J'ai connu pire. Tous les jours, même, pendant la Double Guerre. » Je le sens avide de reprendre la parole. « Si par hasard vous songez à me dire que vous m'aviez prévenu, sachez que j'oublierai dans la seconde nos longs siècles passés ensemble. »

Varouge choisit de se taire. S'ensuit un moment de tension tandis que les sentinelles postées sur les murs surveillent les alentours ; certaines des torches se sont éteintes et ne seront pas rallumées avant longtemps. Je m'installe dans un baraquement collé à la muraille, avec les soldats qui ont survécu à cette sortie. Un capitaine m'apporte un verre de sang d'ours ensorcelé et me propose de rejoindre les quartiers des officiers, mais je rejette les deux offres, préférant rester au cœur de l'action. Les sentinelles finissent par annoncer qu'il n'y a plus aucun Gris en vue. Nos ennemis n'ont pas décidé, après un siècle de statu quo, de prendre d'assaut la cité ; ils ont replongé dans l'obscurité aussi vite qu'ils en avaient surgi.

Le commandant LeFort s'approche à son tour, plus pâle qu'il y a un demi-sablier. Mais sa voix ne tremble pas.

« Êtes-vous blessé, Grand Prince ? »

Par principe, je m'inspecte à la va-vite. Aucune balle ne m'a touché.

« Non. Je vais bien. »

LeFort hoche la tête. Il reprend, sur un ton moins martial :

« J'ai perdu huit hommes. Les premiers depuis la Marée grise.

— Ils ont fait leur devoir, dis-je en hochant la tête à mon tour. La prochaine patrouille récupérera leurs cendres. Leur mémoire sera honorée comme il se doit, leurs familles dédommagées. Ils entreront au Paradis rouge en héros.

— Oui, c'est ce que je dirai aux familles…, acquiesce amèrement LeFort.

— Commandant, intervient Varouge, je n'apprécie guère le ton de votre… »

Je l'interromps d'un geste.

« Commandant LeFort, savez-vous à quoi j'occupe mon temps, jour après jour ? » L'officier attend la suite sans rien dire. « Je nous préserve du chaos. Vous vous rappelez le chaos, n'est-ce pas ? Vous avez mené l'exode pendant la Marée grise. Contribuant à la survie de tous ceux qui sont ici aujourd'hui, tandis que les balles des Gris sifflaient à nos oreilles et envoyaient leurs victimes au Paradis rouge bien avant l'heure, Princes comme Médians et Fanés. Vous avez également servi lors de la Double Guerre. Avec distinction. Vous n'étiez que capitaine mais je m'en souviens. Donc vous connaissez le chaos. Vous savez qu'il rôde derrière ces murs et peut-être aussi à l'intérieur si l'on n'y prend pas garde. Donc je ne compte pas m'expliquer sur la mort des braves qui viennent de donner leur vie pour notre cité. Est-ce bien compris, commandant ?

— Oui, Grand Prince. »

Ses yeux n'offrent aucune absolution mais ne condamnent pas non plus. Je connais ce regard ; je l'ai vu chez tant d'officiers songeant à leurs hommes tombés au champ d'honneur.

J'envisage une seconde de lui expliquer malgré tout pourquoi je devais opérer cette sortie. Pourquoi je voulais voir l'endroit où mon enfant est mort. Lui décrire ma colère envers mon fils et ses actes, lui parler aussi de ce qui se cache sous cette rage, que je ne comprends pas encore, mais qui me pousse en avant. J'hésite à lui demander s'il a des enfants. S'il a déjà ressenti cette frustration, puis cette douleur qui vous aveugle si vous y cédez.

Mais je n'ai pas à fournir d'explications à mes subordonnés. Ni aujourd'hui ni jamais.

Les mensonges font partie de mon devoir. J'en débite à longueur de temps.

Sam

J'ai un peu de répit entre ma dose de sang de minuit et les prochains appartements à nettoyer. J'en profite pour filer dans ma chambre, avec l'impression que le bout de parchemin récupéré dans le coffret du défunt Azzuri me brûle les jupons. Beth est là, changeant d'habits à la suite d'une séance de ménage pénible, à en croire les taches de sang.

« Sammy ! s'écrie-t-elle. Tu connais la nouvelle ? »

Ses yeux sont encore plus écarquillés qu'à l'ordinaire. Je secoue la tête, soudain persuadée qu'elle est déjà au courant de ma trouvaille.

« Les Gris ont attaqué, reprend-elle. Tout le monde en parle au palais ! Feux du soleil, tu faisais quoi ces derniers sabliers ?

— Le ménage. Comme toi. »

J'évite d'ajouter que je me tiens le plus loin possible des valets et servantes quand je fais mon travail. J'ai déjà une amie. Je n'ai besoin de personne d'autre. Ma vie n'est pas ici, ou en tout cas elle ne le sera bientôt plus. Les nouvelles qui comptent me viennent des livres. Beth s'occupe du complément.

« Eh bien, si tu avais fait un peu attention, tu saurais que le Grand Prince est sorti de la cité. Pour aller voir là où son cadet est mort. Mais les Gris ont attaqué. Ils ont tué plusieurs Éclaireurs.

— Le Grand Prince est mort ? »

J'essaie de traiter ces données rapidement. Je ne souhaite pas la disparition du Grand Prince – alors que celle de son sadique de fils aîné me ferait bien plaisir – mais, comme c'est malgré tout le dirigeant de cette cité pourrie qui me tient en esclavage, je ne vais pas non plus pleurer si j'apprends qu'il est tombé en cendres.

« Non, répond Beth. Mais il paraît qu'il est furieux. Aucun Éclaireur n'était mort depuis la Marée grise. Les Gris ne s'étaient jamais approchés si près des murs.

— Ils veulent peut-être Aurore. Les Terres centrales ne leur suffisent plus.

— Arrête ! Ne dis pas une chose pareille ! »

Je hausse les épaules.

« Pourquoi pas ? Ça ne peut pas être pire. »

Je me laisse tomber sur mon lit pour me masser les mollets. Ce boulot est une horreur pour les jambes. Du sang de Médian, même un peu de vache ensorcelée, suffirait à réduire ce type de douleurs. Mais personne ne se soucie des douleurs des servantes.

Beth s'assied sur son propre lit sans me quitter du regard.

« Bien sûr que ça pourrait être pire. On pourrait mourir. Beaucoup d'innocents pourraient mourir en même temps que ces sales nobles. »

Je cherche une répartie mais n'en trouve pas. Elle a raison. Ça pourrait être pire, en effet. J'ai longuement parcouru les récits de la Marée grise ; l'historien sorcier Atmo Regardis a écrit plusieurs volumes sur le sujet. Quand les Gris ont lancé leur assaut sur toutes les cités des Terres centrales, avec leurs terribles balles tuant loups, vampires et sorciers, des milliers de familles ont péri en l'espace d'une journée. « Massacre » n'est qu'un doux euphémisme pour décrire l'événement.

« T'as raison, excuse-moi. Tu sais que j'ai des tendances macabres. D'ailleurs j'ai croisé Alezan tout à l'heure. En tête-à-tête. Ça ne m'a pas remonté le moral.

— Hein ? Ce salopard ? Tu vas bien, Sam ?

— Oui, pas de panique. Il est entré dans les appartements de son frère pendant que je les nettoyais. Il a dit qu'il se souvenait de moi, des circonstances de mon entrée au palais. Avec ma sœur. Ça l'a amusé de m'en parler. »

Beth se penche pour me prendre par la main.

« Quoi qu'il t'ait dit, rappelle-toi que tu vaux mieux que lui. » Un frisson la secoue. « Par tous les sangs, c'est vraiment un taré.

— Ce n'est pas tout. » Je sors le bout de papier de mes jupons et explique à mon amie, sidérée, d'où il provient. « Vas-y, lui dis-je à la fin. Lis-moi ce qui est écrit.

— Tu n'as même pas regardé ?

— Non. À la place, j'ai nettoyé des chambres. Ma rencontre avec Alezan m'a un peu stressée, figure-toi. »

Elle déplie le parchemin et l'étudie, de plus en plus confuse.

« D'accord… eh bien, c'est… une liste de noms, on dirait. »

Je lui arrache le papier. Beth n'a pas été longtemps à l'école et ne lit pas très bien. Or, ma patience est à bout.

« Deux noms. Sur la première ligne, commandant LeFort. Sur la seconde, commis de banque LaMalle.

— On connaît ce commandant, lâche Beth, les yeux écarquillés.

— *Tout le monde* le connaît. Sous les noms, il est écrit : “Je pense savoir qui sont les Gris, j’en serai sûr ce soir”.

— Sammy, c’est…

— Un indice. Sur la cause de sa mort. Regarde l’encre de la dernière ligne.

— On croirait entendre un enquêteur !

— Les enquêteurs ont écrit pas mal de livres. Je les ai tous lus. Mais regarde cette encre, Beth. Elle est plus nette que celle des noms. Elle est récente. Très récente. Le jeune Azzuri a dû rédiger cette ligne durant sa dernière nuit sur cette terre. Donc il parle de ce qui l’a poussé à sortir de la cité. Quand il est mort, il devait mettre à l’épreuve sa fameuse théorie sur l’identité des Gris. Ça lui a été fatal. »

En prononçant ces mots, je me rends compte être allée trop vite en besogne. Il manque quelques étapes à mon raisonnement. Mais ça fait dix ans que j’attends une telle information, je ne vais quand même pas me reprocher un excès de zèle.

« Sam… Si quelqu’un apprend que tu as volé ce papier, tu seras… arrêtée. Attachée à un poteau en attendant le soleil du matin avant d’avoir eu le temps de dire ouf. Et moi aussi, juste pour l’avoir lu.

— Aucune raison que quelqu’un l’apprenne, pas vrai ?

— Sammy…

— Je vais suivre la piste, dis-je en serrant les mains de mon amie. J’ai ce papier, j’ai aussi la bibliothèque interdite. Personne ne m’arrêtera. Au contraire, je vais me tirer d’ici, et ce que j’aurai découvert me permettra de démarrer une nouvelle vie, par le chantage s’il le faut. » Je lève une main pour empêcher Beth de parler. « C’est bon, rassure-toi, je ne compte pas te laisser ici. Tu viendras avec moi. On partira sans un regard en arrière.

— Tu délires, Sam. Ils te tueront. »

Je crois ne l'avoir jamais vue si sérieuse.

« Alors je mourrai, voilà. Après quoi j'irai boire un coup au Paradis rouge. À moins qu'on me demande de servir les boissons, ça ne m'étonnerait pas. »

Beth détourne le regard. C'est trop pour elle. Mais je ne peux pas m'arrêter. C'est mon gros problème. Même s'il y a pire défaut.

« T'es pas fatiguée, Beth ? Fatiguée de cette vie ? Fatiguée d'être tout le temps effrayée, traitée comme une moins que rien ? On vaut mieux que les gens qu'on sert. Ça me ronge et je sais que ça te ronge aussi. »

Elle ne répond pas. Ai-je été trop loin ? Ça doit être dur de vivre avec quelqu'un dans mon genre, qui en veut toujours plus. Peut-être l'énergie nécessaire pour me supporter vient-elle de s'épuiser, comme une torche qui n'a plus rien à brûler.

« Tu te souviens de notre rencontre ? » me demande-t-elle d'une voix douce.

Évidemment. Je me souviens aussi d'en avoir souvent parlé avec elle. En dix ans, les mêmes conversations ont le temps de revenir en boucle. Je me demande comment font les vampires qui vivent plusieurs siècles.

« Bien sûr. Comme si c'était hier.

— Tu te rappelles ce que tu m'as dit ? Et ce que j'ai répondu ? »

Le souvenir m'arrache un sourire involontaire.

« Je t'ai dit que je n'avais plus envie de vivre après la mort de ma sœur. Que je ne voulais pas rester seule au monde. Que la vie m'avait quittée. Alors tu m'as attrapée par les épaules et tu m'as dit que, même si on venait de se rencontrer, tu sentais encore beaucoup de vie en moi et qu'elle ne me quitterait jamais.

— C’est ça. Sans doute la phrase la plus poétique que j’ai jamais sortie. »

Un petit rire s’échappe de ses lèvres. Puis elle se tourne à nouveau vers moi. Elle a peut-être versé quelques larmes, mais ses yeux sont secs à présent. Elle a toujours été plus forte que ce que je voulais bien croire.

« Je ne peux pas t’arrêter, Sammy. Je ne *dois* pas t’arrêter. Mais je ne peux pas t’aider non plus. Les Sangsues, elles, sauront quoi faire.

— Quoi ?

— Tu m’as très bien entendue. C’est ce qu’elles font, non ? Chercher des informations.

— C’est juste une rumeur. Pour nous donner de l’espoir, comme les rebelles. »

Cette fois, Beth éclate de rire. La fille que je connais est de retour. La torche ne s’était pas éteinte.

« Tu lis beaucoup, mais tu ignores tout de la rue, pas vrai ? C’est pourquoi tu as besoin de cette bonne vieille Beth.

— Je ne suis pas sûre d’avoir besoin de quelqu’un qui parle d’elle-même à la troisième personne. »

Beth laisse passer la pique.

« Il y a quelque temps, un Prince dont j’ai oublié le nom battait ses servantes s’il restait la moindre tache de sang sur ses affaires alors qu’il en répandait partout pendant ses fêtes. L’une d’elles était amie avec Misabel, qui bosse aux écuries, et c’est elle qui a prévenu les Sangsues en leur disant que ce Prince rendait visite à un autre, tard dans la nuit, pour faire des choses que leurs femmes peineraient à croire, sans parler de les accepter… En tout cas les Sangsues se sont occupées de son cas et, soudainement, il a laissé ses servantes en paix.

— Comment tu sais ça ?

— Toi, tu lis, moi j’écoute, répond-elle en souriant. J’écoute ce que les autres servantes racontent. Elles connaissent toutes quelqu'un que les Sangsues ont aidé. Mais personne ne sait qui dirige l'organisation. La reine des Sangsues… reste bien cachée.

— D'accord. Mais je ne sais pas comment les contacter. »

Autant aller dans le sens de Beth pour le moment. Elle a un avantage sur moi : les ragots, tout ce qui concerne ces dernières années. Des informations qui ne sont pas dans les livres. Je dois ravaler ma fierté et accepter qu'elle en sache plus que moi sur ce coup. J'en conçois une certaine amertume.

« Demande autour de toi, Sammy. L'une des servantes du palais saura bien les contacter. Je te parie qu'il y a une Sangsue dans nos murs. »

Beth arbore un sourire triomphal. Elle pense m'avoir impressionnée. Elle a raison.

Soudain, la prochaine nuit de ménage m'apparaît plus attrayante que prévu.

« C'est réglé, alors. Je pars à la chasse aux Sangsues. »

4
Une certaine forme de magie

Réunissez des représentants des quatre types actifs de magie, donnez-leur à boire et regardez-les se disputer la supériorité. Le Kinet vante ses prouesses et, en effet, qui peut rester indifférent à un gros objet lui arrivant droit dans la figure ? Le Neuro rétorque que celui qui lit dans les pensées ne craint aucune attaque physique. Le Mira, lui, prétend qu'une bonne illusion permet de se tirer de n'importe quelle mésaventure. L'Atmo ne dit rien, faisant juste tomber un éclair sur la table, ce qui est un argument recevable. Mais tous les quatre s'entendent au moins sur un point : ils louent la Lumière de ne pas être des Quantas.

Mira Kilfastion, *Les Cinq Types de magie*

Sage Bailey

Je contemple mon aspirant assassin, ainsi que le baril de poudre qui plane à son côté.

Il s'agit d'un baril assez commun, fait en chêne blanc du sud renforcé par de gros cercles de métal, peint en rouge pâle en référence – peu subtile, ma foi – à son contenu hautement explosif.

« Cinquante kilos de poudre ? m'enquiers-je en frottant mes yeux encore lourds de sommeil.

— Plus ou moins.

— D'accord. De fait, je suppose qu'à cette distance, l'explosion me serait fatale. Sans être assez puissante, néanmoins, pour détruire le temple, même s'il me manque certains paramètres nécessaires à un calcul plus précis. »

L'assassin hausse les épaules et essuie d'un geste nonchalant un peu de sable sur sa tunique rouge sombre. Ornée de bandes orange clair sur le devant et sur les manches, c'est la tenue typique des Kinets.

« Ceux qui m'envoient se moquent du temple. C'est ta peau qu'ils veulent.

— Oserais-je vous demander *pourquoi* ils souhaitent ma mort ?

— T'es le chef du culte d'Humanis. Ils veulent se débarrasser de ce culte. Sans toi, c'est fini. » L'assassin se fend d'un sourire. « À part ça, vos défenses sont vraiment minables. J'ai rarement eu un boulot si facile.

— Le temple a pourtant des gardes…

— Une poignée. Je les ai balancés contre un mur avant qu'ils réagissent. De toute façon, je ne vois pas ce que des sorciers sans magie auraient pu faire.

— Nous avons nos méthodes, dis-je dans un soupir. Vous en avez tué certains ?

— On ne tue pas un sorcier en le jetant contre un mur.

— Ça dépend de l'angle. Vous ne me semblez pas très bien connaître vos pouvoirs.

— Je suis un assassin.

— D'accord. Vous ne cessez de le répéter. Mais il se trouve que je suis toujours vivant et vous vous contentez de discuter. »

Le sourire de mon interlocuteur s'élargit.

« Cette ombreuse de route a été longue. Vous vivez si près de la frontière nord qu'on pourrait aussi bien être dans les Terres centrales. Alors, ça me va de causer un peu pour me détendre. »

Je soupire de nouveau et lève les yeux vers les murs de grès de trente mètres de haut, soutenus par d'épaisses colonnes distoriques et surmontés de bas-reliefs élaborés. Des fissures, vestiges d'anciennes batailles, me permettent d'admirer les étoiles.

« Je connais vos commanditaires. Je connais leurs intentions. Et je peux vous désarmer avec *un seul mot*. »

Mon assassin rit si fort qu'il lui faut du temps avant de rétorquer :

« Me désarmer avec un seul mot ? J'en doute. C'est quoi le credo de ton culte, déjà ? Une histoire de rêve, non ? Vous n'êtes pas vraiment connus pour vos qualités de combattants.

— Il y a des mondes au-delà du mien, des merveilles que je n'approche qu'en rêve, tiens-je à préciser. Mais je vous crois bien incapable de saisir de quoi il s'agit. Sinon, je maintiens mon affirmation. »

Je recule d'un pas et l'assassin s'avance d'autant.

« Très bien, pauvre petit *Quanta*. J'attends de voir. »

Je ne m'offusque pas de l'usage insultant de mon type de sorcellerie. Je ne connais que trop bien ce genre de personnages : les brutes gavées de magie jusqu'à la gorge, qui pensent qu'un sorcier sans pouvoirs est forcément impuissant. Il va apprendre la leçon à la dure.

« Commençons par vos commanditaires. Je crains que vous ne soyez pas un assassin de haut niveau. Je ne serais pas en train de vous parler si tel était le cas. Avec un Neuro, un Mira ou un Atmo en face de moi, je suppose que je serais déjà mort. Les Kinets ont tendance à manquer de finesse.

— Je songe à mettre fin à cette conversation avec un bon coup de baril, sale merde de Quanta.

— Non, vous n'y songez pas. La curiosité vous mène par le bout du nez. C'est écrit sur votre visage. Donc, pour reprendre, le fait que vous ne soyez pas un maître assassin me porte à croire que vous avez été engagé par une secte mineure. La question est alors de savoir qui nous trouve assez gênants pour nous envoyer un assassin de seconde zone.

— Une injure de plus et je vais...

— Continuer à m'écouter ? Aucun doute là-dessus. J'apprécierais cependant de ne plus être interrompu. En tout cas, il doit s'agir d'une secte de Kinets, car les structures réduites ne font confiance qu'à leur propre famille. Petites ambitions, petites idées. Ce qui nous laisse une vingtaine de coupables potentiels. À présent, pour réduire encore cette liste, il nous faut étudier les *raisons* de votre embauche. »

L'assassin me regarde sans rien dire. Il fait semblant de ne pas être intéressé, mais ses yeux et son léger rictus me prouvent le contraire. Je recule d'un autre pas, comme si j'avais peur, et l'homme en face de moi s'avance de nouveau.

« C'est assez drôle, lui dis-je. Personne ne nous attaque jamais par crainte. Après tout, comme vous l'avez si joliment posé, ce culte n'est composé que de *pauvres petits Quantas*. Ceux que l'on moque parce qu'ils croient aux mortels. Aux contes pour enfants.

— Sans oublier que vous vous donnez des noms vampires, des noms de Fanés, rétorque-t-il. On rigole de ça aussi. *Sage Bailey*, ça ressemble à quoi ? Même si je comprends que vous ayez envie d'oublier à quelle famille de sorciers pourrie vous appartenez. »

Inutile de réagir à ces basses provocations.

« Donc, lorsque les assassins viennent – ce qu'ils font sans sourciller, année après année –, ils viennent pour d'autres raisons. Neuro Sunkallion voulait dérober notre supposée fortune cachée. Il a lu dans mes pensées presque jusqu'à ma mort. Presque. Atmo Rasbastion, vous avez peut-être entendu parler de lui ? Le Faiseur de nuages. Ses éclairs étaient fort menaçants, mais il manquait de connaissances en conduction des métaux. Son cadavre fume encore. Mira Krespatarion, envoyé par l'une de ces sectes occidentales qui, honnêtement, ne songent qu'à décimer d'autres sectes, affichait un meilleur niveau. Ses mirages étaient très convaincants. Mais peu de gens savent qu'il y a toujours un moyen de reconnaître un mirage. Lui l'ignorait clairement. »

Mon assassin du jour doute pour la première fois en m'entendant énumérer ses illustres prédécesseurs décédés. Son éternel sourire perd en éclat.

« Alors, cher ami Kinet, qui a bien pu vous envoyer ? » Je fais semblant de réfléchir, pour l'effet dramatique, mais je connais la réponse depuis que cet homme est entré dans la pièce. « Ne s'agirait-il pas de la secte Linklassion ? »

L'assassin en reste bouche bée. J'ai l'habitude de cette expression. Elle m'octroie plus d'intelligence que je n'en possède, car beaucoup de sorciers, au fil du temps, ont négligé de faire travailler leurs neurones. Or, qui préfère sa magie à son cerveau perd vite les deux.

« Comment tu sais ça ?

— Parce qu'en réalité, ça n'a rien à voir avec nous. Vous, les Kinets, adorez vous chamailler. Linklassion se fait chasser de son temple par Laspassion, donc elle a besoin d'un nouveau point de chute. Je me tiens informé de ces petites intrigues, figurez-vous. C'est plus prudent quand n'importe quelle secte avec un peu d'argent vous considère comme une cible facile. De plus, j'ai remarqué ce sable rouge orangé sur vos sandales, typique des Dunes, où Linklassion s'avère être la seule secte mineure kinet. »

L'assassin regarde ses pieds et sourit de nouveau à pleines dents.

« Bien joué, Quanta. J'admets que tu m'impressionnes. La Lumière de Luce t'a au moins donné de la cervelle à défaut de pouvoirs magiques. Les filles préfèrent ça, non ? Je parie que vous croulez sous le sang et les mioches dans ce temple. Mais je ne vois pas de nanas, peut-être qu'elles sont en train de se décrasser.

— Quelle éloquence. J'aurais dû préparer quelques blagues bien senties pour être à la hauteur de l'événement. »

Le baril frémit de façon menaçante. Cette brillante conversation touche à sa fin. Dommage. La plupart de mes camarades soupirent quand je déroule l'un de mes raisonnements, alors que j'avais là un public captif.

« Je note que tu n'as toujours pas utilisé le mot censé me désarmer. »

Je jette un rapide coup d'œil aux pieds de l'assassin, puis lève les yeux vers le baril prêt à s'abattre sur moi.

« Attends voir… », marmonne-t-il, indécis.

Il a remarqué mon coup d'œil. Il regarde le sol à son tour, étudie l'épais tapis laineux sur lequel il se tient. Une vieille pièce effilochée, avec un dessin rouge et bleu. La seule décoration de l'antichambre.

« Je vois, dit-il en reculant pour sortir du tapis. Le coup de la trappe. J'ai failli me faire avoir. Pas mal pour un Quanta. Je suis sûr que ça a marché avec les autres, mais les Kinets ne sont pas si bêtes. »

Je contemple encore une poignée de secondes le deuxième pire assassin qu'il m'ait été donné de rencontrer, lequel se tient pile à l'endroit voulu. Puis je prononce le mot :

« *Maintenant.* »

La confusion se répand sur son visage lorsque les dalles de pierre disparaissent sous ses pieds. Puis vient la terreur. Puis il n'est plus là. Le baril suit le même chemin. J'attends quelques secondes de plus tandis que les cris perdent en intensité. J'entends alors le bruit d'une chute dans l'eau, suivi du fracas d'une explosion. Je m'avance et me penche sur la trappe ouvrant sur le vaste réseau de grottes qui s'étend loin sous le temple. Comme je l'avais calculé, le lac souterrain a absorbé l'essentiel de la déflagration. Je pivote vers Jacob, mon adjoint, demeuré tout ce temps derrière un pilier à l'autre bout de l'antichambre, main posée sur le levier adéquat.

« Eh bien, ça a fonctionné », dis-je en étudiant les alentours au cas où l'homme aurait un complice. Mais il n'y a guère d'endroits où se cacher. Ce n'est pas une pièce dédiée à une activité quelconque, juste un point de passage entre la partie supérieure du temple et les catacombes, où repose désormais un nouveau cadavre d'assassin.

« Facile à dire, grogne Jacob. C'est moi qui attendais que t'arrêtes de baratiner pour que je puisse enfin buter ce type qui voulait me tuer.

— En fait, techniquement, je crois que c'est *moi* qu'il voulait tuer. » Jacob me lance un regard noir. Un peu de diplomatie s'impose. « Mais je comprends ton point de vue. »

Jacob tire sur son bouc bien peigné, preuve évidente de sa contrariété. La barbichette, le crâne rasé, le corps trapu et musculeux ainsi que la peau d'un noir d'obsidienne contrastent avec mes longues mèches brunes, mon teint plus clair, mon visage imberbe et ma grande silhouette élancée. Seules nos tuniques vertes montrent que nous appartenons à la même secte. Par bonheur, l'assassin ne nous a pas vus ensemble : il nous aurait sans doute comparés à un duo de clowns de cirque et le niveau intellectuel de la rencontre aurait encore chuté.

« Nous n'avons jamais couru le moindre danger, Jacob. Nous avons intercepté l'intrus alors qu'il se dirigeait vers les catacombes, disposé à y placer son baril et à filer en douce avant que l'explosion ravage le temple. Il n'allait pas l'utiliser ici même, au péril de sa vie.

— T'en étais sûr à cent pour cent, hein ?

— Avec quelqu'un d'aussi facile à lire, oui, pas loin de cent pour cent.

— N'empêche, dit-il d'un air renfrogné. Le risque existait. Il aurait mieux valu s'enfuir.

— Drôle de remarque venant de celui qui a passé des centaines d'heures à truffer ce temple de chausse-trappes à destination de tous les assassins qui nous ont fait l'honneur de leur visite au fil des ans.

— Disons que je tiens à la vie. J'y tiens même beaucoup. Je ne possède pas grand-chose d'autre.

— Malgré ça, tu as choisi le culte d'Humanis.

— C'est plutôt toi qui m'as choisi, non ? Qui m'as proposé de venir ici. Dans un temple au milieu de nulle part. Sans femmes, sans vin et sans hydromel. Tu me rappelles pourquoi j'ai accepté, déjà ? »

Je souris. C'est un jeu auquel nous jouons souvent. Nous y jouons depuis cent cinquante ans.

— Parce que tu aimes ça, Jacob. Plus encore que le vin, même si tu peines à le reconnaître. Tu aimes découvrir ce qui était là avant nous. Tu en ressens le besoin, comme moi. Qu'il y ait quelque chose de plus. Celui de *savoir*.

— D'accord, admet-il en souriant à son tour. Même si j'aurais préféré un discours moins pétri de lieux communs. Ce qui m'amène au fait que nous n'avons pas découvert ni appris grand-chose depuis la Marée grise. Difficile de bosser quand les Gris nous empêchent de sortir des Déserts.

— Sauf si ma théorie est correcte.

— Ce qu'on ne saura jamais, grommelle Jacob. Parce que j'aime aussi mon corps, bien vivant et sans balles plantées dedans. Je suis assez pointilleux là-dessus. » Un long bâillement interrompt sa diatribe. « Pourquoi les assassins se pointent-ils toujours au beau milieu de la nuit ? C'est très impoli de leur part, si tu veux mon avis. »

Je vais lui suggérer de réfléchir à sa dernière affirmation lorsque nous sommes interrompus par l'un de nos frères, qui nous observe avec embarras depuis la porte menant à la surface.

« C'est bon, frère Finlay, dis-je en désignant la trappe. Notre visiteur est en mille morceaux à mille mètres sous nos pieds. Comment vont les gardes ?

— Quelques égratignures. Surtout au niveau de l'ego.

— Très bien. Que les cinq magies en soient louées. »

Frère Finlay est un homme dégingandé, au visage dissimulé sous une capuche vert clair elle-même attachée à un manteau dépourvu du moindre emblème, à l'inverse des autres cultes et sectes. Les membres du culte d'Humanis ne se promènent pas avec leurs symboles de Quantas. Pourquoi nous vanter d'un type de magie qui ne nous a jamais rien apporté, en particulier aucun pouvoir magique ?

Je ressens néanmoins une certaine angoisse chez le frère Finlay, capuche ou pas.

« Mikael, c'est ça ? Je crois que nous n'avons jamais été convenablement présentés.

— C'est ça, Grand Frère.

— Sage, s'il vous plaît. Oublions un peu les formalités en ce jour difficile. Depuis combien de temps êtes-vous des nôtres ?

— Environ une décennie. »

J'aurais sans doute dû aller vers lui plus tôt. Dix ans ne représentent pas une si *longue* attente au sein d'un culte que j'ai fondé il y a un siècle et demi, mais il est bon de s'informer des compétences de ses membres autrement qu'à l'occasion des tentatives de meurtre.

« Combien d'assassins avez-vous vus passer durant ce laps de temps ?

— Dix, me semble-t-il, Grand Fr… Enfin, Sage. Un par an.

— Compte tenu du nombre de personnes qui nous veulent du mal, regrettez-vous votre choix ? Regrettez-vous d'avoir rejoint notre culte ? »

Mikael y réfléchit quelques instants.

« Non. Le fait que nous parvenions chaque fois à nous en débarrasser me prouve que j'ai choisi la bonne secte. »

Je me tourne vers Jacob, sourire aux lèvres.

« Tu vois ? Tes recrues savent se tenir.

— Bien sûr, dit Jacob en lançant un clin d'œil à notre frère. Si elles savent tenir l'alcool, elles savent se tenir.

— Si je puis me permettre, reprend Mikael en montrant un bout de parchemin. Des nouvelles en provenance d'Aurore. »

Je hausse les sourcils.

« Elles ne sont pas arrivées chez nous, je présume ?

— Non. Luce les a reçues par l'intermédiaire des Neuros d'Aurore. Directement dans l'esprit de l'Archimage, lequel me les a fait transmettre mentalement par ses propres Neuros. J'ignore pourquoi il m'a choisi *moi*… J'ai l'impression que l'envoi s'est fait dans l'urgence. J'ai réussi à transcrire le message avant qu'il disparaisse de ma mémoire.

— Par les cinq magies ! s'exclame Jacob. D'abord l'assassin, ensuite l'Archimage. Si ça continue, il faudra que je dorme toute la journée pour récupérer de tout ça. » Je le dévisage avec insistance. « Ben quoi ? J'ai besoin de ma dose de sommeil, point final. On en a déjà discuté.

— Les nouvelles concernent Aurore, précise Mikael en évitant de s'adresser à mon adjoint.

— Si ça vient d'Aurore, alors on peut supposer que ça parle d'Aurore, non ? insiste Jacob.

— Laissez-le dire, Mikael. Il croit que j'essaie de le faire tuer. Comme si je n'avais pas de moyens plus simples d'y parvenir. Ces nouvelles, donc...

— C'est à propos d'Azzuri. Le jeune. Le cadet du Grand Prince.

— Que se passe-t-il ?

— Il est mort.

— Hein ? Mais comment ? »

La joie de ma récente victoire s'est envolée. Je me sens soudain vidé, dépourvu de mots.

« Eh bien... le message n'est pas très clair... »

Je lui arrache le papier des mains, rongé par l'impatience. Je le lis. Plusieurs fois.

« Ça n'a aucun sens. Le message dit qu'il a été tué par les Gris. Cette nuit même.

— Bon sang de Lumière ! s'écrie Jacob. Les Gris sont entrés dans la cité ?

— Non, dis-je en rassemblant les pièces d'un étrange puzzle. Il a été tué à l'extérieur des murs. C'est là qu'on a retrouvé son corps. On n'en sait pas plus. En tout cas c'est ce qu'on a fait savoir à l'Archimage. »

Jacob pâlit à vue d'œil.

« Ombre maudite... Parmi tous leurs Princes, il a fallu que ce soit lui qui meure. Je l'aimais bien. C'était une belle personne.

— Il était... » Les mots m'échappent à nouveau. « Il nous écoutait. »

Mon regard remonte le long d'un pilier du temple. Au sommet, la frise représente une masse de feuilles emmêlées ; leurs tiges paraissent tenir tout en place, tels de puissants cordages. Sans vraiment savoir pourquoi, j'essaie de reformuler ma pensée :

« Il *nous* écoutait. »

J'entends à peine mes propres mots. Un souvenir me revient en mémoire.

CENT CINQ ANS PLUS TÔT
CINQ ANS AVANT LA MARÉE GRISE

Je médite dans le jardin d'aromates quand Jacob vient m'y déranger.

« Nous avons une visite », dis-je aussitôt.

Jacob plisse les yeux. « Laisse-moi deviner. Je marche d'une certaine façon quand un étranger est là, ou un truc du genre ? »

Je me retiens de sourire.

« Je pensais plutôt au fait que les visites et les urgences sont les seules raisons pour lesquelles j'autorise l'interruption de ma contemplation spirituelle.

— Ah oui, c'est vrai. J'avais complètement oublié, pour être honnête. »

C'est à mon tour de plisser les yeux.

« Quarante-cinq ans comme frère adjoint et tu ne sembles toujours pas maîtriser l'art d'écouter ce que je te dis. »

Jacob hausse les épaules.

« C'est l'espoir qui fait vivre. En attendant, *contemplation spirituelle* est une expression ridicule, là où *méditation* suffit largement.

— C'est un type de méditation, Jacob, orientée sur l'instant présent et... Bon, bref, ne faisons pas attendre notre visiteur. Envisages-tu de me révéler à un moment ou à un autre de qui il s'agit ?

— Je n'en ai pas la moindre idée. Il n'a pas dit son nom au frère Wragg. Il porte une tunique de désert toute simple, il est seul. Peut-être un vagabond détraqué. Sans doute, d'ailleurs, pour s'être aventuré jusqu'ici. Il est dans l'antichambre de l'aile est. Frère Bressinger le surveille.

— En profite-t-il pour surveiller aussi sa bouteille ? »

Tous les nouveaux adeptes ne tiennent pas le coup. La vie est rude dans le désert et notre culte est l'un des plus étranges qui soient.

« Une seule façon de le savoir, Sage. »

Je me lève en poussant un soupir. À coup sûr une perte de temps. Ce culte n'a que quarante-cinq années d'existence, du moins dans sa présente version ; mieux vaut oublier ma piètre tentative d'avant-guerre. C'est une durée très courte pour les sorciers et nous offrons donc encore ce sentiment de nouveauté qui attire à nous des individus égarés. Certains font de bonnes recrues, avides d'enquêter sur les reliques d'une race que beaucoup croient purement légendaire. Les autres ne sont que des opportunistes. Ou pire.

Dans l'antichambre, je trouve le visiteur occupé à étudier le bas-relief ornant un pilier : une grande lumière entourée de sorciers prosternés. Nos sculptures ne sont pas aussi délicates que celles d'autres temples ; nous ne sommes pas un culte important et nos locaux ont connu des jours meilleurs. L'éclairage est fourni par des torches disposées le long du mur, même s'il n'y a pas grand-chose à éclairer hormis ce bas-relief que le visiteur caresse du bout des doigts.

« C'est magnifique », dit-il.

Un vampire. C'est ennuyeux que l'on ne m'ait pas prévenu. Ma chaîne de communication laisse à désirer. Sa longue chevelure brune est parsemée de sable, mais sinon bien entretenue. Son visage arbore une beauté classique : nez aquilin, pommettes saillantes, avec des yeux ronds et doux là où on les attendrait sévères au vu de sa lignée, ce qui le rend moins intimidant. Comme Jacob me l'a indiqué, il porte une tunique marron et des sandales de désert sans la moindre ornementation. Une énigme intéressante mais que je résous assez rapidement.

« Ce n'est pas notre œuvre, lui dis-je. Ce temple a d'abord appartenu au culte de la Lumière, comme le suggère ce bas-relief. Tous ses membres ont succombé durant la Double Guerre, tués par un seul et même homme. Ainsi, lorsque j'ai fondé le culte d'Humanis peu après le conflit, j'ai… adopté cet endroit. »

Le vampire hoche la tête sans quitter la sculpture des yeux.

« Je trouve les mythes de la création des sorciers fascinants. Très différents des nôtres. Vous croyez à ce que vous appelez la Lumière, n'est-ce pas ? Une puissance intelligente qui a conçu la magie puis les cinq familles de sorciers. Cette même puissance qui engendre chaque sorcier directement sous forme adulte dans une chambre secrète de Luce, votre capitale.

— C'est exact. » D'ordinaire, j'adore engager de grands débats théologiques avec les étrangers mais, avec le nombre d'assassins et de bandits qui frappent à notre porte, mieux vaut aller droit au but. « Je pense néanmoins que vous n'êtes pas venu ici discuter de nos origines, Prince Azzuri. »

Il se tourne vers moi, étonné, avant de se fendre d'un sourire.

« Oui, bien sûr, vous avez dû voir l'un de mes portraits. Je pensais que ma mise banale suffirait à vous tromper !

— Je n'ai jamais vu vos portraits.

— Alors, comment avez-vous deviné ?

— Votre structure faciale est clairement celle d'un Prince. De plus, l'éclat de votre peau indique que vous consommez les sangs les plus nobles. Restait donc à savoir *quel* Prince. » Je m'approche de lui, affinant mes déductions alors même que je les énumère. « Vous êtes venu seul. J'ignore encore pourquoi, mais le fait que vous ne sembliez guère préoccupé par votre sécurité dans les Déserts, ajouté à cette *mise banale*, suggère soit que vous fuyez quelque chose soit que le concept même de propriété vous passe au-dessus de la tête. Je penche pour la seconde hypothèse. »

Le vampire sourit de nouveau en repoussant une mèche rebelle.

« Pourquoi donc ?

— Parce qu'aucun fuyard n'aurait la mauvaise idée de venir ici. À partir de là, je me suis demandé quels Princes étaient réputés pour leur attitude, disons, *non princière*. Voire rétive. Or, même si je ne suis pas au jour le jour les affaires des Terres centrales, j'ai cru comprendre que le fils cadet du Grand Prince, malgré son jeune âge, avait d'ores et déjà fait montre d'un certain esprit de dissidence. En exprimant sa sympathie envers les Fanés. En encourageant une certaine mixité de classes déjà en marche à Vespéral. »

Le jeune Azzuri lâche un rire doux qui résonne pourtant dans l'antichambre.

« C'est impressionnant, admet-il. Mais vous avez quand même fait un pari. Vous ne pouviez pas en être certain.

— Toutes les déductions sont des paris. Malgré les récits des meilleurs enquêteurs de notre belle capitale, personne ne peut certifier qu'un tel raisonnement est sûr à cent pour cent.

— Vous parlez d'autorité, Sage Bailey. Vous-même avez été enquêteur, n'est-ce pas ? »

À mon tour d'être étonné. Je n'ai pas l'habitude que mes antécédents soient connus, en particulier d'un vampire. Lequel profite de mon silence ébahi pour poursuivre :

« J'ai lu tout ce que j'ai pu trouver sur vous. Malgré votre discrétion, les archives de la grande bibliothèque de Vespéral sont assez exhaustives. Vous êtes un Quanta, à l'instar des autres membres de votre culte. Vous avez d'abord résidé à Quantile, avec vos pairs, puis, une fois vos talents remarqués, on vous a nommé enquêteur à Luce. Le premier Quanta à occuper un tel poste. Vous y avez résolu tous les dossiers criminels mis entre vos mains malgré votre absence de pouvoirs magiques. Après la Double Guerre, vous avez totalement changé de voie. Vous avez développé une obsession pour les légendes concernant les mortels, pour la recherche des preuves de l'existence de cette civilisation mythique. Vous avez fondé le culte d'Humanis dans ce but, au fin fond du désert, loin des villes tenues par les sorciers. »

Je hoche la tête, approbateur.

« C'est étrange d'entendre mes modestes œuvres ainsi résumées par un homme de pouvoir.

— Le pouvoir ne m'intéresse pas. D'ailleurs, tous les gens que je connais qui s'y adonnent ne m'apprécient guère. Ma propre famille m'a en horreur pour ce manque d'intérêt, sachez-le. Ce n'est pas réjouissant d'être détesté, si tôt dans sa vie, par ceux qui sont censés vous aimer. »

Il détourne le regard, sentant qu'il en a trop dit à un homme qu'il vient juste de rencontrer. Je me dois de détendre l'atmosphère.

« Désirez-vous un verre de sang ? Nous en gardons en réserve pour les vampires de passage. Nous disposons aussi d'une chambre réservée aux invités. Ce n'est pas très différent de cette salle, mais il y a moins de sable et vous pourrez vous asseoir. »

Il secoue la tête, souriant.

« Non, merci bien, Grand Frère.

— Sage, s'il vous plaît.

— Sage, alors. Je dois faire vite. Mon père a sans doute envoyé ses sbires surveiller mes faits et gestes. Comme vous pouvez l'imaginer, il n'est pas bien vu qu'une personne de mon *statut*… » Il s'arrête un instant, laissant planer son opinion sur ce terme. « Qu'une telle personne, donc, quitte les Terres centrales pour s'aventurer seule dans les Déserts. Je ne souhaite pas que l'on apprenne ma venue ici.

— Puis-je m'enquérir de la raison de cette venue ? »

Ma fascination pour cet insolite spécimen de noble ne cesse de croître.

« Je voulais vous dire quelque chose, répond-il en caressant de nouveau le bas-relief. Et peut-être vous demander de l'aide. J'ai toujours eu une imagination débordante. J'adore les mythes, les légendes. En outre, sans doute à mes dépens, j'y crois souvent. Que ce soient ou non les mortels des contes, je pense que d'autres êtres ont habité cette terre avant nous. Toutes mes lectures et mes observations me portent à le croire.

— J'aimerais tant que d'autres partagent cet avis. Le reste des sorciers se rient de nous.

— Je suppose que leur opinion vous importe autant que m'importe celle des vampires qui se rient de moi... » Cet homme est décidément un phénomène. « Ce qui m'amène au sujet de ma visite. Il y a six mois, en plein cœur de l'hiver, on a découvert quelque chose de massif à l'extérieur de Vespéral. Enterré très profond, paraît-il. Cette trouvaille a d'abord été stockée dans la banque du Sang de la cité avant d'être transférée dans celle d'Aurore, jugée encore plus sûre. »

Je déglutis avec peine. Ma colère monte à l'idée que les vampires aient trouvé ce que *moi* je cherchais. Mais je m'oblige à me calmer. La colère est rarement utile et, quand elle l'est, ce n'est qu'à titre de ruse, parfois envers soi-même.

« Savez-vous de quoi il s'agissait ?

— Non. On a brandi l'explication d'une cache de minerais abandonnée par les sorciers avant la fondation de Vespéral. Mais il me reste assez de liens dans les divers Conseils pour savoir que c'était suffisamment important pour être mis au secret. Sous bonne garde du maître espion Saxe. »

Saxe, une légende même en dehors du monde vampire. Le Prince dont le réseau d'espions force les Fanés à se tenir tranquilles. Les barrières entre classes sociales s'abaissent peu à peu à Vespéral, mais ces progrès seraient bien plus rapides sans Saxe et ses magouilles.

« Voilà une drôle de nouvelle, Prince Azzuri.

— Rouget, s'il vous plaît.

— Rouget ? Je croyais que votre nom d'élection était Vermillon, comme votre père.

— Mes amis m'appellent Rouget.

— Je... Je ne peux guère prétendre être votre ami.

— Mais vous n'êtes pas mon ennemi, Sage. En ce moment, ça me suffit. »

Difficile de contrer ce raisonnement.

« Malgré la valeur potentielle de cette trouvaille, je ne vois pas ce que nous pouvons faire. Puisque, comme vous l'avez dit, Saxe l'a remisée dans la meilleure des cachettes.

— Supposons un instant que vous ayez raison. Les mortels ont existé. Souhaitez-vous que Saxe ou, pire, mon père aient un accès privilégié à ce savoir ? »

Je secoue la tête.

« Ce culte et tous mes actes prouvent le contraire.

— Nous sommes d'accord. Alors, dites-moi, avez-vous découvert une preuve irréfutable de l'existence des mortels ? Des livres, peut-être ? Des armes, de l'artisanat, des temples... ? »

J'espère vivement qu'il ne sait pas déchiffrer les expressions aussi bien que moi.

« Nous n'avons trouvé que des reliques à l'origine incertaine. D'aucuns prétendraient aisément qu'il s'agit d'artefacts immortels. Mais cela changera en son temps.

— Je n'en doute pas. Votre persévérance me redonne espoir. Quant aux mortels, pensez-vous qu'ils disposaient d'armes très puissantes, dont nous imaginons à peine le pouvoir de destruction ?

— En effet. À mon avis, ce que nous considérons comme des contes, des mythes, provient de connaissances des rares individus encore de ce monde ayant vécu cette époque où nous étions des bêtes, avant le Souffle d'intelligence et les débuts des sociétés d'immortels. Les réponses sont à chercher dans les demi-vérités transmises à travers les siècles. Dans l'idée que, oui, malgré leur vie éphémère, ces êtres possédaient des capacités d'ordre divin.

— D'accord... Donc s'il existe un risque que Saxe et les Princes qui le soutiennent aient découvert un artefact de cette envergure, il est important que nous en soyons également informés, n'est-ce pas ?

— Très important.

— Formidable ! »

Le vampire lève soudain les bras et, l'espace d'une seconde, je l'imagine se mettre à danser. Ce dont il ne se prive pas – si les rumeurs sont exactes – sur certaines scènes miteuses de Vespéral. Il me semble assez... spectaculaire pour ça.

« Dans ce cas, dit-il, je serai vos yeux et vos oreilles à Vespéral. En échange, vous m'éclairerez sur le sens de ce que je mettrai au jour, afin que nous puissions transmettre ce savoir au peuple et, avec un peu de chance, empêcher les Princes d'accroître leur pouvoir. »

Cette déclaration me laisse pantois. Je n'ai pas l'habitude de chercher mes mots. J'ai encore moins l'habitude d'une telle franchise. Donc, pour une fois, j'oublie les mots et tends la main au vampire. Un mince rayon de lune passant par une fissure du toit illumine notre poignée de main.

Le souvenir s'accroche à mes pensées. Je me demande comment un événement si lointain a pu me revenir avec une telle clarté.

« Mikael, vous pouvez vous retirer. Merci pour tout. Auriez-vous l'amabilité de préparer nos affaires de voyage ?

— Bien sûr. Pour combien de temps ?

— Deux semaines. Avec des chevaux rapides, en restant en selle toute la journée et une bonne partie de la nuit. »

Mikael a soudain l'air très inquiet – de ce que j'entrevois sous sa capuche – mais il se contente de hocher la tête et de quitter la pièce. Je me tourne vers Jacob, qui me dévisage comme si je venais de signer son arrêt de mort. Il va mal le prendre. Très mal. Mais il s'y fera.

« T'es pas sérieux, me lance-t-il.

— C'est toi le blagueur, pas moi, comme tu ne cesses de me le rappeler.

— Sage, on ne parle pas d'une simple blague. On ne peut pas aller à Aurore. D'accord, tu penses que la mort du jeune Azzuri est peut-être en lien avec ce qu'il faisait pour nous…

— C'est *assurément* en lien.

— N'empêche qu'on ne peut pas y aller. Ni nous ni personne. Si on essaie, les Gris nous buteront. C'est comme ça depuis un siècle. Tu veux que je te fasse un dessin ? Nous, sur la route, avec des balles dans la peau. Moi, t'adressant un geste obscène juste avant de crever.

— Si ma théorie est correcte…

— Arrête avec ça ! C'est de la pure folie, Sage, rien de plus.

— Ah oui ? » Une vague de colère tente d'engloutir ma rationalité, profitant de l'immense opportunité qui me tend les bras. « De la pure folie par opposition à quoi ? Au monde si ombreusement sensé dans lequel nous vivons ? » Éprouvant le besoin de bouger, je décide de parcourir l'antichambre de long en large. « Étudions l'affaire ensemble. Le Grand Prince Azzuri a fait savoir à l'Archimage que les Gris avaient abattu son fils. Pour cela, il a employé des Neuros. Un service très coûteux, qui n'est donc utilisé qu'en cas d'urgence. Nous pouvons en déduire qu'il s'agit d'un avertissement au cas où les Gris prépareraient une vaste opération dont ce meurtre serait le prélude. Tu me suis ?

— Comme toujours, non ? »

Je laisse subtilement cette pique sans réponse.

« D'après son message, l'Archimage a reçu cette information dans la nuit. À la suite de quoi il a aussitôt employé lui-même un Neuro pour nous prévenir. *Nous*. Le culte bizarre sans pouvoirs et sans beaucoup de respect. Pourquoi, Jacob ? Par simple amabilité politicienne ? Bien sûr que non. Parce qu'il s'est rappelé ma théorie. Il sait que je suis le seul à pouvoir me rendre à Aurore. Il veut des sorciers de confiance là-bas pour évaluer la situation. Donc nous.

— C'est ce qui est écrit dans le message ?

— Non, mais ça coule de source si…

— Une seconde, l'artiste. » Jacob s'assied, dos à un pilier, puis ôte ses sandales et masse ses pieds couverts de sable. « Je boirais bien un verre. Pourquoi avons-nous tant d'antichambres vides sans même un endroit où picoler ? Si j'avais été là quand le culte a emménagé, crois-moi qu'il y aurait…

— Jacob…

— D'accord, d'accord. Je te suis. Nous sommes désormais des sorciers importants, dans les petits papiers de l'Archimage, alors qu'il n'a même pas daigné répondre à tes dernières sollicitations. Il nous fait confiance, mais pas assez pour le dire clairement. À part ça, pourquoi le Grand Prince nous recevrait-il ?

— En tant que diplomates venus présenter nos condoléances. Il sera surpris que nous ayons réussi à gagner la cité en un seul morceau. Ce qui le rendra sans doute suspicieux. Mais nous jouerons les visiteurs polis, tout en enquêtant sur la mort de son fils. »

Jacob se passe une main sur le visage, puis grogne un bon coup.

« On n'enquêtera sur rien, espèce d'idiot. On crèvera avant d'arriver à Aurore.

— Pas du tout. Mon raisonnement est imparable.

— Et s'il ne l'est pas tant que ça ?

— Eh bien, dis-je en haussant les épaules, tu auras vécu une belle vie, pleine de femmes et d'alcool, deux activités dont tu acceptais parfois de te détacher pour m'aider à gérer ce temple.

— Exact. Mais ça ne me console pas.

— Très bien. Alors j'irai seul. Mais si le jeune Azzuri est mort à cause de nous…

— Tu n'en sais rien.

— Je suis forcé de l'envisager. Sur la base de la lettre qu'il m'a adressée il n'y a même pas trois mois. Nous devons supposer qu'il a découvert une information importante sur l'artefact caché, ce qui lui a coûté la vie. »

Jacob empeste le scepticisme. Ses sourcils sont tellement hauts qu'ils vont bientôt se détacher de sa tête. C'est le moment d'insister.

« Il était… gentil. Délicat. En porte à faux avec sa classe sociale… À présent, nous n'avons plus personne à Aurore pour nous aider. Pour nous apprendre enfin si les Princes ont déterré une preuve de l'existence des mortels. En revanche, nous savons le mal terrible que cette trouvaille pourrait causer entre de mauvaises mains. » La détermination de Jacob vacille. Je m'avance pour porter le coup de grâce. « Le jour où je t'ai rencontré, tu m'as dit que tout vaudrait mieux que la vie que tu menais alors. »

Jacob sourit. Enfin, je crois que c'est un sourire.

« J'ai dit beaucoup de choses ce jour-là. J'étais soulagé de prendre un nouveau départ. »

Je hoche la tête. C'est gagné.

« Parfait. Alors rappelle-toi ce soulagement et emporte-le avec toi, mon ami. Une longue route nous attend. »

Sam

Quelqu'un frappe un grand coup à la porte de la chambre. Je repousse la couverture de laine rêche qui me sert de drap, puis m'assieds sur le lit, les sens déjà en alerte, remettant mon filet à cheveux en place. Je ne dormais pas, de toute façon. Je repensais à mon échec de la nuit, aux conversations avec les autres servantes n'ayant rien donné. J'ai tenté d'être aussi prudente que possible, ne parlant des Sangsues qu'avec désinvolture, entre deux ragots. Mais je n'ai récolté que des haussements d'épaules. S'il y a bel et bien des Sangsues au palais, elles ne comptent pas me faire signe.

Beth se réveille et croise mon regard. C'est inhabituel d'être dérangées si tôt. Dehors, le soleil se lève. Je le sens au fond de moi. Je sens sa présence, comme tous les vampires. Une sorte d'instinct de survie. Ce qui se déroule au palais en plein jour est forcément mauvais.

Je saute du lit, ramasse le châle bleu du jour des Prières et le balance dans l'armoire afin qu'on ne nous accuse pas de négligence. Après quoi j'étudie la pièce en quête de sources de reproches ; un peu de moisissure s'est installée au coin de l'armoire, mais on ne peut pas nous en vouloir pour ça. Enfin j'espère. J'ouvre la porte et tombe de nouveau sur Phylis. Elle est encore en habits de nuit, loin d'être prête à se coucher, ce qui expliquerait son air renfrogné s'il n'était pas permanent.

« Vous devrez vous rendre à la demeure de Dame Hocquard, quartier de Nordet, ce soir à la première heure.

— Quoi ?

— Vous m'avez bien entendue, ma fille. Dame Hocquard. Elle a besoin de servantes supplémentaires pour un bal. Elle les veut avec un peu de jugeote. Donc on a pensé à vous. Vos efforts vous valent un petit changement de décor, finalement.

— Pourquoi lui faut-il plus de personnel ?

— Qu'on me suce le sang si je le sais ! Une calèche vous attendra à l'heure dite, c'est tout ce que vous avez besoin de savoir. Alors ne traînez pas au réveil. »

Après le départ de la servante en chef, je me tourne vers Beth et ses yeux écarquillés.

« Dame Hocquard, dit-elle. Je crois que j'en ai entendu parler. Elle organise des bals de charité en faveur des Fanés démunis.

— C'est une des moins pires, alors. En plus, son nom montre qu'elle ne fait pas partie des rouge-bleu. Qui, eux, sont les pires des pires. »

Une bonne règle à respecter : toute servante qui croise de la noblesse baptisée Écarlate Cyania ou – au hasard – Alezan Azzuri doit s'écarter du chemin si elle tient à vivre longtemps.

« Ne t'emballe pas, Sammy. Elle fait vraiment partie de la haute. Ses trucs de charité, c'est juste pour faire semblant de s'inquiéter de notre sort. Les Dames aiment s'occuper pour oublier tout ce que les Princes font dans leur dos. »

Je ne peux m'empêcher de sourire. Beth m'étonne sans cesse alors que je la connais depuis dix ans. J'ai parfois tendance à oublier qu'elle n'est pas bête comme elle le prétend. Elle joue seulement un rôle.

« T'as sans doute raison. Comment ça se fait que tu en saches autant sur les Dames ?

— T'as tes livres, j'ai mes ragots, dit-elle avec un clin d'œil. Je suis contente de te voir sourire, Sam. »

Ma foi, je suis contente aussi. Ça me console de mon raté avec les Sangsues.

« Ça peut être un bon plan, tu sais. Si cette Hocquard n'est pas trop nulle, elle va apprécier mes services et réclamer mon transfert chez elle. Après quoi je ferai du charme à sa servante en chef pour te faire transférer aussi. Ce sera forcément mieux qu'au palais.

— Encore une nouvelle manigance. Parfois, je n'arrive plus à suivre.

— Ne dis pas de bêtises. T'es la seule qui me suive. On est les servantes comploteuses, celles qui piquent des fioles de sang jusque dans les tiroirs à caleçons des Princes. »

Je lui fais un clin d'œil à mon tour et nous éclatons de rire ensemble.

« Raconte-moi une histoire, Sammy. Un de tes contes. Pour m'aider à me rendormir. »

Je soupire intérieurement. J'ai envie de lui dire que je suis trop fatiguée, mais elle sait qu'elle me tient car, la nuit prochaine, j'irai me balader dans le manoir d'une Dame.

« Quelle histoire tu veux ?

— T'as dit que le coffret d'Azzuri venait de Crépuscule. Je veux cette histoire-là.

— Feux du soleil, Beth, j'ai déjà dû te la raconter dix fois. »

Plutôt cent. Expliquer à mon amie l'histoire de notre monde sous forme de contes est la pénitence que l'on m'inflige pour avoir lu tous ces livres. Même si c'est parfois assez drôle.

« C'est vrai, mais j'aime ça. Ça me donne l'impression d'être loin d'ici. Tu vois ce que je veux dire ? »

Je vois très bien. Je chauffe ma voix – moitié conteuse, moitié mère – et me lance :

« Il y a de cela trois cent cinquante ans, quatre familles de nobles vampires ont quitté leurs demeures respectives dans les grandes cités du continent. L'une de Vespéral, l'une d'Aurore, l'une de Nocturne et la dernière de Mal Aube. Ces gens voulaient explorer le territoire où nul n'avait jamais mis les pieds : les Terres de cendres. Ils comptaient braver les monstres censés y habiter, et toutes les horreurs qui dissuadaient les vampires de franchir la mer. Des milliers de curieux intrépides les ont suivis. Ils ont traversé la mer Australe et installé un premier campement sur la rive nord des Terres de cendres. Mais ils n'ont jamais poursuivi leur voyage. À la place, ils ont fondé une cité. Personne ne sait ce qui les a fait changer d'avis. Ils ont bâti de hautes murailles afin que les monstres, s'ils existaient, ne puissent pas les attaquer. Ils ont baptisé leur nouveau foyer Crépuscule.

» Cette cité a prospéré durant deux siècles sans que personne, sur notre continent, n'en sache rien. Aucun message n'est parvenu de ce côté-ci de la mer Australe. Aucun messager non plus. Crépuscule était coupée du reste du monde, mais des rumeurs circulaient malgré tout. À propos d'une cité légendaire, à propos d'espions et de secrets, d'incursions vers le sud, et surtout de querelles interminables entre les quatre familles fondatrices. Des trahisons, des mariages, des meurtres, des machinations à n'en plus finir.

» Puis, une quarantaine d'années avant que la Double Guerre apporte ruine et malheur à notre continent, Crépuscule est tombée. Personne ne sait pourquoi.

C'est ainsi. Les flammes immenses étaient visibles depuis les Marais. Les survivants ont réussi à traverser de nouveau la mer Australe : quelques centaines parmi les milliers d'habitants de la cité. Ces survivants vivent désormais parmi nous, taisant leurs secrets et leurs histoires. D'aucuns prétendent qu'ils connaîtraient même le plus important de tous les secrets, quoi que cela puisse être.

— Oui, oui, marmonne Beth, somnolente. On ira là-bas, Sammy. On verra les ruines. Toi et moi. Toi et moi à Crépuscule. »

Elle fait toujours ça. Rêver d'un avenir qu'on ne vivra jamais. J'ai l'habitude de lui dire « Oui, bien sûr », mais ça devient de plus en plus dur au fil du temps. Plus notre vie passe sans aucun changement, plus nos rêves nous regardent avec un grand sourire moqueur, nos échecs reflétés sur leurs belles dents blanches.

J'ouvre la bouche pour rassurer Beth, pour lui servir de nouveaux mensonges, mais elle s'est déjà endormie.

5
Ça pourrait difficilement être pire

J'ai évoqué avec de nombreux Princes la question des Sangsues. Nous, Médians, en parlons souvent, et les Fanés encore plus. Mais aucun Prince ne prend l'idée au sérieux. Lorsque nous disons entraide féminine, ils répondent ragots et frivolité, rejetant toute suspicion d'intrigue. Ils n'imaginent pas les Fanées se hisser à un tel niveau. Peut-être le devraient-ils.

Sarouge LaMare, *Pamphlet sur les rumeurs d'Aurore*

Sam

Je me réveille un demi-sablier avant l'heure dite et laisse Beth finir ses rêves en paix.

Je m'habille rapidement, ajoutant un châle orange sur la classique robe bleu ciel des servantes car la semaine a été froide et je souhaite avoir l'air aussi élégant que possible. Les châles sont les seules pièces de vêtement supplémentaires autorisées pour nos sorties, sauf le jour des Prières, lorsque nous sommes assez loin du palais pour échapper aux règles d'apparence édictées par les Princes. C'est un châle de bonne qualité, en laine fine, que m'a offert l'adjointe de Phylis avec une gentillesse inouïe alors que je pataugeais dans le désespoir lors de mes premiers mois au palais.

J'avale en vitesse un verre de sang de vache à la cantine des servantes, puis grimpe dans la calèche qui m'attend devant la porte. Le vent est glacé, plus qu'à l'accoutumée en ces premières semaines de vert-mort. Je resserre le châle sur mes épaules. Voilà ce que vous valent les mauvais sangs, entre autres plaies : *sentir* dans sa chair la fin de l'été.

La calèche s'ébranle. Le palais du Grand Prince se trouve à Boréal, le quartier nord, à mi-chemin entre le centre de la cité et les montagnes. Tandis que Dame Hocquard, d'après le conducteur de la calèche, habite à la limite sud de Nordet, tout près de Levant, où les demeures des Princes cèdent peu à peu la place aux logements plus modestes des Médians. Le terrain se fait alors pentu côté sud : si le manoir de cette Dame se dresse assez haut, elle peut sans doute voir par beau temps jusqu'à Suet, au sud-est, le quartier où j'ai grandi. Peut-être est-ce ce qui la pousse à s'intéresser aux pauvres Fanés. À moins, comme le suggère Beth, qu'il ne s'agisse que d'un prétexte pour briller en société. Mon amie fait rarement preuve d'un tel cynisme, malgré tout ce qu'elle a subi. J'en viens à espérer qu'elle ait raison.

La calèche tourne à gauche dans l'artère principale de Nordet, subtilement baptisée l'avenue des Princes. Nous croisons à présent les belles voitures des Dames et Princes en route pour le palais ou pour le centre-ville ; ils vont assister à une pièce de théâtre ou parier au marché du Sang. La lune est presque pleine dans un ciel sans nuages, donc je distingue avec netteté ces équipages remplis de nobles qui espèrent – pour certains – avoir une âme à la hauteur de leur fortune. Je regarde à peine ce que portent les Dames ; les robes m'intéressent peu :

d'ennuyeuses variations de rouge et de bleu, les couleurs de la noblesse.

En revanche, les colliers me fascinent, car là se nichent les détails. Chaque pendentif d'argent représente l'animal lié à la famille. Les riches parmi les riches arborent un cerf, un faucon, un ours ou une baleine ; d'autres grands nobles se montrent avec un aigle, une vipère ou un requin. Mes lectures m'ont appris qu'il existe également des pendentifs en forme de loup, dûment rangés à l'abri des regards depuis la paix avec les loups-garous. Lesquels nous en remercient sans doute, n'est-ce pas ? Les yeux des animaux sont en pierres précieuses ; plus la famille est riche, plus elles sont grosses et coûteuses. Rubis et saphirs bénéficient d'une popularité évidente par leur couleur, mais je vois aussi des topazes, des émeraudes et une bonne dose de perles. La moindre de ces pierreries me paierait du sang médian pour au moins une décennie.

Après un demi-sablier de ce spectacle, les pavés réguliers de l'avenue des Princes cèdent la place aux ruelles et aux allées reliant les demeures des nobles d'Aurore. Au cœur de Nordet, les bruits de la cité s'amenuisent, remplacés par le silence relatif de la vallée campagnarde. Parmi les champs, derrière de petites rangées d'arbres, les manoirs imposent leur présence à la manière inimitable des vampires.

Ce paysage me rappelle l'épais volume d'Atmo Rastrillion intitulé *Le Bâti vampire à travers les âges*. J'ai mis deux bonnes semaines à le lire il y a quelques années. Y découvrant qu'autrefois les nobles habitaient dans des châteaux, de véritables forteresses construites avec une pompe qu'on ne retrouve plus aujourd'hui que dans le style Chasseur des loups : arches immenses, contreforts élancés, gargouilles aux regards lourds.

Puis la Double Guerre est passée par là et, soudain, il n'y avait plus tant besoin de châteaux protecteurs.

La frontière orientale ne faisait plus si peur avec une population de loups-garous diminuée de moitié par les cinq années les plus meurtrières de l'Histoire. Les châteaux ont donc disparu, remplacés par manoirs et villas de style Vieux Mage, l'architecture traditionnelle des sorciers, déjà employée dans certains bâtiments imposants du centre-ville. Des colonnes gigantesques, des dômes et une symétrie parfaite. Un style que nous n'avons pas inventé, mais que nous avons très bien su copier. Du vampire tout craché : faible en création, fort en imitation.

Ces pensées, si intéressantes soient-elles, s'ajoutent au rythme régulier de la calèche pour me plonger dans la somnolence. J'en sors brutalement lorsque les roues crissent sur le gravier d'une allée menant à une bâtisse sensationnelle même d'après les normes locales. Dans le pur esprit Vieux Mage, un grand portique domine l'entrée, avec quatre colonnes supportant le dôme idoine. Avec le plaisir d'une lectrice vorace vivant davantage dans les livres que dans la vraie vie, j'identifie les colonnes comme relevant du style revellique. Le reste du manoir est l'œuvre d'un architecte accroché à la symétrie comme à sa dernière goutte de sang : des dizaines de fenêtres régulièrement espacées sur cinq étages, chacune avec ses propres colonnes et son fronton, le tout sous un toit plat.

Une différence notable sépare néanmoins cette demeure des nombreux clones aperçus en chemin : les colonnes du portique sont rouge vif, en opposition au blanc généralisé de la bâtisse, évoquant de redoutables dents sanguinolentes. Des plantes grimpantes, parmi lesquelles j'aperçois une vigne et des roses bien rouges, ont reçu l'autorisation d'envahir les murs des trois premiers étages. La Dame aime les fleurs, semble-t-il. Que peut-elle bien aimer d'autre ?

La calèche ne tarde pas à s'arrêter devant le portique.

« C'est là, lance le conducteur.

— C'est l'entrée principale, pas celle des Fanés.

— On m'a dit de te déposer là. » Il rigole tout en se grattant les bajoues. « Peut-être qu'on t'a confondue avec une Dame. »

Je descends, confuse, et le regarde partir. Nul n'est là pour m'accueillir. Les fenêtres qui me font face ne sont pas éclairées ; je lève les yeux vers les étages supérieurs, le long de la vigne vierge, mais n'y discerne aucune lumière. Personne ne m'observe depuis les balcons du dernier étage. Au sommet du portique, la frise représente un groupe de renards en pleine course ; il s'agit sans doute de l'animal de la famille. Même si le renard est plutôt considéré comme un sang de Médian. Un mystère de plus.

J'en reviens à cette porte où il va bien falloir frapper. Imposante, comme l'ensemble du manoir, avec des colonnes revelliques rouges semblant former une bouche dans laquelle se jeter.

La porte s'ouvre avant que je me décide à frapper. Une servante apparaît dans l'embrasure. Servante en chef, à mon avis, au vu de sa robe en lin et non en simple coton. Je capte aussi un parfum citronné. Tout à fait le détail qui identifie la servante en chef d'une si vaste demeure.

Son visage, pourtant… Certes sa longue chevelure brune est ramenée en chignon. Certes elle ne porte pas de maquillage. Rien d'inhabituel à ce niveau. Mais ses yeux, eux, sont animés d'une étrange lueur. Quant à ses bras… ils sont fins mais, même sous les manches, je les sens solides, musclés. Cette femme n'a pas l'allure guindée attendue d'une servante en chef. Elle a plutôt l'air de pouvoir me rompre le cou sans y penser. Sa peau est également plus sombre que celle de bien des vampires. Je me demande si…

« T'entres ou tu continues à m'regarder bêtement ? »

Cet accent ! Il ne peut venir que d'un seul endroit. Ma curiosité l'emporte sur ma réserve :

« Vous êtes de Crépuscule ? Je n'avais jamais rencontré quelqu'un qui...

— Tu demandes pas qui je suis, tu demandes d'abord d'où je viens. T'es une fouineuse, toi, pas vrai ? » Elle m'adresse un clin d'œil. « On devrait pouvoir s'entendre. »

Le clin d'œil me rassure. Mauvaise idée. Une seconde plus tard, j'ai une dague sur la gorge, l'accent et l'odeur citronnée à l'oreille :

« On va s'entendre, mais à la cave. »

* * *

Partagée entre peur et curiosité, je franchis la porte du manoir, tentant d'anticiper la suite des événements.

Lame dans mon dos, la servante en chef me pousse rapidement à travers un vestibule sous dôme qui, au palais, pourrait contenir cinq chambres de servantes. J'ai à peine le temps de lever les yeux vers un grand chandelier en cristal avant d'emprunter un long couloir. Sur la gauche s'ouvrent des pièces raffinées munies de portes presque aussi grandioses que celle de l'entrée principale. Mais la servante m'entraîne sur la droite, devant une porte en bois de gorme ayant connu des jours meilleurs, lesquels ne devaient déjà pas être brillants.

Cette porte s'ouvre sur un simple débarras, ce qui me fait soudain craindre que ma ravisseuse veuille jouer de la lame et finir le travail. Au lieu de quoi elle écarte plusieurs balais avant d'appuyer avec force sur une pierre légèrement disjointe que je n'aurais jamais remarquée ; le mur du fond pivote et révèle un étroit escalier de pierre en colimaçon qui s'enfonce dans les profondeurs du manoir.

Arrivée en bas, je découvre un nouveau couloir, cette fois de pierre nue, éclairé par des torches et non plus par des lampes à huile. Pas besoin de réfléchir longtemps pour comprendre qu'il s'agit du sous-sol d'un ancien château sur lequel on a bâti le manoir. Peu après, le couloir se divise en trois branches. La servante en chef m'indique la voie de gauche, qui mène à une porte en maulne à côté de laquelle celle du débarras semble flambant neuve. Elle l'ouvre à l'aide d'une clé rouillée sortie de sa robe ; derrière ne se trouvent qu'une table basse en crestier et un fauteuil en chêne rouge sur lequel on m'invite avec insistance à m'asseoir. Quelqu'un a mis un tapis par terre, peut-être dans l'espoir que cette pièce évoque moins une cellule. C'est raté.

La servante en chef venue de Crépuscule joue avec sa dague sans me quitter des yeux. La lame est incurvée, comme celle des cimeterres, la poignée incrustée de pierres vertes. Je n'ai jamais rien vu de tel. À quoi cet objet est-il censé servir ? On ne tue pas un vampire avec un couteau. Sauf avec une lame très solide et beaucoup d'efforts. Mais d'autres usages déplaisants sont clairement envisageables.

« On vous a déjà dit que vous étiez nulle en relations sociales ? » Ma voix tremble. Je dois me ressaisir. « Bon, soit vous utilisez cette dague soit vous me dites ce qui se passe. »

C'est mieux. Mais ça ne me rassure pas.

Deux secondes plus tard, la servante en chef éclate d'un rire strident. Un rire incroyable, comme si c'était son dernier sur cette terre. Je ne serais pas étonnée que les Gris l'aient entendue par-delà les murs d'Aurore.

« T'as du cran, ma fille, j'te l'accorde. J'aurais cru t'voir paniquer comme un p'tit rat de bibliothèque. Mais t'as du courage, pour sûr. Une vraie codette. »

J'essaie en vain de comprendre ce que peut être une codette. Puis je comprends enfin le reste.

« Comment vous savez pour la bibliothèque ? Seule Beth est au courant.

— Il y a beaucoup d'paires d'yeux au palais, p'tite Sammy. »

Cette fois, tout se met en place. Je m'en veux de ne pas avoir saisi plus tôt.

« Vous êtes une Sangsue !

— Alanna, à ton service, dit-elle en inclinant la tête.

— Comment vous avez su que je vous cherchais ?

— T'as pas posé des questions bien subtiles. Je recommande plus de prudence la prochaine fois.

— Mais c'était la nuit dernière ! On m'a demandé de venir ici deux ou trois sabliers plus tard !

— On est des rapides, tu sais. Aussi rapides qu'un coup de couteau dans une allée sombre, si besoin. En tout cas, c'est pas moi qui vais répondre à tes questions. Quelqu'un d'autre va s'en charger. »

En effet, j'entends soudain le cliquetis de bottines sur les dalles du couloir. Des bottines de femme, dirais-je. La porte s'ouvre d'un coup sec et ne s'est même pas encore refermée que la Dame en personne s'adresse à moi :

« Bien ! Sam, je suis Dame Hocquard, mais je t'en prie, appelle-moi Daphnée. C'est moi qui dirige les Sangsues. Merci d'être venue. Même si tu n'as guère eu le choix… Désolée d'avoir gardé secrète la raison de ton *invitation*, mais le secret, c'est quand même la base de notre travail. J'espère qu'Alanna ne t'a pas trop effrayée. Déjà, elle ne t'a pas poignardée, ce qui est un exploit à mettre à ton actif, figure-toi. Je devrais sans doute aussi m'excuser pour l'endroit où je te reçois mais, comme tu l'auras compris, ma demeure tient du décor de théâtre, un artifice à destination du monde extérieur. Les activités importantes se déroulent ici, au sous-sol. Bon… je parle un peu toute seule, non ? Je suis sûre que tu as plein de questions. Vas-y, je t'écoute. »

Elle attend que je prenne à mon tour la parole mais, pendant un long moment, je ne peux que la dévisager. Ses longs cheveux bruns sont réunis en nattes complexes qui laissent cascader des mèches libres sur ses épaules, comme c'est la mode chez les nobles. De petites fleurs blanches dont j'ignore le nom parsèment sa chevelure. Une ligne de khôl souligne de grands yeux ovales au sein d'un visage allongé, séduisant ; sa peau possède la pâleur idéale d'un vampire n'ayant eu droit qu'au (presque) meilleur sang depuis sa naissance. Elle porte une longue robe écarlate qui frôle les pavés, des gants blancs et un mince foulard bleu décoré de roses, placé de façon à ne pas dissimuler son pendentif en forme de renard avec de gros rubis pour les yeux. Difficile d'imaginer apparence plus en phase avec son rang. Qui croirait qu'elle dirige un réseau secret de servantes et de catins ? Elle devrait être à l'un de ses bals, vantant à qui veut l'entendre la beauté de son jardin.

Rester muette plus longtemps serait impoli. Je me force à parler :

« Vous êtes… la reine des Sangsues ? Vous, une Dame ? »

Elle échange un regard amusé avec Alanna.

« C'est ce que je viens de dire, en effet. Il faut suivre, ma chérie. On n'a pas l'habitude de perdre du temps ici. » Elle s'interrompt puis tapote sa robe comme si elle y cherchait quelque chose. « Bien, même si tu es une femme pleine de ressources, je conçois que nous t'avons peut-être prise de court. Heureusement, j'ai là de quoi te réveiller un peu. »

Elle me tend la fiole de sang qu'elle vient d'extraire de sa robe. Son poignet sent bon la fleur de lys. Je m'empare de la fiole par réflexe, et en bois le contenu sans que le geste passe par le cerveau. Le précieux liquide se répand à toute allure dans mes veines ; un frisson me parcourt tandis que mon esprit se libère de ses entraves.

« Voilà qui devrait te sortir de ton léger état de choc, Sam chérie », dit la noble en m'observant avec attention.

Alanna me scrute aussi, depuis le fond de la pièce, avec un sourire que je préférerais ne pas voir.

« Pas de doute, m'dame. Ça lui fait de l'effet.

— C'est incroyable, dis-je quand je retrouve enfin ma voix.

— Incroyable mais vrai, s'amuse Dame Hocquard. C'est quand même du cerf ensorcelé. » Elle sourit de mon expression sidérée. « Pas de panique, la dose ne durera pas longtemps. Et je parie qu'une servante du palais sait dénicher du sang de qualité de temps à autre. Je serais même déçue du contraire. »

Je hoche lentement la tête tandis que le meilleur sang que j'ai jamais bu accomplit son œuvre dans les moindres recoins de mon cerveau. Hormis le sang de loup, c'est vraiment le dessus du panier.

« Bien, dit Dame Hocquard. Maintenant que ça va mieux, reprenons où nous en étions. J'attends tes questions, Sam chérie. »

Je réfléchis. Vite, cette fois.

« Pourquoi une noble dirige-t-elle une organisation opposée à sa classe sociale ?

— Voilà, on progresse ! Je ne vais pas te raconter ma vie alors que nous venons à peine de faire connaissance, mais disons que j'étais aveugle. Pas à cause de mes yeux, non, à cause de mon mode de vie. Je faisais semblant d'ignorer ce qui se passait hors de la présence des nobles. Puis j'ai rencontré Alanna et elle m'a montré l'envers du décor. En suggérant que nous pourrions y apporter un peu de lumière grâce aux ruses qu'elle avait apprises à Crépuscule. C'est elle qui nous a procuré le savoir-faire. Moi, je n'ai fourni que l'argent, un endroit sûr, ainsi que le sens de l'ordre nécessaire à un réseau important.

— Je… Je vois. » Le cerf emplit mes veines. Je résiste à l'envie de serrer l'accoudoir du fauteuil, juste pour tester si j'ai la force de le rompre. « Mais… pourquoi me dites-vous tout ça ? Pourquoi m'avouer qui vous êtes ? J'imagine, m'dame, que…

— Daphnée, s'il te plaît. »

Elle ne paraît pas se rendre compte que je n'ai jamais appelé une noble par son nom d'élection.

« J'imagine qu'à part votre servante en chef ici présente et peut-être quelques autres personnes triées sur le volet, aucune des… filles de joie et des servantes qui vous transmettent les informations ne sait qui vous êtes. Alors, pour quelle raison m'accorder une telle confiance ? Vous ne savez rien de moi si ce n'est que j'ai tenté de me renseigner sur les Sangsues. Je pourrais vous trahir. »

Dame Hocquard se tourne vers Alanna.

« Oui, à présent je vois ce que tu voulais dire. Elle est futée et ne manque pas d'un certain culot. Tu avais raison sur son compte.

— Dans ces cas-là j'ai souvent raison, m'dame, pour être honnête.

— Sinon, reprend la noble à mon intention, tu as tort de penser que je t'ai accordé ma confiance sans réfléchir. En vérité, Alanna et moi t'avions à l'œil depuis un certain temps, en vue de t'amener dans notre petit marigot.

— Parce que c'est là que vivent les sangsues, précise Alanna. Dans les marigots.

— Merci d'expliciter ma métaphore. Elle n'était sans doute pas assez claire.

— Pas de quoi, m'dame.

— Sam, si tu connais un peu notre travail, tu ne seras pas surprise d'apprendre que je sais déjà tout sur toi, sauf bien sûr ce que tu gardes au fond de ton cœur. Je sais ce qui s'est passé ce fameux jour, ce qui a provoqué ton entrée au palais. Je sais ce qui est arrivé à ta famille. Je sais aussi que tu profites de la bibliothèque dès que tu peux. Pour – je suppose – trouver un moyen d'échapper à la servitude. Tout ça me pousse à croire que tu ferais une bonne recrue pour notre organisation. »

Sa dernière révélation me stupéfie. Et m'effraie.

« Excusez-moi, ma dame, mais comment pouvez-vous savoir ça ? » Je me rends compte que j'ai parlé trop fort. Je ne dois surtout pas paraître offensante. « Enfin, je veux dire... Si on découvre que je vais à la bibliothèque pour autre chose que le ménage, je serai punie. Exécutée, peut-être.

— Sam, nos Sangsues sont partout. Elles observent sans être vues. La servante qui suit tes habitudes littéraires le fait depuis longtemps. Elle n'en a rien dit à personne. À part à moi, évidemment. Nos filles veulent aider leur classe sociale, pas la trahir. Tes secrets sont ici entre de bonnes mains. Si tu en doutes, tu ferais mieux de partir tout de suite.

— Oui, je... comprends. »

Je me sens néanmoins pâlir à l'idée que mes incursions dans la bibliothèque aient été notées, archivées comme de simples informations au sein de ce réseau d'espionnes.

« Mais avant d'aller plus loin, reprend Dame Hocquard, c'est à mon tour de poser une question. Pourquoi cette curiosité soudaine à notre égard après des années de lecture qui n'avaient rien déclenché en ce sens ? »

Je savoure l'instant. Qu'une noble me parle ainsi, d'égale à égale... Ça fait tellement de bien. J'ai l'impression d'être soulevée par une vague qui ne tardera sans doute pas à s'abattre mais, en attendant, je profite du voyage. Aux deux enfers les conséquences.

« Je pense... avoir trouvé quelque chose d'important. »

J'extrais la note du jeune Azzuri de mes jupons et leur explique les circonstances de sa découverte. Dame

Hocquard dévisage Alanna en silence. Leurs expressions ne changent pas, mais je les sens si proches qu'elles communiquent sans un mot. Ma poitrine se serre. J'espère connaître un jour une telle relation.

« En effet, c'est plus qu'intéressant, me dit Dame Hocquard. Cette phrase sur le fait de savoir qui sont les Gris… Et les deux noms. Commençons par le premier. Tu sais qui est le commandant LeFort ?

— Le chef des Éclaireurs. Un Médian d'environ quatre siècles. À Vespéral, il était en charge des gardes de la zone sud. Il s'est distingué pendant la Double Guerre comme capitaine du Second Bataillon. »

Alanna sourit à sa Dame, puis hausse les sourcils dans ma direction.

« Tu tires ça de tes bouquins ou de ce que t'as entendu dire ?

— Un peu des deux. »

C'est bon de se sentir appréciée. Je pourrais facilement m'y habituer.

« Alors je crois que le sujet est clos, lâche Dame Hocquard en joignant ses mains gantées de blanc. Plus de retour en arrière possible, Sam chérie. Je crains que tu sois désormais l'une des nôtres.

— Juste… comme ça ? »

Alanna se penche vers moi avec une expression à mi-chemin entre sourire et grimace.

« Je crois que cette fille voudrait une cérémonie, m'dame. Avec des bougies, du sang et tout le bordel. Si vous voulez, je peux préparer un petit quelque chose d'inhabituel pour la satisfaire. »

Dame Hocquard toussote avec affectation sans croiser le regard de sa servante en chef.

« Merci, Alanna, mais je ne pense pas que ce sera nécessaire. Même si tu crois bon de réitérer ton offre chaque fois que nous embauchons une nouvelle fille. »

Alanna hausse les épaules et me tire la langue. J'ignore si ce geste doit m'effrayer ou me faire rire.

« Sam chérie, lance Dame Hocquard, la suite pour l'instant, c'est que tu vas retourner au palais. En temps voulu, je te ferai revenir ici pour que nous puissions continuer à enquêter ensemble sur ta trouvaille.

— En temps voulu, ma dame ? dis-je avec une impatience mal contrôlée.

— Sam, la Garde d'honneur vient d'arrêter toutes les relations du défunt Azzuri. Leur descente a causé un sacré remue-ménage, ce qui n'est guère étonnant de la part de ce genre de personnes. C'est donc une très mauvaise période pour mener nos propres recherches. Laissons Saxe et ses sbires se calmer. Après quoi, je te promets que nous ferons tout notre possible pour déterminer si ce papier que tu nous as donné ne vaut rien ou s'il peut servir à mettre le feu à la cité.

— Le feu ?

— Oui, ma chérie. Tu ne crois quand même pas qu'on compte poursuivre nos petites magouilles jusqu'à la fin des temps ? Si tu doutes ou si tu as peur, rappelle-toi où tu vis, rappelle-toi aussi qu'il se passe parfois de bonnes choses et qu'il faut donc pousser dans la bonne direction. » Elle ôte son foulard, échauffée par le discours. Son cou est encore plus pâle que son visage. « Quelque part dans cette cité, quelqu'un explique en ce moment à un Prince que, s'il n'arrête pas de battre la fille qui nettoie sa chambre, sa femme apprendra l'existence de la catin qu'il va voir chaque jour des Prières pendant que ladite femme est au temple des Premiers Dieux. Une catin qu'il attache au lit pour l'obliger à des pratiques qui feraient tomber sa femme dans les pommes si l'on venait à les lui décrire. Une bonne chose de faite, donc. Quelque part ailleurs, un membre du conseil du Sang prépare son rendez-vous avec le secrétaire du Grand Conseil, auquel il proposera que certains Fanés se voient distribuer un peu des sangs de Médian les moins chers du marché. La proposition sera rejetée, sans l'ombre d'un doute, mais il aura essayé et l'idée fera son chemin. »

Elle s'interrompt un court instant. Ses joues si pâles ont légèrement rosi, comme lorsqu'une goutte de sang tombe dans la neige.

« Sam, reprend-elle, tu dois comprendre que notre travail s'inscrit dans un ensemble plus vaste. C'est un combat pour l'âme de cette cité. Or, je commence à être fatiguée de ne mener que des actions souterraines. Ce que tu nous as apporté nous offre une occasion de presser le mouvement. Une petite. Peut-être rien du tout. Je suis fatiguée aussi d'œuvrer à l'intérieur du système. Je suis… juste fatiguée, voilà.

— Ce que m'dame veut dire, enchaîne Alanna, c'est qu'un jour on se réveille avec dans la tête l'idée qu'on en a sacrément marre d'emmerder les Princes un par un, et que si on a une chance de bien les emmerder tous d'un coup, ça vaut la peine d'essayer. »

Dame Hocquard hausse les sourcils à ces grossièretés, mais ne semble pas s'en offusquer. Je pose à ma nouvelle employeuse la seule question qui vaille :

« Vous pensez vraiment qu'on peut améliorer les choses ?

— Ma foi, ai-je besoin de te faire remarquer que ça pourrait difficilement être pire ? »

Sur ces mots, elle quitte la pièce.

Dame Hocquard

Je regarde la calèche de Samantha s'éloigner depuis la fenêtre du boudoir. Dans ma main, une flûte de sang de faucon. Non ensorcelé, mais puissant malgré tout.

Pas le genre de boisson que je gâche d'ordinaire pour une simple collation. Cette conversation m'a tendue, et j'espère avoir réussi à donner le change. Pas dans le mauvais sens du terme, mais j'avais la sensation qu'une tempête grondait en permanence sous nos échanges, que *quelque chose* était en train de se produire. Je rencontre rarement des gens comme Sam, en tout cas chez les Fanés. Mes Sangsues sont formidables, évidemment : courageuses, intelligentes. Mais les yeux de Sam offraient une promesse supplémentaire. Celle d'un avenir meilleur. À moins que je m'emballe. Ce qui m'arrive souvent, à mon grand regret.

« Une clé pour ouvrir votre cage ? » dit Alanna dans mon dos.

J'essaie de décrypter sa phrase. La plupart des Sangsues qui travaillent avec elle ont parfois du mal à la comprendre. Moi aussi, mais je ne m'en lasse pas.

« Pardon, m'dame. Je voulais dire : une couronne pour vos pensées ? »

Je me tourne vers elle, sourire aux lèvres, pour étudier son visage. Le long nez aquilin, les yeux étroits et surtout cet étrange teint sombre, comme si le soleil l'avait touchée sans la blesser. J'ai su qu'elle venait de Crépuscule à la minute où je l'ai rencontrée, il y a des décennies de cela. Le moindre détail en elle est exotique, évocateur de contrées lointaines. Je suis triste qu'elle ait tout perdu quand sa cité est tombée. Mais, égoïstement, je me réjouis que ce malheur me l'ait amenée.

« Oui, d'accord. Je me demande juste si je n'ai pas été trop franche avec cette Samantha. Peut-être ai-je été emportée par l'enthousiasme à l'idée de recruter une nouvelle servante du palais, surtout de son calibre. »

Alanna hausse les épaules.

« Elle m'a fait bonne impression, m'dame. Elle a supporté ma dague mieux que beaucoup d'autres filles, ce qui prouve qu'elle en a autant dans le ventre que dans la tête. Une qualité encore plus rare que d'la fourrure sur un poisson, si vous voulez mon avis.

— Voilà une curieuse expression, dis-je en fronçant les sourcils.

— Pas à Crépuscule. Là-bas, les poissons pouvaient avoir d'la fourrure, mais c'était très rare. D'où l'expression.

— Je vois… Pour en revenir à Sam, je suis d'accord. Elle est vraiment impressionnante. Peut-être aurions-nous dû lui donner sa chance dès son arrivée au palais plutôt que d'attendre si longtemps. Mais je me méfie de cet endroit. C'est un nid de vipères. Un tel environnement peut faire perdre la tête à n'importe qui.

— Ça sera pas pire que ma tête à moi, m'dame. »

Je scrute ses traits car il est toujours dur de déterminer si elle est sérieuse ou pas. Je ne détecte aucune trace de sourire. Elle semble même triste, ce qui, là aussi, est très rare.

« Tu es une bien étrange personne, Alanna, mais je refuse que tu dises du mal de ta tête. Elle me plaît, personnellement. »

Un grand sourire apparaît sur son visage comme par magie. J'ai envie de la prendre dans mes bras.

Mais je m'en abstiens.

6
Le fils et le maître espion

Si vous vous demandez pourquoi certains vampires seulement suivent la nomenclature traditionnelle rouge-bleu – une nuance de rouge comme prénom, une nuance de bleu comme nom –, c'est qu'elle est née d'un simple caprice lors de la fondation de Vespéral. Quand les familles les plus importantes ont décidé d'abandonner leurs noms ancestraux pour rendre hommage à la première cité vampire des Terres centrales (ce qu'elle a été avant d'accueillir ensuite toutes sortes d'immortels). Narcissisme ou foi en l'avenir ? Qui sait ? En tout cas, si vous croisez un vampire qui respecte cette règle, il y a de fortes chances qu'il occupe un poste de pouvoir ou qu'il cherche à y accéder.

Quanta Quistile,
Guide des vampires à destination des sorciers

Grand Prince Azzuri

« Mon plan ne s'est pas déroulé comme prévu. »

Le bureau croule sous les rapports des officiers, ne laissant qu'une petite place à ma flûte de sang. De la vipère ensorcelée de sept ans d'âge. Le goût n'est pas le plus fin dont on puisse rêver, les reptiles élevés dans les fermes de la cité n'offrant pas la même qualité que ceux transportés autrefois à Vespéral depuis les marais au sud de Mal Aube. Mais ce breuvage a au moins le mérite de m'apaiser, et les Dieux du sang savent que j'en ai grand besoin après l'échec cuisant de ma sortie hors les murs la nuit précédente. De plus, contrairement au sang de baleine, la vipère calme les nerfs sans porter atteinte à la concentration, une vertu qu'apprécient les bons dirigeants.

« En effet, dit Varouge, debout à l'endroit exact où il m'avait déconseillé de me lancer dans cette aventure.

— J'ai bien cru que LeFort allait me mettre son poing dans la figure. Ses troupes m'en veulent.

— Ils connaissent les risques, Grand Prince. Ce sont des hommes qui meurent d'envie de se confronter au danger, d'où leur engagement chez les Éclaireurs. Ce qui peut bien sûr les amener à mourir tout court.

— Ce n'est peut-être pas le moment de faire des mots d'esprit, Varouge. »

L'histoire ne retiendra pas la réponse de mon conseiller, car elle est interrompue par des coups frappés à la porte, laquelle s'ouvre aussitôt sur mon maître espion. Le Prince Saxe est tout sauf imprévisible dans sa mise : un manteau noir recouvre l'habituel pourpoint de velours noir surmontant chausses et bottines noires. Mais s'il voulait se fondre dans les ombres, il lui faudrait travailler sur son visage, où une masse de cheveux blonds en désordre encadre un large sourire. L'impression d'ensemble n'est pas si sinistre. Du moins au premier abord. Car les yeux couleur de groseille tarissent toute la chaleur du sourire ; ce sont eux qu'il faut étudier pour connaître la véritable nature de cet homme.

« Grand Prince…

— Je suis trop las pour le protocole, Cinabre. Appelez-moi Vermillon. Sauf si vous n'avez aucune nouvelle à m'annoncer, auquel cas aucune politesse ne vous évitera ma contrariété. »

Un peu brutal, mais Saxe m'a toujours mis mal à l'aise. Ce qui est sans doute inhérent à ce genre de personnage.

« Je n'ai pas de nouvelles en tant que telles, dit-il en se glissant dans un fauteuil comme un crabe dans une carapace. Juste la certitude de nouvelles à venir.

— Je n'ai guère envie de jouer aux devinettes. »

Je lui tends une flûte de sang, qu'il refuse.

« Si vous vous rappelez bien, Vermillon, vous m'avez demandé de surveiller votre fils cadet lorsqu'il s'est... éloigné de vous et de votre famille après la Marée grise. Dans cette idée, mes équipes et moi-même avons tenu, pendant des décennies, la longue liste des personnes avec lesquelles il... faisait connaissance. Médians et Fanés. Comédiens, musiciens, artistes en tous genres, sans oublier des profils plus douteux.

— Parlez clairement, je vous prie.

— Des prostitués, des Fanés identifiés comme criminels, comme rebelles. Plus ceux auxquels il s'est associé de façon... peu morale.

— Cinabre...

— Les hommes avec lesquels il couchait.

— D'accord. » Je remplis ma flûte de nouveau, évitant de croiser le regard désapprobateur de Varouge. « Je me doutais que vous teniez ce type d'archives. Cependant, vous ne me les avez pas montrées une seule fois en quatre-vingts ans. »

Saxe hausse les épaules puis étire ses jambes, suggérant un confort que le mobilier austère de mon étude n'est pas censé conférer.

« J'ai supposé que vous n'aviez pas envie de connaître les détails. Que savoir votre fils surveillé vous suffisait. » L'énergie nécessaire pour le contredire me manque. « Finalement, je pense que, après avoir interrogé les camarades de votre fils – lesquels sont en nombre… plus que respectable –, nous commencerons à avoir une bonne image des circonstances de sa mort. Une image en meilleur état, en tout cas, que certains de nos témoins lorsque nous en aurons fini avec eux. »

Les manières de Saxe ne m'enchantent guère, mais je ne peux pas nier que son plan tient la route. Je jette un coup d'œil à Varouge, qui hoche sèchement la tête.

« Très bien. Je souhaite néanmoins que ces interrogatoires soient menés avec une certaine retenue. Ces gens ne sont pas des suspects. Mon fils a fait beaucoup d'erreurs dans sa vie mais ce n'était pas un criminel. Ceux de ses… camarades dont j'ai eu vent sont des Médians ou des Fanés ayant de l'influence dans leur communauté. Il est hors de question de provoquer trop d'agitation dans la cité après ce qui vient de se passer hors les murs.

— J'entends bien, Grand Prince. La retenue fait partie de mes qualités.

— Ce qui me pousse également à garder mon fils aîné en dehors de cette affaire. La retenue n'est pas son fort. Il ne fait que chercher sur qui passer sa colère.

— Ah… », lâche Saxe en évitant mon regard.

Je repose aussitôt ma flûte de sang.

« Ce *ah* ne me plaît pas, Cinabre. »

Mon maître espion se rassied enfin de façon normale, puis se compose l'expression la plus sérieuse possible.

« Pour être honnête, Vermillon, il est fort possible que j'aie croisé votre fils en venant ici et que, ne voulant rien cacher à quelqu'un qui se trouve être – je me permets de vous le rappeler – l'un de mes supérieurs hiérarchiques, j'ai alors… évoqué avec lui notre liste de témoins. »

Un frisson glacé me parcourt. Quant à mes soudaines aigreurs d'estomac, aucune dose de sang de vipère n'en viendrait à bout.

« Avez-vous juste *évoqué* la liste ou lui en avez-vous donné une copie ?

— Ah... »

Je sens monter des mots regrettables, mais je me retiens, connaissant la nature de Cinabre et ce qu'il a fait à son prédécesseur. C'est en sachant maîtriser ses nerfs qu'un Grand Prince reste en poste pendant des siècles.

« Je dois parler à Alezan tout de suite. Avant qu'il décide de prendre les choses en main. »

Je me lève un peu trop vite ; ma flûte de sang tangue, mais ne se renverse pas.

« Ça devrait pouvoir se faire », dit Varouge.

Mon conseiller a toujours eu l'ouïe plus fine que moi. Une seconde plus tard, Alezan pénètre en trombe dans l'étude tout en repoussant ses mèches rebelles. Il porte son tabard rouge et or de la Garde d'honneur, ce qui est mauvais signe. Le capitaine de ma garde personnelle, forte de vingt soldats d'élite, prend rarement la peine d'enfiler son uniforme sauf en cas d'urgence.

« Alezan, tu tombes bien. Nous discutions de la stratégie à adopter.

— Je vous ai épargné cette peine, lance-t-il avec un large sourire. J'ai déjà pris les mesures nécessaires. »

Je dévisage mon fils le temps que l'accès de panique se résorbe. Il a les grands yeux de sa mère, un visage fin, rasé de près, et des lèvres pleines. Les femmes se l'arrachent. Il ne me ressemble guère ; je ne retrouvais mes traits que chez mon cadet, à défaut d'autre chose.

« Puis-je te demander ce que tu entends par là ?

— La liste, Père. Ma garde d'honneur s'en occupe en ce moment même.

— Ce n'est pas *ta*... » Je m'interromps, conscient de l'auditoire, puis reprends avec plus de calme : « Explique-toi. »

Alezan me montre la fenêtre de l'étude, qui donne sur les jardins du palais. Un affreux pressentiment m'envahit.

« Voyez par vous-même, Père. »

Je m'approche de la fenêtre et contemple le ciel illuminé par la lune. Mon étude est orientée à l'ouest, ce qui me permet d'identifier au loin les quartiers de Ponant puis de Suroît. À ce paysage s'ajoute ce soir l'intégralité de la Garde d'honneur planant droit vers moi. Exception faite de la Garde volante, ces hommes sont les seuls à avoir accès au sang de loup. Ils sont là, tous les vingt, en formation, leurs ailes de cuir sombre se jouant des courants aériens.

Un tel spectacle n'est pas surprenant en lui-même. Ce qui l'est bien plus, c'est qu'ils transportent une personne dans chaque main, la force conférée par le sang de loup leur rendant la tâche facile. Je distingue des Fanés et surtout – reconnaissables aux vêtements, à la coiffure, au teint – un certain nombre de Médians.

Tandis que j'observe la scène, horrifié, les vingt soldats virent sur la gauche et disparaissent de ma vue. Sans doute vont-ils déposer leurs proies sur l'un des balcons de la façade sud ; des craintes confirmées quelques instants plus tard lorsque je les vois réapparaître les mains libres. Leur légèreté retrouvée leur permet de voler bien plus vite en direction de Ponant où ils vont – je suppose – poursuivre leurs captures. Je n'imagine même pas la terreur dans les rues de ce quartier, les gens soustraits à leur domicile sans la moindre explication.

Je tourne le dos à la fenêtre, chaque goutte de sang de vipère dans mes veines tentant de prévenir une crise d'apoplexie. Je regarde Varouge qui, lui, regarde Alezan avec une expression neutre pouvant cacher dégoût ou amusement. Puis je contemple Saxe, dont l'habituel sourire jovial ne dissimule jamais que de sombres pensées.

« Laissez-nous. Je souhaite m'entretenir avec mon fils. »

Une fois les deux vampires partis, je vide ma flûte d'un coup et résiste à l'envie pressante de m'en servir une autre.

« Dieux du sang, veux-tu bien m'expliquer ce que tu fais ? On ne peut pas arrêter autant de monde avec une telle violence. Surtout pas des *Médians*.

— Enfin, Père, une poignée de mauvais sangs de plus ou de moins, qui le remarquera dans ces taudis ? »

L'insulte m'arrache une grimace. Je n'emploie pas un tel langage. Non que j'affectionne les Fanés, mais mon cadet vit – vivait – parmi eux, donc si ce terme les décrit, il le décrit aussi, et *ça*, ça me pose un problème.

« Il ne s'agit pas d'une simple *poignée*. Et parmi eux, tous ne sont pas des… Certains étaient juste ses amis. Des Médians, des artistes connus à Ponant. C'est exactement le genre d'opération susceptible de déclencher une révolte. Je ne sais pas combien de fois j'ai pu te l'expliquer au fil des ans. Si tu traites trop mal la population, c'est comme si tu marchais sur un nid de serpents.

— Possible, dit Alezan en haussant les épaules. Mais ça fait quarante ans qu'il n'y a pas eu de rébellion sérieuse. Le dernier soubresaut en date, si je me rappelle bien, est venu d'une cinquantaine d'employés des cuves qui avaient bu trop de sanglier ensorcelé. Pas vraiment la révolte du siècle. Enfin si, justement, *c'était* la révolte du siècle. »

Alezan sourit à pleines dents, fier de son trait d'esprit. Parvenir à lui faire prendre quelque chose au sérieux est un exploit que je n'ai jamais réalisé. Mon fils cadet était trop sérieux, mon aîné est trop fantasque. Quelle belle famille.

« Tu ne saisis pas comment fonctionne cette cité. Il faut en respecter les équilibres.

— Les équilibres ?

— Oui, parfaitement. La situation n'est plus la même qu'à Vespéral, lorsque nous contrôlions la populace en lui offrant une illusion de liberté. Depuis la Marée grise, dans cette cité plus réduite, il nous faut agir différemment. Ici, notre contrôle repose sur la peur, et si l'on nous déteste un peu en retour, ce n'est pas bien grave. Les gens effrayés n'essaient pas de renverser l'ordre établi. Leur détestation ne surpasse pas leur amour pour leur famille, qu'ils mettraient en danger en voulant obtenir un meilleur statut ou du meilleur sang par la force. En revanche, si leur peur ou leur haine franchit un certain *seuil*, alors ils pourraient penser que le jeu en vaut la chandelle, ou même ne plus penser du tout. C'est là, mon fils, que tu découvrirais que l'on peut rire de cinquante employés des cuves mais pas de cinquante mille Fanés, et le sang de loup n'y changerait rien. »

Alezan se passe lentement les doigts dans les cheveux.

« S'il faut en arriver là, je les découperai en rondelles moi-même avec une main attachée dans le dos. Hier soir, dans la chambre de mon défunt frère, j'ai croisé une servante avec plus de force en elle que tous les Fanés rebelles réunis.

— Je crains que ce ne soit pas si simple. Tu te bats dans un cadre sportif, Alezan. Tu ne connais que ça depuis la fin de la guerre. Alors que les Fanés se battraient pour leur vie, leur dignité, ce qui les rendrait bien plus acharnés que toi. »

Mon fils se renfrogne faute de savoir quoi répondre. À l'inverse de son frère, il n'a pas toujours la capacité d'argumenter lorsque nous sommes en désaccord. Je me rends compte que je n'avais jamais posé le problème ainsi ; je ne supportais pas les disputes avec mon cadet – enfin, lorsqu'il me parlait encore – mais peut-être, en réalité, me manquent-elles.

« Donc, vous désapprouvez mes efforts pour vous aider ?

— Non. Ce qui est fait est fait. Il aurait juste fallu agir de façon moins... voyante. Saxe va interroger les prisonniers d'abord, après quoi – et seulement s'il y en a réellement besoin – tu pourras t'occuper d'eux. Me suis-je bien fait comprendre ?

— Oui, Père. Comme toujours. »

L'air maussade, Alezan se détourne de moi et quitte la pièce. J'invite aussitôt Varouge à me rejoindre.

« Qui est le pire, mon vieil ami ? Mon maître espion ou mon désormais fils unique ? » Mon conseiller choisit sagement de s'abstenir. « En tout cas, s'il est exact que Saxe porte une part de responsabilité dans la mort de mon cadet, son enquête ne mènera nulle part. Et pitié, ne parlons pas de ce qu'Alezan croira bon de faire ensuite. »

Je soupire, récupère ma flûte puis la repose. Je ne veux plus du calme octroyé par le sang de vipère.

« Il déteste les Fanés, reprends-je. Il leur voue un mépris sans bornes au lieu de considérer leur rôle dans la bonne marche de la cité. D'ailleurs, je vois ce mépris gagner du terrain chez tous les Princes. Nous n'avons jamais eu un tel pouvoir sur les Fanés, surtout comparé aux derniers temps de Vespéral, mais plus nous exerçons ce contrôle, plus la tension monte. Vous savez quoi ? Je me demande si nous n'avons pas commis une grosse erreur en signant ce pacte avec les loups peu après la Marée grise.

— Plaît-il ? s'étonne Varouge.

— Nous étions terrifiés. Nous pensions que les Gris voudraient plus que les Terres centrales, qu'ils allaient envahir Aurore. Les ailes que nous donne le sang de loup étaient notre seul moyen de défense. D'où cet accord trop vite scellé, qui m'a pourtant paru subtil à l'époque. Ils nous envoient leurs criminels, nous prenons leur sang et le stockons jusqu'à en avoir des quantités suffisantes pour attaquer les Gris avec une grande armée volante. Parfait. Mais, en échange, nous leur avons promis de ne pas dépasser la Frontière et déborder sur leurs forêts. Ce qui nous confine donc à Aurore. Avec quel résultat, aujourd'hui ? Les loups occupent toute la côte est, toutes les forêts au-delà des Terres centrales, tandis que nous sommes coincés à Aurore, avec les infranchissables Dents du Nord pour unique refuge. Sans oublier que notre population est bien plus importante que la leur. Dans la hâte de nous abriter derrière ces murs, nous avons oublié ce qui arrive aux gens confinés, obligés de se supporter jour après jour. Nous avons oublié à quel point les vampires se détestent entre eux.

— Voilà une analyse fort intéressante, Grand Prince.

— Est-ce à dire que quiconque l'entendrait m'accuserait d'être un ami des Fanés ?

— Aucunement.

— Nous nous connaissons depuis cinq cents ans, Varouge. Je goûte vos commentaires elliptiques comme les arômes d'un bon vin. Pourtant, je ne suis pas un ami des Fanés, loin de là. Leurs progrès à Vespéral m'inquiétaient autant que les autres Princes, notamment avec l'ouverture du marché du Sang. Je ne suis pas un anarchiste. Mais les Fanés ont droit à leur juste place. Et nous, nous ne devons pas les haïr pour cela. »

Épuisé par cet examen de conscience, je pars en quête d'une nouvelle boisson. Je choisis cette fois du faucon ensorcelé, dont les effets sont à l'opposé de la vipère : il génère une tension propre à la réflexion, quitte à se sentir un peu agité.

« Finies les rêveries, Varouge. Nous avons beaucoup à faire.

— Exact. J'ai d'ailleurs quelques idées à cet égard.

— Je n'en doute pas. Mais j'ai déjà choisi notre prochaine étape. J'ai voulu voir, sans succès, l'endroit où mon fils a péri. À présent je veux savoir où il a vécu. »

SAM

Les dernières ombres nocturnes se dissipent peu à peu. Après cette incroyable rencontre avec les Sangsues, je ne rêve que de m'effondrer dans mon lit, mais Beth veut me tenir au courant des événements de la nuit écoulée. Lesquels consistent en une bordée de ragots, les mêmes entendus chaque jour depuis dix ans. Lamia s'est fait une nouvelle robe, presque aussi belle que celles des Médianes, qu'elle portera le prochain jour des Prières. Mais elle craint qu'un Prince la remarque et demande d'où vient le tissu. Ceri a reçu des fioles de sang supplémentaires de la part d'un valet qui a des vues sur elle, et il paraît que ce n'est pas seulement de la vache.

C'est le prix à payer pour avoir une amie exubérante : un flot constant de ragots que je serais bien incapable d'endiguer même si je le voulais.

« Bon, Sam, j'ai déjà trop parlé, pas vrai ? Et toi, c'était comment chez Dame Hocquard ? Sans doute une sacrée baraque. Elle est aussi riche que la Cyania, celle-là. J'ai entendu dire que l'année dernière, elle a organisé un bal où même les Médians se faisaient resservir du cerf ensorcelé. »

La curiosité de Beth m'arrache un sourire. Ma fatigue a soudain disparu ; je m'apprête à tout lui raconter : les Sangsues, les secrets dissimulés sous un manoir aux murs envahis de vigne vierge. Mais les mots ne sortent pas. Mon instinct me souffle de me taire. Est-ce parce que Dame Hocquard serait déçue par mon aveu, alors que j'ai une confiance totale en Beth ? À moins que cette confiance ne soit pas si totale. Désolée, Beth, je ne suis pas une aussi bonne amie que tu veux bien le croire. Une aussi bonne amie que *je* veux bien le croire.

« Pour tout te dire, Beth, il ne s'est pas passé grand-chose. J'ai juste fait une tonne de ménage en prévision du bal de vert-mort.

— Hein ? Alors cette histoire de servantes avec de la jugeote, c'était n'importe quoi ?

— Ben ouais. »

Beth fronce fort les sourcils. Toutes ses expressions sont exagérées.

« Je suis vraiment désolée pour toi. Eh bien, ils ne savent pas ce qu'ils perdent. Si on t'en donnait l'occasion, tu les ridiculiserais tous les uns après les autres. »

Mes pensées s'emmêlent. Ne sois pas gentille avec moi, Beth. Pas maintenant.

« Merci, merci… Bon, je vais me coucher. Je suis vidée.

— Ouais, c'est clair. Je te dirai la suite plus tard. On n'échappe pas à mes ragots, hein ? Si je ne pouvais pas te les raconter, je crois que je me les raconterais à moi-même. »

Je pose la tête sur l'oreiller, plus proche de ma liberté mais aussi plus seule que jamais.

7
Sans pouvoir

On m'a dit mon p'tit gars
T'es né de la Lumière
Mais y'a pas de quoi être fier
Toujours tu seras Quanta

Comptine traditionnelle des sorciers,
auteur anonyme

Sage

Il existe de nombreux et excellents moyens de tester l'exactitude d'une théorie, mais mettre sa vie en jeu n'entre pas dans mes préférés. Les Gris nous ont vus. À partir de là, soit j'ai raison, soit nous sommes déjà morts.

Jusqu'ici nous étions parvenus à voyager inaperçus. Ou, dans le cas contraire, les Gris n'avaient pas cru bon de nous en informer. La première partie du périple s'est déroulée sans encombre : quatre-vingts kilomètres plein nord à travers les Déserts, entre le temple et la limite des sables, que les Gris n'ont jamais franchie. Un fait dont nous ne pouvons certes pas être sûrs, mais toutes nos connaissances suggèrent que tel est bien le cas. Depuis cent ans, personne n'a été tué par un Gris et personne n'en a vu s'aventurer dans les Déserts, de même dans les forêts des loups ou à proximité des murs d'Aurore. En tout cas, aucun rapport n'existe en ce sens, ce qui n'est évidemment pas pareil. Néanmoins ces gens, quels qu'ils soient, semblent avoir plus de respect pour les frontières que n'importe quelle race d'immortels des Terres éternelles.

La tension est montée en flèche lorsque la végétation des Terres centrales est apparue. Le sud de cette région est constitué de vastes plaines d'où surgissent de rares bosquets. Du blé revenu à l'état sauvage rappelle que des clans de Kinets cultivaient ces terres avant la Marée grise. La plupart des sorciers mangent peu ; quant aux loups et aux vampires, ils ne se jettent guère sur le pain et autres mets non carnés. Mais les Kinets ont persévéré dans l'agriculture, qui leur permettait d'exercer leurs pouvoirs sur de petits éléments et leur a sans doute servi à développer les techniques de modification du sang à destination des nobles vampires, une affaire bien plus rentable.

J'ai beaucoup apprécié cette partie du voyage. Les températures restaient élevées, mais bien moins que dans le désert, apportant une sensation de fraîcheur bienvenue. La pluie, fréquente, était elle aussi fort agréable. Le ciel offrait une mosaïque de bleu et de nuages blancs que l'on pouvait admirer jusqu'à l'horizon alors que, dans nos contrées, l'atmosphère chargée de sable limite la vue.

Jacob, de son côté, n'a guère partagé mon… appréciation.

À présent, je me tourne vers lui et lui murmure à l'oreille :

« C'est l'heure de vérité.

— Oui, je vois ça. Mes mots d'adieu sont prêts. Une dernière vanne pour moi, une insulte pour toi. Je pars en beauté. »

Les Gris se sont regroupés derrière la rangée d'arbres qui nous surplombe. Immobiles sous les grands chênes et les crestiers du bois dont nous venions d'entamer la traversée. Nous nous sommes accroupis dans les buissons, ce qui est idiot puisque les Gris connaissent notre position, mais je suis trop inquiet pour nous reprocher cette faille logique. Je ne distingue que les contours de leurs manteaux à cause des ombres des arbres. Des corps fins, fantomatiques. Dans les Déserts, on penserait à des mirages, à ces illusions créées par les sorciers d'autrefois qui s'y sont perdus pendant la Double Guerre et qui ont utilisé toute leur magie pour dessiner leur monde chéri une dernière fois. Malheureusement, les mirages du jour sont bien réels.

« Alors, on fait quoi ? » me demande Jacob.

La peur fait trembler sa voix. Mais pas autant que je l'aurais cru. Dans mon ancienne vie, avant l'obsession qui me guide depuis près de deux siècles, j'étudiais les réactions des corps en fonction des situations, ce que j'appelais « les signes secrets » : ceux qui dévoilent qui nous sommes au-delà des mots. Depuis, un autre sorcier – un Quanta sans pouvoir comme moi – a repris ce travail en main, quelque part à l'est de Luce. Lui nomme son sujet d'étude « le langage corporel ». J'ai tendance à préférer ma formulation.

Jacob n'a pas les yeux écarquillés, il n'évite pas mon regard mais ne le cherche pas non plus. Conclusion ? Il n'est pas aussi effrayé qu'il veut le faire croire. Donc il a confiance en ma théorie. J'en éprouve de la fierté. Ainsi qu'une certaine culpabilité, car ma propre confiance vacille.

« On attend de voir si les Gris font quelque chose.

— Ce *quelque chose*, c'est nous buter, hein ?

— On peut dire ça. »

Jacob y réfléchit quelques instants.

« Tu n'aurais pas une stratégie plus volontariste que d'attendre les balles ? Genre un plan à mettre en œuvre au cas où tu aurais tort et qu'ils essaient de nous trouer la peau ?

— Non.

— Génial, dit Jacob en levant les yeux au ciel. Super échange. Comme toujours, Sage. Merci bien. Si t'as besoin de moi, je serai pas loin en train de gerber de trouille. »

Les Gris se sont légèrement rapprochés. J'en vois dix, habillés des vêtements gris craints sur toute l'étendue du continent. Ils ont aussi un masque en tissu de la même couleur tiré sur le visage. Je n'arrive pas à en voir plus. Personne ne s'est jamais trouvé assez près d'eux pour en voir plus. Ils sont régulièrement espacés, à environ trois mètres les uns des autres. Je me rends compte avec un profond malaise que je ne les ai pas vus approcher. Ils ont dû bouger pendant que je parlais à Jacob. Mais alors, cela signifie que…

« Par les cinq ! Sage ! »

Mon compagnon me montre un Gris sur la gauche du groupe, qui vient d'extraire un objet de son habit. L'ombre des arbres et le soleil déclinant conspirent pour m'empêcher de déterminer ce que c'est, mais l'allure générale est celle d'une arme, courte et cylindrique.

« Ils s'amusent avec nous, lâche Jacob. On est des proies. À cause de toi, on est devenus des proies. »

Ses yeux sont bien écarquillés désormais. La peur l'a rattrapé.

« Rien ne le prouve. Attendons de voir. »

Donc nous attendons. Les silhouettes spectrales semblent attendre elles aussi. Les secondes s'écoulent, lentement, se changent en minutes. Je m'aperçois soudain, avec un mélange de panique et d'excitation, que je n'avais plus éprouvé une telle sensation de péril depuis très longtemps. Je n'ai pas été directement confronté à la Marée grise et, un siècle plus tôt, la Double Guerre ne m'a atteint qu'en une seule mais terrible occasion ; la plupart du temps, j'essayais de découvrir les preuves de la civilisation des mortels tandis que celle des immortels était au bord de l'annihilation. En réalité, pour ressentir de telles émotions, il me faut remonter à ma naissance. Les sorciers naissent adultes au terme d'un processus dont nous ignorons tout ; ils sortent de la chambre secrète puis sont aussitôt attachés à une pierre au cas où ils seraient nés fous. Après quoi, le Gardien de la chambre leur annonce à quelle famille ils appartiennent.

Je garde un souvenir très net de ces instants. Je savais *déjà* à quoi ressemblait le monde extérieur. Tout était là, dans ma tête. Restait à déterminer ma nature. Me sentais-je Kinet ? Atmo, Mira ou Neuro ? Je me rappelle un froid comme je n'en ai plus subi depuis ; mes idées étaient à la fois claires et confuses. Ce fut mon premier et peut-être seul véritable moment d'ignorance. Un léger bourdonnement s'élevait derrière la porte de la chambre ; son origine s'estompait très vite dans mon esprit. Mais, plus que tout, je me rappelle l'expression du Gardien lorsqu'il m'a révélé ce que j'étais : un Quanta, à jamais sans pouvoir. Il ne tentait pas de dissimuler sa pitié. Un peu rude, comme façon d'apprendre à se connaître.

Un mouvement brusque m'extirpe de ma rêverie. Tous les Gris ont reculé d'un pas, dans un ensemble parfaitement coordonné. Ils font aussitôt un deuxième pas en arrière sans cesser de nous observer en silence. Un troisième. Un quatrième. La pénombre du bois les avale. Comme s'ils n'avaient jamais été là.

Jacob et moi attendons une heure entière sans rien dire, presque sans bouger, ne sachant que penser.

C'est finalement mon compagnon – de loin le moins patient des deux – qui se redresse d'abord. Il se tourne vers moi et m'adresse un clin d'œil.

« T'avais raison, vieux frère. »

Il me sourit pour la première fois de notre périple. Je lui souris en retour.

« Tu sais ce que ça signifie, Jacob ? Maintenant que nous savons de source sûre que les Gris ne nous toucheront pas ?

— Quoi donc ?

— Nous ne sommes plus sans pouvoir. »

Je me lève à mon tour, retire les feuilles accrochées à ma tunique, puis je me remets aussitôt en route vers Aurore.

DEUXIÈME PARTIE

Éternel

8
Les coups de minuit

Si vous êtes assez foutrement stupide pour vous retrouver la proie d'un autre loup, assurez-vous au moins que ce n'est pas Corneille Ansbach à vos trousses.

Noisette Gévaudan, *Leçons de meute*

Corneille

Couchée en attente de ma proie, j'observe le décor planté à quelque distance.

Durant une longue minute, la clairière est calme et je n'entends que le bruit de la cascade. Puis je perçois le tumulte d'une masse filant à toute allure dans la forêt. L'instant d'après, une silhouette brune jaillit d'entre les arbres et fonce vers le bord du précipice. Elle ralentit légèrement, comme si elle songeait à quoi faire, puis saute dans la cascade : un plongeon aussi grossier que désespéré dans le courant violent.

Le loup remonte à la surface en contrebas. Une bête normale se serait fracassée sur les rochers, mais celle-ci n'a récolté qu'une poignée de blessures sanguinolentes. Le loup lance un regard halluciné derrière lui, les yeux fous de terreur, avant de reprendre sa course effrénée sur la rive, aussi rapide que le courant. Parvenu à un embranchement, il saute de nouveau dans l'eau puis réapparaît peu après sur la rive opposée, où il reprend sa fuite à travers bois.

Quelques minutes plus tard, il marque un arrêt dans une autre clairière, le temps de se repérer. Il renifle l'air, s'autorise à reprendre son souffle. Puis s'engage sur la pente bordant la trouée.

À présent son odeur est forte dans mes narines. Je sens sa fourrure trempée. Sa peur aussi. L'âcre parfum métallique de l'angoisse.

Alors que le loup longe la rangée d'arbres qui suit la pente, je me détache de la branche m'ayant servi de cachette durant un demi-sablier et plonge à sa rencontre. Je le fauche en pleine course, l'envoyant valser dans l'herbe. Sa courte stupeur me permet de lui sauter sur la poitrine et de le plaquer au sol. Il réagit en s'agitant frénétiquement, en essayant de me mordre le museau, sans succès. Ce petit jeu me fatigue vite : j'interromps ses tentatives pathétiques en refermant ma gueule sur sa gorge. Mon grognement sourd rebondit en échos le long de la pente et dans la clairière.

Ce geste a un étrange effet sur mon prisonnier. Un instant, un loup au pelage brun foncé est cloué par terre ; le suivant, l'air scintille autour de lui, un éclair irradie de sa peau, de ses os, peut-être même de son cartilage, puis c'est soudain un homme nu que je domine, avec trois blessures sanglantes sur le torse. Il tousse et crache du sang dans l'herbe.

« Je ne comprends pas, j'ai pourtant pris le raccourci », marmonne-t-il.

Je recule un peu. C'est à mon tour de vibrer à une fréquence différente de l'air qui m'entoure. Ma fourrure noire se change en peau hâlée. Me voici tout à coup femme, debout sur mes deux jambes, rejetant en arrière mes longs cheveux couleur de nuit.

« Si t'es forcé de sauter dans une foutue cascade, on peut pas vraiment appeler ça un raccourci, non ? »

Sous sa forme humaine, il est petit, trapu, assez musclé, avec une crinière auburn qui lui descend dans le dos. Mais cette impression de force est battue en brèche par ses traits : un visage plissé, encombré d'une barbe épaisse, comme un rat pris dans un tissu poilu, avec des yeux globuleux en mouvement constant. Cette vision me répugne et je dois résister à une forte envie d'achever ma proie.

« Je ne retournerai pas là-bas, dit-il en bavant du sang. Je ne suis pas du bétail. C'est pas *juste* que les vampires puissent me saigner quand ça leur chante. » Il baisse les yeux vers ses plaies. « Regardez ça. Je saigne encore.

— Et tu pleurniches aussi. Plus louveteau que loup, dirait-on, Ambre Stubbe. » Je crache à moitié en prononçant son nom. « Un petit louveteau minable, complètement largué.

— Écoutez, Dame Ansbach…

— Je ne suis pas une *Dame*. C'est de la merde de vampire, ça. Je m'appelle Corneille Ansbach et rien d'autre.

— Écoutez, *Corneille*, je connais les règles mais vous ne savez pas ce que c'est, là-bas.

— Alors raconte-moi.

— Eh bien, c'est… affreux. Je suis prisonnier, concrètement.

— Concrètement ?

— J'ai… un endroit où dormir, d'accord, mais je ne peux pas courir. Et puis ils me détestent, ça se voit dans leurs yeux. Le saignement, lui… ne s'arrête jamais. Cinquante ans comme ça, Corneille ! C'est pas *juste*. »

Ambre tente d'appuyer sur le dernier mot, mais sa voix faiblarde l'en empêche.

« T'es vivant ?

— Oui, mais c'est pas…

— Ça va, j'ai compris. *C'est pas juste*. C'est pas juste non plus de tuer un loup en dehors d'une chasse, pas vrai ? Mais ça ne t'a pas arrêté, si je me rappelle bien. Ton sens de la justice me paraît assez fluctuant.

— D'accord, j'ai commis un crime ! Alors punissez-moi comme il se doit, entre loups.

— J'y compte bien, rassure-toi. »

Son odeur est plus équilibrée désormais. Peur et colère se disputent la primauté. La senteur métallique a gagné un arôme citronné teinté d'amertume. Je me demande quel effluve va prendre le dessus.

Ambre passe une main tremblante dans sa longue chevelure.

« Autrefois, livrer l'un des nôtres aux vampires était aussi un crime. Quand a-t-on commencé à se plier à leurs quatre volontés ? »

Je souris à ces mots. Un sourire si large qu'il me retrousse les lèvres et découvre mes canines éclatantes. Ce qui ne ressemble plus vraiment à un sourire.

« *Autrefois*. Quelle belle expression. Tu parles d'une époque dont tu ne te souviens pas, puisque tu n'es qu'un petit mâle bêta de la meute Stubbe. Aucun membre de ta génération n'est né avant la Double Guerre, hein ? Mais vous pensez tous savoir ce qui s'est passé à ce moment-là. Vous réécrivez le passé à votre sauce. Toujours à vanter aux autres meutes l'ère glorieuse où les vampires étaient nos ennemis. Vous feriez mieux de respirer un bon coup, de compter les lunes pour vous calmer et d'aller parler à un loup qui a vécu ces événements. »

Je me penche vers lui. Mes cheveux encerclent mon visage, ne laissant visibles que mes yeux et mes dents. Je ne m'attendais pas à éprouver une telle rage. Plantez mon odeur en terre, il en poussera un citronnier.

« Quant à me plier aux quatre volontés des Princes, j'ai tué plus de vampires à moi seule que ta meute entière et trois ou quatre autres réunies, alors viens pas me faire chier avec tes conneries, sale chiot morveux, ou je t'égorge avant que t'aies eu le temps de dire ouf. »

Ambre ne répond pas. Je songe à poursuivre mon discours mais y renonce. C'est inutile. Beaucoup de loups n'apprécient pas l'accord passé après la Marée grise. Lequel consiste à envoyer nos pires criminels à Aurore pour une peine de cinquante ans, afin que leur sang alimente une grande réserve en vue – c'est la promesse des vampires – de créer une armée capable de voler assez longtemps pour combattre les Gris et rendre les Terres centrales aux immortels. Moi aussi, cet accord m'énerve. Mais il y a d'autres forêts dans le monde où j'aimerais courir un jour, et je ne vois que ce moyen d'y parvenir.

Je relâche ma prise et m'assieds dans l'herbe. Le ciel est bleu saphir dans cette région frontalière où les montagnes qui abritent Aurore cèdent la place à des bois qui ne sont pas encore forêts. Un tel paysage m'apaise, même pendant une chasse. Si je me concentre, je peux évacuer l'affreuse odeur de mon prisonnier et capter celle de la rivière : fraîche, minérale, avec une pointe de soufre. Mais j'ai encore des choses à dire.

« La meute Stubbe ne comprend rien. Vous aimez l'idée d'une guerre entre immortels, mais vous ne l'avez pas vécue. Vous ne connaîtrez jamais la vraie joie de courir librement dans des forêts immenses, parce que vous n'avez pas failli les perdre. Au plus fort de la Double Guerre, nous n'avions pas cette liberté. Des pans entiers de cette zone nous étaient interdits. Maintenant tout est à nous, toutes les forêts à l'est des montagnes, alors que les vampires n'ont plus qu'Aurore. En échange d'un peu de sang pour alimenter leurs rêves déments de victoire contre les Gris. » Je marque une courte pause. Ai-je déjà parlé autant ? « C'est quoi le sujet ? Vos droits ? Votre dignité ? Je ne connais pas ces trucs-là. Je ne peux pas les toucher ni les sentir sur mon visage. Je ne connais que le plaisir de foncer plein nord dans la forêt pendant cinq jours, puis dix, puis quinze, presque sans m'arrêter, sans respirer. Là, j'arrive sur la côte, je reprends mon souffle, je fais demi-tour et je repars en sens inverse en me disant que tout ça est à moi, que tout ça est aux *loups*, aujourd'hui et pour toujours. » Je pivote vers Ambre. « Et je te jure que c'est pas un putain de louveteau geignard qui va le remettre en cause. »

Je hausse les épaules. Ça va mieux. Je me sens de nouveau moi-même.

« Bon, où en étions-nous ? La loi générale des meutes dit que vouloir échapper à sa peine chez les vampires…

— C'est pas la loi de *ma* meute, marmonne Ambre.

— Vouloir échapper à sa peine, donc, est puni par l'exil perpétuel. Mais comme ton crime initial est le meurtre hors des temps de chasse, tu es en définitive condamné à mort.

— Va te faire foutre, sale chienne. »

Je pousse un long soupir. Du vocabulaire de vampire. Qualifier une louve de chienne, c'est énoncer une évidence, et c'est d'autant plus ridicule venant d'un autre loup. Le sous-entendu d'infériorité est encore plus absurde. Il n'y pas de genre fort chez les loups : l'alpha est alpha, point final, celle qui met bas comme celui qui engendre. L'emploi d'un tel terme pointe l'influence vicieuse des vampires. Il faudrait les égorger tous pour que ce mot disparaisse.

Ambre crache dans l'herbe. Je sens le poisson qui lui a servi de maigre repas.

« On vous appelle la Tueuse de Minuit. Mais vous n'êtes qu'un jouet, un outil. Vous n'êtes pas plus libre que lorsque les forêts ne nous appartenaient plus. »

Je souris, indifférente à la provocation, et renifle l'air.

« Il ne va pas tarder à pleuvoir. Autant en finir. »

Ambre se relève. Ses blessures lui arrachent une grimace. Il se tourne vers le soleil couchant.

« Comment fait-on ?

— Je t'égorge. C'est rapide. Presque sans douleur. Je suis sans doute la seule à pouvoir tuer un autre loup si vite.

— Quelle chance », grommelle Ambre.

Ses yeux se dirigent un instant vers les pentes de la colline. Je secoue la tête.

« N'y pense même pas. Tes blessures ne saignent plus, mais je t'aurai rattrapé au bout de dix mètres. »

Il baisse la tête. Je capte l'odeur des premières larmes.

« C'est pas normal de tuer l'un des siens. Grand Loup ! C'est pas normal de tuer n'importe quel immortel. Tous ces siècles, ces *millénaires* que j'aurais dû voir. Et là, c'est fini. » Sa voix se brise. « Non, c'est pas normal. »

Je me place à côté de lui, profitant moi aussi des derniers rayons de soleil.

« En effet, c'est pas normal. C'est pas juste. C'est jamais juste. Tu crois que la mort serait moins grave si t'avais vécu plus longtemps ? Si elle venait pour moi aujourd'hui, petit louveteau, je ne l'accueillerais pas à bras ouverts, crois-moi. Je me battrais jusqu'au bout. Je viserais la gorge. La mort est injuste, voilà. Il se trouve que l'injustice te tombe dessus plus tôt que moi.

— Mais *vous*, vous vivrez peut-être pour toujours. »

Je secoue la tête à nouveau. Il en sait tellement peu.

« Je ne suis pas vraiment immortelle, Ambre Stubbe. C'est le grand mensonge qu'on veut nous faire croire. Alors que rien n'est éternel. » J'éclate de rire. « Bordel, écoute-moi cette merde ! Les beaux couchers de soleil me rendent philosophe. »

Les traits d'Ambre s'affaissent. Un loup vaincu.

« Allez-y, qu'on en finisse.

— À ta guise. »

Je commence par reculer. Ambre ferme les yeux, attendant sa mise à mort. D'un bond je me place dans son dos et approche mes lèvres de son oreille.

« Une dernière chose, lui dis-je d'une voix langoureuse. J'ai oublié de mentionner un détail. Le loup que tu as massacré... Il se trouve que c'était mon neveu.

— Non ! Je... »

Il n'a pas le temps de continuer. L'air tourbillonne derrière lui tandis qu'un monstrueux grognement emplit ses oreilles. Il se retourne et voit le ciel devenir noir. Le noir de minuit. Après l'avoir plaqué au sol, je savoure l'instant avant de le massacrer à mon tour. Je lui arrache d'abord une main, puis le nez, puis, quand ses cris parviennent à mes oreilles, je lui sectionne la langue, ce qui change le timbre des hurlements. Il s'étouffe avec son propre sang alors que d'autres morceaux de lui gisent déjà dans l'herbe. Au cœur de ce concert de souffrances, il trouve la force – alors que je lui déchiquette la joue – de redresser la tête et de croiser mon regard. Y voit-il une louve ou une femme ? Je l'ignore.

Je lui arrache les yeux au moment où le soleil disparaît derrière l'horizon.

9
Les règles du jeu

Les vampires n'ont jamais assez de sang à disposition. Finalement, c'est leur unique motivation. Comme le montre d'ailleurs leur religion principale. Le Paradis rouge, qu'est-ce donc ? Un endroit très loin dans les cieux où leurs supposés protecteurs, les Dieux du sang, festoient du sang le plus pur. Si vous vénérez ces dieux et saignez pour eux dans leurs temples, alors au jour de votre mort – si vous mourez –, vous pourrez vous asseoir à leur table et boire le sang divin pour l'éternité. Voici donc une religion fondée non sur la morale ou sur un quelconque sentiment mystique, mais sur un approvisionnement infini en sang frais.

Kinet Levillion, *Les Religions du continent*

Sam

Je me lève et la routine reprend. La même depuis dix ans. S'habiller, faire ses ablutions, puis boire sa première dose de sang de vache à la cantine, dans une vieille tasse en bois. Mes camarades, assises sur des bancs de maulne rêche en triste état, lèvent les yeux vers un plafond bas. Aucune fenêtre ne leur permet de contempler la lune dans le ciel. Ces servantes s'en tiennent à un silence morose, car les attendent une fois encore les mêmes chambres à nettoyer, celles qu'elles récurent six jours par semaine depuis tant d'années, avec dans les veines un sang trop médiocre pour une telle corvée.

Mais aujourd'hui est un jour différent. Ce sont les funérailles du jeune Azzuri, un mois après sa mort. Un mois qui s'est écoulé si lentement que j'ai bien cru ne pas le supporter. Un si *long* mois depuis ma rencontre avec une servante en chef venue d'une cité disparue, qui m'a placé une dague sous la gorge avant de m'emmener voir sa noble Dame, la reine des Sangsues. J'avais cru qu'elles me contacteraient de nouveau. Puis j'ai compris, peu à peu, que Dame Hocquard ne ferait plus appel à moi. Parce que la reine des Sangsues, avec ses grands mots, s'est juste foutue de ma gueule. Elle m'a donné un hochet pour m'amadouer tandis qu'elle récoltait des informations utiles à sa cause. On câline la drôle de servante, puis on la renvoie balayer des tapis. Ce fameux réseau secret paraît fonctionner comme tout ce que touchent les Princes : en racontant n'importe quoi pour obtenir ce qu'on veut. C'était ma dernière tentative en date pour sortir de la merde. Et j'ai replongé droit dedans.

Le pire, c'est que je n'ai pas osé retourner dans la bibliothèque interdite. Alors qu'une masse de connaissances incroyables m'y attend. Mais si les Sangsues ont bel et bien un œil sur moi, alors elles ne sont peut-être pas les seules. Pour la première fois, je sens la panique me gagner. Pour la première fois, j'ai l'impression que des obstacles insurmontables se dressent sur le chemin de ma liberté.

J'ai envie de hurler.

Sage

À la sortie du virage, les voici : les murs d'Aurore, un kilomètre droit devant.

Nous n'avons recroisé aucun Gris depuis la rencontre tendue au sud des Terres centrales. Pas l'ombre d'une silhouette suspecte. Cette liberté de mouvement nous a permis d'avancer à un bon rythme : un peu moins d'un mois entre notre temple et la cité vampire. Juste à temps pour les funérailles. Une belle performance, sachant qu'il nous a fallu pour cela chevaucher toute la journée et, sans pour autant épuiser les bêtes, une bonne partie de la nuit. Même si nous paraissions bénéficier d'une sorte de sauf-conduit pour traverser ce territoire hostile, nous hésitions à nous arrêter longuement sur ces terres étranges, abandonnées. Si étranges que Jacob, dans son style inimitable, a cru bon de déclarer que l'ombreux de désert lui manquait. Nous avons suivi une route diagonale orientée au nord-est, tout en restant suffisamment à l'ouest pour éviter les ruines de Vespéral et des autres grandes villes tombées à sa suite. Ce choix nous a coûté deux jours de voyage, mais nous n'avions aucune envie d'être hantés – disons distraits – par les reliques d'une telle histoire. Sur les chemins sinueux que nous avons empruntés, nous n'avons donc traversé qu'une poignée de villages vidés de leur population – vampires, loups ou sorciers –, avec une présence plus affirmée des villages vampires, tandis que nous approchions des montagnes du nord.

Nous avions une idée de ce que nous allions trouver grâce aux récits des rares voyageurs ayant survécu, au cours du siècle écoulé, à la traversée des Terres centrales ; ils se comptent sur les doigts d'une main mutilée par un loup-garou. Le choc a néanmoins été rude : aucune dépouille, aucun squelette de vaincu. Les vampires ne laissent jamais de corps derrière eux, mais les balles des Gris font également disparaître les autres races d'immortels ; les sorciers se volatilisent dans un grand éclair, comme consumés par leur propre magie, tandis que les loups se liquéfient comme s'ils se noyaient dans le tue-loup. Donc nous avons découvert uniquement ce que tous ces gens ont abandonné en s'enfuyant, ou en tentant de s'enfuir. Des outils agricoles rouillant dans les champs. Des fioles de sang au bord de la route. Des charrettes renversées dont le bois pourri évoquait la carcasse d'une créature inconnue.

En dehors des villages, c'est comme si personne n'avait jamais habité ces contrées. Le bétail a disparu, mais les animaux sauvages prospèrent sans loups pour les dévorer ni vampires pour les saigner.

Jacob et moi parlions peu, intimidés par notre étrange immunité et sa tout aussi étrange signification. Même si mon adjoint souffrait également de ne pas avoir huit heures de sommeil par jour ni l'alcool pour s'y plonger. De mon côté, je méditais sur les conséquences pour une région de la soudaine disparition de ses habitants. Les rivières avaient-elles changé ces cent dernières années ? Quid des forêts ? Un sorcier passionné par cette thématique aurait eu pléthore de sujets d'étude. D'ailleurs, j'ai moi-même songé à m'arrêter pour coucher sur le papier mes observations sur ce monde sans immortels.

Sans oublier l'autre grand mystère des Terres centrales, dont la solution doit bien se trouver quelque part sur cette vaste étendue. Car c'est ici que sont nés vampires, loups-garous et sorciers, avant le Souffle d'intelligence, lorsqu'ils n'étaient que des bêtes. Les rares individus encore vivants déjà présents à l'époque ne gardent aucune mémoire du processus ; ils prétendent tous être devenus sentients d'un coup, une affirmation plus que douteuse.

De même, ils n'ont malheureusement aucun souvenir de mortels ayant vécu à leurs côtés. Les réponses à ces questions reposent dans la terre de cette région. Reste à savoir où.

Mais je dois remiser ces préoccupations scientifiques au second plan tant qu'il subsiste une possibilité que le jeune Azzuri ait trouvé la mort à cause de moi ; les voix de la culpabilité et de la curiosité se mêlent pour me pousser à continuer ma route.

Nous venons donc de longer les contreforts nord-est des Dents du Nord pour enfin déboucher en vue de la vallée où se niche Aurore, à l'ombre des sommets proprement dits. Lors de ma dernière visite à la première cité vampire, un bon siècle en arrière, ses murs n'étaient pas si impressionnants, loin de là. Certes ils ne sont pas très hauts – moins que je l'aurais pensé – mais, encore une fois, personne n'a jamais vu les Gris voler et ils ne semblent pas enclins à se servir d'engins de siège. En revanche, les murs sont épais : d'énormes blocs de pierre dûment assemblés au mortier. Il paraît en effet logique de supposer que les Gris, déjà munis d'armes mortelles, pourraient en posséder d'autres capables de percer une muraille. Je ne distingue pas pour autant de travaux récents ; peut-être l'absence d'attaques directes sur la cité depuis la Marée grise a-t-elle inspiré aux vampires un faux sentiment de sécurité.

« Nous y voilà, lance Jacob derrière moi. Je propose qu'on ne traîne pas. Ce petit vent vicieux me glace les os. J'ai besoin d'un feu bien chaud et d'une compagne encore plus chaude.

— Non. Au contraire, nous allons avancer calmement. Ôter nos capuches et rester à proximité de la rangée de torches. Si les sentinelles nous prennent pour des Gris, le vent sera le dernier de nos soucis. »

Jacob soupire avec emphase.

« Tu sais que t'es la cause de ces soucis, hein ?

— Veux-tu bien me rappeler pourquoi tu m'accompagnes, déjà ?

— Parce que, quand tu t'adresses aux gens, on a l'impression que tu lis un bouquin vieux de mille ans, alors que moi j'utilise des mots qu'ils peuvent comprendre.

— Je n'aurais pas cru que cela réclamait une telle compétence de s'adresser à des bistrotiers et à des filles de joie.

— C'était presque une bonne réplique, vieux frère. Bosse là-dessus et ça deviendra sans doute drôle dans quelques années. »

Nous reprenons notre route et, alors que nous longeons les torches, j'entends une cloche lointaine annoncer notre arrivée. Des archers ne tardent pas à apparaître dans de minces ouvertures au sein de la muraille, tandis que d'autres soldats nous observent depuis le chemin de ronde. La lumière de nouvelles torches apportées en hâte dessine ces silhouettes en contre-jour ; on dirait des insectes dans une vaste ruche, ou des tiques se promenant sur le corps d'un grand animal endormi. J'éprouve une soudaine envie de courir me réfugier dans les ombres de la nuit, d'y retrouver la forêt, les Gris et la solitude. Mais je me retiens. Je pense avoir eu mon content de solitude.

« On aurait aussi bien pu arriver de jour, non ? demande Jacob. Même s'il n'y a pas l'air d'y avoir de toit, comme celui qui couvrait une bonne moitié de Vespéral. Les vampires n'ont jamais été fortiches en innovation, mais j'avoue que ce truc-là, ça avait de la gueule. Aurore est bien plus petite. Depuis cent ans qu'ils y sont enfermés, ils auraient pu tout recouvrir !

— Bonne remarque. Si j'osais une hypothèse, je dirais que c'est une question de peur.

— De peur ?

— Les vampires avaient en effet construit un toit couvrant la moitié de leur belle capitale. Un an plus tard, les Gris surgissent de nulle part et détruisent ladite capitale. À mon humble avis, les plus dévots parmi les vampires pensent que les Gris sont une punition divine pour avoir eu l'audace de marcher librement en plein jour.

— Lumière de Luce, marmonne Jacob. J'ai déjà le mal du pays. »

Nous ne sommes plus qu'à quelques mètres des murs. Les sentinelles ont admis que nous n'étions pas des Gris car lentement, inexorablement, les lourdes portes de pierre s'ouvrent devant nous. Leur mécanisme bruisse et grince dans la nuit. Je me tourne vers Jacob.

« C'est l'heure de vérité, mon ami. Es-tu prêt ? »

Mon compagnon hausse les épaules. Son air insouciant m'indique qu'il n'est pas aussi inquiet que moi de ce que nous trouverons à l'intérieur de ces murs.

« Toi, tu viens satisfaire ta curiosité. Moi, je viens coucher avec de jolies vampires. Tout va bien. »

Nous franchissons les portes. Aurore nous avale.

Grand Prince Azzuri

De prime abord, je ne sais que faire de ces sorciers. Les premiers à pénétrer dans la cité depuis les Kinets que nous avions embarqués dans notre fuite désespérée face à la Marée grise. Donc déjà une surprise en soi. Puis, juste avant qu'ils entrent dans mes appartements, Varouge m'informe de qui il s'agit. Ce qui me rend aussitôt *très* curieux.

Nous nous asseyons au coin du feu. Je ne fais pas une telle flambée d'ordinaire, mais nous approchons de l'hiver et les montagnes nous envoient leur bise glacée ; si mes veines ne ressentent guère ce froid, il en va autrement de sorciers habitués à la canicule des Déserts. Après les politesses d'usage, j'évalue rapidement mes interlocuteurs. Celui qui s'est présenté sous le nom de frère Bailey est grand, mince, barbu, avec ce teint hâlé typique des sorciers vivant près des Terres centrales. À l'inverse, son compagnon est trapu, musculeux, et arbore ce genre de barbiches bien taillées que j'associe plus aux vampires qu'aux mages ; sa peau d'un noir de jais le classe parmi les sorciers originaires des Déserts du sud.

Ils portent des tuniques identiques, ce qui n'est guère étonnant de la part de membres de la même secte ; c'est l'absence totale de marques distinctives qui s'avère plus surprenante, en tout cas s'il faut se référer aux mages présents à Aurore. Les Kinets qui travaillent sur les cuves de sang portent des tuniques rouges striées d'orange, ainsi que des rubans ornementés aux poignets pour indiquer leur secte. Quant à la poignée de Neuros habitant la cité, ils arborent des tuniques d'un blanc éclatant avec, dans le dos, un dessin à l'encre d'une grande paire d'yeux aux pupilles parsemées de pierreries ; cette même encre pare les rubans de poignet distinguant les sectes.

Mais les tuniques vertes des deux mages que j'ai devant moi ne comportent aucune décoration. Même cette couleur est inhabituelle. Il faut dire que je n'ai guère croisé de Quantas dans ma vie. Ce qui promet une conversation divertissante.

« J'aurais un certain nombre de questions à vous poser. »

Après cette entrée en matière, mon valet leur sert de larges rasades du meilleur hydromel de Luce disponible entre nos murs. Il n'est pas aussi bon que celui produit dans le sud, évidemment, mais je ne peux plus y envoyer quelqu'un acheter les bonnes bouteilles.

« Bien entendu, Grand Prince Azzuri », répond frère Bailey.

Son camarade semble apprécier l'hydromel, car le verre qu'il tient en main est déjà presque vide.

« Je vous en prie, appelez-moi Vermillon. N'êtes-vous pas des envoyés de l'Archimage ? En tout cas, j'admets qu'il me plairait *vraiment* d'apprendre comment vous avez survécu à ce voyage. Inutile de vous dire que vous êtes les premiers depuis la Marée grise à réaliser cet exploit. Vous êtes tous les deux des Quantas, n'est-ce pas ?

— En effet, confirme frère Bailey. Comme tous les membres de notre secte. Pour votre part, s'il vous plaît, appelez-moi Sage. Je vous présente Jacob, mon frère adjoint.

— Vous appartenez au culte d'Humanis ?

— C'est exact.

— J'en ai entendu parler, figurez-vous. Beaucoup de monde à Vespéral suivait de près vos recherches avant la Marée grise. Si j'ai bien compris, vous croyez que les mortels ne sont pas un mythe, qu'ils ont réellement existé. Qu'ils ont même dominé ce continent avant de disparaître et d'être remplacés par les immortels.

— Excellent résumé, dit Sage.

— Avez-vous des preuves de ces affirmations ?

— Nous avons découvert un certain nombre d'artefacts... intéressants. Des gravures, par exemple, provenant de sites souterrains qui dateraient d'avant les plus vieilles implantations immortelles connues. Des œuvres qui suggéreraient aussi un niveau technologique assez extraordinaire. Mais rien qui vaille encore la peine d'être rendu public. Nous espérons obtenir un jour des preuves plus tangibles.

— Qu'en ferez-vous, alors ?

— Les exhiber à la face du continent, bien sûr. Afin que nous puissions tous tirer le maximum d'enseignements de cette civilisation perdue. Peut-être même appréhender nos origines, qui sait ?

— Vous voyez cela se produire dans quel laps de temps ?

— Nous espérons vivement qu'il n'y a plus trop longtemps à attendre. »

Ce n'est à l'évidence ni la première ni sans doute la centième fois que frère Bailey tient ce discours. Je me rends compte que j'ai plus de chances de bronzer au soleil que d'obtenir de ce mage les réponses désirées.

« Je comprends, lui dis-je. Mon conseiller m'a indiqué que certains sorciers répandent l'idée que les Gris pourraient être ces fameux mortels, revenus d'on ne sait où pour revendiquer leur territoire. Ce qui a fortement amélioré, par ricochet, la réputation de votre culte. »

Sage hoche la tête d'un air poli.

« C'est une hypothèse parmi d'autres. À laquelle nous ne pouvons pas apporter de réponse définitive, là non plus. Quant à notre réputation, je crains que vous ne la voyiez plus belle qu'elle n'est.

— Puis-je vous demander pourquoi vous n'avez pas de réponse à fournir sur le sujet ?

— Parce que les Gris sont assez difficiles à étudier, étant donné leur détestable habitude d'abattre tous ceux qui s'approchent. »

Je ne peux m'empêcher de sourire. J'avais redouté que, dans sa hâte d'envoyer n'importe quel émissaire susceptible d'arriver jusqu'ici, l'Archimage m'expédie un adepte de la langue de bois ou un idiot ignorant tout des règles du jeu. Mais ce Sage Bailey est loin d'être idiot, même s'il paraît plus à l'aise avec les reliques qu'avec les gens.

« Vous devez quand même avoir un avis sur la question... »

Il hausse les épaules et plonge le regard dans son verre avant d'en siroter une longue gorgée, geste typique de celui qui prend le temps de choisir ses mots. Ce sorcier semble aimer jouer les diplomates, mais je pratique cet art depuis des siècles et en connais chaque signe.

« Je pense que c'est possible, même si j'émets quelques doutes. L'arsenal redoutable des Gris s'accorde à certaines légendes évoquant les mortels. Mais rien de ce que nous pensons savoir sur eux n'explique l'aspect des Gris ni pourquoi ils se contentent, depuis un siècle, de nous confiner aux régions extérieures du continent sans bâtir leurs propres cités. »

Jacob émet un drôle de son. Je me tourne vers lui, espérant des précisions, mais je le vois juste aspirer les dernières gouttes au fond de son verre.

« Bien, tout ceci m'amène à ma prochaine question. Par tous les Dieux du sang, comment avez-vous fait pour arriver ici vivants ?

— Là encore j'aimerais pouvoir vous offrir une réponse plus précise. » Je note que, pour un homme avide de réponses, Sage Bailey paraît peu doué pour les fournir. « Mais je crains qu'il se soit surtout agi de chance. J'ai beaucoup voyagé avant la Marée grise, en quête d'indices sur l'existence des mortels. Je connais beaucoup de chemins de traverse. Je suppose que les emprunter nous a, fort heureusement, évité de croiser la route des Gris.

— Ce qui ne vous a pas empêchés d'accomplir le trajet remarquablement vite. Juste à temps pour les funérailles. Vos chemins de traverse semblent correspondre à peu de choses près à la route la plus directe menant à Aurore.

— Comme je vous l'ai dit, je connais très bien notre continent. »

Je songe un instant à pousser frère Bailey dans ses retranchements. Il serait possible d'éviter les Gris en passant par des routes moins connues ? C'est un argument débile, or ce sorcier n'est pas débile. Le mettre en difficulté serait néanmoins peu diplomatique. En tout cas pour le moment. Je remplis ma flûte à la carafe de sang d'ours, puis prends le temps d'en humer le parfum tout en songeant à la suite. Le liquide n'est pas ensorcelé ; il ne fait pas bon être trop… énergique lorsque l'on joue ainsi au chat et à la souris.

« Reste donc la question du pourquoi. Je vous suis, bien sûr, très reconnaissant d'assister aux funérailles de mon fils. Mais pourquoi risquer vos vies à cet effet alors qu'aucun autre sorcier n'a cru bon de le faire ?

— Honnêtement, Grand Prince ? Pour votre bibliothèque. C'est une fabuleuse mine de connaissances, la plus grande du continent, plus grande que celle de Luce. Vous disposez sans doute d'ouvrages qui pourraient jeter une certaine lumière sur l'époque précédant la domination des immortels. Peut-être même s'y cache-t-il des informations sur les mortels, qui permettraient de prouver leur existence une bonne fois pour toutes. »

Un amoureux des livres, donc. Il en reste si peu dans ma cité.

« Eh bien, je souhaite que vous y trouviez votre bonheur. Je pourrais vivre des millénaires et n'effleurer qu'une partie de ma collection. J'y ai déniché un vieux livre, une fois, traitant d'un village situé loin au nord-ouest du continent, plus au nord, même, que les ruines de Nocturne. Les habitants de ce village vénéraient les vaches, n'est-ce pas incroyable ? Ils pensaient que ces animaux étaient les premiers à avoir eu du sang dans les veines et donc que le sang de vache était le seul valable. D'après eux, s'ils faisaient naître assez de vaches, les dieux les récompenseraient en les rendant invulnérables au soleil. Ils ont conquis une dizaine de villages aux alentours, se créant ainsi leur propre petit empire mais, comme le sang de vache ne stoppe pas le vieillissement, cela n'a pas duré très longtemps. Lorsque j'ai évoqué le sujet avec les plus vieux vampires de ma connaissance, aucun d'eux n'avait entendu parler de cet endroit. Donc, oui, il y a des merveilles à débusquer dans cette bibliothèque.

— C'est bien ce que j'espère. »

Le mage hoche la tête ; je perçois un changement dans son regard, comme s'il venait de prendre une décision. Il poursuit d'une voix plus hésitante :

« Vermillon, savez-vous pourquoi je consacre ma vie à ces mythes ? »

La curiosité m'envahit. Je sens poindre une confession allant au-delà des nécessités diplomatiques. Le genre d'événement qui ne se produit qu'une fois par siècle.

« Pourquoi donc, Sage ? »

Le sorcier se tourne vers son compagnon, comme s'il regrettait déjà ses velléités de franchise, mais Jacob se contente de hausser les épaules.

« Si les mortels ont vraiment existé… Je n'en ai encore aucune preuve, mais… s'ils ont existé, nous ignorons où ils sont partis. Nous ignorons aussi s'ils comptent revenir.

— Leur réapparition serait-elle… une mauvaise chose ?

— D'après le peu que nous savons ou supposons à leur sujet ?

— Oui.

— Une très mauvaise chose. »

Je me rencogne dans mon siège et sirote lentement mon sang d'ours. Frère Bailey en cache bien plus qu'il n'en avoue. Je change d'avis sur ma boisson : de l'ours ensorcelé, voire un meilleur animal, aurait mieux convenu. Il me faudrait un esprit plus alerte pour un tel échange. Mon père conseillait toujours d'accorder le sang à la conversation.

« Vous continuez à parler par allusions de ces mortels auxquels vous avez consacré votre vie, dis-je en choisissant mes mots avec soin. Vous affirmez n'avoir aucune preuve de leur existence, ce qui ne vous empêche pas de paraître en savoir beaucoup à leur sujet. Que conservez-vous exactement dans votre temple ? Une poignée de reliques plus ou moins indéterminées, comme beaucoup le pensent, ou des indices plus tangibles ?

— Lorsque nous aurons quelque chose d'important à dire, Grand Prince, je peux vous assurer que toutes les rues résonneront de nos voix.

— Déclaration audacieuse de la part d'un rêveur.

— Je vous demande pardon ?

— C'est votre credo, n'est-ce pas ? *Il y a des mondes au-delà du mien, des merveilles que je n'approche qu'en rêve.* N'ayez pas l'air si surpris, j'ai moi-même effectué quelques recherches. Avez-vous des mondes précis en tête ou n'évoquez-vous ainsi que les domaines du rêve ?

— Comme il doit en être de tout rêve, nous gardons les nôtres par-devers nous jusqu'à ce que nous ayons bien saisi leur signification.

— Une réponse très diplomatique. Vous tenez parfaitement votre rôle, Sage Bailey. À mon avis, vous avez de la chance que si peu de sorciers respectent ou partagent vos idées. Dans le cas contraire, votre temple recevrait bien plus de visites. Pour ma part, piégé à Aurore, je n'ai aucun moyen de satisfaire ma toute nouvelle curiosité à votre égard. J'aurais dû m'intéresser au sujet avant la Marée grise. »

Sage plisse les yeux et je lis au fond de ses pupilles couleur noisette le plaisir qu'il éprouve à jouer ce petit jeu avec moi.

« Vous recevoir aurait été un grand honneur, mais vous seriez à coup sûr reparti déçu. »

Je le dévisage. Il fait front un instant, puis se détourne. Il est plus doué que je l'avais cru de prime abord, mais l'échange de regards lourds de sens est un exercice difficile. Je lui souris pour détendre à nouveau l'atmosphère.

« Eh bien, peut-être me donnerez-vous un jour les réponses dont j'ai besoin, et peut-être aussi prendrez-vous part aux combats à venir. » Je me tourne vers l'adjoint, qui scrute avec intensité la bouteille d'hydromel perchée sur le buffet. « Et vous, Jacob, que pensez-vous de tout cela ? Parlez librement, je vous en prie. Ne sommes-nous pas alliés en cette triste époque des Gris ? »

Le sorcier à barbiche quitte l'alcool des yeux ; son attitude évoque le manque d'intérêt, voire l'ennui. Il repose son verre sur la table, ayant visiblement abandonné tout espoir de le voir rempli à nouveau.

« J'espère vraiment que les mortels ont existé, Grand Prince. Car sinon j'aurais passé quinze décennies à étudier leur cas au lieu de les passer avec des femmes. »

Sage hausse les sourcils et lance à son adjoint un regard accablant.

« Pardon, reprend Jacob. Je veux dire que je les aurais passées avec *plus* de femmes. »

* * *

Trois flûtes de sang sont disposées devant moi et je compte les tester une à une. Je ne devrais pas m'y atteler aujourd'hui, évidemment. Dans un sablier il me faudra apparaître sur la place du Point-du-Jour, devant des hordes de Princes et de Médians ainsi que les milliers de Fanés massés dans les squares adjacents pour tenter de m'apercevoir. Là, j'accomplirai les rituels des Dieux du sang face à l'urne contenant les cendres de mon fils cadet. Les prêtres liront ensuite les psaumes d'accueil, préparant ainsi mon enfant, toujours prisonnier des cendres, à son entrée au Paradis rouge. Puis l'urne sera placée dans la crypte solaire, où elle demeura jusqu'à l'aube, lorsque le soleil passant par une ouverture dans le toit frappera les cendres et emportera mon fils vers l'au-delà.

Ce n'est pas une cérémonie courante. En tout cas ces derniers temps. Il y en a eu beaucoup juste après la

Marée grise mais, depuis, presque aucune concernant un noble. Je devrais donc réviser mon texte. Mais les froides nécessités du gouvernement ne s'arrêtent pas au simple fait que mon fils ne tienne même plus dans ma main. Je me le dis, me le répète. Je parviens presque à m'en convaincre.

« Ce sont les lots les plus récents, n'est-ce pas ? »

Varouge et moi nous trouvons dans une cave secrète creusée sous l'aile ouest. Les meubles y sont rares : une table banale, en gorme, ainsi qu'un fauteuil en cuir que mon conseiller a placé là pour rendre l'endroit plus présentable, comme si nous devions un jour l'utiliser pour autre chose que la présente tâche.

« Absolument, Grand Prince. De gauche à droite, le tout dernier cerf ensorcelé, puis le faucon, puis la baleine.

— Une créature de la terre, une de l'air, une de la mer. Très élégant. »

Je souris en humant les trois crus. Impressionnant. Je perçois à peine la petite saveur piquante que la sorcellerie tend à générer.

« Sont-ils aussi bons que les Kinets l'affirment ?

— Ils prétendent avoir augmenté la puissance des sangs hors loup afin de rendre un vampire cinq fois plus fort que la normale au lieu de seulement quatre fois.

— Ah oui ? Bon sang, comment font-ils leurs calculs ? Alignent-ils des volontaires qui cognent dans les murs pour y creuser des trous dûment mesurés ? »

Varouge demeure impassible.

« Oui, Grand Prince, je crois que c'est *exactement* ce qu'ils font.

— D'accord… Fort bien, fort bien.

— Je sais que les vantardises des Kinets vous font parfois lever les yeux au ciel. Mais j'estime qu'ils progressent. Lentement mais sûrement, grâce à la magie, ces sangs deviennent plus puissants. De même que les goûteurs officiels. »

L'expression de mon conseiller est toujours dure à déchiffrer – surtout avec cette moustache ridicule –, mais je crois, dans le cas présent, y lire de la conviction plutôt qu'un indice subtil visant à me montrer qu'il ne croit pas en son propre discours. C'est lui, après tout, qui m'a persuadé de faire venir les Kinets spécialistes du sang à Vespéral, peu avant la Marée grise. Il avait entendu parler de leurs exploits, non plus dans le déplacement d'énormes masses, comme leurs prédécesseurs, mais dans la manipulation de l'infiniment petit. Ces mages avaient commencé par modifier les propriétés de l'alcool, puis de certains mets, avant de jurer être en mesure d'altérer la structure même des sangs animaux afin de les rendre plus efficaces, plus forts.

Varouge m'avait donc convaincu que ces allégations n'étaient pas vaines et que les sorciers changeraient à tout jamais notre rapport au sang. J'ai pris un gros risque en intégrant les mages à notre filière d'approvisionnement. Certains des plus vieux Princes ne me l'ont toujours pas pardonné. Mais les résultats se sont avérés prodigieux, au-delà de mes rêves les plus fous. Ainsi, lorsqu'il a fallu quitter Vespéral avec les Gris à nos trousses, je me suis assuré que ces mages accompagnent les vampires survivants dans leur fuite vers Aurore. Notre avenir dépend peut-être de leur travail. Si nous parvenons à nous assurer un accès facile à du sang aussi riche – et moins diplomatiquement ennuyeux – que le sang de loup, notre victoire sur les Gris pourrait advenir dans quelques années, et non dans de lointaines décennies.

« Très bien, Varouge. Mais les sorciers sont-ils proches ou non d'atteindre nos plus grands objectifs ?

— N'hésitez pas à en juger par vous-même. En vérité, il y a encore du chemin à faire. Un long chemin. Mais je suis certain que nous sommes sur la bonne voie.

— Vraiment ? Vous pensez ces mages capables de remplacer les énormes réserves de sang de loup que nous possédions autrefois ? Volerons-nous grâce au cerf ? Le renard nous rendra-t-il cinquante fois plus forts ? Sans parler de devenir un jour invincibles en nous saoulant de sang de vache ?

— Rien n'est impossible. C'est une leçon apprise au fil des siècles.

— Eh bien, je prie les Dieux du sang pour leur réussite. J'ai hâte de renier ce pacte ridicule avec les loups. Pourtant, tout le monde a applaudi sa signature. Convaincre les loups de nous fournir leur sang sur une base régulière, dans le mince espoir d'en amasser suffisamment pour reprendre le combat contre les Gris… Une sacrée aubaine, non ?

— Je m'en souviens parfaitement. J'y étais.

— Alors vous vous souvenez aussi que c'est ce qui nous a aidés dans les mois terribles qui ont suivi la Marée grise. Ce qui nous a redonné un peu d'espoir. Mais plus le temps passe et moins je pense que les loups croient en notre plan. Peut-être ne croient-ils même pas que nous stockions ce sang, préférant nous en gaver dès qu'il est extrait. Ils sont juste ravis de se débarrasser de leurs pires criminels. Car lorsque ces monstres s'évadent – et ils s'évadent toujours, même si cette fichue Corneille Ansbach les rattrape tous –, nous constatons *de visu* à quel point ils sont dangereux. J'espère donc que ça en vaut réellement la peine. Que nous accumulerons assez de sang de loup pour faire dix fois le tour du continent par les airs si ça nous chante. Que les Gris sortent leurs armes, alors. Qu'ils les sortent ! »

Je m'arrête, le souffle court. Varouge me contemple avec une expression dont je ne connais que trop bien le sens.

« Oui, Varouge, reprends-je. Je sais. J'ai beaucoup parlé et je me suis même, sans doute, laissé aller à divaguer.

Sachez que j'ai pleinement conscience de ce que nous faisons ici, dans cette pièce. Mais je vous prierais *instamment,* mon vieil ami, de vous passer de commentaires.

— À vos ordres », dit-il en détournant sagement le regard.

J'en reviens aux trois flûtes placées devant moi. Je décide de commencer par le faucon et l'avale d'un trait.

« Le goût est agréable. Plus sec, plus subtil que je l'aurais cru. C'est une bonne nouvelle. Il ne faut pas sacrifier la complexité des saveurs à la recherche de la puissance.

— Fort bien posé, Grand Prince. Et qu'advient-il de votre humeur ? »

J'attends une minute avant de hasarder une réponse.

« Ma foi, je ressens… de l'énergie, une certaine euphorie mais contrôlée. Avec une note d'agressivité sous-jacente. Plus discrète que chez l'ancien faucon. Plus dans le style… du cerf, pour tout dire.

— Oui, j'ai cru comprendre que les sorciers utilisaient cet aspect du cerf comme modèle.

— Intéressant. Le cerf est en effet le plus équilibré à cet égard. Mais il ne faudrait pas non plus que tous les sangs se ressemblent. Ce serait fort peu apprécié.

— Une dimension à prendre en compte, assurément. Qu'en est-il de la force ? »

Je cherche l'endroit adéquat sur le mur de pierre. Mes veines battent au rythme du sang vigoureux qui y coule. Je prends mon élan et frappe le mur, qui cède sous mon poing avec un craquement délectable. Des particules de pierre volent autour de ma tête. La marque est légèrement plus profonde que celles qui l'entourent.

« Du progrès, en effet.

— Sauf pour le mur, j'en ai peur.

— Dans ce cas, amenez-moi le Gris qui a tué mon fils et j'y ferai un trou à la place. »

Drôle de façon d'en revenir au sujet du jour. Mais, justement, ce n'est pas un jour ordinaire. Mon conseiller ne dit rien. Il maîtrise l'art de se taire.

« Ça fait un mois, Varouge. *Un mois*. Pourtant, je n'en sais toujours pas plus que le Fané moyen sur ce qui a fait partir mon fils en cendres. Le plan de Saxe ne donne rien. Sommes-nous d'accord qu'il n'a tiré aucune information utile de tous ces gens que mon fils aîné a si glorieusement arrachés à leur demeure ? »

Varouge et moi échangeons un long regard. Il va me donner de faux espoirs ; je le sais comme on le sait d'un homme qui vous sert depuis plus de décennies que les doigts de quatre mains n'en peuvent compter.

« Il lui reste encore un certain nombre de Médians et de Fanés à… questionner. Je suis persuadé qu'il ne lui manque qu'un peu de temps pour réussir.

— Je veux des réponses. Vite. Sinon je m'en occuperai moi-même. »

Je laisse planer la menace dans l'air, l'espérant plus convaincante qu'à mes propres oreilles. L'effet du sang retombe déjà. Je me sens plus calme.

« Je n'ai même pas remis les pieds dans ses appartements, dis-je en baissant les yeux. Je me rappelle les lui avoir montrés après notre fuite éperdue devant les Gris. Il n'avait que quatre décennies à l'époque. Être chassé de chez soi n'est jamais plaisant, surtout à cet âge. Je me rappelle aussi l'avoir pris par les épaules et regardé droit dans les yeux pour lui promettre que nous ne resterions pas ici pour toujours, que nous allions nous battre, reprendre nos terres aux Gris. Mon objectif était autant de l'encourager que de resserrer les liens entre nous, mais il ne m'a offert en retour que de grands yeux tristes, là où son frère avait montré bien plus de détermination. J'étais en colère contre lui. J'avais envie de le secouer, le plus fort possible, pour le débarrasser de cette tristesse comme d'une peau morte. Savez-vous ce qu'il m'a répondu, d'une toute petite voix ? Que nous nous étions déjà battus et que notre ancienne cité, elle, était censée durer toujours. J'ai eu honte, alors. De la lâcheté de mon propre fils. À cause de cet épisode, je ne lui ai plus adressé la parole pendant des mois. Dès lors, bien sûr, notre relation n'a cessé de se détériorer. En y repensant aujourd'hui, mon ami, je n'ai envie que d'une chose. Remonter le temps et reprendre cette conversation. Rester avec lui. Lui parler plus longuement. »

Varouge ne dit rien. C'est parfait. Je préfère le silence.

10
De flammes et de tragédie

Après la chute de Vespéral, beaucoup ont dû s'adapter à une société nouvelle et – selon certains ressentis – bien moins accueillante et égalitaire. En conséquence, de nombreux héros sont à présent cantonnés à des rôles plus humbles ; regardez bien le serveur de votre bar préféré, car il a peut-être, autrefois, conquis des villes entières.

Darouge LeFer,
Ce que nous avons perdu (un texte interdit)

Sage

Quelqu'un vient me déranger à la bibliothèque. Or, je ne voulais pas être dérangé et surtout pas par cette personne-là. C'est ma première séance de travail ici après deux nuits gâchées en ballets diplomatiques : des heures et des heures de parlote avec les nobles vampires soucieux de rencontrer les deux premiers sorciers débarquant à Aurore depuis la Marée grise. Tous ont exprimé leur surprise mais, à mon grand soulagement, aucun n'a émis les mêmes soupçons que le Grand Prince.

J'ai donc laissé Jacob poursuivre en ce sens, le chargeant de peaufiner notre couverture à sa guise. Avant la Marée grise, même lors de nos plus innocents voyages en quête d'informations sur les mortels, nous devions toujours dissimuler notre identité à un moment ou à un autre. Pendant ce temps, dans cette salle, je pose les bases de nos recherches en revenant à la source de notre questionnement ; une bonne enquête démarre toujours ainsi pour éviter de se perdre dans les détails en cours de route.

Devant moi trônent un parchemin et une plume, ainsi qu'une première sélection d'ouvrages. J'ai commencé par bien noter que nous n'enquêtions pas sur la mort du jeune Azzuri, mais sur ce que lui-même cherchait à découvrir : le butin que Saxe et d'autres Princes ont déterré puis dissimulé peu avant la Marée grise. De quoi s'agit-il ? Où est-ce caché aujourd'hui ? S'il se trouve que c'est la raison de sa mort, alors nous l'honorerons en lui rendant sa juste place dans cette histoire. Dans le cas contraire, l'enquête continuera envers et contre tout puisque nous parlons du seul exemple connu, hors culte d'Humanis, d'une trouvaille possiblement liée aux mortels.

Une fois ce principe énoncé, j'ai défini deux pistes à suivre. La première n'est autre que la banque du Sang, l'endroit le mieux gardé d'Aurore, où les Princes entreposent leurs sangs les plus précieux et, sans doute, bien d'autres trésors. C'est notre indice majeur, sachant que le jeune Azzuri croyait dur comme fer que la fameuse trouvaille y avait été déposée. À ce propos, le livre ouvert en face de moi est un mince volume détaillant le fonctionnement de la banque du Sang ; rédigé il y a seulement cinq décennies, donc après la Marée grise, je suppose son contenu à peu près fiable. Car il va bien falloir déterminer dans quelle chambre forte se trouve l'objet de notre quête.

La seconde piste est plus vague. Afin de déterminer ce qu'Azzuri avait appris, ce qui l'a conduit à sa mort, nous devrons mettre nos pas dans les siens. Par exemple, discuter avec ses connaissances. Une tâche plus délicate puisque la bibliothèque ne contient guère de données sur le sujet. Il faudra donc aller chercher ces informations sur le terrain. La grande spécialité de Jacob.

Je m'adosse à mon siège et lève les yeux vers le dôme richement décoré tandis que les souvenirs affluent. Je ne me suis pas embarqué dans un tel travail depuis mes années d'enquêteur à Luce, lorsque je poursuivais voleurs et meurtriers. Mon séjour à la capitale des sorciers m'a permis de peaufiner mes compétences en la matière tout en m'efforçant d'éviter assassins lanceurs d'éclairs et criminels aux mirages trop réels. Ensuite, durant quinze décennies, mes recherches pour le culte d'Humanis, notamment mes nombreux voyages, m'ont forcé à réfléchir davantage en position d'archéologue qu'en position d'enquêteur. Depuis la Marée grise, je ne suis plus ni l'un ni l'autre, confiné à un rôle de simple conservateur de musée.

C'est donc une perspective... revigorante. Même si j'aurais préféré qu'elle ne trouve pas son origine dans le meurtre d'une belle personne.

Je m'oblige à me concentrer de nouveau sur le livre lorsque le maître espion d'Aurore apparaît devant moi.

Le Prince Saxe s'avance vers ma table de lecture, un sourire rayonnant aux lèvres. Il s'arrête à quelques pas et parcourt du regard l'ensemble de la bibliothèque. Les rangées sans fin d'étagères contenant aussi bien de vieux parchemins mouchetés que des manuscrits sur vélin ou des volumes aux reliures incrustées de pierreries. Les larges échelles qui mènent aux niveaux supérieurs. Les appliques murales remplies de champignons luminescents qui en éclairent les moindres recoins. Le tout, bien sûr, surmonté par le dôme où s'étalent des fresques consacrées à l'histoire des vampires.

Puis Saxe prend une grande inspiration. Les odeurs mêlées de ces livres jouent avec les sens, offrant aussi bien de riches arômes que des relents âcres. Au fil des décennies, des siècles, ils ont absorbé beaucoup de leur environnement. Certains sentent le renfermé, l'humidité ; d'autres exsudent des parfums d'encens, rappelant au lecteur leur fabrication dans des lieux plus sacrés que celui-ci, une différence d'autant plus marquée depuis l'arrivée du maître espion. Mais je dois reconnaître que l'homme connaît son public, tenant par son attitude à me montrer qu'il apprécie lui aussi la forme écrite.

« Fabuleux, n'est-ce pas ? » lâche-t-il enfin.

Pure évidence, à laquelle je ne réponds donc pas. Il laisse traîner un silence plus long que nécessaire avant de reprendre :

« Veuillez m'excuser, je ne me suis même pas présenté. Prince Saxe, maître espion d'Aurore et responsable des geôles des loups. »

Je l'étudie un instant : la chevelure blonde en bataille, les petits yeux, le sourire étrangement large, la fine silhouette serrée dans un costume si noir qu'il évoque une ombre, et pour finir, la chevalière marquée du symbole de la clé et du hibou, qui m'a révélé son identité dès les premières secondes.

Après quoi je me lève, résigné à davantage de diplomatie et encore bien plus de comédie.

« Sage Bailey, Grand Frère du culte d'Humanis. C'est un réel plaisir de faire votre connaissance.

— Tout le plaisir est pour moi, dit-il en s'asseyant de l'autre côté de la table. Quelle surprise de rencontrer un nouveau sorcier à Aurore ! Je crois que je serais moins étonné si un Gris surgissait dans la pièce à l'instant !

— Je suis ravi de représenter une telle nouveauté.

— Ah ! vous pouvez l'être. Mais laissez-moi reprendre mon sérieux, tout d'abord pour vous féliciter. Quel art vous avez déployé pour éviter les Gris ! À en croire mes amis nobles que vous avez rencontrés, c'est votre science des chemins peu connus qui vous a permis d'arriver en vie jusqu'ici…

— Ainsi que la chance, à mon humble avis. Une bonne dose de chance. Ajoutée au fait que nous n'étions que deux à voyager.

— Exact. Il ne faut jamais sous-estimer le facteur chance, n'est-ce pas ? » Ses petits yeux m'évaluent juste une seconde de trop. Il est doué. Pas autant qu'il le croit, mais doué. « Je dois aussi féliciter votre Archimage pour sa clairvoyance dans le choix de son envoyé. Voilà un homme bien avisé, qui savait quel sorcier possédait de tels talents d'esquive. Si vous n'étiez pas un Quanta, j'appellerais ça de la magie ! »

Je laisse filer la pique, habilement lovée dans le flot du discours, tandis que Saxe passe une main dans sa longue chevelure.

« Eh bien, l'Archimage avait eu vent de mes multiples voyages en quête de reliques des mortels. Je suppose que cela lui a donné foi en ma capacité à me déplacer en toute discrétion.

— Oui, je le suppose aussi », dit Saxe avec un sourire bien trop large.

Le vampire se lève brusquement et se détourne de moi, son regard passant en revue une série d'étagères.

« En parlant de voyages, saviez-vous que le jeune Azzuri avait vagabondé dans les Déserts peu avant la Marée grise ?

— Non, je l'ignorais, dis-je en contournant ce nouveau piège.

— D'accord… Je songeais qu'il avait pu vous rendre visite. Il me semble qu'il a plus ou moins traversé la zone où se trouve votre temple.

— Vous étiez donc avec lui ?

— Non, pas du tout. Mais ne croyez-vous pas que je ferais un bien piètre maître espion si je ne suivais pas les déplacements de la progéniture du Grand Prince ?

— Je le crois, en effet. »

Une poignée de secondes s'écoule ; Saxe étire le silence, s'en délecte. Ce n'est pas le premier maître espion que je rencontre. Ni le premier de mes interlocuteurs à parsemer sa conversation de traquenards. Les petits tours de passe-passe visant à énerver ou à pêcher des informations m'ennuient profondément, car j'en connais toutes les facettes. Néanmoins, ce vampire sait se montrer irritant à défaut d'être efficace. Il faut toujours regarder ce genre de personnage dans les yeux mais, avec Saxe, cela revient à plonger dans un vide abyssal.

« Enfin, reprend-il. Je crains de vous avoir déjà fait perdre un précieux temps de lecture. Vous devez en avoir soupé des vampires et de leurs bavardages ! Comment vous en blâmer ? Je vous abandonne donc à vos livres. Vous êtes un homme intelligent et le temps vous est compté. Comme il l'est pour nous tous. »

Une dernière phrase lourde de sens, que j'analyserais si je n'avais rien de mieux à faire.

« C'est très aimable à vous, Prince Saxe.

— Cinabre, s'il vous plaît, cher Sage. Laissons les grands titres à ceux qui ne les ont pas mérités. »

Sur ces belles paroles, il quitte la bibliothèque, me permettant de me pencher à nouveau sur ces livres qui, comme je ne cesse de me le répéter, sont bien supérieurs aux gens.

Grand Prince Azzuri

« Qu'étais-tu donc allé faire là-bas ? »

Mon fils ne me répond pas car, dans cette urne, ne restent que des cendres. L'esprit de mon enfant est parti au Paradis rouge où – à en croire les textes sacrés – il profitera pour l'éternité d'un sang encore meilleur que celui des loups. Je tente de l'imaginer ainsi mais n'y parviens pas. Mon fils a toujours évité fêtes et beuveries, préférant rester dans son coin ou, en réalité, se rendre à d'autres types de fêtes ailleurs dans la cité. Ce n'était pas le genre de vampire que l'on se figure assis au banquet céleste, jouant au seigneur de la nuit orgiaque et dépravé que beaucoup se voient devenir si la malchance change leur immortalité en cendres. Le Paradis rouge devra s'adapter à mon fils. Ou l'inverse.

J'examine l'urne d'or sur laquelle courent une ligne bleu ciel et une autre rouge écarlate ; s'y trouve également le dessin d'une goutte de sang encadrée des deux mêmes couleurs : le blason de ma famille. C'est presque bizarre de le voir ici. Mon fils n'a-t-il pas clamé, très tôt dans sa vie, son refus d'être associé à la lignée Azzuri ? Il s'est calmé ensuite, ou du moins en a donné l'impression, mais je crains d'avoir toujours ignoré ce qu'il pensait réellement. Une faute que sa mort m'empêchera à tout jamais de réparer ; nos siècles de relations tendues se sont effacés en un clin d'œil, dans un impact de balle.

« Qu'étais-tu allé faire, mon fils ? » dis-je plus fort pour nourrir ma colère, car j'ai *besoin* d'être en colère. « Qu'étais-tu donc allé faire ? »

Des questions vaines. Une rage qui s'évapore en maigres échos sur les murs de la crypte. Ici reposent les cendres de mon père, tué il y a deux siècles dans l'une des multiples batailles de la Double Guerre, tué ici même, dans ce palais où je réside, car il avait refusé d'abandonner Aurore aux loups. À côté figurent les cendres de mon grand-père, tué encore trois siècles auparavant au cours d'un conflit plus restreint, lorsque cette cité était la seule que possédaient les vampires, lorsque nous commencions à nous frotter aux loups et aux sorciers. Avant cela, je ne sais rien de ma lignée. Peu de livres ou de documents remontent aussi loin dans le temps, avant la fondation d'Aurore. Mon père affirmait que les Azzuri avaient joué un grand rôle dans l'édification de la première ville vampire, peu après le Souffle d'intelligence et le passage des simples tribus à de plus vastes groupes. Mais aucune archive ne confirme ses dires et il reste très peu de vampires déjà présents à l'époque. Pour une race d'immortels, nous semblons bien incapables de vivre vraiment longtemps. Quant aux rares chanceux ayant résisté aux innombrables conflits, ils paraissent souffrir d'une étrange amnésie, à moins qu'ils hésitent à partager leurs souvenirs.

Donc, comparé à mes ancêtres, il s'avère que j'ai eu de la chance. J'ai survécu à de grands tumultes, si tant est que l'on puisse qualifier de « vie » ma situation présente. Elle rendrait fou n'importe qui n'ayant pas déjà conclu une forme d'armistice avec la démence. Impossible d'habiter cette cité sans accepter d'être à la fois insensé et sain d'esprit. Entre les murs d'Aurore, je suis le chef suprême. À l'extérieur, je deviens aussitôt une proie en sursis, pourchassé par les Gris. Je parle de notre revanche à venir sans pouvoir prouver que nous serons même en mesure d'engager le combat.

« Pourquoi ? Pourquoi as-tu fait ça ? »

Cette fois ma colère plane dans l'air plus longtemps, et je me rends compte que j'espère une réponse, que j'attends de voir les cendres jaillir de l'urne pour former le visage de mon fils s'exprimant depuis l'au-delà.

Mais rien de tel ne se produit.

« Très bien, dis-je à la pièce vide. Puisque c'est ainsi, je m'en occuperai moi-même. »

Jacob surgit dans mon dos alors que j'apporte les dernières touches à mes ruminations.

« Bon, c'est quoi le plan maintenant ? »

Je sursaute et pivote sur ma chaise pour faire face à mon adjoint.

« Par les cinq magies, c'est si dur de frapper avant d'entrer ? J'aurais pu être… indisposé.

— Si par *indisposé* tu veux dire à poil, figure-toi que je t'ai déjà vu à poil et que ça n'a pas été le plus beau jour de ma vie, je peux bien te l'avouer. » Jacob se laisse tomber sur un grand fauteuil placé dans un angle de la chambre, puis pose les pieds sur une splendide table basse en quacier clairement pas prévue à cet effet. « Quant à te trouver *indisposé* avec une femme, j'aurais en effet bien aimé voir ça. »

Je grimace puis me dirige vers la fenêtre. Ma chambre surplombe les jardins côté sud du palais. Des serviteurs s'y affairent sous mes yeux parmi les rangées d'aromates ; je m'étonne que les Princes s'intéressent encore à ces plantes depuis l'arrivée des sangs ensorcelés.

« Notre plan comprend désormais deux parties. De mon côté, je vais demander une audience à l'un des responsables de la banque du Sang, sous prétexte d'étudier l'institution afin d'en appliquer les principes au trésor des sorciers. J'en profiterai pour tenter d'apprendre s'il s'y trouve quelque chose qui aurait pu intriguer Azzuri.

— Une conversation bien ennuyeuse en perspective. Tout à fait ton genre. Et moi ?

— Toi, Jacob, tu vas approcher les camarades de notre défunt ami pour déterminer s'il leur a parlé de son enquête.

— De la débauche et des gens du peuple. Tout à fait mon genre.

— Tu devras te montrer prudent, bien sûr. Le moindre de nos gestes ici est dangereux.

— Dangereux ? dit Jacob en haussant les sourcils. Plus dangereux que nos fouilles à Nocturne, qui nous ont valu de tomber sur un trafic de fioles de sang ?

— Ça ? Ce n'était qu'une douce plaisanterie. Ici, nous sommes en territoire inconnu.

— Nous cherchons des reliques. Nous sommes toujours en territoire inconnu. »

Je me passe lentement une main dans les cheveux.

« Aujourd'hui, non seulement nous cherchons des reliques mais, incidemment, nous suivons la piste d'un meurtre. C'est tout à fait différent. Une discipline que je n'ai pas pratiquée depuis la fin de ma carrière d'enquêteur. Quand je n'avais pas à m'inquiéter pour toi. »

Jacob se renfrogne puis bondit du fauteuil pour aller inspecter mes bagages en quête d'un reste d'alcool.

« Tu prends plaisir à inverser les rôles, Sage. C'est moi qui m'inquiète. Pour ma peau, par exemple, chaque fois que tu nous ponds un plan. Je n'avais aucune envie de venir ici, d'accord ? Mais ton sentiment de culpabilité et ta soif de connaissance passent toujours devant mon aspiration à une vie tranquille. »

J'éclate de rire. Nous sommes à mille cinq cents kilomètres du temple, mais nos conversations ne varient pas d'un iota.

« Si c'était vraiment ce que tu voulais, tu serais resté accroché à cette table de bar, à Quantile, le soir où je t'ai rencontré. Allez, prépare-toi. C'est l'heure de partir chercher des indices.

— Ma foi... »

Cette nouvelle voix me fait sursauter. Je pivote aussitôt et découvre que la porte, laissée entrebâillée par Jacob, est à présent ouverte sur un visage inconnu.

« Ma foi, vous n'aurez pas à chercher longtemps. »

11
Ses yeux

Le sorcier a vu un vampire, et le vampire un mage ;
Le mage a vu une louve d'un vraiment plus jeune âge.
Tout ça s'est bien mélangé, ils sont tombés d'accord :
Quatre pattes valent mieux que deux, et sans aucun remords.

Jane Brown, chanson sans titre
extraite des *Meilleurs Chants de Fanés*,
recueil édité par Stéphanie Manning

Sam

Je fais une belle entrée. La plus belle de toute ma vie. Je m'avance dans la chambre, portée par la folie qui m'a saisie, et me plante devant le mage répondant au nom de Sage Bailey.

Tout a commencé par une intuition. Je passais le balai dans un couloir de l'aile sud, maugréant sur les Sangsues qui m'avaient déjà oubliée, lorsque l'idée m'a traversée. La note d'Azzuri parlait des mortels. Or ces sorciers qui venaient de débarquer à Aurore, sidérant tout le monde par leur voyage sans encombre… Beth m'avait appris qu'ils appartenaient au culte d'Humanis. Un groupe dont j'ignorais l'existence.

J'avais beaucoup moins lu sur les sorciers que sur ma propre race. Après tout, je ne parcours l'immense bibliothèque du palais que depuis dix ans. Donc je ne connaissais que la base du sujet. Le fait, par exemple, que chaque famille de sorciers, même les Quantas privés de pouvoirs magiques, possède sa propre cité. Les Kinets habitent à Kintile, les Miras à Miristile, les Neuros à Neurile, les Atmos à Atmile, et enfin les Quantas à Quantile. Une répartition bien nette. Bien étrange. Bien sorcier. À l'intérieur de ces cités, les mages se divisent en sectes. Luce, leur capitale, accueille la secte dirigée par l'Archimage, qui contrôle toutes les autres. Puis viennent les cultes, ces confréries de sorciers qui ne trouvent pas leur bonheur dans les cités et préfèrent s'enfoncer dans les Déserts pour y gérer leurs petites affaires. Le culte d'Humanis appartient à cette dernière catégorie, mais je n'en sais guère plus. À part son nom prometteur… Pouvait-il s'agir d'une simple coïncidence qu'Azzuri ait mentionné les mortels et que, dans le même temps, les sorciers obsédés par ce mythe aient été les seuls assez courageux – ou insensés – pour risquer leur vie afin d'assister aux funérailles ?

Oui, c'était possible. En tout cas je n'avais aucune envie de jouer mes rêves de liberté sur un coup de chance. Donc retour à la bibliothèque.

À mon arrivée, les senteurs de parchemin, de musc et de vélin m'ont enveloppée de nouveau. J'ai filé droit vers la section Sorcellerie au rez-de-chaussée, mais n'y ai trouvé que des ouvrages trop généraux ou abordant d'autres cultes que celui d'Humanis. Lequel n'était d'ailleurs cité nulle part. Deux nuits de recherches pour rien. Puis, la troisième nuit, une nouvelle idée s'est insinuée dans ma tête. J'ai récupéré la fiole de sang de loup dans l'armoire où je l'avais cachée – une planque hasardeuse mais la meilleure à disposition – avant de monter au deuxième étage, devant l'étagère donnant accès à la salle secrète.

Alors que j'allais déboucher la fiole, les grandes portes de la bibliothèque se sont ouvertes avec fracas. Je me suis figée tandis que des pas résonnaient sur les dalles de marbre et s'arrêtaient juste en dessous de moi, deux étages plus bas. J'ai cessé de respirer. Au sens propre du terme : si du bon sang coulait dans les veines du visiteur, il pouvait m'entendre. Après ce qui m'a semblé une éternité, les pas sont repartis en sens inverse et les portes se sont refermées. J'étais sauvée. Sauf s'il s'agissait d'une ruse. J'ai repensé à Dame Hocquard et à ses Sangsues, à tous ces gens susceptibles de m'espionner. Un court instant, j'ai failli renoncer, rebrousser chemin. Mais j'avais trop besoin de réponses.

Quelques gouttes de sang de loup plus tard, l'étagère a pivoté, révélant le couloir plongé dans l'obscurité. Je me suis accordé un peu de sang de renard pour aiguiser ma vue avant d'y pénétrer. Une fois devant les rangées de livres, j'ai consulté les titres au hasard, comprenant soudain que, à l'inverse de la bibliothèque officielle, rien ici n'était organisé par catégorie ou par sujet. Là, un livre sur les effets du tue-loup chez les loups-garous. À côté, une vieille série de pamphlets sur les expéditions ratées dans les Terres de cendres sept siècles plus tôt. Ces ouvrages interdits n'étaient pas faits pour être *trouvés*. L'unique table de lecture aurait d'ailleurs dû me mettre la puce à l'oreille. J'ai senti monter une colère immense. Comme si j'avais moi-même écrit un livre jugé trop dangereux pour circuler librement. Comme si mon savoir avait été mis au rebut par la classe dirigeante. Limiter l'accès à la connaissance : un symptôme parmi d'autres d'une société décadente. L'espace d'une seconde, j'ai eu envie de tout brûler. J'avais éprouvé une rage similaire en découvrant les cendres de ma mère devant notre porte, en voyant ma sœur mourir à mes pieds ou les gardes emmener mon père.

Puis la colère s'est effacée, cédant une fois de plus la place à l'ambition. Il en était toujours ainsi, je ne comptais pas m'en excuser. Je devais plutôt me concentrer et reprendre mes recherches. Mais la bibliothèque secrète contenait plusieurs milliers de volumes, à en juger par toutes ces étagères alignées jusqu'à disparaître dans la pénombre. Trouver le bon ouvrage me prendrait un temps fou.

Erreur. Le cinquantième livre consulté a fait l'affaire. *Histoire détaillée des nombreux cultes*, tome premier, écrit par Neuro Sondallion dix ans seulement avant la Marée grise, était donc un ouvrage moderne comparé à beaucoup de ses voisins. Les saphirs incrustés dans la couverture indiquaient un auteur respecté. J'en ai absorbé autant que possible dans le temps imparti avant de filer au lit. Ma décision était prise. Encore un peu de courage, Sammy. Encore un tout petit peu.

Sage

L'intelligence brille dans le regard de cette servante. Il y a aussi de la détermination dans ses yeux, une volonté farouche, ce qui n'empêche pas l'auriculaire de sa main droite de trembloter ni ses pupilles de se dilater. Cette fille n'est pas habituée à ce genre d'entrée en matière. Mais elle se débrouille bien.

« D'accord, dis-je sans ambages. Vous êtes servante ici, au palais. Vous savez quelque chose à propos du défunt Azzuri. Vous faites le pari que nous serons vos alliés. »

Elle me dévisage un instant, puis se tourne vers Jacob.

« Ne vous inquiétez pas, lui lance mon adjoint. Il fait ça tout le temps.

— J'ai lu un livre qui parle de vous, me dit-elle ensuite. Vous avez été enquêteur à Luce il y a deux cents ans. Vous y pourchassiez les sorciers assassins. Et puis, un jour, après la Double Guerre, vous êtes parti vivre dans un temple abandonné en plein désert pour y fonder le culte d'Humanis. Celui qui cherche les reliques des mortels. Vous avez pratiqué des fouilles à Mal Aube, à Nocturne, à Vespéral, et aussi dans les Déserts. La plupart des gens estiment que vous courez après un simple mythe, que vos trouvailles ne sont que de vieilles reliques immortelles sur lesquelles vous projetez vos fantasmes. Même si certains pensent désormais que les Gris pourraient être ces mortels revenus de nulle part. J'ai découvert un papier dans les appartements du jeune Azzuri qui m'a appris que lui vous croyait. Après ça, voilà que vous débarquez ici. Les plus improbables des diplomates. Alors, je remets ma vie entre vos mains. »

Je considère cette étrange servante un court instant.

« Où avez-vous trouvé le livre en question ? J'ignorais qu'il circulait tant d'informations sur mon compte.

— Dans une salle secrète de la bibliothèque.

— Je vois, lui dis-je avec un sourire. N'est-ce pas le genre d'activités qui pourrait vous valoir la peine de mort ?

— En effet. Je crois que je pratique quelques-unes de ces activités dernièrement.

— Puis-je vous demander plus de précisions sur le contenu de ce fameux papier ?

— Ça dépend. Je peux vous faire confiance ?

— Bien sûr. Vous l'avez su à la seconde où vous nous avez vus.

— Oui, peut-être. Mais j'ai pas l'habitude de faire confiance aux autres. Donc mon jugement n'est pas forcément très fiable.

— Excusez-moi d'interrompre cette brillante conversation, dit Jacob. Je suis sûr que vous avez tous les deux encore des tas de répliques subtiles à sortir, mais j'aimerais quand même demander à mon bon ami Sage ici présent pourquoi il a reconnu d'emblée que nous étions là pour une fausse raison au lieu de commencer par le nier. J'ai l'impression que nous aurions pu en *discuter* d'abord.

— Pourquoi perdre un temps précieux ? lui réponds-je. Notre nouvelle amie est clairement dans notre camp. » Un léger doute m'envahit soudain. « N'est-ce pas ? »

La servante nous étudie un long moment, puis prend sa décision.

« Oui, affirme-t-elle.

— Oui, quoi ?

— Oui, j'ai envie de vous faire confiance. C'est ça ou retourner nettoyer la pisse sur les tapis des Princes après leurs beuveries. Donc c'est pas comme si j'avais vraiment le choix.

— Je vous comprends, dit Jacob. Vous verriez dans quel état j'ai déjà mis ma chambre… »

À mon tour d'étudier cette fille. Son attitude est fascinante. Comme si elle avait passé sa vie dans une boîte et venait à peine d'en sortir. Je l'imagine s'efforçant de se transformer en la personne qu'elle a besoin de devenir. J'ai suivi le même processus autrefois. Donc j'ai moi aussi très envie de lui faire confiance. On m'accusera de sauter aux conclusions, mais comment me le reprocher puisqu'elles s'avèrent si souvent exactes ?

« Vous connaissez déjà nos noms, lui dis-je. Puis-je m'enquérir du vôtre ?

— Samantha. Ingle par le sang. Appelez-moi Sam. Sinon, il y a quelqu'un d'autre que vous devriez rencontrer. »

12
Un loup dans la ville

Pauvres et riches coexistent dans une telle promiscuité au sein de la petite cité d'Aurore que le seul fait de passer d'un quartier à l'autre prend parfois des allures grotesques. Je suis ravi que les Terres centrales accueillent désormais des cités modernes telles que Vespéral. L'époque où les vampires n'avaient qu'Aurore est révolue à tout jamais. Notre continent ne s'en porte que mieux.

Quanta Quastan, dans une lettre à son épouse Écarlate
datée d'un an avant la Marée grise

Corneille

Je lis son odeur comme un livre ouvert. Je l'accompagne dans son parcours mais pas au même moment. Il est bien plus difficile à traquer qu'Ambre Stubbe car il n'a pas peur. Au contraire, il s'amuse. Il pense pouvoir m'échapper. Ou, à défaut, prendre du bon temps jusqu'au bout. Voilà une proie bien plus dangereuse que Stubbe. J'ai grand plaisir à bénéficier d'une nouvelle chasse si rapidement, surtout avec un adversaire de ce calibre. Un frisson d'excitation secoue ma fourrure.

Je renifle par terre tout en me remémorant le chemin déjà suivi. Après s'être échappé des geôles situées à l'extrémité orientale de la cité, Fauve Garnier – un fou, un génie, un tueur en série au poil lumineux – a filé vers l'ouest jusqu'à rejoindre Suet, où il a traversé la lisière du quartier des Fanés. Dans ces rues, les maisons sont de parfaits taudis, pires encore que les habitations déjà miteuses construites non loin. Même un loup en quête d'un abri pendant une chasse hésiterait à y mettre les pattes.

La plupart du temps, Fauve se déplace dans son corps de loup, sauf lorsqu'un obstacle particulier le pousse à reprendre forme humaine. Une stratégie bizarre, mais peut-être efficace dans le contexte de la cité. J'ai du mal à me faire une opinion ; je n'ai pas traîné dans un tel endroit depuis fort longtemps.

Il fait nuit, or une traque nocturne est bien différente d'une traque diurne. Surtout dans une cité où je ne suis pas censée me trouver. Tout le monde sait que les loups prisonniers s'évadent parfois, mais ils restent très rarement dans les murs. Le vampire moyen sait-il que j'ai le droit de parcourir ces rues afin de rattraper les fugitifs ? Pas sûr. Mieux vaut donc me glisser dans les ombres et éviter de provoquer une panique qui me compliquerait la tâche.

Plus avant dans Suet, les taudis deviennent des maisons en bois un peu plus solides. Comme le soleil vient à peine de se coucher, les rues sont encore vides, me permettant de courir vite sans causer d'effroi. Je m'efforce de repousser les odeurs inutiles qui tentent de s'imposer à moi. D'abord celles physiques. Les effluves de sang de vache renversé la nuit précédente, toujours forts alors qu'une journée entière s'est écoulée ; le parfum des fleurs placées dans les jardinières, aux fenêtres des maisons, grâce auxquelles les Fanés combattent l'odeur âcre du sang ; les relents de la pisse déversée par ceux qui n'ont pas tenu jusqu'à leurs latrines – la pisse de vampire vous en met plein le museau, c'est certain. Puis viennent les odeurs émotionnelles. Le moisi de la luxure, car, pour un loup, seuls son propre désir et celui de son partenaire sentent bon. Le lys issu des larmes des poivrots attristés. Enfin, la senteur de crestier de l'adrénaline, laquelle m'indique que des jeunots se sont levés plus tôt que tout le monde et parcourent les rues en quête de distractions ou de sales coups. Comment savoir avec ces vampires sans foi ni loi ?

Une seule passante m'aperçoit durant ma course effrénée. Une femme sans abri, en manque de sang, qui pue encore de ses étreintes de la veille, trébuchant et se passant une main sur le visage comme si elle essayait d'en arracher la fatigue. Elle voit ma silhouette filer dans les ombres et je sais qu'elle n'en parlera pas car, pour elle, je ne suis qu'une apparition de plus née de ses enfers personnels. Je souris pour lui montrer que sa vision ne la dévorera pas, en tout cas pas aujourd'hui, mais je ne pense pas qu'elle s'en trouve soulagée.

* * *

Je quitte Suet et grogne intérieurement, car Fauve se dirige désormais vers le centre-ville, d'où part toute la confusion de cette triste cité comme les rayons d'une roue partent du moyeu. Je débouche sur la place principale, entourée des grandes bâtisses dédiées au travail ou au plaisir des nobles vampires et des Médians les plus en vue. Il me reste très peu de temps avant que cet endroit soit surpeuplé au point de ne pouvoir m'y dissimuler, malgré mon expérience séculaire des ombres. Je ressens l'envie soudaine de balayer toute prudence, de laisser la Tueuse de Minuit semer le chaos dans ces hauts lieux du commerce et de la finance. Mais je ne souhaite pas non plus m'attirer les foudres du maître espion, car une dispute avec lui finirait sans doute par mes crocs déchiquetant son visage, ce qui causerait d'épuisants soucis diplomatiques.

J'accélère encore sans perdre la trace de Fauve. Son odeur est plus forte, ce qui est une bonne nouvelle : je le rattrape peu à peu. Sur ma gauche s'élève la forme trapue du marché du Sang, trois étages de marbre et de calcaire dans le style Vieux Mage. Les bas-reliefs au-dessus des colonnes de l'entrée évoquent des fioles de sang croisées comme des épées. Parfois, lorsque je me retrouve contrainte à discuter avec de jeunes Princes, ils me décrivent avec une patience infinie ce qui se déroule entre ces murs. En particulier le concept novateur – âgé de seulement quinze décennies – des actifs invisibles : ce que vous possédez à travers ce marché mais ne pouvez pas toucher. Ils m'expliquent que c'est comme acheter une fiole de sang, en n'achetant pas la fiole elle-même mais son idée. Une fiole invisible, donc. Si ce lot précis de sang ensorcelé rencontre du succès auprès des Princes ou des Médians, son coût augmente et vous gagnez de l'argent sur votre actif invisible, sinon vous en perdez.

Oui, ils se montrent vraiment patients avec moi, ces petits Princes de l'avenir. Après quoi je leur assène que je parcours cette terre depuis cinq fois plus longtemps qu'eux et que je n'ai rien à faire de leurs histoires. J'ajoute que je m'intéressais, cependant, au marché de Vespéral, où s'échangeait du vrai sang auquel les Fanés avaient parfois accès.

Ce qui a tendance à calmer mes candides interlocuteurs.

Soudain, une odeur – âpre, puissante – m'attire vers l'une des tentes dressées derrière le marché, là où les dernières informations concernant les lots de sang sont analysées avant d'être transmises au marché proprement dit. J'entre en sachant déjà ce que je vais y trouver. Sous une table couverte de rouleaux de parchemin gît un Médian dont la chemise et les chausses sont couvertes de sang séché, sang provenant d'un énorme trou creusé dans sa poitrine. Ses organes sont disposés autour de lui dans un arrangement plus ou moins artistique. Aucune dose de sang de loup ne saurait remettre tout ça en place. Son regard se pose sur moi ; l'étincelle de vie s'y éteint lentement, dans l'attente de partir en cendres. Je me retire car ce ne serait pas convenable d'assister à sa mort. De toute façon, je n'en ai pas le temps. Je hoche la tête vers lui, pour le saluer, en me demandant si un immense loup noir surgi de nulle part sera l'ultime image imprimée au fond de ses yeux.

Je reprends ma course, encore plus vite. Voilà de beaux ennuis en perspective : un loup sanguinaire lâché dans la cité et massacrant des Médians. Saxe sera-t-il puni par le Grand Prince pour tout ce bazar ? J'envisage un instant de laisser Fauve prendre du bon temps, histoire de secouer cette chère noblesse vampire, mais leurs subordonnés ne méritent pas de mourir pour mon simple plaisir. Enfin, ça se discute.

L'odeur de ma proie m'entraîne à présent hors du centre-ville et – à mon foutu soulagement – ni vers Boréal et le palais du Grand Prince ni vers le nord-ouest où se situent les fermes gérées par les Kinets. La dernière chose dont j'ai besoin, c'est que l'odeur de Fauve se perde dans celle de grosses cuves de sang avec, en prime, des sorciers sur ma route. Le prisonnier évadé se dirige vers Ponant : l'envie de meurtres de Fauve se conjugue fort bien avec mon désir d'un environnement plus propice à une traque discrète.

Trois sons de cloche résonnent alors que je m'approche de Ponant ; un tiers de la nuit s'est déjà écoulé et les rues grouillent de monde. Même si je privilégie les petites artères, je parviens à ne pas me faire repérer uniquement car je ne croise que des Fanés et les Médians les plus pauvres, dont les yeux ne discernent pas ma fourrure noire au sein des ombres.

Je pénètre enfin dans Ponant, le quartier le plus étrange d'une cité qui l'est déjà beaucoup, l'endroit où Fanés et Médians fauchés se rejoignent pour peindre, chanter ou jouer la comédie, tous ces arts que les loups ne comprennent pas et dont ils n'ont que faire. Je renifle à nouveau par terre et constate que Fauve ne s'est pas arrêté ici. Il a poursuivi sa route vers Suroît, l'autre zone où s'entassent les Fanés. Ma proie cherche elle-même des proies faciles. Mieux vaut la mort d'un vampire que celle d'un loup, mais je ne veux pas non plus que ce taré s'amuse à égorger les plus pauvres des pauvres. Les Fanés ne méritent pas que leur vie lugubre s'achève ainsi.

Je cours, ventre à terre.

* * *

La rue de l'Urne marque la limite ouest de Suroît, en vue des montagnes. J'ai donc sillonné toute l'étendue de cette cité rance, au point de le sentir dans mes pattes pourtant entraînées par des siècles de courses en forêt. Mais l'odeur de Fauve est puissante ici, m'indiquant que la traque touche à sa fin. Le goût métallique dans ma bouche, presque aussi puissant, m'apprend que la peur règne en maître dans cette rue ; ses habitants ont fui ou se cachent au fond de leurs taudis après avoir croisé le chemin d'un loup assoiffé de sang, au pelage blond-roux.

J'en veux pour preuve cette carriole renversée dans la boue, ces fioles brisées devant la porte du marchand auquel le véhicule doit appartenir. Les rats semblent apprécier l'aubaine : un sang plus riche que la vache, peut-être ? La torche censée illuminer la rue ne brûle plus. Ce genre d'éclairages ne s'éteint pas facilement, même chez les Fanés, ce qui me fait penser que Fauve se réjouit de terroriser son monde.

J'aperçois une autre carriole plus bas dans la rue, de meilleure facture que la première. Sans doute l'étal d'un commerçant en visite, plus fortuné que les Fanés chez qui il a voulu tenter sa chance. Sa marchandise – fioles, carafes, orchidées de nuit, châles et chaussures – est répandue sur toute la largeur de la rue. Sa peur flotte encore dans l'air ; une flaque de sang me prouve qu'il ne s'est pas tiré indemne de sa rencontre avec Fauve.

Le fugitif se trouvant à proximité, je songe un instant à masquer ma propre odeur afin de m'offrir un avantage supplémentaire dans cet environnement inhabituel. Mais ce n'est pas ainsi que les loups chassent. Une proie, qu'il s'agisse ou non d'un loup, doit savoir qu'elle est traquée. Si ça l'aide à s'échapper, tant pis. Pour ma part, je n'ai pas connu pareille mésaventure depuis des siècles.

Au bout de la rue se trouve une masure à moitié dissimulée dans la courbe menant à une allée sombre. Mon museau m'indique que Fauve s'y est arrêté un moment. Je reprends forme humaine afin d'inspecter l'endroit sans effrayer ses éventuels occupants. La porte est grande ouverte.

Le rez-de-chaussée ne comporte qu'une seule pièce. Dans un coin, le contenu sombre d'une petite marmite n'a même pas fini de refroidir sur le poêle. Quiconque vit ici réchauffait encore du sang il y a peu. Deux bonds silencieux m'amènent en haut de l'escalier ; Fauve n'est plus là mais je reste aussi discrète que possible, par habitude.

La chambre est vaste pour un tel taudis. La charpente supporte un toit de chaume haut perché ; la lueur d'une bougie transforme les poutres moisies en longues ombres rectangulaires. À l'odeur, je reconnais la maison d'une prostituée : l'arôme salé du sperme n'est pas de ceux qui me chatouillent souvent les narines. Le lit n'est guère plus qu'une couverture posée sur de maigres bottes de paille en compagnie d'un oreiller effiloché. À côté, une coiffeuse accueille bijoux et maquillage. Contre le mur se dresse une armoire dont la porte garde encore quelques surprenantes traces de dorure ; le meuble aujourd'hui fendu de part en part devait être plutôt joli. Même si une louve est mauvaise juge pour le mobilier.

Le reste de la pièce est encombré de vêtements, lesquels portent tous des traces de sang. Quelques secondes plus tard, je déniche ce que je cherchais, plus à l'odeur qu'à la vue car Fauve a caché la fille derrière l'armoire. Pour quelle obscure raison ? Juste pour rire ? Il a déchiqueté le corps à la va-vite, par manque de temps. Le visage est intact, avec une unique goutte de sang sur la joue ; en revanche, en dessous du cou, muscles et organes sont en charpie : Fauve avait besoin de tout le sang possible pour en couvrir sa fourrure. Une vie immortelle brisée net dans le seul but de masquer une odeur. Pathétique. J'aurais presque voulu que le coup réussisse, car au moins la mort de cette fille aurait eu un sens. À présent, je suivrai son odeur au lieu de celle de Fauve. Donc ce carnage n'aura servi à rien. Fauve a dû perdre définitivement la tête en même temps que sa liberté.

Je caresse la chevelure blonde de la pauvre prostituée ; ils sont secs et doux, à l'opposé de la masse gluante qu'est devenu le reste de son corps.

« Je suis désolée, ma fille. Mais il va souffrir, tu peux me croire. »

Ces mots n'apportent aucune consolation. Ni à elle ni à moi. Je me change de nouveau en louve et m'apprête à bondir par la fenêtre lorsque je capte l'odeur. Je m'arrête, renifle. Elle est bien là. Dissimulée sous les litres de sang de vampire.

Dans la demi-seconde qui suit, je comprends que j'avais seulement à moitié raison. Le sang de la fille sert bel et bien de camouflage. Mais pas pour Fauve. Pour son piège.

Puis la seconde s'achève et un coup porté sur ma nuque me plonge dans l'inconscience.

* * *

Sa voix me parvient dès que je reviens à moi.

« La grande Corneille Ansbach. Fléau des bataillons de vampires durant la Double Guerre. La Tueuse de Minuit. La Chasseresse éternelle. La Mort noire. Je n'ai oublié aucun de tes surnoms, dis-moi ? Tu en as tellement… »

Je retrouve ensuite ma vision et, de façon bien tardive, mon odorat. À mon grand dam. Le loup dressé devant moi sous forme humaine est sale, répugnant, sans même mentionner le sang qui le recouvre des pieds à la tête. Des cheveux blonds en broussaille et une barbe encore plus blonde et broussailleuse, le tout parsemé de mèches rousses. Seul son regard trahit sa véritable nature. Les loups ont des yeux très expressifs. Les siens sont larges, d'un bleu brillant, et reflètent à parts égales intelligence et folie. Je prendrais un malin plaisir à les extraire de leurs orbites si je n'avais pas un poignard sur la gorge.

« Une lame. C'est ambitieux, Fauve Garnier.

— Pas tant que ça, répond-il en secouant la tête. Cette arme ne va pas t'égorger d'une oreille à l'autre, mais elle te coûtera une grosse quantité de sang. Tu es sans doute invincible mais, comme tout être vivant, tu peux être sérieusement… » Il se passe le bout de la langue sur les lèvres. « Incommodée, dirons-nous.

— Alors, c'est quoi ton plan ?

— Qui prétend que j'ai un plan ? Peut-être avais-je juste besoin d'un répit, de m'éloigner un peu de mes geôliers, lesquels sont totalement idiots, même pour des vampires. Peut-être avais-je besoin de courir. » Il renifle les traînées de sang sur sa main libre. « Besoin de chasser.

— Ça n'a rien à voir avec la chasse. C'est du pur massacre. »

Il sourit. Ses grands yeux s'illuminent.

« Eh bien, il se trouve que je n'ai pas croisé de proie stimulante par ici. On fait ce qu'on peut avec ce qu'on a. »

Je soupire, énervée contre moi-même. Je suis devenue négligente. Deux siècles plus tôt, j'aurais tout de suite perçu son odeur malgré les flots de sang. Voilà ce qui se passe quand il n'y a plus une bonne guerre de temps en temps pour garder le niveau. Cent ans de chasse aux criminels évadés ont émoussé mes réflexes. Dans une certaine mesure.

« Je te demande ce que tu comptes faire *maintenant*. Il me faudra deux petites heures pour guérir de ma blessure, à supposer que tu aies la force de me l'infliger correctement. Après quoi je me remettrai en chasse, avec ces deux heures de retard sur toi, ce qui n'en rendra ma victoire finale que plus gratifiante. »

Fauve soupire à son tour.

« Tu ne comprends pas, Corneille. Cette chasse-là est terminée. Parfois, il n'y a pas besoin de chasser pour être chasseur. Courir peut suffire.

— Tes phrases à énigme m'ennuient carrément.

— Non, Corneille, non. C'est ta vie qui est ennuyeuse. Quand tu ne poursuis pas des loups évadés – qui, soit dit en passant, n'ont rien à voir avec tes proies de la grande époque –, tu dois rester à proximité d'Aurore, ce qui t'empêche de retourner longuement en forêt. Mais je compte arranger ça. C'est le but de mon évasion. Je voulais te rencontrer pour te faire une offre. Il fallait juste que je me place d'abord dans une situation avantageuse, vu que tu ne prends pas toujours le temps de discuter avec tes proies.

— Je leur autorise toujours une dernière déclaration. »

Le regard de Fauve se perd au loin, comme s'il guettait le retour de sa raison envolée.

« Au contraire, ma déclaration marquera un nouveau départ. Mon offre est géniale, tu verras. Je travaille dans le domaine du chaos et tu vas m'aider.

— Te voilà reparti dans les énigmes. Mais je peux jouer à ça, moi aussi. Tiens, je vais te raconter une histoire. »

Ses grands yeux bleus se baissent à nouveau vers moi. Je regarde la main qui tient la lame. Fauve est cinglé, mais il a de la poigne.

« Pourquoi pas ? Allez, je t'écoute.

— Il était une fois une louve qui voulait devenir une bonne chasseresse. Alors, elle s'est rendue chez le plus habile des loups et lui a demandé conseil. Le maître lui a dit de se placer au bord d'un torrent, puis de s'entailler la main pour laisser tomber deux gouttes de sang dans l'eau. Après quoi, elle devrait courir en longeant le torrent jusqu'à rattraper les gouttes, plonger dans le courant et les avaler.

— D'accord. Une parabole classique. Laisse-moi deviner… C'est toi, cette fameuse louve, et tu me racontes ça pour m'expliquer à quel point tu es forte ?

— Non, pas forte. *Rapide.* »

À l'instant où le mot sort de ma bouche, j'attrape la lame de la main droite alors même que Fauve tente de me l'enfoncer dans la gorge. Ses réflexes sont meilleurs que prévu, mais pas meilleurs que les miens : je ne subis qu'une coupure sans gravité en écartant le poignard. Je frappe ensuite mon adversaire à la gorge de la main gauche. La respiration coupée, il lâche enfin son arme ; il n'a pas encore repris son souffle que je suis déjà debout, lui tordant le bras dans le dos. C'est dur de casser le bras d'un loup. Il faut non seulement de la force mais aussi le bon angle et un peu de chance. Aidée par le visage de la fille tourné vers moi, je vais chercher au fond de ma colère la force et la chance nécessaires. Le bras cède. L'os se déboîte. Ayant moi-même abandonné un peu de ma raison en chemin, je continue de tirer sur le bras, puis le plie soudain dans la direction opposée, le brisant une seconde fois.

Fauve hurle et gargouille en même temps. Je n'avais jamais entendu ça. Tous les cris sont différents, comme les iris ou les empreintes digitales. J'en ai découvert des milliers de variantes au cours de ma vie.

Mais le cri de Fauve s'éteint rapidement, remplacé par un gros rire qui lui fait cracher du sang.

« Voilà, il va falloir que je tue encore pour guérir plus vite. Tout ce que t'as gagné, Corneille, c'est plus de cadavres aux alentours. »

Il a l'air sérieux, presque calme, autant qu'il peut l'être.

« Qu'est-ce qui te fait croire que tu vas survivre aux minutes qui viennent ? Tu as tué l'alpha de ta propre meute. La sentence est claire.

— C'était un crétin et un violeur.

— Tu cherches à m'amadouer ?

— Non. Je précise juste que c'est le moins condamnable de mes crimes qui m'a valu la prison. On a tous droit à une dose d'hypocrisie, non ? Tu devrais essayer.

— Peut-être. En attendant, tu vas mourir, Fauve Garnier.

— Pas sûr, la Tueuse de Minuit. Car après ce que je vais te dire, tu m'épargneras. »

J'éclate de rire à mon tour et, pour m'amuser, tire encore sur le bras meurtri. Fauve ne crie pas, ce qui m'impressionne, mais la douleur lui dessine un court instant une expression presque normale sur le visage.

« Rappelle-toi à qui tu parles.

— Je te jure que ça va t'intéresser. Ce que les vampires trafiquent avec les Gris. Ce qu'ils ont trafiqué avec *moi*. Des secrets qui rendront nos vies passionnantes. »

Je n'ai aucune envie d'arrêter de lui faire mal. L'odeur de sa mort plane déjà dans l'air. Mais je ne m'attendais pas à une telle méthode de défense.

Je hoche la tête sans cesser de jouer avec son bras.

« D'accord. Dis-moi tout. »

13
De vrais alliés

Selon la personne à qui vous posez la question, le culte d'Humanis est soit un ramassis de déséquilibrés, soit une bande de gentils marginaux croyant dur comme fer à l'existence d'une race inconnue – prouvée par telle pierre ou tel symbole bizarre, soit une dangereuse organisation visant à faire renaître l'ancienne sorcellerie sous couvert d'études historiques. Comme souvent dans ces cas-là, la vérité est sans doute un mélange de ces trois hypothèses.

Neuro Sondallion,
Histoire détaillée des nombreux cultes, tome premier

Sam

Nous sommes assis dans un salon au deuxième étage du manoir de la reine des Sangsues ; il y règne un silence gêné que je ne compte pas rompre en premier.

Lorsque j'ai débarqué à l'improviste chez Dame Hocquard, deux sorciers dans mon sillage, Alanna m'a lancé un regard que je ne suis pas près d'oublier. J'ai baragouiné mes explications le plus vite possible, comme si quelqu'un pouvait me voler mes mots. La servante en chef n'a rien dit, se contentant de pincer les lèvres ; ce geste était pire que tout. Puis elle nous a emmenés dans cette pièce et nous y a laissés.

Donc nous attendons. J'espère que nous n'attendrons pas trop longtemps. Toute cette belle énergie qui courait dans mes veines lorsque j'ai fait irruption dans la chambre du mage s'est peu à peu envolée. Mes deux nouveaux amis semblent bien moins nerveux que moi. Sage examine les portraits de la famille Hocquard accrochés à l'un des murs, avec une préférence marquée pour les plus anciens. Le doyen dans cette catégorie est une toile de piètre qualité représentant un vampire de haute taille enveloppé de brouillard, crocs sortis et l'air bestial. Rien à voir avec les portraits récents, aux décors bien nets derrière des vampires souriants. Les temps changent.

Jacob, lui, étudie le bar placé à proximité de la cheminée, le long du mur opposé : un meuble grandiose en chêne rouge verni se développant sur trois niveaux. Les deux premiers proposent quantité de flûtes et de carafes de sang sur lesquelles sont gravées les silhouettes des animaux concernés. Le troisième, qui a la préférence du sorcier, contient des bouteilles d'hydromel, de vin et d'autres liqueurs chères aux mages. Dame Hocquard n'ayant pas eu le temps de les placer là en l'honneur de ses invités surprises, j'en déduis qu'il s'agit d'une femme prête à toute éventualité.

Quant à moi, je patiente avec nervosité dans un fauteuil Céruli rehaussé de cuir, assez large pour trois personnes. J'aurais pu choisir le grand canapé vert ou l'une des deux chaises en acajou matelassées sur le siège mais, étonnamment, pas sur le dossier. Cet assemblage me paraît bien étrange : partout ailleurs dans le manoir, le mobilier est arrangé avec un soin presque maniaque, alors qu'ici les meubles manquent d'unité, comme si le décorateur n'y avait pas mis le même cœur.

Je lève les yeux vers l'immense cheminée en marbre sur laquelle trône une sculpture en stuc qui a dû demander à son auteur beaucoup de temps en échange de beaucoup d'argent. Derrière se cache un bas-relief de bien meilleure qualité. En plissant les yeux, j'y distingue des renards pourchassant des lièvres. C'est une très belle pièce par laquelle Dame Hocquard essaie peut-être de transmettre un message. Elle ne pouvait guère représenter des sangsues, donc les renards servent de pis-aller.

Lorsque la maîtresse des lieux pénètre enfin dans le salon, d'un pas plus vif qu'un loup en chasse, je la devine inquiète, en colère et troublée. Non qu'elle montre tout ça avec emphase, bien au contraire, mais ses sourcils sont légèrement dressés, ses lèvres légèrement pincées, or je viens de passer dix ans à tenter de ne surtout pas énerver les nobles, donc je connais les signes. Elle porte une fine robe jaune et le même châle bleu que la dernière fois, mais le collier a disparu et il y a moins de fleurs dans sa chevelure. Peut-être a-t-elle quitté en hâte une tenue plus appropriée pour une Sangsue. Deux servantes entrent derrière elle, dont Alanna qui me lance un regard assassin. C'est l'heure de vérité.

« Asseyez-vous, je vous en prie », dit Dame Hocquard d'une voix neutre.

Sage me rejoint aussitôt dans le fauteuil tandis que Jacob prend place sur le canapé, évitant, à mon grand soulagement, de s'y allonger.

« Ma servante en chef m'a signalé que vous étiez les deux mages venus à Aurore pour les funérailles. »

Dame Hocquard s'interrompt le temps de se verser une flûte de sang, tandis que la servante inconnue nous sert des boissons avant de se retirer. J'obtiens – pas de chance – du sang de bœuf, les mages de l'hydromel de Luce.

« Ceux qui ont échappé aux Gris, reprend-elle. Un exploit remarquable, messieurs. À se demander pourquoi nous, vampires, restons piégés entre ces murs.

— Vous avez donc déjà entendu parler de nous, ma dame. » Sage n'insiste pas sur les Gris, un choix sensé vu le ton glacial sur lequel ils ont été mentionnés. « Je tiens néanmoins à ce que nous nous présentions dans les règles. Je me nomme Sage Bailey, Grand Frère du culte d'Humanis, et voici Jacob, mon adjoint autant que vieil ami. Le culte d'Humanis est…

— Le culte obsédé par le mythe des mortels, je sais. Je ne suis pas totalement ignorante de ce qui se passe en dehors cette cité, lance Dame Hocquard en s'installant avec grâce sur l'une des chaises en acajou.

— C'est exact, ma dame. Cependant, si je puis me permettre, *obsédé* est sans doute un terme exagéré. Disons que nous croyons en effet que les mortels ont existé, et nous en cherchons la preuve.

— Si je me fie à certaines rumeurs, vous croyez aussi qu'ils sont revenus sous la forme des Gris. »

Sage secoue la tête. Il ne paraît nullement perturbé par l'interrogatoire qu'il subit.

« C'est de fait une théorie qui court, mais notre culte n'y adhère pas. Plus précisément, nous n'avons pas d'opinion sur le sujet, ne disposant d'aucune preuve allant dans un sens ou dans l'autre. À présent, si vous n'y voyez pas d'inconvénient, j'aimerais vous expliquer la raison de notre… visite chez vous. »

Dame Hocquard lève la main d'un geste un peu trop maniéré.

« La parole est à vous, sorcier.

— Je vais donc vous parler en toute franchise. Nous ne sommes pas venus vous présenter nos respects avec des intentions purement diplomatiques. Grâce à notre amie Sam, qui a bien voulu nous faire confiance… » Dame

Hocquard me gratifie d'un regard indéchiffrable ; j'espère qu'elle ne songe pas à lancer Alanna à mes trousses. « Eh bien, je suis arrivé à la conclusion que nous pourrions faire cause commune. L'histoire que je m'apprête à vous raconter nous mettrait en danger, mon culte et moi, si elle venait à… circuler. »

Debout derrière Dame Hocquard, Alanna renifle soudain à grand bruit. Méprisant ainsi, je suppose, l'évidence énoncée par Sage. Mais on ne sait jamais avec elle.

« Peu de temps avant la Marée grise, il se trouve que nous avons passé un accord avec le désormais regretté jeune Prince Azzuri. »

Sage s'interrompt un instant pour étudier nos réactions. Alanna et Dame Hocquard ne semblent guère étonnées. Après tout, ne passent-elles pas leur temps à écouter les hommes révéler leurs secrets ? Je prends l'air sidéré, par principe.

« Pour être exact, je l'ai rencontré cinq ans avant la Marée grise, reprend le mage. Il s'est rendu à notre temple, le premier vampire à prendre cette peine depuis fort longtemps. Il voulait en savoir plus sur les mortels. Il se disait passionné par l'histoire du continent, par les mythes susceptibles de contenir une part de vérité. Pour être honnête, je ne lui ai pas exposé tout notre savoir, mais son intérêt m'a paru sincère, sans arrière-pensée politique ou diplomatique. C'était un jeune homme d'une grande intelligence. Je l'appréciais. » Sage paraît triste, comme s'il venait à peine d'apprendre qu'Azzuri n'était plus qu'un tas de cendres. « C'était aussi un esprit à branches multiples.

— Un quoi ? s'enquiert Dame Hocquard.

— Un, euh… Quelqu'un qui dédie différentes parties de son cerveau à différentes activités. Un homme aux multiples talents, si vous préférez.

— Ne vous inquiétez pas, ma dame, lâche Jacob. Il adore inventer des mots.

— Bref... Azzuri m'a parlé d'une trouvaille déterrée non loin de Vespéral. C'est... *C'était* une cité construite sur le site de villes plus petites, plus anciennes. Faute d'y avoir vécu, j'ai clairement manqué d'informations sur les étranges découvertes qui ont pu s'y produire.

— Sans oublier les femmes, l'alcool, la bringue, soupire Jacob dans son coin.

— Toujours d'après le jeune Azzuri, ladite trouvaille a été transférée ici, à la banque du Sang, sous bonne garde du maître espion Saxe.

— Ce sale petit enfoiré, marmonne Alanna.

— C'était une preuve de l'existence des mortels ? »

J'interviens pour la première fois dans la conversation. Je pensais que ce n'était peut-être pas mon rôle mais, finalement, personne ne semble me le reprocher.

« Azzuri ignorait ce que c'était, dit Sage. Il n'en connaissait que le transfert à la banque du Sang sous la responsabilité de Saxe. Après cela, je n'ai plus entendu parler de lui pendant des décennies. Mes lettres à son intention sont restées sans réponse. J'ai fini par supposer que le traumatisme de la Marée grise l'avait affecté au même titre que tous les survivants réfugiés à Aurore, et que notre accord était donc rompu. Ne pas pouvoir lui rendre visite m'a empli d'une immense frustration. À cause de la Marée grise, je me demande depuis cent longues années en quoi consistait cette mystérieuse trouvaille. Mais, le mois dernier, j'ai reçu une lettre. Écrite par Azzuri. »

Le sorcier plonge la main dans l'une de ses poches et en tire une feuille de parchemin. Je reconnais aussitôt l'écriture, les mêmes pleins et déliés chargés d'émotion que la note récupérée au fond du coffret. Aucun doute sur son auteur.

« Une lettre courte mais lourde de sens », prévient Sage avant d'en donner lecture :

Cher Sage,
Je m'excuse de ne pas avoir répondu à vos lettres.
Ce fut un bien triste siècle dans cette cité maudite
où je ne fais plus confiance à personne. Je vous adresse
néanmoins cette missive, au risque qu'elle soit interceptée,
car je pense avoir trouvé du nouveau. Et je pense également
savoir comment m'en assurer. Oserais-je dire que j'ai mis
en pratique une partie de vos techniques d'enquêteur ?
Mais je me refuse à poser quoi que ce soit par écrit avant
d'être certain de mon fait. Il s'agirait alors d'une découverte
encore plus importante que tout ce que nous avions pu
imaginer. Si par malheur il m'arrivait quelque chose,
je vous enjoins de prendre la route d'Aurore malgré les Gris.
Notre avenir à tous est peut-être en jeu.
Amicalement,

Rouget

Sage remet aussitôt le parchemin dans sa poche. Je me retiens de sourire. C'est la première fois que j'entends prononcer le surnom du jeune Azzuri depuis sa mort. Ce détail lui a toujours donné une chair, une réalité que son rang lui refusait.

« Quelle chance que votre correspondant ne soit pas resté dans le vague, raille Dame Hocquard d'une voix glaçante.

— Je suis persuadé qu'il comptait m'en dire plus dès que possible. Son décès l'en a empêché. »

Sage tente de mettre autant de froideur dans sa réplique que la noble vampire, mais échoue de plusieurs degrés.

« Faisons le point, reprend Dame Hocquard. D'abord on déterre quelque chose près de Vespéral. Un gros siècle plus tard, le jeune Azzuri en apprend plus sur le sujet. Il meurt peu après. À la suite de quoi vous débarquez à Aurore, sous prétexte de diplomatie, pour enquêter sur cette affaire. Ai-je bien résumé la situation ?

— Admirablement, ma dame. » Je vois Jacob lever les yeux au ciel. « Bien sûr, nous ignorons si le décès regrettable du Prince est lié à ce qu'il pensait avoir découvert. »

Alanna s'empresse de renifler avec fracas. Dame Hocquard l'ignore royalement.

« C'est exact, dit-elle. Mais il y a comme un soupçon, n'est-ce pas ?

— La probabilité que les deux événements soient liés est en effet non négligeable.

— Très bien. Se pose donc la question de la prochaine étape. »

Sage laisse planer un court silence. J'ai l'impression de voir deux cerfs, bois en avant, prêts à s'affronter.

« Il me semblait qu'elle coulait de source. N'est-il pas, ma dame ? »

La maîtresse des lieux se penche vers Sage, si près qu'il doit sentir le sang dans son haleine. Elle le dévisage. En réalité, le combat a déjà commencé.

« Dites-moi, frère Bailey du culte d'Humanis, pour quelle raison devrais-je croire deux hommes qui, eux, croient aux mythes ?

— Les mortels ont existé. Faites-moi confiance.

— Je viens à peine de vous rencontrer.

— Alors croyez, vous aussi.

— Aux mythes ? »

Sage tend la main, non vers Dame Hocquard mais vers Alanna.

« Il n'y a là rien de plus étrange que ce à quoi vous avez assisté dans les derniers jours de Crépuscule. »

Alanna reste de marbre. Dame Hocquard s'adosse à sa chaise, avale une gorgée de sang, puis se tourne vers moi.

« Leur fais-tu confiance, Sam ? »

Je décide de jouer la carte de l'humilité.

« Vous feriez mieux de demander à votre servante en chef, m'dame. Vous la connaissez depuis longtemps.

— En effet. Ma confiance en elle est totale. Mais Alanna n'accorde pas la sienne facilement. Elle vient d'un endroit où cela représentait plutôt une faiblesse.

— M'dame a raison, approuve Alanna en hochant la tête. Si ça tenait qu'à moi, je saignerais ces deux-là à la dague et on n'en parlerait plus.

— On ne peut pas tuer des sorciers avec une dague, rétorque Jacob.

— Peut-être bien. Mais vous ne m'oublieriez pas de sitôt. »

Jacob se redresse, alarmé.

« Elle plaisante, hein ?

— S'agissant de toi, probablement pas », lance Sage.

Je réfléchis encore un peu avant de répondre :

« Oui, je leur fais confiance. C'est pour ça que je suis allée les voir, quand j'ai su de qui il s'agissait. Mais je n'ai pas compté que sur mon instinct. J'avais aussi les livres. Les membres du culte d'Humanis ne sont pas des escrocs ni des politiciens. Ils sont mis au ban de leur propre société. Les autres sorciers au mieux s'en méfient, au pire s'en moquent, tandis qu'eux tentent de résoudre un mystère qui n'intéresse personne. Ils ont failli se faire tuer pour ça, mais je n'ai rien lu sur eux tuant en retour autrement qu'en légitime défense, et vous savez que j'ai *beaucoup* lu. Finalement, même si les livres ne dissipent pas toutes les zones d'ombre, je n'ai rien trouvé de mal à leur sujet. Cette cité est pleine de serpents venimeux, m'dame, mais je ne pense pas que ces deux hommes comptent parmi eux. »

À la fin de ma tirade, Sage et Jacob me contemplent bouche bée. Je me suis peut-être emportée. Ça m'arrive parfois.

Dame Hocquard, elle, fait semblant de dissimuler un sourire.

« Eh bien, messieurs, il semblerait que vous ayez au moins une admiratrice dans cette pièce. Puisqu'il en est ainsi... je suggère que nous travaillions ensemble plutôt que chacun de notre côté, qu'en dites-vous ? Du moins tant que je ne constate pas que Sam s'est trompée sur votre compte, auquel cas j'enverrai ma servante en chef s'occuper de vous.

— Est-ce une offre ou une menace ? demande Sage. C'est dur à dire...

— Un peu d'humour, sorciers, je vous en prie ! Je propose que nous portions un toast.

— À quoi ? s'enquiert Jacob.

— À cette nouvelle alliance. Qu'elle ne tombe pas en cendres comme tant de choses dans cette affreuse cité. »

Nos verres tintent les uns contre les autres. Jacob et Alanna descendent les leurs d'un trait. Sage et Dame Hocquard boivent à petites gorgées sans se quitter des yeux. Je ne vois guère de confiance dans leurs regards. Mais c'est un bon début malgré tout.

« Fort bien, dit la noble vampire. Il est temps de définir notre plan d'action. Sam vous a parlé des deux noms mentionnés par Azzuri, n'est-ce pas ?

— En effet, répond Sage.

— Le premier est celui du commandant LeFort.

— Je crains de ne pas le connaître, ma dame.

— À l'inverse de tout natif d'Aurore. C'est un personnage très important ici. Le commandant des Éclaireurs, ces braves soldats qui s'aventurent par-delà les murs de la cité. »

Jacob écarquille les yeux.

« Ceux qui vont à la rencontre des Gris ? Ça m'a l'air d'une bande de fieffés salopards.

— C'est une façon de les décrire… Ce sont des hommes hors du commun, dans tous les sens du terme. Les plus courageux – ou les plus fous – des membres de la Garde de sang. Quant au commandant LeFort, il frise la noblesse. Un Médian ne peut pas être mieux considéré sans devenir Prince. Mais il n'est pas aussi féroce que ses troupes. Plutôt du genre à n'utiliser la violence qu'en cas de besoin, en tout cas d'après mes Sangsues.

— D'accord, dit Sage en hochant la tête. Vous avez une idée de sa relation avec le jeune Azzuri ?

— Pas vraiment, répond Dame Hocquard en croisant le regard d'Alanna. Nous ne leur connaissons aucun lien, même à l'état de simple rumeur. Ils auraient pu être amants, mais je suis sûre que le bruit serait parvenu à nos oreilles, sauf si Azzuri avait pris bien plus de précautions à cet égard qu'avec ses autres… amis. Jusqu'à preuve du contraire, LeFort semble blanc comme neige.

— Alors, comment en apprendre plus sur lui ? insiste Sage.

— Je doute qu'il faille s'y attaquer. C'est un homme dangereux entouré d'hommes encore plus dangereux.

— Ça ne ressemble pas à ce que nous avons entendu dire des Sangsues, intervient Jacob. Vous pouvez approcher tout le monde. Et vous montrer très… persuasives.

— Je suis ravie que vous aimiez notre légende, mon cher, mais la réalité est bien différente. Le commandant n'a embauché aucune servante malgré son statut social, et il ne s'intéresse pas aux prostituées, donc notre influence est plus que limitée. Même si nous dénichions un ragot valable, je ne pense pas qu'une tentative de chantage fonctionnerait.

— Dans ce cas, dit Sage, je suppose qu'il faut nous tourner vers le second nom de notre maigre liste.

— On pourrait essayer *Les Recrues*, souffle Alanna. LeFort y passe sa vie, d'après ce qu'on sait.

— Hors de question d'envoyer nos filles là-bas, rétorque une Dame Hocquard soudain très pâle. Plutôt leur demander d'aller à une orgie de la banque du Sang. »

Alanna hausse les épaules.

« À mon avis, on n'a pas beaucoup le choix, m'dame.

— Moi, je peux y aller, dis-je d'une voix un peu trop forte. Si l'établissement emploie des servantes pour le ménage, je me ferai passer pour l'une d'elles. »

Dame Hocquard ne prend même pas la peine de me répondre. Soit elle est encore en colère contre moi, soit elle trouve mon idée ridicule. Voire les deux.

« *Les Recrues* ? demande Jacob en souriant à pleines dents. Vous parlez bien du fameux club pour hommes de qualité ? Ce haut lieu de perdition ? Vous auriez dû m'en parler plus tôt…

— Non, assène Sage. Non, non et non. N'y pense même pas.

— Qui d'autre ? Le Grand Prince aura des soupçons si c'est toi qui y vas. Il ne te connaît pas depuis longtemps, mais je pense qu'il a bien compris que tu n'étais pas du genre à te saouler avec des catins aux tables de jeu.

— Ce qui serait donc plutôt votre genre ? s'enquiert Alanna.

— À votre service, mesdames ! » lance Jacob en s'inclinant avec emphase. Malgré l'indifférence qui accueille son geste, il poursuit son argumentation : « Personne ne trouvera bizarre que je me rende à ce club. Au palais, je pense avoir bien annoncé la couleur depuis deux semaines. Sauf si quelqu'un a une meilleure idée pour approcher LeFort, évidemment.

— C'est triste à dire, mais je crains qu'il ait raison, soupire Sage la tête basse.

— Si typique des hommes… », commente Alanna dans le murmure le plus sonore que j'ai jamais entendu.

Sage relève la tête, confus. Dame Hocquard lui adresse un mince sourire.

« Ce dont parle ma servante en chef, me semble-t-il, c'est de la rapidité *typique* avec laquelle un plan initié par mes soins devient une marche à suivre ne pouvant être mise en œuvre que par un homme. Un homme, soit dit en passant, dont le caractère me paraît étonnamment proche de celui des Princes de cette cité.

— Ma dame, soyons clairs, rétorque Sage. Même si mon adjoint peut en effet partager certains… travers de la noblesse d'Aurore, en tout cas au niveau de l'alcool ingéré et de l'état déplorable de sa chambre, je ne l'aurais pas gardé à mon côté tant et tant d'années s'il partageait aussi la décrépitude morale de vos Princes. De plus, soyez assurée que nous n'essayons pas de prendre le contrôle de quoi que ce soit. Notre histoire montre que nous ne sommes jamais entrés dans les jeux de pouvoir auxquels s'adonnent les autres sorciers, tout comme, je suppose, vous vous êtes lassée des machinations des Princes. En résumé, cet homme ici présent est… inoffensif. »

Dame Hocquard réfléchit longuement avant de répondre :

« Très beau discours, cher Sage. Je vois que vous méritez votre nom. Puisqu'il en est ainsi… D'accord. Qu'il se charge de cette mission.

— Merci bien. Dans ce cas, je suggère que Jacob se rende aux *Recrues* dès demain.

— Figure-toi que je n'aurais rien contre une journée de repos, dit l'autre sorcier. Histoire de me remettre des beuveries passées afin de mieux préparer les suivantes. » Il s'interrompt, s'apercevant que tous le dévisagent. « Bon, j'ai rien dit. Demain, ce sera parfait.

— Sinon, quel est votre plan pour faire parler LeFort ? lui demande Alanna. Avec quels drôles de tours dans vos manches irez-vous festoyer ?

— Ne vous inquiétez pas, intervient Sage. Jacob dispose d'une vaste gamme de compétences s'agissant des relations interpersonnelles, lesquelles lui permettront…

— Je vais lui bourrer la gueule. »

Un silence gêné plane quelques instants dans le salon.

« Fort bien, dit Dame Hocquard. Je suis enchantée que nous ayons pu définir ce plan. En conséquence, je ne vois aucune raison de prendre plus de risques en faisant durer cette petite réunion. Donnons-nous rendez-vous ici même dans deux jours, après le coucher du soleil, pour étudier ensemble ce que la stratégie de votre adjoint lui aura permis de découvrir. Dans l'intervalle, j'aurai trouvé un prétexte pour vous inviter officiellement. »

Après les politesses d'usage, nous prenons congé. J'ai du mal à y croire. Une simple discussion dans un salon et voilà nos vies susceptibles de changer à tout jamais. Est-ce donc ainsi que ça fonctionne ? Une conversation par-ci, une par-là, et notre avenir bifurque ?

Je m'apprête à rejoindre les sorciers dans la calèche lorsque Dame Hocquard me tapote l'épaule.

« Sam, ma chérie, où comptes-tu donc aller ? »

Je me tourne vers elle. Nous nous tenons entre les colonnes rouge sang qui gardent l'entrée du manoir. L'air s'est adouci ; l'échange a duré plus longtemps que j'aurais cru, une moitié de la nuit s'est déjà écoulée. Au sein de cette pénombre, le plan décidé dans le salon paraît presque absurde.

« Je pensais retourner au palais, m'dame.

— Pour ma part, je songeais qu'Alanna pourrait te montrer dès demain quelques-unes de nos méthodes de travail. »

J'espère que mon sourire n'est pas trop grand.

« Mon absence ne posera pas de problèmes ?

— Je connais suffisamment les résidents du palais pour savoir qu'ils ont l'habitude de me voir emprunter l'une de leurs servantes. »

Je n'enchaîne pas tout de suite, prenant le temps de bien choisir mes mots.

« J'avais peur que vous soyez en colère contre moi pour avoir pris le risque d'amener les mages ici. »

Dame Hocquard laisse elle-même passer un court silence, puis baisse les yeux vers ses gants.

« Sais-tu pourquoi nous, les Dames, portons ces bouts de tissu ridicules ? Parce que nos mains sont douces et pâles grâce au sang de qualité que nous buvons, donc nous refusons de les abîmer en touchant tel ou tel objet. Nous protégeons notre beauté en la dissimulant une bonne partie de la nuit. » Elle s'interrompt un instant, se racle la gorge, puis reprend d'une voix plus intense : « J'ignore si ce que tu as fait avec ces sorciers était stupide ou astucieux. Si Saxe est vraiment impliqué dans la mort du jeune Azzuri et soupçonne que nous travaillons avec les mages, cela peut très bien signer notre arrêt de mort. Mais je suppute que tu as bien jaugé la situation, ainsi que ces deux hommes. Tu t'es prise au jeu que nous menons toutes, moi, Alanna, les filles… Peut-être attendais-tu depuis très longtemps de pouvoir y jouer. Donc une part de moi craint les conséquences éventuelles tandis que l'autre accueille avec joie le chaos que tu apportes à notre organisation. Tu me rappelles tellement ma… » Elle s'interrompt de nouveau. « Mais, pour l'instant, je reste prudente. Que faire d'autre dans cette horrible cité ? Donc je vais te surveiller, ma chérie. Te surveiller de près jusqu'à être enfin sûre de moi. »

Plus tard dans la nuit, alors que je m'assoupis dans un lit inconnu, je repense à ces derniers mots en me demandant s'il s'agissait d'une promesse ou d'un avertissement.

14
Des animaux déchaînés

Dates-clés, dans la mesure de nos connaissances :
400 Av. L : Le Souffle d'intelligence
0 AL : Fondation d'Aurore, première cité des Terres éternelles
50 AL : Fondation de Luce
200 AL : Fondation de Vespéral
250 AL : Fondation de Crépuscule
420 AL : Début de la Double Guerre
440 AL : Fin de la Double Guerre
450 AL : Chute de Crépuscule
500 AL : La Marée grise

Av. L = Avant la Lumière
AL = Après la Lumière

Quanta Quastan, *Une chronologie de notre temps*

Sam

Je me réveille dans un autre lit que le mien pour la première fois depuis dix ans. Draps de soie, oreiller en duvet d'oie, parfum de lys dans l'air. L'espace d'un instant, je ne sais plus où je suis. Puis les images affluent. Ma seconde entrée dans le manoir, cette fois sans une dague sur la gorge. La longue conversation avec l'une des nobles Dames les plus respectées, ainsi qu'avec deux sorciers venus d'un temple situé à mille cinq cents kilomètres d'Aurore, sans oublier une survivante de Crépuscule.

Et me voici dans cette chambre, la plus luxueuse où j'ai jamais dormi. Car les servantes de Dame Hocquard se reposent comme de vraies Dames, du moins comme des Dames avec de petites chambres. Celle-ci fait trois fois la taille de la pièce que je partage avec Beth. Une fenêtre munie de volets protecteurs me permet d'admirer les étoiles au réveil. La grande armoire en quacier laqué vaut sans doute plus à elle seule que tous les meubles des servantes du palais réunis.

Je devrais resplendir de joie. Mais mon plaisir est gâché par ce rêve – toujours le même – qui s'accroche à mon esprit. Ce cauchemar, plutôt. J'en ressasse les images avant de me lever. L'histoire de la première fois où j'ai vraiment compris ce qu'était Aurore.

J'avais neuf ans. Tout a commencé par des coups frappés à la porte. Ma mère a ouvert ; un Prince se tenait sur le seuil. Un vrai Prince vampire. Je n'en avais jamais vu de si près. Ni moi ni aucun membre de ma famille. Les Ingle étaient des gens sans importance : notre nom n'était connu que dans notre ruelle. Donc je n'ai pas reconnu ce Prince, évidemment. Même si je l'ai beaucoup vu depuis.

J'étais sidérée de le voir apparaître ainsi sur notre seuil. Nous vivions à l'époque au fin fond de Suet, un endroit pas aussi dangereux que Suroît, mais pas non plus un quartier où les nobles s'aventuraient. Non pas qu'ils y risquent grand-chose, d'ailleurs, vu la force conférée par le sang coulant dans leurs veines. Mais celui-là était seul, ce qui paraissait un peu bizarre, même pour moi. D'autant que les Princes ne frappaient pas aux portes des Fanés. J'en avais vu se promener le long des grandes artères, souvent en calèche, et j'avais même aperçu, une fois, des soldats de la Garde d'honneur *volant* au-dessus de nos têtes.

Mais, encore une fois, ces gens ne rendaient pas visite aux Fanés. Donc notre visiteur devait avoir une raison spéciale, que j'ai vite lue dans son regard. À neuf ans, j'étais déjà capable de percevoir le désir sur le visage d'un homme, ainsi que l'assurance de celui à qui rien n'est jamais refusé. Avait-il vu ma mère au marché ? Au jardin ? En tout cas, il est entré chez nous avec une seule idée en tête, et aurait mis son plan à exécution sans mon père, venu voir qui débarquait dans sa maison peu avant l'aube.

Le Prince a souri et j'ai su alors – car j'avais déjà beaucoup appris dans les rares livres circulant chez les Fanés – qu'il pourrait transpercer mon père de part en part d'un coup de poing s'il avait bu un sang assez puissant. Mais il a d'abord scruté le visage décidé de mon père, puis s'est tourné et a vu nos voisins observant la scène par la porte ouverte, de plus en plus nombreux à chaque instant. Son arrogance a baissé d'un cran et le courage sans doute enivré qui l'avait fait venir l'a soudain déserté.

Aujourd'hui, près d'un siècle après la Marée grise, les Fanés sont terrorisés par les Princes et je ne pense pas que nos voisins sortiraient ainsi de leurs foyers pour nous prêter main-forte. Je me trompe peut-être. Mais j'en doute. Quand j'étais gamine, les Princes n'avaient pas encore totalement sapé la volonté du peuple. Les souvenirs de Vespéral traînaient toujours dans les mémoires, ceux d'un temps où les nobles prétendaient diriger la cité au même titre qu'un dompteur prétendait diriger ses fauves.

Donc, pour cette raison ou pour une autre, le Prince a tourné les talons et quitté notre maison sans un mot. J'ai aussitôt exécuté un pas de danse dans l'escalier avant de monter raconter à ma sœur comment des Fanés avaient chassé un vilain Prince de leurs rues.

Mais mon père m'a vite demandé de me taire. Ma mère, elle, était pâle comme un linge. J'ai compris pourquoi le lendemain, lorsque la Garde de sang a débarqué chez nous pour arrêter mon père quelques minutes après le coucher du soleil. Je ne l'ai plus jamais revu.

La nuit suivante, le Prince est revenu. Il pensait profiter enfin de ma mère sans encombre, mais ma sœur et moi avons fait rempart de nos corps à la place de notre père. Je me rappelle l'attitude de ma sœur, bien plus déterminée que moi. C'est sans doute ce moment-là qui l'a décidée à s'engager comme servante au palais des années plus tard : enfant, elle avait repoussé un Prince, et se sentait capable d'y arriver d'autant mieux adulte. Mais le soleil l'a réduite en cendres avant qu'elle puisse le prouver.

Cette nuit-là, j'ai d'abord cru que le Prince allait nous balayer toutes les deux d'un revers de la main. Mais il a baissé les yeux vers nous, nous avons soutenu son regard et son expression a changé de nouveau. Ce n'était pas une affaire de calcul ou de doute, comme la veille. Je n'arrivais pas à mettre le doigt dessus. Peut-être en avait-il assez d'être interrompu, peut-être ces deux enfants ruinaient-ils son désir sexuel. Mais non, c'était autre chose.

En tout cas le Prince est sorti de chez nous défait, pour la seconde fois, ce qui nous a permis de célébrer une nouvelle petite victoire.

Victoire au goût amer, bien sûr, comme la précédente, puisque ma mère a mis fin à ses jours moins d'un an plus tard.

Je sors du lit sur cette pensée, navrée de ne pas avoir mieux démarré la nuit, sachant déjà qu'il en sera de même à la suivante.

* * *

Un sablier plus tard, tandis que Jacob s'apprête à arracher ses secrets au commandant LeFort parmi les fêtards des *Recrues*, je ne fais pas grand-chose de mon côté. En réalité, outre le jour des Prières hebdomadaire, c'est mon premier congé depuis dix ans. Il s'avère que je suis bel et bien à la disposition de Dame Hocquard jusqu'à nouvel ordre. Au début de la nuit, je craignais encore d'attirer les soupçons, mais la noble Dame m'a rassurée une fois de plus avant de rejoindre l'un de ces événements mondains pour lesquels il est commun de faire venir des servantes du palais ; après tout, ne sommes-nous pas les meilleures domestiques de la cité ?

Mais je ne suis pas non plus totalement inactive. Alanna m'offre un tour du propriétaire en m'expliquant, à sa manière si spéciale, comment fonctionne la toile de secrets et de mensonges tissée par les Sangsues autour de leurs proies insouciantes. Je découvre d'abord l'armurerie, puis la pièce où sont rangés les déguisements permettant d'incarner n'importe quelle femme, de la noble à la prostituée en passant par la servante et l'employée des cuves.

Nous abordons ensuite les sujets vraiment intéressants. J'apprends par exemple que les Sangsues paient des gamins pour renverser « accidentellement » des baquets de sang sur les beaux habits des Princes qui se hasardent dans les quartiers des Fanés. Au vu de l'importance du facteur temps pour effacer de telles taches, le Prince souillé se précipite dans la blanchisserie la plus proche, évidemment tenue par une Sangsue qui se fait un plaisir de fouiller les poches de son noble client.

Vient aussi le coup de la pierre aux péchés, celle que l'on trouve dans la plupart des temples, en général derrière la statue du Sang incarné. L'idée est simple : le vampire repentant avoue à la pierre l'ensemble de ses péchés, lesquels montent vers le Paradis rouge, où ils sont annoncés lors du grand banquet et aussitôt pardonnés. La doctrine semble avoir négligé la partie expiation, mais ça convient parfaitement aux Sangsues chargées de nettoyer les lieux, qui se glissent dans les catacombes pour tendre l'oreille aux confessions des pauvres pécheurs. Malheureusement, les Princes les plus retors adhèrent peu à la religion, ce qui a pour conséquence, comme le dit Alanna, de recueillir « plus d'histoires de cul que de complots ».

Mon astuce favorite demeure néanmoins ce que la servante en chef nomme « l'entremise des lettres », une bien jolie expression pour du simple vol de correspondance. Lorsque les Sangsues estiment pouvoir faire chanter un Prince, avec un besoin de preuves, le tour consiste à intercepter les lettres écrites à ses amis dans lesquelles il expose ses tristes méfaits. Bien sûr, ledit Prince ne doit se douter de rien. Donc la servante responsable de l'affaire attend qu'une lettre soit déposée dans le panier postal, en attente de collecte. Selon l'heure du dépôt, elle dispose parfois de fort peu de temps pour emporter la lettre chez quelqu'un capable de décoller le sceau à la vapeur, puis de lire la lettre et de la refermer sans que l'opération soit apparente. Connaissant la sophistication de certains sceaux, je me demande qui peut être ce « quelqu'un ». Sans doute pas un Fané. J'ai posé la question à Alanna, mais elle m'a gratifié de son malicieux sourire et m'a juste déclaré :

« Tu connais presque tous nos secrets, il faut bien en garder un ou deux pour te faire cogiter. »

Des méthodes secrètes, j'en connais en effet beaucoup désormais, et, à la façon dont Alanna en parle, il est évident qu'elle en a mis la plupart en place. Quel était donc son rôle à Crépuscule ?

Après quelques heures de ce régime, malgré la joie de me voir accorder une telle confiance, mon cerveau n'arrive plus à décoder les mille expressions étranges employées par la servante en chef. Aussi ressens-je une joie encore plus grande lorsque Dame Hocquard réapparaît et me propose de partager un thé d'anguille avec elle dans le boudoir. Cette boisson est une drôle de mixture réservée aux nobles. Le sang d'anguille, au goût raffiné, provient des côtes situées près des montagnes du nord ; des feuilles de thé y macèrent ensuite pendant des heures afin de dégager une saveur optimale. Pour une raison inconnue, cette décoction ne fonctionne qu'avec l'anguille : tout autre sang devient vite très amer. Mais je ne suis pas une experte de ce thé – bien trop cher pour les Fanés – et j'essaie par conséquent de ne pas l'apprécier outre mesure, car j'ignore si j'en boirai de nouveau un jour.

Dame Hocquard et moi sirotons notre thé ensemble, comme deux nobles échangeant les derniers ragots, assises dans des fauteuils plus onéreux que tous les vêtements que j'ai portés dans ma vie. « Étrange » est un mot trop faible pour décrire cette situation. Dame Hocquard a conscience de la barrière qui nous sépare et tente de l'abaisser autant que possible. Ça ne va pas bien loin, évidemment, mais c'est gentil de sa part.

« Comment s'est déroulée ta petite visite dans notre monde secret, Sam chérie ? »

Elle enlève ses gants et tend les mains vers le feu. Il ne fait pourtant pas si froid ; peut-être un peu plus que d'habitude pour vert-mort, mais rien de terrible. Mon hôtesse paraît très sensible au froid.

« J'ai beaucoup appris, m'dame. »

Je n'en dis pas plus, peinant à trouver ma voie dans cette conversation.

« Je n'en doute pas. Alanna a défini de multiples règles pour la bonne marche de notre organisation. Toutes importées de Crépuscule. La finesse et l'habileté du travail qu'elle produit dans cette cité sont incroyables ! J'avoue qu'à notre première rencontre, je l'ai d'abord crue anarchique, désorganisée. Mais elle gère plus d'éléments dans sa tête en une seule journée que la plupart d'entre nous en une année. »

Elle s'interrompt, l'air inquiète. Elle a de bonnes raisons de l'être. Comme nous toutes. Dans la minute qui suit, le maître espion Saxe peut faire irruption dans le manoir et changer le cours de nos vies d'une façon… surprenante.

« Vous croyez que Jacob se débrouille bien aux *Recrues* ? »

J'ai du mal à m'exprimer. Comment parler librement dans un décor si contrôlé ? Dame Hocquard, elle, éclate de rire, la tête rejetée en arrière.

« Aucune idée. C'est un sacré personnage. Il doit avoir ses qualités, sinon le mage Bailey ne l'aurait pas gardé comme adjoint si longtemps. Mais j'ai quand même peur que nous ayons juste envoyé un poivrot prendre du bon temps pendant que nous nous tournons les pouces ici. » Elle me sourit. « Tu as dû remarquer que je n'aimais pas confier les tâches importantes aux hommes.

— J'ai remarqué, m'dame, dis-je en souriant aussi. C'est un changement bienvenu.

— Ne te méprends pas sur mes paroles. Il y a des hommes honnêtes dans cette cité. Nous travaillons même avec certains d'entre eux, que tu finiras peut-être par rencontrer. Mais la société les pousse à rentrer dans le rang. J'ai connu des hommes adorables qu'une simple promotion a transformés en malfaisants me donnant envie de lancer Alanna à leurs trousses, quitte à nous mettre en danger.

— Vous jouez sur le long terme, m'dame. La victoire n'en sera que plus belle.

— Ah ! Sam, ma chère Sam… Tu parles comme ma fille. »

Je tente de dissimuler ma surprise. C'est la première fois que Dame Hocquard évoque l'existence d'un enfant.

« Comment est-elle, si je peux me permettre ?

— Elle est morte, tu sais… » La noble lève les mains pour couper court à mes excuses. « Non, tu ne savais pas, justement. Mais tu l'aurais beaucoup aimée. Elle était comme toi. Intelligente, courageuse, grande amoureuse des livres. Elle n'avait peur de rien et n'hésitait pas à dire leurs quatre vérités aux Princes. Pourtant, elle ne pensait pas non plus qu'ils étaient mauvais par essence, eux et leurs Dames qui détournent le regard ou même les soutiennent dans leurs vices. Car ces gens n'étaient pas *nés* comme ça. Pour elle, le problème tenait à la force de l'habitude. À une sale maladie incrustée dans les murs de la cité, qui changeait ses victimes en monstres. Quand je lui demandais plus de précisions, elle me lançait un regard qui me donnait l'impression d'être la fille et non la mère, puis elle disait que c'était juste une métaphore. Après quoi elle souriait, pour que je me sente moins bête, parce qu'elle était aussi très gentille.

— Ça a dû être très dur de la perdre pendant la Marée grise. »

Je regrette aussitôt ce commentaire. J'aurais dû essayer de mettre du baume sur la tristesse abyssale lisible dans le regard de Dame Hocquard, mais j'ai choisi à la place de partir à la pêche aux informations. De supposer que sa fille était morte durant la Marée grise, quitte à être corrigée. Une stratégie digne d'une Sangsue. Mais qui me serre l'estomac.

Des vagues glacées émanent des yeux de la noble Dame.

« C'était il y a longtemps, Sam. En tout cas, c'est mon impression. Même si cela ne fait peut-être pas si longtemps, rapporté à l'échelle de nos vies. Mais il vaut mieux ne pas trop en parler. »

Quitte à l'avoir offensée, autant poursuivre sur ma lancée :

« Je comprends, m'dame. Je voulais juste en savoir plus sur vos motivations. Pour mieux vous servir. »

L'argument n'améliore pas mon affaire, loin de là. Dame Hocquard se lève après avoir avalé sa dernière gorgée de thé.

« Je ne suis pas le Grand Prince. Je n'ai pas besoin que l'on me *serve*. C'est notre cité que tu dois servir, comme nous toutes. Sinon, ma chère, ce n'est pas parce que j'ai évoqué une bribe de mon passé avec toi que tu dois penser bien me connaître. Ce serait… une grave erreur. »

Je baisse la tête, effrayée par un regard encore plus hostile que le précédent.

« J'ai parlé sans réfléchir, m'dame. Je suis vraiment désolée. »

Mes excuses planent dans l'air, attendant d'être saisies au vol. Ou pas.

« Ce n'est pas grave, lance-t-elle sur un ton redevenu jovial. Je dois aller retrouver Alanna, maintenant. Profite bien de ton temps libre. Espérons que demain, le mage nous apportera de bonnes nouvelles pêchées dans l'antre de débauche où il s'amuse à l'heure actuelle. »

Dame Hocquard quitte le boudoir avant que je puisse ajouter un mot. Je reste seule dans la pièce à siroter lentement mes ultimes gouttes de thé.

Je perçois soudain de l'agitation dans le couloir. Je n'y prête pas attention : sans doute une Sangsue de retour de mission. Mais non. Il s'agit de Sage Bailey.

* * *

J'observe la scène qui se déroule devant moi. Sage est à mes côtés, ayant demandé que je l'accompagne. Un demi-sablier plus tôt, j'étais encore tranquillement installée au manoir de Dame Hocquard. L'ambiance a bien changé. Déjà, elle est beaucoup moins tranquille.

« Cerf numéro cinq, soixante pour cent d'approbation ! » hurle l'annonceur.

Le communiqué provoque un début de panique parmi les vampires bien habillés grouillant sur la place, qui s'empressent d'échanger des murmures fiévreux.

Celui qui se tient près de moi arbore une belle veste doublée d'hermine et une moustache sculpturale qui n'enjolive guère son visage banal.

« Il faut vendre, lâche-t-il à son voisin.

— Soixante pour cent, c'est pas si mal. Et il ne s'agit que des premiers retours. »

Ledit voisin, plus grand et imberbe, est lui-même fort bien habillé. Assez bel homme à condition d'aimer le genre Médian fortuné.

« Arrête, marmonne Moustache. Les prévisions parlaient de soixante-quinze pour cent. Là, c'est beaucoup trop bas !

— D'accord, mais même si le prix baisse un peu, il reste une chance que les retours suivants soient meilleurs. On savait qu'on prenait une position risquée. Le cerf ne réagit pas toujours bien à la magie. Mais j'ai un contact parmi les goûteurs, qui m'a dit que c'était de la bonne came et qu'il fallait juste le temps de s'y habituer. Je suis sûr que la deuxième vague de retours se rapprochera des prévisions.

— Va dire ça à nos amis. » Moustache pointe du doigt un groupe de vampires se précipitant vers une bâtisse située de l'autre côté de la place. Tous agitent des parchemins. « Tout le monde vend. On ne s'en relèvera pas. »

Les deux vampires échangent un long regard. Le plus grand pousse un soupir.

« Et merde. Allez, tentons de limiter nos pertes. » Il grimace en levant les yeux vers le ciel du début de soirée.

« Les Dieux du sang n'ont pas vu nos placements d'un bon œil.

— Ah ouais ? rigole Moustache. Figure-toi que moi, ces sales enflures me lorgnent d'un sale œil depuis le début de la saison. » Il lève les yeux à son tour. « Sauf votre respect. »

Les deux vampires rejoignent leurs pairs dans la bâtisse. Je me tourne vers Sage, assis près de moi sur un banc, qui observe les lieux sans un mot.

« Qu'est-ce qu'on fait ici ? C'est en rapport avec le jeune Azzuri ?

— Pas directement, répond Sage en secouant la tête.

— Alors on est venus parce que…

— Parce que je n'avais jamais vu le marché du Sang en chair et en os. Si j'ose m'exprimer ainsi.

— D'accord. Donc on fait du tourisme. Alors qu'on a un meurtre à résoudre. »

Sage fronce les sourcils.

« Certes… Posé ainsi… »

Il se redresse, comme pour se lever et partir.

« Je plaisantais, frère Bailey, lui dis-je en souriant.

— Sage, s'il vous plaît. Jacob devrait pourtant m'avoir habitué à ce genre de saillies…

— Vous êtes inquiet pour lui ?

— Il sait se débrouiller. Il a mille fois plus de qualités qu'il n'en laisse paraître.

— Je veux bien le croire, sinon vous ne l'auriez pas pris comme adjoint. Il faut avoir de sacrées convictions pour aller s'enterrer dans les Déserts. Qu'est-ce qui vous motive, tous les deux ? »

Sage hausse les épaules.

« Vous êtes une lectrice avide. Donc vous connaissez l'histoire du continent. Ainsi que ses lacunes, notamment sur ce qui s'est passé avant nous. Nous cherchons à les combler.

— Vous êtes sûrs d'y parvenir avec les mortels ? Les vampires croient que les Dieux du sang les ont créés à leur image, puis les ont installés sur cette terre, sans qu'il n'y ait jamais rien eu avant. »

Le sorcier me dévisage afin de déterminer si je suis sérieuse ou pas. Ce qui me permet de l'étudier en retour. Dans un premier temps, j'avais trouvé son visage trop mince, trop anguleux. Mais il est plutôt agréable à regarder quand il ne fronce pas les sourcils, perdu dans ses pensées.

« Je ne crois pas que vous avaliez une chose pareille, lâche-t-il.

— Oseriez-vous douter de ma piété ? »

Un très léger sourire se dessine sur ses lèvres.

« De toute façon, Sam, nous ne sommes pas là pour parler de moi. Je veux savoir comment fonctionne le marché du Sang.

— Vous le savez déjà, non ?

— C'est vrai, répond-il en hochant la tête. Mais j'aimerais l'entendre de la bouche de quelqu'un qui vit ici. C'est souvent un bon moyen d'acquérir de nouvelles données.

— Ce que je sais de cet endroit, c'est par mes lectures. En temps normal, je n'ai pas trop l'occasion de traîner dans le coin.

— Qu'importe.

— D'accord. Eh bien… »

Mon regard parcourt la place ; je me demande par où commencer. Puis je montre au sorcier une grande tente rouge dressée côté Levant. Je devine par l'ouverture une rangée de parchemins posés sur une longue table ; les vampires qui ne se sont pas précipités vers la grande bâtisse les étudient avec soin.

« C'est là que les négociants récupèrent les informations sur les nouveaux lots de sang tout juste sortis des fermes. De quel animal il s'agit, quelle magie a été appliquée pour purifier et fortifier le sang, quels produits y ont été ajoutés. Après quoi, ils comparent ces lots avec les sangs similaires déjà présents sur le marché et, si ça leur chante, ils vont acheter les actifs invisibles. »

Mon doigt glisse vers l'immeuble bâti côté sud de la place, quatre étages de marbre et de pierre calcaire en style Vieux Mage ; la frise qui court au-dessus des colonnes, le long des quatre murs, représente des fioles de sang croisées comme des épées.

« Les actifs invisibles ? demande Sage, feignant mal l'ignorance.

— Oui. C'est ce que vous achetez ici. Des fioles d'un nouveau sang, mais vous ne les avez pas entre les mains. Vous ne les possédez qu'en théorie. Des fioles invisibles, donc. De cette façon, votre succès dépend de celui du sang en question. D'abord de la quantité achetée par Princes et Médians, puis du nombre d'entre eux qui le trouveront assez bon pour en reprendre.

— Comment cela fonctionne-t-il exactement ? »

J'invoque de mon mieux mes souvenirs de lecture. J'aurais dû bosser le sujet plus avant ; il faudra se contenter de mes réminiscences de *Sang et Monnaie*, de Quanta Quistile.

« Par exemple, avec ce qu'ils savent d'un nouveau sang, les experts décident qu'il sera sans doute aussi populaire que tel sang existant qui se vend cinq couronnes la fiole. Donc, ensuite, vous payez cinq couronnes pour acheter une fiole invisible de ce fameux sang. S'il s'avère que le produit est *plus* populaire que la prédiction des experts, votre fiole invisible ne vaut soudain plus que les cinq couronnes de son achat. À partir de là, soit vous la vendez pour encaisser le bénéfice, soit vous attendez en espérant qu'elle vaudra bientôt encore plus. À l'inverse, si le sang est moins populaire que prévu, vous perdez tout ou partie de votre mise de départ.

— Comment connaît-on l'état de cette popularité ? »

Je me tourne cette fois côté Ponant de la place, vers la tente d'où est partie la déclaration ayant causé tant de remue-ménage. Des vampires en vestes usées entrent et sortent par les nombreuses ouvertures, murmurant dans l'intervalle à l'oreille de l'annonceur.

« Ces Fanés-là servent de messagers. Ils recueillent les opinions des marchands ayant reçu les nouveaux sangs, puis ils viennent ici au triple galop informer l'annonceur, qui dispose d'une armée de clercs calculant les indices de popularité au jour le jour. Après quoi il proclame les résultats, lesquels servent de base aux négociants pour acheter ou vendre les actifs invisibles. »

Sage sourit, l'air satisfait, puis se relève.

« Vous continuez à m'impressionner, Samantha Ingle. Je ne pense pas avoir jamais rencontré une Fanée telle que vous.

— Parce que vous en avez rencontré combien, des Fanés ? »

Le sorcier me regarde, les yeux plissés. Je crains un instant de l'avoir offensé, mais son petit rire me détrompe.

« Bien vu. Logique fautive. Je constate que j'ai encore beaucoup à apprendre.

— Moi aussi. J'ai besoin d'en savoir plus sur les mortels. Sur les mythes. Sur les preuves que vous avez trouvées.

— Ah bon ?

— Bien sûr. Vous n'avez pas écrit le moindre livre sur le sujet. Donc ma voie normale d'accès à l'information est bouchée. Ce qui ne me laisse que vous pour m'instruire. »

Ma propre audace me surprend. Je ne parle pas comme ça d'ordinaire. Depuis dix ans, je discute presque exclusivement avec Beth. J'aime lire, pas parler. Mais après avoir échangé avec la reine des Sangsues, me voilà lancée dans une grande conversation avec un sorcier. Que peut-il bien couler dans mes veines pour me donner une telle ardeur ? Et que se passera-t-il si cela finit par disparaître ?

« Eh bien, dit Sage, aidez-moi à résoudre le mystère qui m'amène ici et nous parlerons ensuite tranquillement des mortels. »

Je lève les yeux au ciel.

« Vous gagnez du temps, là. »

Avant que le mage réponde, nous sommes interrompus par le brouhaha des négociants ressortant de la grande bâtisse, en quête d'informations croustillantes. Quelques instants plus tard, l'annonceur hurle depuis sa tente :

« Ours numéro sept, ensorcelé deux fois, quatre-vingt-dix pour cent d'approbation ! »

La foule des négociants entre à nouveau en panique. Celle qui agite les drogués du commerce depuis la nuit des temps. Celle des animaux déchaînés.

« C'est assez drôle, dit Sage. Beaucoup de sorciers pensent qu'à Aurore, depuis la Marée grise, ce sont les Princes qui interdisent aux Fanés l'accès aux bons sangs. Parce qu'il s'agirait du seul moyen de maintenir le système en place. Ils seraient surpris d'apprendre que c'est en réalité le marché qui se charge de cette interdiction plutôt qu'un diktat de la classe dirigeante.

— C'est vrai. Je parie que les Princes auraient bien aimé nous interdire de boire autre chose que du sang de vache. Ils n'appréciaient pas les changements amorcés à Vespéral juste avant la Marée grise. Mais je pense que ça aurait déclenché une révolte. Après tout, il y a plus de Fanés que de Princes. Beaucoup plus.

— Mais ils n'ont pas eu besoin d'employer la force.

— Exactement. Tant que le sang reste cher et que nous restons pauvres, le sang de qualité nous est interdit par définition. »

Sage y réfléchit, caressant du bout des doigts cette barbe d'un jour qui semble être l'une de ses marques de fabrique.

« Vous pourriez vous organiser. Économiser assez d'argent pour acheter du sang supérieur et ensuite le répartir entre vous.

— Déjà tenté. C'est ce qui a mené au soulèvement des employés des cuves avant ma naissance, quelques décennies après la Marée grise. Mais les Princes n'ont pas joué franc-jeu. Étonnant, pas vrai ? Ils ont réécrit l'histoire à leur sauce, affirmant qu'un Fané qui buvait du bon sang montrait un esprit de sédition. La répression a été si violente que personne n'a repris l'idée depuis. »

Sage hoche la tête.

« La main de fer du pouvoir dans le gant de velours du marché.

— Donc une vie de merde », dis-je en haussant les épaules.

Le sorcier ne trouve rien à ajouter.

15
Il y a toujours une meilleure salle

Le vert pour les paris
Et le rouge pour le sang.
Le jaune est incompris
*Mais le bleu est ****

Ode aux Recrues (auteur anonyme),
extrait de *Recueil de vieilles rengaines (100 AL-300 AL)*,
rassemblé par Marouge LaPlume
– édition spéciale sans grossièretés

Jacob

Mon estomac se serre tandis que je contemple l'entrée des *Recrues*. Soit je suis stressé, soit ça provient des trois chopes de vin de Luce épicé englouties avant de me mettre en route. Comment savoir ? Il ne faut surtout pas débarquer sobre dans un endroit inconnu. Car on ne sait jamais quand on remettra la main sur un verre. Mais je ne suis pas non plus torché. Juste un peu gai. Les gens ne voient en moi qu'un poivrot et peut-être ai-je tendance à surjouer mon rôle, même si c'est pour la bonne cause. Être sous-estimé a toujours du bon. Mais l'équilibre est dur à trouver. J'y arriverai sans doute un jour.

La bâtisse est sacrément impressionnante. Sage saurait dire de quel style il s'agit, donc ça date au minimum d'avant-guerre. En tout cas c'est du grandiose. Des arches façon Chasseur, des flèches ici et là, un grand vitrail au-dessus de la porte représentant des Princes prenant du bon temps. Aussi vaste qu'un temple de belle taille, sans compter le sous-sol dont je ne doute pas une seconde de l'existence. Les vampires savent construire. Enfin, ils savaient, quand toutes les cités étaient encore debout. Ça m'étonnerait que cette race ait bâti grand-chose depuis un siècle. Le temple a ralenti son cours à Aurore. Presque autant qu'au temple d'Humanis.

Ça doit faire bizarre d'être coincé entre les murs d'une cité. Les sorciers ont tout un désert pour se balader sans risquer de croiser un Gris. Bon, d'accord, on n'y trouve que des temples et d'autres sorciers. Ce qui peut expliquer pourquoi les Gris s'en foutent. Ces gens ont du goût.

Deux costauds gardent l'entrée, vêtus de vestes noires qui leur iraient s'ils perdaient quinze kilos. Ils me scrutent comme s'ils n'avaient jamais vu un sorcier de leur vie. Ce qui, selon leur âge, n'est pas impossible. Pour ce que j'en sais, les Kinets d'Aurore ne sortent pas beaucoup, donc *Les Recrues* n'ont pas l'habitude d'accueillir un mage dans leur cadre privilégié. Il est temps de corriger cette erreur. Dans cette optique, pour faire bonne figure, je vais devoir enfiler un costume que je porte bien trop souvent. C'est la raison pour laquelle Sage m'a expédié ici, pas vrai ? Ce soir, je suis un comédien. Je dois juste éviter de croire à ma propre performance. Le plan est simple : trouver le commandant LeFort puis découvrir de quelle façon il était lié au jeune Azzuri, et pourquoi son nom est mentionné sur un bout de papier constituant à ce jour le seul indice relatif à la mort du Prince. Quant à savoir comment j'y parviendrai… Eh bien, j'attends l'inspiration.

Je m'avance pour ouvrir la lourde porte de pierre ; l'un des gardes s'en charge à ma place.

« Merci, mon brave. Un conseil à me donner ? C'est ma première fois. »

Je lui lance un clin d'œil complice. Le vampire ne dit rien, son expression ne change pas. Mais, alors que je franchis le seuil des *Recrues*, je l'entends grommeler dans mon dos :

« Tâchez de vous en tirer vivant. »

Avec une telle finesse d'esprit, ce type ne restera pas planton longtemps.

Devant moi s'ouvre un long couloir vaguement éclairé par quelques torches. Je me dirige vers la lumière plus vive qui brille au fond, me demandant une fois encore comment je fais pour me fourrer dans des situations pareilles. Comme si j'avais besoin de poser la question… La reine huppée des Sangsues et la beauté ténébreuse de Crépuscule me considèrent comme un simple bouffon ayant réussi à s'accrocher aux basques de Sage. Mais je n'ai à m'en prendre qu'à moi-même. Une nouvelle cité, tant d'inconnus : me glisser dans mon vieux personnage était trop facile. Et j'ai surjoué, comme d'habitude. Puis, pour convaincre toutes ces personnes qu'elles se trompent sur mon compte, je n'ai rien trouvé de mieux que de me rendre dans un club connu pour ses beuveries et ses filles de joie. Un plan qui restera dans les annales.

La pièce au bout du couloir ressemble plus à ce que j'attendais de l'endroit. Avec de longs bancs munis de coussins en soie et des tables où s'alignent des carafes de sang et – j'espère – d'autres types de boisson. Sur le mur opposé se trouvent quatre portes peintes respectivement en vert, bleu, rouge et jaune. La jaune est en pierre, pas en bois. Deux vampires en redingote sont vautrés sur un banc, le premier très occupé à choisir son sang, l'autre tourné vers les quatre portes, l'air pensif.

Je m'avance vers celles-ci tout en me répétant ce qu'on m'a dit : bleu pour les filles, vert pour les jeux, rouge pour le sang – je vais l'éviter – et jaune pour... On ne sait pas. Même les Sangsues l'ignorent. Un secret très bien gardé, semble-t-il.

J'ouvre la porte verte. Il est l'heure de jouer.

* * *

La salle est sombre, ce qui, bien sûr, ne gêne pas les vampires ; mes yeux mettent du temps à s'habituer. Je finis par me rendre compte que cette pièce sert d'entrée à une autre salle plus vaste et – un peu – mieux éclairée par une poignée de torches. Je prie pour ne pas devoir y jouer aux cartes : ce serait dur de tricher dans une telle pénombre.

La salle abrite une dizaine de tables de jeu, la plupart bien occupées. Je reconnais les principaux passe-temps auxquels s'adonnent les vampires : Tascuza et L'Œil rouge pour les cartes, Princes et La Chute de l'empire pour les jeux de plateau. Il y a d'autres tables de cartes au fond de la salle, mais il fait trop noir pour les identifier. D'ailleurs, les joueurs me paraissent trop saouls pour se rappeler les règles. La plupart des vampires sont massés autour du bar, les derniers étant assis dans des fauteuils en velours. Le léger brouhaha des conversations est parfois interrompu par un cri de triomphe ou de rage venu des tables de jeu. Contrairement au vestibule par lequel je suis entré, il n'y a aucun panneau de bois décoré, rien que des murs de pierre brute avec des tapisseries qui ont l'air d'avoir été accrochées au hasard. Le décorateur a dû penser que les clients seraient trop absorbés par le jeu ou simplement trop bourrés pour s'intéresser au cadre. Une personne d'une grande sagesse, donc.

Je jette un coup d'œil circulaire en me demandant par où commencer.

Réponse évidente : le bar.

Je me poste au comptoir et fais signe au serveur, un grand vampire élancé qui donne l'impression d'être entré dans les lieux en se glissant par une porte entrebâillée. Je fais en sorte de légèrement mâcher mes mots : que le spectacle commence.

« Un verre de vin de Luce, s'vous plaît.

— Un millésime en particulier, frère mage ? »

Je ne m'y attendais pas. Soit l'établissement s'est fourni en vin de Luce spécialement pour moi, soit sa cave vaut le détour. D'un côté, je ne pense pas que le Grand Prince prenne une telle peine à mon égard, de l'autre, c'est exactement le genre de politicard capable de s'appesantir sur ces détails.

« J'aurais pas cru avoir le choix. Dans ce cas, oubliez le vin et donnez-moi du cinq-étoiles. » Le serveur me regarde fixement. Je soupire. Personne n'a jamais d'ombreux de cinq-étoiles. « Alors, sortez-moi quelque chose qui va me surprendre. »

Le vampire hausse les épaules et s'empare d'une bouteille qui ressemble étrangement à celle qu'il comptait déjà me servir.

J'ai descendu la moitié du verre lorsque l'un des clients se faufile jusqu'à moi. Il a de grands yeux tristes, des cheveux bruns soigneusement coiffés et une barbe trop épaisse pour être celle d'un Prince. J'en déduis qu'il s'agit d'un Médian. On ne passe pas deux siècles avec un Sage Bailey sans acquérir quelques facultés d'observation.

« On ne voit pas beaucoup de sorciers par ici », déclare mon nouvel ami.

Sa façon de manger le « s » de sorcier me laisse supposer qu'il a quelques verres d'avance sur moi. Ce que me confirme l'éclat de ses yeux. C'est facile de repérer un vampire imbibé de sang.

Voilà qui augure mal de la qualité de la conversation.

« Vraiment ? Alors qu'avez-vous l'habitude de voir ?

— Plein de gens, en vérité. Des richards, des qui voudraient l'être, des qui ne pensent qu'à picoler. Les Médians – même ceux comme moi – sont admis à condition de ne pas trop ressembler à un Fané. Si vous connaissez ne serait-ce qu'un habitué, c'est bon. Ici, Princes et Médians se mélangent plus librement qu'à l'extérieur, en tout cas plus librement que dans les clubs réservés aux Princes. Les barrières sociales sont plus floues. Nous sommes liés par quelque chose qui transcende les frontières de classes. C'est ce que j'aime ici.

— Un quelque chose en rapport avec l'alcool, les paris et les filles de joie ?

— Ah ! un sorcier avec de l'esprit. Formidable. » Il se lisse la barbe, puis fait signe au serveur de remplir son verre. « Je m'appelle Sirouge LaPièce. Je siège au conseil de la banque du Sang.

— Pas possible ? Vous devez connaître bien plus d'un habitué avec un tel poste. »

Le vampire hoche la tête, clairement impressionné.

« Vous savez comment fonctionne cette cité, on dirait.

— Pas vraiment. Mais je passe beaucoup de temps avec un expert. Il déteint sur moi, pour mon plus grand malheur.

— Je me rends compte que j'ignore toujours votre nom… »

Sirouge dégaine ce sourire typique des poivrots qui paraît très intelligent à celui qui le porte mais bien moins à celui qui le reçoit.

« Comment je fais pour jouer ? » m'enquiers-je en oubliant de répondre à la question.

Moins on connaît mon identité, mieux je me porte. La réputation de mon culte a parfois de drôles d'effets sur mes interlocuteurs. C'est pourquoi je dois me montrer d'autant plus charmant.

« Attendez qu'une partie se termine et installez-vous à la table. C'est très informel ici. Pas de chichi.

— Parfait ! Profitez bien du bar, mon ami. » Je fais quelques pas vers les tables de jeu, puis pivote de nouveau vers Sirouge pour lui poser une dernière question, sur le ton le plus détaché possible. « Au fait, j'ai entendu dire que le commandant LeFort était un très bon joueur de Lumière blanche, mon jeu de cartes préféré. Il est là ce soir ? J'aimerais beaucoup me mesurer à lui. »

J'ignore pourquoi je prends de telles précautions. Ce n'est pas ce pisseur de sang qui va nourrir des soupçons.

Sirouge tente de prendre la pose de l'homme qui réfléchit et parvient de peu à éviter de s'affaler par terre.

« Vous avez demandé à la bonne personne. Votre vampire vous attend dans la salle rouge. Mais ça m'étonnerait qu'on vous laisse entrer. Il faut faire partie de la haute pour ça. Être un Prince, ou alors un Médian aussi connu que LeFort. Salle rouge, donc. Meilleures boissons, meilleure compagnie, tout ça…

— Qu'est devenu ce *quelque chose qui transcende les frontières de classes* ? » Sirouge fronce les sourcils, décontenancé. « J'ai rien dit, pas de panique. Désolé de me montrer parfois cynique. J'ai pigé le principe, en tout cas. Il y a toujours une meilleure salle. C'est une bien belle règle de vie. »

Sur ce, je salue Sirouge et l'abandonne à son verre.

* * *

Malheureusement, la porte de ladite salle rouge est gardée par un grand vampire large d'épaules. Son visage banal offre néanmoins une surprise : une mèche de cheveux gris. Pour qu'un Fané grisonne, il doit avoir cent ans au bas mot, et ses traits portent en général eux aussi les marques du temps. Donc, je ne comprends pas ce que cette mèche fait sur une tête d'aspect juvénile. Il faudra que je pose la question à quelqu'un de compétent dès que j'aurai fini d'enquêter sur un meurtre.

« Bonsoir », lui dis-je avec la voix blasée de qui sait d'évidence qu'on va lui céder le passage.

Le vampire ne croise même pas mon regard ; il se contente de secouer la tête.

Je pousse un long soupir.

« Croyez-le ou non, ça a marché plus d'une fois. »

Retour au bar. D'habitude, quand j'ai besoin de m'introduire quelque part dans ce genre de rade, j'utilise l'astuce la plus éculée : déclencher une bagarre. De préférence une dans laquelle je ne suis pas impliqué. Mais ces vampires n'ont pas des têtes de querelleurs. Si je renverse un verre de sang sur une chemise, ma victime se contentera d'en commander un autre pendant que les gardes m'évacueront de manière aussi diplomatique que possible.

Fort heureusement, j'ai un plan B. Grâce à Sirouge, mon vieil ami, toujours vautré sur le comptoir, les yeux dans son vin. Il n'a pas bougé d'un centimètre depuis la fin de notre conversation.

« Sirouge, cher camarade, dis-je en lui posant une main sur l'épaule. Puisque vous semblez être le seul ici à bien vouloir m'adresser la parole, que diriez-vous de tester mon breuvage favori ? » Je n'attends pas sa réponse pour me tourner vers le serveur. « Deux pintes d'hydromel de Luce, s'il vous plaît.

— Deux… pintes ? Vous voulez dire que…

— Je sais ce que j'ai dit. »

Un sentiment d'inéluctable m'envahit. Le rôle du poivrot se referme sur moi et me serre comme un costume trop étroit.

« Comme vous voudrez », lâche le serveur en remplissant les verres.

Je me tourne vers Sirouge, qui s'est remis d'aplomb sur son siège, refusant d'admettre à quel point il est torché. Je lui tends aussitôt une pinte.

« Avez-vous déjà bu de l'hydromel de Luce, mon ami ?

— Je crains de ne jamais avoir eu ce plaisir, cher et mystérieux sorcier.

— Vous ne savez pas ce que vous manquez. Certes il n'y a rien de rouge là-dedans, si vous voyez ce que je veux dire, mais ce manque est compensé par le goût, par la douceur, et surtout par l'effet. À Luce, ils ont demandé aux Kinets de le faire vieillir plus vite, ce qui gâche tout si vous voulez mon avis. Mais les bouteilles de ce noble établissement doivent traîner là depuis la Marée grise, donc je suis convaincu que c'est du bon… » Je me penche vers Sirouge. « Figurez-vous que cet hydromel a inspiré les plus grands mages. Ceux qui déplaçaient des montagnes, au sens propre du terme. Ils étaient tous chargés comme des mules à l'hydromel, si vous voulez bien excuser mon langage.

— *J'adore* ces histoires, dit le vampire en écarquillant les yeux.

— Alors, ce breuvage est fait pour vous ! Grâce à lui, Atmo Reclantis a été le premier sorcier à faire jaillir un orbe de foudre d'un nuage. Sans oublier, bien sûr, cette célèbre bataille contre les vampires ici même, sur le site d'Aurore, lorsque Kinet Lorillion, complètement pinté à l'hydromel, s'est mis en tête de vous faire tomber une falaise dessus. Sans rancune, hein ? Vous avez quand même gagné. Et la bataille des Marais ? Celle où les Miras de Kascantion, tous réunis, ont créé la plus belle illusion de tous les temps, une grande falaise qui a poussé leurs ennemis de Mal Aube à vouloir la contourner, se perdant ainsi dans les marécages. D'où leur était venue l'inspiration, d'après vous ? »

Les yeux de Sirouge ne sont plus seulement écarquillés, ils lui mangent le visage.

« Ma foi, à vous entendre, cher mage, il serait bien impoli de ma part de ne pas tester la chose. De plus, une boisson dépourvue de sang constituera une expérience en soi. »

Le vampire lève la pinte, mais j'arrête son geste.

« Attention, mon ami. Pas question d'en prendre une petite gorgée pour essayer. Si vous voulez en goûter le plein effet, comme un vrai sorcier, il faut boire à la façon de Luce.

— C'est-à-dire ?

— Descendre toute la pinte d'un coup. » J'interromps aussitôt ses protestations. « Rassurez-vous, c'est d'un goût divin mais à peine plus alcoolisé que le vin que vous buvez ici. Nous autres, sorciers, ne supportons pas les boissons trop fortes. »

Ce dernier argument est un coup de dés, qui ne fonctionnera que si Sirouge est l'un de ces vampires qui ne se mêlaient pas aux autres races avant la Marée grise.

« Puisqu'il le faut, sorcier… Alors je bois à la santé de Luce et de son hydromel ! »

À ma grande joie, il se lance dans l'aventure.

L'ensemble du processus prend une dizaine de secondes. Sirouge commence par verser quelques larmes, puis pâlit avant de s'effondrer comme une masse. La plupart des vampires quittent un instant leur jeu des yeux, surpris par le bruit de la chute.

« Je crois qu'il a un peu forcé, dis-je au serveur.

— Ah oui ? Vraiment ? » Avec un flegme dont je ne l'aurais pas cru capable, il fait signe au garde à larges épaules qui s'est approché pour voir ce que tout le monde regardait. « Quelqu'un a besoin qu'on le raccompagne. »

Le costaud hoche la tête, toujours sans un mot, puis ramasse mon nouvel – et déjà ancien – ami pour le sortir du bar.

Pas plus difficile que ça.

J'en profite pour me diriger d'un pas leste vers la porte qui m'était jusqu'alors interdite. J'ignore ce que je pensais trouver derrière – sans doute quelques degrés supplémentaires de luxe et d'indécence –, mais ce que je découvre vaut à peine mieux que la salle précédente. Les panneaux de bois sont de retour aux murs, les tapis paraissent plus épais et plus coûteux, les tables basses sont faites en quacier plutôt qu'en crestier mais, hormis ces détails, il s'agit juste de se sentir appartenir à un clan plus fermé. Malgré la poignée de tables de jeu, la plupart des vampires sirotent tranquillement leur verre de sang dans des fauteuils où ils semblent avoir passé leur vie. Un soupir m'échappe. J'ai passé une bonne partie de ma propre existence à côtoyer ce genre de charlots. Je sais m'y prendre avec eux : aussi directement que possible.

« Commandant LeFort ? » dis-je d'une voix retentissante.

Tous les clients lèvent les yeux vers moi puis, dans le pur style des clubs huppés, s'en retournent aussitôt à leurs vices personnels. Tous sauf l'un des vampires les plus imposants que j'ai jamais vus. Imberbe mais muni d'une grande crinière rousse. Les rouquins sont rares chez les vampires ; entre cet incendie capillaire et ses deux mètres de haut, c'est un personnage que l'on remarquerait même au cœur d'une orgie. Son visage, lui, est très banal, comme par compensation ; si le menton paraît taillé dans le roc, les yeux demeurent inexpressifs. Je l'imagine bien donner des ordres, mais sans trop y réfléchir.

« Commandant LeFort… »

Je n'arrive pas à sortir autre chose que son ombreux de patronyme. En réalité, comme je ne pensais pas réussir à mener mon plan si loin, je n'ai guère préparé la conversation à suivre. Alors que Sage, lui, aurait pesé soigneusement chaque option : lui rentrer dans le lard ou gagner sa confiance peu à peu, jouer cartes sur table ou cacher son jeu. Moi, je compte sur mon instinct. Chacun ses compétences.

« Le jeune Azzuri m'a beaucoup parlé de vous, aussi me suis-je dit que je devais absolument prendre un verre avec l'homme qui a fait si forte impression au fils du Grand Prince. »

Ses traits expriment aussitôt de la colère, mais aussi une once de panique. Parfait. J'ai déjà une accroche. Ou alors j'ai trop bu, comme Sirouge, et je me fais des idées.

« Asseyez-vous. Et dites-moi ce que vous foutez là. »

Ce n'est pas la meilleure invitation que j'ai reçue, mais pas la pire non plus. Je m'enfonce dans un fauteuil incroyablement confortable et jette un nouveau coup d'œil à la pièce. Dans chaque angle se dresse un meuble de bar avec beaucoup d'étagères et beaucoup de bouteilles, de quoi passer quelques bonnes nuits sans en garder trop de souvenirs. Plus remarquable : une tête de loup – de loup-garou – est fixée au mur. Malgré ses yeux de verre et ses longs crocs découverts, elle paraît plus affable que le vampire assis en face de moi. Je comprends soudain pourquoi on n'entre pas ici comme dans un moulin : ce trophée ne s'accorde guère aux deux derniers siècles de paix.

« Je suppose que vous êtes l'un des deux sorciers venus assister aux funérailles, lance LeFort. Les tarés qui ont réussi à éviter les Gris. C'est la seule raison pour laquelle je vous ai proposé de vous asseoir au lieu de vous balancer mon poing dans la gueule. Mais votre statut diplomatique ne vous protège pas de tout. À mon avis, soit vous comptez me menacer, soit vous êtes en plein délire. J'ai hâte de savoir de quel côté penche la balance.

— D'un troisième côté, en fait. Même s'il m'arrive de délirer, mais seulement quand je suis sobre. J'étais moi aussi un ami du jeune Azzuri. Je l'ai rencontré une vingtaine d'années avant la Marée grise, lorsqu'il visitait le continent. Il m'écrivait parfois pour me raconter ce qui se passait à Vespéral. Par la suite, il a fait pareil depuis Aurore. On a fini par devenir assez proches. Il parlait de vous dans ses lettres. En bien. Donc, faute de pouvoir lui rendre visite, j'ai eu l'idée de venir vous trouver pour trinquer à sa mémoire. »

C'est un sacré bluff de prétendre que LeFort apparaissait dans des lettres écrites par Azzuri. J'en ai rarement fait d'aussi dangereux, même lors de mes pires nuits aux tables de jeu. Mais le vampire semble accepter l'idée. Il pense peut-être que j'étais l'amant du défunt. À moins que sa vanité le pousse à se renseigner sur tout le « bien » que l'on disait de lui.

« D'accord, lâche-t-il en m'observant par-dessus sa pinte. Ça se tient. Vous êtes tout à fait le genre de gars avec qui il traînait. » Ce n'est sans doute pas un compliment. Mais on progresse. « Je tiens quand même à préciser qu'on n'était pas amis. On discutait de temps en temps. J'avais du respect pour lui, en tout cas plus que beaucoup d'autres au palais. Il valait mieux que ce qu'on pensait de lui. Sa mort m'attriste, et je suis triste aussi pour vous si vous étiez son ami. J'ai pas grand-chose à dire de plus. Donc voilà, on s'est vus et on a parlé de lui, maintenant j'aimerais bien continuer à boire tranquille. »

Son regard me fait lourdement comprendre que ce n'est pas la peine d'insister. Je dois vite trouver une solution. J'ai déjà tenté un gros bluff ; un second de la même trempe serait idiot. Mais c'est parfois l'idiot de la table qui ramasse la mise avant que les plus sagaces se réveillent.

Je cherche l'inspiration dans la pinte de LeFort. Une simple bière au sang. C'est toujours tragique de voir une chouette boisson ruinée par l'ajout de sang. Je suis prisonnier d'une cité où l'on ne cesse de massacrer le bon alcool.

« Boire, dis-je au commandant avec un grand sourire.

— Hein ? »

La confusion remplace soudain la menace dans son regard.

« Boire, c'est ma spécialité. Je connais tous les hydromels de Luce, tous les vins des Déserts et aussi ceux de Vespéral, quand les vampires n'y mettaient pas encore de sang. Je sais distinguer le whisky tue-loup des eaux-de-vie de Nocturne, une compétence acquise durant de longues journées – voire semaines – dont j'ai tout oublié. En revanche, je ne connais pas les boissons au sang, mais je suppose qu'elles obéissent aux mêmes règles. Si ce n'est qu'elles sont gâchées par le liquide rouge, sans vouloir vous offenser.

— Je risque de m'offenser.

— En *réalité*, je voulais dire que ma connaissance des alcools vient de ma connaissance des poivrots. Le voyageur fatigué, par exemple, heureux de boire n'importe quoi lorsqu'il s'est enfin posé. Le précautionneux, qui teste ses limites comme s'il ne les avait pas déjà souvent dépassées. Le pilier de comptoir qui picole sans raison particulière, parce que c'est comme ça. Et puis il y a le buveur dans votre genre. Enfin le genre qui est le vôtre depuis quelques semaines, non ? » Je hoche la tête vers sa pinte. « Les doigts serrés sur le verre. Le regard tourmenté. Les pintes alignées sans parvenir à se saouler. Ça vous parle ? Vous êtes devenu un buveur coupable, commandant. À mon avis, l'un de vos bons amis vient de mourir et vous soupçonnez y avoir peut-être joué un rôle, même si vous ne l'avez pas fait exprès. Alors, pourquoi ne pas vous épancher auprès d'un autre poivrot ? Au mieux, ça fera disparaître vos soucis. Au pire, vous dormirez un peu mieux cette nuit.

— Je dors bien, assène LeFort sans croiser mon regard.

— Mais est-ce que vous buvez bien ? »

Le commandant ne répond pas. Toute énergie a déserté ses traits. J'ai sorti une sacrée tirade : Sage serait fier de moi.

« Bon sang, pourquoi je vous ferais confiance ? lance-t-il en contemplant le feu de cheminée.

— Parce que si quelqu'un vous voulait du mal, il ne vous enverrait pas un simple mage ivrogne. »

Le vampire laisse enfin échapper un sourire.

« Ah ! Je peux pas dire le contraire. »

Il se tourne vers moi et me dévisage longuement, comme un homme avide d'accepter un cadeau dont il ne savait pas avoir besoin. L'espace d'une seconde, je pense avoir gagné la partie, mais la méfiance revient au grand galop et je vois que je le perds – ombre maudite, je le perds – jusqu'au moment où il liquide sa pinte d'un coup. Jacob le comédien, désormais indiscernable du vrai Jacob, applaudit intérieurement la beauté du geste. Ami éploré, ami bourré.

« D'accord, lâche-t-il. Je vais tout vous dire. Je ne sais pas ce que vous cherchez, mais je m'en fous. Je lui dois bien ça, par les deux enfers ! Cependant… » Il pointe un gros doigt vers moi et paraît soudain beaucoup plus sobre. « Si j'apprends que vous avez répété un mot – *un mot* – de tout ça à quelqu'un, moi et mes gars on vous retrouvera et on vous renverra à votre Archimage en petits morceaux bien enveloppés dans votre jolie tunique. Compris ?

— C'est assez clair. »

LeFort se verse une nouvelle boisson avant de remarquer que je n'ai rien à boire. Il me montre l'un des meubles chargés de bouteilles.

« Vous trouverez des alcools non sanguins là-bas. On en a même une belle collection. »

Le meuble est doté d'un miroir dans lequel je me contemple un instant. Ce visage rougeaud est celui du

Jacob actuel, pas du vrai, mais aussi celui de l'ancien Jacob. Le gars qui a passé sa jeunesse, ses premières décennies, à errer de bar en bar dans tous les recoins de Quantile. Quantile, triste cité dépourvue de magie où beaucoup décidaient que, puisque la Lumière les avait créés sans pouvoirs, ils n'avaient qu'à combler ce vide avec de l'alcool. J'étais l'un d'entre eux. Il y a beaucoup de manières de mal commencer sa vie, mais naître avec une telle absence dans son propre corps... Comment le supporter en restant sobre ? Les alcools alignés sur ce meuble avaient presque réussi à me consumer tout entier lorsque Sage m'a trouvé. Et me voilà, aujourd'hui, reproduisant la pire période de mon existence afin de continuer à jouer mon rôle.

Je devrais sans doute me pencher sur la question. Mais pas maintenant. Constatant qu'il n'y a toujours pas de cinq-étoiles en vue, j'attrape une bouteille de liqueur de framboise de Luce, avec le morceau de cactus idoine au fond, et la rapporte à la table.

« Je connaissais le jeune Azzuri depuis pas mal de temps, commence LeFort. Il a même tenté de s'engager, figurez-vous. Il y a une cinquantaine d'années, il a débarqué à un entraînement de la Garde de sang en prétendant que son père était d'accord. On l'a gardé deux jours, jusqu'à ce que le Grand Prince ait vent de l'histoire. Je reconnais que ça m'a impressionné. Il n'était pas fait pour la Garde ni pour la vie militaire en général, mais j'ai admiré sa détermination. C'était un brave type.

— Donc vous êtes devenus... compagnons de boisson ? »

Le sous-entendu se voulait subtil. C'est raté. LeFort grimace et réagit à mon commentaire en remplissant de nouveau son verre.

« Je vois ce que vous insinuez. Non, je n'étais pas son amant. Allez, ne prenez pas cet air choqué, ce n'est pas un secret. On sait que les Gris sont implacables, on sait qu'Azzuri cadet a ses préférences. Voilà les deux seules vérités indiscutables d'Aurore. Même… s'il n'en reste qu'une à présent. Enfin bref, j'étais juste son ami. Sa vie sexuelle ne me regardait pas. Quand on patrouille hors de la cité, on finit vite par se foutre de quel trou les gens veulent remplir.

— C'est joliment dit.

— Quant à ce qu'il me racontait, rien d'inhabituel. Il détestait son père, grosse surprise. Il détestait son frère aîné, grosse surprise aussi. Mais, parfois, il sortait quand même de drôles de trucs.

— Quoi, par exemple ?

— Par exemple quand il me demandait si j'avais eu vent de quelque chose de bizarre trouvé dans ou aux alentours de Vespéral avant la Marée grise. Des reliques, en somme. Mais qu'on aurait voulu cacher. Il ne m'en a jamais dit plus. Lui aussi avait ses petits mystères, quand ça le prenait.

— Ouais, c'était tout à fait lui. »

J'adore cette conversation. Je n'ai qu'à la laisser courir tandis que la liqueur me détend lentement les muscles.

« En tout cas, d'ordinaire, je n'avais rien à répondre à ses questions étranges. Jusqu'à récemment. Il y a six mois, j'ai remarqué quelque chose. Pour ce que j'en sais, ça dure depuis des années. Peut-être même depuis la Marée grise.

— Quoi donc ? »

Enfin on y arrive.

LeFort reste ensuite un long moment sans rien dire, les yeux plongés dans son eau de feu. Comme quoi, il ne boit pas que de l'alcool au sang. J'ignore s'il regrette de s'être mis à table ou si le tord-boyaux commence à lui peser sur l'estomac.

« Pendant les patrouilles, reprend-il, on envoie toujours deux Éclaireurs sur la crête qui domine la vallée au sud d'Aurore. C'est un excellent poste d'observation, mais dangereux, car très isolé. La mission réclame un certain type de soldats. Ceux qui se lèvent le matin prêts à crever et heureux malgré tout. L'un de ces gars s'appelle Rickard Queudard. Un Fané. Un sergent qui se porte volontaire pour la crête à chaque patrouille depuis la Marée grise. Des couilles dures comme de l'acier. »

Rickard Queudard. Lumière de Luce, quel nom !

« Qu'est-ce qui est venu en premier ? Le nom ou les couilles ?

— Hein ?

— Non, rien. Continuez.

— Donc, un jour, Queudard et son camarade partent vers la crête. Quelques minutes plus tard, un messager arrive de la cité. Un connard de Prince veut que nos gars regardent quelque chose au-delà de la crête, une histoire de météo, je ne sais plus quoi. Comme si cette enflure ne pouvait pas demander à s'enfiler une fiole de sang de loup pour venir voir par lui-même en volant. Quitte à se faire flinguer par les Gris à notre place, pour une fois. Enfin bref… » Je suis ravi de voir sa colère redescendre aussi vite qu'elle est montée. Je n'ai pas envie de me coltiner un vampire de deux mètres saoul et enragé. « Je pars rejoindre mes deux soldats. C'est ma responsabilité. Pas question de risquer la vie d'un troisième homme pour une merde pareille. »

J'étudie LeFort avec attention. Il a les yeux dans le vague et un voile de sueur au front. Je n'ai pas le talent de Sage pour les « signes secrets », mais je me demande soudain si mes foutaises sur les buveurs coupables n'auraient pas un fond de vérité. C'est forcément inhabituel pour le commandant de l'un des régiments les plus importants de la cité de se plaindre ainsi de ses supérieurs, surtout devant un mage qu'il vient juste de rencontrer. Ce n'est pas très glorieux, mais je compte bien jouer sur ce sentiment de culpabilité pour rendre LeFort bavard.

« Quand j'arrive sur place, le camarade de Queudard est déjà en poste sur la crête tandis que lui est accroupi près d'un arbre. Je pense d'abord qu'il est en train de pisser, mais il est plutôt occupé à enterrer quelque chose. Une sorte de petit coffret en métal. Pas si petit que ça, d'ailleurs, mais assez pour tenir sous une armure. Il n'a pas vu que je l'avais repéré.

— Vous êtes revenu plus tard vérifier ce qu'il y avait dans le coffret ?

— Et puis quoi encore ? Je n'allais pas risquer de me prendre une balle pour ce qui était sans doute une sombre histoire de Princes. Cependant, j'en ai parlé au jeune Azzuri. Juste pour lui donner enfin satisfaction, non parce que je pensais que c'était en rapport avec ses drôles de questions. Mais, bien sûr, ça l'a rendu encore plus curieux. Il voulait absolument savoir à quoi ressemblait le coffret. Je n'avais pas grand-chose de plus à lui dire, à part que Rickard faisait ça tout le temps.

— Comment le saviez-vous ?

— Je l'ai suivi chaque nuit de la semaine suivante, en cachette. Et il a fait exactement la même chose à chaque patrouille.

— Pourquoi vous exposer si c'était seulement, comme vous dites, une sombre histoire de Princes ?

— Je ne voulais pas donner un coup de pied dans la fourmilière en demandant à Rickard ce qu'il y avait là-dedans ou à qui il obéissait. Mais je devais en apprendre autant que possible, pour m'assurer que cette affaire ne mettait pas mes hommes en danger. C'est ce qui me permet de réussir encore à dormir dans cette cité de merde encerclée par les Gris. La certitude d'avoir fait tout mon possible pour que mes hommes survivent.

— Donc vous n'en savez pas plus ?

— Non. À part qu'Azzuri est mort un mois après que je lui en ai parlé. »

La brume dans son regard se dissipe un instant. Il comprend qu'il en a trop dit. Il s'apprête à poursuivre mais je prends les devants :

« D'accord, d'accord. Vous me renverrez en petits morceaux à l'Archimage si je répète quoi que ce soit. Je n'ai pas oublié votre belle image.

— Parfait.

— Bon, dis-je d'une voix lasse. Ce fut un plaisir de vous rencontrer, commandant. Je vous laisse profiter de votre boisson. »

Je me lève tandis que LeFort plonge à nouveau son regard dans le feu de cheminée. Seuls ses doigts crispés sur le verre trahissent la tension qui l'habite.

Je fais semblant de partir, puis pivote vers lui pour une ultime question :

« Mais… pourquoi avoir tout raconté à Azzuri ? Vous n'aviez pas peur de ce qu'il risquait de faire ? »

LeFort se détourne des flammes. Ses yeux ont retrouvé leur clarté, comme si le feu avait consumé ses remords. Pas mal, ce tour de passe-passe.

« Je vous l'ai déjà dit. Je voulais qu'il arrête de m'ennuyer avec ses demandes. »

Je secoue la tête. L'alcool semble avoir soudain déserté mes veines. Je tiens quelque chose, et je ne compte pas le laisser filer.

« Un simple mensonge aurait suffi, non ? »

L'espace d'une seconde, je crois que LeFort va retourner au feu de cheminée, sans me répondre. Puis il se met à parler. Vite, comme s'il craignait de ne pas arriver au bout.

« Ma fille est morte pendant la Marée grise. Une balle en plein cœur. Elle est partie en cendres dans mes bras. Elle avait les yeux de sa mère et le plus beau sourire qu'on puisse imaginer. Chaque fois que je me morfondais sur les gens que j'avais tués ou perdus au fil des guerres, elle riait et ça me ramenait sur terre. Rien d'autre n'y parvenait. J'avais presque oublié son visage lorsque j'ai rencontré le jeune Azzuri. Je lui ai décrit ma fille et, sans me le dire, il en a dessiné un portrait. Extraordinaire. J'ignore comment il s'y est pris mais, quand je regarde ce dessin, j'entends ma fille rire à nouveau. Sans cette béquille, je pense que ça fait longtemps que j'aurais offert ma poitrine aux balles des Gris. Alors, si vous êtes là pour ce que je crois, faites bien votre boulot. Faites-le pour lui. »

Ne sachant que répondre, je quitte la salle.

* * *

En sortant des *Recrues*, après les deux ou trois verres nécessaires pour me remettre de l'échange pesant avec LeFort, je me dis que je ne suis pas saoul. Je me le répète même plusieurs fois, car la façon dont je titube à chaque pas met en doute cette affirmation. La frontière entre le rôle que je joue et la réalité – celle de la quantité d'alcool que j'ai bue – est assez floue. Je débouche dans la cour intérieure et… rien. Aucune trace de la calèche qui m'a amené ici ni des gardes que le Grand Prince a chargés de veiller sur moi – et de me surveiller. Mon ivresse se dissipe à vive allure, remplacée par la sensation implacable que quelque chose ne tourne pas rond, voire que j'ai peut-être fait une *putain de connerie*. J'ai l'impression qu'on m'observe. C'est un lieu commun, d'accord, mais mon corps le ressent. Comme une légère vibration dans l'air. Lumière de Luce, dans quel *pétrin* me suis-je encore fourré ?

« Casse-toi vite de là », me dis-je à peu près sans bafouiller. Je m'avance vers la rue lorsque j'aperçois une silhouette me bloquant le passage. Elle se tient dans les ombres, mais la lueur vacillante d'une torche me permet d'identifier un sorcier : sa tunique le trahit. Pourtant, cette tunique – noire – ne correspond à aucune des cinq familles. Un sorcier déguisé, donc. Muni de surcroît d'un voile lui couvrant le visage. Cette histoire sent de plus en plus mauvais.

Je jette un rapide coup d'œil en arrière et, quand je me retourne, la silhouette a disparu. Nouveau coup d'œil derrière moi : le sorcier est là. Personne ne peut bouger si vite. Enfin, *presque* personne.

Il est très facile de lire dans vos pensées quand vous avez bu, Jacob.

« Lumière de Luce... » C'est plus un souffle qu'une exclamation. Je dois pouvoir faire mieux. Plus dramatique. « Lumière de Luce, vous êtes un Neuro ! »

Vous pouvez faire mieux que ça, Quanta.

« Vous parlez dans ma tête. Vous êtes l'un de ces Neuros-*là*. »

Il semblerait, en effet.

« Je vous pensais tous morts. »

Ah bon ? Vous devriez faire attention à ce que vous pensez près de moi.

« Votre simple présence à Aurore pourrait déclencher une guerre ! »

Pourtant, je suis là.

Je ne pige rien à ce qui m'arrive, mais je garde un mince espoir de m'en tirer malgré tout.

« On a sans doute mis quelque chose dans mon hydromel », dis-je, plus pour moi que pour le sorcier.

Ce serait plus logique, plus acceptable que ce que voient mes yeux, que ce que cette voix raconte dans ma tête. Le sorcier qui se dresse devant moi est une Ombre. Après la Double Guerre, les vampires ont pris grand soin d'exécuter tous les membres de ce groupe.

Car une Ombre n'est pas un Neuro normal. À la fin de la guerre originelle, lorsque vampires et loups-garous ont fini par conclure une trêve, les Ombres ont surgi et ont presque réussi à détruire les reliquats des deux armées grâce leur technique de combat fondée sur la lecture des pensées. Voilà pourquoi cette triste époque se nomme la Double Guerre et non la Grande Guerre. La raison se tient droit devant moi.

Le sorcier – ce fantôme du passé – se rapproche de moi. Inutile de tenter quoi que ce soit. Je sais ce dont il est capable. Je me sens étrangement calme, grâce peut-être à la chaleur que l'alcool continue de diffuser dans mon corps.

L'Ombre soulève son voile. Je contemple ses yeux. Dès lors ne demeure qu'une explication possible.

« Je suis encore aux *Recrues*, la gueule par terre, dis-je d'une voix factuelle. Tout ceci n'est qu'un rêve de poivrot. C'est évident puisque je crois rencontrer Neuro Sinassion. »

L'Ombre détourne un instant le regard et c'est comme si deux soleils changeaient de position. Impossible de se concentrer sur le reste de son visage. Pendant ce temps, une vilaine idée fait son chemin dans mon esprit.

« Attendez une seconde… Pourquoi vous me parlez, d'abord ? À moins que… oh. Oh. Oh, je vois. »

Cela ne me réjouit pas, Jacob. Mais je ne compte pas m'en excuser non plus. Vous en savez trop, ce qui me force à me débarrasser de vous. Je ne prends aucun plaisir à tuer un autre sorcier.

« Vous n'avez pas eu beaucoup de plaisir dans la vie, alors… Qu'est-ce que vous venez foutre dans cette affaire ? Vous travaillez avec les vampires ? Avec les Gris, peut-être ? »

J'essaie – autant que possible – de dévisager ce taré. Je n'aurais jamais cru rencontrer un jour le maître des Ombres. L'homme qui a bien failli prendre le contrôle du continent tout entier. Celui qui a enseigné à ses disciples comment parler à l'esprit des gens plutôt que de seulement lire leurs pensées. Celui qui a créé une technique de combat si poussée qu'elle rend ses adeptes presque invisibles. Un sorcier aussi glaçant en chair et en os que dans les histoires.

J'expire bruyamment ; un vertige me saisit du simple fait de sentir ma propre haleine chargée d'alcool.

« Vous savez quoi ? Je m'en fous. Voilà, je m'en fous. J'aurais juste aimé baiser plus. »

Vous essayez de tenir votre rôle une dernière fois, de vous montrer bravache. Nous le savons l'un et l'autre. Inutile de faire semblant avec moi. Vous m'avez ouvert votre esprit, Jacob. Je m'étais attendu à plus de résistance, d'ailleurs. Vous valez mieux que ça.

« Mon assassin me donne des conseils de vie. C'est génial. Je passe vraiment une nuit formidable. Je peux encore espérer m'en sortir ? »

Nullement.

« Dans ce cas, je me suis juste montré réaliste, hein ? C'est pas le pire des défauts. Bon, allez-y, Sinassion. Faites ce que vous avez à faire. »

Votre disparition sauve la vie de votre ami. Probablement. Si vos recherches s'arrêtent ici, il pourra regagner son temple sain et sauf.

« C'est bien aimable de votre part. Vous êtes pourtant censé être un monstre, non ? »

Il m'est arrivé de commettre des actes monstrueux, en effet. Le sorcier tire de sa tunique un poignard dont la lame projette une lueur verdâtre. *En assez grand nombre pour mériter ce qualificatif, je suppose.*

Sinassion lève le poignard. Je plonge dans ses yeux solaires et attends de découvrir ce qu'il y a après la mort.

Mais le coup ne vient pas. À la place, un souffle de vent passe sur mon visage. Soudain je ne vois plus que du noir.

« J'aurais dû mourir plus tôt. C'est tellement... indolore. »

Puis je me rends enfin compte – quelle dose d'alcool ai-je absorbée pour que ça ait pris tant de temps ? – que ce noir est la couleur d'une fourrure, laquelle appartient à un loup élancé, très grand et très musclé, qui vient de plaquer Sinassion au sol.

Le sorcier ne reste pas à terre longtemps. De sa main libre, il assène un coup de poing dans le bas-ventre du loup, qui recule assez pour permettre à sa proie de s'échapper et de se remettre d'aplomb. Le loup bondit, l'écume aux lèvres, visant la gorge. Le sorcier esquive l'attaque et en profite pour frapper de nouveau, cette fois à la poitrine. Le loup grogne, non de douleur mais de frustration. Je devrais en profiter pour filer, mais le spectacle me fascine.

Les deux adversaires se tournent autour, le loup prêt à bondir, Sinassion semblant plus glisser que marcher. Leurs gestes m'hypnotisent. Le sorcier attaque à nouveau ; son pied se dirige droit vers la tête du loup, qui esquive à son tour alors que sa posture, ramassé sur ses pattes, aurait dû l'en empêcher. Sinassion se remet aussitôt en position, ce qui lui permet de se baisser juste à temps pour échapper à un grand coup de patte circulaire. Par les cinq magies, ça peut durer comme ça toute la nuit. J'ai connu de pires façons de cuver mon vin.

Le loup hurle puis se jette sur le sorcier toutes griffes dehors sans plus chercher à finasser, la mort sous forme d'un tourbillon de fourrure noire. Sinassion parvient à éviter les premières charges, mais son art du combat ne peut rien contre une telle furie : le loup le percute et l'envoie rouler à terre. Le sorcier se relève encore, d'un geste un tantinet plus lent qu'auparavant. Le loup bondit, avide de saisir la tête de sa proie entre ses mâchoires mortelles ; Sinassion se dérobe d'une pirouette sur la droite et réussit à frapper la bête au cou et dans les côtes. Le loup pousse un cri de douleur et s'écarte du sorcier.

L'air se met alors à scintiller et, durant quelques instants, les ombres de la nuit cèdent la place aux couleurs de l'arc-en-ciel, au sein desquelles j'aperçois des os et de la chair en mutation. Lorsque la nuit reprend ses droits, c'est une femme nue qui se dresse face à Sinassion. Une femme musclée, la peau bronzée, avec de longs cheveux bruns qui lui masquent une partie du visage. Je ne l'ai jamais vue, mais le parieur en moi miserait une belle somme sur un certain nom.

Les yeux du sorcier semblent lancer des éclairs.

Je ne pensais pas te croiser ici, Corneille. Ni cette nuit ni dans cette cité.

Voilà, j'ai gagné : Corneille. La louve la plus crainte du continent. Tout ce qu'il me fallait. Les plaisirs de cette nuit sont sans fin.

J'ai plus le droit d'être ici que toi. Pourquoi tu t'es associé à Saxe ?

Je ne suis pas aussi finaud que Sage, mais j'ai vu pas mal de choses dans ma vie, et j'ai appris à vite analyser les situations. Donc Sinassion parle dans la tête de Corneille, qui lui répond de la même façon. Ils se connaissent ou, en tout cas, ont déjà combattu l'un contre l'autre. Je capte leurs pensées parce que Sinassion se tient près de moi et qu'il était dans ma propre tête peu de temps auparavant… Bon, d'accord, je manque de preuves pour cette dernière hypothèse. Que Sage aille se faire mettre avec ses belles déductions.

Tu veux connaître mes plans, Corneille ? Pas de souci. Mais tu n'as jamais été très patiente avec moi, n'est-ce pas ?

La femme nue hausse les épaules.

Je sais certaines choses.

Nous savons tous certaines choses, chère Tueuse de Minuit. Ce qui est vraiment utile, c'est de tout savoir. Tu m'as manqué, figure-toi. Le problème de l'exil, c'est qu'il n'y a plus personne contre qui se battre.

Corneille grogne, un son humain dont le loup n'est pas totalement absent.

Se battre en lisant les pensées de son adversaire, en anticipant ses gestes, ce n'est pas vraiment se battre. Les loups, eux, luttent à la loyale. Mais ce mot n'a jamais fait partie de ton vocabulaire.

Eh bien, il se trouve que je suis incapable de me transformer en loup géant. Nous combattons tous avec nos armes, n'est-il pas ?

Heureuse de te l'entendre dire, Sinassion. J'ai appris quelques trucs depuis notre dernière rencontre. J'ai aussi eu de longues années pour réfléchir. Surtout à la différence entre l'esprit d'un loup et celui d'une simple personne.

Je viens de combattre un loup et je m'en suis plutôt bien tiré.

Non, tu m'as combattue moi contrôlant un loup. À présent tu vas te mesurer au loup.

L'air scintille de nouveau, les couleurs réapparaissent, ainsi que le chaos de chair et de cartilage. Corneille redevient louve mais ses yeux sont plus sauvages, comme si toute pensée en avait disparu. Elle bondit en avant. Sinassion esquive une fois de plus, toutefois Corneille n'atterrit que sur trois pattes, lançant la quatrième vers le sorcier et le frappant à la poitrine. Il tombe en arrière, parvenant d'extrême justesse à se relever avant de recevoir un autre coup. Il s'écarte, faisant étalage de son habile jeu de jambes, mais Corneille repart à l'attaque, encore et encore. Elle réussit enfin à le plaquer au sol. Sa bave dégouline sur le visage du sorcier, ses yeux n'expriment plus que la rage de tuer. Elle pose une patte sur la poitrine de Sinassion ; les griffes déchirent la tunique et entament la peau. Puis elle ouvre la gueule pour porter le coup fatal.

Un tumulte s'élève soudain à la porte des *Recrues*. Un groupe de vampires en sort, leurs cris avinés indiquant qu'ils sont encore plus saouls que moi quelques minutes plus tôt. Corneille tourne la tête dans leur direction, un geste qui soulève juste assez l'une de ses pattes pour libérer un bras du sorcier. Sinassion en profite pour la frapper sur le museau du plat de la main. La surprise la déséquilibre, permettant au sorcier de se dégager complètement et de s'enfuir dans la nuit à une vitesse qui n'aurait aucun sens même si j'étais sobre ; je ne le vois pas vraiment partir : une seconde, il est là, la suivante, il n'y est plus. La louve reste un instant immobile, essoufflée, puis elle tourne ses petits yeux jaunes vers moi et découvre ses crocs. J'ai à peine le temps de me voir revenu à la case départ, avec un ombreux de meurtrier remplaçant l'autre, qu'elle a déjà bondi dans les ombres de la rue.

Lorsque mon pauvre cœur a enfin cessé de vouloir s'extraire de ma poitrine, je vais à la rencontre des poivrots qui ont interrompu sans le savoir l'un des plus incroyables combats que j'ai jamais vus. J'ai besoin que quelqu'un me ramène au palais et, plus important, rôle à jouer ou pas, j'ai besoin d'un dernier verre.

16
Toutes tes histoires finissent mal

Il est possible – et même probable – que les loups-garous, ayant perdu un tiers de leur population dans l'atroce bataille de la vallée de la Mort, auraient été contraints de reconnaître leur défaite, mais ils n'auraient certainement jamais accepté de se ranger derrière les vampires et leurs alliés sorciers si une nouvelle menace mortelle ne s'était pas aussitôt présentée : Neuro Sinassion et ses Ombres.

Atmo Regardis, *Une histoire de la Double Guerre*

Dame Hocquard

Je parcours de long en large l'un des balcons de l'aile sud. Mes doigts jouent avec mon châle tandis que mes canines s'acharnent sur ma lèvre inférieure. Lorsque mon époux était encore de ce monde, nous prenions notre premier verre de sang ici même, profitant du début de la nuit. Notre relation n'était pas parfaite, mais il n'était pas le pire des Princes, loin de là, et je garde de précieux souvenirs des moments passés en sa compagnie. Ces images m'ont hantée après sa mort durant la Marée grise. À présent, elles ont tendance à me calmer. Mais pas aujourd'hui.

« Je sais que vous vous inquiétez, m'dame, mais j'ai encore des renseignements à vous communiquer.

La servante qui fait le ménage dans la sacristie du temple de Ponant m'a rapporté d'affreuses rumeurs sur les prêtres officiant dans cet endroit. Une autre de nos filles, qui nettoie les cuves de sang, pense avoir déniché quelque chose sur le Médian en charge des lieux. Une affaire de corruption, au nez et à la barbe de la banque du Sang. Ce serait pas mal d'avoir la main sur quelqu'un qui bosse aux fermes. Et pour ce qui est de...

— Je ne suis pas sûre que nous soyons prêtes, Alanna. Nous avons fait confiance à Sam sans attendre, et elle nous a ramené ces sorciers dont nous ne savons rien... Bon sang, je crains que cela finisse par se retourner contre nous.

— On n'avait pas trop le choix, m'dame. Ça faisait longtemps qu'on n'avait pas reçu d'aussi bonnes informations. On devait agir vite. Quand on n'agit pas, c'est les autres qui agissent à notre place. J'ai appris ça à Crépuscule. »

La main d'Alanna glisse vers l'endroit où elle dissimule sa dague. Je ne pense pas qu'elle s'en rende compte, mais elle fait le même geste chaque fois qu'elle parle de sa cité d'origine. Elle ne m'a jamais révélé qui elle était là-bas mais, d'après les indices que j'ai rassemblés, je suppose qu'elle œuvrait comme espionne, voire comme spadassin. J'espère qu'un jour elle se sentira assez proche de moi pour en parler. J'espère aussi que ce jour ne tardera pas trop, car les décennies ont la triste habitude de filer sans que l'on s'en aperçoive.

« Peut-être, lui dis-je. Mais si Saxe a des soupçons sur les sorciers, il est probablement au courant pour nous. Il lui aura suffi de les faire suivre jusqu'ici. C'est un homme à ne surtout pas sous-estimer. Je crains que nous soyons dans le pétrin jusqu'à la jugulaire.

— La visite des sorciers n'a pas forcément éveillé ses soupçons. Il faudrait déjà qu'il ait assez de respect envers les femmes pour tirer ce genre de conclusions. Et puis, on sait que personne ne surveille le manoir, que personne ne pose de questions sur vous.

— Il n'agirait pas de façon si évidente. C'est un homme subtil. Sa vie n'est faite que de secrets. »

Alanna s'approche de moi. Nous ne sommes plus qu'à quelques centimètres l'une de l'autre. Elle est plus petite que moi, donc elle doit lever la tête pour que je plonge dans son regard lui aussi chargé de secrets. Il me faudrait à peine une seconde pour combler ces derniers centimètres.

« Faut pas avoir peur, m'dame, dit-elle lorsque cette longue seconde s'est écoulée. J'ai plein de Sangsues sur l'affaire. S'il est vraiment après nous, alors il est plus discret qu'un furiseau dans son nid. »

J'attends un peu avant de poser la question. Pour apprécier la proximité d'Alanna.

« Par tous les sangs, qu'est-ce donc qu'un furiseau ?

— Un oiseau de Crépuscule, m'dame. Il y en avait plein là-bas. Une petite bestiole venue des Terres de cendres. Avec des plumes et de la fourrure. Qui fabrique son nid avec ses propres poils. Joli comme tout.

— Je n'en doute pas un instant. »

Je recule d'un pas pour rompre la tension, puis m'assieds sur le banc en quacier qui court sur la moitié du balcon.

« C'est ce que tu faisais à Crépuscule ? Je sais que tu n'aimes pas évoquer cette période de ta vie mais tu m'en as quand même assez dit. Une vaste cité bouffie de secrets. De grandes intrigues qui changent tout, pas seulement les destins individuels. Pas comme ce que les Sangsues font au jour le jour. Des secrets bien plus lourds. Avec lesquels les hommes jouent jusqu'à finir écrasés sous leur poids. »

Alanna prend le temps d'y réfléchir. Au loin, une chouette hulule une fois, deux fois, puis se tait. Je devrais oublier mon inquiétude et profiter de la nuit si calme de Nordet.

« C'est vrai, m'dame, j'ai vu passer d'sacrés trucs à Crépuscule. Capables d'abattre des cités pierre par pierre. Il y en avait tellement qu'ils s'annulaient parfois les uns les autres. C'était un peu lassant sur la fin, pour tout vous dire. Si la cité n'était pas tombée, j'suis pas sûre que j'aurais tenu le coup beaucoup plus longtemps.

— Et maintenant ? Vas-tu aussi te lasser d'Aurore ? »

Alanna me gratifie d'un grand sourire.

« Oh ! j'ai pas encore utilisé un quart de mon énergie dans le coin. À dire vrai, je commence juste à m'échauffer. » Je ne peux m'empêcher de lui sourire en retour. « D'autant que j'ai pas trop d'autre endroit où traîner. Où pourrait aller une vampire comme moi ? Même si j'échappais aux Gris, je me vois mal avec les mages et leurs mains baladeuses. Et les loups ? Vous m'imaginez avec les loups ? Je causerais plus de problèmes que j'en résoudrais.

— Oui, je me rappelle comment tu as regardé Corneille Ansbach au bal des diplomates, il y a quelques années.

— Je vois vraiment pas ce que vous vous voulez dire, m'dame. »

Un silence s'installe. J'aime nos silences. Ils n'attendent pas le mot qui va les rompre.

« Ça vous dirait une petite histoire de Crépuscule ? me demande Alanna lorsque nous avons passé assez de temps dans nos propres pensées. Ça pourrait mettre certaines choses en lumière, si vous me passez l'expression. » Je hoche la tête. De tels récits sont rares. Je m'en délecte. « Là-bas, quatre familles s'occupaient de la cité. Elles ne la dirigeaient pas vraiment, puisque Crépuscule était une cité libre, mais elles actionnaient les roues et fouinaient dans les caves, si vous voyez ce que je veux dire.

— Plus ou moins, dis-je en retenant un nouveau sourire. Continue, je t'en prie.

— Une rumeur courait comme quoi une de ces quatre familles, les Cosvinti, construisait une machine volante.

— Une machine volante ?

— Tout à fait, m'dame. Une machine qui vous emportait dans les airs. Dans l'idée de résoudre enfin la grande question de Crépuscule. Comme vous savez, à cause des monstres, on pouvait pas traverser les Terres de cendres pour aller voir ce qui s'y cachait, donc il fallait voler. Sauf qu'il y avait pas assez de sang de loup disponible pour un vol si long. Mais cette machine – inspirée par nos ailes, comme si on s'asseyait sur un gros vampire – allait permettre de survoler tous les dangers pour inspecter ce qui se passait derrière. Ce qui était la raison pour laquelle les vampires avaient fondé Crépuscule. Pour explorer. Avant qu'on se laisse… distraire.

— En effet, tout le monde devait être très intéressé par une telle invention.

— *Intéressé,* m'dame ? Les gens étaient fous de rage, vous voulez dire. Ça braillait de partout. Parce que les trois autres familles avaient bien compris que ça mettrait toutes les richesses dans les mains des Cosvinti. C'est le fils aîné des Cidemi qui a entendu parler d'où se trouvait la machine en premier. Il s'est rendu en douce au port, avec ses sbires, jusqu'à l'entrepôt secret qu'on lui avait indiqué. »

Alanna marque un temps d'arrêt. Elle adore les effets dramatiques. Je m'en voudrais de ne pas entrer dans son jeu.

« Alors ? Ils ont trouvé le fameux engin ?

— Pas du tout, m'dame. L'entrepôt était vide, à part un gros tas de bois couvert d'huile, sur lequel est vite tombée une petite flamme. Après ça, ils ont découvert ce que c'était de cramer sur un bûcher quand on est un vampire. C'est long, très long, et très pénible. Jusqu'à ce qu'il ne reste plus que des cendres. Ils ont tenté de sortir, mais les portes étaient fermées. Avec le temps que ça met à crever, un vampire, vous pouvez à peine imaginer leurs souffrances.

— Par tous les sangs… C'était un piège ?

— Un piège bien vicieux, qui a demandé beaucoup de patience. Parce qu'il n'y avait jamais eu de machine volante. Mais l'envie a poussé les ennemis des Cosvinti à s'exposer, ce qui a causé leur perte. »

Je m'accorde un moment pour analyser ce récit.

« Toutes tes histoires de Crépuscule finissent mal, Alanna. Tu l'as remarqué ?

— C'était pas vraiment l'endroit idéal pour prendre du bon temps, j'dois dire. C'est sans doute pas plus mal qu'il n'en reste pas une pierre debout.

— Pourquoi me racontes-tu ça maintenant ? Tu penses que nous sommes parties en quête d'une machine volante, nous aussi ? Que nous filons droit dans un piège et que nous finirons brûlées vives sur un bûcher ? »

Alanna s'assied à côté de moi sur le banc. Nous voilà de nouveau bien proches, assez pour que je perçoive sa légère fragrance de bois de santal. Alanna s'est toujours défendue d'utiliser du parfum, s'estimant trop terre à terre, mais on ne trompe pas le nez d'une Dame vampire qui boit du sang de qualité. Je me demande pourquoi elle s'obstine à nier. Ou, plutôt, j'espère le savoir.

« Non, m'dame, pas du tout. Je pense au contraire que ce sont nos ennemis qui crameront si nos plans gardent une longueur d'avance. »

Alanna se tourne vers moi et la lueur dans ses yeux est encore plus sauvage qu'à l'ordinaire. Je sursaute d'abord, puis m'y abandonne avec délice. Je songe aux flammes. À toutes sortes de flammes.

Dame Hocquard lance à Jacob un regard qui ferait rentrer sous terre la plupart des hommes. Enfin, des hommes assez sobres pour le remarquer.

« Résumons, dit-elle. L'un des sorciers les plus dangereux de tous les temps a tenté de vous assassiner, mais il en a été empêché par la louve la plus dangereuse du continent, qui s'est jetée sur lui sous votre nez. C'est bien ce qu'il faut comprendre ?

— Ça et plus encore. Vous imaginez ma surprise…

— Oui, et je vous laisse imaginer la mienne. »

Dame Hocquard se tourne un instant vers Alanna qui, elle, scrute Jacob d'une façon qui me fait craindre pour la vie du sorcier. Nous voici donc réunis au manoir, deux nuits après notre première rencontre, au lendemain de l'incroyable aventure de Jacob. Nous nous trouvons cette fois-ci dans la salle à manger de l'aile est. D'épais rideaux de velours encadrent les larges fenêtres ; la cheminée ainsi que les fauteuils où nous avons pris place se situent à une extrémité de la longue pièce, l'autre étant plongée dans des ombres criblées de rayons de lune.

L'endroit diffère grandement du reste du manoir. La pierre brute y remplace marbre et plâtre. Nulle frise élaborée au-dessus de la cheminée, juste deux épées croisées sur une coupe, l'emblème des Hocquard, en tout cas de la lignée mâle. Le haut plafond voûté et les fenêtres en arche n'ont aucun équivalent dans le bâtiment. Alanna m'a expliqué, lors de ma première nuit dans les lieux, que cette partie du manoir était d'origine tandis que les autres avaient été rebâties en style Vieux Mage après la Double Guerre : l'époux de Dame Hocquard l'avait conservée ainsi en hommage à l'histoire familiale. J'imagine que la noble Dame l'a conservée à son tour, une fois veuve, pour disposer d'un refuge – en dehors du sous-sol – où il est inutile de jouer un rôle.

En parlant de rôle, j'ai bien du mal à jongler avec les miens. À chaque retour au palais, il me faut déverser sur Beth des tombereaux de mensonges, ce qui est un bon entraînement pour une Sangsue, mais pas pour une amie. Je finirai sans doute par lui dire la vérité tôt ou tard, lorsque je ne supporterai plus de lui cracher des bobards au visage.

« C'est en effet inattendu, dit Sage, me tirant de mes pensées. La présence de Corneille Ansbach n'est guère étonnante, puisqu'elle a le droit de pénétrer dans Aurore afin d'y pourchasser les loups évadés. Mais Neuro Sinassion ? Voilà qui constitue une vraie surprise.

— Une surprise ? lance Dame Hocquard sur un ton glacial. Je me disais pourtant que vous, en tant que sorcier, deviez en savoir plus sur cette affaire... »

Sage répond d'abord par un sourire. Mon regard passe du mage à Dame Hocquard. C'est comme observer des tigres des marais se tournant autour. Aucun des deux n'est habitué à occuper la position de dominé.

« Je puis vous assurer que l'apparition de Sinassion – le seul fait qu'il soit en vie – m'inquiète autant que vous. Il semble avoir estimé que nous en savions trop et décidé de nous effrayer en assassinant Jacob.

— Enfin, c'est ce que prétend l'autre haleine de chacal, crache Alanna.

— Je n'ai pas une haleine de chacal, rétorque Jacob.

— Je sens l'alcool d'ici.

— C'est pas moi. » Le sorcier tire sur sa tunique, en hume l'intérieur et grimace de dégoût. « *Ça*, en revanche, c'est bien moi.

— Admettons, dit Dame Hocquard sans quitter Sage des yeux. En tout cas, avant d'aller plus loin, j'apprécierais d'en savoir plus sur cet homme. Nous connaissons tous son rôle dans la Double Guerre, mais je crois qu'une poignée de détails supplémentaires nous serait utile. » Sage hoche la tête et s'apprête à reprendre la parole, mais la noble Dame l'interrompt d'un geste de la main. « Pas vous, très cher. Je crains d'avoir encore quelques soupçons à votre égard. Je préférerais avoir l'avis d'une fille qui a passé plus de temps dans les bibliothèques que toutes mes Sangsues réunies. »

Je fais de mon mieux pour ne pas sourire. Ça fonctionne presque. Je redoutais d'être une nouvelle fois réduite au rang de simple spectatrice, tandis que les pontes de notre petit groupe menaient la danse. Mais j'ai encore ma place sur scène, semble-t-il.

« Eh bien, ma dame, la majeure partie de la vie de Neuro Sinassion nous est inconnue. » Je me demande si le léger rictus de Sage relève de l'agacement, de l'admiration ou de l'amusement. « On ignore quand il est venu au monde. Certains des plus vieux ouvrages que j'ai consultés évoquent déjà un étrange sorcier aux yeux brillants. Des témoignages dispersés sur l'ensemble du continent. Certains auteurs prétendent qu'il serait l'un des premiers sorciers alors que d'autres rejettent cette hypothèse. Ce qui est avéré, cependant, c'est qu'il a commencé à rassembler un groupe de sorciers autour de lui environ un siècle avant la Double Guerre. On pourrait les qualifier de soldats, après ce qui s'est passé, mais… *disciples* serait sans doute un terme plus approprié. Il les a emmenés dans la zone sud des Déserts et les a entraînés à devenir aussi puissants que lui. Enfin, presque aussi puissants. On les appelle les Ombres.

— Tu racontes aussi bien que les écrivains, Sam chérie. » J'en suis ravie, car je n'ai pas l'habitude que toute une pièce soit suspendue à mes lèvres. « Quels sont ses pouvoirs exacts ? Pour ce que j'en sais, il paraît capable d'à peu près n'importe quoi sauf changer la nuit en jour.

— Personne n'en connaît l'étendue, ma dame. Notre savoir sur ce point ne se fonde que sur ce qu'on les a vus faire, ses disciples et lui. Frère Bailey devrait peut-être poursuivre, non ? Ça touche à de complexes affaires de sorcier.

— Des affaires que tu traites fort bien jusqu'à présent. Vas-y, continue. »

Je découvre peu à peu le talent de Dame Hocquard pour dissimuler un ordre sous le voile d'une requête polie.

« Dans ce cas… je commencerai par les pouvoirs d'un Neuro ordinaire. Désolée si j'énonce des évidences. Un Neuro lit les pensées de quelqu'un après avoir établi un contact physique. Une personne entraînée peut néanmoins résister à cette intrusion, au moins pour un temps, voire pour toujours lorsqu'il s'agit de secrets profondément enfouis. Sans ce contact physique, un Neuro ne saisit que les pensées et les émotions les plus élémentaires. Au-delà de quelques dizaines de mètres, le Neuro ne ressent plus que la présence des gens autour de lui. Ce qui reste utile mais n'a plus grand-chose à voir avec la lecture de pensées. Et même cette sensation disparaît à une distance de plusieurs centaines de mètres, en tout cas chez la plupart des Neuros.

» Mais Sinassion n'est pas un Neuro ordinaire, évidemment. Quant à ce que les livres nous apprennent à son sujet… Honnêtement, ma dame, il n'y a même pas de quoi remplir une fiole de sang, si vous me passez l'expression. Ce sorcier semble capable de lire les pensées superficielles sans contact physique, juste en se tenant à proximité de sa cible. Là encore, une personne très entraînée peut lui résister, mais, une fois qu'il s'est introduit en vous, il devient impossible de lui cacher quoi que ce soit. Sinassion a formé ses disciples à une version restreinte de ce pouvoir, sans oublier, bien sûr, la capacité à s'exprimer dans l'esprit de quelqu'un.

— Oui, j'ai entendu parler de ça, dit Dame Hocquard. Je suis heureuse de ne jamais en avoir fait l'expérience. Cela doit être assez… troublant.

— Plutôt, lâche Jacob. C'est à peu près aussi rigolo que d'avoir des glaçons dans ses sous-vêtements. »

J'ai remarqué que l'adjoint de Sage prend beaucoup de plaisir à me voir occuper le devant de la scène à la place de son supérieur. C'est du moins ainsi que j'analyse son air narquois, juste avant de reprendre mon discours :

« Ce qui rend Sinassion et ses Ombres très dangereux, c'est la technique de combat qu'il a développée, fondée sur la lecture des pensées. Seules les pensées superficielles, là encore, mais qui permettent d'anticiper les mouvements de l'adversaire. Quiconque se bat contre un Neuro utilisant cette technique a l'impression que son ennemi est intouchable. Les récits de guerre décrivent de tels combats comme une sorte de danse, un spectacle hypnotique. Les Ombres n'ont pas la force physique des loups ou des vampires, ils n'ont ni griffes ni crocs, mais leur danse n'en est pas moins mortelle. Toujours d'après ces récits, les Ombres n'ont cessé, durant la Double Guerre, de disparaître subitement pour réapparaître ensuite là où personne ne les attendait.

— Mais elles ne disparaissaient pas vraiment ? » s'enquiert Dame Hocquard.

Sage choisit ce moment pour intervenir, ayant sans doute jugé le risque minime :

« Posé autrement, si vous savez à chaque instant où vos adversaires regardent et si vous êtes capable de vous déplacer en conséquence à une vitesse suffisante, alors vous devenez invisible. »

Dame Hocquard secoue la tête.

« J'essaie de me représenter ce que vous décrivez, mais je crois que ça va me donner la migraine.

— Bienvenue dans mon monde, lance Jacob.

— Ces Ombres formaient l'armée de Sinassion durant la Double Guerre, n'est-ce pas ? Je connais les ressorts du conflit, mais je suis née trente ans plus tard, donc je n'en ai pas d'expérience directe.

— C'est bien ça, approuve Sage. Nous savons tous à quel point ces hommes étaient dangereux et à quel résultat ils ont failli parvenir.

— Oui, même mes connaissances rudimentaires couvrent cet épisode. Le grand conflit entre loups et vampires, lesquels ont fini par s'allier, entraînant avec eux beaucoup de sorciers, pour contrer l'offensive de Sinassion. Mais je n'ai pas saisi l'objectif des Ombres. À part le massacre généralisé.

— Je l'ignore également, admet Sage. Certains affirment que Sinassion était en quête du pouvoir absolu sur le continent. D'autres disent qu'il avait perdu la raison et ne cherchait que le bain de sang. »

Dame Hocquard se tourne vers moi. Je hausse les épaules.

« Je n'ai pas trouvé de réponse à cette question dans la bibliothèque, ma dame, vous m'en voyez navrée.

— À Crépuscule, on l'appelait la Mort silencieuse, précise Alanna dans son style toujours joyeux. L'histoire de ses carnages a traversé la mer Australe. La Double Guerre n'a pas touché la cité, mais l'a marquée quand même.

— Pourtant, dit Sage, j'ai du mal à faire le lien entre une telle rage destructrice et l'homme que j'ai rencontré. »

Dame Hocquard hausse très lentement ses fins sourcils.

« Je vous demande pardon ? Vous avez... rencontré Sinassion ?

— Une seule fois. Avant la guerre, lorsqu'il rassemblait ses premiers disciples. Bien avant les massacres perpétrés par les Ombres. » Je me penche vers le sorcier, l'oreille aux aguets. Quand on a lu autant de livres que moi, une anecdote inédite est un sacré cadeau. « J'entamais mes premiers voyages en quête de reliques des mortels. Je voyageais seul, alors. Le culte n'existait pas encore. Je suis tombé sur une petite bâtisse en pierre dans le désert. Quatre personnes y étaient agenouillées, dont Sinassion. Il connaissait la raison de ma venue, bien sûr, et je lui ai dit que j'avais entendu parler de lui, une information qu'à ma grande inquiétude il avait déjà captée dans mes pensées sans me toucher au préalable. Mais il s'est montré amical, à sa façon un peu agaçante, en tout cas aussi amical que peut paraître un homme dont on ne voit pas vraiment le visage. Impossible de ne pas être aspiré par ses yeux luisants. Deux grandes boules de lumière. C'était... très déconcertant.

— De quoi avez-vous parlé ?

— De presque rien, en réalité. Il m'a souhaité bonne chance dans mes recherches et m'a invité à revenir en discuter.

— Ce que vous avez fait ?

— Non. Je me suis investi dans le culte d'Humanis, puis la Double Guerre a éclaté, et je n'ai ensuite revu Sinassion qu'une seule fois, de très loin, commettant des actes qui hantent encore mes rêves.

— D'accord. Voilà pour le passé. Qu'en est-il d'aujourd'hui ? Que vient-il faire à Aurore ?

— Je n'en ai pas la moindre idée. Après la guerre, il s'est de nouveau réfugié au sud des Déserts pour échapper à son exécution. Seul, puisque les vampires avaient mis à mort toutes les Ombres. Il est resté caché là-bas pendant deux siècles, sans alliés. La raison de son retour soudain est fort mystérieuse.

— Résumons encore une fois, dit Dame Hocquard. Car cette affaire est en passe de devenir beaucoup plus préoccupante que les machinations usuelles des Princes.

— Si vous le dites, m'dame, lance Alanna. Parce que c'est pas faute d'avoir vu des Princes voler du sang et baiser tout le monde, si vous me pardonnez le langage.

— Allons bon ! intervient Jacob. Je suis sûr que vous avez vu plus de manigances en une seule journée à Crépuscule que moi en un siècle.

— Ça veut dire que vous viviez des siècles bien chiants pendant que je passais de chouettes journées, pas vrai, chacal ? »

Dame Hocquard s'empresse de remettre la conversation dans le droit chemin :

« Donc, frère Bailey, voilà ce que j'ai cru comprendre jusqu'ici à cette étrange intrigue. D'après la lettre que le jeune Azzuri vous a envoyée peu avant sa mort, il soupçonnait l'existence d'un lien entre les Gris et cette chose qui avait été découverte à Vespéral puis transférée par Saxe dans notre banque du Sang. Mais il est mort pendant qu'il enquêtait sur le sujet. Grâce à ce que Jacob a appris aux *Recrues*, nous savons que quelqu'un demandait à un Éclaireur d'enterrer des colis en dehors des murs de la cité. Sans compter, bien sûr, l'un des sorciers les plus dangereux de l'Histoire qui réapparaît brusquement. N'ai-je rien oublié ?

— Rien, ma dame. Et je crains que cela devienne encore plus étrange et complexe au fil du temps.

— Formidable. Je devrais peut-être commencer à prendre des notes.

— Puisque vous en parlez…

— Pas question, lance Jacob. Ma dame, s'il sort son carnet, je vous autorise à lui sucer le sang jusqu'à la dernière goutte. Il croit même bon de noter le temps qu'il fait.

— Un jour, dit Sage, les données climatiques nous aideront à coup sûr à résoudre un problème important.

— Ça s'est déjà produit ?

— Non, mais…

— Bref, l'interrompt Dame Hocquard. Nous avons encore trop de questions sans réponses. Qu'y a-t-il dans ces colis, par exemple ? À qui sont-ils destinés ?

— M'dame, dit Alanna, à moins que des gens trouvent drôle de jouer leur peau dans les bois pour s'échanger des trucs, m'est avis que c'est destiné aux Gris.

— Ou à Sinassion », avance Jacob.

Sage hoche la tête, analysant l'hypothèse.

« Peut-être. Mais ça durerait depuis si longtemps ? Sinassion est doué, mais de là à risquer sans cesse de se prendre une balle… D'autant que s'il peut rentrer dans la cité, pourquoi s'aventurer dehors ?

— Alors, que ferait-on passer aux Gris ? demande Dame Hocquard. Des petits mots leur suggérant poliment d'arrêter de tuer tout le monde et de retourner d'où ils viennent ? Avec un peu d'argent en prime pour les convaincre ? À moins que les Princes aient ouvert un canal de communication pour négocier une trêve.

— Personne n'a jamais entendu un Gris prononcer un traître mot, dit Jacob. Ce qui n'est guère pratique pour entamer des négociations.

— Nous manquons cruellement de données, souffle Sage. Mais il y a une chose que nous pouvons affirmer avec une certaine confiance.

— Laquelle ? s'enquiert Dame Hocquard.

— La nuit de sa mort, Azzuri était sûrement en quête de l'un de ces fameux colis. Et on l'a tué pour ça. »

Dame Hocquard pâlit soudain.

« Donc quelqu'un connaissait ses intentions ? Mais il est mort sous les balles des Gris !

— C'est ce qu'on nous a dit, rétorque Sage en haussant les épaules. C'est peut-être l'histoire que nous sommes censés croire. Ou alors c'est vraiment un Gris qui l'a abattu en passant là par hasard, et il s'agit d'une pure malchance. Il y a beaucoup trop d'hypothèses plausibles à mon goût. Comme je le disais, nous manquons de données.

— En effet, soupire Dame Hocquard. Mais nous savons au moins que ces colis valent la peine de risquer sa vie pour eux.

— Nous connaissons également quelqu'un qui pourrait nous aider », dis-je en scrutant l'autre extrémité de la salle.

Les rideaux épais y créent de longues ombres. L'une d'elles est trop grande. Mes compagnons se tournent d'abord vers moi, puis pivotent pour suivre mon regard.

« Corneille Ansbach. Nous n'avons pas parlé de la raison qui l'a poussée à sauver la vie de Jacob. Que vient donc faire la Tueuse de Minuit dans cette histoire ? »

Une voix grave, puissante, me répond depuis l'ombre qui avait attiré mon attention :

« Je finissais par croire que vous ne poseriez jamais la question. »

17
Le parfum d'une femme

Si vous n'êtes pas un loup, essayez de vous imaginer avec une seconde paire d'yeux, lesquels fonctionnent comme un nez en vous aidant quand même à voir. Vous y arrivez ? Non, bien sûr. Car vous n'êtes pas un putain de loup.

Acajou Stubbe, *La Loi du loup*

Corneille

Je sens le changement en eux lorsqu'ils devinent ma silhouette dans les ombres et comprennent qui je suis. Ce que je sens en réalité, c'est leur peur. La peur émet une odeur métallique avec des nuances infinies en fonction des individus. Celle de Jacob est âcre comme un vieux fromage ; il ne s'est pas encore remis de son presque assassinat et ma présence le ramène à ce terrible événement. Combiné à la peur viscérale que je lui inspire, cela crée un arôme d'une grande puissance. Quant à l'autre sorcier, son odeur est plus légère, comme une brise marine. Il est effrayé, mais aussi curieux, ce qui génère un drôle de mélange. Sam se situe entre les deux, avec un parfum plus étouffé. Je crois qu'elle traverse toute cette aventure de façon lointaine, comme si elle la rêvait au lieu de vraiment la vivre ; je me demande quel goût elle aura lorsqu'elle se réveillera enfin.

Ce qui nous laisse celle qu'ils appellent Dame Hocquard, ainsi que sa servante en chef. La peur de la noble vampire a les relents douceâtres d'un fruit d'été trop mûr. Elle tente de masquer son angoisse, mais les loups voient derrière les apparences. Pour ce qui est de la dénommée Alanna... Voilà une sacrée odeur. Ou plutôt une non-odeur. Aucune peur n'émane d'elle. Logique, non ? Elle vient de Crépuscule. Elle a vu bien pire qu'une louve.

La maîtresse des lieux s'adresse à moi, sa peur s'atténuant au fil des mots :

« Dame Corneille, puisque vous voici déjà entrée dans ma modeste demeure, je ne peux que vous y souhaiter la bienvenue. »

Le commentaire m'arrache un sourire. Cette femme est presque aussi impressionnante que sa servante.

« Veuillez m'excuser, je n'ai pas l'habitude de m'introduire ainsi chez les gens. Enfin, plus maintenant. Mais je souhaitais prendre la mesure de votre petit groupe avant de vous rencontrer.

— C'est bien les loups, ça, lâche Alanna. Ils espionnent d'abord et parlent après. »

Je ne pense pas qu'elle ait cillé une seule fois depuis qu'elle a posé le regard sur moi. Elle aurait dû naître louve.

« Ainsi parle l'espionne de Crépuscule.

— Alanna, je t'en prie, laisse notre invitée s'exprimer », assène Dame Hocquard.

L'intensité de son odeur remonte d'un cran. Elle ne semble guère de taille à contrôler sa prétendue servante en chef.

« Merci bien, ma dame. » Je me tourne vers Jacob, dont l'effroi emplit toujours la pièce. Je ferais mieux de le rassurer si je veux me nettoyer le nez. « Ne vous inquiétez pas. Si j'étais venue vous tuer, vous seriez déjà mort.

— Ah. Eh bien, c'est… très rassurant, Dame Ansbach. Malgré tout… Ça ne vous dérange pas si je poursuis ma crise cardiaque ?

— Je vous en prie, faites donc. » Je le laisse pâlir encore, puis pivote vers l'autre sorcier. « Frère Bailey du culte d'Humanis. Celui que l'on nomme Sage. Êtes-vous aussi talentueux que la rumeur le prétend ?

— Je crains que non », dit-il en émettant un parfum qui me prouve qu'il pense le contraire.

J'écarte le rideau et saute du rebord de fenêtre où je m'étais installée. L'odeur de Jacob se teinte soudain d'autres effluves que ceux de la peur. Il est vrai que je suis nue. Je soupire ; c'est toujours difficile de côtoyer des non-loups.

« Souhaitez-vous de quoi vous couvrir, Dame Ansbach ? s'enquiert mon hôtesse.

— J'espère bien que non, marmonne Alanna, juste assez fort pour que je puisse l'entendre.

— C'est très aimable mais non, merci. Et je préfère qu'on m'appelle Corneille. Même si votre réunion m'intéresse au plus haut point, je ne suis pas d'humeur à suivre une longue conversation, aussi, avec votre permission, vais-je aller droit au but. Vous savez déjà que j'ai attaqué Sinassion, l'empêchant ainsi d'assassiner Jacob ici présent.

— Merci encore », bredouille le sorcier.

Il a déniché une flasque de whisky dans sa poche. L'odeur de l'alcool masque un peu celle de son désir, louée soit la lune.

« Ce que vous ignorez, c'est la raison de ma présence sur les lieux. Il y a deux jours, j'ai pourchassé un loup échappé des geôles d'Aurore. Un certain degré de… persuasion l'a poussé à me révéler deux choses très intéressantes. En premier lieu, l'existence des colis enterrés hors de la cité. Ceux dont vous a parlé le commandant LeFort. Puis le fait qu'ils sont déposés là sur ordre du Prince Saxe. »

Un silence pesant s'abat sur la pièce. J'avais espéré que ces données nous mèneraient droit au plan d'action, mais je sens monter l'odeur des questions. Avec les non-loups, il y a toujours des questions. Je soupire de nouveau. Les loups peuvent attendre des journées entières, sans bouger, l'arrivée de leur proie, mais ils ne supportent pas les conversations interminables. Qui a créé l'art du discours ne savait pas employer son nez correctement.

« C'est… une bien étrange nouvelle, Dame Corneille, lâche enfin la noble vampire.

— Corneille. Corneille tout court. Les loups ne portent pas de titre. »

Je l'ai déjà répété mille fois, mais les putain de non-loups semblent incapables d'écouter ce qu'on leur dit.

« Très bien… Corneille. Cela vous dérange-t-il si je vous demande… si… »

Elle fronce les sourcils. J'aimerais être sous ma forme de louve pour agiter la queue en signe d'impatience.

« Comment le loup évadé était-il au courant ? » intervient Sage.

Je hausse les épaules.

« C'est à lui que Saxe a demandé de livrer les premiers colis. En échange de divers avantages en prison. Quand il a voulu négocier sa liberté en prime, Saxe a rompu l'accord et s'est tourné vers un Éclaireur qu'il pouvait soudoyer.

— Pourquoi Saxe faisait-il confiance à un loup pour un tel travail ?

— Parce que son captif ne risquait pas de tout raconter à quelqu'un.

— Les prisonniers n'ont pas de… visiteurs ? »

Je me retiens d'éclater de rire.

« Des visiteurs ? Lorsqu'un loup franchit la ligne rouge et tue des innocents, nous nous désintéressons de son sort. Nous ne partageons pas la sensiblerie des autres immortels. Mieux vaudrait, bien sûr, que les vampires n'en profitent pas pour accaparer notre sang, même celui de criminels impardonnables, mais tel est le pacte que nous avons signé après la Marée grise. »

Je laisse de côté le fait que ce pacte est de plus en plus mal accepté chez les loups. Si je commence à évoquer nos embrouilles politiques, cette foutue conversation durera jusqu'à la prochaine pleine lune.

« Quel est l'objectif de Saxe ? me demande Dame Hocquard. Il travaille donc avec Sinassion ? Qu'y a-t-il dans ces colis ? »

Les questions sortent en meute à présent.

« Je n'en ai aucune idée, lui dis-je.

— Alors, comment vous êtes-vous retrouvée devant *Les Recrues* ?

— Après les aveux de l'évadé, j'ai décidé de m'intéresser à votre maître espion. Je l'ai suivi jusque chez lui, aux limites de la cité, derrière les geôles des loups. J'ai songé à entrer mais j'ai bien fait de m'en abstenir, car c'est là que Sinassion est apparu. J'ai d'ailleurs failli ne pas le voir. Cet homme se fond dans les ombres, même pour mes yeux de louve. Peu d'autres que moi l'auraient remarqué. Dès lors, je ne pouvais plus m'approcher pour écouter ce qu'ils se racontaient.

— Pourquoi ? » demande Jacob.

Je me tourne vers lui et le dévisage. Parfois un regard en dit plus que bien des mots. Sage vole au secours de son ami :

« Je suppose que si Corneille s'était postée plus près de Sinassion, il aurait capté la présence de son esprit aux alentours.

— Ouais, je le savais, lâche Jacob. C'était un test. Pour voir si tout le monde suivait.

— Admettons, lui dis-je. Donc, malgré mon entraînement poussé, je suis incapable de dissimuler ma présence au Neuro le plus puissant que je connaisse. Ce qui m'a empêchée d'écouter la conversation. En revanche, j'ai suivi Sinassion lorsqu'il a quitté la maison. À bonne distance, évidemment, en me concentrant sur les ultimes traces de son odeur. Il sent le cellier obscur, ancien mais propre, si ça intéresse quelqu'un. » Je jette un coup d'œil circulaire. Non, ça n'intéresse personne. « Sa piste m'a menée aux *Recrues*. Où j'ai trouvé un sorcier en train de se chier tranquillement dessus en contemplant le visage de sa mort.

— Oui, ça me parle, lance Jacob. C'était moi, hein ? Mais j'étais moins tranquille que ça, à vrai dire.

— Puis, comme vous le savez, le combat a été interrompu et Sinassion s'est échappé. Ce soir, j'ai attendu que Jacob sorte du palais et je l'ai suivi jusqu'ici.

— Qu'est-ce que vous voulez ? » demande Dame Hocquard, merveilleusement directe.

Je hausse les épaules.

« J'ai l'habitude de régler mes affaires moi-même. Mais je ne suis pas assez arrogante pour me croire en mesure de gérer en même temps Saxe et Sinassion, en plus de leurs éventuels complices. Si vous comptez aller au bout de cette histoire, alors je souhaite me joindre à vous. Ni plus ni moins.

— Mais pourquoi ? s'étonne Sage. Juste parce que Saxe fait déposer des colis sous un arbre ?

— Mage, mage, mage, dis-je avec un sourire qui me découvre les dents. Croyez-vous avoir été les seuls, avec le défunt Azzuri, à savoir que Saxe avait escamoté cette mystérieuse trouvaille faite à Vespéral ? Les loups n'ont que faire de vos intrigues, mais ils sentent ce qui a de l'importance. Moi je le sens, en tout cas. Saxe prépare quelque chose. Je ne passe pas ma vie près d'Aurore uniquement pour y chasser les loups évadés. Je surveille aussi ce qui s'y trame. Car si les loups ont retenu une chose de leur histoire, c'est bien que la duplicité des vampires est sans limite.

— Vous savez que je suis là, ma chère ? lance Dame Hocquard. Mais… je reconnais que vous n'avez pas totalement tort. »

Un nouveau silence s'installe. Tout le monde hésite à faire le pas suivant. C'est finalement Dame Hocquard qui prend encore l'initiative :

« Je pense exprimer l'avis général en disant que toute l'aide disponible est bienvenue. Surtout si vous êtes à la hauteur de votre légende. »

Un sourire naît sur mes lèvres. Je suis contente que ce soit elle qui scelle l'accord. Son odeur est vraiment intrigante.

« Je l'ai vue à l'œuvre pendant la Double Guerre, précise Sage. Elle est plus qu'à la hauteur.

— Alors l'affaire est conclue.

— Parfait, dis-je.

— Dans ce cas, reprend Sage, si personne n'y voit d'inconvénient, je propose que nous fassions le point sur nos connaissances. » Je sens venir un long discours. Les sorciers ont une lourde tendance au verbiage. « Certaines pièces du puzzle se mettent en place. Azzuri pensait qu'une découverte de premier plan avait été faite à Vespéral avant la Marée grise, puis que Saxe l'avait transférée ici, à la banque du Sang. Nous savons à présent que Saxe fait déposer des colis hors de la cité, possiblement à destination des Gris. Nous savons aussi – en tout cas, nous soupçonnons fortement – qu'Azzuri a quitté la sécurité d'Aurore dans l'espoir de récupérer l'un de ces colis. On peut donc en déduire qu'il existe un lien entre les colis de Saxe et ce qu'Azzuri cherchait en mon nom, cette fameuse trouvaille enfermée dans une chambre forte de la banque du Sang. Un lien qui a mené notre ami à sa perte.

— Alors, les colis pourraient provenir de cette même chambre forte ?

— Exactement. Enfin, c'est une simple supposition. Mais elle a le mérite de la logique.

— Cela s'accorde assurément avec l'autre nom mentionné sur le papier qu'a trouvé Sam dans la chambre du jeune Azzuri, fait remarquer Dame Hocquard.

— Quel nom ? m'enquiers-je.

— Lerouge LaMalle. »

Mon accointance avec la société vampire atteint là ses limites.

« Qui est-ce ?

— Un Médian, commis à la banque du Sang. Ces employés sont chargés d'administrer certaines sections de la banque, certaines chambres fortes. La plupart d'entre eux sont trop effacés pour que mes Sangsues s'y intéressent. »

Le sang de Sam s'échauffe, je le sens. Son cœur bat plus vite.

« Vous voulez dire que…

— Possiblement, l'interrompt Sage.

— Ça vous dérangerait de nous expliquer ? » s'emporte Jacob.

Son collègue sorcier hausse les épaules.

« Peut-être ce commis est-il responsable de la chambre forte qui nous intéresse. Peut-être Azzuri est-il allé le voir pour tenter d'en apprendre plus.

— Il n'a pas dû découvrir grand-chose, commente Sam. Étant donné qu'il s'est cru obligé de sortir de la cité pour récupérer un des colis.

— Nous devrions avoir plus de chance, dis-je en imaginant déjà mes griffes jouant sur la gorge du commis.

— En tout cas, cet homme semble être la dernière pièce du puzzle, conclut Dame Hocquard.

— Excusez-moi, euh, désolé d'interrompre ce bel élan, lance Jacob. Je déteste remettre en cause un joli plan, mais j'ai l'impression qu'on oublie un petit quelque chose... »

La maîtresse du manoir le dévisage un instant. Nul besoin d'un odorat expert pour capter le mépris qui émane d'elle.

« De quoi s'agit-il ?

— Le maître espion de cette cité et le plus dangereux sorcier du continent travaillent ensemble et éliminent quiconque suit leurs traces. Ils savent que je suis dans le coup, donc ils savent sans doute que *vous tous* êtes dans le coup aussi, ce qui signifie que nous sommes *tous* en très grand danger. D'où la nécessité d'aller nous cacher. Maintenant. »

Jacob étudie ses camarades. Sage et Dame Hocquard demeurent imperturbables. Alanna a repris le flambeau du mépris. Quant à moi, je gratifie le sorcier du sourire réservé aux petites proies dénichées dans les buissons.

« Je constate que tout le monde est encore là, note Jacob.

— Quel sacré don d'observation, ironise Alanna.

— Donc... on va aller voir ce commis de banque ? demande Sam.

— Ou alors on fouille son bureau, dis-je en souriant de plus belle. Contrairement aux loups, vous les vampires adorez rédiger des archives.

— Voilà qui semble plus subtil qu'une approche directe, approuve Dame Hocquard. Surtout si Saxe et Sinassion suspectent nos deux sorciers, car le maître espion découvrira vite que j'ai été en relation avec eux.

— C'est réglé, alors. Je me rendrai à la banque dès demain pour…

— Une seconde, Corneille. La louve la plus… célèbre du continent qui pénètre dans l'un des bâtiments les mieux gardés de la cité, n'est-ce pas un peu risqué ? Pas très subtil, justement ?

— Je me suis montrée assez *subtile* pour débarquer ici sans que vous me remarquiez, jusqu'à ce que j'en décide autrement.

— Certes, mais si vous étiez repérée malgré tout, alors – à en croire votre légende – la subtilité céderait vite la place à un gros bain de sang. »

Je souris à la noble vampire. Mon respect à son égard ne cesse d'augmenter. Je n'ai pas l'habitude que l'on s'adresse à moi sur un ton réprobateur.

« Je ne vais pas prétendre le contraire.

— Nous devons agir avec prudence, enchaîne Dame Hocquard. Donc, envoyer quelqu'un dont la présence à la banque du Sang n'étonnera personne. »

Elle se tourne vers Sam, restée muette depuis son petit cours d'histoire. Je sens la frustration de la servante, une odeur dure, métallique, comme une arme à peine forgée qui attend ses premiers combats. Elle est en quête d'une place de choix, dans ce groupe et ailleurs. Mais elle devra apprendre à montrer les dents pour y parvenir.

« Pourquoi tout le monde me regarde ? » demande-t-elle.

Je souris, ravie que quelqu'un d'autre joue les monte-en-l'air.

Grand Prince Azzuri

Le seul fils qu'il me reste torture un prisonnier. Je le sais car je perçois les cris en pénétrant dans les catacombes. Il serait aisé de prétendre que c'est sa manière de gérer le deuil de son frère mais, en toute honnêteté, je pense qu'Alezan aime torturer les gens. Pour ma part, je ne suis pas partisan de la torture, sauf si aucune autre option n'est disponible. Les mauvais traitements apportent rarement l'information souhaitée, seulement celle que la victime croit que son tortionnaire veut entendre. Mais j'ai renoncé il y a longtemps à calmer les excès d'Alezan ; j'essaie juste de les canaliser au mieux.

Les catacombes du palais datent des premiers temps de la Double Guerre, dans l'idée que, si Aurore tombait, les vampires pourraient s'enfuir par une issue dérobée. Un rôle qu'elles ont dû remplir : lorsque les loups ont finalement envahi la cité, ma famille et de nombreux autres vampires ont filé par les catacombes. Mon père, en revanche, est mort en défendant le palais ; il avait juré de ne jamais abandonner la demeure familiale et n'a pas manqué à sa parole.

Depuis, les catacombes sont devenues des cellules dans lesquelles Alezan s'acharne sur les Fanés qui ont le malheur de lui déplaire. Je le trouve à l'œuvre avec un spécimen de constitution fragile ; l'homme n'a pas les muscles d'un employé des cuves ou des fermes, mais n'affiche pas non plus les traits émaciés d'un mendiant. Son visage a même l'air soigné, ou plutôt en *avait* l'air avant qu'Alezan se mette au travail. Ce qui me pousse à croire que mon rejeton n'en a pas fini avec sa dernière obsession en date.

« Ça suffit », dis-je en entrant dans la cellule.

Alezan paraît se reposer un instant des sévices qu'il inflige au Fané. Je constate que celui-ci a déjà perdu deux dents, ainsi qu'un bout d'oreille et un téton. Rien d'incurable, mon fils n'ayant pas encore attaqué les tortures spéciales dont un vampire ne peut se remettre.

« Alezan... »

Il continue à me tourner le dos, comme s'il ne m'entendait pas. Il est peut-être plongé dans l'une de ses transes singulières.

« Oui, Père ? Je crains d'être pas mal occupé à l'heure actuelle. »

Une voix rauque, impatiente. Il adore se montrer désagréable avec moi.

« De qui s'agit-il ?

— D'un des innombrables... saoulards qui infestent la cité. Il prétend ne pas avoir connu mon frère, mais les espions du Prince Saxe disent le contraire. J'en aurai bientôt le cœur net. À mon avis, le second téton suffira à le faire parler. Sinon, il faudra passer aux blessures permanentes. Histoire d'introduire un peu de lumière dans sa misérable existence, si j'ose m'exprimer ainsi ! »

Le Fané n'a pas encore perdu connaissance et je n'ai aucune envie d'avoir ses gémissements en fond sonore.

« Alezan, viens donc faire quelques pas avec moi.

— Mais, Père...

— Il ne risque pas de s'enfuir, n'est-ce pas ? Je ne le répéterai pas. »

Mon fils pivote vers moi en repoussant ses longues mèches blondes. Le sang de sa victime lui tache la joue, mais il ne paraît pas s'en préoccuper. Le sang des autres le préoccupe rarement.

« D'accord. Allons nous promener. »

Les murs des catacombes ne comptent que de rares torches. L'obscurité n'est pas un problème pour des vampires abreuvés aux meilleurs sangs ; les torches sont pour les Fanés qui ont besoin de descendre ici. Des relents humides imprègnent l'air. Je ne me suis jamais décidé à rénover les lieux, mais Alezan ne semble pas dérangé par l'odeur. Ce qui ne me surprend guère.

Les catacombes débouchent sur les jardins ; ce qui fut autrefois un passage secret n'est plus qu'un raccourci pratique vers le jardin des roses, à condition de ne pas s'offusquer des cellules qu'il faut longer pour y arriver. Devant nous s'étirent à présent des rangées de roses rouges et bleues, séparées par des plants d'herbacées. Cet endroit était bien sûr une idée de mon épouse. J'ai secrètement demandé aux Kinets de créer les roses bleues ; leur art de la magie botanique n'en est qu'à ses prémices, mais ils ont réussi là un bel exploit. Mon épouse en a tout de suite raffolé. Mon fils cadet aussi, pour le peu de temps qu'il en a profité. J'étais décontenancé par son amour des fleurs, sans bien savoir pourquoi. Désormais, quand je me promène ici, je me sens en paix.

« J'envisage d'élever une statue dans ce jardin, en hommage à ton frère disparu.

— Bien sûr, Père.

— Mais je veux qu'elle reflète… ce qu'il était vraiment. Je le vois portant quelque chose à la main ou en train de faire ce qui lui plaisait. Nous n'étions plus très… proches depuis la Marée grise.

— Depuis la Marée grise ? » lâche Alezan en haussant les sourcils.

Je préfère ne pas relever.

« Disons que je n'étais plus guère au courant de ses goûts.

— Moi, si. Certains d'entre eux sont même mes prisonniers.

— Ça suffit ! »

J'ai crié plus fort que je l'aurais souhaité. Ma voix résonne dans le jardin des roses, où il n'y a heureusement que nous. Alezan me fait la grâce de paraître honteux une seconde, mais son rictus arrogant réapparaît, si différent du sourire toujours nerveux de mon cadet.

« Père, j'ignore à quoi il s'amusait. Mais je me charge de le venger, ce qui me paraît plus que suffisant. »

Non, tu ne le venges pas. Tu laisses libre cours à tes pires instincts, comme d'habitude, sous couvert d'une juste cause.

Je garde ces pensées pour moi. Ne suis-je pas mal placé pour juger ?

« Nous le connaissions bien peu, en réalité. »

Alezan hausse les épaules.

« Il a tenté de s'engager dans la Garde de sang il y a quelques décennies. Incroyable.

— Pas tant que ça. Tu te battais avec lui quand il était enfant. Tu lui as enseigné quelques techniques de combat. Tu lui as montré comment utiliser ses griffes, après avoir bu assez de sang.

— J'ai fait de mon mieux, en tout cas. Mais il n'était pas doué. Il craignait de se couper avec ses propres griffes.

— Il aura au moins essayé.

— Oui, je suppose qu'on peut dire ça. »

J'aimerais faire durer ce moment de souvenirs partagés, mais n'obtiens qu'un silence gêné.

« Père, je dois retourner m'occuper de mon prisonnier.

— Oui. Oui, bien sûr. Je vais rester ici, dans le jardin.

— D'accord. »

Alezan s'éclipse aussitôt, me laissant songer aux statues et à leurs ombres.

18
Vers Ponant

Autrefois, le sang était la seule monnaie des vampires. Ce qui semble logique : c'était leur or, même s'ils faisaient aussi usage de ce métal. À présent, ils utilisent des pièces. Mais qui n'ont pas remplacé le sang. Quant à savoir quelle monnaie détient leur préférence lorsqu'un choix s'impose, nous constaterons simplement que, malgré la marche incessante du progrès, il y a toujours trois fois plus de gardes à la banque du Sang qu'à la banque de la Couronne.

Quanta Quistile, *Sang et Monnaie*

Sam

Je n'ai vu la banque du Sang d'aussi près qu'une fois dans ma vie, quinze ans plus tôt, donc j'en garde peu de souvenirs. Elle ne se dresse pas exactement au cœur du centre-ville, cette zone de dix kilomètres carrés à partir de laquelle se développent les autres quartiers d'Aurore comme les rayons d'une roue ; cet honneur revient au temple des Premiers Dieux ou, pour employer son absurde nom complet, au temple des Premiers Miracles terrestres des Dieux du sang, le plus grand lieu de culte d'Aurore. La banque du Sang se situe juste derrière, mais les deux bâtisses ne pourraient guère être plus différentes. Le temple est un archétype du style Chasseur, ce qui en fait le meilleur représentant de cette architecture dans la cité, maintenant que presque tous les châteaux et vieux manoirs ont disparu.

La banque du Sang, elle, remonte à la fondation d'Aurore il y a six cents ans. Construite en style Vieux Mage, elle en est longtemps restée le seul exemple aux environs avant la mode qui a suivi la guerre. D'après mes lectures, elle a été bâtie sur ordre du Grand Prince Cyania, dont l'épouse avait développé une passion pour l'architecture des sorciers après une visite à Luce. Le toit est plat, les murs privés de fenêtres ; les colonnes distoriques – fines, striées, surmontées de feuilles délicatement sculptées – entourent la totalité du bâtiment. Sans être aussi sophistiquée que le palais, la banque séduit par l'élégance de sa symétrie. Au-dessus de l'entrée, un imposant bas-relief représente des fioles de sang plus ou moins grandes, au cas où le passant aurait un doute sur la finalité du lieu.

J'observe les gens qui évoluent autour de moi. Il n'y a que dans le centre-ville que l'on voit rassemblés tant de Princes et de Médians, et si peu de Fanés. Les seuls que j'aperçois se pressent d'aller nettoyer les bâtiments alentour ou d'y servir les Princes ; ils affichent l'air tendu de qui a conscience de ne pas être à sa place, craignant à tout instant d'être traité d'imposteur et chassé de ces belles rues. Difficile de les en blâmer : ne sont-ils pas entourés d'un luxe dont ils ne pourront jamais bénéficier ? Si je me dirigeais vers l'ouest, je tomberais sur l'arène du Soleil, où Princes et Médians profitent de pièces dont la moitié du public se rappelle les premières versions déclamées en vers. Les billets sont bien trop chers pour les Fanés, qui doivent se contenter des petites scènes de Ponant. Côté est se trouvent les bâtiments où se réunissent les différents

Conseils afin de statuer sur l'administration de la cité, soit, en résumé, sur la manière d'assurer les flux de sang et la docilité des Fanés. Derrière moi se dresse le marché du Sang, où l'on parie de pleines poignées de couronnes sur le succès de sangs dont on ne voit même pas la couleur. Je regrette de ne plus être assise sur un banc, avec Sage, discutant des actifs invisibles et de leur étrange manipulation.

Je sais que je lambine, que je retarde mon entrée dans la banque. Car une fois entre ces murs, si les choses tournent mal, non seulement je serai en grand danger, mais j'aurai aussi échoué ma première mission de Sangsue. Malgré le soutien appuyé de Dame Hocquard, j'ai bien conscience que, si je me révèle incapable d'effectuer le travail abattu chaque jour par les autres Sangsues, je n'aurai plus ma place dans cette enquête, même si j'en suis à l'origine. C'est donc le moment de découvrir quel sang coule dans mes veines.

L'entrée de la banque arbore les portes en pierre les plus épaisses que j'ai jamais vues. Il faudrait une sacrée dose de sang de loup pour passer au travers, ce qui est sans doute leur raison d'être. Heureusement pour moi, elles sont ouvertes. Le grand vampire large d'épaules qui les surveille paraît en mesure de démolir l'une des colonnes juste en s'étirant. Son visage imberbe, entouré de cheveux courts, n'exprime rien de particulier, mais le léger voile rougeâtre dans ses yeux suggère qu'il a consommé un sang de qualité. Il doit pouvoir faire beaucoup de mal à ses ennemis, c'est pourquoi je lui adresse un beau sourire pour lui montrer que je n'appartiens pas à cette catégorie. Il ne baisse même pas les yeux vers moi ; je me demande soudain s'il a existé, un jour, un gardien de porte qui ne soit pas un rustre.

« Document », me lance-t-il.

Comment sait-il pourquoi je suis là ? Puis je me rappelle mon apparence : je ne ressemble pas à une cliente venue déposer du sang. Donc je lui tends la lettre rédigée par Dame Hocquard.

« Salle des servantes, droit devant puis à droite. On ne dévie pas du chemin. Ce qui veut dire qu'on ne s'en écarte pas. »

Il tient à le préciser, car les pauvres petites Fanées ne comprennent pas les mots difficiles.

L'intérieur de la banque est conforme aux descriptions des livres, mais bien plus grand et saisissant que dans mon imagination. L'immense hall d'entrée pourrait accueillir une dizaine de maisons de Fanés. Sur chaque mur s'alignent des portes ornées de petites plaques de cuivre, tandis qu'à chaque angle s'ouvre un couloir donnant sur d'autres portes similaires.

Sous mes pieds, une gigantesque mosaïque déployée en cercles concentriques, aux splendides carreaux bleus, rouges et blancs, dessine les silhouettes des animaux les plus nobles : faucon, cerf, baleine, vipère, ours, requin, puma et, bien sûr, le loup.

Mon regard se dirige ensuite vers le centre du hall, d'où part un grand escalier en colimaçon d'au moins trente mètres de haut. Ses grosses marches de pierre mènent aux chambres fortes dont j'entraperçois les lourdes portes.

Espérant avoir bien l'air de la Fanée abasourdie que je me trouve être, je suis les instructions du gardien et descends un escalier bien moins imposant qui m'amène à une vieille porte en bois. Les endroits où l'on relègue les servantes se ressemblent tous. J'entre et découvre une multitude de visages renfrognés. Les mêmes que je croise chaque jour depuis dix ans. Sans parler de celui que je vois dans le miroir. Je m'assieds, le ménage devant attendre la cloche de huit heures, lorsque les commis quittent le bâtiment.

J'aurais tant aimé patienter avec un livre.

Grand Prince Azzuri

Je jette un coup d'œil par la vitre de la calèche et devine les deux soldats ailés qui suivent mon équipage de haut. Mes gardes du corps personnels ont bien sûr accès au sang de loup qui leur permet de voler, mais je préférerais qu'ils s'en abstiennent pour ce genre de déplacement. Je n'ai pas besoin de protection pour une escapade dans les quartiers des Fanés. Pourtant, chaque fois que j'essaie de me priver d'une telle escorte, Varouge me sert son regard spécial et m'explique patiemment que le Grand Prince est toujours accompagné de gardes ailés pour ses sorties en ville. Ce à quoi je réponds que la situation était bien différente lorsque cette tradition est née. Avant le traité de paix avec les loups-garous, nous utilisions leur sang à tour de bras – en fonction bien sûr du nombre de loups capturés dans la forêt – car nous n'avions pas à économiser le précieux liquide en vue d'une offensive contre l'armée surpuissante qui nous tient désormais enfermés dans la cité comme des rats en cage. Donc en employer pour une simple escorte me semble relever du pur gaspillage. D'autant que la démonstration de force que ces gardes assurent était sans doute utile à Vespéral, lorsque les Fanés formaient un groupe agité, toujours à deux doigts de la rébellion. Dès lors qu'il ne s'agit plus que de nécessiteux à la tête basse, la présence des soldats ailés m'apparaît excessive, voire carrément arrogante.

Je soumets de temps à autre cette opinion à Varouge, qui se contente de hocher la tête avant de me persuader de garder les choses en l'état. Mon père me conseillait toujours de bien choisir mes batailles. Même s'il ne paraissait pas très doué pour gagner les siennes.

J'observe encore quelques instants mes deux gardes du corps. Faute de consommer du sang de loup moi-même et donc de pouvoir voler, je me contente de contempler à l'occasion les grandes ailes osseuses recouvertes d'une fine couche de poils, lesquels étaient souvent teints de couleurs vives lorsque voler était une pratique courante. Après quoi je me tourne de nouveau vers Varouge – et son fameux regard –, assis en face de moi dans la calèche.

« J'espère ne pas vous offenser, Grand Prince, si je me permets de répéter que cette expédition ne me paraît pas la plus sage des idées. »

Il caresse sa moustache, légèrement moins bien cirée qu'à l'ordinaire. Mon conseiller semble anxieux ces derniers temps, même si je n'en saisis pas la raison ; ce n'est pas comme si « l'enquête » sur la mort de mon fils avançait. En réalité, c'est la première fois que nous avons l'occasion de mener nos propres investigations, sous couvert d'une visite d'un père en deuil aux endroits fréquentés par son fils défunt.

« Non, la répétition ne m'offense pas, à condition que vous ne soyez pas offensé en retour par le fait que je n'en ai cure, comme les cinq fois précédentes. »

Une réponse un peu sèche mais que Varouge devrait pouvoir encaisser au vu des circonstances. D'ailleurs il repart vaillamment à la charge :

« Mais tant que nous n'en savons pas plus sur les raisons de sa mort, nous rendre dans l'un de ses… refuges peut vous mettre en danger. Surtout si Saxe soupçonne quelque chose. »

Refuges. Que voilà un bel euphémisme. Plus poli que *lieux de débauche*. Moins explicite que *bordel*. Un mot presque innocent. Comme si mon fils construisait des cabanes dans les arbres au fond des jardins du palais.

« Saxe n'a aucune raison de croire que nous le suspectons. Pour lui, je ne suis qu'un père affligé. Et nous n'avons que trop attendu pour lancer notre propre enquête. Sur votre conseil, j'ai laissé passer quelques jours après les funérailles, mais à présent je veux la vérité. Qu'importe si ce que cherchait mon fils est en rapport avec Saxe. Qu'importe aussi ce que vous me racontez. Je ne supporte plus de tourner en rond sans rien faire. »

Varouge sourit. Lorsqu'il me sent trop énervé à son égard, son instinct de Médian – de serviteur – reprend le dessus.

« Veuillez m'excuser, lui dis-je aussitôt. Je comprends votre inquiétude. Mais je ne peux plus attendre. Je sens que des plans s'échafaudent autour de moi et j'en ai plus qu'assez d'être le pauvre Grand Prince qui ne saisit rien à ce que trafiquent ses subordonnés. »

Varouge hoche la tête mais garde le silence. Un bon bras droit sait quand son chef est hors de lui. Quelques instants plus tard, la calèche s'arrête. Deux bruits sourds se succèdent : mes gardes ont atterri. Au moins ne restent-ils plus en vol durant mes visites. Un petit signe de l'austérité nécessaire sur l'emploi du sang de loup.

L'endroit où nous nous trouvons est d'abord une rue de Fanés, mais avec des touches de Médians. Ponant n'est pas réellement un quartier de Fanés, plutôt un entre-deux. Suet et Suroît sont aux Fanés, Levant aux Médians, Boréal et Nordet sont les terrains de jeu des Princes, mais Ponant est… différent. Les nombreux Fanés qui y logent sont plutôt des commerçants, ni pauvres ni attachés au service des Princes. Quant aux Médians du secteur, ils ont renoncé aux métiers plus nobles – et plus lucratifs – pour se consacrer aux arts de la scène, de la musique ou de la peinture, autant d'activités dans lesquelles mon défunt rejeton se complaisait lorsqu'il ne se consacrait pas… à autre chose. Ponant est un lieu hétéroclite.

La rue dans laquelle je me trouve m'en donne la confirmation. À une extrémité se dressent des maisons en briques avec des toits d'ardoises. Y habitent peut-être des propriétaires de théâtre ou de petites fabriques. Les autres maisons, plus modestes, faites de bois et de chaume, sont bien plus hautes que leurs sœurs des quartiers de Fanés : n'ayant pas la place de s'étendre horizontalement, elles ont pris leurs aises en hauteur au fil des besoins. C'est là une marque d'ambition que je me dois d'admirer. Les maisons des quartiers plus démunis ne dépassent jamais deux étages, car leurs habitants sont trop occupés à commettre toutes sortes de crimes pour songer à bâtir. Les Fanés ne rêvent pas comme les Princes ; mais ici, au contact des Médians, leurs aspirations grandissent quelque peu. Quitte à s'engouffrer dans le sordide qui semble aller avec.

« Nous ferions mieux d'entrer », dit Varouge, m'arrachant à mes pensées.

Il désigne l'une des maisons les plus hautes, une étrange bâtisse qui penche de plus en plus à chaque étage. Aucune bougie n'y brille, sauf au dernier niveau. Comparée aux maisons avoisinantes, elle paraît presque abandonnée.

« Je vois que vous avez demandé à tout le monde d'aller faire un tour. »

Je m'avance vers la porte, puis pivote soudain vers la rue. Aucun Fané ne m'observe, même de loin. La zone a été vidée de ses habitants. Comme si des gens ne buvant que du sang de vache risquaient de me mettre en danger. Pourtant, chaque fois, mes visites transforment des artères bondées en déserts. C'est la rançon du pouvoir. Mais je ne m'y suis jamais habitué.

À l'intérieur, des portes branlantes entourent un petit escalier en piteux état.

« Où sommes-nous, déjà ?

— C'est là que vivent certains… artisans de Ponant. Des acteurs, des musiciens, un ou deux peintres.

— Ces gens connaissaient-ils mon fils ?

— Nous les avons interrogés… » Je fronce les sourcils. « Non, pas comme ça. Ce sort est réservé aux prostitués.

— Et à ceux à qui Alezan estime drôle d'infliger quelques sévices. »

Varouge, une fois de plus, a la sagesse de ne pas rebondir sur cette affirmation.

« Nous avons déterminé qu'ils ignoraient la véritable identité de votre fils. Ils le connaissaient sous le nom d'Olly Roche, un peintre et joueur de lyre de Suroît venu gagner un peu d'argent dans ce quartier plus favorable.

— Bon sang, vous voulez dire que mon fils vivait sous une fausse identité ?

— Sinon, il aurait difficilement pu rester ici, Grand Prince… Si vous m'autorisez cette remarque, bien sûr. »

Muni de son expression la plus diplomatique, mon conseiller m'invite à le précéder dans l'escalier. Je résiste à l'envie d'ouvrir chaque porte afin de constater par moi-même dans quelles conditions vivent les « artisans » de Ponant. Inutile de demeurer dans cet endroit plus longtemps que nécessaire. Je vais dénicher les réponses disponibles puis décamper – malheureusement sans ailes – de cette rue fantomatique.

En haut de l'escalier, devant la dernière porte, je marque un temps d'arrêt et me tourne vers Varouge.

« Je suppose que Saxe est venu ?

— En effet. Dans le cadre de notre… enfin, de *son* enquête, il a déjà récupéré ce qui l'intéressait.

— Je n'y avais pas pensé, dis-je en grimaçant. Que va-t-il nous rester comme indices ?

— Je suis navré, Grand Prince. Il n'était guère possible de…

— Oui, oui, je comprends. » Je songe à mon fils encore enfant. Au peu que je savais de lui avant qu'il grandisse et devienne un parfait inconnu. « Espérons que notre visite ne sera pas vaine. »

J'ouvre la porte en douceur. La poignée paraît bien rêche entre mes doigts délicats, comme tout ce qui se trouve ici.

Je pénètre dans la chambre. J'ignore à quoi je m'attendais, sachant que Saxe a déjà embarqué les affaires de mon fils, mais la vacuité des lieux m'étonne néanmoins. Une grosse pile de couvertures en laine jouxte le mur opposé, faisant sans doute office de lit. Sur la droite, une armoire à trois pieds, bancale, en bois de gorme au vernis passé. Sur la gauche, un grand miroir à l'angle supérieur droit fêlé : une belle pièce, ruinée par un détail. Je m'avance penché à cause du plafond bas. La petite cheminée semble n'avoir accueilli aucun feu depuis longtemps. À travers ces quelques meubles, j'essaie d'atteindre mon fils – ce qu'il faisait, pensait, ressentait – mais je n'y parviens pas. Je ne vois que la poussière sur les lattes fendues du parquet et les toiles d'araignée sur les poutres, dont les créatrices se sont réfugiées dans les ombres du plafond.

À quoi pensais-je en venant ici ? Croyais-je débusquer un indice que Saxe et ses sbires auraient négligé, grâce mon instinct paternel ? Pour cela, il aurait fallu que je connaisse beaucoup mieux mon fils. Alors que je ne comprends même pas ce qui a bien pu l'amener dans cette chambre. S'agissait-il de rébellion, d'un doigt d'honneur adressé au palais tandis qu'il s'allongeait sur des couvertures sales au milieu des étranges habitants de Ponant ? S'agissait-il d'assouvir ses désirs là où personne ne soupçonnait sa véritable identité ? À moins qu'il ait choisi d'exprimer ainsi sa haine envers sa famille et tout ce qu'elle représente.

Je remarque soudain des traces colorées entre les lattes. Du bleu, du jaune, du rouge.

« C'est bizarre, non ? » dis-je en les montrant à Varouge.

Mon conseiller s'approche et inspecte ma trouvaille.

« À mon humble avis, ce sont des taches de peinture issues de ses toiles.

— Des toiles ? Mon fils avait accroché des tableaux ici ? »

Varouge me fait la grâce de prendre l'air gêné.

« Eh bien… je n'ai pas abordé le sujet car ça ne concernait pas nos recherches et… je pensais que vous connaissiez son intérêt pour la peinture.

— D'où provenaient ces toiles ?

— D'où elles… provenaient ? Mes plus plates excuses, Grand Prince, je crains de ne pas m'être exprimé assez clairement. Votre fils n'avait pas acheté ces tableaux. Il les avait peints lui-même. »

C'est à mon tour de paraître embarrassé.

« Mon fils était peintre ?

— Tout à fait. Un grand artiste, à ce que j'ai cru comprendre.

— Qui était-il, mon ami ? Qui était-il donc ? »

Varouge ne répond pas, ayant bien perçu le caractère rhétorique de ma question. Je lui tourne le dos et me concentre sur un pan de mur au hasard, tandis que de lointains souvenirs me reviennent à l'esprit ; j'ai tout à coup grand envie d'être seul.

Je n'ai jamais vu mon fils cadet dessiner lorsqu'il était enfant, durant ces précieuses années avant qu'émerge le corps d'adulte qu'il aurait dû garder pendant des siècles et des siècles. En revanche, je l'ai vu courir. Il aimait courir et se cacher. Lorsqu'il n'était pas encore cet homme morose au regard sans cesse désapprobateur, il adorait se cacher et j'adorais le trouver. Parfois je faisais semblant de l'attraper afin qu'il puisse s'enfuir en hurlant vers une nouvelle cachette. Parfois je ne parvenais pas à le débusquer et j'allais m'asseoir dans les jardins du palais de Vespéral en attendant qu'il réapparaisse, triomphant, couvert des saletés ramassées là où il s'était dissimulé. De si brèves années de joie, une émotion disparue pour des raisons dont je n'arrive même pas à me souvenir.

Je ne quitte pas ce mur des yeux. Mon fils aimait se cacher, oui. Mais il aimait aussi cacher des choses.

« Varouge, rien ne vous choque juste là ? »

Mon conseiller s'approche du pan de mur que je lui désigne. Il le caresse de la main puis s'avance encore plus près.

« La teinte est légèrement différente. Le bois semble plus récent. »

Rien ne lui échappe, décidément. Je serre le poing.

« Saxe est peut-être notre maître espion, mais nous sommes dans la place depuis bien plus longtemps que lui, pas vrai ?

— Tout à fait, Grand Prince », confirme Varouge en s'autorisant un petit rictus.

Mon coup de poing fait voler les planches en éclats. Faute de loup, le sang d'ours absorbé un demi-sablier plus tôt suffit à rompre du bois de piètre qualité.

Le trou révèle un creux pratiqué dans le mur. Ledit creux contenant une liasse de parchemins attachés par une ficelle.

Mon visage s'orne d'un sourire sincère pour la première fois depuis un bon moment.

19
Garde-le caché, mets-le en sûreté

La question du coffre-fort est assez fascinante. En acquérir un dans une cité vampire signifie s'interroger non seulement sur la valeur de ce que l'on va y déposer, mais aussi sur le sang absorbé par un voleur potentiel. Du sang pour Fané ? N'importe quel métal suffira. Du sang pour Médian ou de l'entrée de gamme non ensorcelée pour les nobles ? Là, il faut un métal solide. Du sang de qualité bien ensorcelé ? Prévoyez des parois épaisses et des barres de renfort. Du sang de loup ? Dans ce cas, autant garder vos trésors sur vous.

Carmine Céruli,
Observations amusées sur la société vampire

Sam

Je m'arrête à l'entrée d'une longue rangée de bureaux, tous avec la même porte en bois, la même plaque de cuivre portant le nom de l'employé, comme dans le hall d'entrée. Les pièces où je dois faire le ménage sont, heureusement, proches du bureau de LaMalle. Je viens de passer deux sabliers à prendre mon mal en patience en compagnie de servantes aux yeux vides, qui entraient ou sortaient de la cantine de la banque sans jamais me regarder ni m'adresser la parole. L'ambiance de cet endroit est encore plus crispée que celle du palais, sans doute à cause des trésors qu'il contient : autant d'occasions supplémentaires d'accuser une pauvre servante de vol et de l'envoyer face au soleil. Surtout si l'on considère que, hormis les réserves normales de la Garde volante, de la Garde d'honneur, et les doses d'urgence de la Garde de sang, c'est ici que l'on conserve les grandes quantités de sang de loup destinées à la future guerre contre les Gris. Ce seul fait semble recouvrir la banque d'une chape de plomb ; je perçois la tension dans l'air, en sens le goût sur le bout de ma langue.

Donc je parcours les lieux avec le calme et la lenteur d'une véritable espionne. Hors de question de croiser LaMalle sortant de son bureau ; je n'ai aucune envie de découvrir s'il fait partie de ceux qui adorent blâmer les servantes pour tout et n'importe quoi.

J'aperçois, à l'autre extrémité du couloir, un dernier commis se hâtant vers la sortie. La nuit est plus courte que le jour à cette époque de l'année et personne n'a envie de passer ses dernières heures nocturnes enfermé dans un bureau. Sauf, bien sûr, cette brave Sammy ici présente.

Je me retiens de passer tout de suite à l'action. Dame Hocquard m'a fait promettre de m'occuper d'abord du ménage dont j'ai la charge, afin que personne ne puisse m'accuser de paresser. Selon elle, c'est grâce à cette méthode qu'aucune Sangsue n'a jamais été prise sur le fait : la prudence avant tout. Alors que l'imprudence des hommes permet aux Sangsues de leur soutirer de précieuses informations.

Donc je fais le ménage, bureau après bureau. Depuis le seuil du dernier, je couve du regard la porte numéro 85, celle du commis de banque LaMalle, là où je vais enfin mériter ma place parmi les Sangsues. Les lampes à huile du hall d'entrée sont toutes éteintes ; seules quelques bougies brûlent encore dans les bureaux, oubliées par leurs occupants plutôt que par égard pour les servantes. L'effet produit est très bizarre, comme une rue dont les fenêtres seraient encore éclairées alors que les habitants ont fui. Je me sens à la fois seule et observée, à croire que tous ces gens m'attendent au coin du couloir.

C'est l'heure. Je m'avance doucement vers le bureau 85, chaque pas plus silencieux que le précédent au cas où LaMalle serait revenu pendant que je nettoyais une autre pièce. Mais le bureau est inoccupé. Je découvre une chaise à haut dossier, une longue table souillée par une vieille tache de sang, des étagères poussiéreuses où s'entassent des piles de papiers, le tout en crestier délavé : rien d'onéreux, rien de bon marché, bref rien de remarquable.

Sauf là-bas, dans l'angle…

Un coffre-fort.

C'est le premier bureau dans lequel j'en vois un. Logique, non ? Comme si j'allais découvrir les secrets de LaMalle en fouillant simplement les étagères. Comme si j'allais avoir la tâche facile. Alors qu'au contraire – je commence à peine à le comprendre – la nouvelle vie qui m'attend ne sera jamais facile.

Je jette quand même un coup d'œil aux documents éparpillés dans la pièce, au cas fort improbable où l'information voulue se cacherait ailleurs que dans le coffre-fort. Mais je ne trouve que des listes de sangs et de chambres fortes associées. Rien concernant de mystérieux retraits en vue de leur dépôt hors des murs de la cité, ce qui, il faut l'admettre, est tout à fait le genre de dossier que je garderais au chaud dans un coffre-fort.

Donc je me dirige enfin vers l'objet en question. Le coffre est rectangulaire, avec une façade carrée de cinquante centimètres de côté pour environ un mètre de profondeur. Ses parois de fer, peintes d'un rouge terne, doivent bien faire deux ou trois centimètres d'épaisseur ; il est scellé non seulement par une serrure centrale, mais aussi par trois barres métalliques, chacune munie de sa propre serrure. En résumé, il s'agit d'un coffre-fort destiné à repousser quiconque ne tourne pas au sang de loup.

Je me concentre et tente de réfléchir comme Sage. Une voix dans ma tête, qui ressemble drôlement à la mienne, me susurre que cet homme est en passe de devenir l'un de mes modèles, mais je la fais taire aussi sec. Puis j'en arrive à la conclusion que LaMalle dispose d'un coffre dans son bureau – alors que la banque regorge de chambres fortes – uniquement pour y placer des documents qu'il souhaite dissimuler à ses collègues.

Voici la seule information que je vais rapporter de cette mission puisque je ne risque pas d'ouvrir le coffre-fort. Je me demande pourquoi personne ne l'a vu venir. Pourquoi personne ne m'a fourni d'explosifs ou appris à crocheter une serrure. En tout cas, j'ai échoué. Comment Alanna va-t-elle réagir ? Sans doute par un terrible accès de fureur. Mais je ne devrais pas m'en inquiéter. Une pauvre petite lapine s'intéresse-t-elle à ce que pense une lionne ?

J'entends soudain des pas résonner dans le couloir. Que les Dieux du sang soient loués, j'ai pensé à fermer la porte. Mais il n'empêche que je n'ai nulle part où me cacher. À part sous la table, à condition que l'on ne l'utilise pas. Je m'y accroupis aussitôt et prie pour que le nouvel arrivant dépasse ce bureau et sorte de ma vie comme il y est entré. Au lieu de quoi il s'arrête devant la porte. Les Dieux n'ont pas cru bon de m'écouter. Réfugiée dans la pire cachette du monde, je vois une silhouette pénétrer dans la pièce.

C'est un homme, un commis à en croire la tunique grise serrée et la chemise blanche à manches longues portant au col le blason de la banque : une clé dégoulinant de sang.

Bien rasé, il a rassemblé sa longue chevelure en queue-de-cheval, comme le veut la mode chez les Médians non encore centenaires. Sans regarder un seul instant dans ma direction, il se dirige vers le coffre-fort tout en farfouillant dans une poche dont il extrait un jeu de clés.

Je le regarde déverrouiller les trois barres métalliques, puis la serrure principale. La porte du coffre-fort s'ouvre en émettant un lent gémissement. Je suis trop mal placée pour en deviner le contenu. Le commis y plonge les mains ; l'une d'elles ressort en tenant une feuille de papier. L'homme que je suppose être LaMalle lit ce qui y est inscrit et, à ma grande surprise – si tant est que la terreur m'autorise une telle émotion –, fond en larmes.

Il va sans doute refermer le coffre dans quelques instants et donc – à condition bien sûr qu'il parte sans me repérer – je serai revenue à la case départ. Forcée de saisir l'occasion qui se présente, je sors un objet très particulier de la poche de mon tablier. Mon plan B. Ce qui signifie mettre ma vie entre les mains d'un homme que je connais depuis une semaine. Pour me donner du courage, je me remémore notre échange d'hier soir.

Sage

LA NUIT PRÉCÉDENTE

Sam me dévisage d'un drôle d'air.

« Désolée, Sage, je ne… Tu peux me réexpliquer à quoi ça sert ? » dit-elle en baissant les yeux vers le petit objet posé dans sa main.

Il s'agit d'un cube à la surface lisse, de la taille d'un dé. Impossible de déterminer en quel métal il est fait ; ce n'est ni du fer, ni de l'acier, ni du laiton. Il ne présente aucune marque, aucune gravure.

« Tu ne dois l'utiliser qu'en dernier recours. Pour t'enfuir si quelqu'un te repère dans la banque. Tu le secoues très fort, aussi fort que tu peux, après quoi tu le lances vers celui dont tu veux te débarrasser. Il faut juste que tu ne sois pas à proximité immédiate quand ça part.

— Quand ça *part* ?

— Ah oui… J'espère que tu n'auras pas à découvrir ce que ça signifie. Je tiens quand même à préciser que ta cible ne sera pas blessée. Elle sera juste… neutralisée pendant un bon moment.

— Tu t'en es déjà servi, hein ? »

Je souris, dûment impressionné. Sam a vite surmonté sa stupeur de me voir posséder des objets aux effets étranges. Cette stupeur n'ayant aucun intérêt dans notre situation non moins étrange, Sam est passée directement aux points pratiques. Si tout le monde raisonnait comme elle, cela m'éviterait de perdre une bonne moitié de mes journées en conver sations inutiles.

« J'en ai… quelques-uns. Donc, oui, je les ai essayés. Sur des volontaires, bien sûr.

— Jusqu'à quel point étaient-ils au courant ?

— J'ai possiblement omis certains détails qui auraient pu les faire reconsidérer leur engagement.

— Tu m'étonnes, lance Sam avec un sourire.

— Outre la neutralisation de l'adversaire, cet objet produit un autre effet opportun.

— Je suis sur des charbons ardents.

— La cible se voit privée de certains souvenirs. Ceux antérieurs à l'impact sur une durée d'environ un sablier, même s'il s'agit, à mon grand dam, d'une simple approximation. L'important étant qu'au réveil, la cible aura oublié ce qui l'a plongée dans l'inconscience.

— D'accord. Donc ça me permettra de filer sans craindre les conséquences.

— Exactement. »

Sam y réfléchit un court instant. Je connais déjà sa prochaine question. En réalité, je serais très déçu si elle ne la posait pas.

« Ils viennent d'où, ces cubes ? Désolée, Sage, il fallait que je demande...

— Ne t'inquiète pas, c'est une excellente question. » Je perds une seconde le fil de mes pensées. Le regard de Sam est très... direct. « D'après toi, d'où viennent-ils ?

— Pas des sorciers, à mon avis. Ça ne ressemble pas à la magie dont j'ai entendu parler.

— C'est-à-dire ?

— Les sorciers n'introduisent pas leur magie *dans* quelque chose, la laissant là pour toujours. C'est l'une des grandes règles, non ? Les sorciers agissent *sur* quelque chose. Un Atmo influence le climat, un Mira crée un mirage temporaire, et ainsi de suite. Mais ils n'insèrent pas durablement de magie dans un objet. En tout cas, c'est comme ça que je le comprends.

— Que dire alors des Kinets qui travaillent sur le sang ?

— La magie change ses propriétés pour le rendre plus puissant, mais elle n'y reste pas. La plupart des gens croient le contraire, mais c'est moi qui ai raison, hein ?

— Sans l'ombre d'un doute. »

Sam inspecte de nouveau le cube, passant le bout des doigts sur les angles bizarres.

« Alors que là... il faut bien que ce soit à l'intérieur. Ce qui entraîne une question que je ne devrais pas poser puisque je sais que tu ne voudras pas y répondre.

— Admettons que tu te laisses tenter ?

— Dans ce cas, je te demanderais si, par hasard, parmi les reliques des mortels que tu prétends garder dans ton temple, il n'y aurait pas autre chose que des bouts de pierre avec de drôles de dessins. »

Je pousse un long soupir.

« J'aimerais bien, Sam. Plus que tout au monde, tu peux me croire. Mais la vérité, c'est que cet objet – enfin disons que j'en suis presque sûr – vient… des sorciers.

— Des sorciers ? répète-t-elle en haussant les sourcils.

— Oui. Jacob et moi avons trouvé ces deux exemplaires dans les ruines de Kinesthes, un avant-poste de Kintile abandonné à peu près au moment de la fondation de Vespéral. J'ignore comment leurs créateurs ont généré cet étrange métal. Les Kinets ont développé de multiples compétences en manipulation de la matière, dont certaines perdues à jamais. Mais les aspects neutralisants et amnésiques sont parfaitement explicables. Pour le premier, le cube contient une petite quantité de poudre qui, en explosant, génère une onde de choc étourdissante dans un périmètre restreint. Pour le second – et c'est là que l'objet est vraiment ingénieux –, l'explosion libère aussi un liquide issu d'une plante que l'on trouve dans les marais aux abords de la mer Australe, plante appelée mousse d'oubli. Comme son nom l'indique, elle a pour effet d'effacer les souvenirs récents si elle est inhalée ou ingérée.

— Ah bon…, lâche Sam, visiblement déçue.

— J'en suis navré. Tu espérais une meilleure histoire, n'est-ce pas ?

— Non, ça va, dit-elle en souriant. J'apprécie le talent des sorciers. L'*incroyable* talent, dans le cas qui nous occupe. Je ne dois pas me montrer trop gourmande.

— Il n'y a rien de mal à espérer quelques belles révélations. N'est-ce pas le but de mon existence ?

— C'est vrai. »

Difficile de discerner s'il y a de l'approbation dans cette petite phrase. J'aimerais bien.

Je fais mine de me lever mais Sam m'arrête d'un geste, ses doigts posés sur ma manche, m'effleurant la main.

« Pourquoi tu me donnes ces cubes ? Ils semblent de grande valeur, même s'ils ne viennent pas des mortels. Pourquoi moi ? »

Parce que tu t'intéresses à tout. Parce que je n'ai pas à simplifier ma pensée pour toi. Parce qu'à force de vivre dans un temple en plein désert, je n'ai guère l'occasion de parler à une femme et j'aurais grand plaisir à continuer de discuter avec toi. Voilà les réponses que je devrais donner à Sam. Mais je m'en abstiens.

« Nous devons savoir d'où viennent ces colis. Pour ça, je crois que tu auras besoin de toute l'aide disponible. »

Sam

Je sors de ma cachette et découvre le commis de banque – sans doute LaMalle – toujours concentré sur son papier. Je lance le cube dans sa direction. L'objet rebondit sur sa poitrine puis tombe à terre. Rien de plus ne se produit.

Nous échangeons un regard confus. Était-ce raisonnable de faire confiance à un sorcier ne paraissant doué que pour les grands mots ? Si la réponse est négative, je risque de bientôt baigner dans une mare de mon propre sang.

Alors que LaMalle ouvre la bouche, un éclair surgit à ses pieds et l'enveloppe un court instant de flammes bleutées. Après quoi le commis s'effondre à terre. À présent je dois agir vite : quelqu'un l'attend peut-être, ou quelqu'un pourrait passer voir pourquoi la bougie est encore allumée. Je m'avance en vérifiant que les flammes ont bien disparu ; je reste méfiante, n'ayant jamais vu de la poudre produire un tel effet. Le cube repose à côté du corps du commis. Lequel respire toujours. Heureusement. Je ne pense pas que Sage m'aurait transformée en meurtrière sans me prévenir, mais on ne sait jamais.

Je ramasse le cube, m'attendant à de la chaleur, mais il semble n'avoir changé en rien. Je le remets aussitôt dans ma poche en priant pour que l'effet amnésique ait fonctionné aussi. Dans le coffre, je ne trouve qu'une liasse de papiers jaunis, une cinquantaine de feuilles liées par une ficelle, recouvertes d'une écriture fine. Je les inspecte autant que possible sans dénouer la ficelle. Comment y dénicher l'information dont j'ai tant besoin ? Je ne peux pas emporter la liasse. Non par peur que l'on m'arrête en possession de ces documents – j'ai déjà dépassé ce stade – mais parce que je ne dois laisser aucune trace de mon passage. J'examine de nouveau les premières feuilles et constate que les Dieux du sang sont enfin de mon côté. Car il n'y a pas besoin d'être un commis de banque à queue-de-cheval pour comprendre qu'il s'agit d'une liste de retraits provenant tous de la même chambre forte. Avec chaque fois la date, l'heure, le nombre de coffrets retirés, les numéros des coffrets… et donc le même numéro de chambre forte. La 1015.

Je remonte les dates. Qui, elles, remontent loin. *Très* loin. La première se situe peu avant la Marée grise. Par tous les sangs. Ça corrobore l'hypothèse de Sage selon laquelle le jeune Azzuri cherchait la chambre forte enfermant ce que Saxe avait déterré à Vespéral à la même époque. Je parierais cher que les coffrets évoqués dans ces feuilles correspondent à celui qu'Azzuri voulait récupérer hors de la cité, ce qui l'a conduit à la mort.

Par les deux enfers, que peut-il bien y avoir dans cette chambre forte ?

Je mémorise le numéro 1015, puis range les papiers dans le coffre, que je m'empresse de refermer. J'extrais lentement les clés d'entre les doigts du commis, craignant à chaque instant qu'il m'agrippe le poignet. Après avoir verrouillé les quatre serrures, je remets les clés dans sa main et aperçois par la même occasion la feuille qu'il tient toujours dans l'autre. Celle qui lui a arraché des larmes. Je la récupère et en prends connaissance. Ce qui me permet de mettre en place de nouvelles pièces du puzzle. Je sais désormais comment Azzuri a entamé le voyage qui s'est achevé sous les balles des Gris. Ça m'attriste, mais je n'ai pas le temps de m'attendrir.

Je m'apprête à quitter la pièce, les mains tremblantes, un voile de sueur au front, mais je m'arrête devant la porte. Il me reste un détail à régler. La dernière touche à une mise en scène digne d'un roman. Je rebrousse chemin vers la table et ouvre le tiroir du bas, escomptant y trouver la même chose que dans tous les autres bureaux. Oui, voilà : une fiole de sang destinée à fêter telle ou telle occasion. Je suis sûre que c'est du bon, au vu des salaires de la banque. Peut-être même de l'ensorcelé. Je vide la fiole près du commis inconscient avant de la poser par terre. C'est dangereux – on pourrait m'accuser de ne pas avoir fait le ménage correctement –, mais si les souvenirs récents du commis ont bel et bien disparu, j'espère qu'il supposera avoir voulu boire pour se remettre de sa triste lecture, puis avoir renversé la fiole avant de glisser sur son contenu, s'assommant dans la chute qui a suivi.

Je jette un ultime coup d'œil au spectacle afin de l'imprimer dans ma mémoire, au cas où je finirais par douter d'avoir réellement vécu ces instants. Après quoi je tourne les talons et déguerpis.

20
Une amie dans le besoin

Les Princes ne nous considèrent pas comme de vraies personnes. Les pires d'entre eux, en tout cas. À leurs yeux, nous ne sommes que du bétail valant à peine mieux que la bête qui nous donne son sang. Comment en arrive-t-on à penser une chose pareille ? Je ne parviens pas à le comprendre.

Caroline Finlay, dans sa dernière lettre à sa mère

Sam

Lorsque je retrouve enfin ma chambre au palais, il ne reste qu'un sablier avant le lever du soleil. Dans la calèche qui me ramenait de la banque du Sang, j'ai ressenti un léger vertige, comme si j'avais avalé une fiole de sang trouvée chez un Prince. Mais ce vertige était celui de la vie. De la sensation de *vivre* après tant d'années à m'éteindre à petit feu. Malgré les journées folles qui venaient de s'écouler – voler les secrets d'un Prince mort, rejoindre une armée d'espionnes, risquer de faire confiance à deux sorciers inconnus –, je n'avais encore rien éprouvé de tel. Comme si un joueur de tambour battait un rythme effréné derrière moi. Comme dans mon enfance, lorsque je courais les rues, au désespoir de mes parents, voulant tout voir, tout découvrir, m'inventer des histoires…

« Beth ? »

Mon amie est assise sur son lit. Elle me tourne le dos, ses longs cheveux blonds cascadant jusqu'aux reins. Je ne l'avais pas remarquée de prime abord dans la pénombre.

« Tu te rappelles ton entrée au palais ? » me demande-t-elle sans se retourner.

Une voix plate, dépourvue d'émotion et même de l'accent de Suroît. Ça ne ressemble pas à Beth, à *ma* Beth. Même si, depuis que je passe mon temps chez Dame Hocquard, j'ai presque oublié ce que ça fait de l'entendre parler.

« Aucune chance que je l'oublie, dis-je en me préparant au pire.

— T'étais tellement silencieuse les premiers jours. Au point qu'au début j'ai pensé que je passerai mon temps à parler toute seule. J'avais vu ce qui était arrivé à ta sœur. Le soleil qui l'a tuée, toi qui volais à son secours, le toit qui vous tombait dessus. C'était horrible. J'étais triste pour toi, Sammy. Affreusement triste. Toi, tu me regardais sans rien dire. J'ai bien cru que c'était fini pour toi aussi, que les Princes allaient te faire disparaître, comme ces autres filles qui plongent en elles-mêmes et ne parlent plus. Mais t'as survécu. T'as passé le cap.

» Moi, je t'ai parlé. Sans arrêt. Sans trop savoir pourquoi. Peut-être parce que je croyais pouvoir noyer ton chagrin dans les mots. En tout cas, ça a marché. T'es revenue parmi nous. Et, depuis, t'arrêtes pas de devenir en plus en plus forte. De plus en plus ambitieuse. Tu veux partir d'ici. C'est normal, hein ? Qui voudrait rester ? À part une dégonflée comme moi.

— Ne dis pas ça, Beth. Surtout pas. C'est n'importe quoi. »

Le tambour accélère encore derrière mon crâne. *Boum boum boum.*

« Ils m'ont posé des questions sur toi. Ils voulaient savoir si t'avais trouvé quelque chose chez Azzuri. Une histoire de coffre vide, un truc dans le genre. Ils m'ont demandé aussi si tu avais parlé des Sangsues.

— Par tous les sangs. Tu leur as dit quoi ? Ils t'ont fait du mal ? »

Silence. Je me rends compte dans quel ordre j'ai posé mes propres questions. Beth s'en rend compte aussi.

« Saxe était là, reprend-elle. Au début il a rien dit. Il souriait, du pire sourire que j'ai jamais vu, amical mais avec le regard vide. Il a fini par me demander si je savais où t'étais, ce que tu faisais, quand tu devais rentrer. J'ai répondu que j'en savais rien. Il a dit que c'était pas grave. Et puis il est parti.

— C'était quand ?

— Il y a un sablier environ. »

Elle pivote enfin vers moi et je vois qu'elle a pleuré. Les larmes confèrent à son visage une étrange beauté, des joues encore plus roses qu'à l'ordinaire. Je ne l'avais jamais vue pleurer malgré tout ce qu'on a dû supporter. Sa bonne humeur était indestructible. Jusqu'à ce que je m'arrange pour la détruire.

« Je ne veux plus être une dégonflée, Sammy. Je veux partir. Avant qu'ils viennent te chercher. *Nous* chercher. »

J'ouvre la bouche pour protester, mais je n'en suis pas capable. Parce qu'elle a raison.

« Je suis désolée de pas t'avoir parlé des Sangsues. C'est une longue…

— Sam, d'habitude c'est toi qui me dis d'arrêter de bavarder, mais là c'est mon tour. Tu me raconteras tout quand on sera en sécurité chez tes amies. On peut y aller, hein ?

— Oui. Bien sûr qu'on peut. »

Donc nous filons. Beth galope derrière moi, l'air hébété, tandis que je marque un temps d'arrêt à chaque tournant pour vérifier qu'il n'y a personne. J'essaie d'être attentive à chaque son, à chaque mouvement. Mais j'aurais besoin d'un meilleur sang.

« Les portes de derrière, c'est pas par là, marmonne Beth dans mon dos, déjà essoufflée.

— J'ai besoin de passer ailleurs, d'abord. »

Je monte un escalier menant à l'aile est, où logent les invités du Grand Prince. Une fois en haut, je m'arrête et fais signe à Beth de rester derrière moi. Les bruits de pas que j'entends au loin vont s'éloigner dans un autre couloir ; je le sais car j'ai appris par cœur les rondes des gardes afin de n'en croiser aucun lors de mes visites à la bibliothèque. Puisque je risque déjà ma vie tous les jours pour de simples livres, ce que je m'apprête à faire ne semble pas si fou.

Une fois le garde parti, Beth et moi nous précipitons dans la direction opposée. Les pas de mon amie résonnent bien trop fort à mon goût ; il faut espérer que les gardes ont un peu abusé – comme souvent – de la bière au sang de Ponant.

Je m'arrête au bout du couloir suivant, devant une porte sur laquelle une petite plaque de cuivre ne mentionne que les initiales « PS ». Derrière cette porte se trouve la suite parfois occupée par le Prince Sapphiri, qui préside le Conseil commercial ; ce n'est pas le conseil le plus prestigieux, mais pas loin, les Princes aimant presque autant parier sur la valeur d'un bon sang que le déguster. Bien des nobles ont dilapidé leur fortune au marché du Sang et Sapphiri est chargé d'encadrer ce genre de délires. En réalité, il n'a rien contre un pot-de-vin de temps en temps, l'invitant à détourner le regard pendant que les prix sont manipulés. Ce que j'avais toujours suspecté. À présent, en tant que Sangsue, j'en suis sûre. Je sais aussi qu'il reçoit ses pots-de-vin en sang plutôt qu'en couronnes.

Je le sais d'autant mieux que je nettoyais régulièrement cette suite trois ans plus tôt, et que j'ai aperçu une fois sous le lit une fiole de sang de loup sans doute oubliée après une nuit de beuverie. Je l'ai reconnue aux petits rubans rouge et bleu noués autour des doses réservées aux membres de la Garde volante, les rares soldats de la Garde de sang autorisés à voler ; un détail tiré du livre *Le Sang de loup à travers les âges*, rédigé par un Médian qui semblait très avide de goûter un jour au divin nectar.

À présent, devant cette porte, je risque ma vie et celle de Beth sur trois paris distincts.

J'actionne la poignée. La porte s'ouvre. Première victoire.

Je jette un coup d'œil rapide dans toutes les pièces. Personne. Deuxième victoire.

Après quoi je fouille partout tandis que Beth m'observe depuis le seuil, sidérée. Pas le temps de lui expliquer. Je regarde sous le lit, au cas où ce serait aussi simple. Rien. Pourquoi avoir une chambre bien rangée *maintenant* ?

J'ouvre tiroir après tiroir. Dans l'un d'eux, sous une pile de papiers, je déniche une fiole de sang. Ce n'est pas du loup, mais c'était caché donc ça doit valoir le coup. Je la vide d'un trait. Puis j'attends. Pas longtemps. Le picotement se répand d'abord dans mes membres avant de gagner l'ensemble de mon corps, me donnant l'impression de flotter au-dessus du sol. Je n'ai pas goûté assez de bons sangs pour en être certaine, mais ça ressemble à du faucon, méchamment ensorcelé : pas étonnant que Sapphiri l'ait planqué. Le sang vigoureux coule à toute allure dans mes veines ; j'ai du mal à garder les idées claires, alors que je dois agir vite. Comme la fiole n'était pas pleine, les effets ne dureront pas. Le faucon est censé aider à réfléchir. Donc je réfléchis. Sapphiri garde forcément du sang de loup quelque part.

Je me précipite dans la salle à manger. J'y découvre une table qui n'était pas là lors de ma dernière visite ;

mon regard désormais acéré détecte une mince ligne dans le bois indiquant la présence d'un tiroir secret. À peine plus subtil que cacher son trésor sous le lit. J'actionne le mécanisme et récupère une autre fiole, plus petite que la précédente mais pleine à ras bord du sang le plus rouge que l'on puisse imaginer.

Du sang de loup. Troisième victoire.

* * *

« On va se barrer par l'entrée des serviteurs, dis-je à Beth en redescendant l'escalier.

— Ralentis, j'ai du mal à suivre... T'as... T'as pris quoi ? » Je me tourne vers elle, la laissant voir l'éclat de mes yeux. « Par les deux enfers, qu'est-ce que t'as fait ?

— Il me fallait du sang de loup. On va devoir sauter par-dessus un mur. »

Et peut-être aussi se défendre avant d'y arriver, ce que le sang de loup permet en rendant le buveur cinquante fois plus fort que la normale. Mais j'évite de le dire à Beth. Nous rejoignons les quartiers des servantes en évitant le couloir menant aux cuisines. Personne ne croise notre chemin. Encore un bon sang de miracle.

« Ma Sammy a bu du sang de loup ! J'arrive pas à y croire... »

À bout de souffle, Beth renonce à prononcer un mot de plus. Chaque fois que je me tourne vers elle, elle me dévisage comme si du poil allait me pousser sur les joues. Ce qui n'est pas totalement impossible. Les effets du sang de loup ne sont pas tous documentés.

Le cellier est humide et obscur, mais ça ne me gêne pas. Je n'ai plus besoin de la moindre étincelle de lumière. Deux rats détalent devant nous. Les rats du palais sont d'ordinaire tranquilles – ils ne craignent pas qu'un Fané assoiffé leur suce le sang –, mais ils ont peut-être senti quelque chose de différent en moi. J'entraîne Beth vers la porte du fond ; le goût du bois pourri se loge aussitôt sur ma langue, ce qui me fait réellement comprendre la puissance du sang de loup. Une fois la porte ouverte, nous montons une volée de marches et débouchons sur une courette. Ici, pas de roses ni de beaux jardins, rien que de la terre boueuse et de petites parcelles où les jardiniers cultivent les herbes aromatisant certains sangs. Les parcelles s'arrêtent au pied des murs du palais : six mètres de haut avec une rangée de piques au sommet. Sont-ils prévus pour garder les serviteurs dedans ou les Fanés dehors ? Qui doute de la réponse n'a rien compris à Aurore.

Je m'avance entre les parcelles lorsque mon odorat – plus fin que je ne l'aurais jamais cru possible – m'apprend que nous ne sommes pas seules. Mais mon corps étant moins rapide que mon nez, nous ne nous arrêtons pas à temps et tombons face à deux gardes. Lesquels accompagnent Henry, un valet qui ne m'apprécie guère à en juger par les sourires narquois dont il me gratifie depuis dix ans.

Mon nez m'apprend que ce cher Henry sue abondamment. La raison en est assez évidente : il tient une fiole vide que je sais – toujours grâce à mon nez – avoir contenu du sanglier ensorcelé. Du bon sang de Médian, rendu encore plus puissant par la magie. Henry a partagé la fiole avec les gardes, qui eux n'ont droit qu'au sanglier non ensorcelé, sauf en cas de besoin. Le valet a dû le leur offrir pour s'attirer leurs bonnes grâces.

Henry pivote vers moi avec un sourire si large qu'il lui coupe la tête en deux.

« *Samantha !* Ma fille, je te remercie de me simplifier la tâche. J'étais chargé de te trouver, et te voilà qui arrives. Cette nuit est décidément formidable. Une nuit inoubliable ! »

Il fait signe aux gardes, dont les yeux sont encore légèrement rougis par le sanglier ensorcelé. Les deux hommes semblent déjà penser à nous ramener dans le cellier pour autre chose qu'une simple escorte.

Je ne bouge pas et soutiens le regard de Henry – le soutiens *vraiment* – jusqu'à ce qu'il comprenne. Parce qu'il n'est pas bête, ce valet, il faut le lui accorder. Il va forcément voir à quel point les yeux de la pauvre petite servante sont rouges.

Les gardes sont déjà presque sur nous lorsqu'il capte enfin.

« Attendez ! Je crois qu'elle a… »

Mais il est trop tard pour attendre. J'entends une voix dans ma tête, à la fois la mienne et celle du sang de loup, plus vieille, plus sage, qui me suggère de changer mes ongles en griffes immenses. Ce que je m'empresse de faire avant de les enfoncer dans le ventre du premier garde. L'homme s'effondre à terre, mains serrées sur la blessure, tandis que du sang coule entre ses lèvres, formant une flaque sous sa tête. Ma voix reprend un instant le dessus, terrifiée par ma propre violence, mais le loup me rappelle que le garde sera sur pied dans quelques heures, et qu'il ne faudrait pas oublier que ce sont ces soldats qui emmènent les servantes face au soleil lorsqu'elles sont accusées de chaparder dans les chambres des Princes.

J'esquive l'attaque du second garde, qui s'est vite remis de sa surprise. Il aurait sans doute voulu des griffes lui aussi car, une seconde plus tard, les miennes pénètrent dans sa cuisse et – d'après la voix du loup – sectionnent l'artère. L'homme rejoint son camarade au sol avant de s'évanouir à son tour.

Portée par la force du sang de loup, je m'avance vers Henry exactement comme les gardes s'étaient avancés vers Beth et moi. Je passe le bout d'une griffe sur son entrejambe, qu'il souille aussitôt de sa pisse. Puis je me penche pour lui murmurer à l'oreille :

« Henry, je veux que tu te rappelles – que tu n'oublies jamais – que les gens qui te paraissent faibles et dociles aujourd'hui ne le seront peut-être pas toujours. »

Je rétracte mes griffes et lui assène un énorme coup de poing. Le sinistre craquement de son nez brisé me fera certainement sourire pendant des jours.

J'ai à présent trois hommes inconscients à mes pieds et un sablier dans la tête qui se vide de plus en plus vite. Je pivote vers Beth – une Beth bouche bée et médusée – et, avant qu'elle lâche un mot, je la soulève, la place sur mon épaule puis, d'un bond aisé, je franchis avec elle le mur du palais. Nous atterrissons dans les buissons avant que la première sentinelle, placée à cent mètres, ait eu la moindre chance de nous apercevoir.

« Eh ben ça... c'est fait, souffle Beth. La nouvelle Sammy, c'est quelque chose...

— Je ne savais même pas que je pouvais y arriver. » Mon cœur bat la chamade, comme si dix chevaux galopaient dans ma poitrine. « Enfin si, je le savais, mais c'était juste une idée... et j'ignorais si j'avais bu assez de sang de loup, et... » Je m'arrête et me force à regarder Beth, qui m'observe, pâle d'inquiétude. « Pardon. C'est le sang. Les pensées me traversent la tête à toute allure. Par les deux enfers, comment les Princes tiennent-ils le coup ? »

Beth se tourne vers le palais, ses longs cheveux collés aux joues par la sueur.

« On va où, maintenant ? »

La réponse ne va pas lui plaire.

« Chez Dame Hocquard.

— Hein ? Chez une *noble* ?

— Beth, c'est... la reine des Sangsues. Je travaille pour elle depuis qu'elle m'a fait venir la première fois. Je lui ai donné les deux noms trouvés chez Azzuri. »

Beth est incapable de dissimuler ses émotions. Donc je les vois défiler l'une après l'autre. D'abord la surprise.

Puis la colère, en saisissant à quel point je lui ai menti. Puis une forme de déception. Puis, enfin, la résignation lorsqu'elle admet que ce n'est pas l'heure d'en discuter.

« Oh, se contente-t-elle de dire.

— Désolée de ne pas t'en avoir parlé. Même moi j'avais du mal à y croire.

— T'as eu raison quand on y pense, hein ? Si Saxe m'avait fait subir tous ses sales trucs, j'sais pas combien de temps j'aurais tenu. Ouais, t'as eu bien raison de pas me faire confiance. »

Je ne me suis jamais sentie aussi mal qu'en entendant ces mots.

« Beth, je…

— Arrête. On doit filer d'ici. »

Je me rappelle soudain que nos vies sont en danger. La difficulté à se concentrer semble être un effet secondaire du sang de loup.

J'inspecte les alentours à travers les buissons. Si nous parvenons à traverser la route qui entoure le palais pour aller nous cacher dans les bois, nous pourrons de là rejoindre la rivière et la remonter plein nord sous le couvert des arbres, jusqu'à Nordet puis au manoir de Dame Hocquard. Ça nous prendra environ un sablier. Non, plus, car Beth se fatiguera vite.

« Attends une seconde, Sam… Tu peux voler, non ? T'as bu du sang de loup. Il suffit que t'y penses assez fort pour te faire pousser des ailes. Alors, va-t'en. Laisse-moi. »

Je l'entraîne dans une course éperdue avant même de répondre. L'heure n'est pas à l'héroïsme mal placé. Sans me retourner, je lui lance :

« Ça servirait à rien. On me repérerait tout de suite. J'ai jamais volé donc j'irais pas très vite, et en plus j'ai bu trop peu pour que les ailes durent longtemps. Si ça se trouve, elles ne pousseraient pas du tout. Notre seule chance, c'est qu'on perde notre trace un moment. La rivière va nous y aider, même si les gardes prennent du loup. »

De toute façon, pas question que je t'abandonne. J'ignore pourquoi je ne prononce pas ces mots à voix haute.

Bien forcées de quitter l'abri des buissons, nous traversons la route rapidement puis pénétrons dans les bois. Je m'arrête et me tourne vers Beth, qui souffle comme un bœuf, peinant à suivre le rythme.

« Monte sur mon dos.

— Hein ?

— Je peux courir vite. Pas toi. Je sentirai même pas ton poids. »

Quelque chose dans mon expression – peut-être un vilain rictus né du sang de loup – dissuade Beth de protester. Elle grimpe sur mon dos et je me remets à courir. Je ne la sens pas, en effet, mais je sens mes yeux exorbités, ma gorge serrée, mes muscles en feu, mon corps plus vivant que jamais. Je me demande quand les gardes se lanceront à notre poursuite.

Trop tôt, bien sûr.

* * *

Le périple nous prend moins d'un sablier. Incroyable. D'autant que j'aurais pu continuer à courir comme ça longtemps ; je ne connais pas les limites du sang qui coule dans mes veines. Beth a la respiration sifflante, les larmes aux yeux. Soit c'est la vitesse de notre course qui l'effraie, soit c'est ce que je suis devenue. J'aurais peut-être dû lui donner quelques gouttes de sang de loup. Ai-je considéré plus efficace de tout boire moi-même ? Ou ai-je décidé, une fois de plus, de ne pas lui faire confiance ? Mieux vaut ne pas y penser.

Nous sortons du bois au niveau des grandes allées de Nordet, chacune menant au domaine d'un Prince. Si différentes des ruelles étroites des Fanés qu'elles pourraient se trouver dans une autre cité. Il n'y a aucun éclairage ici à part la lune, cachée par les nuages, ce qui ne me dérange pas, mais Beth ne doit pas y voir grand-chose. Mes yeux dopés au sang de loup aperçoivent au loin les dômes et les colonnes des manoirs princiers. Certains brillent des lueurs de dizaines de lampes à huile, d'autres arborent de grandes torches au-dessus de leur entrée, d'autres encore sont plus sombres, voire plongés dans l'obscurité, formes noires plantées au milieu de leur terrain. Ces résidences m'évoquent soudain de grands blocs de pierre et de marbre jetés dans les champs par une divinité distraite.

À mon avis, un quart de sablier nous suffira pour arriver chez Dame Hocquard. Je m'apprête à repartir lorsque Beth m'interpelle :

« Sam, attends !

— On doit y aller, dis-je en pivotant vers elle. On sera en sécurité là-bas.

— Et s'ils nous suivent jusqu'au manoir ? Cette Dame nous protégera ? »

Je ne sais que lui répondre. Étrangement, je ne ressens ni doute ni nervosité. Je n'entends que la voix du sang de loup qui répète que *tout va bien*, qu'il n'y a *pas de problème*. Je comprends pourquoi les Princes paraissent toujours si sûrs d'eux : ça ne vient pas seulement du statut social, mais aussi du sang dans leurs veines. Je pourrais vite m'habituer à une telle assurance…

« Sammy, je suis vraiment désolée. » La voix de Beth, encore sifflante, me tire de ma rêverie. « Au cas où j'aurais pas l'occasion de le redire, je m'excuse d'avoir essayé de te retenir au palais. Alors que t'allais forcément partir un jour ou l'autre. J'aurais dû t'aider plus. J'avais peur de te perdre et je me rends compte que j'ai été un poids pour toi.

— Beth, il faut qu'on…

— Non, j'ai besoin de le dire maintenant. Tant que je peux encore. J'ai besoin que tu saches à quel point je t'admire. T'abandonnes jamais. Tu veux toujours plus. Alors que moi… J'étais juste contente de t'avoir comme amie, de partager des ragots. Plus j'y pense et plus je me dis que c'était minable. J'aurais pu être comme toi, Sam. Vraiment, j'aurais pu. Mais j'ai choisi un autre chemin. » Elle prend une grande inspiration. « Si on s'en sort vivantes, je promets de te montrer ce que je peux faire. »

Je contemple mon amie, la seule depuis dix ans, qui me présente ces étranges excuses, les yeux encore baignés des larmes jaillies durant notre course folle. Et je comprends. Grâce au sang de loup, peut-être, qui ouvre de nouvelles voies dans ma tête, m'arrachant mes œillères. À moins que je me décide enfin à *réfléchir*. En tout cas j'appréhende pour la première fois le véritable prix de ma quête. Je devine ce que Beth aurait pu devenir, accomplir, si quelqu'un avait pris la peine de croire en elle. Si elle n'avait pas eu qu'une amie de circonstance, une petite égoïste qui ne l'écoutait que d'une oreille en rêvant à un avenir meilleur. Or, voilà que cette fille adorable, drôle, intelligente, se confond en excuses devant *moi*. Je vais enfin lui dire que…

Flap.

« T'as entendu ça ? »

Beth secoue la tête. Évidemment qu'elle n'a rien entendu : mon ouïe est dix fois plus fine que la sienne.

« Ne bouge pas », lui dis-je.

La peur lui écarquille les yeux. Elle pense à la même chose que moi. Je lève la tête vers le ciel mais n'y vois rien.

Flap.

Une ombre passe au-dessus de nous. Je n'ai pas le temps de distinguer la silhouette, mais le bruit est reconnaissable entre mille. Un bruit d'ailes.

Mes veines vibrent sous la poussée du sang de loup.

« Cours ! »

Je m'élance puis jette aussitôt un coup d'œil par-dessus mon épaule pour m'assurer que Beth n'est pas trop loin derrière. Elle n'est qu'à quelques pas, heureusement. Mais le ciel s'obscurcit et, soudain, Beth se volatilise. Je lève les yeux ; même avec le loup en moi, je ne vois toujours rien. Je ne les imaginais pas si rapides.

Crac.

Le bruit atroce d'une chute dans l'allée, derrière moi. Je me retourne et, l'espace d'un instant, ne comprends pas ce que j'aperçois. Les angles sont trop bizarres. Puis, dans un éclair de lucidité qui hantera mes rêves à jamais si je survis, je reconnais le corps de Beth, bras et jambes brisés, saignant par de multiples blessures, les yeux révulsés par la douleur. C'est alors que l'ennemi venu du ciel descend la ramasser – plus lentement cette fois afin que je le discerne – avant de reprendre son envol en enveloppant mon amie de ses ailes de cuir.

« Beth… »

Ce qui se voulait un cri n'est qu'un murmure. Je ne peux rien faire à part regarder. Les battements du sang de loup se sont tus ; je tente de profiter des maigres rayons de lune pour percer l'obscurité nocturne mais, même avec le loup en moi, c'est sans espoir.

Crac.

Encore derrière moi. Je pivote, me précipite vers le corps martyrisé et constate avec horreur que cette fois, presque tous les os sont brisés, y compris ceux du visage. Beth ne ressemble plus à Beth. Je n'ai devant moi qu'un tas de tissu, de sang et d'os. Mais elle est encore vivante. Elle m'appelle. J'entends son murmure – *Sam, Sam* – tandis que je me tiens près d'elle, aussi figée qu'une statue.

Puis le vampire ailé jaillit à nouveau du ciel noir et emporte mon amie alors que j'avançais la main vers ce qui restait de la sienne pour la serrer une dernière fois.

J'aperçois un œil déformé qui me fixe sans ciller avant de disparaître dans la nuit. Les secondes qui suivent sont plus longues qu'aucune seconde ne l'a jamais été. Jusqu'à ce qu'une troisième et dernière chute dans mon dos marque la fin du calvaire de Beth. Même si ce qui gît désormais à terre n'a plus rien à voir avec mon amie. Beth s'en est allée, n'en demeure qu'une masse de chair et d'os qui se change lentement en cendres. Je me détourne et vomis dans l'allée.

Quelques instants plus tard, le meurtrier condescend enfin à atterrir.

« Samantha, c'est bien ça ? » demande Alezan Azzuri en essuyant des traces de sang de son tabard rouge et or.

Lorsqu'il tend la main vers moi, je la regarde sans rien dire ; dans ma bouche, le goût du vomi efface celui du sang de loup.

« D'accord, je comprends, dit Alezan. Je voulais juste te serrer la main parce que je n'ai jamais vu une Fanée accomplir de tels exploits. Tu as bu du loup, c'est sûr, ce qui t'a permis de franchir le mur du palais et d'arriver jusqu'ici. Je suppose que tu en as trouvé dans l'une des suites des invités ? J'aimerais que ces crétins cachent un peu mieux ce qu'on leur laisse voler. »

Je contemple d'un air hébété le désormais fils unique du Grand Prince. Une boucle blonde tombe devant ses yeux ; il crache dans sa main et ramène la mèche rebelle en arrière. J'aperçois quelque chose dans ses cheveux. Peut-être le sang de Beth. Ou un bout de peau.

« Il fallait que je vienne te chercher moi-même. J'ai insisté. En théorie, poursuivre deux servantes en fuite n'entre pas dans les attributions de la Garde d'honneur, mais ce n'est pas tous les jours que l'on rencontre une créature telle que toi ! »

J'essaie d'oublier le corps détruit de Beth derrière moi. Alezan me sourit ; il y a de la fascination dans son regard, comme si j'étais une nouvelle espèce animale. La partie de mon cerveau qui n'est pas sous le choc se demande comment on peut massacrer une fille puis, l'instant d'après, discuter tranquillement. Une telle transition n'est vraiment pas saine.

« Je présume que tu es l'une de ces Sangsues dont on parle sans arrêt. Saxe pense que tu as dérobé quelque chose chez mon frère en y faisant le ménage. Il te soupçonne même d'être impliquée dans sa mort, ce qui me semble un peu exagéré. À mon avis, comme toutes les petites Sangsues, tu cherchais seulement de quoi faire chanter quelqu'un. J'ai raison ou pas ?

— Pourquoi la tuer ? Elle n'avait rien à voir là-dedans.

— C'est ce qui l'a poussée à fuir avec toi ?

— Je savais que vous alliez la tuer si elle restait au palais. Juste parce que c'était ma camarade de chambre. Je vous connais.

— Oui, c'est probable, admet Alezan. Mais elle est morte quand même, ce qui montre que ton plan n'a pas très bien fonctionné.

— Vous n'aviez pas besoin de la tuer comme ça.

— Et toi, tu n'avais pas besoin de voler ce qui ne t'appartient pas. Voilà. Nous faisons tous des choix.

— Vous allez dire quoi à sa famille ? »

J'ai déjà renoncé à tirer quelque chose de cet échange. Je vais le laisser passer comme un rêve dont on sait devoir se réveiller.

Alezan sourit ; ses crocs sont plus longs qu'à l'ordinaire, ce qui donne un air sauvage à ses traits élégants.

« Bon sang, pourquoi leur dirait-on quoi que ce soit ?

— Si vous me promettez de leur raconter qu'elle s'est enfuie et réfugiée quelque part, dans une sorte de sanctuaire, alors je vous suivrai sans résister. »

Ma voix a regagné une once de fermeté. C'est déjà ça.

Alezan s'approche de moi, si près que je peux sentir le sang de loup dans son haleine. Une odeur plus prégnante que la mienne, car il en a bu plus récemment et en plus grande quantité, assez pour voler. Je sens aussi l'huile de bois de santal passée sur ses ailes, comme s'il allait au bal. J'examine son visage désormais si proche du mien ; je m'attends à y voir de la folie pure, mais je ne devine rien de tel dans ses grands yeux verts, son menton bien dessiné. *Il trouve tout ça normal,* me dis-je avec horreur.

« C'est très gentil à toi de vouloir faire croire à sa famille qu'elle est encore en vie. Mais je m'y refuse, car cela nous ferait paraître faibles, et aussi car tes hauts faits ne t'empêchent pas d'être une vilaine Fanée qui a chapardé chez un Prince, crime pour lequel tu finiras face au soleil dans quelques heures. Donc, en résumé, je parle à un tas de cendres. » Pour la première fois, je lis de la colère sur ses traits. « Or, je ne reçois pas d'ordres ni de menaces d'un tas de cendres, même si, pour être honnête, je ne me sens guère menacé étant donné que nous n'appartenons pas vraiment à la même espèce. » Nos visages se touchent presque ; Alezan m'asperge de ses postillons. « Aujourd'hui, tu t'es prise pour moi et tu t'es envolée vers le soleil, qui a brûlé tes ridicules petites ailes. C'est pourquoi je consens à te parler. Mais tous les autres jours, dans ce que tu faisais, pensais, buvais, tu n'étais rien. C'est une place dont tu aurais pu te contenter avec une certaine joie. Mais non, tu as voulu voler. Moi, je suis là pour te ramener sur terre. »

Je m'efforce de rester impassible. C'est crucial pour ce qui va suivre. Pour dire ce que doit entendre ce Prince parmi les Princes. Il est temps pour lui de mesurer l'étendue de ma haine.

« Vous avez tué mon père. Et ma mère. »

Alezan se gratte le menton, faisant semblant de réfléchir.

« Ah bon ? Peut-être. Je devrais m'en souvenir ?

— Vous ne les avez pas tués de vos propres mains. Mais c'est pareil. Vous êtes venu chez nous prendre ma mère de force. Mon père et les voisins vous en ont empêché. Après quoi mon père a été arrêté et emmené face au soleil. Un an plus tard, ma mère s'est suicidée. »

Cette fois, il réfléchit vraiment.

« Oui, cette triste histoire que tu m'as racontée dans la chambre de mon frère… Ça parlait de moi ? Quel aplomb, ma fille ! Si tu crois que je vais me rappeler ce genre de détails…

— Non, je n'y crois pas. Ces gens n'étaient rien pour vous. Mais vous pourriez vous rappeler l'humiliation d'avoir été repoussé d'abord par une rue de Fanés, puis par ma sœur et moi. »

Ça y est. Je lis dans ses yeux que les souvenirs remontent à la surface. Son sourire s'étire peu à peu jusqu'à lui découvrir les dents.

« J'y suis. Les deux gamines se dressant devant leur mère. Tu as pensé que c'était la peur qui m'avait retenu ? Voilà qui est fort drôle.

— Quoi d'autre, alors ? La lâcheté est votre marque de fabrique. »

Le sourire devient rictus goguenard.

« J'en ai quelques autres, heureusement. Sache que, ce jour-là, Samantha, j'ai éprouvé du respect pour la force de ton regard. C'est rare de trouver une telle volonté chez les Fanés. C'est rare de trouver quoi que ce soit chez eux. Donc j'ai pris plaisir à t'accorder cette petite victoire. »

Il s'attend à ce que j'éprouve de la gratitude à son égard. C'est tellement abject que de la bile me monte à la gorge. Mon cœur bat la chamade, porté moitié par le sang de loup, moitié par la haine. Je serre les poings. Alezan sourit de plus belle. Il a envie de se battre. Même si je ne suis pas prête – pas encore –, j'en ai envie également.

Mon poing droit part vers la poitrine de mon adversaire. Mais il a déjà sauté plusieurs mètres en arrière, anticipant mon geste. Alors qu'il atterrit avec grâce, je bondis à cinq mètres de haut et retombe vers lui, prête à frapper. C'est ainsi que j'ai vu un garde s'en prendre à un Fané, autrefois ; le sang de loup a ravivé le souvenir. Mais Alezan esquive à nouveau, cette fois sur le côté.

« Expérience », murmure-t-il.

Je hurle de frustration tandis que mes ongles se changent en griffes. Je fais semblant de vouloir les utiliser mais, brusquement, plonge à terre et assène un coup de pied vers le haut, dans la poitrine du Prince. Alezan ne s'attendait pas à cette feinte, mais parvient, juste à temps, à agripper ma cheville dont il se sert pour me soulever avant de me propulser contre un arbre. Puis il déploie ses ailes et, les faisant tournoyer, me lacère la poitrine de leurs bords acérés. Je m'effondre dans les broussailles, le long d'un talus.

« Noblesse », souffle Alezan en s'approchant de moi.

La blessure m'arrache une grimace même si elle se referme déjà. Je roule sur le côté pour échapper au second coup d'aile, puis me redresse d'un bond dans le dos d'Alezan. J'ouvre grand la bouche pour le mordre au cou mais, au dernier moment, le Prince projette la tête en arrière. Son crâne me heurte en plein front. Surprise, je ne peux l'empêcher de pivoter et de me porter un violent coup de poing.

« Victoire », l'entends-je dire alors que je sombre dans l'inconscience.

TROISIÈME PARTIE

Le grand mirage

21
L'aube des morts

Se voir à jamais privé du soleil en échange de la vie éternelle – ou supposé telle – n'est pas une mince affaire. Si vous en doutez, je vous propose deux expériences. La première, contempler la joie ingénue d'un mage ou d'un loup-garou profitant d'une journée ensoleillée. La seconde, plonger dans le regard d'un vampire emmené face au soleil. Je peux vous jurer que, l'espace d'un court instant, vous y lirez du soulagement.

Larouge LeLuth, *Divagations d'un raisonneur*

Grand Prince Azzuri

Varouge m'interpelle alors que je me dirige vers la cellule où Alezan s'apprête à torturer la servante capturée ; il m'apprend que mon maître espion m'attend dans la salle des portraits.

« Cinabre, mon ami, que me vaut le plaisir ? » m'enquiers-je en poussant la porte.

Saxe se lève d'un bond à mon entrée. Il ne porte pas son fameux costume noir ; chose qu'il fait rarement lorsqu'il vient me voir au palais. Mais aujourd'hui, il a revêtu un ensemble assez extravagant : veste crème à boutons argentés, chemise de soie rouge, grand foulard bleu. Je me demande parfois s'il s'habille ainsi pour se moquer de mes goûts vestimentaires. Je n'en serais pas étonné.

« Tout le plaisir est pour moi, Grand Prince, comme toujours. Je suis affreusement navré de vous faire venir dans cette section du palais, mais la prudence ne cesse jamais d'être de mise ! »

Il me serre la main avec vigueur et me gratifie de son plus beau sourire, celui auquel il ne faut surtout pas faire confiance, celui qui, tout comme le reste de ses belles manières, n'est destiné qu'à attendrir l'interlocuteur.

Je me retiens de lui demander qui pourrait vouloir nous espionner. Saxe est l'un des deux seuls hommes de cette cité que je m'emploie à ne pas énerver.

« Ne vous inquiétez pas pour si peu. » Je lui montre la carafe posée sur la table. « Goûtez donc ce sang d'ours. Ensorcelé, bien sûr.

— Non, merci beaucoup, dit-il en secouant la tête. Je préfère garder ce genre de gâterie pour le jour des Prières. Ça m'aide à me motiver pendant la semaine. »

Évidemment. Notre maître espion est connu pour sa tempérance. *Notoirement* connu, même, dans une cité où les Princes enchaînent les excès. Personne ne sait à quoi peut bien s'amuser ce célibataire endurci ; il vit seul, sans famille ni enfants, dans un petit manoir situé au nord des geôles des loups, à la limite entre les bois et Levant. Sa domesticité est tout aussi réduite : seuls cinq Fanés s'occupent de sa demeure.

« Avant votre arrivée, Grand Prince, j'étudiais avec attention cette galerie de portraits. Sauf erreur, le dernier membre de votre lignée à disparaître – si l'on oublie un instant la mort tragique de votre cadet – a été votre oncle. »

Saxe tend la main vers une toile accrochée au centre du mur opposé. Elle représente un homme arborant une barbe épaisse dans laquelle se niche une étrange touffe de poils gris, imperfection qui lui a valu le surnom original d'Azzuri le Gris. Avec l'acception récente du terme, il vaut sans doute mieux qu'il n'ait pas vécu plus vieux.

« Votre seule perte durant la Marée grise, n'est-ce pas ? » Saxe ne me laisse pas le temps de répondre. « Je regrette énormément votre oncle. Il m'a beaucoup soutenu lorsque j'ai accepté la charge de maître espion à Vespéral, dans les années difficiles qui ont suivi la Double Guerre. Je reconnais que la tâche était ardue. J'ai eu du mal à gérer la croissance de la cité, sa taille de plus en plus colossale. Peut-être étais-je intimidé par cette grandeur. J'ai même envisagé – ne le répétez surtout pas, ma réputation en souffrirait – de mettre en œuvre une réglementation moins stricte, de laisser certaines choses... suivre leur cours, si vous voyez ce que je veux dire. »

Non, je ne vois pas. D'ailleurs, je n'en ai guère envie.

« C'est votre oncle qui m'a remis dans le droit chemin. Il m'a expliqué qu'il ne fallait accorder aucune faveur aux Fanés, n'autoriser aucune transgression. Car si l'on nourrit la bête qui rôde devant la porte, elle ne cesse de revenir. Les masses sont prêtes à nous renverser à la moindre occasion. C'est pourquoi nous, les Princes, les dirigeants, ne devons jamais baisser la garde. Votre oncle était un partisan de l'ordre, de la continuité du système princier. Une position qui n'était pas en vogue à Vespéral, où les mœurs évoluaient malgré tous mes efforts. Mais ici, à Aurore, les frontières de classes restent bien tracées. »

Je ne quitte pas Saxe des yeux. Il veut en venir quelque part. Il n'y a qu'à attendre.

« Ce sont de ces frontières dont je souhaite vous parler aujourd'hui, Grand Prince. » Ah ! nous y voilà. « Voyez-vous, il se trouve que j'ai reçu des informations troublantes concertant une personne... haut placée. Que nous connaissons tous les deux, j'en ai peur.

— Vraiment ? dis-je en laissant suinter ma déception. J'espérais que vous auriez du neuf à m'apprendre concernant la mort de mon fils. »

Saxe se racle la gorge puis se dessine un sourire sirupeux.

« Sachez que cette triste affaire est bien sûr ma priorité absolue. Je retournerai cette cité pierre par pierre jusqu'à obtenir les réponses voulues.

— Il semble qu'il vous reste beaucoup de pierres à retourner. »

Ma colère a fini par prendre le dessus. Hélas, ce n'est pas la première fois ces dernières semaines.

« Je vous demande pardon ? »

Les lèvres du maître espion me sourient, mais pas ses yeux.

« Non, rien, lui dis-je. Où en étions-nous ? Ah oui. Quelle est donc cette personne qui vous inquiète tant ?

— Il s'agit de… Dame Hocquard.

— Plaît-il ?

— Dame Hocquard. Mes agents m'ont rapporté des rumeurs embarrassantes circulant à son sujet. »

Cette fois, je parviens à maîtriser ma rage. Je ne dois surtout pas m'en prendre directement à Saxe. Mais les documents trouvés dans la chambre de mon fils à Ponant hantent mon esprit. Ils réclament justice. Je dois me persuader qu'elle viendra en son temps. Le dernier Grand Prince à avoir été en désaccord avec son maître espion a été assassiné il y a trois siècles de cela, ce qui a provoqué d'abord une guerre civile, puis l'accession au pouvoir de la lignée Azzuri, avec mon père prenant le contrôle de Vespéral.

« Cinabre, mon vieil ami, qu'avez-vous bien pu découvrir sur elle ? »

J'espère que l'emploi du terme *ami* ne sonne pas trop artificiel.

« Figurez-vous que plusieurs de mes agents l'ont aperçue parlant à votre fils la veille de sa mort. Alors qu'elle était déguisée en Fanée. Fort étrange, vous en conviendrez. De plus, nous la soupçonnons depuis longtemps d'être en lien avec divers éléments rebelles de la cité. Tout ceci me semble nécessiter une enquête approfondie sur sa personne. »

J'étudie le visage de Saxe. Ses traits joufflus, ses petits yeux inquisiteurs. Il parle sérieusement, aucun doute possible.

« Vous suggérez donc qu'à cause d'une Fanée qui lui ressemblait, il faut désormais la croire responsable de la mort de mon fils ?

— Il n'est pas question de ressemblance, Grand Prince. C'était elle. Mes agents me l'ont certifié. »

La rage cherche à nouveau à se frayer un chemin. On m'a détourné de mes projets, obligé à traverser la moitié du palais pour *ça* ? J'essaie de rassembler la moindre parcelle de calme, le moindre fragment de patience présent en moi, en espérant que l'affreuse décoction ainsi obtenue ne me fasse pas monter la bave aux lèvres.

« Mon cher Cinabre, veuillez m'en excuser, mais la seule chose que je tiens ici pour certaine est le fait que Dame Hocquard – que j'appelle d'ailleurs Daphnée – est une excellente amie que je connais depuis plus d'un siècle. Après la mort de son époux durant la Marée grise, et surtout après l'autre tragédie qui a suivi de près, elle s'est investie corps et âme dans les bonnes œuvres de la cité afin de soulager les pauvres de leurs malheurs. Ce qui lui vaut le respect de ses pairs et l'admiration de nombreux Fanés. On ne peut guère en dire autant de l'écrasante majorité des nobles.

— Grand Prince, je…

— Ce qui ne *vous* empêche pas, Cinabre, de vouloir la traîner dans l'une de vos cellules tandis que vos hommes saccageront sa demeure, tout cela sur la simple parole d'informateurs – lesquels, rappelons-le, sont au mieux des Médians – qui pensent l'avoir vue porter des *vêtements de Fanée.* »

Saxe lève les mains en signe d'apaisement, sans se départir de son éternel sourire innocent.

« Peut-être ai-je été un peu vite en besogne. J'aurais dû mieux tenir compte de la réputation de cette Dame, ainsi que du niveau de preuve requis pour accuser une noble.

— Vous auriez dû, en effet.

— Très bien, dit-il en se frottant les mains. Dans ce cas, si vous voulez bien m'excuser, je vais de ce pas me remettre au travail sur l'affaire qui vous intéresse en priorité.

— Je vous en serais très reconnaissant. »

Saxe se dirige vers la porte. Je m'apprête à me verser une flûte de sang d'ours bien méritée lorsqu'il se tourne de nouveau vers moi.

« Si, par hasard, je vous apportais des preuves plus évidentes de l'implication de Dame Hocquard, seriez-vous prêt à reconsidérer la question ? »

Je hoche la tête, ayant là une chance de faire une concession au maître espion.

« Aucun Prince, aucune Dame ne bénéficie d'une immunité totale. Vous pouvez enquêter sur n'importe qui, vous le savez bien. À condition que les preuves suivent. Nous ne parlons pas de Fanés, ici. Nous parlons des *nôtres*.

— Tout à fait exact, Grand Prince. C'est pourquoi toute tentative de perturbation de ce subtil équilibre doit être traitée comme il se doit, n'est-il pas ? »

Il y a quelque chose au fond de ses yeux que je ne parviens pas à identifier. Ce n'est pas la première fois.

« Sans l'ombre d'un doute, Cinabre. J'attends avec impatience votre prochain rapport. »

Saxe quitte enfin la pièce. Je me sens aussitôt beaucoup mieux.

Sam

Je me réveille. Donc je suis en vie. C'est un bon début. Puis je me rappelle Beth – ce qu'il en restait à la fin – et mon soulagement s'efface, remplacé par une crise de larmes, bien que je sois trop épuisée pour pleurer. Une douleur sourde bat à l'arrière de mon crâne. J'ignore si c'est dû à la violence d'Alezan ou aux effets secondaires du sang de loup. Sans doute un peu des deux.

J'étudie la pièce dans laquelle je me trouve. Les murs sont en pierre, de même que la porte et ce qui sert de lit. Cet endroit ferait passer ma chambre de servante pour une suite au Paradis rouge. Une odeur de sang séché flotte dans l'air. Même avec mes sens revenus à la normale, je devine qu'il s'agit de sang de vampire, pas d'animal. J'essaie de me lever, mais je constate aussitôt que l'une de mes jambes est attachée au lit par une chaîne métallique ridiculement épaisse. Mes geôliers doivent craindre qu'il reste des traces de sang de loup en moi. J'aimerais bien. Je me souviens de ces sensations extraordinaires.

J'entends des bruits de pas approcher de la porte. Nul besoin d'être un génie comme Sage Bailey pour savoir où je suis et ce que l'on compte me faire subir. J'espère que ça ne durera pas trop longtemps avant d'être emmenée face au soleil. Mais je n'y crois pas vraiment.

La porte s'ouvre sur Alezan Azzuri. Mon cauchemar vivant, qui revient sans cesse. Son allure a bien changé depuis notre dernière rencontre : ses boucles blondes sont ramenées en queue-de-cheval et il ne porte plus qu'une tunique grise coupée aux genoux sous un tablier rouge. Des vêtements dignes d'un bistrotier de quartier mal famé. Je voudrais lui cracher au visage, mais ma gorge est trop sèche. Il arbore le même sourire atroce qu'après avoir massacré Beth. En revanche je ne vois plus de sang dans ses cheveux. C'est déjà ça.

« Ah ! la servante batailleuse. » Alezan s'avance vers moi en ajustant son tablier, lequel – il faudrait être idiote pour ne pas le comprendre – est là pour absorber le sang qui va couler à flots. « Je conterai ton histoire encore et encore pendant des décennies. Quel état d'esprit !

— Enlève-moi cette chaîne et je te montrerai autre chose que de l'esprit, nobliau de merde. »

J'aurais voulu me montrer plus forte, mais ma voix s'est brisée en plein milieu de l'insulte. Le courage que j'ai pu ressentir m'abandonne peu à peu. Je ne suis pas une héroïne qui se sort de toutes les embûches ; je ne suis qu'une servante obsédée par les livres et par son ambition. Le sang de loup m'a changée temporairement en une autre personne. La Samantha d'origine se tape une sale crise d'identité : la descente est dure.

« Je crains que ce ne soit plus l'heure de s'amuser, dit Alezan. En tout cas, pour toi. Mais j'ai le plaisir de t'apprendre que la mienne vient de sonner. » Il sort de la poche du tablier une mince tige de métal argenté. Ce n'est pas le genre d'instruments de torture auquel je m'attendais. « J'ai un secret à te révéler… Comment tu t'appelles, déjà ?

— Sam. Et la fille que t'as tuée s'appelait Beth.

— D'accord. Maintenant que je connais son nom, ma conscience se rappelle à moi. Ça te dérange si je vais chialer dans un coin ? » Il se caresse doucement le menton, l'air pensif. « En fait non, je me suis trompé, je n'en ai toujours rien à battre. Bon, revenons à ce secret. Je pourrais te demander si tu sais tenir ta langue mais, comme je suis la dernière personne à qui tu auras l'occasion de parler, la réponse à la question est toute trouvée. À présent, intéressons-nous à ce petit bâton. »

Je dévisage Alezan avec attention. Un léger tic lui agite l'œil gauche. Est-il cinglé ou simplement cruel ? Je suppose que ça n'a plus beaucoup d'importance.

« Je l'ai trouvé à Vespéral il y a deux cents ans. Dans les ruines d'un temple. Peut-être ces sorciers ont-ils raison d'affirmer que les mortels des contes ont vraiment existé. Car ce n'est pas juste un bâton. Loin de là. Je te montre ?

— Commence par te le foutre où je pense.

— Je te promets d'y réfléchir. »

Alezan dirige le bâton vers le haut puis passe un doigt sur une encoche. Un rayon lumineux jaillit, aussi brillant que le soleil, et frappe le plafond. Je n'aime pas ça. Pas du tout. Mais le Prince coupe aussitôt le rayon et remet le bâton dans le tablier rouge.

« C'est à toi de décider si je ressors ce joli accessoire ou pas. Dis-moi pourquoi tu as volé ce bout de papier chez mon frère. Qu'est-ce qui était écrit dessus ? Qui t'a demandé d'agir ? À qui as-tu donné le papier ? Ce ne sont pas des questions très difficiles, Sam. Je suis sûr qu'un rat de bibliothèque comme toi devrait pouvoir y répondre. »

Qu'est-ce qui était écrit dessus ? Donc Beth n'a vraiment rien dit. Où qu'elle soit, je la félicite. Si j'avais la moitié de son courage, j'aurais peut-être une chance de sortir d'ici en un seul morceau. Je détourne le regard sans un mot. Je compte m'efforcer de ne pas donner satisfaction à mon tortionnaire. N'ai-je pas montré un minimum de bravoure la semaine passée ? Mais il m'en faudrait bien plus pour résister aux sévices qui, d'après les rumeurs, sont infligés dans ces cellules. Je vais faire avec jusqu'à épuisement des réserves. Après, peut-être mon nouveau désintérêt pour la vie, né de la mort de Beth, suffira-t-il à me porter jusqu'au bout.

« Pas de réponse ? Très bien. Retour au bâton, alors. » Il le ressort du tablier et l'actionne une seconde fois en direction du plafond, comme si j'avais déjà oublié de quoi il retournait. « Je ne sais jamais par où commencer. La torture est un art délicat.

— Arrête ton baratin et vas-y, pisseur de sang. »

J'ai craché ça sans y penser. La rage est donc encore là. Le corps ravagé de Beth est là aussi, devant mes yeux. Merci, Beth. Merci pour ta force.

Alezan hausse les sourcils. Mon absence de peur ruine son spectacle. Il voit sans doute sa vie comme une grande pièce de théâtre ; si j'arrive à pourrir un peu le scénario, ça m'apportera une ultime satisfaction avant de mourir.

« Fort bien, ma fille. Voyons jusqu'où ton beau courage tiendra. Je suis sûr que tu le portes comme une petite culotte qui ne demande qu'à être arrachée. »

Il pointe l'extrémité lumineuse du bâton vers mon auriculaire. Horrifiée, je vois mon doigt devenir orange, puis marron, puis noir, avant de partir en cendres. Je m'étais juré de ne pas crier. Mais on ne peut pas se préparer à la douleur, comme me l'a dit un jour une servante qui avait été presque battue à mort par un Prince pour avoir renversé une flûte de sang. On peut se préparer à la souffrance mentale – je crois avoir démontré quelques modestes capacités à ce sujet –, mais pas à la souffrance physique.

Je hurle, grogne et, l'espace d'un instant, la douleur est si vive que je n'émets plus aucun son. Puis elle finit par laisser place à une simple sensation de brûlure sur le sinistre moignon noir qui a remplacé mon doigt.

« Au cas où tu te demanderais s'il va repousser, je suis en mesure de t'affirmer que non. Qu'importe la qualité et la quantité du sang que tu pourrais voler. Les rayons de ce bâton sont aussi efficaces que ceux du soleil. »

Je lève la tête vers Alezan et parviens à repousser la douleur une seconde.

« T'aurais dû commencer par les yeux, lui dis-je en souriant. Maintenant je vois que t'es qu'un gros lâche. »

Bon sang, je ne savais même pas que j'allais dire ça. Les os brisés de Beth tournent encore et encore au fond de mon crâne, m'entraînant vers la folie.

« D'accord, répond-il sur un ton qui ne m'inspire guère. Puisque ma réputation est en jeu… » Il approche le bâton de mon visage. « De toute façon, là où tu vas, tu n'auras pas besoin d'yeux.

— Alezan, arrête ! »

Le cri provient de derrière la porte. Une clé joue dans la serrure, la porte s'ouvre, et nul autre que le Grand Prince Azzuri pénètre dans la cellule. Dix ans au palais et je ne l'avais jamais vu de si près. Je crains soudain pour ses beaux habits – et pour la servante qui devra les nettoyer – s'il reste ici trop longtemps. Il me jette un rapide coup d'œil, s'attarde un instant sur l'endroit où mon auriculaire aurait dû se trouver, puis se tourne vers son fils.

« Peut-on envisager de l'interroger tant qu'elle dispose d'une bouche pour parler ? Nous sommes en quête de renseignements, pas des châtiments que tu aimes administrer.

— Père, ce n'est vraiment pas le moment. Je vous assure que tout est sous contrôle. »

La note de panique dans la voix d'Alezan est une douce musique à mes oreilles.

« Il s'agit de la mort de ton frère ! Hors de question de perdre la moindre information à cause de tes… habitudes. Regarde-la ! Elle est prête à s'évanouir. Comment veux-tu en tirer quelque chose ? »

Il a raison. J'ai en effet l'air sur le point de m'évanouir. Mais pas du fait de mon doigt, même si la douleur demeure terrible. Du fait d'une décision que j'ai prise au moment où le Grand Prince a franchi la porte. Une décision instantanée, fondée sur une seule question : que ferait une Sangsue dans de telles circonstances ? N'ayant rien à perdre, je commence à baver, à trembler de tous mes membres. Moi aussi j'aime le théâtre.

« Père, si cette fille est aux ordres de quelqu'un, des Sangsues par exemple, alors seule la douleur la fera avouer.

— Je crois que tu confonds ces servantes – si elles existent bel et bien – avec des soldats surentraînés. À moins que le chantage réclame des aptitudes au combat.

— Père…

— Ça suffit ! »

Je me retiens de sourire en décelant la colère et l'amertume dans la voix du fils Azzuri. Je l'entends s'éloigner d'un pas vif et quitter la cellule, me laissant seule avec le Grand Prince d'Aurore, l'homme chez qui je vis depuis dix ans sans qu'il m'ait accordé le moindre regard. Il se tient si près de moi que je perçois l'odeur du sang ensorcelé dans son haleine ; je rouvre les yeux et distingue des reflets rouges dans les siens.

« Tu peux parler ? me demande-t-il sans gentillesse mais sans agressivité.

— Oui, G… Grand Prince. »

Je fais de mon mieux pour paraître faible, ce qui n'est pas difficile à la vue du moignon qui a remplacé mon doigt. Alezan m'a-t-il dit la vérité sur le fait qu'il ne repousserait pas ? À quoi sert donc l'auriculaire dans la vie quotidienne ?

« Je ne vais pas te mentir, dit Azzuri. Car je compte te traiter avec le respect que tu n'as pas cru bon de me montrer. Comme si voler les affaires de mon défunt fils n'était pas suffisant, tu as aussi dérobé et ingéré du sang de loup. Demain matin, tu seras emmenée face au soleil. C'est toi et toi seule qui as scellé ton destin. Mais si tu me dis la vérité maintenant, je veillerai à ce qu'on te laisse tranquille d'ici là, et que l'exécution se déroule sans violence. Tu as ma parole de Grand Prince. Cependant, si tu me mens – et crois bien que je le saurai –, je demanderai à mon fils de revenir s'occuper de toi. Je crains que son amour de la torture ne grandisse de jour en jour, et qu'il ait très envie de s'exercer sur ta personne, avec les terribles conséquences que cela implique. As-tu compris ce que je viens de dire ? »

Je contemple son nez aquilin, ses oreilles délicates, ses yeux parfaits, sa peau plus douce que celle de quatre-vingt-dix pour cent des habitants de la cité, et je me dis – non, je *sais* – qu'il se trompe. Qu'il sera incapable de déceler mes mensonges. Pour ça, il faudrait qu'il me connaisse et qu'il connaisse les Fanés. Or, c'est une compétence qu'il n'a jamais souhaité acquérir.

* * *

Le Grand Prince est parti. Convaincu que je ne suis qu'une sale petite voleuse sans lien avec les Sangsues. J'ai bien joué mon rôle, ce qui me vaut une nuit tranquille en attendant que les soldats m'emmènent, à l'aube, face au soleil. Mes pensées se tournent vers ma sœur, vers sa triste fin. Sans doute pour la dernière fois.

Je me revois jouant des coudes dans la foule pour mieux l'apercevoir. *Ma* sœur, s'apprêtant à quitter l'âpre vie des Fanés pour devenir servante au palais. J'étais venue alors que je lui avais promis le contraire, estimant qu'entrer au palais n'était pas une bonne idée. Sans oublier cette fameuse Cérémonie du soleil, qui n'était pas un véritable accueil mais plutôt un marquage, comme pour une pièce de bétail. Je l'avais bien expliqué à ma sœur : le fait que personne ne considère ce rituel ainsi était justement une partie du problème. Mais elle avait rigolé avant de me dire que je n'étais pas obligée de venir si je n'en avais pas envie. Mes opinions sur la cité, sur notre vie, ne la mettaient jamais en colère. Mais elle en avait assez de la rue. Je lisais le renoncement au fond de ses yeux ; sa colère s'était éteinte alors que la mienne ne cessait de croître. Pour ça, je l'aimais et la détestais à la fois.

Puis ce Prince nous avait vues au temple, supposant que nous venions prier alors que nous cherchions seulement à susciter de la pitié pour récupérer quelques pièces. Séduit par ma sœur, il avait aussitôt exigé qu'elle soit engagée au palais. Elle m'avait alors affirmé que tous les Princes ne pouvaient pas être mauvais et qu'elle s'arrangerait, une fois qu'elle aurait les bons contacts, pour me faire engager aussi. Car nous n'avions aucun autre moyen de nous en sortir.

Donc, finalement, j'ai assisté à la Cérémonie du soleil. Elle ne se déroulait pas au palais, bien sûr : imaginer le Grand Prince laissant entrer des familles de Fanés entières chez lui était aussi crédible qu'envisager de se faire pousser des ailes avec du sang de vache. La cérémonie se tenait dans son temple privé, juste à l'extérieur du palais. Ou plutôt dans une bâtisse attenante baptisée la Trappe solaire. Là, sous les yeux de la foule, chaque nouvelle servante plaçait le bras devant un minuscule trou dans le mur par lequel pénétraient, à l'aube, les premiers rayons. Ce qui marquait la fille à jamais, puisque les brûlures solaires sont les seules blessures dont un vampire ne guérit pas. Les Princes appelaient ça « le baiser du soleil », ce qui était aussi réaliste que d'appeler « caresse » un grand coup de poing dans la gueule. Après avoir reçu ce *baiser*, la servante appartenait au palais. Corps et âme.

Ensuite, la foule se dispersait, mais le soleil étant levé, les familles allaient dormir dans les catacombes du temple. Ce qui faisait aussi partie du rituel : passer quelques dernières heures avec sa fille bien-aimée avant de la laisser partir vers la meilleure des vies, le meilleur boulot qu'une Fanée pouvait décrocher.

Cette nuit-là, notre famille se résumait à mon oncle et sa femme, qui se montraient tout juste aimables. Je ne les ai plus revus ensuite ; ils ont déménagé à Suroît après la cérémonie, sans me dire où, donc sans doute n'étaient-ils même pas aimables. Non pas que nous ayons jamais eu besoin d'eux. Jusqu'alors, c'était ma sœur et moi contre le monde entier. Ma chère sœur, son sourire, sa beauté, sa façon de traverser la vie comme si nous menions la plus belle qui soit. Et moi, à ses côtés, avec mes idées, ma colère, ma vérité. Ensemble nous pouvions tout faire. C'était le plan.

Mais ce plan s'est effondré le matin du rituel. À l'instar de cette vieille poutre de la Trappe solaire alors que ma sœur s'était avancée pour recevoir son baiser. La foule a reculé, saisie d'horreur, tandis que le soleil se frayait un chemin dans la bâtisse, couvrant ma sœur et le maître de cérémonie de ses rayons mortels. J'ai couru vers elle, bien sûr. J'ai réussi à m'extraire de la foule, puis à esquiver à la fois les débris du toit et les rayons du soleil. L'espace d'une seconde – d'une cruelle seconde –, j'ai cru pouvoir agripper ma sœur, qui hurlait, brûlait, tombait en cendres, mais un coup sur la tête m'a fait perdre connaissance.

À mon réveil, la nuit était tombée. Des mains me tiraient de sous les décombres ; je m'en suis sortie avec une bosse et quelques coupures, vite guéries par une fiole de sang. J'ai été emmenée au palais, toujours sous le choc, où l'on m'a expliqué que j'avais eu bien de la chance d'être protégée du soleil par la poutre qui m'avait assommée, que mon courage avait beaucoup impressionné le Grand Prince et ses fils, et que j'allais donc prendre la place de ma sœur. On m'a montré ma chambre. On m'a listé tout ce que je devrais nettoyer. Sidérée, je hochais la tête à chaque phrase. Trois jours plus tard, enfin seule, j'ai pleuré pour la première fois depuis l'horrible accident. Pleuré toutes les larmes de mon corps.

Mais j'étais incapable de dire si je pleurais la mort de ma sœur ou celle de mon ancienne vie.

* * *

Les soldats arrivent enfin, m'extirpent de la cellule et m'installent dans un chariot qui m'emmène vers une cour située à un kilomètre du palais, où m'attend le poteau fatal. Il n'y a pas moins de huit gardes pour assurer le bon déroulement de l'exécution, ce qui paraît beaucoup pour une pauvre Fanée. Mais c'est la règle. Après tout, on ne sait jamais quel sang coule encore dans les veines d'un condamné. Je pourrais avoir gardé un peu de loup en moi et attendre le bon moment. Auquel cas je ferais mieux de ne plus attendre trop longtemps.

Les huit hommes ont revêtu les habituels tabards rouges de la Garde de sang, recouverts pour l'occasion d'une longue veste bleue. Je devine l'odeur du sang ensorcelé dans l'haleine de celui qui m'attache au poteau. Je me dis que ces gars ont absorbé de quoi casser des briques à coups de poing pendant un sablier ou deux, tout ça pour une servante incapable de rompre les cordes qui la lient.

Ma tête est bloquée en arrière, dans la direction du soleil. Une fois les gardes satisfaits de leur travail, ils placent sur leur propre tête une cagoule bleue avec deux petits trous pour les yeux. Pour ce que je sais des exécutions, il s'agit d'une simple précaution au cas où quelque chose tournerait mal et qu'ils devraient passer ne serait-ce qu'une poignée de secondes dans la lueur mortelle précédant l'aube. En réalité, ils vont attendre jusqu'à ce que le soleil soit prêt à apparaître, lorsque je n'aurai plus le temps de filer à couvert – dans l'hypothèse où je parviendrais à me libérer –, puis ils se réfugieront au pas de course dans un baraquement voisin, où ils passeront la journée.

Je les contemple un par un. Ils ont l'air si ridicules, alignés là devant moi. Je laisse échapper un maigre éclat de rire qui se perd dans le silence de la cour.

Le ciel s'éclaire très légèrement. Tout le monde attend. Lorsque l'éclat augmente – ou n'est-ce que mon imagination ? –, l'un des gardes s'avance vers moi. Je me retiens de lui dire de faire attention, de ne pas tomber, car il ne doit pas voir grand-chose. Il déclame son discours sans émotion. La routine de celui qui prononce toujours les mêmes mots tous les jours à la même heure.

« Samantha Ingle, servante du palais, vous avez été condamnée à mourir face au soleil. Que les Dieux du sang vous prennent en pitié et vous accueillent au Paradis rouge, où tous vos péchés seront pardonnés, où vous servirez à jamais le sang divin à la table des Seigneurs d'éternité. »

Après quoi, avec toute la dignité requise à la fin d'une telle adresse, il fait deux pas en arrière pour rejoindre ses camarades.

L'air me paraît étrangement immobile. Je n'entends rien, même pas les oiseaux du matin. Comme si le monde retenait son souffle en attendant ma fin. Il n'existe plus que cette cour, les huit gardes et moi. Le visage de ma mère m'apparaît soudain, interrompant mes pensées morbides comme elle avait l'habitude d'interrompre mes lectures, m'enjoignant de boire du sang au lieu des paroles des auteurs. Elle ne tenait jamais en place, parlait fort, portait la vie avec elle, nous rappelant que nous étions pauvres mais vivants. Je la revois dans ses jours de joie, pas dans la tristesse insondable qui a suivi la mort de mon père. Elle me prenait dans ses bras et me chantait de vieilles chansons de Vespéral, quand il n'y avait aucune montagne aux alentours, quand on pouvait courir dans les champs, courir jusqu'à la mer Australe si on en avait envie. Des chansons qui parlaient aussi de Crépuscule et de jeunes héroïnes intrépides.

Le visage de ma sœur remplace celui de ma mère. Pas à l'époque où elle s'éloignait de moi, portée par son rêve idiot de vivre au palais, mais lorsque nous parcourions ensemble les rues de la cité, riant des dangers qui nous frôlaient. Ma sœur chantait, elle aussi, d'une voix ressemblant tant à celle de notre mère que j'en avais des frissons.

Mon père se présente à son tour. Il me passe la main dans les cheveux, me dit qu'il sera toujours là pour moi, que le monde m'appartient, puis se tourne vers la fenêtre et hurle à notre voisin John d'ôter ses *sales pattes de voleur* de la *putain de brouette* avant de s'en *prendre une belle*.

Tous ces visages sont là, avec moi, dans ma tête.

C'est presque l'heure. Je ne verrai même pas le soleil, évidemment. L'exécution n'est pas un spectacle aussi dramatique qu'on veut le faire croire. Je serai tombée en cendres bien avant que l'astre lui-même fasse son apparition, projetée dans l'au-delà par les premières lueurs signalant son approche. Je scrute l'horizon, espérant hâter la course du soleil. Je le scrute avec une telle intensité que je ne remarque pas tout de suite la silhouette pénétrant dans l'enceinte.

Elle porte une cagoule elle aussi, mais rouge. Je me demande un court instant si je suis seule à la voir, s'il s'agit de la Mort en personne venue me chercher. Mais les gardes l'aperçoivent à leur tour. L'un d'eux se précipite à sa rencontre ; lorsqu'il tente de la saisir par l'épaule, elle lui attrape le bras et le tord violemment. Le garde hurle de douleur, et ses cris s'arrêtent soudain lorsque deux dagues lui transpercent les yeux. Deux soldats qui s'étaient approchés regardent leur camarade s'effondrer, puis baissent la tête vers leur entrejambe où d'autres dagues viennent de s'enfoncer comme par magie. Ils s'écroulent à leur tour en émettant d'affreux gargouillis, mains posées sur leur sexe empalé. La silhouette – une femme, je pense – se dirige vers les soldats restants puis… dévie de sa trajectoire.

Les cinq hommes ont formé une sorte de cercle protecteur, abasourdis par l'étrange tournure des événements. Leur assaillante les contourne, une dague surgie de nulle part dans chaque main, les mettant au défi de l'attaquer. Défi qu'ils ne relèvent pas – une décision sensée ou lâche… ou les deux. Cette femme lance alors une dague en l'air ; tout le monde la regarde monter puis redescendre jusqu'à ce que sa propriétaire frappe le manche d'un geste incroyablement rapide, catapultant l'arme au beau milieu du visage d'un soldat. La lame coupe le nez en deux et s'enfonce dans la tête jusqu'à la garde, faisant jaillir des flots de sang.

Je me demande un instant quelle force il faut pour exploser ainsi la tête d'un vampire imbibé de sang ensorcelé. Un *court* instant car, juste après, les deux enfers se déchaînent dans la cour. Les quatre derniers soldats chargent l'inconnue, leur peur soudain oubliée. Ils n'ont pas d'armes, mais ils ont pris du sang de qualité et donc ont leur chance s'ils l'attaquent ensemble. Mais elle n'est plus devant eux. Elle a sauté par-dessus le groupe d'un bond colossal, sans élan. Une fois derrière les soldats, elle se retourne en exécutant une sorte de danse. Une nouvelle dague est déjà apparue dans sa main gauche. Elle charge à son tour, charge qui n'en est pas vraiment une, plutôt une glissade, comme sur un étang gelé. Elle se baisse au dernier moment et plante l'une des dagues dans la cuisse de l'homme à sa gauche, l'autre dans celle de l'homme à sa droite. Les gardes tombent à genoux tandis que la femme se redresse et leur assène à chacun un coup de coude sur la nuque, les expédiant à terre, gémissants.

Les deux derniers soldats s'immobilisent, stupéfaits, mais l'un d'eux reprend vite ses esprits et allonge un grand coup de poing dans le visage de l'assaillante, qui bascule en arrière. Les deux hommes échangent un regard, ayant du mal à y croire, puis se jettent sur elle, griffes et canines dehors, bien décidés à la mettre en lambeaux. Mais l'inconnue masquée de rouge se redresse d'un bond telle une marionnette tirée par des ficelles. Durant sa brève chute, elle est de nouveau parvenue à extraire des dagues de ses habits ; elle les enfonce aussitôt dans la gorge des soldats, les lâche, puis, en les frappant de ses paumes ouvertes, les plante encore plus profondément. Des fontaines de sang jaillissent des cous martyrisés tandis que les deux soldats rejoignent leurs camarades sur le sol de la cour.

Elle pivote alors vers sa première victime, qui s'est relevée et a réussi à retirer les dagues de ses yeux. Le garde se dirige vers elle, à l'odeur puisqu'il n'a plus que des masses sanglantes au fond des orbites. Mauvaise idée : la femme file à sa rencontre, semblant toujours plus danser que marcher, et fiche deux autres dagues dans les trous béants.

Les huit soldats gisent à terre, certains inconscients, d'autres pleurnichant. Malgré la douleur qu'ils éprouvent, ils survivront et guériront tous.

Celle qui vient de me sauver la vie se tourne enfin vers moi après avoir jeté un dernier coup d'œil à son œuvre. J'essaie de lui parler, mais l'aube approchante a sapé mes forces. Le ciel s'éclaire dangereusement. Je n'arrive à prononcer qu'un mot :

« Corneille ?

— T'es pas un peu folle de m'sortir un truc pareil ? » me lance Alanna.

Je voudrais rire de mon erreur, mais je m'évanouis avant qu'un autre son ait pu franchir mes lèvres.

22
Peur et fureur

Rassemble ton courage,
Dis-leur qu'ils sont aimés,
Car bien après ton passage
Tu reviendras les hanter

Sinopia et Carminia, acte 3, scène 4
(auteur inconnu)

Sam

À mon réveil, je distingue Dame Hocquard assise au bout de mon lit, avec l'expression la plus tourmentée que je lui ai vue depuis le peu de temps que nous nous côtoyons. Elle cherche à la dissimuler, mais un mouvement d'œil ou de lèvres la trahit parfois, comme un caillou jeté à la surface lisse d'un lac. Elle n'est pas maquillée et ne porte qu'une robe jaune toute simple ; un foulard bleu cache ses cheveux ramenés en tresses. Sans doute rentre-t-elle d'une mission de Sangsue. Je sens malgré tout le léger parfum de lys. Une constante quelle que soit la tenue.

« Te voilà réveillée. » Ne sachant que répondre à ça, j'attends qu'elle poursuive. « J'étais très inquiète quand Alanna t'a ramenée. Surtout à cause de ta main. Mais je vois que le doigt a déjà repoussé. »

Je lève la main torturée. En effet, il ne reste presque aucune trace de l'œuvre d'Alezan. Les dernières gouttes de sang de loup en moi ont dû activer la guérison. L'étrange bâton n'est pas aussi puissant que le soleil, en fin de compte.

Discernant mon angoisse soudaine, Dame Hocquard s'empresse de me rassurer :

« Tout va bien, Sam chérie. Ça ne me dérange pas un seul instant que tu aies bu du sang de loup. En revanche j'aimerais savoir où tu l'as trouvé. Plus nous en avons à disposition, mieux c'est. Mais je suis surtout ravie que tu sois vivante.

— Vous savez...

— Ce qui s'est passé ? Oui, nous avons rassemblé les pièces du puzzle. Il faut dire que tu... délirais un peu à ton retour, ce qui nous a fourni pas mal de réponses. Puis notre contact au palais nous a apporté les derniers éléments. Formant ainsi un tableau on ne peut plus clair de la situation. »

Il me semble qu'il y a un froid glacial dans cette phrase. Soit je suis enfin en sécurité, soit... pas du tout. J'apprends lentement à ne jamais être sûre de rien avec Dame Hocquard.

« J'avais rien dit à Beth sur nous, m'dame. Sur vous, je veux dire. Sur les Sangsues. » *Concentre-toi, Sam. On t'a sauvée d'un poteau d'exécution, c'est pas pour en retrouver un autre.* « Elle savait juste pour le papier trouvé dans la chambre du jeune Azzuri. Et je lui en avais parlé avant même de connaître votre existence.

— Je sais, ma chérie. C'est pour ça que je ne suis pas au fond d'une geôle et que, toi, tu n'as pas vu le soleil. »

Un long silence s'installe entre nous tandis que j'analyse le double sens de ces mots. Je me demande – une fois de plus – ce qui se joue derrière les grands yeux bleus de Dame Hocquard. Alanna affiche sa folie au grand jour, comme un étendard. J'ignore où la reine des Sangsues range la sienne.

Dame Hocquard pose soudain sa main sur la mienne. Elle ne m'avait encore jamais touchée. Son visage n'exprime plus que sollicitude et sympathie ; l'ai-je mal jugée ces dernières minutes ou les revirements font-ils partie du personnage ?

« Sam, je suis vraiment navrée pour Beth. Je sais que cette cité et ses dirigeants ont déjà causé la mort d'autres de tes proches, mais je n'ose imaginer ce que tu as dû ressentir en voyant ta meilleure amie mourir de cette façon.

— Merci, m'dame. » J'essaie de toutes mes forces de repousser les images du corps ravagé. Dame Hocquard s'attend sans doute à me voir fondre en larmes, mais je n'ai pas envie de lui donner satisfaction. « Je pense que vous pouvez peut-être l'imaginer quand même, non ? »

Je tiens les larmes en respect en reprenant l'initiative de la conversation. Dame Hocquard hausse les sourcils, prise de court par la question.

« Tu n'arrêtes jamais de réfléchir, dit-elle en hochant la tête d'un air approbateur. C'est cette qualité, cette force, que j'ai vue en toi dès le début. » Elle se lève puis se place devant un portrait accroché au mur. « Je t'ai servi une belle platitude, n'est-ce pas ? Nous savons toutes les deux que je ne mènerais pas cette vie si je n'avais pas traversé une période de ténèbres. C'est pourquoi je ne doute pas un seul instant que tu sortiras aussi de la tienne. »

Je m'avise tout à coup qu'un sujet crucial manque à notre échange.

« Vous ne m'avez rien demandé sur la chambre forte. Sur ma mission à la banque du Sang. J'ai découvert de quelle chambre il s'agit. Je sais que…

— Oui, ma chérie, ne t'inquiète pas, m'interrompt-elle sans quitter le portrait des yeux. Tu nous as déjà tout raconté. Comme je te l'ai dit, ton calvaire t'a fait délirer quelque peu. Donc, nous avons reçu les informations. Plusieurs fois, en fait. » Elle se rattrape, consciente que je pourrais mal le prendre. « Tu as vraiment accompli un travail formidable.

— Merci, m'dame. Je vous ai aussi parlé de la lettre ? De la… relation que LaMalle entretenait avec Azzuri ?

— Tout à fait. Et Sage, avec l'esprit aiguisé qui est le sien, semble être parvenu à dessiner les contours de ce qui s'est produit.

— Vous partagez son opinion ? m'enquiers-je en espérant en apprendre plus sur lesdits contours.

— Oui, son analyse est très convaincante. Il soutient que le jeune Azzuri, sachant que Saxe avait dissimulé dans une chambre forte la mystérieuse trouvaille faite à Vespéral, avait aussi fini par découvrir que LaMalle avait la charge de cette chambre et gardait trace des retraits réguliers qui s'y effectuaient. Plus tard – ou peut-être était-ce avant, on ne le saura jamais –, lorsque le commandant LeFort lui a avoué que quelqu'un enterrait à l'extérieur de la cité des coffrets ressemblant étrangement à ceux de la banque du Sang, Azzuri a supposé qu'ils provenaient de la même chambre forte. Nous ignorons ce qu'il a pu supposer d'autre, mais ça l'a bel et bien poussé à s'aventurer hors des murs.

— Alors… Vous croyez que LaMalle…

— Aurait vendu son amant au Prince Saxe ? C'est loin d'être impossible. Dans la lettre que tu nous as décrite, Azzuri avertit LaMalle des dangers posés par la responsabilité de la fameuse chambre forte. On peut dès lors envisager que ces larmes que tu l'as vu verser naissaient non seulement du deuil, mais aussi d'un fort sentiment de culpabilité.

— D'accord… C'est assez triste si c'est bien le cas. LaMalle a retourné la gentillesse d'Azzuri contre lui.

— La peur a étouffé ses sentiments. Tu remarqueras qu'il en est souvent ainsi.

— Donc, il ne nous reste plus qu'à découvrir ce qui se cache dans cette chambre forte.

— En effet, ma chérie.

— Mais avec tout ce qui m'est arrivé, m'dame, je présume qu'on va devoir… faire profil bas pendant un moment, non ? »

Un mince sourire se dessine sur ses lèvres. Elle a compris où je voulais en venir.

« Précise ta pensée, Sam chérie. Nous sommes entre amies ici. »

J'espère que c'est vrai. Je ne suis plus sûre de rien.

« Ma meilleure amie est morte. Je ne veux plus qu'on meure à cause de moi. »

Dame Hocquard hoche la tête sans répondre, le regard rivé sur le portrait devant elle. Il dépeint une femme vêtue d'une robe rouge vif, avec de longs cheveux bruns et des traits gracieux, comme Dame Hocquard, mais avec un sourire plus affirmé, des yeux plus petits, plus énergiques ; elle semble en avoir assez de rester assise, n'attendant que l'occasion de reprendre ses activités. Je me sens soudain très proche d'elle.

« C'est ma grand-mère, dit Dame Hocquard. Elle est morte pendant la Double Guerre, dans l'un des premiers raids des loups-garous sur Aurore. Morte ici même, dans ce manoir. J'en ai entendu des belles à son sujet ! Elle vivait à une époque où la société vampire était encore moins respectueuse à l'égard des femmes qu'elle l'est aujourd'hui. Des femmes nobles, veux-je dire. Pour garder sa demeure après le décès de son époux dans une escarmouche avec les loups, elle a dû se déshabiller devant son beau-frère, qui l'a reluquée comme il l'aurait fait d'une prostituée de bas étage. Un an plus tard, on l'a retrouvé mort dans son lit, à côté d'une fiole de sang empoisonné au bouton de cendre. L'un des nombreux crimes non résolus de ces années-là. »

Je me concentre sur le portrait, essayant d'imaginer une autre Dame Hocquard. Mais celle que j'ai en face de moi est si saisissante que je me représente seulement la même femme dans un lointain passé.

« Il y a aussi l'histoire de son valet, reprend-elle. Agressé par l'un des valets du Prince Béryl. Elle n'a pas hésité une seconde : elle a foncé au château de Béryl pour réclamer des excuses et une réparation. Le Prince lui a ri au nez, évidemment. Il n'a même pas cherché à faire preuve d'un minimum de politesse. Pire que tout, le valet en question l'a narguée sous les yeux de son patron, qui s'en est beaucoup amusé.

— Je parie que votre grand-mère n'a pas trouvé ça amusant du tout. »

Dame Hocquard sourit. Un sourire de pures ténèbres.

« Non. En effet. La nuit suivante, elle a invité le valet dans son boudoir pour faire amende honorable. Il a accepté, sans doute dans l'intention de l'humilier encore plus, mais elle a ajouté au thé d'anguille une herbe peu connue, capable d'assommer un bon moment n'importe quel vampire. Ensuite elle l'a traîné dans le jardin et l'a attaché à un poteau, si fort qu'il ne pouvait pas se détacher même s'il ne buvait pas que de la vache chez Béryl, ce qui était assez improbable au vu de la radinerie de ce cher Prince. Après quoi, elle a attendu à sa fenêtre que le soleil se lève. Elle a entendu le valet crier quand les premiers rayons l'ont réveillé, avant de le réduire en cendres quelques secondes plus tard.

» Elle a patienté jusqu'à la nuit suivante pour fourrer les cendres dans une urne. Puis elle a emmené le tout chez Béryl, qui était en train de manger avec sa femme. Elle a répandu les cendres sur les deux vampires et sur leurs plats. Béryl, au milieu d'une quinte de toux provoquée par les cendres de son valet, a promis à ma grand-mère que sa vengeance serait terrible. Alors, elle l'a regardé droit dans les yeux et lui a déclaré très calmement que, si sa réaction ne répondait qu'à une simple contrariété, il pouvait imaginer ce que ce serait si elle se mettait vraiment en colère.

» Elle est ressortie du château, sachant très bien que le Prince Béryl, lâche parmi les lâches, n'oserait pas s'en prendre à elle. Donc tu vois, Sam, si elle a pu vivre à cette époque, souffrir moult indignités et malgré tout se battre comme une lionne, j'ai tendance à penser qu'en dépit des dangers qui nous guettent, nous devrions poursuivre notre travail. Qu'en dis-tu ?

— J'en dis que ça me paraît pas mal. »

Satisfaite, Dame Hocquard se dirige vers la porte.

« On fait quoi, maintenant ?

— Nous allons étudier tes informations plus précisément, me répond-elle. Discuter de la suite avec notre étrange petite brigade.

— Comment je peux vous aider ?

— Commence par te reposer. Tu n'es pas la seule Sangsue disponible. Tu as joué ton rôle à la perfection, mais d'autres monteront sur scène pour la suite. Nous en reparlerons quand tout sera fini. »

L'annonce est si brutale que j'ai du mal à réagir.

« Mais, m'dame…

— Non, Sam. Ma décision est prise. La suite se fera sans toi. »

Dame Hocquard se tourne à nouveau vers la porte.

« Ce n'est pas juste. »

Elle pivote vers moi en un instant, la rage au fond des yeux. Une rage dont je suis la cible pour la première fois.

« Bien sûr que ce n'est pas juste. Rien n'est juste. Mais tu as failli mourir, ce qui te force à tirer ta révérence pour le moment. Notre groupe comprend deux sorciers, une louve et Alanna. Je ne m'inquiète pas pour eux. Mais je m'inquiète pour toi. Or, je refuse de perdre du temps à m'inquiéter au vu de ce qui nous attend. Soyons bien claires, Sam. Il s'agit de ma cité. *Ma* cité. Je ne compte pas m'excuser pour ce que je dois faire. Ça va beaucoup plus loin que ta petite ambition. Je te parle de *ma* cité et de *mon* devoir envers elle. Me suis-je bien fait comprendre ? »

Choquée, je me retiens de pleurer comme si ma vie en dépendait.

« Oui, m'dame.

— Parfait. Maintenant, repose-toi. »

Dame Hocquard sort de la chambre d'un pas vif. Je ne me suis jamais sentie aussi inutile.

Sage

« Elle va bien ? »

Je pose la question les yeux plongés dans mon verre d'eau de feu atmo. Pour une fois, j'accompagne Jacob dans la boisson. Il y a des jours comme ça.

« Elle va déjà mieux », rétorque Dame Hocquard.

Les cheveux noués en tresses, elle est assise sur le canapé de la pièce où nous nous sommes rencontrés la première fois ; Jacob s'est installé en face d'elle tandis que je me tiens près de la cheminée, trop tendu pour m'asseoir. Corneille est debout elle aussi, dans un coin que les lampes éclairent à peine ; les ombres habillent son corps nu, la maigre lumière fait briller ses canines. Alanna est absente, récupérant sans doute de son brillant sauvetage.

« Alanna l'a délivrée avant que l'aube la blesse, poursuit la noble vampire. Elle est surtout sous le choc et en manque de sang, plus de légères meurtrissures dues à ses liens. »

Je hoche la tête, soulagé, puis m'efforce aussitôt de masquer ce soulagement, car Jacob m'observe avec attention.

« Alors, qu'a-t-elle découvert ? m'enquiers-je.

— Le numéro de la chambre forte d'où sortent les colis enterrés hors les murs. Le commis de banque a scrupuleusement noté chaque retrait, dont les dates correspondent aux patrouilles menées par LeFort. Il n'y a certes aucune certitude, mais tout laisse à penser qu'il s'agit aussi de la chambre forte à laquelle s'intéressait Azzuri. Pour preuve la lettre envoyée à LaMalle, dont le contenu suggère qu'ils étaient amants. »

Très bien. La situation s'éclaircit. Les lignes d'hypothèse convergent. Je ne dispose pas d'assez de faits avérés pour énoncer une « certitude », mais les présomptions sont fortes. Assez fortes pour décider de la suite. Je vide mon verre d'un trait puis dévisage un à un mes camarades conspirateurs.

« Voici comment je vois les choses. Après des décennies de quête, le jeune Azzuri a enfin identifié la chambre forte contenant la trouvaille faite à Vespéral, celle dont il était venu me parler. Peut-être est-il entré en contact avec le commis LaMalle par hasard, peut-être l'a-t-il approché intentionnellement. Ses tentatives pour découvrir ce qui se trouve dans la chambre – une information dont le commis n'avait pas connaissance ou qu'il rechignait à divulguer – ont été relancées par le récit du commandant LeFort concernant les colis enterrés à l'extérieur des murs. Azzuri a certainement suspecté un lien entre ces colis et le contenu de la chambre forte, lien là aussi certainement confirmé par LaMalle. Tenant compte du fait que sortir d'Aurore est beaucoup plus facile – même si, malheureusement, beaucoup plus dangereux – que s'introduire dans ladite chambre forte, Azzuri a choisi ce plan d'action.

— Votre discours contient un bon nombre de *peut-être* et de *certainement*, sorcier, fait remarquer Dame Hocquard avec un sourire.

— J'en conviens, ma dame. Normalement, il y en aurait bien trop pour ma propre satisfaction. Mais nous bénéficions ici d'un bel avantage. Nous n'avons pas besoin d'être sûrs de tout. Il nous suffit de faire une seule petite chose…

— Allez jeter un coup d'œil dans la chambre forte, conclut une voix de louve sortie des ombres.

— Ah oui, rien que ça ? » s'exclame Jacob.

Mon adjoint se sert une nouvelle rasade de vin de Luce. Je remarque qu'il a renoncé à l'eau de feu depuis sa rencontre avec LeFort.

« Et après, on fera quoi ? reprend-il. On ira pioncer dans le lit du Grand Prince et chouraver son sang de loup ?

— Votre ami marque un point, frère Bailey, dit Dame Hocquard. Depuis la chute de Vespéral, la banque du Sang est la bâtisse la mieux gardée des Terres éternelles.

— Les responsables du temple des Naissances à Luce auraient peut-être un autre avis sur la question. Mais qu'importe puisque nous disposons d'une experte en la matière. N'est-ce pas, Corneille ? »

Je vois la louve hocher la tête.

« Pas de problème. Je peux entrer dans la banque du Sang quand je veux.

— C'est donc si facile ? lui demande Jacob.

— J'y ai beaucoup réfléchi. Les vampires ne sont pas des chasseurs, donc ils négligent toujours quelques chemins de traverse. En réalité, la sécurité du bâtiment est pitoyable.

— Admettons, dit Dame Hocquard en rajustant l'une de ses épingles à cheveux. Mais il y a pénétrer dans la banque et pénétrer dans une chambre forte. Elles sont toutes lourdement gardées. D'autant plus celle qui nous intéresse, à mon humble avis.

— Trente gardes à chaque étage, crois-je bon de préciser. En tout cas selon certains descriptifs. Sans compter les éventuels gardes supplémentaires assignés à cette chambre forte précise, vu son importance.

— Je peux m'en arranger, affirme Corneille. Les gardes de la banque du Sang ne tournent pas au sang de loup. Ils n'ont accès qu'à de la came de Médian, avec sans doute des fioles plus nobles aux alentours en cas de besoin. »

Dame Hocquard fronce les sourcils.

« Je suis persuadée que vous êtes en mesure de massacrer tous ces gardes, ma chère, comme… vous savez si bien le faire. Mais cela ne risque-t-il pas de *perturber* les relations entre loups et vampires ? Comptez-vous déclencher une guerre pour résoudre un meurtre ?

— Il y a peut-être plus à craindre des manigances de Saxe que d'un petit carnage isolé. Mais… je reconnais que ça pourrait causer quelques frictions.

— Je pense connaître un moyen de rendre votre tâche moins ostensible », lui dis-je.

Les dents de Corneille brillent soudain dans la pénombre.

« Lâchez le morceau, mage.

— Quelqu'un dans cette cité est susceptible de nous aider. Un sorcier. J'ai déjà… évoqué la question avec lui. Il causerait une diversion pour rendre votre approche plus aisée.

— J'hallucine ! s'écrie Jacob en crachant quelques gouttes de vin. Tu comptais m'en parler quand ? »

Je dévisage mon adjoint dans l'espoir de lui faire comprendre que ce n'est *vraiment* pas l'endroit ni le moment.

« Un Kinet ? demande Corneille. Je doute que ces bidouilleurs de sang soient encore capables de déplacer quelque chose de plus gros qu'une fiole.

— Non. Ce n'est pas un Kinet. C'est quelqu'un… d'autre.

— Un des Neuros que le Grand Prince emploie pour ses messages, alors ? Je n'ai pas besoin de savoir ce que pensent les gardes.

— Non. Quelqu'un d'autre.

— C'est délicieusement vague, s'amuse Dame Hocquard.

— Il faut juste me faire confiance. Je ne peux pas révéler l'identité de cette personne, mais sa diversion aidera Corneille à s'approcher de la chambre forte. »

Dame Hocquard se tourne vers la louve, l'air pensif.

« Bon, faisons-nous confiance à ces sorciers ?

— Pourquoi pas ? dit Corneille en haussant les épaules. On n'a pas trop le choix. Et puis ils savent bien ce qui se passera si je ne suis pas contente d'eux.

— Comment ça, *eux* ? s'insurge Jacob. Je n'ai rien à voir là-dedans. C'est lui qu'il faut manger, pas moi.

— On fait ça quand ? demande Corneille, indifférente aux effusions de mon adjoint. J'ai hâte de mettre un terme aux combines de Saxe. J'ai respiré son odeur. Il mérite qu'on s'occupe de lui.

— Nous devons agir rapidement, lui répond Dame Hocquard. Il est tout sauf stupide. Il va vite comprendre que ce sont les Sangsues qui ont libéré Sam. J'ai échappé à son attention jusqu'à présent, car ça ne lui a pas traversé l'esprit qu'une noble haut placée pouvait être en lien avec une servante. Mais ça ne durera pas.

— Donc on y va demain », dit Corneille.

Dame Hocquard se tourne vers moi.

« Votre… diversion sera prête ?

— Tout à fait. Le sorcier en question a déjà accepté de nous prêter main-forte.

— Plaît-il ? »

Je hausse les épaules à mon tour.

« C'était inévitable d'en arriver là. À la chambre forte. Donc je m'y suis préparé dès que Sam s'est rendu à la banque du Sang. »

Jacob recrache une gorgée de vin dans son verre tandis que Dame Hocquard me dévisage en plissant ses yeux soulignés d'un trait noir.

« Êtes-vous toujours bien préparé ou juste très présomptueux, Sage Bailey ?

— Sans doute un peu des deux », dis-je en soutenant son regard assassin.

La noble vampire se détend soudain et m'adresse un sourire aussi large qu'inattendu.

« Très bien. Alors, organisons la conclusion de notre alliance.

— C'est ça, dis-je en souriant en retour. Allons dévaliser une banque. »

Dame Hocquard

Alanna me rejoint dans la salle des portraits. J'avais espéré pouvoir m'y cacher, m'appesantir seule sur le dégoût que m'inspirent mes agissements envers Sam, mais j'aurais dû me douter qu'elle me traquerait jusqu'ici. Je suis assise sous un portrait de mon grand-père, un homme à l'allure sévère que je n'ai jamais connu, mais qui n'a pas laissé que de bons souvenirs à ma mère. Il est mort pendant la Double Guerre, après quoi ses enfants ont quitté la demeure ancestrale d'Aurore pour s'installer à Vespéral, comme beaucoup de vampires après les dégâts que le conflit avait causés à la cité. Lorsque je suis revenue ici à la suite de la Marée grise, encore sous le choc de la mort de mon époux, j'ai songé un instant à brûler le manoir. À repartir de zéro. En définitive, je suis heureuse de m'en être abstenue. L'histoire familiale est douloureuse, mais cela vaut parfois la peine de saigner.

« Une couronne – ou un sac de couronnes – pour vos pensées, m'dame, si je puis me permettre.

— Alanna… Je crois que nous sommes dans le pétrin jusqu'au cou.

— Parce qu'on n'y était pas déjà avant ?

— Oui, tu as raison. Mais cette fois… Je crains que ce soit différent. Tu ne me convaincras pas que Saxe ne nourrit aucun soupçon à mon égard. Trop de fils mènent ici. Les sorciers, Sam…

— Personne ne m'a suivie quand j'ai ramené Sam. Bon sang, m'dame, j'en mettrais ma main à couper. »

Les traits d'Alanna s'assombrissent un instant. Je la sens blessée. Elle aime donner l'impression que rien ne l'atteint, mais elle est plus sensible qu'elle le prétend. J'ai apprécié découvrir ce versant de sa personnalité ; c'est un signe que notre amitié s'approfondit.

« Ce n'est pas ce que je voulais dire. Je suis bien certaine que personne ne peut te suivre, même quand tu es dans une calèche avec une fille inconsciente sur les genoux. Je pense juste que nous avons fini par laisser de grosses traces de pas derrière nous au lieu des enjambées délicates des Sangsues. L'une de ces traces va forcément conduire Saxe droit devant ma porte.

— Qu'il vienne et on verra ce qui se passe. »

Alanna baisse les yeux vers ses jupons où la dague, toujours présente, attend son heure. Elle l'en extirpe d'un geste vif et nos regards se posent sur la lame. Je mets du temps à trouver les bons mots :

« Je sais que tu le ferais. Que tu mettrais la cité entière à feu et à sang si je te le demandais. Peut-être aurais-je dû te le demander dès le départ. Sache que j'ai une totale confiance en toi. Tu es… tout ce qu'il y a de stable dans ma vie. »

Nos regards se lèvent au même instant et se croisent. Ne se quittent plus. Je ne devrais pas lui parler si tôt après mon échange avec Sam ; je n'ai pas la force de repousser certaines pensées. Ma bouche est affreusement sèche.

« S'il faut en arriver là, s'il faut sortir à découvert, notre avantage acquis depuis des années – des décennies – volera en éclats. » Sa main libre s'approche de la mienne. Voilà ce qu'elle m'offre chaque fois : une dague et une main tendue. « Tu t'en rends compte, n'est-ce pas ? »

Alanna hoche la tête puis remet la dague en lieu sûr.

« Oui, je m'en rends compte, m'dame. Depuis longtemps, même, pour mon malheur. Je crains que les beaux jours où je semais le chaos sur mon passage soient derrière moi.

— En es-tu bien sûre ? Je trouve que tu en as semé une bonne quantité autour de moi. »

Le silence s'installe. S'étire. Je n'ai aucune envie de le rompre.

« Une seconde », lance Alanna en pivotant, l'oreille tendue.

Son ouïe est toujours plus fine que la mienne lorsque nous buvons le même sang, et souvent aussi lorsque j'en prends du meilleur qu'elle. Puis je capte le bruit à mon tour : des sabots de cheval claquant dans l'allée menant au manoir. Nos regards se croisent à nouveau. Une calèche nous rend visite. Nous quittons vite la salle des portraits pour rejoindre le boudoir, où nous écartons les rideaux pour observer discrètement l'allée éclairée par la lune.

« Quand on parle du loup, lâche Alanna. Enfin, façon de parler, m'dame. »

Les mots me manquent. Je n'arrive pas à détacher les yeux du Prince Saxe sortant de sa calèche et montant les marches de l'entrée.

23
Le prince et les dames

Un beau soir, vous avez des décennies devant vous ; le lendemain, soudain, vos jours sont comptés. C'est ainsi que la Lumière se joue de nous.

Atmo Reclantis, *Ruminations d'un assassin*

Dame Hocquard

Me voilà assise dans un fauteuil en quacier au dossier matelassé de rouge, face au divan où se tient le maître espion d'Aurore. Je n'ai pas souhaité qu'Alanna se joigne à nous dans le petit salon du rez-de-chaussée : hors de question que Saxe me voie en compagnie d'une personne d'évidence originaire de Crépuscule, la cité qui a presque inventé l'espionnage. Mais la connaissant comme je la connais, je ne doute pas qu'elle écoute la conversation à distance respectable – plusieurs pièces, voire tout un étage – après avoir avalé une fiole de faucon ensorcelé gardée en réserve pour ce genre d'occasion. Je dispose donc d'une alliée au cas où Saxe s'en prendrait à moi. Mais il est trop futé pour ça. Enfin je l'espère.

« Ce sang est-il à votre goût, Cinabre ? »

Entamer l'échange par un brin de charme ne peut pas faire de mal.

« Il l'est, en effet. Ça fait bien longtemps que je n'avais pas bu de la si bonne baleine. Ensorcelée, dix ans d'âge. Vous me gâtez, ma dame. »

J'observe son expression hypocrite. Croit-il aux mots qu'il vient de prononcer ? Cet homme a-t-il jamais *cru* à ce qu'il disait ?

« Voyons, Cinabre, nous nous connaissons depuis assez longtemps pour que vous m'appeliez Daphnée.

— Vous avez raison sur ce point. Vous avez bien raison, Daphnée.

— Néanmoins, malgré le plaisir que me vaut votre présence, je suppose qu'il ne s'agit pas que d'une visite de courtoisie. Sinon vous auriez eu l'obligeance de me prévenir.

— Vous avez une nouvelle fois raison. »

Saxe repose sa flûte sur la table basse et se frotte les mains. Ce qui dirige mon attention vers ses doigts longs et grêles, que je n'ai aucun mal à imaginer autour de mon cou, sans bien sûr que le maître espion cesse un instant de sourire.

« Votre générosité n'a d'égale que votre finesse, reprend-il. Je vous présente mes plus plates excuses pour mon arrivée à l'improviste. Dans ma profession, je n'ai guère l'habitude de prévenir, aussi oublié-je parfois les formalités. Ce sont les risques du métier, si j'ose dire. En tout cas, comme vous l'avez compris, il s'agit d'une visite pour laquelle je porte mon tricorne de maître espion. Non que je porte réellement cet accessoire, guère compatible avec mon goût pour la discrétion ! » Je le gratifie d'un mince sourire, renvoyant ainsi sa piètre tentative d'humour dans les profondeurs dont elle n'aurait pas dû sortir. « Voyez-vous, Daphnée, je viens à vous à propos d'une servante du palais répondant au nom de Samantha Ingle. »

Saxe se tait, le temps de scruter mon visage afin d'y déceler ne serait-ce qu'une once de réaction à l'énoncé de ce nom. Mais cela fait de très longues années que je mens – notamment aux hommes – et donc que mon expression ne me trahit plus.

« Veuillez m'excuser, chère Daphnée, je n'aurais pas dû m'attendre à ce que vous vous rappeliez le nom d'une Fanée. Parfois, c'est à peine si je me rappelle le mien ! Laissez-moi développer le sujet… Il s'agit d'une fille que vous avez demandé au palais de vous fournir, pour trois nuits en tout, jusqu'à hier.

— Ah ! oui, en effet, dis-je en prétendant faire remonter un souvenir. Une brave fille. Très travailleuse. Mais je ne l'ai pas réclamée nommément, j'ai juste demandé au palais de m'envoyer une servante avec un peu de jugeote, capable d'aider à la préparation du bal de vert-mort. Une tâche pour laquelle elle s'est d'ailleurs montrée à la hauteur. Mais cela ne m'explique toujours pas pourquoi vous venez me parler d'elle.

— Eh bien, le problème avec cette fille, c'est qu'elle devait être emmenée face au soleil aujourd'hui même, pour avoir chapardé dans la chambre d'un Prince.

— Dieux du sang, quelle horreur !

— Malheureusement, très chère Daphnée, l'affaire ne s'arrête pas là. Car il se trouve qu'au moment où le soleil allait lui infliger sa juste punition, elle a été secourue par un assaillant inconnu qui, pour assurer ce sauvetage, a blessé pas moins de huit gardes de façon assez… déplaisante.

— Ce que vous me racontez là est parfaitement incroyable, Cinabre ! »

Je lui sers mon expression la plus choquée, et tente en même temps de me rappeler que je ne suis pas censée me régaler de ma propre performance : le moindre surjeu pourrait vite mettre ma vie en danger.

« Je ne vous le fais pas dire. C'est pourquoi nous gardons cette enquête secrète pour le moment, et j'espère que vous participerez à cet effort de discrétion.

— Bien entendu.

— Vous comprenez donc à quel point il m'importe de mettre la main sur cette Samantha, ainsi que sur son redoutable complice, afin d'éclaircir l'étrange tournure qu'ont pris les événements.

— Je comprends tout à fait, mon cher. Cependant je ne vois pas quelle aide je pourrais vous apporter. Je crains de ne pas lui avoir adressé la parole une seule fois. Ma servante en chef s'est occupée d'elle et m'aurait informée s'il s'était produit la moindre bizarrerie durant son séjour. Vous me voyez navrée de ne pas vous être plus utile. »

Saxe reprend une gorgée de sang de baleine. Ses lèvres posées sur le bord du verre m'évoquent celles d'un poisson mort.

« Je pensais bien que vous diriez ça. Mais je dois suivre toutes les pistes, même les plus minces, n'est-il pas ?

— En effet.

— Dans ce cas, je suppose que vous ne verrez pas d'inconvénient à ce que j'interroge brièvement votre servante en chef, au cas où elle aurait remarqué quelque chose d'intéressant ?

— Faites comme bon vous semble. En revanche, je crains que vous deviez revenir demain, car elle est allée à Levant faire quelques achats en vue du bal et ne rentrera que peu avant l'aube.

— Quel dommage. Je peux donc vous rendre une nouvelle visite demain ?

— Avec grand plaisir. Il est même possible que je déniche une autre fiole de ce sang de baleine, s'il vous plaît vraiment.

— Il me plaît, Daphnée, il me plaît même beaucoup… »

J'ignore si cette expression relève de la conversation banale ou d'un sous-entendu que j'aurais du mal à capter mais, dans tous les cas, la bile me monte peu à peu à la gorge.

« Puis-je vous raccompagner à l'entrée, alors ?

— Ne vous donnez pas cette peine. Je suis venu sans prévenir, il est normal que je parte sans les honneurs. » Saxe se lève d'un geste vif. Comme une araignée bondissant sur sa toile pour saisir un insecte qui vient de s'y coller. « Ah ! une dernière chose. Ma question va sans doute vous sembler fantaisiste, mais j'en appelle à votre grande connaissance du tissu social d'Aurore…

— Allez-y, je vous écoute.

— L'un des gardes blessés affirme que son agresseur était une femme. En tout cas que la silhouette était féminine. Il jure ne pas se tromper malgré les vêtements couvrants et l'aube qui allait se lever. Ce qui a nourri mes réflexions. Une femme sauvant une autre femme, voilà qui est assez inhabituel à Aurore, n'est-ce pas ?

— D'après mon expérience, cela sortirait en effet de l'ordinaire.

— Pourtant, il m'arrive d'avoir vent de… rumeurs. Sur des femmes qui défieraient la noblesse. Des femmes qui se feraient appeler *Sangsues*. Je me demande donc s'il faut y voir un lien avec l'affaire qui m'amène aujourd'hui. »

Saxe a baissé d'un ton sur les derniers mots, comme si un tourbillon les emportait ; je lui réponds en ayant conscience de la mer dangereuse sur laquelle il cherche à m'embarquer :

« Oui, ces rumeurs sont également parvenues à mes oreilles. Mais j'ai tendance à les croire sans fondements. Lors des événements auxquels je participe, je ne discute qu'avec d'autres Dames, pas avec ces Fanés qui semblent vous intéresser.

— Mais vous leur donnez de l'argent, non ?

— Mon cher, ce n'est pas parce que je fais preuve de charité à leur égard que je dois leur adresser la parole. Avez-vous déjà parlé à des Fanés ? Laissez-moi vous dire que ce n'est guère enrichissant.

— Ah ! je n'irais pas prétendre le contraire. Fort bien… J'espère néanmoins obtenir bientôt des réponses à ce sujet. J'ai découvert que la vérité surgissait parfois au moment le plus inattendu.

— Oui, j'ai eu l'occasion de le constater moi aussi », dis-je avec froideur.

Une fois qu'il est enfin parti, je lance à voix haute dans la pièce vide :

« Tu peux venir. »

Alanna surgit aussitôt derrière moi. Je réussis à ne pas sursauter ; après tout, je suis quand même habituée à ses apparitions soudaines.

« Tu as tout entendu, je suppose ?

— Oui, m'dame. Même si ça m'a pas fait plaisir.

— Il sait, Alanna. Inutile de se bercer d'illusions.

— Ça y ressemble. Surtout avec ce qu'il a raconté à la fin.

— Tous nos efforts. Toutes ces années. C'est fini. À cause de ce *type*. »

J'attrape ma flûte sur la table basse et songe à l'envoyer se fracasser sur le sol de marbre. Mais je résiste à l'impulsion. Hors de question d'accorder cette petite victoire à Saxe, même en son absence. Je sens la main d'Alanna se poser sur mon épaule. Sans serrer. Un simple contact. Je ferme les yeux ; mon cœur ralentit peu à peu.

« Non, c'est pas fini, m'dame. Pas encore. C'est juste avec *lui* qu'il faut en finir. Ce qui était notre plan de toute façon, hein ?

— Dans deux nuits, oui.

— Donc on devrait avancer ça d'une nuit. Avant qu'il cause trop. »

Sa main demeure sur mon épaule tandis que je pivote vers elle en m'autorisant un sourire.

« Très bien, Alanna de Crépuscule. L'heure est venue de mettre le feu. »

24
Des merveilles que je n'approche qu'en rêve

Ce doit être bien douloureux de se pencher sur les grands problèmes du monde alors que la plupart des gens ne songent qu'à leurs petits tracas quotidiens. Lorsque vous croisez quelqu'un de cet acabit, vous lisez la souffrance dans son regard. Il aimerait se trouver ailleurs. Dans un autre monde où ses recherches et ses réflexions façonneraient des vies. Il ne peut rentrer à la maison, car il n'est chez lui nulle part, et il sait qu'il mourra insatisfait.

Turouge LaGuigne, *Des façons d'être et d'exister*

Sam

Épuisée par l'échange avec Dame Hocquard, je plonge dans un profond sommeil. Par chance, ne m'y attend aucun rêve de sorcier aux yeux luisants ni d'amie mourant sous mon regard impuissant. Un bruit à la porte finit par me réveiller. J'ouvre les yeux et découvre Sage Bailey debout à côté du lit.

« Tu regardes souvent les filles dormir ? lui dis-je en me frottant les yeux.

— Ah… » Le sorcier ne trouve déjà plus ses mots. « On m'avait laissé entendre que tu serais réveillée. Tu préfères que je revienne plus tard ?

— Non, c'était juste de l'humour mal placé. Allez, assieds-toi. »

Sage s'installe sur la seule chaise disponible. Sa nervosité fait peine à voir ; elle provient soit de ce qu'il veut me dire, soit du fait que je ne porte rien d'autre que ma chemise de jour. Je remarque avec intérêt qu'il est rasé de frais et que sa tunique respire le propre.

« Je suis ravi que tu ailles bien, Sam. Tu as… mal quelque part ? Elles m'ont dit que tu avais été exposée aux toutes premières lueurs de l'aube. Je ne suis guère versé dans ces considérations, mais je sais que le moindre éclat lumineux peut parfois causer de grands dommages aux vampires et ce, de façon… imprévisible.

— Ça va, rassure-toi, dis-je en décidant que je l'ai assez asticoté. À part ça, je ne me sentirai pas offensée si tu me poses les questions qui te tourmentent. Après tout, tu as pris des risques pour me venir en aide.

— Excuse-moi, lâche-t-il d'un air soulagé. C'est seulement que…

— Pas de problème. Tu veux savoir si j'ai employé ton drôle d'artefact sorcier quand j'étais à la banque, et si, par hasard, il ne serait pas tombé entre les mains des Princes. Eh bien, oui d'abord et non ensuite. J'ai donc utilisé ce… machin cubique ?

— Joli nom, approuve Sage avec un sourire.

— Je l'ai lancé sur le commis – LaMalle – quand il m'a surprise. Si le cube agit comme tu le prétends, il a dû se réveiller en pensant avoir glissé sur une flaque de sang.

— Très impressionnant. Et tu as… ? Enfin, est-ce que… ?

— Est-ce que j'en ai parlé à Dame Hocquard et à son molosse de Crépuscule ? La réponse est non. »

Sage réussit l'exploit de paraître à la fois satisfait et troublé.

« Pourquoi donc ?

— Parce qu'elles ne te font sans doute pas aussi confiance que moi, lui dis-je en choisissant mes mots. Par exemple, elles auraient peut-être du mal à avaler l'histoire selon laquelle cet outil est une création des sorciers. Elles pourraient te poser des questions auxquelles tu n'aurais pas envie de répondre. »

Je soutiens son regard, gardant mon expression la plus neutre possible. Si j'affiche un très léger sourire, je ne pense pas qu'il le discerne.

« Merci… » Sage rougit. Je me rends compte que j'aime le mettre mal à l'aise. C'est un jeu auquel j'ai rarement eu l'occasion de jouer. « Et comment tu… ?

— Comment je me suis débarrassée du cube ? Je l'ai enterré dans les bois pendant ma fuite du palais. Pour qu'on ne le trouve pas sur moi si j'étais arrêtée.

— Excellent. Tu continuais à réfléchir alors que tu fuyais une mort certaine.

— Le sang que j'avais dans les veines à ce moment-là m'a beaucoup aidée.

— Quand bien même. Tu aurais dû naître sorcière. Le culte aurait eu grand besoin de quelqu'un comme toi ces dernières décennies.

— D'une femme ?

— D'un esprit vif !

— Je sais. Je te taquinais. C'est facile avec toi. J'aurais pourtant cru que tu avais l'habitude après toutes ces années avec Jacob. »

Sage éclate de rire. Un rire franc, moins maîtrisé qu'à l'ordinaire, comme s'il s'accordait un petit espace de liberté.

« On ne s'habitue jamais à Jacob, crois-moi.

— Comment vous êtes-vous rencontrés ? »

Autant profiter de cet instant propice pour en apprendre un peu plus.

« C'était quelques années après la fondation du culte. Lequel avait pris un départ plutôt… chaotique. Je tentais de lui donner un second souffle en recrutant des gens assez loufoques pour se lancer en quête des reliques d'une race dont personne n'admet la possible existence. Je me trouvais alors à Quantile, cherchant des adeptes parmi les miens, car j'avais décidé que le culte ne devait être composé que de Quantas. C'est là que Jacob m'a détroussé.

— Hein ?

— J'étais dans ce que les sorciers appellent un débit de boissons. Un bistrot, quoi. C'est toujours un bon endroit pour dénicher des individus qui cherchent à prendre un nouveau départ. Jacob a paru intéressé par ma proposition, une fois dessaoulé par une bonne dose d'eau de feu non alcoolisée. C'est lorsqu'il a éprouvé le besoin de se rendre aux latrines que j'ai remarqué la disparition de ma bourse.

— Un bel exploit de sa part. C'est difficile de te prendre en défaut.

— Eh bien, admettons que je n'étais pas… au mieux de ma forme.

— T'étais bourré, en fait.

— Ah ! oui, possiblement. Son attitude m'a décontenancé. Il m'a convaincu de boire avec lui, plus que de raison. C'est un talent… particulier, mais j'avais besoin de gens talentueux, quels qu'ils soient. Donc, ensuite, je l'ai suivi à la trace…

— Avec ses empreintes de pas et tout ça ?

— Disons que je n'ai pas eu à aller loin, il s'était effondré au bout de la rue. De fait, certaines compétences ne sont réellement utiles que si l'on arrive encore à marcher droit. Après l'avoir remis sur pied, j'ai passé la nuit à lui parler de mes projets et de la vie des sorciers en général. Même si nous exprimions les choses différemment, nos visions du monde étaient assez semblables, ce qui m'a poussé à lui faire confiance. Je me targue d'avoir un bon jugement sur mes semblables, figure-toi. Jacob est donc devenu mon adjoint au sein du culte d'Humanis, rôle qu'il occupe encore aujourd'hui.

— Tu n'avais pas peur qu'il te vole à nouveau ?

— Jacob n'avait pas eu une vie facile jusqu'alors. Loin de là. Ce n'est pas évident d'être un Quanta dans la société des sorciers. Il aurait été bien mesquin de lui reprocher ce qu'il devait faire pour survivre. Nous ne naissons pas tous avec les mêmes chances, donc il serait injuste de juger les gens uniquement aux routes qu'ils sont forcés d'emprunter pour traverser le chaos de l'existence. Certains prétendent que l'on juge un homme aux actes qu'il commet sous le coup du désespoir. Je ne suis pas d'accord. J'estime au contraire que l'on doit juger un homme à son comportement lorsqu'il se trouve en situation favorable. Lorsqu'il dispose de la liberté de choisir la façon dont il veut que l'on se souvienne de lui. »

Un silence plane entre nous. Normal après un tel discours.

« À mon tour d'en apprendre plus sur toi, reprend Sage après un moment.

— Je suppose que tu as déjà posé la question à Dame Hocquard…

— En effet, admet le sorcier en regardant au loin. Tu es née dans la zone est du quartier de Suet. Ta mère enseignait la lecture à des enfants de Médians, ce qui t'a permis de t'instruire avec eux. Ton père était tanneur. Vous n'étiez ni les plus pauvres ni les mieux lotis des Fanés. Ton père a été emmené face au soleil quand tu avais neuf ans, pour avoir protégé ta mère des avances d'un Prince. Ta mère, elle, a mis fin à ses jours un an plus tard en s'exposant au soleil, brisée par le chagrin. Ta sœur et toi avez alors dû vous débrouiller seules. Vous avez vécu dans la rue, mendiant et volant, vous endurcissant jour après jour. Puis ta sœur a voulu quitter cette vie et entrer au service de l'ennemi – devenir servante au palais. Un accident survenu pendant la cérémonie d'entrée l'a réduite en cendres. Tu as tenté de la secourir, en vain, mettant ta propre vie en danger. Les Princes ont trouvé ça très amusant et t'ont fait venir au palais à sa place. Tu t'es donc retrouvée au cœur de tout ce que tu détestais. Après quoi tu t'es mise à fréquenter la bibliothèque afin de rassembler les armes nécessaires à ton évasion. »

J'éprouve soudain une furieuse envie de me réfugier moi aussi dans un débit de boissons.

« D'accord… Rien ne vaut d'entendre résumer sa vie en quelques phrases. Merci bien. »

Sage hausse les épaules, indifférent à mon sarcasme.

« Ce n'est pas ta biographie qui m'intéresse, c'est ce qui te fait avancer. Ça, je veux l'entendre de ta bouche.

— Je croyais que tu savais juger tes semblables ? »

Sage me sourit. C'est exactement ce qu'il attendait.

« Très bien, je me lance. » Il me dévisage de ses yeux noisette. Assez beaux si on aime cette couleur. « Tu as toujours su qu'il y avait quelque chose d'autre. Qu'il y avait plus que les Princes, les Fanés, le sang, cette cité, ce territoire. Il y a bien plus et tu veux en faire partie. Donc tu te prépares. Tu imagines d'autres mondes et tu espères sans cesse y vivre un jour.

— Voilà qui ressemble fort au credo de ton culte. C'est quoi, déjà ? *Il y a des mondes au-delà du mien, des merveilles que je n'approche qu'en rêve.*

— Exactement. Et ça n'a rien d'une coïncidence. Toi et moi, nous sortons du même moule. Il y a des gens comme nous partout. Des gens mécontents. Non de leur vie quotidienne, mais de son sens profond. Comment pourrait-il en être autrement ? La majorité de ce qui se déroule dans ce monde n'a aucun sens. Mais personne ne semble désireux de tout remettre en cause, de poser les bonnes questions.

— Quelles questions ? m'enquiers-je, soudain intéressée.

— Il y en a des quantités ! Par exemple, comment sommes-nous passés de simples bêtes à créatures civilisées en un clin d'œil à l'échelle du temps biologique ? Appeler ce phénomène le Souffle d'intelligence n'explique absolument rien. Pourquoi n'est-il pas possible d'explorer les Terres de cendres, l'étrange continent au-delà de la mer Australe, et pourquoi cet état de fait ne dérange-t-il pas grand monde ? Les gens écoutent toutes ces histoires sur les monstres qui empêchent de s'y aventurer, sur la chute de Crépuscule, et ils y croient sans discuter. Où est la curiosité, l'envie d'explorer ? Où sont les navires qui devraient nous emporter sur des mers inconnues, vers de nouveaux continents ? Et pendant que nous y sommes, pourquoi les sorciers naissent-ils adultes dans un lieu dont seules deux ou trois personnes connaissent les secrets ? Ces personnes en appellent au pouvoir de la Lumière et ça coupe court à toute discussion, comme si nous n'étions que des gamins idiots. Alors que le caractère sacré du processus ne peut pas tout expliquer.

— Je te sens un peu frustré…

— Tu n'imagines pas à quel point, lâche Sage en se massant les tempes.

— Peut-être faut-il accepter de ne pas tout savoir.

— Peut-être, en effet. Mais nous sommes allés beaucoup trop loin dans l'autre sens. Dans l'idée de ne *rien* savoir. Les gens avancent comme dans un rêve éveillé, concentrés sur des détails. Même les guerres semblent vaines. Bien peu d'entre nous s'en rendent compte. »

Je hoche la tête, forçant mon esprit encore ensommeillé à réfléchir plus vite qu'il ne le souhaite. Une fiole de sang supérieur serait la bienvenue.

« Je vois ce que tu veux dire. Tu as envie que tout le monde ait conscience de cette situation. Tu voudrais provoquer une sorte... d'illumination générale.

— Je ne suis pas sûr que les vampires apprécieraient ce terme, dit Sage en souriant. La lumière n'a pas tendance à vous faire du bien. Mais oui, tu as parfaitement saisi mon propos. »

Je lui souris en retour.

« Ce besoin d'en savoir plus, d'aller plus loin... C'est comme une drogue.

— Une drogue que nous consommons tous. Mais beaucoup gaspillent ses effets dans la religion ou dans un prétendu amour de leur cité.

— On a bien le droit d'aimer sa cité, quand même. Aurore est un bel endroit. Le problème, ce sont ses dirigeants.

— Oui, tu as sans doute raison, soupire Sage. Mais je veux plus que des cités, Sam. Je veux des mondes. »

Il détourne le regard et me prend la main. Je me demande un instant s'il va aller plus loin, mais il me lâche aussi vite qu'il m'a touchée.

« C'est très important pour moi de pouvoir m'exprimer aussi librement », ajoute-t-il.

Puis, sur un nouveau coup de tête, il se lève et se dirige vers la porte.

« Sage, attends ! J'apprécie le côté dramatique de ton départ, mais j'aimerais qu'on me parle un peu de la suite, même si Dame Hocquard refuse que j'y participe. J'ai cru comprendre que Corneille doit s'introduire dans la banque du Sang grâce à une diversion que tu vas organiser. C'est quoi, cette diversion ? »

Sage pivote vers moi, les yeux plissés.

« Tu sais que je n'en ai parlé à personne, n'est-ce pas ?

— Tu te crois vraiment intelligent, hein ?

— Les personnes intelligentes se reconnaissent entre elles, on dirait.

— Allez, un petit indice…

— D'accord, accepte Sage avec un rictus. Je vais recevoir l'aide d'un autre sorcier. Qui réside à Aurore.

— Un Kinet ? Un des mages du sang ? » Sage secoue la tête. « Un Neuro, alors ? Un de ceux qui envoient les messages ?

— Non plus. Disons juste qu'il y a plus de mages à Aurore qu'on veut bien le croire. Dont certains qui se cachent. Celui dont je te parle est un ami de longue date, et ce n'est ni un Neuro ni un Kinet. Par ailleurs, il s'est montré très efficace durant la Double Guerre. Trop efficace, même. Donc il vit dans la clandestinité depuis lors. À mon humble avis, la diversion qu'il va créer pour nous restera dans les annales.

— Et alors ? C'est qui ? Il est quoi ?

— Sam, je n'en dirai pas plus avant que tout soit fini. La discrétion est de mise, car cet homme met sa couverture en danger pour m'aider.

— Tu dois rester discret. D'accord. Sauf en ce qui concerne toutes les informations que tu viens de me donner.

— Exactement, dit Sage en hochant la tête. Je vois que nous nous comprenons.

— Tu adores jouer l'homme mystérieux, pas vrai ?

— Je ne ferai aucun commentaire. »

Il m'adresse un clin d'œil puis se tourne à nouveau vers la porte, évitant de peu de s'y cogner en sortant.

Je me rallonge dans mon lit et marmonne sur un ton narquois :

« Ouais, c'est ça… Je vois très bien pourquoi on n'a pas besoin de moi. »

Dame Hocquard

L'heure est venue. Ma calèche patiente dans l'allée, prête à nous emmener au temple des Premiers Dieux, le lieu de rendez-vous. Une fois là-bas, nous monterons sur le toit – une tâche facile si la belle stratégie de Sage fonctionne –, où nous attendrons d'abord les deux mages, puis la louve. Nous irons ensuite à la rencontre du Grand Prince pour lui montrer notre trouvaille, après quoi nous répandrons l'information dans toute la cité et cette affaire sera enfin finie. Un plan qui me paraît soudain bien trop simple. Un frisson me parcourt les veines, ce qui me pousse à me tourner vers Alanna pour me réchauffer aux flammes qui brûlent en moi quand je la regarde. Mais ça ne m'aide guère.

« J'ai un mauvais pressentiment, m'dame.

— Tu as toujours de mauvais pressentiments. Dis-toi que nous n'allons pas forcément droit dans un piège. Aurore n'est pas Crépuscule.

— On va pas non plus faire une p'tite balade tranquille dans les bois.

— Ça, je te l'accorde bien volontiers ! »

Alanna soutient mon regard.

« Mais après ça, on devrait peut-être la faire, cette balade. » L'ombre d'un sourire apparaît sur ses traits. « Histoire de causer. Histoire de voir ce qu'on pourrait devenir toutes les deux, m'dame. »

Elle continue à me scruter de ses petits yeux malicieux, puis son sourire s'élargit jusqu'à lui manger le visage et mon cœur fait un bond dans ma poitrine.

« Oui, Alanna, je pense que ce serait une excellente idée. »

25
L'envol de la corneille

La vallée de la Mort. La pire bataille de la Double Guerre, en tout cas pour les loups. Durant laquelle les vampires – aidés par certains sorciers – sont allés beaucoup trop loin. Durant laquelle ils ont bien failli nous exterminer avec leurs sales tours. Les loups-garous ont appris une leçon à la dure ce jour-là : les vampires sont prêts à utiliser n'importe quelle ruse, n'importe quelle vilenie pour parvenir à leurs fins. Il faut juste espérer ne pas recevoir cette leçon une seconde fois.

Cendre Ansbach, *Mémoires d'un alpha*

CORNEILLE

Je patiente dans les ombres. J'ai mon point d'entrée, mon horaire, mon plan et mon objectif. Je n'ai besoin de rien d'autre. Tapie dans l'obscurité, là où les ombres se rejoignent, je sais qu'un passant qui s'efforcerait de sonder cette noirceur du regard distinguerait peut-être une vague silhouette. Un loup me repérerait à l'odeur, assurément. Mais il ne s'agit ici que de vampires, qui, de surcroît, auront bientôt d'autres sujets d'inquiétude qu'une simple louve.

C'est l'heure de dévaliser une banque.

Soldat Ruddock

J'me réveille un demi-sablier avant la tombée de la nuit. J'ai réussi à pioncer un peu malgré les cinq pintes de vin de bœuf d'hier, qui me sont tombées dessus en même temps que Jonny et Claire, les jumeaux Walsh, qui font jamais dans la dentelle. Ma femme m'a gueulé dessus, mais j'ai quand même bien le droit d'me détendre. Surtout avec ce foutu sergent d'mes deux qu'est toujours sur mon dos.

À présent faut que j'me lave, que j'me fringue et que j'file à Austral, où m'attend la caserne, tout ça en sifflant ma première fiole. Au moins je vis pas loin, c'est l'avantage. J'suis un gars de Ponant maintenant, mais côté sud-est, ce qui me rapproche d'Austral. J'ai échappé aux baraques pourraves de Suroît en me mariant à une Médiane. Qu'en est à peine une, d'ailleurs. Son vieux fait partie des p'tits associés d'une carrière de pierres, ce qui fait qu'on crèche à Ponant et pas à Levant. N'empêche, ma femme est une Médiane, alors me v'là grimpant l'échelle sociale. La maison est pas bien grande mais elle a un toit en ardoise, une vraie cheminée et des carreaux aux fenêtres, c'qu'a rien à voir avec les cabanes de bois et de chaume dans lesquelles j'ai démarré ma chienne de vie. Et donc c'est pas loin de la caserne.

Une fois sur place, j'me pose pour une nuit peinarde. Qu'est-ce qui pourrait bien se passer, hein ? L'action, elle est pour les sentinelles des murs et pour nos héros, les Éclaireurs, qui risquent leur peau à chaque patrouille. Alors que nous, les troufions de base de la Garde de sang, on fait quoi ? Quand on doit pas mater une révolte de crève-la-faim – et c'est bien rare depuis la grosse qu'a eu lieu juste après la Marée grise –, on s'occupe du tire-laine du coin ou alors on fait le sale boulot des Princes, et ça, ça manque pas. La caserne elle-même est plantée au milieu de nulle part. La muraille est à cinq cents mètres au sud, le centre-ville à un kilomètre au nord, reliés par la route du Sang qui passe pile devant la caserne. À part ça, que dalle. Si les Gris font un trou dans le mur, c'est nous la prochaine ligne de défense. Mais s'ils ont déjà réglé leur compte aux sentinelles, c'est pas nous qu'allons les arrêter. V'là le truc auquel faut pas trop songer si on veut pioncer sur ses deux oreilles.

Première corvée de la nuit : nettoyer les arbalètes. Comme si on comptait s'en servir un jour. Mais c'est le plan en cas d'attaque. Étape numéro un, les gars d'la Garde volante avalent une rasade de sang de loup, viennent survoler les enflures de Gris et voient ce qu'ils peuvent faire. Étape numéro deux, les autres gars jouent de l'arbalète comme si leur foutue vie éternelle en dépendait. La caserne elle-même vaut pas tripette pour s'y planquer – quelques briques, beaucoup de bois – mais y a un mur en travers de la route du Sang, fait en bonnes pierres, comme la muraille principale, et percé de meurtrières pour les carreaux d'arbalète. Officiellement ça s'appelle le « mur intérieur », mais, entre nous, on l'appelle plutôt le « mur aux cons », parce que si on a vraiment besoin de se foutre derrière et de viser des Gris qui bougent déjà trop vite pour qu'on les voie, alors on aura l'air de sacrés cons.

Donc je nettoie les arbalètes. Je cire la corde, je cire le fût. Je fais ça bien : j'suis un vrai soldat quand même. Soudain, un cri interrompt mes belles réflexions philosophiques. C'est le capitaine Gulam qui beugle comme un veau. On l'appelle Josh la Disloque derrière son dos parce qu'il s'appelle Joshua et qu'il passe son temps à se casser des p'tits os sans importance. Il joue aussi très bien du luth. Un homme de talents, le capitaine. Mais dans son cri, y a que d'la peur. D'la peur pure et dure. Quand les cloches se mettent à sonner, j'suis pas loin de chier dans mon froc, vu que la dernière fois qu'elles ont sonné, c'était pour la grande révolte des Fanés. J'suis assez vieux pour m'en rappeler, ouais. C'était pas la Marée grise, d'accord, mais c'était une sacrée merde quand même.

Je débarque à fond de train dans la cour où on doit se rassembler en cas d'urgence. En haut du mât, j'vois pas flotter le drapeau rouge indiquant une rébellion. Celui qui flotte à la place, je l'ai encore jamais vu. Les premières secondes, je pige même pas ce que je vois. Et puis ma bonne vieille cervelle vient enfin à mon secours. C'est du gris. Un drapeau gris.

Corneille

J'attends et j'écoute. Mes oreilles me servent plus que d'habitude à cause de l'odeur du sang. C'est en partie ma faute puisque j'ai choisi de m'accroupir dans la conduite d'égout qui évacue le sang rejeté par la banque. Mon museau est saturé d'odeurs de baleine, d'aigle, de faucon, de renard, de vipère, de cerf et de dizaines d'autres animaux. Même avec des siècles d'expérience derrière moi, je peine à faire le tri dans cette masse fétide.

C'est pourtant la seule voie d'accès, en tout cas d'après les rapports des Sangsues dont m'ont abreuvé la noble Dame et sa chienne de garde. Louée soit la lune, j'ai la place de me faufiler, ce qui n'était pas gagné d'avance, mais les vampires ont prévu des tuyaux assez grands pour évacuer des torrents de sang. Un tel gaspillage me sidère ; quand un loup mange, il ne reste de sa proie que les dents et quelques os bien léchés. Une partie de ce sang provient des rations attribuées aux commis et aux servantes, qui jettent en fin de journée ce qu'ils n'ont pas consommé, mais la majorité du flot sort des réserves de la banque. Car le sang finit parfois par se gâter, même bien surveillé, même ensorcelé, et les Princes qui le stockaient là doivent se résoudre à passer des litres de leur fortune liquide en pertes et profits. Je me demande quels volumes de sang de loup ont ainsi disparu dans les égouts à l'époque où les vampires en possédaient de grandes quantités. Cette pensée insuffle en moi une rage qui me sera bien utile pour la suite.

La pièce située au bout de cette conduite – toujours à en croire les schémas tracés par les Sangsues – n'est qu'une petite antichambre. Mon pauvre museau a du mal à évaluer par lui-même la taille de la pièce, mais il m'indique au moins qu'elle est vide. La seule personne censée y pénétrer est le Fané chargé de déverser les pots de sang vicié dans la conduite. Ce qui ne s'est pas encore produit aujourd'hui, et je ne m'en plains pas.

Donc je me prépare et j'attends le signal. J'attends les cloches.

Soldat Ruddock

On s'met en rang derrière le mur, le mur aux cons, même si personne – surprise, surprise – ne s'amuse plus à l'appeler comme ça. Des ailes battent au-dessus d'ma tête. Les vingt soldats de la Garde volante en l'air, rien que ça. Du sang de loup à n'en plus finir. Mais c'est les Gris, hein ?

Même si on n'a encore rien vu. Au point que certains se demandent déjà si le capitaine aurait pas merdé. Comment les Gris ont pu passer le mur principal, d'abord ? Et s'ils l'ont vraiment fait, pourquoi on est avertis que maintenant ? On a envoyé un gars ailé au sud pour qu'il se renseigne sur ce bordel. En attendant les nouvelles, on fouille des yeux la pénombre de la route du Sang. On allume les torches. Et on patiente en buvant du sang. Pas de loup pour nous, les rampants, mais de bonnes quantités d'ours non ensorcelé, gardées en réserve pile-poil pour ce genre de situation. Même si j'suis pas sûr que ça serve à grand-chose contre les Gris. Un peu plus de force, de rapidité, de finesse dans les sens... C'est pas ça qui va arrêter les balles. Paraît qu'on aura du loup, nous aussi, en cas d'invasion, mais j'ai du mal à y croire. Parce qu'il en faudrait beaucoup. Et le peu qu'il doit y avoir, il ira aux Princes, qui se feront pousser des ailes pour filer à toute allure pendant qu'on crèvera sous les coups des Gris.

Je regarde à travers la meurtrière. J'attends, encore et encore. Un silence bien lourd s'est installé derrière le mur. Les cloches ne sonnent plus. On voit toujours rien venir. L'air est glacé, le vent mordant, mais je le sens pas trop grâce à l'ours. Qui m'aide aussi à percer la nuit au-delà des torches, le long d'la route du Sang et de ses rangées d'arbres. J'vois bien des formes bouger, mais rien qui ressemble à un Gris. Mon cœur bat la chamade, soit à cause du sang d'ours soit parce que je sais qu'on va me la mettre profond. Je me tourne un instant vers mes frangins d'arme, chacun derrière sa meurtrière. Comment vont vos p'tits cœurs, les gars ?

C'est alors qu'il débarque. Tout droit sorti de mes cauchemars de gosse. Un Gris juste là, devant moi, de l'autre côté du mur. Un voile cache son visage. Il a une drôle de p'tite arme dans la main, qu'il pointe sur ma gueule. Je tire mon carreau d'arbalète sans même y penser. Mais c'est déjà trop tard.

Corneille

Ding, dong. Les cloches sonnent. Dans toute la cité et dans la banque. La diversion de Sage va semer la panique aux quatre coins d'Aurore. Pour quelqu'un d'aussi posé, il adore les plans comportant une bonne dose de chaos. Les sorciers sont vraiment de drôles de gens.

Je bande mes muscles et bondis telle une flèche ensanglantée, perforant la vanne d'accès à l'égout. J'atterris sans bruit dans l'antichambre, en effet petite et sans élément notable. Mon museau encaisse une puanteur encore plus âpre que dans la conduite ; je perçois chaque type de sang à travers des goûts auxquels une louve a accès : la force du cerf est une feuille de thé fumée ; la sérénité de la baleine ensorcelée, un doux matelas d'herbe après la pluie. J'ai beaucoup de mal à ne pas me laisser emporter par cette avalanche de sensations ; je secoue le museau et reprends enfin forme humaine, avec un odorat un peu moins performant.

Je capte à présent la course effrénée des gardes dans les couloirs, le fracas métallique des armures stockées pour une seule et unique raison : une attaque des Gris. Une partie de moi ressent soudain l'envie d'aller à leur rencontre. J'aime me battre contre un soldat en armure ; ça ressemble à un bon plat livré dans une boîte. Mais je me retiens. Je reste attentive au vacarme presque aussi assourdissant que les cloches, qui m'indique que les gardes franchissent les grandes portes de la banque pour filer au combat. Le bruit s'amenuise peu à peu. Plus rien ne bouge dans l'immense bâtiment.

J'ouvre la porte donnant sur le couloir. Je renifle puis observe. Des pavés de marbre, des murs en pierre. Aucune torche. Je suppose qu'elles ne serviraient à rien : le sang bu par commis et gardes leur offre une bonne vision nocturne, tandis que les Fanés qui fréquentent ces couloirs secondaires les connaissent par cœur. Pour ma part, ça ne me gêne pas. Les yeux d'une louve n'ont pas besoin d'éclairage.

Je m'avance lentement tout en décelant l'odeur des quelques gardes encore présents. Sage pensait qu'ils sortiraient tous, obéissant à l'ordre impératif lancé par les cloches, mais personne n'est bête à ce point. D'après le sorcier, le couloir que je suis mène droit à la cour centrale. Je sens qu'il y a quatre gardes en faction là-bas, un à chaque angle, autour du grand escalier grimpant aux chambres fortes. Celle qui m'intéresse, numérotée 1015, se trouve au dixième étage. J'envisage un instant de me changer à nouveau en louve, mais des transformations trop rapprochées perturbent les sens, et la seule menace qui aurait pu m'inquiéter – des gardes en grand nombre – n'existe plus. Mon inquiétude se situe plutôt au niveau de la promesse ridicule que j'ai dû faire pour cette mission : ne tuer personne. Car pour neutraliser les gardes sans les tuer et sans qu'ils sachent qui les attaque, je vais devoir me montrer vraiment rapide. *Un beau défi*, me dis-je en souriant. Ça fait bien longtemps que je n'ai pas eu à réfléchir ainsi : comme une espionne et non comme une chasseresse.

Je progresse jusqu'au dernier tournant avant la cour. J'étudie l'odeur du garde le plus proche ; il est à peine adulte – une quarantaine d'années – et exsude par tous les pores de sa peau une angoisse au goût ferreux née du sinistre présage porté par les cloches. Pauvre petit, il ne craint pas la bonne menace. Je sais déjà comment je vais me débarrasser de ces quatre vampires laissés seuls face à une louve ayant bien envie de s'amuser.

Je commence par un long sifflement. Ma stratégie sera vite caduque si l'un des trois camarades de ma cible l'accompagne pour déterminer l'origine du bruit, mais je n'entends que ses pas à lui. Ce ne sont pas les meilleurs gardes qui sont restés dans la banque. Lorsque le vampire passe le tournant, je lui fracasse la tête contre le mur avant qu'il ait pu me voir. Le son produit est satisfaisant à défaut d'être fort ; le jeune garde glisse à terre, assommé. Il s'en tirera avec guère plus qu'une migraine, même si ce *guère plus* comprend quelques blessures que je vais devoir lui infliger sur-le-champ pour assurer la bonne marche de mon plan.

Je siffle à nouveau. J'entends les trois autres gardes s'inquiéter du phénomène puis interpeller ma victime. Faute de réponse, ils s'approchent à leur tour, tous ensemble cette fois car ils ne sont pas totalement abrutis. Le trouble du premier exhale une odeur crayeuse tandis que le deuxième projette dans l'air les relents métalliques de la terreur : tout ce qui se produit depuis quelques minutes est au-dessus de ses forces. L'odeur du troisième est plus neutre. C'est un vrai guerrier. Parfait. Je me le réserve pour la fin.

Une fois le tournant franchi, ils découvrent le corps de leur camarade. Ils hésitent, sentant que quelque chose ne va pas *du tout*. Une hésitation pas bien longue mais suffisante pour distinguer une drôle de forme – peut-être un autre corps – sous celui du soldat inconscient, même si c'est dur à voir à cause du sang qui coule à flots de multiples coupures sur son torse.

Je leur accorde une seconde de plus, puis bondis en tenant le corps devant moi, comme ce marionnettiste croisé à Luce autrefois. Le sang qui vole dans l'air et la veste du soldat m'aident à me dissimuler. Malgré leur stupeur, les trois gardes sortent les griffes, prêts à se défendre, mais je suis déjà sur eux. Le premier – le crayeux – reçoit mes griffes en pleine gorge. Je les ai étirées au maximum pour entamer une peau durcie par du bon sang. Ça marche : un beau jet jaillit de la carotide, maculant de rouge le visage de ma marionnette.

Tandis que ma nouvelle victime s'effondre devant ses deux amis, je m'accroupis, lâche mon bouclier de chair puis saute par-dessus les gardes dans un grand tourbillon du sang qui me couvre désormais des pieds à la tête. Une fois derrière eux, je ne leur laisse pas le temps de se retourner et transperce d'un seul coup de poing les deux poitrines alignées, transformant ces soldats en simples morceaux de viande plantés sur une brochette. Je retire mon bras puis contemple les deux trous ainsi pratiqués : en plein dans les foies. Au cas où l'un d'eux trouverait la force de pivoter vers moi avant de s'évanouir, je pousse le plus proche dans le dos, les expédiant à terre sur leur copain à la gorge déjà trouée.

J'inspecte les quatre corps entassés. Il est vrai qu'ils présentent des blessures assez... sévères. Mais, après tout, on n'accepte pas de garder une banque sans être prêt à se faire étriper de temps en temps. Soignés avec du sang de qualité, ces types finiront par guérir. Il en faut beaucoup pour tuer un vampire.

Souvent, ce « beaucoup », c'est moi.

Soldat Ruddock

Mon carreau manque sa cible, enfin, je suppose, vu qu'il poursuit sa course et s'perd dans la nuit. Alors que j'ai tiré à bout portant. *C'est l'heure,* j'me dis. *Mon vieux Simon, t'es fait comme un rat.* Le Gris lève son arme d'un geste calme et le temps ralentit sa course. Je pense à Trissy, ma Trissy que je reverrai jamais, en tout cas pas dans cette vie. Finis les réveils l'un contre l'autre, finie sa douce odeur, finies ses mains qui posent les miennes sur ses seins, comme si rien au monde pouvait nous faire du mal, comme si on allait jamais vieillir, encore moins mourir, et qu'on allait passer l'éternité au pieu sans être dérangés.

Je pense à tout ça en fermant les yeux, attendant qu'une mort glacée se plante en moi.

Et puis je les rouvre. J'ai pas froid. Mon cœur bat toujours. Quant au foutu Gris qui voulait ma peau, il a disparu de la meurtrière.

J'attends. J'attends son retour. Mais il est plus là. Alors je me force à respirer, vite et fort, comme j'ai jamais respiré avant.

Faut que je recharge mon arbalète bien cirée. Faut que je me batte.

Corneille

Je me passe la langue sur les lèvres devant la chambre forte 1015.

Rien à signaler d'important depuis le remue-ménage du rez-de-chaussée. J'ai grimpé le grand escalier central sans croiser d'autres gardes ; il en restait donc encore moins que ce que je pensais. Arrivée au dernier étage, j'ai découvert un long couloir faiblement éclairé par des lampes à huile. Les tapisseries accrochées aux murs représentent des scènes de l'histoire des vampires. Si ça m'intéressait – ce qui n'est pas le cas –, j'aurais pu les étudier en détail pour voir si j'y figurais. Au bout du couloir, après un virage à droite, je suis tombée sur un autre garde dont je me suis occupée avant qu'il comprenne ce qui se passait. Un petit bout de chair m'en est resté entre les dents. Ce vampire-là guérira aussi, mais quelques fioles de sang supérieur lui seront nécessaires pour combler le trou qui a remplacé sa gorge.

Un dernier tournant à gauche m'a amenée en vue de la fameuse chambre forte. En voyant surgir ma silhouette couverte de sang, l'ultime garde a tourné les talons et détalé en direction de ladite chambre, prouvant ainsi qu'il pensait avec ses pieds. D'ailleurs je l'ai neutralisé en lui en arrachant un, juste pour rigoler, car je commençais à m'ennuyer ferme.

La chambre forte numéro 1015 fait sept mètres de haut sur dix de large. Sa grosse porte en pierre est couverte de métal, avec force charnières, poulies, et seule la lune sait quoi d'autre derrière. Trois énormes barres de fer peintes en rouge courent sur toute la largeur, au cas où la serrure centrale ne suffirait pas. Cette chambre a été conçue pour résister même à un vampire ayant sucé le sang d'un loup entier. Normalement – en tout cas dans mes souvenirs –, les plus grandes chambres fortes arborent de jolies gravures, mélange entre les blasons des familles propriétaires du contenu et les données administratives de la banque. Sur celle-ci, je ne vois rien. Ce que je considère comme un mauvais signe.

Heureusement, j'ai la clé. Car une chambre forte de la banque du Sang est un endroit hautement sécurisé... sauf pour qui dispose de la clé adéquate. Laquelle est très difficile à voler puisqu'elle est possédée par le commis responsable, dont le nom est évidemment tenu secret, sans oublier que ledit commis doit toujours l'avoir sur lui, même à la maison. Sachant, grâce à Sam, la clé 1015 sous la garde du commis LaMalle, j'ai attendu qu'Aurore s'endorme au lever du soleil pour me rendre chez lui. Je lui ai d'abord pris la clé, puis la vie. Personne ne m'avait demandé de le tuer, mais j'ai repensé à la façon dont il a trahi le jeune Azzuri, lequel, d'après tout ce que j'ai entendu dire, était au-dessus du lot parmi les Princes. J'ai donc appliqué à LaMalle la justice des loups qui, bien sûr, a plus à voir avec la loi de la nature qu'avec une justice quelconque. Au moins avons-nous l'honnêteté de le reconnaître.

Finalement, j'ai enfoncé mon bras dans sa gorge afin d'extraire par cette voie tous les organes que je dénichais à l'intérieur, tandis que ses yeux larmoyants me demandaient pourquoi je lui infligeais un tel traitement. Une question à laquelle je n'ai pas cru bon de répondre.

Je fais jouer la clé dans les serrures des barres de fer, qui se détachent une à une, puis dans la serrure principale. Le mécanisme entre en action : charnières et poulies remplissent leur rôle, grincent, gémissent, jusqu'à ce que la porte s'ouvre avec lenteur. Je n'ai pas les termes pour décrire un processus d'ingénierie si éloigné du milieu naturel, mais j'admets que c'est plutôt impressionnant.

Je m'avance dans la chambre forte.

« Par la grande lune… »

Ces mots que je viens de murmurer, je les répète, plus fort, car ce que j'ai sous les yeux le mérite amplement. La chambre forte fait une trentaine de mètres de profondeur et elle est remplie de coffrets en bois. Enfin, je suppose que c'est du bois. Ils en ont la couleur et l'aspect mais paraissent plus solides, comme s'il s'agissait de métal peint avec un motif de bois. J'ai du mal à analyser leur odeur à cause du sang dont je suis recouverte, mais je la trouve quand même étrange : terreuse, un peu salée, loin des métaux dont j'ai l'habitude. Les coffrets sont petits, assez pour être soulevés aisément. Il y en a des centaines – non, des milliers – empilés les uns sur les autres. Je m'avance encore et en attrape un ; le couvercle se soulève sans que j'aie fait le moindre geste. Je baisse les yeux vers le contenu.

Je mets un moment à comprendre ce que je vois, puis un moment encore à l'accepter. J'éprouve un besoin irrésistible de parler, d'entendre ma voix résonner sur les parois de la chambre forte :

« Ça explique tout. Ces sales enflures. Je vais les égorger, les dépecer et porter leur peau en parure. »

Mes griffes sortent et se rétractent, sortent et se rétractent sous l'effet de l'immense colère qui bouillonne en moi, tandis que je répands une odeur de citronnier en flammes.

Puis je soupire, repose le coffret et me prends la tête à deux mains.

« J'ai souvent l'impression d'avoir tout vu, qu'aucune combine n'arrivera plus à me choquer. Mais chaque siècle apporte avec lui son lot de merveilles. »

L'écho de ma voix me paraît soudain ridicule : une louve meurtrière, âgée de plusieurs siècles, se parlant à elle-même faute d'interlocuteur. Ma colère retombe déjà. À chaque siècle sa trahison. C'est atroce de banalité.

Je ramasse un autre coffret au hasard. Difficile d'en transporter plus d'un si je veux me changer en louve sans entrave. Mais un seul suffira.

Je quitte la chambre forte sur mes deux jambes puis, au premier tournant, passe sur quatre pattes, la preuve fermement tenue entre mes mâchoires. Cette victoire me laisse un sale goût dans la bouche.

Pourritures de vampires. Cette fois, ils sont vraiment allés trop loin.

Je jure que je vais me les faire.

QUATRIÈME PARTIE

Une sinistre vérité

26
Vif comme l'éclair

Pour l'endroit le plus sacré de la cité, le temple des Premiers Dieux a vu de nombreuses batailles sanglantes se dérouler derrière ses murs, en particulier juste après la fondation d'Aurore, lorsque les Dieux du sang avaient encore de la concurrence. Un constat peu surprenant pour qui s'intéresse un minimum aux religions du continent, car les cultes ont souvent besoin de sang, lequel n'est pas toujours fourni de bon gré.

Kinet Lastassion, *Les Temples d'Aurore*

Grand Prince Azzuri

Varouge surgit à mon côté alors que je me dirige vers la salle du Dôme, où s'est rassemblé le Grand Conseil.

« Pourrais-je vous toucher un mot ? me demande-t-il en me montrant une pièce vide.

— Ce n'est pas le moment. La cité est en émoi et le Grand Conseil m'attend.

— C'est donc justement le moment, Vermillon. »

J'ignore si cela vient de son expression ou du fait qu'il n'avait plus utilisé mon nom d'élection depuis près de deux siècles, mais j'ai un mauvais pressentiment.

Sam

Les cloches me réveillent. Celles qui sonnent l'alarme, pas les heures. Comme il y a un mois, avant que ma vie passe à la vitesse supérieure tel un loup fonçant sur sa proie. L'horloge posée sur la commode, à l'autre bout de la chambre, m'apprend qu'il s'est écoulé quatre sabliers depuis que je me suis rendormie. Quatre heures de nuit perdues. Je ne pensais pas dormir si longtemps. À cette période de vert-mort, ça signifie qu'il ne reste que sept heures avant l'aube.

Les cloches, elles, m'apprennent que Sage a lancé sa diversion. Corneille doit se trouver dans la banque du Sang tandis que les autres l'attendent au temple des Premiers Dieux. Il m'a fallu écouter aux portes pour recueillir cette information. Ce qui me laisse avec une seule question, que je me pose d'ailleurs depuis que Dame Hocquard a refusé que je participe à l'opération...

Que suis-je censée faire ?

Sage

Le plan semblait pourtant simple. D'abord retrouver Corneille au temple des Premiers Dieux afin qu'elle nous révèle le contenu de la chambre forte 1015. Puis montrer les preuves au Grand Prince, en résolvant peut-être au passage le mystère des Gris, mais à tout le moins celui de la mort de son fils cadet ; cet homme calme, pensif, si différent des autres Princes, et qui a trouvé la mort lors d'une quête que j'ai moi-même initiée.

Mais, comme tous les plans comportant trop de variables, celui-ci nous a glissé entre les doigts. Tous les plans dont *je* ne contrôle pas chaque variable en personne, devant laisser ce soin à d'autres, pour être exact.

À présent l'une d'entre nous est agonisante, voire déjà morte, une autre nous a abandonnés, et ce qui reste du groupe est coincé sur le toit du temple, séparé d'une mort certaine par une mince porte en bois.

Tout avait pourtant si bien commencé.

UN SABLIER PLUS TÔT

« Elle n'est toujours pas là. Donc elle s'est fait choper. Et c'est ce qui va nous arriver aussi si on reste plus longtemps. »

Dame Hocquard se tourne vers Jacob avec une exaspération mal dissimulée.

« J'avais déjà pris note de ce conseil les fois précédentes. Êtes-vous réellement si peureux, ou juste fébrile parce que je vous ai interdit d'apporter de l'alcool ?

— Un peu des deux, sans doute. »

Mon adjoint est certes trop tendu, mais cela ne m'empêche pas d'être inquiet. Je devine que Dame Hocquard l'est aussi. Alanna semble égale à elle-même, mais je ne suis pas sûr que l'angoisse effacerait de son visage son éternel rictus où se mêlent colère et amusement.

Nous patientons sur le toit du temple des Premiers Dieux, le plus ancien lieu de culte du continent. Plus précisément, nous en occupons une portion plane située entre deux petites flèches elles-mêmes placées derrière les tours de la façade sud. Des pinacles élancés, de dix mètres de haut, coiffent chacune des tours.

À notre arrivée au temple, j'ai été fortement impressionné par les portes de cette façade, dont les bas-reliefs élaborés dépeignent les Dieux du sang, les saintes fioles et les rivières de sang. Au-dessus des portes se dressent d'énormes statues des premiers martyrs du culte, et encore au-dessus une grande arche évoquant une goutte de sang renversée dont le tracé s'intègre au vitrail représentant de longues veines dans pas moins de vingt nuances de rouge.

Sur le toit, en revanche, il n'y a rien d'aussi grandiose à admirer. Mais nous n'avons pas choisi cet endroit pour ses qualités architecturales ; c'est d'abord un repaire tranquille, loin des regards inquisiteurs. D'ici, en me tournant vers le sud, je domine tout le centre-ville, puis Austral et enfin les murs de la cité. Je distingue aussi Levant et Ponant, ainsi que leurs prolongements, Suret et Suroît, où s'entassent les maisons des Fanés ; à cette distance, les taudis ressemblent à une pile de débris lancés depuis les cieux par une divinité négligente.

Mon attention se porte néanmoins plein sud, juste après le centre-ville, là où commence Austral, un quartier qui n'est en réalité qu'une plaine presque vide entourant la route du Sang jusqu'aux murs de la cité. D'ordinaire, il n'y a pas grand-chose à y voir à part la caserne et quelques armureries. Mais aujourd'hui, on y voit beaucoup de monde. Il semblerait que tous les soldats d'Aurore s'y soient rassemblés, formant une immense ligne défensive à sa limite nord. À première vue – la piètre vue d'un sorcier confronté à l'obscurité – il ne se passe rien devant cette ligne, côté muraille et route du Sang. Comme si les soldats ne comptaient repousser que le vent qui balaie la plaine.

Mais si je plisse les yeux, si je me concentre, alors j'aperçois des ombres à l'intérieur des ombres. De vagues silhouettes entrant et sortant de la lueur des torches. Il ne s'agit pas de soldats adverses avançant en formation, plutôt d'une armée de démons jaillis de terre pour tourmenter leurs victimes. Ce sont des Gris.

Pourtant, je n'éprouve nulle crainte. Car je suis à l'origine de cet assaut.

« Des mirages », lance Dame Hocquard dans mon dos.

Elle s'est assise adossée à l'une des flèches, les jambes étalées sur le plancher sale du toit. Avec sa vilaine robe marron, sa perruque emmêlée et l'absence de maquillage, impossible de reconnaître en elle l'une des femmes les plus connues de la cité.

« Des mirages de Gris, reprend-elle. En plein cœur d'Aurore. Je comprends pourquoi vous gardiez secrète la nature de la diversion. C'est une pure folie, mon cher.

— Seule une attaque des Gris pouvait forcer tous les gardes de la banque du Sang à quitter le bâtiment.

— Quel sorcier nous vaut ce beau spectacle, alors ?

— Mira Kastannion.

— Celui qui a permis de vaincre les Ombres ? Voilà ce qui s'appelle avoir des amis haut placés ! Donc il réside vraiment à Aurore...

— Oui, les rumeurs sont parfois vraies. Il vit avec les Kinets de Noroît, dissimulé parmi les mages qui rendent le sang plus vigoureux. Je vous demanderai de bien vouloir garder cette information pour vous car il aurait de gros problèmes si sa présence venait à être découverte. Les Miras aussi puissants que Kastannion ne peuvent pas mener une vie normale, comme il l'a appris à ses dépens durant la Double Guerre.

— Mais enfin... » Dame Hocquard paraît avoir du mal à articuler ses pensées. « Je sais les Miras capables de générer des illusions saisissantes, mais je ne comprends pas comment ils parviennent à les rendre si... réalistes, si vivantes. Ni comment ces illusions peuvent prendre une telle ampleur et durer si longtemps. Regardez ça, toute la Garde de sang est mobilisée. Tout le monde y croit !

— Les légendes de la Double Guerre ont un fond de vérité, dis-je en haussant les épaules. Les mirages de Kastannion acquièrent bel et bien une certaine vie indépendante, même s'il continue à les contrôler.

— Ce mirage-là est censé durer combien de temps ? Les soldats vont bien finir par se rendre compte que les Gris ne les attaquent pas vraiment.

— C'est exact, mais le mirage se sera évaporé avant. À ce moment-là, nous aurons déjà informé le Grand Prince et les membres du conseil de la conspiration ourdie contre eux, mettant ainsi fin aux manigances de Saxe.

— Sauf, bien sûr, si les Princes nous remercient de nos bons offices en nous condamnant à une mort lente et douloureuse, intervient Jacob.

— Revoilà l'trouillard en chef, lâche Alanna en grimaçant.

— Ayez un peu de bon sens, lance Dame Hocquard à mon adjoint. Les Princes ne vont pas risquer de déclencher une guerre sur deux fronts en s'en prenant non seulement à deux émissaires de l'Archimage, mais aussi à Corneille Ansbach, la sœur du loup alpha en personne. De plus, ma présence poussera la plupart d'entre eux à nous écouter. À condition que nous ayons quelque chose à leur dire. »

Dame Hocquard jette un coup d'œil autour d'elle comme si elle comptait faire apparaître notre amie louve par la seule force de sa volonté.

« Peut-être n'avez-vous pas fréquenté autant d'hommes désespérés que moi, rétorque Jacob.

— Au contraire, je vis depuis quinze décennies dans une cité où il n'y a que ça.

— Attendez une seconde, dis-je aux deux adversaires. Écoutez un peu… » Je perçois une sorte de grattement. « Vous… Vous l'entendez aussi ?

— Ça viendrait pas de l'escalier ? demande Jacob en se tournant vers la porte.

— Non, dit Alanna. Ça vient du mur. »

Avant que j'aie pu y réfléchir, une forme noire franchit le parapet crénelé. Dans cette ombre plus noire que la nuit, j'aperçois un éclair jaune et, durant un court instant, je suis persuadé qu'il s'agit de Sinassion venu finir le travail.

Mais l'apparition est trop large et elle n'est pas… humanoïde.

Lorsqu'elle émet un grognement caverneux, je comprends être en présence de Corneille Ansbach sous sa forme de louve : une fourrure d'un noir absolu, deux rangées de crocs brillant à la lune, de petits yeux perçants, un corps à la fois imposant et agile, capable d'écraser sa proie avant de s'enfuir par la plus mince des issues.

Ses mâchoires puissantes tiennent un objet qu'elle laisse tomber à nos pieds. Puis l'air se met à scintiller autour d'elle, dans un prodigieux kaléidoscope de couleurs, à croire que la nuit elle-même entre en fusion. Je devine le bout d'une patte devenir main, une mâchoire se raccourcir, la chair s'agiter, mais je serais bien incapable de décrire l'ensemble du processus. Ce n'est pas simplement un corps se changeant en un autre corps ; c'est l'inversion temporelle d'un épisode lors duquel une femme s'est transformée en louve.

Qui n'a jamais assisté à la métamorphose d'un loup-garou ignore le sens du mot *sidération*.

Corneille se dresse à présent devant nous sous forme humaine, nue, souillée de ce qui ressemble fort à du sang séché. Elle désigne le coffret que ses mâchoires de louve ont lâché quelques secondes auparavant.

« Je l'ouvrirais si j'étais vous, lance-t-elle sans préambule. Ça vaut le coup d'œil. »

Je me tourne vers Dame Hocquard, laquelle se tourne vers Alanna, qui nous regarde tous les deux. Après quoi je pivote vers Jacob, qui pousse un long soupir.

« D'accord, d'accord, je m'y colle. Mais si c'est un piège, je reviendrai tous vous hanter. »

Mon adjoint se penche pour ramasser le coffret. Dont la conception me semble bien différente de ce que produisent d'ordinaire vampires, loups ou sorciers. La surface évoque du bois peint, mais avec un aspect très lisse qui fait plutôt penser à du métal. Il y a… de l'étrangeté dans cet objet ; je pense que nous ressentons tous cette impression.

« Où est la clé ? s'enquiert Jacob. Non, attendez... Si vous avez apporté ça dans vos mâchoires et que vous êtes nue, alors... Finalement, je crois que quelqu'un d'autre devrait l'ouvrir.

— Pas besoin de clé, lâche Corneille. Il faut juste appuyer dessus. »

Jacob s'exécute, avec moult précautions, comme si le coffret risquait de lui exploser à la figure. Dès que le couvercle s'est soulevé, nous nous rassemblons tous autour de mon adjoint, sauf Corneille qui reste à l'écart pour étudier nos réactions.

« Il y en a des centaines comme ça dans la chambre forte, précise-t-elle. Des milliers, plutôt. »

Durant le long silence qui s'ensuit, chacun tente de bâtir une explication cohérente à ce que ses yeux contemplent. Le coffret contient une bonne centaine de petits cylindres d'environ cinq centimètres de long sur un de diamètre, faits d'un matériau inconnu. Une couche externe translucide laisse deviner quelque chose à l'intérieur, dont seule la couleur est identifiable : rouge, jaune ou bleue.

Pour ma part, j'ai saisi la nature de ces cylindres à l'instant où je les ai vus. Corneille a compris aussi, de même qu'Alanna. Ceux d'entre nous qui ont côtoyé cette mort-là de près. Seuls Jacob et Dame Hocquard ont encore les sourcils froncés, visiblement dubitatifs.

« Quelqu'un aurait-il l'obligeance de m'expliquer de quoi il retourne ? demande la noble vampire. On dirait... » Sa phrase reste en suspens. Je vois presque le mot se former dans son cerveau. « Des balles ? »

Les dernières pièces du puzzle se mettent soudain en place. Pourquoi cela m'a-t-il pris si longtemps alors que tout était sous mon nez ? Je me tourne vers Corneille et remarque ce que l'ombre de la flèche m'avait caché jusqu'alors : la rage folle qui brûle au fond de ses yeux.

Elle *sait*, elle aussi, et peine à maîtriser la violence de ses émotions.

« Oui, ma dame, dis-je. Ce sont en effet des balles. Les balles des Gris. »

Alanna serre et desserre lentement la main avec laquelle elle joue de la dague ; elle aussi est en train de comprendre. Bienvenue au club. Boissons gratuites, mais il faut laisser sa morale au vestiaire.

« On peut m'expliquer ce que ces balles foutent dans une chambre forte de la banque du Sang ? demande Jacob. C'est ce genre de boîtes qui sort des murs depuis des décennies, pas vrai ?

— Tout à fait, lui dis-je. Depuis peu avant la Marée grise, à en croire les archives que Sam a consultées.

— Par l'ombreuse et putain de Lumière, pourquoi s'amuse-t-on à leur rendre leurs balles ?

— On ne les leur *rend* pas. C'est bien là le problème.

— Dieux du sang… » Dame Hocquard semble avoir fait son entrée au club. Elle se rassied lourdement. « Même dans mes pires cauchemars, je n'ai jamais… Je… Finalement un peu d'alcool me ferait du bien. Non, *beaucoup* d'alcool.

— Je vais tous les saigner, déclare Alanna. Tous, les uns après les autres.

— Bon, d'accord, lance Jacob. Vous êtes tous très doués pour les mines choquées. Mais il se trouve que des décennies de beuverie ont quelque peu altéré ma puissance de déduction, c'est pourquoi je voudrais bien, pour la plus grande gloire des cinq magies, que quelqu'un m'explique ce qui se passe. »

Laissez-leur un peu de temps, Jacob. Il y a des vérités difficiles à accepter.

Mon adjoint se dresse d'un bond comme s'il avait le feu aux fesses, puis se place dos à la flèche, tournant la tête de tous côtés.

« Je l'ai entendu aussi », dis-je. Les regards des autres membres du groupe m'indiquent que nous l'avons *tous* entendu. « J'ignorais que vous pouviez faire cela, Sinassion. Parler à plus d'une personne à la fois. »

Si je devais décrire tous mes pouvoirs ignorés, nous y passerions la nuit, Sage Bailey. Je crains que vous finissiez par vous ennuyer.

« Il est où ? demande Alanna en brandissant sa dague.

— Quelque part en dessous », dit Corneille en reniflant.

Un scintillement dans l'air m'indique qu'elle veut se transformer à nouveau.

« Non, attendez ! Écoutons ce qu'il a à nous dire. Je vous en prie. »

Corneille me regarde d'un air surpris, puis se tourne vers Dame Hocquard.

« Eh bien, écoutons-le », dit la vampire, tout à coup d'une pâleur sidérante.

Merci. Je ne vous retiendrai pas longtemps car vous avez saisi les grandes lignes du dossier. Rassurez-vous, je ne peux pas lire vos pensées intimes depuis l'endroit où je me trouve, mais les idées de surface m'apparaissent clairement. Vous avez tous compris.

« Pas moi », marmonne Jacob.

Presque tous.

Si un homme peut glousser sans vraiment rire, c'est à cela que ça ressemble.

Expliquez-lui, frère Bailey.

Je pivote vers Jacob et lui dévoile ce que j'aurais dû deviner bien plus tôt, ce que mon obsession m'a empêché de voir :

« Les Princes. Enfin Saxe et ses acolytes. Ils fournissent des armes aux Gris.

— Ah. Pourquoi ils feraient ça ?

— N'est-ce pas évident ? » Cette fois, je n'ai pas pu contenir mon exaspération. « Les Gris travaillent pour les vampires. Depuis le début. Ils forment leur armée personnelle.

— Ah. Parfait. Alors ces Gris… ils sortent d'où ? »

C'est là que j'interviens, Jacob. Je crains qu'il s'agisse de mon armée. De mes Ombres. Avec des tuniques plus pâles et des armes plus étranges, mais néanmoins mes très chers frères.

Voilà. Tant d'années perdues à vouloir à tout prix croire que les Gris étaient les fameux mortels des mythes, surgis des brumes du temps. Alors qu'il suffisait de regarder deux siècles en arrière, pas dix. Pas étonnant qu'ils nous aient paru invincibles pendant la Marée grise : ils disposaient d'armes terribles et pouvaient lire dans les esprits.

« Mais ils sont tous morts, dis-je pourtant. Tous exécutés après la Double Guerre. Vous seul avez survécu. »

Vous les avez vus mourir ?

« Non, je… C'est ce qu'on m'a raconté.

— À moi aussi, dit Corneille d'une voix toujours rauque de colère. Des loups en ont été témoins. »

Nul besoin d'être un Mira pour créer un leurre. Nul besoin de magie pour tromper quelqu'un. Les vampires savent se montrer particulièrement… malins. Corneille en sait quelque chose.

« Tout ça commence à me fatiguer, lâche Dame Hocquard. Pourquoi ne pas venir vous battre au lieu de nous ennuyer avec vos manigances ?

— M'dame a raison, ajoute Alanna. On pourrait oublier le discours et passer aux coups de dague. »

L'idée se tient. À condition, bien sûr, que je sois le méchant de cette pièce de théâtre.

« Arrêtez un peu, raille Jacob. C'est toujours vous, le méchant. Vous avez la capuche, les yeux luisants, le moyen de communiquer délirant. Le rôle est fait pour vous. »

Pas cette fois, j'en ai peur.

« Ça m'étonnerait », lance Corneille.

C'est pourtant vrai, Tueuse de Minuit. Je n'ai rien à voir dans cette affaire. Si vous hésitez à me croire, dites-vous que votre avis sur moi m'indiffère et que vous ne pouvez pas me faire de mal, donc je n'ai aucune raison de vous mentir. Après ma fuite à la fin de la guerre, Saxe et ses complices ont d'abord simulé l'exécution de mes frères, puis les ont enfermés dans les catacombes de Vespéral. J'ignore ce qui s'y est déroulé exactement, mais je sais qu'ils ont subi d'atroces tortures. On peut faire beaucoup de mal à un Neuro – et je ne parle pas d'une piètre douleur physique – si l'on sait comment s'y prendre. Cent ans plus tard, lorsque la Marée grise a débuté, ils n'étaient plus les soldats que j'avais eus sous mes ordres. Seulement des hommes brisés que Saxe pouvait utiliser à sa guise.

« Une bien belle histoire, dit Dame Hocquard. Mais ça ne m'explique pas pourquoi vous voilà aujourd'hui à Aurore, travaillant avec Saxe. Ni pourquoi vous avez voulu tuer mes compagnons. »

Je n'ai pris aucun plaisir à attaquer Jacob, si c'est ce dont vous parlez. Et massacrer des armées entières durant la guerre ne m'a procuré aucun plaisir non plus, ce qui ne m'a pas empêché de le faire. Enfin, ce n'est ni l'heure ni l'endroit pour un débat éthique, même si je ne doute pas qu'il serait fort divertissant. Tout ce que vous avez besoin de savoir, c'est que je suis venu à Aurore dans l'intention de tirer mes frères de leur captivité. Il se trouve que, par l'un de ces étranges hasards dont nos vies sont parsemées, mon arrivée à Aurore a coïncidé avec la tentative du jeune Azzuri de lever le voile sur le complot de Saxe. Ce dernier, plutôt qu'essayer de me tuer, a eu la sagesse de me proposer un marché : si je l'aidais à garder ses plans secrets, alors il libérerait mes Ombres à une date relativement proche.

Encore une fois, je ne cherche pas à justifier mes actes. Toujours est-il que j'ai refusé cette offre, qui n'était finalement qu'une ruse imaginée par un homme se croyant plus intelligent qu'il ne l'est en réalité. Je compte bien libérer mes Ombres à l'heure qui sera la mienne, pas celle de Saxe. Et, pour tout vous dire, c'est vous qui constituez ma meilleure chance. Une fois le secret de Saxe révélé, nos objectifs à tous seront plus vite remplis. Nous sommes donc alliés.

« Alliés ? crache Corneille. Encore faudrait-il savoir ce que ce mot signifie. »

Je ne parle bien sûr que d'une alliance temporaire. Il est hors de question de mettre un terme à notre rivalité, Tueuse de Minuit. C'est l'une des grandes joies de mon existence.

« Je peux quand même rappeler qu'il a voulu me buter ? s'exclame Jacob. Avec des alliés comme ça, pas besoin d'ennemis. »

Vous n'auriez été qu'une victime collatérale, Jacob le Quanta. Il me fallait vous éliminer pour plaire à Saxe. Rien de personnel là-dedans. J'ai simplement estimé que votre disparition ne causerait aucun dommage irréparable à nos causes respectives. Elle aurait même pu pousser Sage à travailler plus dur.

« Génial. Ça me remonte carrément le moral. Je me sens beaucoup mieux. »

Quant à mon combat avec Corneille, c'est le genre d'occasion que je ne refuse jamais. Mais nos rencontres sont toujours interrompues, n'est-ce pas ? Un jour, peut-être, nous irons enfin au bout.

« Pas de peut-être qui tienne », rétorque-t-elle.

Bien, je crois que nous y sommes. À présent vous connaissez tous la vérité. Je vais vous laisser à vos occupations, en espérant que votre plan fonctionne. Je vous suggère néanmoins de ne pas perdre de temps, car je suppose – pour des raisons évidentes – que Saxe va vite percer votre diversion à jour, et je redoute fort sa réaction. Sur ce, veuillez m'excuser.

« Attendez, ne partez pas ! interviens-je. S'il faut admette que vous dites la vérité, alors votre aide nous est plus que nécessaire. »

Non, vous n'avez pas besoin de moi dans cette dernière ligne droite. Avec Corneille, vous disposez d'une armée incarnée par une femme, et je soupçonne l'espionne de Crépuscule d'avoir elle aussi fourni bon nombre de cimetières.

« Ça lui va bien de dire ça, marmonne Alanna.

— Finissez au moins vos explications avant de nous abandonner, reprends-je. Pourquoi certains Princes auraient-ils conspiré pour massacrer un tiers du peuple vampire et se retrouver ensuite enfermés dans une cité pendant un siècle ? »

Cupidité ? Soif de pouvoir ? Qu'importe, finalement. Ce sont là des notions ennuyeuses qui ne cessent de se répéter de façon tout aussi ennuyeuse. Dans la grande course du temps, elles n'ont aucun intérêt, à part celui de nous rappeler la futilité de la vie. J'ai une autre course à mener. Avec des objectifs bien plus importants.

« Beau discours, mon cher, soupire Dame Hocquard. Mais il va falloir être plus précis. »

J'entends bien, ma dame. Je crains néanmoins qu'il vous faille demander ces précisions aux principaux intéressés.

Sur ces mots, Sinassion s'en va, son absence soudaine marquée par une légère palpitation dans ma tête. Nous échangeons tous des regards pesants.

« J'aimerais vraiment le tuer un jour, déclare Corneille en se pinçant le nez.

— Je me permets de résumer, lâche Jacob. Les Gris sont des Ombres, la Marée grise est un complot des vampires et Sinassion n'est pas le méchant de l'histoire. À ce train-là, on va bientôt m'annoncer que le blanc est noir et que le cinq-étoiles rend aussi sobre qu'un Archimage.

— Il semblerait que vous aviez raison, Sage Bailey, reprend Corneille. À propos de la trouvaille faite à Vespéral avant la Marée grise. Sur laquelle le jeune Azzuri enquêtait, sur vos conseils. Il devait s'agir de l'arsenal qui a servi à armer les Gris.

— Oui, probablement. » Ce *sur vos conseils* signifie-t-il que Corneille me tient pour responsable de la mort d'Azzuri ? On ne peut jamais savoir avec elle. « Je suppose qu'il s'agit d'une découverte accidentelle, qui a permis d'apporter la touche finale à leurs machinations concernant les Ombres après la Double Guerre.

— Donc les Gris ne sont pas vos mortels, ajoute Dame Hocquard. Mais ces balles… enterrées sans que personne en ait connaissance… N'est-ce pas une preuve de leur existence ? »

Je croise le regard de la noble vampire ; je n'ai pas besoin d'être un Neuro pour lire dans ses pensées : n'est-il pas étrange qu'au cours de mes recherches je n'aie trouvé que de vagues reliques, alors que les vampires seraient tombés par hasard sur une preuve absolue ? Heureusement ces mots ne sont pas prononcés. L'heure n'est pas à de telles accusations.

« Peut-être, lui dis-je. À moins que ce soit l'œuvre des sorciers. Nous aurons le temps d'analyser cette question quand tout sera fini. »

Je sens le regard de Jacob peser sur ma nuque.

« Assez de parlotes ! lance Alanna. On a des Princes à tuer.

— Non, non, non, rétorque Dame Hocquard. Nous allons leur révéler qu'il y a des traîtres parmi eux, pas les tuer.

— Oui, c'est ce que je voulais dire, marmonne une Alanna visiblement déçue.

— Parfait, dit Jacob. On descend de cet ombreux de toit, alors ?

— Quelle excellente idée ! » lâche Dame Hocquard.

Elle se dirige aussitôt vers la porte donnant sur le clocher. À partir de là, les événements se déroulent comme au ralenti, ce qui est souvent le cas lorsque lesdits événements tournent mal. Je vois la noble vampire ouvrir la porte puis froncer les sourcils, surprise, avant de pivoter vers moi.

« Sage, ces mirages de Gris, il est censé y en avoir jusqu'ici ?

— Non, pas du tout. Puisque leur but était d'attirer tous les gardes de la banque loin du centre-ville. Pourquoi ?

— Ah, dit-elle doucement. Mince. »

Après quoi elle bascule en arrière tandis que du sang jaillit de sa poitrine, à proximité de son cœur. Alanna se précipite vers la porte, dague en main, descend quelques marches avant de remonter tout aussi vite.

« Personne », lance-t-elle en claquant la porte.

C'est alors, comme si l'idée lui venait avec un temps de retard, qu'elle baisse les yeux vers Dame Hocquard pour constater les dégâts.

Dans un silence total, Alanna contemple la vampire blessée, déjà évanouie, dont le visage luit légèrement. Je ne distingue encore aucune trace des veines pourpres qui apparaissent d'ordinaire chez les vampires touchés par une balle des Gris. Je m'aperçois cependant que je suis en train d'analyser froidement ce processus fatal au lieu de regretter la mort prochaine de cette femme remarquable. L'ampleur de mon cynisme m'arrache un frisson.

« Ma fleur ! » s'écrie soudain Alanna, tout formalisme oublié. Elle s'agenouille à côté de Dame Hocquard et la prend dans ses bras. « Ma fleur », répète-t-elle en lui caressant la joue.

Je me détourne de ce triste spectacle. Corneille en a déjà fait autant, plus respectueuse que moi. Je m'appuie au parapet, observe le ciel nocturne et tente de ne pas trop penser au visage, bientôt réduit en cendres, de la femme grâce à qui nous avons fait tout ce chemin. Je n'ai pas assisté à la Marée grise, mais une réplique en miniature de cette horreur se produit sous mes yeux, ici, sur ce bout de toit.

Je capte un bruit derrière moi. J'imagine déjà Alanna se redressant, un tas de cendres à ses pieds. Mais lorsqu'elle apparaît à mon côté, elle tient encore Dame Hocquard dans ses bras, toujours inconsciente ; je devine cette fois un peu de pourpre sur le cou de la noble vampire et sens la chaleur qui émane de son corps brûlant.

« Alanna, que faites-vous ? »

La survivante de Crépuscule ne me répond pas. Elle se colle au parapet et baisse les yeux comme pour étudier la vue. Je me penche à mon tour et découvre une rangée de Gris gardant l'entrée sud du temple. J'en compte quatre, parfaitement immobiles, comme ceux que Jacob et moi avons rencontrés durant notre voyage. Même si je les surplombe de haut, dans l'obscurité, je sais qu'il ne s'agit pas de mirages.

Corneille nous rejoint et soupire.

« Je suppose qu'ils gardent aussi les autres entrées, dit-elle. Qu'est-ce que ce sang pourri de Saxe a bien pu trafiquer ? »

Elle regarde Alanna, puis se tourne à nouveau vers moi, troublée ; la servante n'a toujours pas prononcé le moindre mot. Je m'apprête à lui répondre de mon mieux lorsque Alanna se met à chanter, les yeux clos, d'une voix douce mais saccadée :

Ma belle était une fleur
Qui éclairait mes heures
Au sein de ses pétales
Je n'avais plus si mal

Je recule d'un pas avec une sensation bizarre au creux du ventre. Corneille ne bouge pas, un petit sourire aux lèvres.

Mais ma fleur est partie
Avec mon paradis
Me voilà seule encore
À attendre la mort

Une fois la chanson finie, Alanna grimpe sur le parapet et baisse de nouveau les yeux. Elle hoche la tête, comme si une idée avait reçu confirmation, puis saute dans le vide sans lâcher sa Dame.

27
Attendre la mort

L'on en sait fort peu sur la technique de combat pratiquée à Crépuscule. Il est cependant avéré que, d'abord créée pour lutter contre les horreurs des Terres de cendres, elle a surtout servi aux habitants de la cité à se battre entre eux. Il est de même certain que les rares fois où l'on a vu un survivant de Crépuscule pratiquer son art, il semblait à la fois danseur, athlète, assassin, et quelque chose d'autre, impossible à déterminer.

Neuro Satastion, *La Cité des secrets*

Sage

Un faible soupir s'échappe de ma bouche lorsque Alanna saute. Elle tombe au ras du mur, ce qui m'empêche d'assister à la chute. Le temps de me pencher par-dessus le parapet, je m'attends à contempler deux corps désarticulés soixante mètres plus bas, mais découvre à la place Alanna, indemne, déposant à terre une Dame Hocquard agonisante avant de se diriger d'un pas lent vers les quatre Gris gardant l'entrée sud du temple.

« Par toute la Lumière ! s'écrie Jacob après m'avoir rejoint. On devrait pas faire un truc ? »

Je revois le visage d'Alanna pendant sa chanson.

« Oui, Jacob. Je crois qu'on devrait l'encourager. »

Sidérés, impuissants, nous regardons les Gris se tourner vers Alanna et pointer leurs armes sur son cœur. Lorsque les balles partent, elle n'est déjà plus là. Au sortir de sa roulade avant, elle arrache l'arme du premier Gris ; les trois autres la visent de nouveau, mais elle échappe encore aux balles et, à grands coups de pied, fait tomber les armes une à une. À la fin du mouvement, elle a encore assez d'élan pour les faire glisser hors de portée.

« Eh bien, on aurait dû y penser pendant la Marée grise, commente Corneille à côté de moi. Simplement désarmer ces enflures.

— Je ne crois pas que ce soit si *simple,* lui dis-je. C'était – ce sont – des Ombres. L'armée de Sinassion. Ils savent se battre. »

De fait, je vois les Gris adopter la posture de combat des Ombres, pied droit devant, bras levés et croisés. Le plus proche d'Alanna s'avance d'un pas et tente de la frapper au cou avec sa paume ouverte, mais elle a bondi en arrière juste à temps ; elle utilise l'impulsion de ce saut pour riposter aussitôt, toutefois le Gris a, lui aussi, anticipé l'attaque et la fauche de sa jambe gauche. Un autre Gris parvient à lui asséner un coup de poing au visage pendant sa chute. Alanna se redresse sur-le-champ mais, même depuis le parapet, il est évident qu'elle est secouée.

« Elle va y passer malgré tout son talent, lâche Jacob. Ces ombreux de salopards lisent dans ses pensées. Ils savent d'avance ce qu'elle va faire ! »

Les exclamations de mon adjoint me rappellent soudain pourquoi *ombre* et ses dérivés sont devenus des grossièretés.

En bas, comme Jacob l'a prédit, Alanna ne cesse d'encaisser de nouveaux coups, même si sa vitesse d'esquive lui permet d'en atténuer la violence. Grâce à ses pirouettes, elle réussit parfois à se mettre en position de frapper un Gris avec ses dagues, mais l'ennemi lui échappe toujours à la dernière seconde. Les Gris savent où la trouver à chaque instant. Il est évident qu'elle fatigue peu à peu à force de coups reçus.

« Vous pourriez peut-être aller l'aider, non ? demande Jacob à Corneille.

— Pas vraiment, répond-elle en secouant la tête. Si je descends par les escaliers, j'arriverai trop tard, et si je saute, je mettrai un moment à m'en remettre. Cette étrange créature est meilleure que moi sur ce point. De plus, elle n'a pas encore perdu et ce serait l'insulter que d'intervenir maintenant. Elle a choisi de se battre au lieu de fuir. Elle a choisi de défendre l'honneur de sa Dame. Je respecte sa volonté. » Corneille plisse ses yeux de louve, bien plus efficaces que les miens. « Ses lèvres bougent.

— Hein ? »

Mais, à défaut de voir, j'entends. Alanna doit chanter fort pour que je distingue la mélodie à une telle distance. La même que celle qu'elle a chantée sur le parapet, juste avant de sauter. J'assiste alors à une véritable merveille – si la violence peut être qualifiée de merveilleuse – car les coups de dagues commencent à porter. Alanna se glisse derrière un Gris, lui plante une lame dans le dos et, pendant qu'il tombe, en lance une autre en plein dans le visage d'un deuxième adversaire. Il ne reste plus que deux Gris debout.

« Ah ! c'est… très habile.

— Ça t'ennuierait de développer pour une fois ? lâche Jacob.

— Le chant. Je suppose qu'il brouille ses pensées, les rend difficiles à lire. Donc les Gris ont plus de mal à anticiper ses gestes.

— D'accord. Le fait qu'elle soit folle à lier aide aussi ?

— Oui, probablement… C'est pourquoi même les chants guerriers repris en chœur n'ont pas permis à nos troupes de repousser les Ombres pendant la Double Guerre. »

Corneille laisse échapper un sifflement admiratif.

« Si j'avais su que nous comptions une telle guerrière dans nos rangs, je lui aurais parlé plus longuement. Enfin... je lui aurais parlé tout court. »

Nous assistons depuis notre perchoir à l'acte final de cet incroyable combat. Les lames et les pierreries vertes des dagues dégoulinent à présent de sang de sorcier. Les deux Gris, privés des pensées de leur ennemie, se remettent en garde et passent à l'attaque ensemble. Sans cesser de chanter haut et fort, Alanna se déporte sur le côté, plonge une lame dans la tempe du premier Gris, puis la retire dans un flot de sang. Un pas de danse plus tard, elle se retrouve derrière son ultime opposant et lui enfonce la seconde lame dans le creux des reins.

« Par les cinq foutues magies ! » braille joyeusement Jacob.

Mais son euphorie est ruinée par le sifflement d'une balle. Le projectile manque Alanna et frappe l'un des battants de la porte sud. Dix nouveaux Gris surgissent à l'angle menant au portail ouest, armes à la main. Je ne peux m'empêcher de crier :

« Alanna !

— N'y allez pas, sorcier, grogne Corneille. Vous avez déjà prouvé votre valeur. C'est l'heure de filer plus vite que le vent dans les arbres. »

L'espace d'une seconde, alors que nous regardons Alanna pivoter vers les Gris, je vois les fils du temps, des chemins possibles, se dérouler devant moi. Dont un avenir dans lequel Alanna se fait massacrer, sa mort suivie de près par celle de Dame Hocquard. Je vois le courage et l'absurdité de sa lutte, puis la disparition de son histoire dans les remous des âges jusqu'à ce qu'il n'en reste plus aucun souvenir. Mais la vision s'estompe, les fils temporels se recroisent ; Alanna de Crépuscule tourne les talons, prend sa Dame mourante dans les bras et déserte le champ de bataille.

Corneille

Je les sens tout autour de nous. Ils ont cette odeur de cannelle que j'avais déjà perçue durant la Double Guerre, puis lors de quelques incursions dans les Terres centrales. De la cannelle avec un léger effluve de rosacées. C'est ce que les loups ont toujours signalé, sans chercher plus loin. Mais, à présent que je suis plus proche des Gris – de beaucoup de Gris – que je ne l'ai jamais été, je comprends que ce parfum n'est pas naturel ; ils le portent pour qu'on ne les identifie pas comme sorciers. Car si l'on ne peut pas réellement tromper le nez d'un loup, il demeure possible, à distance respectable, de lui donner une impression déformée.

Je renifle avec force. Il y a toujours un Gris dans l'escalier, attendant sans doute du renfort pour défoncer la porte, qui ne résistera pas longtemps. Même s'ils attaqueront ensuite avec prudence, désavantagés par cet unique point d'accès. Je capte la présence d'au moins cinq autres Gris dans le temple et bien plus – sans doute une vingtaine – à l'extérieur du bâtiment, sans compter les quatre dont la si mystérieuse Alanna s'est chargée. Donc nous avons une petite armée à nos trousses. J'ignore si les anciens soldats de Sinassion sont capables de grimper aux murs. J'imagine qu'ils vont au moins essayer. En tout cas, s'ils n'ont pas poursuivi Alanna, c'est qu'ils ont très envie de capturer les conspirateurs restants : deux sorciers sans pouvoirs et moi. Je n'ai pas eu à relever un tel défi depuis la guerre.

« Très bien, dit Sage. Il nous faut un plan. Ce qui signifie d'abord comprendre pourquoi les Gris sont là. »

Jacob se racle la gorge.

« Euh… On peut déjà voir si Alanna est revenue, non ? Au cas où… elle aurait dans l'idée de les buter tous, quoi.

— Inutile, lui réponds-je en secouant la tête. Elle a emmené sa maîtresse loin d'ici pour lui offrir une mort digne, loin du chaos.

— Je trouve ça un peu égoïste, quand même.

— Vous n'avez pas vu comment elle la regardait. Cette Dame est tout ce qui compte pour elle en ce moment. J'espère qu'elles pourront se dire adieu comme il se doit. » Je pivote vers Sage. « Quant à savoir pourquoi les Gris sont là, ça me paraît assez évident. Ce sang pourri de Saxe a percé notre diversion à jour, il a compris que nous avions découvert la vérité, donc il a décidé de risquer le tout pour le tout en envoyant ses Gris – ou ses Ombres ou qu'importe leur nom – nous faire taire une bonne fois pour toutes. Maintenant qu'Alanna a pu filer, je suppose que Saxe en a après nous en priorité, pour nous empêcher d'aller tout raconter à nos peuples respectifs. » Je lis soudain dans l'expression de Sage et dans son odeur une certaine déception. « Ah ! toutes mes excuses, mage. Non, je n'ai pas joué l'ignorante pour vous laisser le loisir de m'expliquer, comme vous le désiriez. »

Sage a la décence de rougir et, comme je suis très méchante, je le dévisage en silence le temps qu'il rougisse encore plus.

« En réalité, reprends-je, votre diversion a vidé ce temple de ses gardes ainsi que des fidèles, donc c'est devenu l'endroit idéal pour nous régler notre compte.

— Je n'y avais pas songé, admet Sage. J'ai sous-estimé la détresse de Saxe et les réactions qu'elle entraînerait. »

Le sorcier baisse la tête. Son odeur de vieux lilas m'apprend à quel point il s'en veut.

« Je ne faisais qu'énoncer un fait, ce n'était pas un reproche. » Ceci, en revanche, est un gros mensonge mais, comme je me sais parfois trop rude, j'apprends à passer du baume sur les vexations. « Vous m'avez permis d'entrer dans la banque du Sang, Sage Bailey. Pour ça, j'ai une dette envers vous.

— Merci, mais je crains de ne pas survivre assez longtemps pour faire valoir ma créance, dit Sage en jetant un coup d'œil par-dessus le parapet.

— Je ne ferais pas ça si j'étais vous. Nos ennemis savent viser. Vous risquez de finir comme notre amie vampire.

— Bon, et vous, Corneille ? m'interroge Jacob. Maintenant qu'Alanna s'est barrée, je crois que c'est l'heure de nous montrer pourquoi on vous surnomme la Tueuse de Minuit. » Je le dévisage à son tour. « Enfin… si ça ne vous dérange pas trop. » Je ne le quitte pas des yeux. « D'accord, je la ferme. »

Après quelques secondes de silence pesant, j'en reviens à nos affaires :

« Les Gris ne sont pas encore passés à l'attaque, donc inutile de foncer tête baissée dans un plan mal pensé. On a un peu de temps pour réfléchir. Je suppose que ça les gêne de n'avoir qu'un point d'entrée.

— Pourquoi ils ne chargent pas tous ensemble ? s'enquiert Jacob. On buterait peut-être les deux ou trois premiers, mais on serait vite débordés.

— Parce qu'un assaut de ce genre, mon cher adjoint, pourrait causer la mort d'un ou plusieurs d'entre nous.

— C'est le but, non ? On connaît le secret de Saxe. Donc il veut nos têtes.

— Certes, reconnaît Sage, mais il lui faudra alors justifier le décès des deux émissaires de l'Archimage et de la louve la plus célèbre du continent. Saxe n'a aucune envie qu'une nouvelle guerre ruine ses manigances. En vertu de quoi je suppose que le maître espion fait actuellement fonctionner son esprit rusé pour imaginer une excuse valable. Une fois qu'il l'aura trouvée, les Gris s'occuperont de nous.

— D'accord. Génial. J'adore les bonnes nouvelles. » Jacob réfléchit longuement au problème. Un parfum de menthe poivrée m'indique soudain qu'il pense avoir une solution. « Une seconde ! On a bien vu que les Gris ne nous attaquaient pas quand on est venus à Aurore. Donc, il suffit qu'on sorte d'ici tranquillement ! » Je le regarde en haussant les sourcils. « Ah… peut-être que j'aurais mieux fait de garder ça sous le coude. »

Jacob s'éloigne lentement de moi tandis que Sage secoue la tête.

« Deux choses, Jacob. Premièrement, je te rappelle que Corneille est là, avec nous. » Je souris de toutes mes dents pour montrer à Jacob ce que je pense des gens qui m'abandonnent en pleine bataille, même si je n'ai pas besoin d'eux. « Deuxièmement, sachant que j'ignore pourquoi les Gris épargnent les Quantas en temps ordinaire, il existe une probabilité non négligeable qu'un ordre direct de Saxe change la donne.

— Donc tu veux dire qu'on est foutus de toute façon, c'est ça ? On va vite rejoindre Dame Hocquard au tableau de chasse des Gris, voilà… »

Il a tort. Je sais qu'il a tort même si je serais incapable d'expliquer pourquoi.

C'est alors que retentissent les premiers coups sur la porte.

Je pivote dans cette direction et attends de voir apparaître les Gris.

28
Jusqu'à la dernière goutte

Il a été très frustrant pour les esprits scientifiques et les chercheurs de vérité de voir l'étude des effets de l'ingestion du sang, qui progressait assez vite aux alentours de 400 AL, être mise à mal par la Double Guerre, et surtout par son dénouement. Celui-ci a drastiquement réduit l'accès à des vampires absorbant de grandes quantités de sang de loup. Une situation qui ferait presque espérer un nouveau conflit.

Quanta Quintide, *Le Sang des loups-garous*

Sage

Nous avons tous entendu les coups sur la porte, mais aussi une voix derrière, juste assez forte pour ne pas être emportée par le vent qui souffle sur le toit. Nos regards se croisent, troublés, puis nous nous exclamons tous à peu près en même temps :

« C'est… Sam ? »

Je me précipite vers la porte, oubliant prudence, logique et raison dans ma hâte de la retrouver. Jacob me tire en arrière alors que j'allais saisir la poignée.

« Une seconde, lance-t-il. Comment tu sais que c'est elle ? Qu'est-ce qu'elle foutrait là, d'abord ? C'est un piège.

— Je ne pense pas, dit Corneille. À moins qu'un Gris ait trouvé le moyen d'imiter son odeur.

— Admettons, soupire Jacob en me lâchant à contrecœur. N'empêche que *lui* ne le savait pas. »

Je tire les verrous puis ouvre la porte. Sam jaillit sur le toit en trébuchant.

« Referme ! » hurle-t-elle alors qu'un Gris apparaît dans l'escalier et brandit son arme.

Je claque la porte. La balle se loge dans le bois.

Sam s'effondre, haletante. Ses yeux brillent d'une nuance rouge sombre, d'où je déduis, d'après ma science rudimentaire des sangs et de leurs usages, qu'elle a en bu récemment une variété assez puissante. Ce qui semble devenir une habitude chez elle.

« Eh bien, voilà qui est plutôt… inattendu », dit Corneille.

J'aide Sam à se relever, la soutenant plus longtemps que nécessaire. Je ne pense pas qu'elle s'en rende compte. Elle nous dévisage les uns après les autres, puis laisse échapper un rire nerveux.

« J'y suis, on dirait.

— Mais… comment as-tu échappé aux Gris ? m'enquiers-je, fasciné.

— Il y a un réseau de tunnels sous le temple. Qui date de l'époque où la religion des Dieux du sang n'avait pas le monopole dans la cité. Les prêtres devaient pouvoir échapper à leurs ennemis. Ça débouche dans une petite pièce derrière l'autel. Kinet Lastassion, *Les Temples d'Aurore*. Excellente lecture. » Sam fronce soudain les sourcils. « Où est Dame Hocquard ? Et Alanna ?

— Sam, je suis désolé, mais…

— La noble est morte, ou peu s'en faut, et Alanna a emporté le corps », m'interrompt Corneille. Je me tourne vers elle, qui hausse les épaules. « Quoi ? On n'a pas le temps de prendre des pincettes. »

Sam s'assied pesamment et baisse la tête.

« Comment… ?

— Une balle d'un Gris, dit Jacob. La prochaine fois que vous la verrez, elle prendra moins de place.

— Tu ne pourrais pas la fermer, pour une fois ? »

Je regrette aussitôt cet accès de colère ; mon adjoint utilise l'humour noir pour combattre ses peurs, ce n'est pas nouveau.

« Je suis vraiment désolé, marmonne-t-il en baissant les yeux. Je… Je ne sais pas pourquoi j'ai dit ça. »

Sam ravale ses larmes et redresse la tête ; sa bravoure naturelle me stupéfie.

« C'est du délire, dit-elle. Même pour les Princes, c'est…

— Ce qu'ils font depuis toujours, complète Corneille. Depuis que nous ne sommes plus des bêtes et que vous, foutus vampires, avez cru bon d'inventer les classes sociales. C'est du délire depuis le début. »

Je pourrais développer sur le fait que les loups-garous ne sont pas totalement innocents dans cette affaire, mais je suppose que ce n'est pas le moment.

« Sam, nous n'avons pas le temps de tout t'expliquer en détail, alors je vais tenter un bref résumé. Ça risque de faire… beaucoup à encaisser.

— C'est bon, dit-elle. Le contraire m'aurait étonnée. »

Je lui explique et Sam m'écoute avec attention, sans même paraître trop surprise. Ses capacités d'adaptation sont ahurissantes. Elle ne présente aucun des symptômes – choc, angoisse, hystérie – dont une personne normale devrait souffrir dans de telles circonstances. C'est vraiment une femme remarquable. J'aurais… aimé la rencontrer plus tôt.

Mais l'absence d'une crise d'angoisse ne signifie pas que Sam va bien. Elle se tait, le temps d'intégrer ce qu'elle vient d'apprendre. Parfois, une vie entière change en quelques instants, une bascule encore plus brutale pour elle que pour le reste d'entre nous.

« Toutes les victimes de la Marée grise, lâche-t-elle enfin.

— Je sais, lui dis-je.

— Une cité entière, détruite.

— Je sais.

— Pourquoi ?

— Je l'ignore. Et je pense qu'on aimerait tous bien le savoir.

— Belles paroles, mage, dit Corneille. À présent, il faut vite mettre le plan à exécution.

— Quel plan ? demande Jacob. Je croyais qu'on était juste coincés.

— Plus maintenant », dit la louve sans quitter Sam des yeux.

Je baisse lentement la tête.

« Sam, je suis navré. Tu n'aurais sans doute pas dû venir.

— Si, il le fallait. Je me suis dit que c'était la seule solution quand j'ai compris que vous étiez bloqués. J'avais espéré qu'Alanna s'en chargerait, mais…

— Excusez-moi, intervient Jacob. Voilà encore un de ces moments, assez nombreux aujourd'hui, où tout le monde semble d'accord sur un plan dont on n'a pas cru bon de me parler. Alors – sauf si c'est trop demander – j'apprécierais qu'on m'accorde une ou deux phrases d'explication entre deux regards lourds de sens. »

Sam sourit tout à coup, en ayant toujours les larmes aux yeux, ce qui lui donne une expression sauvage que je prends le temps de contempler, de graver dans ma mémoire. Ce ne sont là que quelques secondes de perdues. Je m'accorde ce droit.

« Inutile de vous l'expliquer, Jacob, alors que je peux vous le montrer. »

Sam se lève et s'approche de Corneille.

« Comment ça marche ? lui demande-t-elle.

— Il suffit de mordre et de boire, répond la louve dans un haussement d'épaules.

— Combien je dois en prendre ?

— Autant que tu peux. Il te faut une peau à l'épreuve des balles en plus des ailes.

— Mais… comment je saurai que c'est bon ?

— Tu le sauras, crois-moi, affirme Corneille avec un rictus.

— Et si j'en prends trop ? Si je vous blesse ?

— Ça n'arrivera pas. Je ne te laisserai pas faire. » Sam s'apprête à poser une autre question, mais Corneille l'interrompt en la prenant par le bras. « On n'a pas le temps. Tu as réussi à nous rejoindre. La suite, c'est la partie facile. »

Je ne sais pas à quoi je m'attendais, je sais en revanche que cette scène restera toujours imprimée en moi, dans un coin de mon esprit. J'ai déjà vu des vampires boire le sang d'autres immortels – ce n'est pas un événement inhabituel, surtout pendant une guerre –, mais je n'y ai jamais assisté d'aussi près. Sam pose un regard langoureux sur Corneille, un regard qui n'est pas dirigé vers le visage de la louve mais vers son cou, vers les jugulaires. Un silence bizarre s'abat sur le toit. Sam ouvre la bouche, crocs dehors. Puis mord, d'un geste vif, puissant. Après quoi elle suce le sang de Corneille. Non, elle le *pompe*, avec des mouvements saccadés, vidant sa proie du liquide vital comme si elle serrait un torchon humide entre ses doigts. Le corps de la louve se relâche peu à peu ; elle s'est totalement offerte à Sam, les yeux mi-clos, et je suis incapable de dire si elle éprouve de la douleur ou du plaisir.

Puis, comme si cette vision n'était pas déjà assez étrange, je regarde le corps de Sam réagir au sang de loup-garou. Sa peau luit d'abord doucement avant de durcir, de s'assombrir, comme si elle se changeait en statue. Ses yeux sont si rouges qu'ils paraissent en flammes. Je vois ses crocs s'allonger encore, ainsi que ses ongles ; je crois même qu'elle est plus grande. Durant toute l'opération, tandis qu'elle aspire la vie de Corneille à pleines goulées, elle *sourit*.

Le sourire le plus large que j'ai jamais vu.

Sam

Je pensais être préparée au sang de loup. J'étais bien bête. J'en avais bu un peu pour tenter d'échapper à Alezan ; là, j'en ai bu *beaucoup*. Je le sens dans chaque parcelle de mon corps. Corneille glisse à terre ; elle respire encore, donc je ne l'ai pas tuée. Les sensations m'arrivent si vite, avec une telle force, une telle clarté que…

Ma sœur. Nous n'étions que deux gamines des rues, mais dans un sens – le sens qui comptait –, la ville nous appartenait. Nous avions tant de rêves et d'envies. Jusqu'à ce qu'elle m'abandonne. Sauf… qu'elle ne m'a pas vraiment abandonnée. Elle a senti ma rage, ma détermination, et elle a su où ça nous mènerait : au poteau d'exécution, comme notre père. Donc elle a choisi une autre voie. C'est mon échec, pas le sien, qui l'a conduite au palais et à cet accident mortel. Je m'en rends compte à présent. C'est tellement évident.

Ma mère. Vidée, apathique, pleurant mon père. Je la voulais en colère alors qu'elle s'éteignait lentement ; ma frustration n'a fait que l'enfoncer dans le désespoir. Pas étonnant qu'elle ait voulu partir : privée de mon père, seule avec deux filles qui ne lui offraient que leur hargne. Elle a sans doute accueilli le soleil avec joie.

Sam ?

Beth. L'amie qui aurait dû pouvoir compter sur moi. Elle n'était qu'une simple distraction dans ma vie, utile ou ennuyeuse selon les jours. J'ai pris conscience de son courage lorsqu'il était déjà trop tard. Avoir une « amie » comme moi l'a condamnée à mort. M'est-il encore possible d'aller de l'avant après tant d'atroces échecs ? Ou serait-il plus sage d'accepter que le chemin est trop ardu, obstrué par les débris sanglants des vies que j'ai brisées ?

Sam, reviens.

Pour quoi faire ? J'ai déçu tant de gens. Je me croyais supérieure et, finalement, j'ai trahi tout le monde. La vie n'est qu'une vaste plaisanterie. Pourquoi m'en encombrer ?

Non, Sam, non.

Car je vois enfin la vie telle qu'elle est : un vide immense et cruel. Dont je sais pouvoir m'extirper. Grâce aux Gris. Ils mettront fin à mes souffrances. À mes traîtrises.

Samantha !

Je... J'ignore comment, mais je laisse ma propre voix me ramener. À moins que ce soit celle de Sage. Je baisse la tête et me découvre debout sur le parapet. J'en descends aussitôt, une boule au fond de la gorge.

« Ça va ? » me demande Sage.

Son visage est proche du mien, mais je sens qu'il a peur, qu'il se tient prêt à bondir en arrière. Comment l'en blâmer ? Une force terrifiante émane de moi ; je pourrais le tuer d'un simple coup de poing.

« Ça va, enfin je crois, lui dis-je en souriant. J'ai plongé un moment. *Vraiment* plongé. Comment les Princes supportent-ils un truc pareil ?

— À mon avis, aucun d'eux n'a bu une telle quantité de sang de loup depuis la Double Guerre, ou du moins depuis la dernière fois qu'un vampire a tué un loup et sucé la moitié de son sang. Qu'as-tu ressenti ?

— Honte. Culpabilité. Dégoût envers moi-même.

— Voilà, c'est ça. Tu crois qu'un Prince éprouverait de telles émotions, même en nageant dans une mer de sang de loup ?

— Non, dis-je en éclatant de rire. Je suppose que non. » Je me tourne vers Jacob, qui m'étudie d'un œil circonspect. « Je ressemble à quoi ?

— À quelqu'un qui me donne envie de chier dans ma tunique, de déguerpir à toutes jambes et de me réfugier chez les Miras de Kluzillion, qui me feront jurer de ne plus jamais toucher une goutte d'alcool.

— Je pense qu'il faut le prendre comme un compliment, précise Sage. Je reconnais que c'est fascinant. Je n'avais rien vu de tel depuis la guerre. Même ta voix est... Elle est... céleste. »

Je baisse les yeux vers Corneille, toujours sur le sol, inconsciente. La morsure guérit déjà.

« Tu n'as pas bu tout son sang, reprend Sage. Elle devrait s'en sortir.

— Oui, ça va aller.

— Comment le sais-tu ?

— Eh bien, je... je le sens.

— Comme une louve le sentirait ?

— Non. Comme... un vampire en pleine possession de ses moyens, pourrait-on dire. »

Une douleur soudaine au dos m'arrache une grimace. La souffrance m'effraie un court instant, puis je comprends ce qui m'arrive. Bien sûr. Je suis même surprise que ça ait pris si longtemps. Mes ailes sortent. Et avec elles vient la conscience de ce que je dois faire.

« Sage, je... »

Des coups violents ébranlent la porte. Le battant de bois éclate, laissant passer une silhouette élancée, vêtue de gris, se déplaçant si vite que j'ai du mal à la distinguer. Puis mes sens se mettent au diapason et je vois l'arme qu'il tient en main, le bras qui se lève. Le temps paraît ralentir. L'étrange surface métallique de la petite arme est peinte en gris – évidemment –, à l'inverse des capsules logées en dessous, colorées en fonction de leur cible : rouges pour les vampires, vertes pour les sorciers et bleues pour les loups, si je me rappelle bien mes lectures sur la Marée grise. Je dispose de tout le temps nécessaire pour croiser l'œil noir du canon, me baisser, sentir la balle passer au-dessus de ma tête. Mes réflexes entrent alors en action et je bondis vers le Gris, le percutant en pleine poitrine. Il lâche son arme, que je récupère au vol tandis que nous roulons à terre. Une fois sur lui, je m'apprête à lui tirer en plein visage, mais je me ravise, jette l'arme et le frappe des deux poings jusqu'à ce qu'il ne bouge plus. Je ramasse aussitôt le corps, que j'emporte en haut de l'escalier au moment précis où un autre Gris, en tous points identique au premier, apparaît dans le virage. Alors qu'il lève son arme vers moi, je lance le corps de son camarade dans sa direction. Il parvient presque à l'éviter mais se fait quand même faucher la jambe d'appui ; les deux Gris dégringolent ensemble hors de vue. Après quoi je referme ce qui reste de la porte et me tourne vers Sage.

« Ma foi, c'était... une belle démonstration », souffle-t-il.

Il tente de sourire, mais sa voix le trahit. Il est nerveux. Si j'étais méchante – ce qui pourrait fort bien m'arriver avec un tel sang dans les veines –, je supposerais qu'il me préfère sous la forme d'une petite servante impressionnable cherchant sa voie, pas sous celle d'une terrible guerrière qui l'a déjà trouvée.

« C'était surtout de l'instinct.

— Oui, j'imagine. J'avoue avoir toujours douté de la stratégie visant à amasser assez de sang de loup pour lever une armée contre les Gris. Je trouvais l'idée un peu optimiste. Mais après ce que je viens de voir, je me dis que ça aurait pu marcher. Même si ce plan n'était pas destiné à être mis en œuvre, évidemment.

— Vous ne l'avez pas tué, intervient Jacob. Je m'en suis bien rendu compte, même si… je devais gérer ma crise cardiaque. Vous alliez lui tirer dessus et vous avez cogné à la place !

— Oui, c'est vrai.

— Pourquoi ? » demande Sage.

Il prend soin de ne pas donner l'impression de me juger, mais je sens qu'il le fait quand même. Dieux du sang, on croirait entendre Corneille.

« Ils ont été torturés, non ? À en croire Sinassion. Torturés jusqu'à devenir fous, jusqu'à ce que Saxe les contrôle comme des animaux. Si c'est vrai… j'aurais tué une victime.

— Il les contrôle plutôt comme des soldats », précise Jacob.

Je me tourne de nouveau vers Sage.

« Je ne compte pas faire ce qu'un Prince ferait à ma place avec le même sang. Ce n'est pas comme ça qu'on va gagner.

— Vous devrez quand même bien tuer quelques Gris si on veut se barrer de cet ombreux de toit », plaide Jacob dans mon dos.

Sage sourit en contemplant mes ailes qui continuent de grandir.

« Non, dit-il. Pas forcément. »

29
En scène

J'ai presque pitié des Fanés, qui ne connaîtront jamais la joie de voler. C'est une sensation pure, merveilleuse, un cadeau et un droit de naissance. Je dis presque, car sont-ils réellement en mesure de saisir ce que cela représente de s'approcher ainsi du Paradis rouge, eux qui méritent si rarement d'y entrer ? Mieux vaut ne pas connaître ce que l'on ne peut apprécier à sa juste valeur. C'est la voie de la satisfaction, la nôtre et la leur. Un pacte de bonheur mutuel, si vous préférez.

Grenatia Marinara,
Des belles choses de la vie

Grand Prince Azzuri

Le Prince Saxe parle, mais je ne l'écoute pas. Il s'exprime devant le Grand Conseil, décrivant phrase après phrase les événements en cours dans la cité. À l'inverse des Princes réunis autour de la longue table, je connais déjà le contenu de ce discours ; Varouge m'en a informé avant le début de la réunion, l'ayant lui-même appris peu de temps auparavant. J'ai donc déjà éprouvé la stupeur que je lis sur le visage de mes pairs.

Au lieu d'écouter Saxe, je me concentre sur le ciel. Je l'observe à travers les carreaux en verre teinté – soit rouge soit bleu – de la grande fenêtre.

À côté de moi, je devine l'expression de Varouge, qui étudie la mienne d'un air inquiet. Saxe aussi me jette parfois un coup d'œil. Pas nerveusement, car je le crois incapable d'une telle émotion, mais néanmoins avec une certaine prudence. Je n'en ai cure. Je ne pense qu'au ciel ; je m'imagine voler, ce que je n'ai pas fait depuis si longtemps, au point d'à peine me rappeler la sensation du vent sous mes ailes, de l'air glacé sur mon visage, tandis que je m'élance vers les hauteurs. Aujourd'hui, je m'élance au moins en esprit, loin de cette triste histoire, loin des deux enfers qui s'ouvrent sous mes pieds.

Il n'y a pas toujours eu de verre teinté à cet endroit, pas de vitrail représentant cette horreur tape-à-l'œil qu'est le blason des Azzuri : la goutte de sang surlignée en bleu roi sur fond bleu pastel. Autrefois, il n'y avait rien. La salle du Dôme était ouverte à tous les vents lorsque cet endroit était un château et non un palais, à l'époque précédant la Double Guerre, lorsque le sang de loup était disponible en aussi grandes quantités que le vin pour nous, Princes d'Aurore, qui faisions notre entrée en nous posant ici. Mais les flots de sang de loup se sont taris à la fin de la guerre et, lorsque je suis revenu à Aurore quelques années avant la Marée grise, j'ai découvert le bâtiment moderne qui avait remplacé le château ancestral. Mon oncle venait d'installer le grand vitrail ; je lui ai souri tout en maudissant en esprit une telle ostentation, l'envie ridicule d'imiter le palais de Vespéral. Or, voilà que cet endroit est désormais ma demeure, avec tout ce que j'ai à lui reprocher. J'éprouve une folle envie de fuir, de briser cette fenêtre, de briser en même temps la spirale des mauvais souvenirs, de laisser cette cité et ses Princes loin derrière moi. Mais les dirigeants n'ont pas le droit de fuir.

Je m'efforce de revenir à l'instant présent. Saxe a fini son discours ; les Princes ont l'air moins choqués qu'au début, mais plusieurs paraissent très inquiets. Je fais semblant de ne pas voir ceux qui se tournent vers moi. Je ne surmonterai cette épreuve qu'en m'abstenant de parler. Saxe se chargera de tout mieux que moi ; je ne suis présent que par principe. Varouge ne me quitte pas des yeux. Espérait-il une réaction de ma part ? Il doit être bien déçu dans ce cas. Je n'arrive même pas à me mettre en colère.

Le Prince Béryl prend la parole. Ses traits rougeauds sont le résultat de quatre siècles de beuverie et de manque d'exercice ; s'il vieillissait lentement comme les Fanés, ce serait encore bien pire. Il complimente Saxe. Certaines personnes s'adaptent vite, en vérité. À côté de lui, vautré dans son fauteuil en velours, le Prince Sapphiri semble prêt à accepter les faits, lui aussi. Malgré son visage juvénile, toujours bien rasé, c'est un agitateur. Mais je le vois se délester peu à peu de son angoisse. Saxe en sait beaucoup sur lui, comme sur tous les autres. Même les plus contestataires rentrent dans le rang face à des événements hors du commun et à quelqu'un qui recèle de tant de secrets.

Je lève de nouveau les yeux vers la fenêtre, vers mes fantasmes de liberté, et aperçois une étrange silhouette volant au loin. Ce n'est pas un soldat de ma Garde d'honneur. Un aigle, peut-être. Un très grand aigle alors. Je plisse les yeux pour mieux voir et me demande soudain si mes étranges rêveries sont devenues réalité.

Car il s'agit d'une femme ailée, filant droit vers nous.

Sam

J'avais cinq ans la première fois que j'ai vu voler un vampire. J'en avais déjà entendu parler, bien sûr, surtout par les gens de mon quartier qui avaient connu Vespéral. Ils me décrivaient des cieux emplis de Princes ailés, parfois même accompagnés de quelques Médians. À cette époque, le sang de loup n'était pas un trésor enfoui dans des chambres fortes ; lorsque quelqu'un récupérait une dose – acquise en contrebande ou en tuant un loup –, il s'empressait de le faire savoir à tous, soit en volant haut au-dessus de la cité, sur fond de lune, soit au contraire en passant à ras des têtes pour mieux exhiber son pouvoir.

Mais à Aurore, les ailes étaient rares, en tout cas dans le quartier dont la petite Sam de cinq ans ne sortait guère. Jusqu'au jour où un véhicule bizarre est apparu tandis que je me trouvais au marché avec ma mère. Elle m'a aussitôt murmuré à l'oreille qu'il s'agissait de la calèche du Grand Prince. À peine avais-je reçu cette information que j'ai entendu des bruits au-dessus de moi ; j'ai levé la tête et vu deux membres de la Garde d'honneur courber leurs grandes ailes de cuir pour attraper le courant avant d'atterrir. J'avais déjà étudié des dessins dans les livres, mais ces ailes-ci semblaient plus vivantes, plus fragiles, plus… réelles. J'ai trouvé les touffes de poils sur les articulations bien laides, et j'allais le dire à ma mère lorsqu'elle m'a fait signe de me taire. Leurs mouvements, cependant, étaient gracieux, superbement coordonnés.

Mes gestes à moi n'ont rien de gracieux et pas grand-chose de coordonné. Si certains vampires naissent avec une aptitude naturelle pour le vol, ce n'est pas mon cas ; même le sang de loup qui brûle dans mes veines ne m'est d'aucun secours. Le seul fait que je parvienne à voler dès le premier essai tient du miracle. Chaque coup d'aile me permettant de garder mon équilibre se fait à l'instinct, comme si un millier de vampires volants me guidaient depuis les brumes du passé.

Je surplombe la route menant au palais. Mes yeux imbibés de sang de loup distinguent déjà les rangées de soldats protégeant les portes, ainsi que deux gardes en vol, planant autour du bâtiment avec une élégance désespérante. Puis je devine enfin la salle du Dôme, son toit de pierres blanches et le vitrail qui court sur toute la circonférence. Une lumière brillante s'en échappe ; la pièce est occupée, et mes sens – même si je ne sais plus trop lesquels – m'apprennent qu'elle est même bien remplie. Pas besoin d'un cerveau dopé au sang de loup pour deviner par qui, en ces heures troublées.

Je prends soudain conscience d'une énorme faille dans ce qui me sert de plan. Comment vais-je entrer ? Je ne discerne aucune solution évidente alors que je m'approche à vive allure.

D'autant que l'un des gardes ailés m'a repérée et se dirige vers moi. Son tabard rouge et or de la Garde d'honneur brille à chacun de ses battements d'ailes, amples et lents, qui contrastent avec mes gestes saccadés. Son attaque me force à prendre une décision. Je regarde les doux reflets de la lune sur le vitrail de la salle du Dôme et je comprends qu'en réalité je n'ai jamais eu le choix.

Je replie mes ailes, me cambre et plonge vers la grande fenêtre telle la balle d'un Gris. Le haut des ailes me protège la tête ; je prie les Dieux du sang – au cas où ils existeraient – pour que ma peau durcie résiste à l'impact.

Je percute le vitrail à environ deux fois ma vitesse de vol, mais le temps semble néanmoins ralentir, comme lors du combat contre le Gris. Je vois chaque éclat de verre frapper ma peau sans la couper. Puis j'atterris sur le sol de marbre froid. Le verre continue à tomber autour de moi et, l'espace d'une seconde, ces fragments se changent en débris de poutres tandis que ma sœur brûle sous les feux du soleil. Lorsque la vision disparaît, elle laisse place à une longue table en chêne rouge accueillant une vingtaine de Princes. Je me redresse et déploie de nouveau mes ailes, comme si ce geste répondait aux questions que je lis sur leurs visages ahuris.

Le silence s'éternise. Je perçois la sueur des Princes, l'odeur âcre de leur terreur qui s'accroît d'instant en instant. Je croise le regard du Grand Prince Azzuri, assis à l'autre bout de la table. Je pense d'abord qu'il sourit, mais l'impression se dissipe rapidement. Le silence est enfin rompu par un garde en faction à la porte, qui me fonce dessus. Il a pris du sang de loup, lui aussi, mais juste une fiole tandis que j'ai bu la moitié d'un loup. Sa rencontre avec mon poing le plonge dans l'inconscience.

Avant que quelqu'un ait l'idée de l'imiter, je laisse tomber l'objet que je transportais depuis le début, cette preuve sans laquelle mon discours à venir ne m'attirerait que des railleries. Le bruit du coffret frappant le marbre résonne dans la pièce ; le couvercle s'ouvre et laisse échapper les projectiles, qui roulent sur les dalles. Deux Princes bondissent de leur siège, ce qui m'arrache un sourire, mais la plupart se contentent de ramasser d'un air confus les balles arrivées jusqu'à la table.

Un deuxième garde s'approche, mais une voix interrompt son geste :

« Laisse-la. Elle est pour moi. »

Alezan, bien sûr, assis à la droite de son père. Il se lève puis déploie ses ailes malgré le manque de place ; son uniforme rouge et or est orné des liserés bleus du grade de commandant. Les bottes propres, luisantes, m'indiquent qu'il n'a pas fait de sale boulot aujourd'hui : il a gardé sa violence pour moi. Nos regards se croisent. Son sourire troublant découvre des crocs allongés reposant sur la lèvre inférieure.

« Petite Samantha, dit-il en s'avançant vers moi. Tu n'as pas pu t'en empêcher, hein ? Voilà une fille courageuse. Tu as bu plus de sang, cette fois. Tu brilles dans la nuit !

— J'en ai pris assez pour effacer ton beau sourire, nobliau de merde. »

Je laisse la colère monter, le sang parler.

« Tu pourrais en boire un tonneau que tu ne saurais toujours pas quoi en faire. Comme je m'apprête à te le prouver.

— Alezan, arrête. »

Nous nous tournons tous les deux vers celui qui vient d'interpeller le jeune Prince. Ce n'est pas son père, mais Saxe, le maître espion, à moitié dissimulé dans les ombres derrière le Grand Prince. Je l'ai souvent croisé au palais, chaque fois avec la même expression sur le visage : celle d'un homme que l'on vient de complimenter et qui montre que ça lui a plu. Il porte une veste de velours noir avec des boutons en argent ; j'entends le métal et sais donc qu'il s'agit d'argent massif. Non, je ne l'*entends* pas. J'ignore juste quels mots poser sur mes nouveaux sens. Lesquels me permettent aussi de distinguer les gravures de la bague que Saxe porte au doigt : la clé et le hibou. Mais je le savais déjà avant de le voir. Enfin, je crois.

« J'ai besoin de lui parler d'abord », ajoute-t-il en repoussant une mèche blonde.

Le sourire d'Alezan se change en grimace. Sa paupière droite tressaute bizarrement.

« Elle est à moi, Cinabre.

— J'ai besoin de lui parler », répète calmement le maître espion.

Je capte la réaction d'Alezan : un fort goût de cuivre au fond de ma gorge, que j'associe à la colère, mais aussi un parfum de fruit amer. Le sang de loup m'apprend qu'il s'agit de crainte, juste un peu, juste assez pour le faire reculer, serrant et desserrant les poings, tandis que sa paupière droite bat furieusement.

« Où as-tu trouvé ça, ma fille ? me demande Saxe en brandissant une balle. Et *comment* l'as-tu trouvé ? »

L'interrogatoire est interrompu par un Prince assis non loin de moi, dont les gros favoris encadrent un visage bouffi.

« On dirait une Fanée ! » s'exclame-t-il.

Saxe se tourne lentement vers lui.

« Merci pour cette précieuse information, Prince Turquin. »

Sans cesser de tripoter les balles, les autres Princes arborent sur leurs visages divers degrés de pâleur. Car, tandis qu'Alezan me menaçait, ils ont sans doute compris certaines choses par eux-mêmes.

« Nous t'écoutons, me dit Saxe. La scène est à toi pour quelques instants. »

Je commence par dévisager tous les Princes un par un. Les maîtres des manoirs, les dirigeants d'Aurore. Plusieurs ont des chambres attitrées au palais, deux ou trois y vivent même à plein temps, les autres s'y rendant en visite. Mais aucun d'eux ne m'a jamais adressé la parole et, s'ils m'ont tous croisée dans les couloirs, aucun ne m'a vraiment *vue*. J'estime ce manque désormais comblé.

Celui qui est assis le plus près de moi, côté gauche de la table, n'est autre que le Prince Sapphiri, responsable du marché du Sang, président du Conseil commercial, et récemment délesté d'une fiole de sang de loup par mes soins. De ses traits juvéniles émane une affreuse odeur de corruption. Quelques sièges plus loin se trouve le Prince Céruli, grand, maigre, le regard vide. Il préside le Conseil de guerre en tant que chef des armées, rôle assez vain puisqu'il n'y a plus de guerre dans le monde des Gris, juste une possible revanche à prendre dans un avenir lointain. En face de lui est assis le Prince Turquin, le gros lard effaré à l'idée qu'une Fanée mette les pieds dans cette salle. J'ignore où il trouve le temps d'assister à ce genre de réunions, sachant les heures qu'il passe à se faire enfiler divers objets dans le fondement par son valet, sous l'œil de servantes forcées d'assister au rituel. Une information que je tiens d'Alanna : merci à elle pour les images. J'achève mon tour de table par le Prince Cobalti, gérant de la banque du Sang, petit homme à la non moins petite barbe, qui sait sans doute déjà que son établissement a subi le premier cambriolage de sa longue histoire. Les stocks de sang dont il dispose permettraient à tous les Fanés de ne plus vieillir durant un bon siècle, ce qui m'empêche de le plaindre pour le choc qu'il semble éprouver.

Je savoure l'attention de tous ces Princes, eux qui savourent la cruauté d'Aurore et n'hésitent pas à y prendre part. Mais la sagesse du sang de loup me rappelle que j'ai une tâche à accomplir. Je ne suis pas là pour me créer de beaux souvenirs mais pour dévoiler à ces nobles une sinistre vérité.

Sage

Les coups sur la porte reprennent peu après le départ de Sam.

Corneille est toujours inconsciente malgré mes efforts pour la réveiller, ce qui ne laisse que Jacob et moi pour tenir la place. Nous patientons, impuissants, jusqu'à ce qu'une première Ombre vêtue de gris fracasse la porte et surgisse devant nous. Je lève mon arme. L'étrange petite arme métallique, avec ses deux cylindres assemblés en forme de L, chargée de balles colorées. Je n'y ai inséré que des balles bleues, celles destinées aux sorciers. Deux projectiles en sortent lorsque je presse la détente ;

c'est un de trop, sachant que je n'ai en réserve que la moitié du contenu du coffret, le reste étant parti avec Sam pour sa démonstration. Nos chances sont donc bien minces si l'ancienne armée de Sinassion se jette sur nous en masse.

En tout cas, mes deux balles atteignent leur cible en pleine poitrine. Fascinant de constater à quel point la peur m'a soudain appris à viser. Si par hasard je sors vivant de ce toit, il faudra que je m'intéresse de plus près à la question.

Je n'ai jamais vu un sorcier mourir sous les balles des Gris, puisque je n'ai pas vécu les tristes événements de la Marée grise. On m'a décrit le processus, bien sûr, si différent de celui des vampires pour un même résultat. Mais le voir de mes yeux est une tout autre affaire. Tandis que le Gris s'effondre, une lueur jaune jaillit de son corps comme si une énergie inconnue s'en échappait. Une fois au sol, il se ratatine peu à peu, puis, dans un ultime éclair, la vie l'abandonne. J'ignore si sa mort a été rapide parce que je l'ai touché en plein cœur ou parce que les sorciers partent plus vite que les vampires. J'essaie d'éprouver de la culpabilité à l'idée d'avoir abattu quelqu'un que Sam qualifierait de victime. Mais rien ne vient. Fort heureusement, elle n'est pas là pour exprimer sa déception à mon égard.

« Lumière de Luce, soupire Jacob. Crois-tu que ce serait vraiment *trop* demander de casser ma pipe en compagnie d'une femme plutôt qu'avec toi ? »

Je souris sans mot dire. Nous connaissons tous les deux la réponse à cette question.

Deux nouveaux Gris franchissent la porte. Je les accueille avec d'autres balles. Il n'y en aura clairement pas assez.

Silence. Tout le monde se tourne vers Saxe. Sauf le Grand Prince, qui continue à me regarder. Non, qui regarde derrière moi. Comme s'il contemplait le ciel.

« C'est un affreux mensonge, déclare Saxe. Pourquoi donc – je vous le demande – devrions-nous croire les délires d'une *servante* dont la vie, soit dit en passant, ne va pas tarder à prendre fin ?

— Les balles, dis-je aux Princes. Corneille Ansbach et les sorciers. Dame Hocquard. Vous n'avez pas besoin de croire une servante, une Fanée. Vous n'avez qu'à ouvrir les yeux.

— Je… » Saxe dévisage les Princes à son tour. « Je… Vous ne… »

Le maître espion bredouille tandis qu'un éclair de panique traverse son visage.

Puis il se tait.

Avant d'éclater de rire.

« Ah ! je suis navré, lance-t-il en se tenant les côtes. Vraiment navré. Mais je n'y arrive pas, c'est trop dur. »

Un étau glacé se referme sur mon cœur. Le sang de loup qui inonde mon cerveau me permet de comprendre ce qui s'est passé juste avant que Saxe me l'explique.

« Tu as tout à fait raison. C'est moi le coupable. Pour être exact, moi et une poignée de Princes triés sur le volet, dont certains se trouvent dans cette pièce. Nous avons en effet armé les Ombres avec les munitions déterrées à Vespéral et créé ensuite le mythe des Gris. Oui, la Marée grise faisait partie du plan et, oui, ta petite équipe de vaillants réfractaires m'a forcé à dévoiler cette stratégie ici même. Je suppose qu'il faut donc te féliciter, ma fille. »

Beaucoup de Princes me sourient désormais. Deux d'entre eux semblent encore dégoûtés, mais peut-être est-ce autant par moi que par le discours de Saxe. Le Grand Prince Azzuri, lui, ne me regarde pas. Pas plus que son conseiller, debout à sa droite, qui le couve d'un œil inquiet.

« Vous… avouez ? Devant vos pairs ? »

J'ai l'impression que le marbre sous mes pieds s'est transformé en sables mouvants.

« Ils sont déjà au courant. Je leur ai tout expliqué il y a un demi-sablier. »

Le sang de loup hurle en moi. J'aurais mieux fait de me jeter sur les Gris depuis le toit du temple.

« Pardon, que dis-tu ? reprend Saxe. Rien ? Rien du tout ? C'est bizarre… Tu dois quand même avoir un plan en réserve. Non ? Ma pauvre petite chérie, je suis vraiment désolé. On dirait que ça t'a coupé les jambes, cette affaire. Heureusement que tu as des ailes !

— Saxe, allons-nous devoir tolérer encore longtemps la présence de cette garce ? intervient Turquin, le visage cramoisi. Même si vous souhaitez en profiter pour l'humilier, elle n'a aucun droit d'entendre ce qui se discute autour de cette table. »

Saxe sourit, mais une lueur au fond de ses yeux indique qu'être interrompu ainsi l'a mis en rage.

« Mon cher Prince Turquin, elle a voulu s'élever jusqu'à nos hauteurs, elle a même bu le plus noble des sangs, alors montrons-lui un peu de cette vérité, ne serait-ce que par principe. Sauf, bien sûr, si vous nous jugez si faibles qu'il faille se méfier d'une misérable Fanée. »

Saxe se tourne vers le Grand Prince, en quête d'approbation, mais Azzuri garde les yeux rivés droit devant lui. Le maître espion choisit d'y voir une permission tacite. La bascule du pouvoir a eu lieu sans qu'un mot soit prononcé, sans qu'un geste l'ait marquée. Un acte invisible et pourtant évident pour l'observateur avisé.

« Vois-tu, Samantha Ingle, pauvre orpheline seule au monde – oui, je sais tout de toi –, la question du *pourquoi* est simple à résoudre. Vespéral devenait hors de contrôle. Tes frères et sœurs les Fanés se reproduisaient comme des lapins et, pire que tout, usaient de leur nombre pour gagner en influence. Ils voulaient nous expliquer, à *nous*, comment diriger cette cité, alors qu'ils l'auraient plongée dans le chaos avec leurs fantasmes égalitaristes s'ils avaient eu le pouvoir. Quel culot ! Quant au sang de loup qui permettait aux Princes de contenir ces hordes barbares si promptes à se révolter, il se faisait bien rare depuis la Double Guerre. Comment saigner le moindre loup sans risquer de relancer le conflit ? » Saxe jette un coup d'œil circulaire autour de la table, mettant les Princes au défi de l'interrompre. « Mon plan nous a rendu la plénitude de notre pouvoir. Soudain, nous avions un ennemi capable d'annihiler l'ambition des tiens et de la remplacer par la simple gratitude d'être en vie. De plus – je me permets d'affirmer que c'était un coup de génie –, nous avons signé un pacte avec les loups afin qu'ils nous fournissent du sang en échange de la vague promesse d'une reconquête des Terres centrales. C'est fou ce que les gens sont prêts à accepter dans l'espoir d'un retour à la normale. »

Je continue à argumenter même en sachant que ça ne sert plus à rien :

« Mais… vous avez détruit votre cité. Vous avez causé la mort d'une multitude de vampires. Dont ceux de votre propre *classe*. »

— Il a fallu sacrifier quelques Princes, c'est vrai, mais personne que les nobles vampires présents dans cette salle ont dû regretter. Des trublions, des faiblards. C'était un maigre prix à payer pour la chance de prendre un nouveau départ. Quant à la cité elle-même… Que sont quelques murs pour nous, les immortels ? Un léger accroc dans notre existence glorieuse, un mal nécessaire pour nous assurer un millénaire de sang de loup. Nous comptons bien poursuivre cette mascarade jusqu'à disposer de vastes réserves et ôter aux Fanés toute volonté de révolte. Après quoi les Gris disparaîtront aussi vite qu'ils sont apparus, suite peut-être à une ou deux prétendues victoires de troupes vampires nourries au sang de loup. Alors, nous peuplerons de nouveau les Terres centrales, et Vespéral renaîtra de ses cendres, une cité extraordinaire que les *Princes* contrôleront à tout jamais. »

Le maître espion reprend son souffle. Je fais de même, ne serait-ce que pour me donner une contenance. L'air est étouffant, saturé des belles phrases des comploteurs.

« Tu comprends, Sam ? Tu comprends ce que mes supposés *complices* et moi avons fait ? Nous avons sacrifié un siècle pour offrir aux Princes des millénaires de règne. Je pense que même une idiote de Fanée peut comprendre que c'est une bonne affaire.

— Vous ne vous en tirerez pas comme ça. »

Mais, en prononçant ces mots, je me rends compte que je fais face à des gens ayant passé leur vie à échapper aux conséquences de leurs vices et de leurs machinations.

« Enfin, chère Sam, nous nous en sommes *déjà* tirés. Le monde dans lequel tu vis en est la preuve éclatante. Aussi intelligente et courageuse sois-tu, ma fille, tu n'y changeras rien. Car tu n'envisages pas l'histoire – la grande histoire – dans son ensemble. Ceux qui ne réfléchissent qu'en termes d'années ou de décennies n'ont pas saisi qui sont les immortels. Nous sommes plus forts que l'histoire. Nous la *modelons*.

— À condition de rester en vie assez longtemps.

— Ne t'inquiète surtout pas pour ça. Un immortel qui disparaît en n'ayant vécu qu'une poignée de siècles était juste... négligent. Or, figure-toi que de nous deux, ce n'est pas moi qui vais rendre l'âme aujourd'hui. »

Peut-être est-ce le rire strident du maître espion, ou la certitude d'avoir piteusement échoué, mais je sens monter en moi la même rage qu'en face du visage d'Alezan barbouillé du sang de Beth. Je m'avance vers la table. Les Princes assis à proximité se raidissent à la vue de mes longues griffes. Alezan – le visage immaculé, cette fois – dresse les siennes. J'essaie de mettre dans ma voix les profondeurs abyssales de ma colère :

« Ce sang de loup que vous amassez dans vos chambres fortes, que diriez-vous de constater par vous-mêmes de quoi il est capable ? Combien d'entre vous vais-je réussir à découper en morceaux avant de me fatiguer ? Je parierais sur une belle tablée de Princes qui se seront pissés dessus. »

Saxe demeure imperturbable. Je ne sens aucune peur en lui. Il est fou à lier, pas besoin de sang de loup pour le savoir.

« Tu ne réfléchis pas assez, Samantha. J'admets que tu es peut-être plus forte, à cet instant, que n'importe quel vampire d'Aurore, mais ça ne t'aide pas à réfléchir. Par exemple, tu ne songes pas à tes amis, coincés sur le toit du temple des Premiers Dieux. C'est fabuleux toutes les pensées que mes Gris, mes Ombres, mes Neuros surentraînés, sont capables de capter. Ils ne peuvent pas lire les miennes d'ici, heureusement, mais ils entendent néanmoins deux mots qui leur sont assénés sans relâche par une voix connue : *Tuez-les*. Combien de temps crois-tu que deux sorciers sans magie et une louve à moitié vidée de son sang résisteront à une charge de Gris ? Je t'aurais crue plus futée que ça. »

Il a raison. Malgré ses dires, je réfléchis mieux que lui grâce au sang de loup, et je sais qu'il a raison. Je sais aussi ce qu'il me reste à faire. Voilà ce qu'on obtient avec un cerveau tournant au maximum de ses capacités : la fin de l'espoir.

« Ne prends pas cet air abattu, Sam. Ce n'est pas ta faute si ton joli plan est tombé à l'eau. Le sang de loup ne fait pas tout, encore faut-il savoir s'en servir. Nous avons de longs siècles de pratique alors que tu n'as eu qu'un sablier. Bien trop peu pour te hisser à notre niveau. À mon avis, le sang le sait très bien. Il sait que tu n'es pas à la hauteur. » Saxe se tait, juste assez longtemps pour me faire sentir que je n'ai rien à lui répondre. « Tu croyais ton heure de gloire venue, petite Sam ? Tu croyais remporter la victoire à toi toute seule ? Mais tu n'es pas l'héroïne de cette histoire. Tu ne peux pas l'être puisqu'il n'y a pas d'histoire. Il n'y a que *nous*. »

Il pivote vers les gardes entrés pendant son discours.

« Arrêtez-la, leur dit-il. Elle n'opposera aucune résistance. Ses émotions l'en empêchent. Elle s'est offert la puissance d'une déesse, mais elle aurait d'abord dû tuer la femme en elle. »

Le rire flûté du maître espion résonne à mes oreilles tandis que les soldats m'emmènent, docile, hors de la scène où je pensais triompher.

30
Sans l'ombre d'une hésitation

Puis vint la grande époque du poison. Celle-ci est tristement révolue, des plantes telles que le bouton de cendre ou le tue-loup étant désormais fort rares. Mais il fut un temps, à peu près entre la fondation de Vespéral et la Double Guerre, où nobles vampires et loups alpha ne pouvaient profiter d'un verre ou d'un plat sans se demander si l'on n'y avait pas incorporé un ingrédient inattendu.

Tarouge LaJarre, *Chroniques de la mort*

Sam

Me voici donc à nouveau prisonnière. Être arrêtée deux fois en deux jours me semble relever d'une certaine négligence. Si je sors d'ici vivante – ce qui paraît de plus en plus improbable –, il faudra que je me penche sur la question. En tout cas, cette fois, je ne suis pas seule. Une louve et deux sorciers partagent ma captivité. Mais je doute que ça augmente mes chances de m'en tirer. La cellule présente de gros barreaux de fer, comme celle où Alezan m'a torturée. Mais ce n'est pas tout. Il s'agit d'une cellule à l'intérieur d'une cellule. Car derrière les barreaux se trouve l'autre moitié de la pièce, qui s'achève sur la porte en pierre la plus épaisse que j'ai jamais vue. Nul besoin d'être un génie pour comprendre que cet endroit a été conçu pour des vampires si chargés en sang de loup qu'ils peuvent pulvériser un bloc de pierre à coups de poing. Malheureusement, je n'entre plus dans cette catégorie puisque ça fait une demi-journée que je suis enfermée ici. Le soleil s'est levé puis couché ; la nuit est revenue et tout le sang de loup qui m'avait emportée au-dessus de la cité durant quelques glorieux instants en a profité pour déserter mon corps, ne me laissant qu'une drôle de pulsation dans le crâne et l'impression que toute la joie du monde m'est désormais interdite. J'essaie de me remémorer cette certitude de pouvoir enfin réparer mes erreurs, redresser tous les torts, mais je ne trouve en moi que des pensées biaisées, d'autres erreurs et d'autres torts. Encore une fois je ne songeais qu'à moi, et pas à mes amis.

Si la disparition du sang de loup m'a abattue, force est de constater que mes compagnons ne vont guère mieux. D'ailleurs, en ce moment, nous parlons de la mort.

« Si on crève ici…

— Non, Jacob, on ne va pas crever », affirme Corneille.

La louve est enfermée dans un espace séparé, à trois mètres de celui que j'occupe avec les sorciers, sans doute pour éviter que je recommence à lui sucer le sang. Précaution bien inutile car, même avec ce précieux liquide dans les veines, je serais bien incapable de défoncer l'énorme porte.

Nos geôliers ont fourni des vêtements à Corneille, qui ne s'en montre guère ravie : elle ne cesse de se gratter comme si elle avait des puces. J'ai du mal à comprendre pourquoi elle ne les enlève pas, mais l'entêtement de la louve brille rarement par sa logique.

« En tout cas, *moi*, je ne compte pas mourir, ajoute-t-elle. Surtout pas des mains de ces idiots qui puent la lavande et l'appât du gain. Mais toi, mon gars, n'hésite surtout pas à te laisser aller si ça te fait plaisir.

— Je me permets de reprendre là où j'en étais avant que Corneille oublie que nous sommes dans un cachot, gardé par des dizaines de soldats n'attendant qu'une occasion d'avaler leur fiole de sang de loup. Si on crève ici, donc, sait-on où on ira ensuite ? Je crois que c'est un sujet dont il faut parler. Histoire d'égayer nos dernières heures.

— *Tes* dernières heures, poivrot.

— D'accord, d'accord. Alors admettons, chère Corneille, que vous vous trouviez dans une situation bien plus héroïque que celle-ci, une situation assez satisfaisante à vos yeux pour accueillir la mort. J'essayais juste de vous demander, *dans ce cas*, où irait votre âme selon vous. Un avis sur la question, Sam ? »

Je me tourne vers Jacob, vautré par terre. Sa tunique ramasse la poussière de la cellule, mais ça ne semble pas le déranger.

« Je ne sais pas trop… J'ai été élevée dans la croyance des Dieux du sang et du Paradis rouge, mais ça m'a toujours paru un peu… facile.

— Facile ?

— Oui. Même gamine, je pensais déjà que l'au-delà des vampires était vraiment trop simple. Qu'est-ce que les vampires adorent ? Le sang ? Qu'est-ce qui leur fait peur ? Mourir, perdre en un instant le bénéfice des nombreux siècles à venir. Donc, leur au-delà consiste tout naturellement à boire des litres de sang dans des conditions de vie plus ou moins normales.

— Je n'aurais pas dit mieux », commente Sage.

Le sorcier me gratifie encore d'un compliment peu mérité. Il ne s'est guère exprimé depuis le début de notre incarcération. Je crois que le coup de maître du Prince Saxe, renversant la situation en sa faveur par un simple aveu devant le Grand Conseil, lui a fait beaucoup de mal ; il pense sans doute qu'il aurait dû le prévoir.

J'ai tenté de le consoler en lui expliquant que la folie de Princes ivres de pouvoir était impossible à analyser, mais il m'a répondu que la folie n'existait pas, qu'il s'agissait de raison vue sous un autre angle. Une réflexion tellement dans son style que ça m'a fait sourire. Je croyais que son agacement face aux problèmes qu'il échoue à résoudre deviendrait lui-même agaçant, mais plus j'apprends à connaître ce sorcier et plus je trouve ce trait de caractère attachant.

« La plupart des vies après la mort dans les religions immortelles sont fondées sur une peur quelconque, poursuit-il. Prenez la Lumière de Luce, par exemple. La religion principale des sorciers s'appuie sur le fait que nous ignorons comment nous naissons et à quoi sert réellement notre magie. Donc, une fois morts, nous suivons la Lumière qui nous emmène vers notre créateur, lequel nous révèle le véritable sens de cette magie afin que nous puissions entamer notre vie proprement dite.

— Donc vous vivez, vous mourez, et après... vous commencez une autre vie ?

— Dans un sens, oui. Comme si notre première existence n'était qu'un galop d'essai.

— Et les loups, alors ? demande Corneille. Quelle est notre grande peur, celle qui conditionne notre au-delà ?

— Ah ! ça, je connais, s'exclame Jacob. Une fois morts, vous vous changez en arbres.

— Hein ?

— Vous vous changez en arbres, pas vrai ?

— Non, on ne se change pas en putain d'arbres.

— Un instant, intervient Sage. À mon humble avis, ce que Jacob essaie de dire avec l'extrême maladresse qui le caractérise, c'est que vous croyez – sauf erreur de ma part – que votre esprit quitte votre corps défunt pour se fondre ensuite dans la nature.

— C'est une assez bonne description, admet Corneille sans quitter Jacob des yeux. Nous nous perdons dans la forêt, pour ainsi dire. Nous ne sommes plus conscients de notre existence individuelle, uniquement de celle de la forêt dont nous faisons partie.

— C'est très poétique, dit Sage. Mais je ne suis pas sûr que j'apprécierais. Le sentiment de ma propre existence représente un besoin crucial pour moi. Ne pas être conscient de soi, même comme élément constitutif d'un ensemble plus vaste, est quelque chose de difficilement imaginable. Je ne pense pas que cela me conviendrait. »

Corneille prend le temps d'y réfléchir, puis hoche la tête.

« Je comprends. Vous n'êtes pas le premier à me tenir ce discours. Mais essayez de voir ça différemment. Peut-être êtes-vous attaché à cette fameuse *conscience de soi* parce que vous n'avez rien connu d'autre. Comme un poisson nageant dans la mer serait bien incapable d'imaginer le désert. Alors que, si vous aviez toujours vécu sous la forme dont je parle, l'idée d'être conscient de vous-même vous paraîtrait tout aussi invraisemblable.

— Mais vivre sous ladite forme empêche justement d'être *conscient* qu'une alternative existe, dit Jacob.

— Bien vu, mage. Tu n'es pas aussi stupide que tu en as l'air.

— Je ne vous sens pas très douée pour les compliments. Finalement, je préfère quand vous voulez me manger. »

Le silence s'installe de nouveau, le sujet de la mort ayant touché à sa fin, comme bientôt nos existences. Je plonge dans mes propres pensées afin d'établir la liste de mes réussites ; je n'ai pas encore trouvé grand-chose à y inscrire lorsque mes mornes réflexions sont interrompues par un profond soupir de Jacob.

« On va vraiment crever, hein ? lâche-t-il.

— Cela vient-il juste de te frapper ? lui demande Sage. La conversation précédente ne t'a-t-elle pas mis la puce à l'oreille ?

— Je rigole pas, Sage. On y est, pas vrai ? On y est carrément. » J'attends un exposé plus approfondi, qui ne vient pas. « J'aurais… J'aurais aimé être un peu moins… *moi*. J'ai fait quoi dans la vie ? Rien. Ombre maudite, rien de rien !

— Je t'ai eu comme ami alors que j'aurais pu être seul. Ce n'est pas *rien*. Pour moi, c'est même beaucoup. »

Les yeux de Sage sont dissimulés par sa capuche. Jacob se tourne vers lui puis le prend par la main, les yeux brillants de larmes contenues. Corneille et moi faisons l'effort de regarder ailleurs.

« C'est drôle, dis-je quelques instants plus tard. J'ai toujours eu l'impression d'être spéciale, de devoir accomplir de grandes choses. J'avais tort, apparemment.

— Ta vie a été plus singulière que celle de beaucoup de Fanés, me rassure Corneille.

— C'est vrai. Mais ça ne me console pas vraiment. Pas du tout, en fait. C'est terrible, hein ? Je continue à en vouloir plus. À me sentir…

— Spéciale ? complète Sage.

— Oui. Aussi débile que ça paraisse.

— Chacun de nous est spécial aux yeux de quelqu'un d'autre, dit-il en soutenant mon regard. Moi aussi, j'ai bien des reproches à m'adresser. » Je remarque qu'il s'est hâté de changer de sujet. « Je me pensais capable de tout changer. De découvrir toutes les vérités. Je suis un homme rationnel, qui ne devrait croire ni à la chance ni au destin, mais j'ai succombé à cette facilité. Peut-être l'humilité est-elle le dernier cadeau que la vie nous réserve. Tout le monde s'imagine spécial, n'est-ce pas ? Le maître de sa propre histoire. Mais lorsque la réalité nous rattrape, nous nous demandons comment nous avons pu nous croire si puissants.

— Qu'est-ce que tu racontes ? lâche Jacob.

— Eh bien, je… » Sage s'arrête puis éclate de rire. « J'en sais rien. J'en sais vraiment rien. »

Son fou rire nous gagne ; nous rions tous à gorge déployée comme si notre mort prochaine n'avait aucun intérêt.

Notre hystérie collective est brutalement interrompue par un son strident. J'ignore ce que c'est, mais Corneille se raidit en regardant vers la porte, ce qui me permet de comprendre que le bruit est celui du battant de pierre qui grince en frottant par terre. Nous nous levons tous d'un bond, prêts à contempler le visage de notre mort. Je m'attends à voir surgir une horde de gardes chargés de nous emmener sur les lieux de notre exécution, leurs armes dressées au cas où nous ferions le moindre geste suspect. Je vois déjà la scène se jouer dans mon esprit. Exécuter une vampire, une louve et deux sorciers ensemble ? Le plus simple serait une bonne dose de poudre explosive. À moins que les soldats nous encerclent et nous percent de leurs lances jusqu'à ce qu'aucune mesure de temps, de sang ou de magie puisse guérir nos corps martyrisés. J'ai toujours eu une bonne imagination. Trop bonne.

Mais, en définitive, un seul et unique soldat pénètre dans la cellule.

Il fait partie de la Garde de sang, et les trois gouttes brodées sur son tabard m'indiquent qu'il s'agit d'un capitaine. Sa chevelure blonde s'achève sur de minces favoris bien dessinés ; les rides de son front révèlent qu'il est âgé d'au moins un siècle et qu'il n'a pas bu que du bon sang durant toutes ces années. Le poignard passé à sa ceinture est la seule arme dont il semble disposer. Il s'approche, luisant de sueur, un poing serré, et s'arrête à un gros mètre des barreaux.

« Il va te falloir une plus grosse lame », raille Corneille.

Sans rien dire, le soldat desserre le poing, révélant un petit cylindre enveloppé dans un bout de papier. Il éclate d'un rire bizarre avant de lâcher, avec un gros accent de Suroît :

« Faut l'attraper. À vous d'jouer. »

Le capitaine lance l'objet vers nous, puis tourne aussitôt les talons. La main de Corneille jaillit à travers les barreaux et récupère l'offrande au vol. Par la porte ouverte, je vois le soldat s'enfoncer au pas de course dans l'obscurité du couloir. Les ombres sont épaisses, mais pas assez pour m'empêcher de constater l'absence totale de gardes devant notre cellule.

Tandis que Corneille inspecte son butin, j'attends que la porte se referme, même s'il n'y a personne pour en actionner le mécanisme. Mais non. Elle reste ouverte.

« Lumière de Luce, qu'est-ce que c'est ? demande Jacob.

— Le début d'une nouvelle aventure. » Corneille pivote pour me montrer la fiole de sang qui était enveloppée dans le papier. « Je crois que c'est pour toi. »

Elle remballe la fiole et me la lance. Une fois le papier déplié, je le lis à voix haute :

Je vous remercie mille fois d'avoir enquêté sur le meurtre de mon fils. Personne d'autre ne s'est donné cette peine. J'ai choisi de vous exprimer ma gratitude en vous laissant le champ libre. Les gardes qui pourraient refuser de suivre mes ordres seront occupés par d'autres événements à l'heure où vous lirez ces lignes. Je joins
à cette missive une fiole de sang de loup pour Samantha, au cas où elle aurait besoin de voler. Je vous fais toute confiance pour vous tirer de cette embûche.
Bien à vous,

Grand Prince Vermillon Azzuri

Nous échangeons des regards stupéfaits, sans oublier de jeter de fréquents coups d'œil à la porte ouverte.

« C'est sûrement un piège, dit Jacob.

— De quel genre ? lui demande Corneille.

— Très simple. Ils nous poussent à nous évader, ce qui leur offre une belle excuse pour nous abattre. Ça sonnera bien mieux aux oreilles de Cendre Ansbach, de l'Archimage et de quiconque s'offusquerait de notre décès. Il suffira de prétendre que notre détention était provisoire, mais que les choses ont mal tourné quand on a voulu s'enfuir.

— C'est tordu…

— Mais possible, on est d'accord ?

— Possible, en effet, dit Sage en se tournant vers moi. Tu étais à la réunion du Grand Conseil. Azzuri t'a fait quelle impression ? »

Je prends le temps nécessaire pour y penser.

« Il avait l'air… hanté. Comme s'il n'avait pas envie d'être là. En fait, comme s'il n'était pas là, d'une certaine manière.

— Ça me suffit », dit Sage en hochant la tête.

Jacob lève les yeux au ciel.

« Je vois ce que c'est. Donc on va risquer nos vies parce que le Grand Prince était un peu à l'ouest ?

— Mage, lance Corneille, n'est-ce pas un plus gros risque de rester tranquillement ici en attendant qu'on nous exécute ?

— Je dis juste qu'on ferait mieux de bien y réfléchir. »

Pendant que ces deux-là continuent à se disputer, j'ouvre la fiole et en avale le contenu d'un trait. Quelques secondes plus tard, je sens la force monter en moi. Mais l'effet me semble plus puissant que ce qu'une simple fiole devrait m'apporter. Je comprends soudain que ce sang frais a réveillé celui de Corneille qui était encore en moi et brûlait de s'exprimer à nouveau.

Je frappe les barreaux un par un. Ils se plient sous mes coups comme des roseaux courbés par le vent. J'observe mon poing avec stupeur en me demandant si je m'y habituerai un jour.

« D'accord, souffle Jacob. La décision est prise…

— Quelle force, c'est incroyable, dit Sage.

— Oui, incroyable, lâche Corneille. Combien de loups ont dû mourir pour ça ? »

La puissance qui coule en moi me fait rétorquer sans crainte :

« Je suis sûre que des vampires sont morts pour l'obtenir. » Avant que la louve puisse répondre, je brise les barreaux qui la retenaient prisonnière, puis me dirige vers la porte. « J'ai fait beaucoup de bruit, mais personne n'est venu. Donc Azzuri nous a dit la vérité. En tout cas jusqu'à présent.

— Jusqu'à présent, confirme Sage.

— On fait quoi maintenant ? » demande Jacob.

Mon regard plonge dans le tunnel menant au jardin des roses.

« On court. »

Grand Prince Azzuri

Je hume ce vin comme si ce devait être ma dernière flûte. Je respire sa douceur, son parfum métallique, sa légère touche boisée. Je ne bois pas. Pas encore.

À la place, je pense à mon fils défunt. Il est bien étrange que tant de souvenirs restent enfermés, emmurés dans les pierres alentour jusqu'à ce qu'un être aimé disparaisse, et qu'il suffise alors d'un arôme de sang pour les faire sortir.

Ce souvenir-là se rapporte à la Marée grise. Pas une époque que l'on aime évoquer, mais le moment me paraît adéquat. Je fonce dans les couloirs du palais en quête de mon plus jeune fils. Ma calèche est prête. Varouge me dit qu'on ne peut plus attendre et qu'une minute de plus causera notre perte. Je lui réponds que je ne boirai pas de sang de loup, que je ne m'enfuirai pas en survolant mes sujets qui, eux, se battent pour leur vie au ras du sol. Cette vision leur ferait presque aussi mal que l'attaque des Gris. Ce serait la fin de mon règne.

Donc la calèche est là, mais pas mon fils, Azzuri cadet – Rouget, comme il a choisi de se faire appeler dans le seul but de ridiculiser sa famille et sa classe sociale – manque à l'appel.

Je traverse les cuisines où il va souvent parler aux serviteurs. Je parcours les jardins où il passe un temps fou à humer les roses. Je fouille tous ses refuges, mais ne le trouve pas. Puis, sur une dernière inspiration, j'ouvre la porte menant aux caves. Mon fils est là, remontant l'escalier, un chat dans les bras. Le chat de ma sœur. J'entre dans une fureur noire, lui crache presque au visage en lui disant qu'il a mis toute notre famille en danger pour un stupide animal, une bête dont le sang vaut à peine plus que celui d'une vache. Je suis à deux doigts de le frapper. De le renvoyer au fond de la cave avec sa bestiole. Lui ne dit rien ; il me regarde avec cette étrange expression que je n'ai jamais comprise. Nous filons vers la calèche. Et plus jamais, jusqu'à sa mort, nous n'avons évoqué cet épisode.

Mais je me rappelle à présent la joie de ma sœur récupérant son chat. Les larmes qu'elle a versées, les flots de remerciements adressés à son neveu, comme s'il lui avait sauvé la vie dix fois. Me revient aussi la raison pour laquelle cet animal lui importait tant. Mon épouse le lui avait offert sur un coup de tête, curieuse de savoir si elle allait l'adopter ou lui sucer le sang. Puis, à la suite de l'annulation de ses fiançailles dans d'atroces circonstances, elle avait passé des jours et des jours à pleurer dans sa chambre, ne parlant qu'à ce chat qui a été son seul compagnon pendant des semaines, jusqu'à ce qu'elle surmonte cette terrible épreuve. C'est drôle que je n'aie jamais pris le temps d'analyser cette suite d'événements. Bien qu'en réalité ce ne soit pas drôle. Pas drôle du tout.

Des bruits de pas s'arrêtent soudain devant mon étude, m'arrachant à ma rêverie. Quelqu'un frappe à la porte.

« Entrez. »

Le Prince Saxe apparaît, ses mèches encore plus rebelles qu'à l'ordinaire, avec l'expression d'un homme jonglant avec des urnes funéraires.

« Vous avez demandé à me voir, Grand Prince ? »

Le ton employé, guère subtil, me laisse entendre que je le dérange alors qu'il est très occupé à gérer les problèmes de la cité. Il doit se croire enfin arrivé au centre du jeu. J'espère qu'il y prend plaisir. Tant que ça dure.

« En effet, Cinabre. Merci d'avoir dégagé un peu de temps pour moi. J'imagine que vous avez beaucoup à faire avant le lever du soleil.

— C'est exact. De nombreux soucis à régler.

— Dont certains que vous avez vous-même créés, dis-je en remuant mon vin.

— Je vous le concède. Mais rien qui ne soit sous contrôle. »

Saxe accueille mes allusions avec un calme remarquable. Il est intéressant de constater comment, en situation d'urgence, certaines personnes se dressent et d'autres plient. Je ne vaux guère mieux qu'un fantôme depuis que j'ai découvert le complot ayant mené – par accident, paraît-il – à la mort de mon fils. Je hante les couloirs de mon propre palais, regardant s'agiter des Princes ravis que sonne leur heure de gloire.

« Buvez donc une flûte avec moi, Cinabre. C'est un grand cru. De l'ours ensorcelé, vingt ans d'âge. Pour ce qui est du vin, je préfère l'ours au cerf. Il vieillit mieux. Moins puissant, certes, mais plus délicat.

— Ce… serait avec un immense plaisir, évidemment, mais je dois…

— Je reste le Grand Prince, n'est-ce pas ? À moins que j'aie perdu mon titre à la suite d'un autre complot dont je n'ai pas encore été informé. »

Saxe ne peut s'empêcher de tressaillir face à une attaque si directe. Il a même du mal à trouver ses mots. À mon grand dam, cela ne dure qu'un instant.

« Bien sûr. C'est toujours un honneur pour moi. »

Il me scrute avec ses vilains petits yeux tandis que je prépare sa flûte.

« Trinquons, lui dis-je. Aux secrets dévoilés et au nouveau monde qu'ils nous offrent. »

Nos flûtes tintent l'une contre l'autre. Je savoure longuement le goût du vin ; l'acidité, le fruit, le métal, autant de saveurs qui se déposent en succession sur ma langue, puis la belle persistance en bouche après avoir bu. J'espère garder ces sensations en mémoire.

« Je dois vous avouer, Grand Prince, avoir craint que vous ayez du mal à accepter cette période de mensonges et de… violence qui s'est avérée nécessaire à l'amorce du projet afin qu'il puisse aboutir. Je vous assure une fois de plus que Varouge et moi-même vous avons présenté la stricte vérité en ce qui concerne votre fils. C'était un accident. Mais son sacrifice n'a pas été vain. Grâce à lui la reine des Sangsues est morte et la cité est plus que jamais sous notre coupe. Avec des Fanés bien matés et des réserves de sang de loup pour plusieurs décennies, nous pouvons même envisager de passer rapidement à la dernière étape du plan, notre retour dans les Terres centrales. Si ça vous semble approprié, bien sûr. »

Saxe est fatigué ; il fait mine de me demander mon avis de façon encore moins convaincante que d'habitude.

« Parlons un peu de liberté, dis-je pour écourter ce répugnant discours. C'est un sentiment extraordinaire. Qui produit de très beaux effets. Il permet de faire le tri entre ce qui compte et ce qui ne compte pas. » Saxe demeure imperturbable. Il attend que je dévoile mes intentions. Il n'aura pas à patienter longtemps. « Savez-vous ce que j'ai fait pendant que vous couriez dans tous les sens, avide de protéger vos petits secrets ? Eh bien, je suis allé à Ponant. Dans l'une des retraites de mon fils. J'y ai trouvé ce qui vous a échappé. Des lettres indiquant que mon fils et un commis de banque nommé LaMalle avaient des relations… intimes. Des lettres dans lesquelles mon fils demandait à LaMalle ce qui se trouvait dans la chambre forte dont il était responsable. *Votre* chambre forte. » Saxe plisse les yeux. Il sait déjà où je veux en venir. Il est doué, assurément. « Nul besoin de vous présenter ce LaMalle. L'homme que Corneille Ansbach a massacré afin de dérober la clé de ladite chambre forte. En tout cas, parmi ces lettres, l'une d'elles m'a particulièrement intéressé. » Je sors la liasse de feuilles de ma veste. « Savez-vous ce qu'elle contient ?

— Pas le moins du monde. »

Saxe m'observe avec méfiance. Son sourire a disparu, laissant paraître son vrai visage.

« Un avertissement. À destination de mon fils. » Saxe ne bouge plus. À peine bat-il des paupières. « Il va vraiment falloir que j'aille jusqu'au bout ? Très bien. Dans un moment de faiblesse, LaMalle a cru bon de vous avertir que mon fils était au courant pour la chambre forte ainsi que pour les colis qui en sortaient, et qu'il comptait se rendre hors les murs pour en récupérer un. Le commis a aussitôt regretté cet aveu, devinant ce que vous alliez en faire. Il a donc écrit à mon fils pour le prévenir. Mais mon cher enfant, mille fois plus courageux que je l'imaginais, y est allé *malgré tout*. » Je me penche vers le maître espion. « Un accident, disiez-vous. Les Gris passant au mauvais endroit au mauvais moment. À présent, je vous en prie, appelons les choses par leur nom. C'était un piège. Monté par vos soins. Cette servante avait raison. C'est la seule à avoir vraiment enquêté sur la mort de mon fils. Maintenant, j'ai la preuve en main. »

Saxe réfléchit longuement. Puis une ombre glisse sur son visage. Comme s'il se résignait à ce qui va suivre.

« Il aurait causé notre perte, dit-il. Vous connaissez désormais sa proximité avec les Fanés. Il aurait clamé la vérité à qui voulait l'entendre, à toute la cité et au-delà. L'éliminer n'était pas la solution idéale, j'en conviens, mais il ne faisait plus réellement partie de votre famille. Depuis des décennies. Pas besoin d'un maître espion pour le savoir : *tout le monde* était au courant. Entre nous, Vermillon, n'êtes-vous pas soulagé de sa disparition ? Il vous faisait honte, toujours à frayer avec la plèbe. Sachez que je vous ai épargné ses pires fréquentations. Les qualifier de *sordides* aurait été un doux euphémisme. » Saxe s'interrompt, mais je ne dis rien. Je l'observe. J'observe sa flûte. Il reprend la parole pour rompre le silence pesant. « Qu'auriez-vous donc voulu que je fasse ? Nous condamner tous pour sauver votre fils ?

— Je vous ai parlé de liberté, n'est-ce pas ? dis-je sans répondre à sa question. Elle offre aussi une meilleure clarté d'esprit. Une meilleure compréhension.

— De quoi ? »

Saxe se frotte doucement la jambe droite comme s'il avait mal.

« De tout ce que mon fils attendait de moi et qu'il n'a pas reçu. »

Le maître espion se redresse brusquement dans le fauteuil.

« Mes jambes. Elles… Elles sont… »

Je le vois réfléchir à toute allure, mettre en branle sa prodigieuse cervelle. Je sais à quoi il pense : il se demande ce qu'il aurait fait à ma place. Quand la réponse lui vient, je me réjouis de son expression malgré ma propre douleur.

Saxe essaie de se lever, retombe sur le siège. Il commence à se frotter les bras.

« Pourquoi ? lâche-t-il.

— Vous devriez plutôt me demander *comment*, Cinabre. Comment ai-je pu mettre la main sur du bouton de cendre alors que les vampires ont éradiqué cette plante après la Double Guerre, tout comme les loups-garous se sont débarrassés du tue-loup ? Eh bien, j'en avais simplement gardé un peu. À l'instar de Cendre Ansbach, qui a gardé du tue-loup. Nous, dirigeants, devons toujours avoir une option de dernier recours. Je suis sûr que vous êtes d'accord sur ce point. Pour ce qui est du bouton de cendre, il existe des moyens de dissimuler son odeur. Même à un vampire ayant bu du sang de loup. Même à un loup, d'ailleurs. »

Durant mes explications, Saxe a de nouveau tenté de se lever. En vain. Le bouton de cendre agit vite. Le maître espion se touche le visage, qui succombe lui aussi au poison. Il parvient encore à s'exprimer alors que ses lèvres se figent peu à peu :

« Mais la cité…

— Vous allez encore prétendre agir pour Aurore ? Allons donc, nous ne sommes pas des Fanés. Nous sommes entre nobles ici. Je sais très bien pour qui vous travaillez.

— Vous… signez votre arrêt de mort, baragouine-t-il.

— Oh ! ne vous inquiétez pas, c'est déjà réglé. » Je hausse les épaules et lui montre ma flûte. « Nous buvons le même vin, rappelez-vous. Votre verre est juste plus chargé que le mien, pour une question de rapidité. Je n'avais pas envie que vous m'empêchiez de prononcer mon discours final.

— Pourquoi ?

— Je ne pense pas que vous comprendriez. C'est par trop éloigné de votre caractère. Il doit y avoir des mots pour décrire ce que vous êtes, mais je ne suis pas sûr qu'ils aient déjà été inventés. La haine et la soif de pouvoir se disputent votre attention. Moi-même je ne suis pas parfait, ce dont je me suis rendu compte bien trop tard, mais je ne crois pas que nous puissions avoir un échange qui nous permettrait de nous comprendre l'un l'autre. Donc, il ne nous reste qu'à mourir, et toutes vos manigances avec nous. »

Saxe échoue à remuer ne serait-ce qu'un doigt. Tandis qu'il reste avachi sur le fauteuil, prêt à rendre son dernier souffle, je me lève et m'avance lentement vers lui, jusqu'à coller ma bouche à son oreille.

« Quant à savoir si je nous condamnerais tous pour sauver mon fils, la réponse est oui. *Sans l'ombre d'une hésitation.* »

Mon maître espion cesse alors de respirer, sa peau et ses organes durs comme du bois. Il est désormais posé sur le fauteuil telle une marionnette abandonnée.

Mes jambes me lancent. C'est bizarre : les effets du bouton de cendre commencent toujours par les jambes. Je m'assieds en face de Saxe. J'imagine la tête de Varouge lorsqu'il trouvera ces deux marionnettes installées comme pour dîner ensemble. C'est ainsi que je me venge de mon conseiller, qui n'était pas là lorsque j'avais vraiment besoin de lui. Varouge est différent de Saxe ; la culpabilité le rongera pendant des siècles.

Je bois le reste du vin. Inutile de gaspiller. Puis je ferme les yeux et attends. Je vois déjà mon fils apparaître devant moi. Il m'attend à la porte du Paradis rouge. Plus rien ne nous sépare, aucun non-dit, aucun mot lancé avec colère. Nous pouvons enfin nous parler librement, d'homme à homme, et lorsque même cela sera devenu ridicule, nous nous parlerons simplement, comme deux personnes laissant les autres penser ce qu'ils veulent.

J'ai tant de questions à lui poser.

* * *

J'ouvre les yeux. J'ai l'impression que quelqu'un essaie d'introduire du liquide dans ma gorge. Le reste de mon corps est paralysé.

Voilà qui ne ressemble guère au Paradis rouge.

Puis ma vision s'éclaircit et je distingue Varouge versant dans ma bouche le contenu d'une fiole verte. Ce n'est pas du sang ; hormis la différence de couleur, le goût m'évoque l'épinard et l'herbe humide.

« Loués soient les Dieux du sang, lâche-t-il. C'était une belle bêtise, Vermillon, si vous voulez mon avis. Ce n'est pourtant pas votre genre. »

Il a le visage rougi, les yeux fous d'inquiétude. Je ne l'avais jamais vu dans cet état.

« Non… »

Je tente d'arrêter son geste, mais mes bras raidis ne répondent pas. Je ne peux même pas tourner la tête. Contraint et forcé, je laisse le liquide couler au fond de ma gorge.

« Je dois mourir, Varouge… Vous ne comprenez pas. Je suis aussi coupable que Saxe. Je dois… »

Ma langue durcit elle aussi. Quelle que soit cette potion, elle semble arriver trop tard. Varouge grimace en constatant que ma voix s'éteint.

« Puisque vous ne pouvez pas parler, je m'en charge. Vous ne voulez pas mourir, sachez-le bien. C'est une illusion créée par votre sentiment de culpabilité. Mais, qui parmi nous, au fil des siècles, ne s'est pas senti coupable envers quelqu'un ? Vous allez surmonter cette épreuve,

Vermillon, et vous me remercierez de vous avoir sauvé. Car nous n'avons pas survécu à la guerre, à la Marée grise et aux rébellions, pour laisser cette cité partir en cendres aujourd'hui. Or, c'est exactement ce vers quoi Saxe et ses complices se dirigent. Retenez bien ce que je dis, mon vieil ami. Ils vont surjouer leur avantage, les Fanés vont se révolter et la cité va saigner par toutes ses veines. Je vous ai toujours suivi parce que vous savez maintenir l'équilibre et que j'ai vu ce qui se passe lorsque cet équilibre est rompu. Donc j'ai bien l'intention de vous suivre encore, puisque je ne compte pas me ranger à leurs côtés. »

Si je pouvais parler, je lui dirais que je ne l'ai jamais vu s'exprimer avec tant d'émotion. Mais, pour le moment, la scène est à lui.

« Si dans un an vous souhaitez encore mourir, je n'essaierai pas de vous arrêter. Mais vous ne mourrez pas maintenant. Cette potion va faire effet, croyez-en mes années à Mal Aube. Là-bas ils ont – ils *avaient* – des remèdes pour toutes les affections. Nous filerons d'ici dès que vous pourrez marcher, après quoi nous partirons en quête des membres de votre classe… et des autres… qui refusent la folie et le chaos. Puis nous nous battrons, Vermillon. »

Je voudrais aussi lui dire qu'il n'a pas utilisé mon nom d'élection depuis des siècles.

« À ce propos, vous ne serez plus Grand Prince, ajoute-t-il comme s'il lisait dans mes pensées embrumées. Donc je risque d'être beaucoup plus direct dans la façon d'exprimer mes opinions. » Il s'interrompt un instant, passe une main sur sa joue. « Quant à moi, je crois que je vais devoir raser cette foutue moustache. »

J'aimerais que mon corps à moitié mort puisse sourire, mais mon visage est encore trop rigide. Donc j'attends, en compagnie de mon ami, que la vie me revienne.

31
Alors, autant agir

Contrairement aux soldats de la Garde volante – les seuls autres vampires d'Aurore ayant de nos jours un accès régulier au sang de loup –, les membres de la Garde d'honneur s'entraînent avec ce sang dans les veines en permanence. Ils sont habitués à ses effets : non seulement une rapidité et une force accrues, mais aussi l'impression que le temps ralentit, la lecture fine du déroulé d'une bataille, avec bien sûr l'étrange sentiment de fatalité qui en découle.

Mirouge LeChange, *La Garde après la Marée grise*

Sage

Les cloches retentissent peu après le début de notre fuite. Azzuri n'avait pas menti : la voie est libre. Aucun garde dans les catacombes ni dans le jardin des roses. Aucun soldat pour nous voir sauter par-dessus le mur du palais, Sam nous prenant, Jacob et moi, chacun sous un bras. Personne non plus pour nous empêcher de traverser la route et de nous enfoncer dans les bois, laissant derrière nous les cris lointains provoqués par la diversion du Grand Prince.

Je réfléchis au parcours à venir tandis que nous filons à travers bois, imaginant déjà la moitié d'Aurore à nos trousses. Le chemin que nous suivons serpente, sans interruption, depuis le mur nord du palais jusqu'à Nordet ; nous pouvons ainsi espérer atteindre la limite nord-est de la cité sans jamais quitter le couvert des arbres. Puis ce sera la Frontière, avec ses forêts et sentiers bien connus de Corneille, et ensuite, une fois franchie la vallée de la Mort, les Terres des loups où nous serons *enfin* en sécurité.

J'évalue la probabilité d'accomplir ce trajet sans encombre. Faible, j'en ai peur. Malgré la diversion, la Garde de sang a déjà dû se lancer à notre poursuite. Il nous faudra encore une heure pour gagner la Frontière, en avançant à vive allure ; je prends soudain conscience que Sam et Corneille iraient beaucoup plus vite si Jacob et moi ne les ralentissions pas. Elles doivent le savoir aussi. Donc nous ne sommes plus simplement des conspirateurs, mais des amis qui s'entraident. Jacob en sera ravi, lui qui m'a toujours conseillé de ne pas me contenter d'un unique camarade.

Finalement, malgré mes doutes, rejoindre la lisière des bois en bordure de la Frontière ne nous prend qu'un quart de sablier. Nous nous accordons une pause dans une petite clairière avant d'attaquer la forêt proprement dite. J'ai du mal à voir devant moi à cause des nuages qui masquent la lune. J'inspire l'air vif aussi lentement que possible afin de calmer la panique qui brûle en moi. Au sud de la clairière s'étendent les champs où sont disséminés les manoirs des nobles ; en prenant cette direction, nous arriverions chez Dame Hocquard en moins d'un demi-sablier.

« On y est presque », nous encourage Corneille.

Elle a gardé forme humaine, n'ayant guère besoin de se changer en louve pour courir au rythme de deux pauvres sorciers. Nous avons fini par nous habituer à sa nudité ; même Jacob n'y fait plus attention. Enfin, la plupart du temps.

« Une fois au niveau de la Frontière, les risques seront bien moindres, poursuit-elle. Princes et soldats ne pourront jamais nous retrouver. Personne sur le continent ne connaît ces forêts mieux que moi.

— Je vois que vous faire sucer le sang n'a pas entamé votre confiance, lance Jacob.

— Non. Mais ça m'a donné faim. Très faim. »

Corneille a mis peu de cœur dans cette raillerie. Elle est plus fatiguée qu'elle veut bien l'admettre, comme en témoigne le voile de sueur sur son front. Je m'apprête à m'enquérir de son état lorsque je remarque Sam observant le ciel derrière nous.

« Sam, qu'est-ce que tu... ?

— Bordel ! s'écrie-t-elle en pivotant vers nous. *Des ailes !* »

Je lève les yeux à mon tour. Je ne distingue rien dans le ciel nocturne, mais je ne suis pas un vampire avec du sang de loup dans les veines. Quelques instants plus tard, je devine néanmoins des silhouettes ailées volant bas au-dessus des bois à un kilomètre de distance. J'espère une seconde qu'il s'agit d'aigles descendus des montagnes, mais le regard de Sam m'indique que nous n'aurons pas cette chance. Puis je finis par apercevoir ce qu'elle avait vu dès le début : les vingt soldats de la Garde d'honneur volant en formation, leurs ailes plus noires que le ciel.

« Qu'est-ce qu'on attend ? s'exclame Jacob. On se casse !

— On n'atteindra pas la forêt, rétorque Corneille. Ils arrivent trop vite. Et puis, on ne m'a jamais vue refuser un combat. Ils sont combien ? Vingt ? J'ai déjà charcuté plus de sangs pourris d'un coup.

— Il s'agit de la Garde d'honneur, lui fais-je remarquer. Les meilleurs soldats d'Aurore. La garde personnelle du Grand Prince. De plus, ils ont dû boire de grosses quantités de sang de loup pour être capables de voler jusqu'ici. Alors que vous êtes déjà fatiguée.

— On va dire que ça équilibre les chances, lâche-t-elle avec une lueur d'inquiétude au fond des yeux. D'autant que j'ai Sam avec moi. C'est une guerrière, elle aussi. Elle a encore mon sang dans les veines. » La louve se tourne vers Sam. « Qu'en dis-tu, Samantha Ingle ? Es-tu prête à te battre aux côtés d'une louve contre ceux de ton espèce ?

— Plutôt deux fois qu'une », répond Sam avec un grand sourire.

Je constate avec effroi que le sang de loup lui donne plus de courage que de sagesse.

« Qu'est-ce qu'on fait ? » me demande Jacob, d'une pâleur mortelle.

J'envisage un instant de me lancer moi aussi dans la bataille malgré mon manque cruel de pouvoirs, pour tenter de protéger Sam. Mais ce serait à la fois paternaliste et ridicule.

« Mon ami, je propose que nous évitions de les gêner.

— J'espérais bien que tu dirais ça. »

Les soldats atterrissent en bordure de la clairière et replient aussitôt leurs ailes. Le simple fait qu'ils puissent s'arrêter si brusquement en arrivant à une telle vitesse m'émerveille. Les mouvements des vampires en vol sont fascinants, presque incroyables, et je songe aussitôt à écrire sur le sujet. Puis je me rappelle que les dernières lignes de ma carrière ont sans doute déjà été écrites.

« Reste loin de moi, Sam, dit Corneille en faisant craquer ses articulations. Et si t'en as l'occasion, frappe fort.

— Comment je fais ?

— Tu t'es déjà battue avec Alezan, non ? T'as réussi à lui balancer deux ou trois coups ? Alors tu recommences. Mais cette fois tu gagnes.

— D'accord… Merci pour le conseil. »

Tandis que les soldats s'avancent, Corneille se change en louve, m'offrant un nouvel aperçu de ce kaléidoscope d'ombre, de chair et de fourrure auquel je ne m'habituerai jamais. Puis je recule à pas lents en murmurant une prière à l'adresse de tous les dieux susceptibles d'écouter, que je croie en eux ou pas.

Sam

La Garde d'honneur ne se préoccupe que de la Tueuse de Minuit. La louve avait raison : je ne compte pas pour eux. Les soldats encerclent Corneille, accroupie, toutes griffes dehors. Deux hommes se dirigent vers elle tandis que deux autres s'approchent par-derrière. Je me demande pourquoi ils ne l'attaquent pas tous ensemble, puis je déchiffre leurs expressions arrogantes. Ce sont les mâles alpha de leur meute ; ils veulent être ceux qui tueront la louve légendaire.

Corneille grogne à destination des deux vampires devant elle, puis jette un rapide coup d'œil aux deux de derrière. Elle est plus grande qu'eux, plus massive que ses quatre adversaires réunis. J'ignore comment un tel combat peut tourner.

Corneille se baisse lorsque les deux soldats dans son dos lancent leurs griffes vers elle. Frapper dans le vide les déséquilibre, ce qui permet à la louve de pivoter et de les balayer d'un coup de patte. Les deux autres vampires en profitent pour charger, visant son visage, mais Corneille bondit de côté à une vitesse folle, comme si elle était faite d'air et non de cent bons kilos de chair compacte. Elle atterrit sur ses deux pattes de devant, se retourne et leur saute dessus. Elle referme ses puissantes mâchoires sur le visage du plus proche ; j'entends d'abord un cri étouffé puis, grâce à mon ouïe nourrie au sang de loup, le bruit de succion du nez et des oreilles déchiquetés. Elle s'apprête à réserver le même sort à l'autre vampire lorsque les deux qu'elle avait fait tomber l'attaquent de nouveau et parviennent cette fois à lui lacérer le flanc. Les yeux jaunes de la louve m'apprennent que ces coups l'ont plus énervée que blessée. Elle se débarrasse du garde défiguré et fonce vers les trois autres, les projetant tous à terre. D'un coup de patte, elle arrache la mâchoire inférieure d'un soldat, qui va rebondir sur le visage de son voisin. Tandis que la langue du garde mutilé s'agite dans le vide soudain apparu, Corneille note que l'un des vampires suit des yeux non plus son ennemie mais le vol de la mâchoire dans les airs ; une grave erreur dont elle se sert pour se jeter sur lui et l'égorger.

La Garde d'honneur choisit ce moment pour revoir sa stratégie : six nouveaux soldats se précipitent vers Corneille. La louve passe d'un bond au-dessus d'eux, réussissant à en frapper un au visage. Mais un autre vampire se retourne assez vite pour lui asséner un grand coup de griffes qui fait jaillir le sang au niveau des côtes. Les quatre vampires restants – sans compter celui qui essaie de recoller sa joue – repartent à l'assaut. Un court instant, Corneille semble devoir être écrasée sous la masse, mais elle parvient encore une fois à esquiver et à reculer de quelques pas, une rage meurtrière au fond des yeux.

Elle va perdre.

Cette pensée s'impose à moi, claire comme une nuit de pleine lune. Une pensée née du sang de loup. Je vois se dérouler la suite du combat, les échanges de coups. Puis le temps semble accélérer – est-ce un effet du sang ou ma nouvelle façon de réfléchir ? – et m'apparaît alors une image finale : moi, penchée sur le cadavre d'une louve.

J'étudie les neuf soldats qui encerclent encore Corneille, se demandant si intervenir gênerait leurs camarades en lice ou les aiderait.

Et s'ils se retournaient tous contre moi ? Je ne fais pas le poids. La défaite contre Alezan me l'a bien prouvé.

Ils n'ont que quelques fioles de sang de loup en eux. Tu en as bien plus dans les veines. Tu as encore le sang de Corneille. C'est juste que tu ne sais pas t'en servir. Arrête de penser, Sam. Tu connais ton problème ? Tu penses trop. Beaucoup trop.

J'aimerais pouvoir me dire de la boucler.

Si tu y vas, je la boucle.

D'accord, d'accord. Je voulais une vie meilleure, non ? Je voulais prendre ma destinée en main ? L'heure est donc venue de savoir de quoi je suis faite, au sens propre du terme. Je ferme les yeux pour mieux ressentir le sang de loup dans mes veines. Je prends une grande inspiration. Les odeurs de la forêt. Celles de la sueur et de la peur, qui ressemblent à… du citron ? Se calmer. Se concentrer. *Rien n'a d'importance,* me dit le sang de loup. C'est vrai. Rien n'a réellement d'importance. Alors, autant agir.

Je bondis en hurlant. Mon cri rauque semble divisé en deux, une partie ténor et l'autre soprano. Les vampires qui ne combattent pas Corneille se tournent vers moi comme s'ils me remarquaient pour la première fois. Le plus proche se fend d'un sourire. Il a les cheveux bruns coupés court et une jolie barbiche de la même teinte que les touffes de poils aux articulations de ses ailes. Son voisin est grand – presque deux mètres –, avec des pommettes hautes, un petit bouc et des cheveux blonds attachés en queue-de-cheval.

Je suis presque sur eux, mais cet air amusé ne les quitte pas pour autant. Je feinte sur la gauche avant d'expédier un puissant uppercut dans la mâchoire du brun, qui grogne et fait un pas en arrière. Le blond passe à l'attaque, mais j'ai le temps de le frapper à la gorge.

Voilà ! s'exclame cette voix qui est à la fois la mienne et celle du sang de loup. *Tu te rappelles comment une servante se défend : viser la gorge et filer. Utilise ton savoir. Le sang fera le reste.*

Nouveau coup à la gorge. Le vampire s'effondre, la respiration coupée. Je fais face aux autres, les mettant au défi de s'en prendre à moi.

Ils sont plus nombreux à m'avoir repérée maintenant. L'un d'eux déclare d'une voix moqueuse :

« Une petite Fanée qui tourne au sang de loup, comme c'est mignon… »

Il se précipite vers moi en sortant les griffes. Je l'attends, suivant sa course au ralenti car le temps obéit désormais à mon bon vouloir. Je lève les yeux vers le ciel, vers la lune qui s'extrait des nuages. Une lune qui me dit que rien ne dure, que tous ici mourront un jour, mais qu'elle sera toujours là.

Le soldat arrive sur moi ; je m'écarte sur la droite et enfonce le bras dans son torse, fouillant ses organes. Je broie ce que je trouve en chemin. Il crie et tombe à terre.

Ils sont huit à présent autour de moi, celui que j'ai frappé à la gorge ayant rejoint ses camarades. C'est d'ailleurs lui qui s'adresse à moi, d'une voix cassée :

« Et maintenant, fillette ? Tu comptes nous prendre tous en même temps ?

— Pas besoin, la fillette devait juste vous distraire assez longtemps », dis-je en essuyant sur mes lèvres un sang qui n'est pas le mien.

Le soldat se retourne et découvre Corneille fondant sur lui. Elle est venue à bout de ses dix adversaires et elle est toujours debout, malgré plusieurs blessures au flanc, malgré des gestes plus lents. Mais elle profite de l'élément de surprise. La louve enfonce ses griffes dans la poitrine du vampire et la déchire sous les yeux effarés de sa victime, qui voit ses organes se déverser sur le sol de la clairière.

J'y vois le moment idéal pour frapper à mon tour. Mon poing rencontre une autre poitrine, mais elle est plus dure que prévu, peut-être parce que ce soldat a pris plus de sang de loup que les autres. Il sourit et plante ses griffes dans mon épaule droite ; je me mords la langue jusqu'au sang sous l'effet de la stupeur. Je n'ai pas mal – enfin, pas beaucoup –, mais mon bras refuse de m'obéir et la triste réalité de cette bataille m'apparaît soudain.

Tout finit un jour, me susurre le sang de loup. *Tout doit mourir. C'était un bel essai.*

La ferme !

Ce n'est pas l'heure de mourir. Et pourtant. Lorsque le vampire lève à nouveau le poing, je sais que le sang de loup a raison, car je ne peux pas bouger le bras et mon épaule n'est qu'un gros trou. Mais au moment où le soldat frappe, je trouve l'énergie de me baisser et de le percuter pour l'entraîner au sol. Je le martèle de mon poing gauche pendant que ses griffes me raclent les côtes. Je ne sens pas la douleur, mais j'entends les jets de sang, je les hume, je les vois imprégner la terre. Alors je tape encore plus fort, sur son nez, *dans* son nez. C'est à son tour de crier. *Alors, ça fait mal, mon gars ? T'aurais dû prendre une fiole de plus*. J'éclate d'un rire dément, puis clame à ma victime que la lune est splendide et que c'est une belle nuit pour mourir.

Lorsque deux de ses camarades me sautent dessus, je trouve tout de suite l'affaire moins drôle.

Sage

Elles se fatiguent, c'est évident. Seul un idiot ne s'en rendrait pas compte. Comme je ne suis pas totalement idiot, leurs gestes me l'apprennent. Corneille bouge de moins en moins vite à chaque nouvelle attaque. Sam fait des miracles contre la fine fleur des soldats d'Aurore, mais ses coups cherchent à blesser, pas à tuer. Je me tourne vers Jacob et lui délivre la seule conclusion possible :

« Elles vont perdre.

— Alors on doit les aider, lance mon adjoint depuis le buisson qui lui sert de cachette.

— Comment ?

— Tu le sais très bien. Parce que tu en as sur toi. Au moins un, en tout cas. »

J'y songe une poignée de secondes.

« Admettons que ce soit le cas, dis-je dans un souffle. Crois-tu que j'aurais dû l'utiliser sur le toit, lorsque nos vies étaient en danger ?

— Au dernier moment, peut-être. Mais seulement en cas de mort certaine. Je te connais. Je connais ton sang-froid. »

Je prends une grande inspiration, me préparant à la dispute.

« Je suis sûr que tu ne parles pas sérieusement.

— Ce dont je suis sûr, c'est que la louve qui m'a sauvé la vie et la fille qui ne te laisse pas indifférent – même si tu refuses de l'admettre – sont à deux doigts de se faire massacrer.

— Exact. C'est la raison pour laquelle on doit filer.

— Ombre maudite, j'espère que tu te *fous de ma gueule*, lâche Jacob d'une voix rocailleuse.

— C'est la seule voie logique. Nous ne pouvons pas les sauver. Donc il ne servirait à rien de tout gâcher maintenant en étant tués ou capturés.

— Tout à fait, sale enflure. C'est pourquoi on choisit la troisième option, celle où tu bottes le cul de la Garde d'honneur. »

Je pousse un long soupir.

« Pourquoi tu ne veux pas comprendre, Jacob ? Si j'agis comme tu le proposes, tout ce que nous avons mis en place partira en fumée.

— Pas forcément. Peut-être que ça passera inaperçu. » Je fronce les sourcils. « Bon, d'accord, ça ne passera pas inaperçu.

— Tu crois que je n'ai pas envie de les aider ? Tu crois que cette décision ne me hantera pas jusqu'à la fin de mes jours ? Mais d'autres événements pourraient me hanter encore bien plus. Le monde à feu et à sang, par exemple. À cause de *nous*. »

Jacob balaie mes arguments d'un revers de main comme il le ferait d'insectes.

« Et alors ? Ça se produira de toute façon. Les Princes ont trouvé la cache d'armes à Vespéral. Tu espères qu'ils ne se doutent de rien ? Qu'ils pensent tous que c'est un cadeau des Dieux du sang ? Certains vont bien finir par additionner deux et deux, et je suis sûr que notre temple porte un grand chiffre quatre peint sur le toit. »

L'humour noir de mon adjoint me fait sourire malgré moi, même si j'ai plutôt envie de pleurer. D'autant plus en revenant à la bataille en cours. L'un des gardes a immobilisé Sam par une clé de bras et en profite pour la frapper aux côtes. Heureusement Corneille arrive et coupe la tête du vampire en deux. Il ne reste que sept gardes opérationnels, mais la louve tient à peine debout et Sam saigne. Elle saigne même beaucoup.

« La guerre, Jacob. Voilà ce qui arrivera si nous dévoilons notre jeu. Avec son lot d'horreurs. De destructions irréversibles.

— Pas forcément, répète-t-il.

— Mais si. Tu le sais aussi bien que moi.

— Alors, arrête au moins de prétendre tenir le beau rôle, grommelle Jacob. Je te connais trop bien. Tu veux juste garder tes secrets pour toi. Tu détestes partager. C'est le syndrome classique de l'enfant unique.

— Je te rappelle que tous les sorciers sont des enfants uniques. De plus, mes motivations, quelles qu'elles soient, ne changent rien au résultat final. »

Durant le bref silence qui suit, je regarde le sang dégouliner sur les jambes de Sam. Je ne peux pas m'en empêcher.

« Ça sert à quoi ? demande Jacob. Ça sert à quoi de sauver le putain de monde si on peut même pas sauver nos putain d'amies ? »

Je ne réponds pas. Sam vient d'esquiver à grand-peine une nouvelle attaque. Corneille est encerclée par les six autres gardes, qui sourient, sentant la victoire proche.

« Elle va mourir, Sage.

— Pas forcément, dis-je à mon tour.

— Elle va mourir et ce sera ta faute. » Je m'abstiens de tout commentaire. « Une femme en tous points remarquable va mourir dans cette clairière, je ne te le pardonnerai jamais, et tu ne te le pardonneras jamais non plus. » Je l'ai senti. Pendant une fraction de seconde. Un coup de chaud dans ma tête. La fin de la raison. Les prémices d'autre chose. « Lumière de Luce, elle va *mourir*, Sage. »

Ah. Nous y voilà.

J'ôte ma tunique et la jette à terre, ne gardant que mon maillot de corps et un petit cube noir extrait d'une poche secrète.

« Tu as une très mauvaise influence sur moi, Jacob. Te l'avais-je déjà signalé ? En tout cas, à partir de cet instant, tout ce qui va se produire est ta faute.

— Par les cinq magies, tais-toi donc et vas-y ! »

Je contemple le cube, un rictus aux lèvres. Si je ne comptais pas l'utiliser, pourquoi l'avoir apporté, hein ? J'ai certes donné un cube à Sam, mais il n'était pas...

du même acabit. Allez, je peux bien me l'avouer maintenant : je rêve d'utiliser cet objet depuis le début.

Je lance le cube noir en l'air et claque des doigts.

Rien.

« Ça ne marche pas toujours du premier coup, dit Jacob dans mon dos.

— Comment peux-tu le savoir ? Il n'y a que moi qui l'ai essayé. »

Je me tourne vers mon adjoint, qui se gratte le menton d'un air pensif.

« Disons que, à mon humble avis, sans bien sûr l'avoir jamais essayé, j'aurais tendance à penser que ça ne marche pas toujours du premier coup. »

Je ramasse le cube et recommence.

Cette fois, le mécanisme s'enclenche. Un flot de métal noir luisant, à la fois solide et fluide, jaillit du cube et vient me recouvrir telle une seconde peau. Le froid intense me coupe la respiration. Je suis enveloppé des pieds à la tête, peau contre peau, enfermé et, le temps d'une affreuse crise de claustrophobie, je me demande si le processus a échoué.

Mais la couche métallique desserre enfin son étreinte avant de durcir et de s'épaissir. Un espace se crée entre mon corps et ce qui est désormais mon armure. Ma cécité, elle, est guérie par l'apparition d'un mince rectangle de lumière dans ce qu'il faut bien appeler mon casque. Je me mets en marche sans effort alors que je perçois la puissance de chacun de mes pas. Je crois entendre Jacob rire, peut-être m'encourager, mais toute mon attention se porte sur Sam, encerclée à son tour, couverte de sang.

Je serre mon poing métallique. Et pénètre en courant sur le champ de bataille.

Je commence par l'entendre. Puis des vibrations secouent la terre. Mon poing s'arrête en plein vol, ceux des gardes aussi. Je me tourne dans la direction du bruit et ma stupeur est telle que mes crocs se rétractent légèrement. Une silhouette en armure noire se précipite vers moi. Le métal – peut-être du fer – semble d'un seul bloc, sans la moindre jointure ; il couvre aussi la tête, sauf un petit rectangle de verre au niveau des yeux, qui ne laisse rien deviner. Derrière cette étrange apparition, j'aperçois Jacob dans les broussailles, un grand sourire aux lèvres. Puis mon odorat dopé au sang de loup m'apprend enfin qu'il s'agit bel et bien de Sage à l'intérieur de cette masse noire. Un Sage qui n'est pas venu discuter.

Il percute le premier garde à pleine vitesse. La peau du soldat n'est peut-être pas aussi dure que la mienne, mais bien résistante quand même ; pourtant il s'effondre telle une poupée désarticulée. Après quoi, ce Sage de Fer s'avance en lui marchant dessus. Un pied métallique lui explose le crâne comme une simple grappe de raisin.

Le garde suivant contemple Sage avec les yeux de quelqu'un découvrant un monde beaucoup plus étrange que prévu. Puis il adopte une bonne stratégie : bondir derrière Sage, étendre ses griffes au maximum et frapper son adversaire dans le dos, avec l'idée d'atteindre la chair à travers une fente dans l'armure.

Mais il n'y a aucune fente, aucun rivet ou jointure à rompre : l'arrière de l'armure est aussi lisse que l'avant. Sage pivote lentement pour faire face au soldat. Peut-être est-ce encore l'effet du sang de loup, mais j'ai l'impression que le temps s'étire au point que ce mouvement n'en finira jamais. Le sang dans ma tête me répond qu'il s'agit d'un avenir possible se confrontant au passé. Je ne suis pas sûre de bien comprendre. Puis le temps reprend son cours normal ; une grimace résignée s'affiche sur le visage du soldat juste avant que le poing de Sage le réduise en une bouillie de chair et d'os.

Tous les gardes survivants se tournent vers le nouveau venu. Leurs regards se croisent, en quête d'une solution à cette autre énigme. Puis ils font exactement ce que j'aurais fait à leur place : ils bondissent tous ensemble, le plus haut possible, afin de fondre sur cet adversaire inconnu en visant le casque, dans l'espoir qu'il soit plus fragile que le reste.

Le fracas des ailes et de la peau durcie des vampires percutant l'armure métallique est indescriptible. De même que la vision qui s'ensuit, mélange tourbillonnant de cuir, de chair, de rouge, d'or et de noir. Lorsque la scène se calme enfin, je découvre les gardes étourdis par terre autour de Sage, tandis que l'homme de métal est toujours debout, son armure brillant à la lumière de la lune.

Les soldats se remettent vite de ce premier assaut et déploient de nouveau leurs ailes, pour s'envoler et se replacer au-dessus de Sage. Le sang de loup en moi me dit que réitérer une manœuvre qui vient d'échouer n'est pas la plus viable des stratégies mais, faute de meilleure idée, je ne peux guère les en blâmer.

Cette fois, alors que le premier garde repart à l'attaque, entraînant ses camarades à sa suite, Sage lève la tête vers lui puis tend le bras dans sa direction ; sous cet angle, il semble désigner ses adversaires tel un géant débarqué dans un nouveau monde et s'étonnant de ce qu'il y voit.

C'est alors que de petits orifices s'ouvrent dans le poing métallique. L'instant d'après, des balles en jaillissent. Certaines déchirent les ailes des soldats, d'autres se plantent dans une tête, dans un bras, dans une jambe. Aucune ne manque sa cible. Les vampires percutent brutalement le sol tout autour de Sage. Des lignes pourpres partent déjà de leurs blessures, comme s'il s'agissait des balles des Gris.

« Continue, Sage. Ou qui que tu sois maintenant. Tire encore. »

Je le lui demande par pitié. Qu'importe si ces vampires sont nos ennemis, ils ne méritent pas les longues minutes de torture que le poison instillé dans leurs veines va leur infliger avant de les réduire en cendres.

Sage me comprend. Il tend le poing vers les soldats qui gémissent sur le sol de la clairière et les arrose de balles. Les corps meurtris réagissent à cet ultime assaut : ils explosent en nuages de cendres qui retombent ensuite doucement.

Lorsque Sage se tourne vers moi, le métal quitte sa peau telle une rivière coulant à l'envers, jusqu'à ce que le flot se retire tout entier dans un petit cube noir qui s'est détaché de l'ensemble. L'objet flotte un instant en l'air avant de tomber. Sage – un Sage normal, de chair et non de métal – se dresse devant moi, essoufflé.

Corneille s'approche à son tour. Elle a repris forme humaine, ayant sans doute réalisé qu'une énorme louve n'était plus d'aucune utilité.

« Moi, je dis que c'est de la triche, lance-t-elle.

— Je suppose que vous avez des questions… »

Sage s'interrompt en découvrant mes plaies. Une vilaine entaille au bras, une autre à la joue, et la mâchoire brisée, à l'instar d'un bon nombre de côtes. Il s'approche comme pour me toucher, mais y renonce en me voyant faire un pas en arrière.

« Tu es blessée…

— Oui, mais ça ne durera pas. Le sang de loup va vite s'en charger.

— Parfait, fait-il en hochant la tête. Parce que nous devons nous remettre en route. Les gardes à pied mettront un moment à arriver, mais si certains ont reçu du loup aussi, nous ignorons de combien de temps nous disposons. De plus, mon… euh… mon armure est à court de… balles.

— Je ne vais nulle part tant que tu ne nous as pas expliqué ce qui vient de se passer. »

C'est sorti sur un ton plus sec que prévu, avec la force du sang de loup. Sage recule à son tour ; peut-être a-t-il discerné quelque chose d'étrange – de très ancien – dans mon regard.

« Mais dis-leur donc, ombre maudite ! s'exclame Jacob, qui nous rejoint tout en surveillant les tas de cendres comme s'ils risquaient de se reformer. C'est plus le moment de faire des cachotteries.

— Que dit le vieux proverbe, déjà ? lui répond Sage. Le secret pèse plus lourd que l'or.

— Tu viens de l'inventer, non ? »

Indifférent à cette raillerie, Sage ramasse le cube noir et nous le montre au creux de sa paume.

« Ceci est une arme dévastatrice. Conçue par les mortels.

— Quelle surprise, lâche Corneille. Faut dire que ce machin ressemblait pas trop à une armure de vampire.

— Plaît-il ? s'étonne Sage.

— Ben oui. Les Gris ont des armes incroyables, donc je ne vois pas pourquoi il n'y en aurait pas eu d'autres quelque part. Ni pourquoi ça ne viendrait pas des légendaires mortels. »

Sage se tourne vers moi.

« Sam, qu'en penses-tu ?

— Le cube que tu m'as donné pour la banque… C'était aussi une arme des mortels ?

— Oui.

— Tu en as beaucoup ?

— Des milliers. De celui-ci, du tien, et de bien d'autres encore. »

Un silence pesant s'installe. Je capte le cri d'un renard à plusieurs centaines de mètres de distance, échappant peut-être à une saignée.

« Et quand on attendait notre exécution dans la cellule ? dis-je au sorcier. Une armure surpuissante nous aurait été bien utile à ce moment-là.

— Notre mort n'était pas certaine. Il nous restait une chance de nous échapper. Ce qui s'est d'ailleurs produit. »

Sage grimace, comprenant que ce n'est pas l'heure de mettre en avant ses capacités prédictives. Je dévisage ce menteur. Il sent... la crainte. Ainsi que la honte de m'avoir menti. La honte a une odeur carnée.

« Est-ce que je devrais... avoir peur de toi ?

— Sam, écoute-moi... Je t'ai menti, aucun doute là-dessus. Comme à beaucoup de gens. Mais c'était pire de te mentir à toi. » Il se détourne, dirigeant son regard vers les arbres. Cet aveu me fait plaisir. Même si je ne le montre pas. « Le culte d'Humanis ne fait pas que fouiller le passé. Nous sommes aussi des protecteurs. Nous protégeons le monde contre des artefacts qui pourraient le détruire. Il y a des planques d'armes sous toutes les vieilles cités. Nocturne, Mal Aube, Luce, Vespéral... Nous en avons déniché le plus possible. Pas toutes, comme l'a prouvé Saxe. Nous conservons ces objets pour les étudier, oui, mais aussi pour les soustraire aux convoitises. » Sage tend le bras dans la direction d'Aurore. « Tu as vu le chaos que Saxe a semé avec ses balles, qui sont à coup sûr d'origine mortelle. Tu imagines ce qu'il ferait avec des armures comme celle que tu viens de voir ? Avec des milliers d'armures ? Lui ou une meute de loups rebelles, d'ailleurs. Si ça peut te consoler, tu es la première personne non membre du culte à être mise au courant. C'est un grand honneur.

— Un... honneur ?

— Oui, enfin, je veux dire...

— Lumière de Luce, quel crétin, marmonne Jacob derrière lui.

— Ça va, ça va, dis-je à Sage avec un petit sourire. Je plaisantais. Tu peux être très crédule, parfois.

— Je suis vraiment navré, Sam. Si j'avais su que nous courrions un tel danger…

— Tu aurais quand même attendu le dernier moment, parce que c'est dans ta nature.

— Je… suppose que oui, admet-il, confus.

— Mais tu m'as sauvé la vie. »

Je lui donne un coup de poing amical dans le bras.

« Aïe !

— Désolée. Je maîtrise mal ma force avec le sang de loup.

— Vous êtes trop mignons, ça réchauffe le cœur, intervient Corneille. Mais il faudrait quand même songer à se barrer.

— J'espère que ce n'est pas à cause de moi », lance une voix dans mon dos.

En l'entendant, je prends conscience de ce qui aurait dû être évident dès le départ. Nous avons exterminé l'intégralité de la Garde d'honneur… sauf son commandant.

« En fait, je pense que vous ne partirez jamais d'ici », dit Alezan en sortant du couvert des arbres, un sourire dément sur le visage.

32
L'épreuve du feu

Chaque personne est un jour confrontée à cette question : est-elle ou non spéciale ? Est-elle ou non l'autrice de sa propre histoire ? Une part importante de son bonheur et de sa satisfaction personnelle dépend de la réponse. Il est donc crucial de bien y réfléchir.

Kinet Kandarillion, *De l'existence et de l'identité*

Sam

Tout mon corps se tend lorsqu'Alezan Azzuri pénètre dans la clairière. Les gens parlent des cheveux qui se dressent sur la tête ; de mon côté j'ai l'impression que ce sont mes veines qui veulent se dresser jusqu'à me déchirer la peau. Alezan est habillé de la même façon que la nuit où il a tué Beth : le même tabard rouge et or à liserés bleus, les mêmes gants de velours noir. Il porte aussi les mêmes chaussures ; le sang de loup me permet de sentir les traces du sang de mon amie qui les souillent encore. Ses cheveux flottent librement autour de son visage. Ses ailes sont à moitié repliées, mais je devine la fourrure blonde qui les orne en de nombreux endroits. Pire que tout, il a toujours le même regard. Celui d'un homme qui traverse la vie comme s'il s'agissait d'un grand bal, un homme né dans un rôle dont il n'a jamais eu à se départir.

Sans doute s'imagine-t-il lui aussi que je n'ai pas changé depuis notre dernière rencontre. Il se trompe. Lourdement. À cette occasion, le sang de loup avait décuplé ma rage tandis que les images du corps ravagé de Beth tournaient alors en boucle dans mon crâne. À présent, je maîtrise mieux le précieux liquide, en tout cas il a passé plus de temps dans mes veines, il m'a de nouveau aidé à me battre. Et, comme il m'avait fait comprendre que je ne pensais qu'à moi-même, le sang me dit aujourd'hui que ma colère ne me mènera nulle part. Mais que me restera-t-il si je me défais de cette colère ? Que suis-je sans elle ?

« Servante, brave petite servante, dit Alezan en se délectant de ses mots. Il semblerait que nous soyons destinés à nous croiser encore et encore. La dernière fois, je ne pouvais pas te tuer car j'avais besoin de renseignements. Mais tu n'as plus rien à m'offrir. Donc je crains que l'heure de ta mort ait sonné.

— Viens me chercher, lui dis-je avec la voix du sang de loup.

— Samantha, Samantha... Je sais que tu aspires à dépasser ton statut social. Tu es différente des autres Fanés. Je le lis en toi aujourd'hui comme lors de notre première rencontre. Tu n'as rien en commun avec ces pauvres hères qui se vautrent dans la fange et se couvrent de rides tandis que nous, les Princes, traversons les siècles inchangés. Tu veux prendre ta vie en main, peser sur ta destinée. J'avoue que ça m'inspire un certain respect. Mais, en définitive, je crains que ces efforts soient inutiles. N'y a-t-il pas une forme de noblesse à s'accepter tel que l'on est ? À accepter le confort de ne jamais avoir à viser plus haut ?

— Te voilà philosophe ? Moi qui pensais que t'étais juste un gros connard... »

Alezan éclate de rire tandis que ses griffes s'allongent encore.

« Je peux l'être aussi, petite servante, si c'est ce qui te fait plaisir. »

Jacob et Sage sont derrière moi, hésitants sur la conduite à tenir. Quant à Corneille, elle tient à peine debout.

« Non, leur dis-je. C'est entre lui et moi.

— C'est le sang de loup qui parle, rétorque Sage.

— Pas du tout. C'est moi, et moi seule. »

Alezan me tourne autour, étirant ailes et griffes, sourire aux lèvres. Comme lors de notre premier combat, je me précipite vers lui et arme un coup de poing au thorax. Comme la première fois, il n'est plus là lorsque je frappe ; il a bondi en arrière et attend ma prochaine tentative, sans cesser un instant de sourire. Je l'attaque de nouveau. Même résultat.

« Expérience », murmure-t-il.

Alors, comme ça, il me ressert ce petit jeu. Avec un objectif aussi clair que saoulant : me convaincre que rien ne changera, ni moi ni l'issue de cet affrontement. J'entre dans la partie ; que faire d'autre ? J'allonge mes griffes à mon tour et les agite lentement devant moi. Est-ce que je préfère me battre avec les griffes ou avec les poings ? Je n'ai pas le temps de répondre à cette question. J'esquisse la même feinte que cette fameuse nuit, sachant qu'il s'en souviendra, puis me décale sur la droite au dernier moment, mais il a anticipé ce geste-là aussi ; il m'attrape par le bras, me fait tomber et m'assène un coup de poing en pleine poitrine. Le souffle coupé, je parviens néanmoins à rouler hors de portée de son aile, dont le bord acéré allait me couper en deux.

« La fillette a bien progressé », lâche-t-il avec une fausse admiration qui me fait plus mal que ses coups.

Alors que je songe à mon prochain mouvement, Alezan passe à l'attaque avec une série de pirouettes qui transforment ses ailes en un tourbillon de cuir aux arêtes tranchantes. Sa vitesse me surprend ; même si je réussis à sortir de la trajectoire, l'une des arêtes me lacère le bras gauche. L'entaille est profonde malgré ma peau durcie par le sang de loup. Les ailes d'Alezan sont donc encore plus dures. Je tente de le frapper aussi au passage, mais il s'est déjà éloigné.

Je prends conscience que, même si j'ai en effet progressé depuis la dernière fois – moins de gestes inutiles, plus de sang de loup dans les veines –, je ne suis toujours pas au niveau d'un homme qui s'entraîne depuis des décennies. Nous ne sommes pas dans une pièce de théâtre où le plus faible gagne à la fin. Je n'ai aucun atout à faire valoir et n'ai pas le temps d'en trouver.

C'est la voix du sang de loup qui me murmure cette évidence dans la tête. Je lui enjoins de se taire, car j'ai besoin de réfléchir sans le poids de cette franchise brutale. Je regarde ma peau, puis celle d'Alezan. Il a clairement bu beaucoup de sang de loup avant de venir, bien plus que les autres vampires de la Garde d'honneur. Mais pas autant que moi. Il n'a pas aspiré la moitié d'une louve la veille. Ma peau paraît plus résistante que la sienne ; il en émane une lueur jaune, comme si le soleil lui-même s'y cachait. Je peux encaisser.

Donc, je repars à l'assaut. Alezan bloque mon uppercut avec sa main droite, puis me plante les griffes de sa main gauche dans l'épaule. La plaie n'est pas très profonde. J'avais raison. Je suis moins forte que lui. Mais forte quand même.

Je lui assène un coup de tête dans la poitrine, qui le fait reculer, ne serait-ce que sous l'effet de la surprise. Il retire ses griffes de mon épaule puis me frappe au ventre, avec une telle violence que je décolle et atterris rudement sur le dos. Alezan en profite pour sauter haut d'un grand battement d'ailes afin de retomber ensuite vers moi, toutes griffes dehors, visant la gorge. Je roule sur le côté mais n'échappe pas à un nouveau coup d'aile qui, cette fois, me laboure le dos. La douleur est plus intense ; l'odeur métallique m'apprend que je saigne abondamment.

J'envisage un instant de sortir mes propres ailes, mais pour quoi faire ? Alezan est habitué à se servir des siennes en situation de combat ; je n'ai aucune chance de le surpasser dans ce domaine. À la place, mes griffes allongées au maximum balaient l'espace qui nous sépare jusqu'à ce que je me décide à plonger vers ses jambes. Mais, encore une fois, il m'a vu venir. Il me ramasse par terre et me soulève jusqu'à ce que nos visages se touchent presque.

« Noblesse », murmure-t-il tout en plongeant son poing gauche entre mes côtes.

Je convulse sous l'effet de la douleur, puis crache de grosses glaires sur le si beau visage de mon ennemi. Il me lâche aussitôt, par pur dégoût. De nouveau à terre, j'essaie d'oublier le trou creusé dans mon flanc et le flot de sang qui s'en déverse. Ça guérira. Mais pas assez vite pour ce duel. Je manque de temps. Je manque *cruellement* de temps.

Alezan baisse les yeux vers moi en souriant. Il sent la fin proche. Je m'éloigne de lui en rampant puis pose mes deux mains sur le trou comme si je pouvais empêcher le sang de couler. Il se dresse au-dessus de moi, les griffes tendues pour le coup fatal, les ailes déployées afin de me couper en deux aussitôt après. Mes yeux expriment une terreur indicible tandis que mes mains couvrent toujours la plaie.

« Non, pitié… »

Le sang de loup ralentit une nouvelle fois le cours du temps. Les griffes descendent vers moi au ralenti. J'arrête de jouer la comédie de la peur, je lâche ma blessure et bondis en lançant mes poings imbibés de sang vers la poitrine d'Alezan. Je frappe le plus fort possible alors que ses bras se referment sur moi. Mon attaque le surprend. Et, comme toute personne étonnée, Alezan ouvre la bouche par réflexe. Je profite de cette seconde, étirée au maximum par le sang de loup, pour enfoncer mon poing droit dans cette bouche offerte. Entraînés par mon geste, nous roulons au sol et je me retrouve au-dessus de lui, le poing encastré au fond de sa gorge. Ses yeux brûlent de rage tandis qu'il commence à s'étrangler ; ses poings me martèlent les flancs et je sens une première côte se rompre, puis une autre. Mais je ne lâche pas. Je perçois la chaleur humide de son œsophage. Ses deux crocs entourent le bras qui le pénètre. Mon autre main vient lui obstruer les narines.

Ses coups redoublent, mais je lis à présent de la panique dans son regard, celle de l'insecte impuissant coincé sur le dos. J'ai l'impression que chacune de ses frappes brise quelque chose en moi ; je me retiens d'examiner ma poitrine. Ses ailes sont juste assez longues pour que leurs extrémités me tailladent le dos. La douleur que j'en éprouve me fournit un sinistre indice sur la profondeur de ces nouvelles déchirures dans ma chair. Le dos et la poitrine en feu, je vois néanmoins les paupières d'Alezan s'affaisser peu à peu. Je ne relâche pas ma prise malgré l'atroce souffrance qui me parcourt le buste. Je pense à ma sœur, à mes parents, tous morts, des gens simples dont personne ne se souviendra à part moi. Je pense à Beth et à sa folle envie d'explorer Crépuscule, à ma terrible erreur de l'avoir cru insensée. J'utilise mes remords pour me forger une armure contre le vampire qui l'a tuée.

Je m'aperçois soudain que je hurle au visage d'Alezan. Je m'aperçois aussi qu'il a arrêté de me frapper et qu'il a les yeux clos.

Je garde ma main au fond de sa gorge et mes doigts sur son nez pendant encore un dixième de sablier, par prudence, jusqu'à ce que tout le sang que j'ai perdu me mène au bord du malaise.

Je me redresse alors au-dessus du corps inconscient, puis me tourne vers Sage et Jacob, qui me contemplent d'un air ahuri comme s'ils n'avaient jamais vu une Fanée venir à bout d'un Prince dopé au sang de loup. Ce que, de fait, ils n'ont sans doute jamais vu.

« On ne peut pas tuer un vampire en l'étouffant, leur dis-je. Mais on peut lui faire perdre connaissance. Mira Kuscantion, *Anatomie du vampire*. »

Je leur souris tout en bavant une salive rougeâtre.

« Les bibliothèques sauvent des vies », ai-je le temps d'ajouter avant que la nuit m'engloutisse.

* * *

À mon réveil, Sage est penché sur moi et une fiole repose sur mes lèvres.

« Il en avait trois sur lui, m'explique-t-il. Une réserve d'urgence, probablement. Tu vas les boire toutes les trois. » Son visage est grave. Plus que d'habitude. « Tu es grièvement blessée, Sam. Malgré le sang de Corneille en toi. »

Je baisse les yeux vers le trou creusé entre mes côtes, qui a rapetissé mais saigne encore beaucoup. La douleur s'installe peu à peu, à cet endroit et dans mon dos, alors que les effets du sang de loup se dissipent. Je m'empresse d'avaler les trois fioles coup sur coup.

« Je suis restée évanouie longtemps ?

— À peine un vingtième de sablier, m'apprend Sage avec une lueur d'admiration dans le regard. Je constate que tout va vraiment plus vite avec du sang de loup.

— Tu ne peux même pas imaginer. »

Je rigole, ce qui me vaut d'expulser une masse sanguinolente. Pourvu qu'il s'agisse de sang et pas d'un bout d'organe.

Derrière Sage, j'aperçois Jacob, toujours aussi pâle, et Corneille, allongée sur le dos, respirant fort tandis qu'elle se remet doucement du combat. Puis je me tourne vers Alezan dans un brusque accès d'effroi. Mais le Prince est toujours inconscient.

« Il n'a pas remué un cheveu depuis tout à l'heure, me dit Sage. La stratégie que tu as employée était… incroyable.

— C'est le sang de loup qu'il faut féliciter.

— Il ne fait que développer un potentiel déjà existant. En tout cas dans le domaine de l'intelligence. Si j'en crois ce que j'ai lu sur le sujet, bien sûr. »

Je laisse filer ce commentaire, trop épuisée pour subir un cours magistral sur les effets des sangs.

« On va devoir partir assez vite, leur dis-je à tous. J'ignore combien de temps Alezan va rester comme ça, et je suis trop faible pour reprendre la lutte.

— Parce que… on ne va pas l'achever ? » s'étonne Jacob.

Je me relève avec une extrême lenteur ; la douleur au flanc m'arrache une grimace. Je m'approche d'Alezan tout en allongeant les griffes. Il me reste assez de force pour l'achever, en effet. Pour l'égorger et le maintenir à terre jusqu'à ce qu'il ait perdu trop de sang. Voire pour lui couper la tête afin d'assurer le coup. Je tente de rassembler le courage nécessaire, d'attiser les flammes de la vengeance en pensant une fois de plus à mes parents. Mais il n'en reste que des braises. Je suis juste atrocement fatiguée.

Mes mains retombent, mes griffes se rétractent. Je tourne le dos à mon ennemi.

« Donc vous… *Tu* ne vas pas t'en débarrasser ? lance Jacob. Au cas où t'aurais oublié, c'est la grosse enflure qui s'amuse à torturer les Fanés. C'est lui qui a massacré ton amie.

— C'est vrai. Mais j'en ai assez de faire des choses que je crois devoir faire afin de suivre un récit qui n'a jamais eu le moindre sens.

— Je suis pas sûr de piger... mais je peux aller te chercher un rocher et tu n'auras qu'à le laisser tomber sur sa tronche.

— Mieux vaut le garder en vie, dis-je en secouant la tête. Mort, il deviendra un martyr que les Princes utiliseront pour déclencher une vague de représailles dans la cité. Alors que vivant, il sera plus furieux que jamais et ça le poussera à commettre des erreurs. Donc, tout le monde se portera mieux si c'est lui qui est aux commandes et pas un Prince plus avisé.

— Je comprends ton analyse, répond Sage. Mais beaucoup de gens risquent de souffrir pendant qu'Alezan commettra les erreurs dont tu parles.

— C'est bien pour ça que je dois être là pour les aider.

— Hein ? s'écrie le sorcier, alarmé.

— Je ne passerai pas la Frontière avec vous.

— Hein ? »

Voilà un génie réduit à la répétition d'une simple exclamation. C'est l'un des effets que je produis sur lui, apparemment.

« Je ne compte pas abandonner ma cité. Pas maintenant, alors que son avenir peut basculer sur un détail. Alors que la vérité a une chance de sortir au grand jour.

— Sam, c'est le sang de loup qui parle. Les trois fioles que tu viens de prendre.

— Non, c'est moi. La vraie Sam. Enfin. C'est... dur à expliquer. Toute ma vie, je n'ai pensé qu'à deux choses. D'abord à mon désir de vengeance contre Alezan et tous les Princes de son espèce. Ensuite à ma certitude d'être spéciale, au besoin de le prouver. Qu'est-ce que ça m'a apporté ? Ma seule amie est morte. La reine des Sangsues est morte. Et j'ai failli y passer trop de fois pour que j'ose les compter. Il faut que j'arrête de me croire au centre de tout. C'est *mon* problème, pas celui du sang de loup. Ce qui est exactement la raison pour laquelle je dois rester. Afin de prendre ma place dans un ensemble plus vaste. Les Princes vont tout faire pour que rien ne change et je compte leur rendre la tâche difficile. Je leur mettrai des bâtons dans les roues, mais comme un simple maillon de la chaîne.

— Je ne crois pas que tu puisses jamais être un simple maillon…

— Bien sûr que si, dis-je avec fermeté. Tout ce qui vient d'arriver, c'était… un test. De la vie que je pensais vouloir. Et ça n'a pas marché. Je serai heureuse d'être un rouage parmi d'autres, de faire de mon mieux, jour après jour.

— Voilà de belles paroles, intervient Jacob. Mais qui ne serviront pas à grand-chose si tu te fais choper.

— Ça n'arrivera pas. Ils vont se concentrer sur votre piste et ne remarqueront même pas la mienne. Comme l'a dit Corneille, boire du sang de loup ne leur donne pas l'odorat d'un vrai loup-garou. Je vais partir vers le sud, rejoindre Suet en passant par Levant. Une fois que je serai dans les rues de mon enfance, je leur souhaite bien du plaisir pour me retrouver.

— Tu en es sûre ? demande Sage.

— Tout à fait sûre. »

Il me dévisage. Muet, pour une fois.

« Sam, dit Jacob en me tendant la main, tu es la fille la plus courageuse que j'ai jamais vue. Non, qu'est-ce que je raconte ? La *personne* la plus courageuse que j'ai jamais vue. La prochaine fois qu'on se croise, il faut absolument picoler ensemble. Histoire de fêter ça. »

Je le prends dans mes bras au lieu de lui serrer la main.

« Sans vouloir t'offenser, Jacob, je préférerais que ce ne soit pas tout de suite, pour le bien de mon pauvre foie. »

Sage s'apprête à parler mais se retient. A-t-il quelque chose à me dire ? Après un court silence, le moment passe. Contrairement aux pièces de théâtre, ces moments-là finissent toujours par passer.

« Bon, il faut que j'y aille. Comment va Corneille ?

— Elle devrait bientôt pouvoir courir, dit Sage. Pour l'instant, elle est partie… se sustenter.

— Donc elle mange les soldats, c'est ça ?

— Euh… Oui, c'est ça.

— Ils le méritent quand même un… »

Je suis interrompue par Sage, qui fait alors une chose sidérante : il essuie du bout des doigts une goutte de sang sur ma joue, avant de me prendre dans ses bras et de m'embrasser. Ce n'est pas le meilleur baiser que j'ai reçu, ni même le deuxième, mais il figure en bonne place dans le classement.

« Eh bien… je ne pensais pas que tu étais du genre à faire ça, dis-je en profitant encore de son goût sur mes lèvres.

— Je ne le pensais pas non plus. Mais je crois que j'ai perdu la raison à un moment ou à un autre de la journée qui vient de s'écouler.

— Ce ne serait pas gênant si tu ne la retrouvais pas. »

Nous nous dévisageons longuement, à croire que nous n'avons pas la moitié de la Garde de sang aux trousses.

« Ce serait bien que tu restes en vie, Sam. Pour que nous puissions nous revoir. »

Ces mots me font plaisir, car nous savons tous les deux que nous ne nous reverrons jamais. Comme s'il lisait dans mes pensées, Sage ajoute aussitôt :

« Avec toi, beaucoup de choses peuvent arriver.

— Ce n'est pas très logique de dire ça. Mais certaines choses viennent peut-être de commencer. »

S'il me répond, je ne l'entends pas, car je suis déjà partie à toutes jambes vers le sud. Personne n'aime les adieux interminables.

Lorsque je trouve le courage de me retourner, je n'aperçois plus, au loin, qu'une clairière vide.

33
La menace du réel

Je n'ai pas été en mesure d'établir avec précision comment et par qui le culte d'Humanis a été fondé. Ses origines sont enveloppées de mystères, comme d'ailleurs de nombreux sujets le concernant.

Neuro Sondallion,
Histoire détaillée des nombreux cultes, tome deux

SAGE

Sortant des bois, nous débouchons dans une clairière se terminant au bord d'une falaise. Corneille s'arrête si brutalement que nous manquons chuter de son dos. Une fois débarrassée de nous, elle se transforme, changeant fourrure et griffes en peau et ongles au sein de cet impensable kaléidoscope de chair, d'os et de tous leurs dérivés. Je ne me lasse pas du spectacle, même s'il me perturbe chaque fois.

En bas de la falaise s'étire une grande vallée verdoyante, puis, derrière, une forêt dense, obscure, sans commune mesure avec les bois clairsemés que nous venons de parcourir.

« La vallée de la Mort, dit Corneille en suivant mon regard. Après, c'est chez moi.

— Mais pas chez nous », lance Jacob.

Mon adjoint se masse les jambes. Sa grimace me donne une assez bonne idée de son opinion sur le voyage à dos de louve.

« Ce sera chez nous pour un moment, lui dis-je. Au vu des informations que Corneille rapporte à son peuple, elle aura besoin de témoins pour confirmer ses dires. Nous lui devons bien ça pour toute l'aide qu'elle nous a fournie. De plus, nous sommes toujours techniquement les envoyés de l'Archimage, donc, si l'on en vient à évoquer une possible guerre, il est crucial que nous participions aux discussions. N'est-ce pas, Corneille ?

— Lui, il peut bien repartir si ça lui chante, lâche la louve en souriant à Jacob de toutes ses dents. Mais ça lui prendra un peu de temps avec un ou deux membres en moins.

— Nous voici chez les loups, aucun doute, soupire Jacob. J'espère juste pouvoir me vautrer dans un bon bain chaud quand on arrivera.

— Et pourquoi ne serait-ce pas possible ? demande Corneille d'une voix glaciale.

— Eh bien… vous êtes des loups, non ? Je pensais que vous viviez dans la forêt et que vous y faisiez… des trucs de forêt.

— C'est quoi, des *trucs de forêt* ? On est à la fois des loups et des personnes civilisées. Tu t'imagines quoi ? Qu'on passe notre putain de vie à se baigner dans les rivières ?

— J'avoue que l'idée m'a traversé l'esprit.

— Ça ne m'étonne pas.

— D'ailleurs, je ne vois pas ce que j'ai besoin d'imaginer, sachant le nombre de fois où je vous ai vue à poil.

— Tu ne te gênais pas pour mater, c'est clair.

— C'est pas très sympa de dire ça. »

Tandis que mes nouveaux – et j'espère temporaires – compagnons de voyage continuent de se chamailler, je contemple la vallée tout en me demandant pourquoi je me réjouis de passer un certain temps sur les terres des loups. Une séance d'introspection s'avère nécessaire pour répondre à cette question, un art délicat que peu de gens maîtrisent et que je lutte moi-même pour conserver. N'ai-je donc aucune envie de regagner tout de suite mon temple, austère et parfois un peu triste, car j'ai encore le goût de Sam sur les lèvres et en moi les sentiments qu'elle m'inspire ? Ou n'est-ce qu'une belle histoire que je me raconte pour masquer une réalité plus crue ? Posé simplement, si les vampires ont trouvé ces armes, alors ils se doutent bien que les mortels ont vraiment existé, et je ne suis dès lors plus seul à dissimuler les secrets d'une race disparue. Tout a changé ou, pour être exact, tout avait déjà changé, et je commence à peine à en mesurer les conséquences.

Je partage totalement votre analyse, frère Bailey. Vous me voyez ravi que nos idées se rejoignent sur cette question.

Je me fige. C'est toujours la même sensation : une étrange pulsation à l'intérieur de ma tête, des picotements tout autour.

Je vous saurais gré de ne pas prévenir vos camarades. Sinon, je serais forcé de leur dévoiler les circonstances de notre rencontre et ce qui en a découlé. Je ne suis pas sûr que Jacob apprécierait ces révélations. Rappelons qu'il vous suffit de penser vos réponses pour que je les entende. Vous n'avez pas pratiqué depuis longtemps, mais ça devrait vite revenir. Les vieilles habitudes ont la vie dure, n'est-ce pas ?

Je tente le coup. *Que vous ici ?* Je reprends. Cela requiert plus de concentration qu'il n'y paraît. *Que faites-vous ici ?*

J'ai un ultime message à vous délivrer. Ce n'était guère le moment à Aurore, car vous étiez très occupé. Notamment à rester en vie.

Quel message ? Je parcours la vallée des yeux. *Où êtes-vous ? Assez loin pour que Corneille ne sente pas votre odeur… mais ça ne vous empêche pas de lire dans mes pensées. Vos pouvoirs se sont donc tant développés, Sinassion ?*

Toujours curieux, toujours à déduire. Je n'ai jamais eu votre patience pour les détails. C'est sans doute la raison qui m'a poussé à quitter le culte d'Humanis peu après sa fondation. Quant à ce que j'ai fait depuis, j'aurais grand plaisir à vous le relater, mais ça devra attendre. Je souhaitais juste vous dire que j'en suis sûr, cette fois. Vraiment sûr.

Non, vous n'allez pas recommencer avec ça. Les décennies écoulées ne vous ont pas rendu rationnel, à ce que je vois.

Elles ne vous ont pas non plus ouvert l'esprit.

D'accord. Alors, quelle preuve avez-vous ? Qu'est-ce qui vous rend si affirmatif ?

Il me décrit la preuve en question. Je dois fournir un terrible effort pour ne pas m'exprimer à voix haute.

Si vous me mentez…

Ah ! mon vieil ami, je ne vous ai jamais menti. Pas une seule fois. Et je ne compte pas commencer maintenant. On commet sans cesse la même erreur à mon égard. Mais je ne suis pas un menteur. Je choisis juste le bon moment pour révéler ce que je sais. Donc, cette fois, j'en suis sûr. Ils reviennent. Sinassion s'interrompt un instant, savourant son effet. Il a toujours adoré ça. *Nos mortels, Sage. Ceux à qui nous avons consacré nos vies, certes de façon différente. Ils sont vivants et ils reviennent.*

Lorsque je le sens se retirer de mon esprit, je lance une dernière question, de moindre importance sur le plan global, mais cruciale pour moi :

Attendez. Il faut que je sache… Vos Ombres ne nous ont pas attaqués sur la route d'Aurore. Elles nous ont laissés passer, Jacob et moi. Mon hypothèse est qu'elles se comportent ainsi avec tous les Quantas depuis la Marée grise. Pourquoi Saxe leur aurait-il demandé ça ?

Ce n'est pas Saxe. C'est moi. Mes instructions. Aucune Ombre n'a jamais fait le moindre mal à un Quanta. Un fait passé inaperçu pendant la guerre, puisque les vôtres ne s'y sont guère impliqués. Je suis heureux de savoir que mes soldats n'ont pas oublié tout ce que je leur ai appris.

Je repense au toit du temple. Les Gris ne visaient que Corneille.

Pourquoi leur donner un tel ordre ? Qu'ont les Quantas de si spécial ?

Je vous le dirai peut-être si vous suivez la voie que j'ouvre devant vous.

Non, c'est trop facile !

Ma colère ne retient pas Sinassion. Il est sorti de ma tête : inutile de parler aux vents de la vallée dans l'espoir de le faire revenir. À la place, il me faut reprendre la conversation avec mes amis et me comporter comme si ma vie ne venait pas d'être bouleversée, mon avenir brutalement dévié alors que le monde alentour ne semble pas avoir changé. Mais si les mortels sont vraiment de retour, les changements ne tarderont pas.

Je me remémore une vieille discussion avec un Mira philosophe de Luce. Dans la société des sorciers, les Miras ont toujours endossé le rôle de philosophes ; sans doute leurs illusions les amènent-ils à méditer sur la notion de réalité et tout ce qui s'y rattache. Cet homme m'a demandé de m'imaginer sous la forme d'un cerveau prisonnier d'une jarre et rêvant ce qu'il pensait être sa vraie vie. Comment pourrais-je prouver que cette « vie » n'était pas réelle ? Faute de trouver une réponse adéquate – malgré de nombreux essais –, j'ai ressenti une bizarre impression de flottement, comme si je n'appartenais plus à ce plan d'existence. C'est cette impression que je ressens de nouveau en contemplant, au loin, le territoire des loups.

Il y a des mondes au-delà du mien, des merveilles que je n'approche qu'en rêve.

Mais ces merveilles viennent à moi et mes rêves menacent soudain de devenir réalité.

34
Alors que je croyais que c'était fini

Il faut absolument que je te parle de ma rencontre avec la fille de Dame Hocquard. Quel trésor ! Astucieuse, brillante, très indépendante malgré son jeune âge… Nous tenons là une femme extraordinaire mais qui fera, j'en suis sûre, le désespoir de sa mère !

Sinopia Azzuri,
dans une lettre à sa cousine datée de 498 AL,
deux ans avant la Marée grise

Sam

L'auberge grouille de monde. C'est le jour des Prières, donc les vampires sont censés boire plus de sang que n'importe quel autre jour de la semaine, et les clients de cet établissement n'ont pas besoin qu'on le leur rappelle. Je sirote doucement mon vin de bœuf, savourant chaque goutte non parce qu'il est bon – les événements du mois écoulé ont rendu mon palais sélectif –, mais parce que je n'ai pas assez d'argent pour un meilleur cru. Et je n'ai plus de chambres de Prince dans lesquelles m'introduire pour me réapprovisionner. Je n'ai plus de chambre tout court, d'ailleurs, à l'exception d'une pile de couvertures dans cette petite pièce que je partage avec trois filles dans une grande maison délabrée à la limite ouest de Ponant, édifice où s'entassent des dizaines de locataires démunis, en majorité des comédiens. Chaque nuit je nettoie la scène, distribue sang et accessoires aux équipes du théâtre ; ce n'est guère mieux que le travail au palais, mais j'ai mis la moitié de la cité entre le palais et moi, presque autant entre le quartier de mon enfance et moi, donc ce n'est pas le premier endroit où l'on viendrait me chercher. D'autant que je serais dure à reconnaître : j'ai coupé mes cheveux au-dessus des épaules, aussi court que ce que j'ai osé, et je les ai teints en blond avec un mélange de baies jaunes et de graisse de baleine ; l'odeur n'est pas géniale mais la mixture remplit son rôle.

Je ne reconnais personne parmi les clients de l'auberge. Parfait. Les deux premières semaines, je ne quittais la maison que pour me rendre au théâtre. Mais je ne vais pas passer ma vie à me cacher. Les Princes qui me pistent – à moins qu'ils me croient loin d'Aurore – ne connaissent pas assez leur cité pour me dénicher ici. En particulier depuis la mort du maître espion.

Je plonge mon regard dans le sang de bœuf. J'ai l'impression que ma vie repart de zéro, comme si mes années au palais étaient une histoire vécue par une Sam alternative et que quelqu'un avait claqué des doigts pour me renvoyer d'où je viens. Mais je suis bien seule à présent, sans même une sœur s'éloignant de moi peu à peu.

Et la cité a changé. Un mois s'est écoulé depuis que nous avons résolu le meurtre du jeune Azzuri. Tout semble revenu à la normale ; Alezan est désormais Grand Prince, les funérailles de son père ayant donné lieu à une immense procession entre le palais et le centre-ville, dont la clameur est parvenue jusqu'à Ponant. Le récit officiel veut qu'il ait succombé à l'attaque des Gris, ce que tout le monde paraît avoir accepté. Le peuple n'adore jamais tant ses seigneurs que lorsque sa survie est en jeu. Les gardes censés avoir repoussé cet assaut sont traités en héros, même si ceux qui ont été confrontés aux mirages savent que quelque chose ne tourne pas rond ; il suffit de les croiser dans la rue pour s'en rendre compte : ils ont l'air égarés, comme s'ils erraient dans le monde réel sans s'être vraiment réveillés d'un drôle de rêve. En tout cas, personne n'est en mesure d'expliquer comment les Gris ont franchi la muraille. Certains murmurent aussi que deux d'entre eux auraient contourné le barrage de soldats pour s'introduire dans la banque du Sang, mais cette partie de l'histoire a du mal à prendre : pas plus tard qu'hier, j'ai entendu dire que les gardes survivants juraient avoir été attaqués par un loup et non par des Gris. Je pourrais leur préciser qu'il s'agissait d'une *louve*. Et pas n'importe laquelle.

Donc tout est normal… sans l'être. Aurore est toujours dirigée par les Princes, qui perpétuent le grand mensonge initié par certains d'entre eux. Mais la cité va mal, comme si elle ne tenait debout que grâce à la corde de ce mensonge, une corde qui ne cesse de s'effilocher. Je sens ce malaise dans l'air ; je sens presque les fils céder. Un mensonge n'est jamais aussi fort qu'avant d'être révélé, a dit Sage peu après notre découverte de l'affreuse vérité. Cette corde finira par rompre, mais ce n'est pas moi qui lui donnerai le coup de grâce. Ce n'est plus mon rôle. Je continuerai à répandre la vérité autant que possible sans faire trop de vagues, pour éviter d'être emmenée face au soleil, mais je ne suis plus sur le devant de la scène.

« C'est-y pas croyable d'voir une chose pareille », lance une voix derrière moi.

Je pivote si brusquement qu'une partie de mon sang de bœuf finit par terre. Alanna me sourit. Tout son visage sourit, pour une fois. Ses vêtements sont sales, de même que son visage, mais il s'agit bien du démon à queue-de-cheval qui m'avait menacée de sa dague à l'entrée d'un certain manoir.

« J'crois que t'en as renversé, p'tite Sammy. Toujours négligente avec le sang, hein ?

— Alanna ! » Elle fronce les sourcils. J'ai parlé trop fort. « Désolée...

— Voilà, c'est mieux. Le foutu roi des espions a beau être mort, il reste plein de vilaines oreilles pour écouter aux portes des Sangsues.

— Je... Je ne comprends pas. On m'a dit que vous étiez partie. Loin d'ici.

— Ah ! » J'avais cru ne plus jamais entendre ce rire incroyable surgi des profondeurs du ventre. « S'ils appellent ça partir, moi j'appelle ça survivre. Jour après jour. Les Sangsues ont plusieurs vies. C'est une vérité que tu peux emporter jusqu'aux deux enfers. »

J'ai envie de prendre ses mains dans les miennes, mais je m'en abstiens et tente plutôt de faire passer mes sentiments dans ma voix :

« À propos de Dame... Enfin de Daphnée. Je... suis vraiment navrée. »

L'expression d'Alanna ne change pas, mais un tic nerveux lui secoue la paupière.

« J'doute pas que tu sois navrée, p'tite Sammy. Mais elle voudrait pas qu'on pleure sur sa tombe.

— Qu'est-ce qu'elle voudrait, alors ? »

Ça ressemble à un nouveau départ. Je le sens au fond de mes tripes.

« Moi, je suis juste ses instructions. Parmi lesquelles je dois te donner ça. »

Elle extrait de ses jupons un petit rouleau de papier brun retenu par un ruban rouge et blanc.

« Qu'est-ce que c'est ?

— C'est quand même bizarre de demander quand tu peux lire. Rejoins-moi dehors quand t'as fini. »

Alors qu'Alanna s'éloigne, je ne peux m'empêcher de respirer le papier. La senteur de lys me renvoie aussitôt au manoir, à Dame Hocquard assise sur mon lit et me tenant par la main. Je dénoue le ruban et déroule le papier.

Ma très chère Sam,
Tu seras bien gentille de suivre Alanna.
Avec toute mon amitié,
Daphnée

Je lis et relis ces quelques mots en finissant ce qui reste du vin de bœuf. Puis j'obéis à leur injonction et sors de l'auberge.

Alanna m'attend dans l'allée, adossée au mur, toujours souriante.

« Ça t'a pris du temps, dis donc.

— Alanna, je ne... »

C'est alors que je l'aperçois, dissimulée dans les ombres. Elle est habillée comme une Fanée, sans maquillage, les cheveux tirés en arrière à moitié couverts par une capuche. Mais ses yeux vifs, son port noble et son sourire mystérieux n'ont pas disparu. À la limite de la capuche, je distingue l'une de ces petites fleurs blanches dont elle aimait orner sa chevelure.

« Je vous croyais morte, dis-je dans un souffle. Vous avez pris une balle en pleine poitrine.

— C'est exact, Sam chérie. Après quoi cette remarquable créature m'a sauvée. » Elle hoche la tête vers Alanna. « Et nous voici donc toutes réunies.

— C'est impossible, Dame Hocquard ! Comment a-t-elle fait ? »

Ma stupeur et mon besoin de comprendre m'empêchent d'éprouver du soulagement.

« Daphnée, je t'en prie. À partir d'aujourd'hui, ne t'avise plus de m'appeler autrement. J'ai perdu mon manoir et mon statut social. Je suppose que je possède encore mon titre, mais je ne suis plus sûre d'en vouloir après ce que nous avons appris. Quant à Alanna, elle refuse de m'expliquer de quelle manière elle m'a sauvée. Comme elle refuse de me dire qui elle était à Crépuscule et pourquoi la plus étrange des cités a fini par tomber. Plus j'en apprends à son sujet et plus je me pose des questions. » Elle adresse un sourire espiègle à Alanna, qui se détourne. « Un peu comme avec toi, Sam. »

Elle s'approche de moi. Elle ne sent plus le lys mais la boue des ruelles ; cependant je devine à son cou la chaîne du pendentif en forme de renard, caché sous ses vêtements. Le symbole d'une vie partie en cendres.

« En revanche, ce que tu dois te demander, c'est la raison qui m'a poussée à écarter du plan final une personne aussi extraordinaire que toi. » Je détourne le regard à mon tour. Le soulagement est arrivé. La colère aussi. Les deux sentiments se mêlent en moi. « Voyons si je parviens à m'en expliquer… Tu es vraiment spéciale, Sam. Je le sais car, d'une certaine façon, je t'avais déjà rencontrée. Je t'ai parlé de ma fille, n'est-ce pas ? En réalité elle est morte peu après la Marée grise, pas pendant. N'est-ce pas ironique de survivre à une telle boucherie pour rendre l'âme ensuite, à si brève échéance ? Les Sangsues étaient son idée, son projet. Elle a posé les fondations sur lesquelles Alanna et moi avons bâti notre travail. Elle était courageuse, gentille, intelligente, et sans doute trop prompte à aller de l'avant, à imaginer l'avenir. J'ai reconnu tout ça en toi, Sam. Comme un reflet surgi du passé. » Elle se tourne vers les ombres de l'allée, soit pour trouver la force de continuer soit pour se perdre dans ses souvenirs. « Ma fille est morte d'en avoir trop voulu, reprend-elle. Le troisième Prince qu'elle a fait chanter – seule, sans aide – a été saisi d'une folie que le bon sens et l'aspiration à une vie tranquille tiennent d'ordinaire en respect. Il a pénétré chez nous puis a égorgé ma fille d'une oreille à l'autre, s'assurant qu'elle perde assez de sang pour que même le meilleur sang de loup ne puisse pas me la ramener. Je le sais car il me l'a avoué durant sa propre agonie. Moi, j'étais au bal pendant que ma fille poussait son dernier souffle, veuve joyeuse flirtant avec des Princes plus saouls les uns que les autres. À mon retour, j'ai découvert ses cendres par terre au milieu des traînées de sang. Je n'ai même pas pu profiter de son visage une dernière fois. J'ai eu envie de mourir aussi, juste pour voir si nous pourrions nous rejoindre dans un au-delà quelconque. »

Je sens le parfum salé de ses larmes. Grâce peut-être aux traces de sang de loup encore présentes en moi. À moins que le choc de cette révélation ait aiguisé mes sens.

« Mais je ne suis pas morte, Sam. J'ai rassemblé tout mon courage dans l'espoir d'accomplir ne serait-ce qu'un dixième de ce que ma fille aurait fait à ma place. J'ai progressé, je me suis endurcie et, quand Alanna est apparue, je suis aussi devenue plus rusée. Nous nous sommes vengées du Prince qui avait tué ma Lucretia – une vengeance *féroce* – puis nous avons poursuivi son œuvre. »

Elle se tourne de nouveau vers moi en essuyant ses larmes ; l'assurance remplace si vite la tristesse qu'il me semble évident qu'elle a déjà joué cette scène.

« Si je te le raconte, c'est pour que tu comprennes bien qu'à l'instant où je t'ai rencontrée, retrouvant ainsi ma fille sous une autre forme, avec la même volonté, la même envie d'apprendre et de profiter de la vie, je n'ai pas su comment réagir. Je pense m'être d'abord montrée encourageante, puis beaucoup plus froide en me rappelant ce que ça faisait de perdre une enfant. Je t'ai mise en danger en t'envoyant à la banque du Sang, avant de me rétracter, effrayée, et donc de te tenir à l'écart du dernier acte de notre pièce. Ce dont je suis navrée, Sam, vraiment navrée. J'ai alimenté le feu qui couvait en toi et, ensuite, j'ai eu peur de m'y brûler... Enfin je crois. Je suis sûre qu'Alanna exprimerait ça beaucoup mieux que moi.

— J'aurais pas dit mieux, souffle Alanna en contemplant Daphnée avec les yeux emplis d'un amour dont j'aurais dû m'apercevoir bien plus tôt.

— Mais je ne te manquerai plus jamais de respect, Sam. À condition, bien sûr, que tu me pardonnes et que tu choisisses de rester avec nous. Les Princes connaissent nos activités, le manoir a disparu, mais nous continuerons à nous battre envers et contre tout afin que les habitants de cette cité découvrent la vérité. Tu joueras un grand rôle dans notre opération. Après quoi les Princes regretteront amèrement de nous avoir sous-estimées. »

Daphnée se dresse devant moi, une femme blessée mais pas brisée ; je constate avec un certain agacement que ma colère s'est évanouie, remplacée par un frisson d'excitation. J'ai l'impression de devenir vraiment prévisible.

« On a un refuge, un repaire ? lui dis-je.

— Oui, c'est prévu.

— On va réussir ?

— Je ne peux pas te l'affirmer. Mais on va essayer. J'ai toujours envie de tout brûler, pas toi ?

— À condition que ce soient les bonnes personnes qui se retrouvent dans les flammes. »

Daphnée éclate de rire puis se tourne vers Alanna.

« Qu'en penses-tu, Alanna de Crépuscule ? Est-elle prête à rencontrer les autres ?

— Si elle est pas prête maintenant, j'vois pas quand elle le sera.

— Rencontrer qui ?

— Oh ! Sam chérie, je te jure que tu ne devineras jamais… »

* * *

J'ignore d'où l'auberge des *Cinq Entailles* tient son nom. D'ailleurs, personne ne semble le savoir.

Ma version préférée de l'histoire remonte à l'époque d'avant les villes et les cités, peu après le Souffle d'intelligence, lorsque les vampires, à peine sortis de l'état sauvage, formaient leurs premières tribus. Le récit relate le premier contact entre un groupe de vampires et un loup-garou. Les vampires n'en croyaient pas leurs yeux : une grande bête capable de se changer en homme. Le loup a demandé la permission de passer et les vampires ont accepté à condition de goûter son sang. Le loup s'est donc entaillé la paume de la main afin de leur en offrir quelques gouttes. Les vampires ont aussitôt compris qu'aucun autre animal ne possédait un sang si savoureux ni leur conférant une telle force. Ils ont voulu en goûter un peu plus. La première entaille ayant déjà guéri, le loup a dû en faire une autre. Les vampires ont bu et se sont sentis encore plus forts. Ils ont réclamé une troisième ration. Après la cinquième entaille, le loup leur a dit qu'ils devaient tenir leur promesse et le laisser partir. Mais des ailes étaient apparues sur le dos des vampires, qui adoraient cette nouveauté ; ils se sont jetés sur le loup et lui ont sucé le sang jusqu'à la dernière goutte. L'auberge des *Cinq Entailles* est censée se tenir à l'endroit précis où ce loup a trouvé la mort.

Même s'il s'agit d'un conte ne reposant sur aucune base historique, j'ai toujours pensé que ça en disait long sur les vampires.

Je connais mal la zone où se situe l'auberge. C'est dans Suroît alors que je viens de Suet, un quartier moins rude.

Non que leurs rues présentent des aspects très différents, avec de la boue, du bois, divers fluides et un chaos difficilement contenu. Cette auberge a quand même un avantage sur beaucoup de ses semblables : une enseigne sur laquelle on arrive encore à déchiffrer le nom. Comme si les Fanés du coin étaient fiers des endroits où ils vont pisser leurs pintes de sang.

Je pénètre dans le troquet à la suite d'Alanna et de la femme que je dois désormais m'efforcer d'appeler Daphnée. Un frisson me remonte le long du dos. J'ignore qui nous devons retrouver ici, mais je sais que nous sommes les trois femmes les plus recherchées de la cité et qu'on pourrait nous reconnaître malgré notre accoutrement et nos capuches.

Daphnée me dévisage, sentant mon hésitation.

« Du calme, ce n'est pas le moment de paniquer. Je peux t'assurer que, même si quelqu'un ici venait à nous identifier, c'est bien le dernier endroit à Aurore où rôderait un espion des Princes.

— Et si y'en a un, je le saigne, précise Alanna.

— Oui, en plus. »

À l'approche du comptoir, les odeurs qui flottent dans l'air m'arrachent une grimace. Effluves de vin, de corps en ayant absorbé en grande quantité – notamment les employés des cuves et du marché du Sang –, auxquels s'ajoute un remugle indéfini dont je ne voudrais pas connaître l'origine pour tout le sang du monde. On penserait que mon métier – non, mon *ancien* métier – m'y aurait habitué. Mais les chambres des Princes ne ressemblent pas à cet endroit.

Le serveur est un grand homme blond, mince, avec autour de la bouche et des yeux ces amorces de rides indiquant un long siècle passé au sang de vache. Il porte une chemise et un pantalon gris sous son tablier rouge maculé de sang, ainsi qu'un collier dont je ne peux voir que la chaîne, mais que j'imagine se terminer par un bijou en forme de fiole de sang. Les Fioles sont le principal gang du secteur, ce que ces colliers rappellent à quiconque se mettrait bêtement en tête de les provoquer. Ce n'est plus l'ambiance feutrée de Boréal.

Je commande du sang de bœuf sec, sans alcool. Daphnée prend un « sang orange », nom trompeur car le sang est dilué avec des baies et non du jus d'orange. Alanna est la seule à commander une boisson alcoolisée que je ne connais pas, un « cendreux » : un petit verre d'une mixture noire bouillonnante qu'elle plonge dans une pinte de sang. Je ne lui demande pas ce que c'est, car je n'ai aucune envie de le savoir.

Une fois nos verres en main, Daphnée nous guide parmi les vieilles tables en maulne, les souillures parsemant le sol et les multiples habitants des ombres, certains fort occupés à ajouter de nouvelles souillures. Nous franchissons une porte découpée dans le mur du fond, qui s'ouvre sur des marches certes gauchies, mais faites d'un meilleur bois que l'ordinaire pour tel quartier. *Les Cinq Entailles* ont une longue histoire ; l'auberge repose sur de solides fondations, même si elle a connu des jours plus fastes.

En haut de l'escalier, un couloir mal éclairé par des appliques contenant des champignons du désert donne sur trois portes. Daphnée se dirige vers celle du fond et y tape cinq fois : trois fois normalement, puis, après une courte pause, deux fois très vite. Je n'avais jamais vu quelqu'un employer un code secret ; je me croirais presque dans une pièce de théâtre.

« Entrez donc, mes chéries ! » s'exclame une voix de femme à l'intérieur, avec le pire accent de Suroît qu'il m'ait été donné d'entendre. Sur un ton drôlement amical, en outre, pour ce que j'imagine être une réunion de comploteuses.

Une fois dans la pièce, je suis surprise par l'apparente normalité de la scène. Je m'attendais à une silhouette plongée dans la pénombre, nous parlant depuis les ombres d'une grosse capuche. Alors que je découvre une salle ovale, bien éclairée par des lampes à huile. Au centre se trouvent deux femmes assises à une table en chêne rouge, vieillotte, mais de qualité, couverte de verres et de cartes à jouer. Il y a même une fenêtre par laquelle j'aperçois quelques étoiles ; la présence d'épais rideaux m'indique que l'endroit est utilisable à toute heure. Je devine une autre porte à droite de la fenêtre, sans doute celle d'un placard.

L'un des murs lambrissés de chêne arbore une immense peinture à l'huile représentant un groupe de Fanés rassemblés sur une vaste place avec, derrière eux, les colonnes d'un édifice encore plus colossal que la banque du Sang.

« Ceci, très chère Sam, est une réunion des Fanées de Vespéral qui ont réussi à négocier avec les Princes l'accès à de meilleurs sangs à un prix raisonnable. On a ouvert toutes grandes les portes du marché ! Toutes des trafiquantes, v'là ce qu'on était, mais on a regardé la noblesse droit dans les yeux et on a fait évoluer la cité, au moins pour un temps. »

Je me tourne vers la femme qui s'est adressée à moi avec tant de familiarité. Celle, déjà, qui nous avait interpellées lorsque nous étions dehors. Son visage rond, jovial, est de ceux que l'on aime voir dans un commerce ou près de son lit de mort ; il est entouré de cheveux blonds bouclés, en tout cas ayant été blonds avant que le gris s'y installe. Cette chevelure grisonnante et les rides qui lui creusent le visage me suggèrent qu'elle doit frôler les deux siècles. Un âge vénérable pour une Fanée.

« C'est sans aucun doute ce qui a poussé Saxe et sa clique à mettre en place leur sale plan avec les Gris.

On avait grimpé beaucoup trop haut à leur goût, alors ils ont détruit la cité et toutes les Terres centrales avec pour nous renvoyer au fond du trou. C'est d'leur faute et pas d'la nôtre, hein, on est bien d'accord là-dessus. »

Je ne sais pas quoi dire. Cette femme connaît mon nom, mon histoire récente ; Daphnée a dû tout lui raconter en détail. Elle sent mon trouble et son sourire s'élargit d'autant.

« Désolée, Sam, je me suis un peu emportée. Je m'appelle Molly Triplette. »

J'écarquille les yeux, stupéfaite.

« *La* Molly Triplette ?

— Non, l'autre. C'est vrai que c'est un nom drôlement répandu. » Elle se tourne vers Daphnée. « Daph, qu'est-ce qu'elle a dans son verre, c'te gamine ?

— Ne t'inquiète pas, Sam est très futée. C'est juste qu'elle n'est pas beaucoup sortie du palais ces dernières années. »

Je reprends mes esprits, avide de faire bonne impression :

« Assez futée, en tout cas, pour savoir que vous êtes à l'origine de la révolte des Fanés de 430, peu après la guerre. Que vous avez fourni le meilleur sang possible aux patriotes de Mal Aube en 475. Et que vous avez fondé la Confédération des trafiquants en 487. Laquelle a négocié le fameux accord avec les Princes.

— D'accord, d'accord, j'ai pigé ! Daph, je vois pourquoi c'te fille a été à deux doigts de mettre Aurore à genoux. »

Je suis sidérée d'entendre appeler *Daph* cette noble vampire autrefois connue sous le nom de Dame Hocquard.

« Mais tu dois pas connaître ma copine », ajoute Molly.

Elle hoche la tête pour désigner la femme assise en face d'elle, qui regarde d'un drôle d'air les cartes alignées dans sa main. Quand l'inconnue daigne lever les yeux vers moi, un frisson remonte aussitôt ma colonne vertébrale. Je ne lis aucune émotion dans ses yeux. Ils sont vides, froids, morts. Des lèvres minces, presque inexistantes, des cheveux brun filasse tombant sur des joues creusées. À côté, Alanna ressemble à une joyeuse bonne d'enfants.

« Je te présente Paluches Parker. Tu peux l'appeler Paluches. C'est la cheffe des Fioles. »

D'accord. Donc le collier du serveur venait bien de là. Je songe que Sage aurait été fier de ma déduction, et cette pensée m'attriste.

« Paluches, c'est pas mon vrai nom. »

Comme j'ignore si elle dit ça pour rire, je me contente de hocher la tête. Elle ne me quitte pas des yeux. Sa voix est aussi sèche qu'un souffle de vent dans un caveau. Je me rends compte que je n'ai guère envie de savoir comment une cheffe de gang a gagné un tel surnom. Finalement, je parviens à rassembler assez de courage pour ne pas rester muette :

« Très bien. Donc nous avons ici la plus célèbre trafiquante de Vespéral et la cheffe du plus gros gang d'Aurore. Je suppose que nous ne sommes pas venues échanger des potins ?

— Sûr que non. On est là parce que Daph t'a recommandée. Elle dit que t'as toute ta place dans la suite des opérations. »

Daphnée s'est assise près de Molly ; elle a ôté sa capuche et remet en place avec soin la seule fleur ornant sa chevelure. Alanna s'est réfugiée dans les ombres, comme de coutume.

J'ai l'étrange impression que cette pièce contient soudain plus que la somme de ses occupantes. Comme si l'histoire se mettait en branle devant moi. Sage l'aurait sans doute mieux exprimé.

« C'est quoi, la suite des opérations ?

— Les gens croient qu'il n'y a plus d'rebelles à Aurore, dit Molly en se versant du vin. En tout cas, pas en groupe organisé. C'qui est une belle connerie. Mais une connerie bien utile. C'est d'cette façon qu'on baise les Princes. En la jouant comme eux. Avec patience. Siècle après siècle. Mais grâce à toi on va peut-être gagner du temps.

— Pour ce qui va suivre, j'ai besoin que tu me fasses confiance, intervient Daphnée. Tu me fais confiance, Sam ?

— Bien sûr.

— Merci. Alors, accroche-toi à cette confiance. Parce que tu vas en avoir besoin. »

Molly se tourne vers la seconde porte, près de la fenêtre.

« Viens donc, mon gars. Faut que tu causes à quelqu'un. »

La porte s'ouvre sur un Médian d'aspect banal : petit, vêtu d'une veste rouge pâle de bonne qualité sur une chemise en lin. Ses traits sont eux aussi ordinaires ; ses joues bien rasées et ses cheveux courts n'ont rien de remarquable. Mais il émane de lui une aura de calme et d'intelligence. Je le reconnais tout de suite, même s'il n'a plus sa fameuse moustache.

« Varouge…

— Samantha Ingle, dit-il en effleurant sa lèvre supérieure comme si la moustache s'y trouvait encore. Celle qui a failli faire tomber Saxe. Formidable. Je suis navré qu'une femme si ingénieuse ait dû vivre dans de telles conditions. Vous méritiez mieux.

— Nous méritons tous mieux.

— J'en conviens », admet-il en souriant.

Je me tourne vers Molly, qui me lance un clin d'œil.

« Ça fait des siècles qu'il est avec nous, celui-là, avant même de devenir le conseiller d'Azzuri. D'ailleurs, en parlant de ça, Varouge est venu avec sa nouvelle recrue… »

Un autre homme, plus grand, apparaît à la porte. Avec son chapeau à larges bords et sa barbe noir corbeau, on dirait lui aussi un Médian, peut-être un artisan de Ponant : chemise à volants, long manteau, chaussures à boucle. Mais les pommettes hautes ne mentent pas. Pas plus que le nez fin, le regard pénétrant et la peau parfaite, nourrie aux meilleurs sangs.

Le Grand Prince Azzuri m'adresse un sourire mystérieux.

Je me tourne de nouveau vers Molly, puis vers Daphnée, la femme qui a changé ma vie à jamais.

« Voilà comment on allume un incendie », lâche cette dernière.

Alanna conclut dans mon dos, une voix surgie des ombres :

« Pour tout cramer. »

REMERCIEMENTS

Au risque de paraître cavalier, j'avoue être et avoir toujours été une mauvaise personne entourée de gens formidables, que je vais donc remercier au moyen de l'interminable liste ci-dessous.

En premier le Tueur du Yorkshire – mon agent, Harry Illingworth –, un grand gaillard qui veille sur moi tout en bouffant des contrats d'édition au petit déjeuner. En deuxième (oui, je compte) mon agente pour les droits étrangers, Helen Edwards, pour qui aucun territoire n'est hors de portée (il paraît que Mars vient de signer). En troisième mon éditeur de légende, Pete Wolferton, qui a brillamment sauvé la peau d'un certain nombre de personnages de ce livre… Mais jusqu'à quand ? En tout cas, Pete, merci d'avoir lu mon manuscrit au lieu d'être allé faire les courses. En quatrième Claire Cheek, l'éditrice la plus patiente de New York. En cinquième l'équipe de St. Martin's Press dont le boulot a produit l'ouvrage que vous tenez entre les mains, notamment le département graphique qui a créé cette somptueuse couverture, et en particulier Ervin Serrano. En sixième Lamia N. Bayen, la géniale polymathe qui a remué ciel et terre pour matérialiser ma carte bien-aimée.

En septième (j'attaque un nouveau paragraphe parce que j'en ai envie) mes amis de toujours et bêta-lecteurs de la première version de l'histoire, j'ai nommé Josh, Jane, Katrina, Laura « Hands » (donc, Paluches), Gen, Mark « Sage », Mike « F Tall » et Caroline, Olly, Jonny, Oli, docteur Film et enfin Daphnée (euh… Hocquard). Vous avez peut-être croisé certains de ces noms dans les pages de *Vespéral* (ouais, c'est mon genre). En huitième Sam Ingle, pour cette petite gentillesse, il y a bien des années, qui lui a donné le droit d'offrir son nom au personnage principal. En neuvième *Illers Killers*, le forum Discord du pool d'auteurs de mon agent, où nous nous entraidons dans l'espoir de rester sains d'esprit. Il y a là de belles personnes et de bons amis à qui je dois beaucoup. En dixième l'équipe de CBC – Team Henrietta –, parmi laquelle ma vieille copine de podcast, Julia Boggio, qui a réussi à me prendre une chouette photo d'auteur. En onzième le célèbre Richard Swan, qui m'a toujours aidé de toutes les façons possibles, allant jusqu'à régler pour moi une horrible dette. En douzième la brillante, lumineuse équipe du site *FanFiAddict*, Feet = Meat. En treizième l'équipe de *Fear For All*, les meilleurs critiques d'horreur au monde, mais mieux vaut ne pas les croiser la nuit. En quatorzième Antonia : allez la Team Orchid ! En quinzième Eleni, qui ne lira jamais ces lignes, malheureusement, donc je peux dire tout ce que je veux – possibilités infinies…

En seizième ma famille : Nana, Maman et Nick, Papa et Roz. J'ai fait des tas de trucs bizarres dans ma vie, ça m'a pris du temps d'arriver là où je suis, alors merci d'avoir toujours cru en moi (si vous avez pété les plombs en privé, c'est pas grave). Quant à mon grand-père, la dédicace du livre a déjà exprimé mes sentiments pour lui. En dix-septième Ceri. Et en dernier – mais pas dans mon cœur – Jake, pour l'étrangeté du soin des arbres, pour *Writers Eponymous* et tout ce qu'il y a derrière.

J'ignore comment j'ai fait pour recruter une telle armée. J'ai souvent – trop souvent ? – du mal à rester sérieux, alors je vous le dis là, tout de suite, avant de retomber dans mes travers : j'ai une dette envers vous que je ne pourrai jamais rembourser. Merci.

À PROPOS DE L'AUTEUR

© Julia Boggio

Ed Crocker est né à Manchester, qu'il n'a jamais quitté. Le jour, il édite des livres : on trouve parmi ses clients des auteurs indépendants primés, de petits éditeurs reconnus et des écrivains figurant sur la liste des best-sellers du *Sunday Times*. La nuit, et parfois même le jour (c'est la dure loi du travailleur indépendant), il critique des romans et interviewe des auteurs pour diverses publications, il regarde des films d'horreur et joue aux jeux vidéo. Il s'est aussi évertué à rendre cette description impressionnante, mais doute d'y être parvenu.

Vespéral est son premier roman, qui ouvre sa trilogie ***Les Terres éternelles***.

ed-crocker.com

@edcrockerbooks

@edcrockerbooks